서정주라는 문학적 사건

# 서정주라는 문학적 사건

최현식 지음

도서출판 b

| 책머리에 |

 

 

 

 

 

 

 

 

 

 

 

 

살아생전의 미당 서정주 시인을 처음이자 마지막으로 뵈온 때를 가만히 떠올려 보니 어언 27년 전인 1997년 한여름이었다. 당시 갓 창간된 『한국문학평론』의 주간이었던 평론가 임헌영 선생과 함께 사당 남현동 자택을 떨리는 마음으로 찾아들었다. 나는 그때 이 계간지에 1933년~1955년 사이 작성되었으나 시대 탓이든 개인의 판단 탓이든 미당의 어떤 문집에서도 실리지 못한 시 37편과 산문 6편에 대한 소개와 해석의 글을 실었던 차였다. 고작 스물예닐곱의 나이에, 여든셋의 성상星霜을 헤아리던 문제적이며 예외적인 시혼詩魂을 처음 대면하는 기쁨과 경외감은 정말 대단했다. 영향에 대한 불안과 초극의 욕망을 동시에 안겨주었다는 선배 문인 정지용과 임화에 대한 미당의 회상은 1930년대 중반 언저리로 나를 몰아갔다. 남북분단 이후 다시는 눈에 넣을 수도, 입에 붙일 수도 없게 된 시우詩友 이용악과 오장환에 대한 그리움은 선생의 눈시울 말고도 나의 그것을 붉히기에 충분했다. 미당의 생생한 목소리와 감정을 고스란히 전해 듣던 옛 순간을 떠올리자니 지금 당장 몸과 마음이 떨려오기 시작한다.

그런 뒤 작은 학술 논문들과 박사 학위 논문을 작성하며 내 나름의 '미당론'을 건축해 가다가 2000년 12월 24일 교환 학생 차 건너가 있었던 일본 도쿄의 어느 낯선 연구실에서 굴곡 많은 미당 선생의 타계 소식을 들었다. 결국 2003년 2월 제출된 박사 학위 논문 「서정주와 영원성의 시학」, 그리고 이것에 몇 편의 학술 논문과 비평문을 합해 출간한 『서정주 시의 근대와 반근대』(소명출판, 2003)는 미당 선생의 손에 잠시라도 얹힐 기회를 영영 잃어버린 채 나의 서가에 얌전히 꽂혀 있게 되었다. 그러나 자료와 주제는 확보되고 결정된 상태였으나 당시 미처 쓰이지 못했거나 미진한 채로 남아 있던 요목要目들은 어떤 식으로든 미당 선생을 향한 나의 관심과 대화의 욕망을 끊임없이 충동질했다.

2004년 이후 그렇게 작성된 비평문과 학술 논문이 15편여에 달하게 되었다. 그것들을 쭉 펼쳐놓자니 1930년대~1993년 사이에 쓰인 미당의 시 생애 전반에 걸친 시(집)와 산문(집)에 대한 소견과 해석이 얼추 매듭지어진 상태임을 알게 되었다. 이 과정에서 이 글들의 시대성과 입체성을 살려 미당 서정주의 시사詩史를 구성해 보자는 욕망이 싹트고 자라났다.

미리 알려둘 사항은 함께 읽어볼 총 13편의 글 가운데 2편은 이미 다른 학술서와 비평서에 실렸던 글들을 다시 소환한 재탕품이라는 사실이다. "제3장 「서정주 초기 시의 미적 특성에 대하여」(1996)"와 "제8장 「민족과 전통, 그리고 미 — 서정주 중기 문학의 경우」(2001)"가 그것이다. 전자는 같은 제목의 석사 학위 논문을 요약한 학술 논문으로, 미당 전문 연구자로서 나의 첫 행보를 학계에 고한 원형적 글쓰기에 해당한다. 주로 맹렬하기 짝이 없는 비유와 상징, 아이러니 등에 주목하면서, 1930년대 초중반 '그리스적 생명력'의 추구에서 1940년을 전후하여 '동양적 영원성'의 지향으로 나아가는 서정주 초기 시의 변모 과정을 살핀 글이다. 후자는 해방후 보수 우익의 '문화민족주의'로 급격히 선회해 간 미당 시학의 변모과정을 비판적으로 해석한 글이다. 미당은 해방 후 '자가自家의 인간성'을 계속 강조했다. 이와 더불어 분단 체제 아래서의 새 나라의 건설과 미적성취에 필요한 시계視界/詩界를 건설하기 위한 시적 이념과 방법으로 현실대 긍정의 '영원성'에 주목할 것을 강력히 주문했다. 그러면서 '영원성'의 토대와 방법으로 불교의 '삼세인연설'과 '풍류도' 중심의 '신라 정신'을 끌어들임과 동시에 두 이념(정신)을 시적 육화와 표현의 기율로 삼았다.

이 책의 말미에 붙인 〈발표지 알림〉과 비교해 보면 알겠지만, 두 글을 포함하여 나머지 글들에 대해서도 아무런 수정과 보완 없이 싣지는 않았다. 작게는 제목을 책의 체제에 적합하게 고치고, 크게는 책의 내용과 방향에 맞게 기존의 내용과 표현을 얼마간 빼거나 더하고 깁는 과정을 거쳤다. 독자 대중이 두 편의 글과 이후 작성된 11편의 글들을 비교하며 통독하다 보면, 25년여에 걸쳐 펼쳐진 서정주 문학에 대한 나의 관점과 해석에 어떤 점이 유지되고 있으며 또한 어떤 변화가 일어나고 있는지를 소소하게나마 엿볼 기회를 얻게 될지도 모른다. 이를 위해 한곳에 모인 11편의 비평과 논문에 대해서도 간단한 소개와 안내를 덧붙여 두기로 한다.

"제1장 「떠돌이·시의 이슬·천심天心 — "난타하여 떠러지는" 서정주의 "종소리"」(2023)"는 서정주 초기 시에 출현하는 다양한 공간의 성격과 의미를 '진정한 장소성'의 추구와 비참한 '장소상실'에 대한 반성을 중심으로 살펴본 비평문이다. 평생에 걸쳐 미당의 시적 정체성의 추구 및 정신적 전회에 큰 영향을 끼친 '질마재'와 '지귀도', '경성', '만주'에 대한 젊은 시절 미당의 태도와 표현, 만년晩年의 기억과 회고를 함께 살펴보며 그 의미를 파악했다.

위의 글보다 10여 년 정도 먼저 작성된 "제2장 「탕아의 편력과 귀환 — 독자와 함께 읽는 『화사집』」(2014)"은 대중 강연을 위해 마련한 글이다. 첫 시집 『화사집』의 의미를 '탕아'의 가출과 귀환이라는 관점에서 해석했다. 이에 따라 미당이 질풍노도의 시절 인연을 맺었던 다양한 인간 군상, 그가 들고 났던 식민지 근대성의 공간–장소에 대한 시적 표현과 가치화의 문제가 비평의 중심을 이루게 되었다.

"제4장 「'사실의 세기'를 건너는 방법 — 1940년 전후 서정주 산문과 릴케에의 대화」(2014)"는 전全 세계사적 파시즘의 도래에 따른 '사실의 세기' 및 군국주의적 '총력전'의 전개가 미당 시에 미친 영향과 변화의 지점을 입체적으로 짚어본 글이다. 독일 문학의 상징 릴케는 제1차 세계대전을 관통하며 작성된 『두이노의 비가』를 통해 삶과 죽음의 동시성을 성찰하며 폭력의 시대를 견디어 나갔다. 이에 반해 미당은 존재와 시혼의 고향 '질마재'와 결국은 '천황의 공간'으로 발명되고 조각될 허구적인 "동방전통"의 문화를 화해시키는 방법으로 현실 순응과 체제 협력의 미망에 빠져들었다. 한 개인의 '진정한 장소'(고향)가 거짓 공동체의 '무장소성'에 의해 어떻게 굴절되고 오염될 수 있는가를 확인하는 착잡한 글쓰기였다.

"제5장 「서정주와 만주」(2010)"는 1941년을 전후한 약 6개월의 만주 체험을 비극적 감흥으로 주조한 수 편의 '만주' 시와 1980년을 전후한 말년의 만주 회고담, 곧 결코 잊힐 수 없는 만주의 생활과 문학적 분투기를 기록한 자전적 시와 산문들 사이에 엿보이는 유사성과 차이점의 낙차를 검토한 비평문이다.

"제6장 「서정주의 「만주일기滿洲日記」를 읽는 한 방법」(2014)"의 차례이다. 「서정주와 만주」를 발표한 뒤 몇 년 지나 나는 조선총독부 기관지 〈매일신보〉의 지면을 훑어가다가 미당의 「만주일기」(1940년 10월 말~11월 말 작성, 1941년 1월 15~17일, 21일 신문 발표)를 발굴하는 뜻밖의 희열을 맛보게 되었다. 가족의 가난을 피하기 위한 구직 활동으로, 나아가 문학적 전기를 새롭게 마련하기 위한 미학적 모험으로 감행된 만주 생활의 고통과 불안의 면면, '만주양곡주식회사'에 입사하기 위해 수용된 미당의 '창씨명'과 입사 확정 순간의 희열 등을 실감 나게 확인할 수 있었다.

이 과정은 「만주일기」가 미당의 삶을 향해 체제 협력의 오점이 서서히 소용돌이치는 순간을 확인하고, 또 말년의 만주 회고담에 대한 유익한 참조물로 자신의 가치를 만들어 가는 시간이기도 했다. 비록 『미당 서정주 전집 8 ― 산문』(은행나무, 2017)에 새로 수록되었지만, 당시의 원문을 확인해 보자는 뜻에서 부록으로 "〈[자료 1] 滿洲日記〉"를 제시해 두었다.

"제7장 「내선일체·총력전·『국민시인』」(2020)"은 최재서의 추천에 따라 친일의 "조선문인협회"(이후 "조선문인보국회") 기관지 『국민문학』과 『국민시인』에 근무했던 서정주의 경험과 내면을 비판적으로 검토한 글이다. 이 글은 문학적 자서전 「천지유정」에서 잘못 고백된 사실, 곧 『국민시인』'(조선문인보국회) 편집을 '『국민시가』'(재조선일본문인 단체 '국민시가연맹' 발행)의 그것으로 잘못 진술한 오류를 최근 발굴된『국민시인』에 대한 확인을 통해 정정하는 성과를 거두었다는 점에 깊은 의미가 있다.

"제9장「'춘향'의 미학과 그 계보 — 서정주 시학의 경우」(2015)"는 서정주 중기 시를 대표하는 '춘향의 말 삼부작'「추천사」,「다시 밝은 날에」,「춘향 유문」의 정본화 과정을 추적한 글이다. 비슷한 시기에 '춘향' 노래 계열인「통곡」과「춘향옥중가」가 창작되었으나, 특히 후자는 시집에 미등재되는 불우를 면치 못했음을 밝혔다. 그것이 제외됨으로써 '춘향의 말' 삼부작은 오히려 '영원성'의 서사를 오롯하게 구현하게 되었으며, 그 뒤를 잇는 영원성의 여성 '사소娑蘇 부인'의 입체적 조형과 성화聖化에도 도움이 되었다는 것이 이 글의 주장이었다.

"제10장「'하눌의 살', '신라의 이얘깃꾼' — 서정주의『자유공론』소재 '한국의 탑·불상' 시」(2015)"는 한국을 대표하는 절집의 탑과 불상을 노래한 미당의 시를 발굴, 소개한 글이다. 미당은 시로, 당대 최고의 사진작가 정도선은 이미지로 엄선된 열 가지의 탑과 불상을 "민족예술의 정화"로 승화시키는 데 기여했다. 그럼으로써 1950년대 후반 뜨겁게 요청되던 '문화보국文化報國'의 달성과 실현을 향한 예술적 모범 사례로 우뚝 서게 되었다. 아직 어떤 미당 전집이나 선집에 오를 기회를 얻지 못한 상황인지라 독자와 더불어 10편 시의 멋과 맛을 함께 나누기 위해 〈[자료 2] 민족예술의 정화 — 한국의 탑·불상〉이라는 자리를 따로 마련해 두었다.

"제11장「'질마재'의 역사성과 장소성 — 산문과 자전自傳의 낙차」(2015)"은『화사집』~『질마재 신화』곳곳에 등장하며 서정주 시의 '미美'적 이념과 '영원성'의 조각에 큰 영향을 미친 실제적인 동시에 본원적인 고향인 '질마재'의 의미와 가치를 살펴본 글이다.『화사집』시절의 '질마재'가 궁핍한 생활 현실과 전근대적 질서로 누벼진 고통의 장소로 묘사되었다면,『질마재 신화』에서의 '질마재'는 가난하되 지혜로운 향토민들의 아름다움과 영원성이 구현된 '참된 장소'로 각색, 아니 승화되고 있음을 알 수 있었다.

"제12장「서정주·관광의 시선·타자의 점유 —『서西으로 가는 달처럼…』과『산시山詩』의 경우」(2022)"는 산업화 시대 들어 민족적·문화적 자긍심의 고양과 실천을 드높이기 위해 국가 시책의 일부로 권장되던 '세계 여행'에 대한 미당의 경험과 시적 표현의 의미 및 역할을 탐구한 글이다. 경제적 성장을 주도하는 국가 능력의 가능성과 우수성을 세계 문화에 대한 비교 우위에서 찾고자 하는 지배 권력의 의도를 미당이 몇몇 신문 및 잡지와 더불어 충실히 수행하고 있음을 확인할 수 있었다.

"제13장「시적 자서전과 서정주 시 교육의 문제 ―『안 잊히는 일들』과 『팔할이 바람』의 경우」(2011)"는 1970년 전후 작성된 문학적 자서전을 시의 그것으로 치환하여 발표한 두 시집의 성격과 역할을 검토한 글이다. 산문에서 시로의 형식 전환을 노린 것이 아니라 시적 자서전 고유의 '미학적 이슬'을 조형하기 위해 시도된 '말년의 양식'임을 파악할 수 있었다.

숱한 고심 끝에서야 이 책의 제목을 "서정주라는 문학적 사건"으로 정하기로 마음먹었다. 사실 13편의 글에 대한 안내가 얼마간 길어진 것도 이 때문이다. 각각의 글에서 다룬 시와 산문, 주제와 담론들은 고비마다의 한국 현대 시에 대해 만만찮은 파장과 영향을 미치기에 충분한 텍스트들이었다. 나의 경우로 한정하여 말한다면, 나는 미당 시를 공부하며 한국 근현대 시의 근대성과 반근대성의 세목을 속속들이 파악하고 분석하는 고통스러운 행운(?)을 누려왔다. 아무려나 책의 제목 "서정주라는 문학적 사건"은 미당의 한국 시에 대한 숱한 긍정적 기여와 몇몇 부정적 국면을 함께 기리고 기억하기 위해, 또 미당 연구자이자 비평가인 나에 대한 선한 영향과 준엄한 계고를 잊지 않기 위해 붙여진 것이다.

불황이 일상사인 현재의 출판 시장을 감안하면,『서정주라는 문학적 사건』도 '도서출판 b'의 판매고에 크게 기여하지 못할 것이다. 그럼에도 선뜻 이 비평집의 발행을 허락해 주신 조기조 사장님과 어지러운 글을 맵시 있게 정리해 준 문형준 선생님, 멋진 디자인을 맡아준 '테크네'에도 마음속 깊이 감사의 인사를 드린다.

앞으로 미당론을 몇 편 더하게 될지 아니면 그럴 기회를 다시는 못 얻게 될지 알 수 없는 시간적 지평에서 나는 서성거리고 있다. 그래서

30여 년 나의 연구와 비평의 삶을 앞뒤에서 당기고 밀어준 시인 서정주 선생, 그리고 그의 시들에 울울한 미학적 정념<sup>情念</sup>과 모험에 대한 고마운 마음을 이 자리에 일부러라도 밝혀두고 싶은 것이다.

2024년 늦은 가을을 지나며
인천 용현동 연구실에서
최현식 적음

| 책머리에 | ································································· 5

제1장 떠돌이·시의 이슬·천심 ······························· 15

제2장 탕아의 편력과 귀환 ···································· 35

제3장 서정주 초기 시의 미적 특성에 대하여 ··············· 59

제4장 '사실의 세기'를 건너는 방법 ························· 85

제5장 서정주와 만주 ········································· 121

제6장 서정주의 「만주일기」를 읽는 한 방법 ············· 139

제7장 내선일체·총력전·『국민시인』 ······················ 179

제8장 민족과 전통, 그리고 미 ····························· 203

제9장 서정주 시에서 '춘향'의 미학과 그 계보 ··········· 225

제10장 '하눌의 살', '신라의 이얘깃꾼' ···················· 259

제11장 '질마재'의 역사성과 장소성 ······················· 283

제12장 서정주·관광의 시선·타자의 점유 ·················· 319

제13장 서정주와 시적 자서전의 문제 ······················ 361


| 발표지 알림 | ················································· 387

# 제1장

## 떠돌이·시의 이슬·천심天心
### "난타하여 떠러지는" 서정주의 "종소리"

## 1. '천치天痴'가 '곳곳'을 떠돌았던 까닭

'떠돎'과 '고뇌'는 '문청文靑'이라면 결코 포기할 수 없는 특권이다. 누군가는 부정성이 울울한 두 단어에서 '불우'를 먼저 떠올릴지도 모르겠다. 그러나 "시의 이슬"이 어디선가 반짝이는 한 떠돌이의 방황은 마침내 "찰란히 티워오는 어느 아침"(「자화상」)에 가닿기 마련이다. 그러므로 '불우'는 오히려 '행복'의 다른 이름이다. 한편 예술적 특권 "시의 이슬"은 문청, 곧 시인된 자의 언어와 삶이 서로 길항하고 갈등하는 장이다. 또한 '존재의 자유'와 '실재성의 깊이'가 드러나는 곳이기도 하다. '시의 이슬'을 그 무엇과도, 그 어떤 공간과도 결코 대체될 수 없는 '참된 장소', 다시 말해 세계와 인간 실존의 근원적 중심으로 부를 수 있는 이유이다. 그랬기 때문에 스물세 살의 서정주는 "병든 숫개만양 헐덕어리며"라도 붉은 핏빛이 도는 "시의 이슬"을 향해 바람처럼 지침도 없이 떠돌겠다고 다짐했던 것이리라.

이때 기억해 두어 마땅한 것은 절대 가치로서 "시의 이슬"이 오직 하나의 형상으로 자신을 표현(재현)하지 않는다는 사실이다. 그것은 시인의 내면과 서정, 그가 처한 시공간, 시적 지향점에 따라 매우 다양하고 복합적인 모습으로 자신을 펼쳐 보인다. "시의 이슬"은 그것이 맺히는

'장소 정체성'에 따라 그곳과 어울리는 밀도와 명암, 빛깔과 색상으로 스스로를 바꿔 입기 때문에 그럴 수밖에 없다. 이런 연유로 다양한 형태의 "시의 이슬"은 자아와 세계의 지속적인 동일성을 제공한다. 하지만 그러면서도『장소와 장소상실』의 저자 에드워드 렐프의 말을 빌리자면 그것이 맺힌 장소나 내면에 개별성을 부여하거나 차별성을 새겨 넣으며, 그곳을 독립된 하나의 실체로 인식, 수용하게 만들기도 한다. 이곳에 서정주가 죄인과 천치임을 떳떳하게 자임하면서 이곳저곳을 끊임없이 헤맸던 어떤 미와 실천의 행위를 '장소 정체성'에 대한 질문과 탐구로 고쳐 불러 하등 이상할 것 없는 까닭이 숨어 있다.

20대 전후의 미당이 떠돌면서 핏빛 '시의 이슬'들을 맺어간 장소 서너 곳을 들라면, 나는, 고향인 질마재 신화, 식민 도시 경성, 제주도 남단의 지귀도地歸島, 만주의 연길(국자가)을 첫손에 꼽으련다.[1] 무엇보다 청년 시대의 삶을 기록한 시와 산문에서 이곳들에 대한 비중이 압도적인 까닭이다. 이 사실은 네 곳에서(으로)의 떠돎과 고뇌가 '시인 서정주'의 탄생과 입체적인 조형, 영혼과 언어의 성숙에 크게 기여했음을 뜻한다. 그런 의미에서 네 곳은 청년 서정주가 경험한 '참된 장소감'과 '무장소성'을 엇갈린 형태로 제공 또는 재현하는 '심미적 장소'에 해당되기도 한다.

장소와 관련된 '시의 이슬'의 추구는 당연히 전자의 긍정과 후자의 부정을 동반하기 마련이다. 그 도달점으로서 '진정한 장소감'에 휩싸인다는 것은, 에드워드 렐프의 말을 다시 빌린다면, 무언가의 "내부에 있다는 느낌"을 받는 일이자, 개인이든 공동체의 일원으로든 "나의 장소"에 속해 있음을 자각했다는 뜻이기도 하다.[2] 서정주의 젊은 시에서 네 곳에서의 어떤 경험에 대한 재현과 묘사가 시적인 동시에 존재론적인 성장의 또 다른 증명사진일 수도 있음이 이 대목에서 새삼 확인된다.

• • •

1. 서정주가 떠돌며 경험한 '장소'들에 대한 경험과 기억은 서정주, 「천지유정」,『서정주문학전집 3』(일지사, 1972) 및 서정주, 「내 인생공부와 문학표현의 공부」, 서정주 외,『서정주 문학앨범 — 미당산(未堂山), 광활한 정신의 숲』(웅진출판, 1993)을 주로 참조하고 인용했다.
2. 에드워드 렐프,『장소와 장소상실』, 김덕현·김현주·심승희 옮김(논형, 2005), 150쪽.

## 2. 식민 도시 경성·얼치기 '붉은 청년'·'숙'의 죽음

전북 고창군 부안면 선운리(질마재 신화) 태생의 촌놈 서정주가 최첨단의 박래품인 승합차와 기차를 타고 올라와 휘황찬란한 식민 도시 경성의 민낯을 처음 마주한 때는 중앙고보에 입학했던 1929년 봄날이었다. 그러나 첫 경성 체험은 채 2년을 넘기지 못했다. 1930년 11월 광주학생운동에 동조, 중앙고보의 데모를 이끈 주모자로 구속되어 퇴학 처분을 당한 끝에 고향의 고창고보로 쫓겨 내려온 탓이었다. 미당은 그러나 이곳에서도 권고 자퇴를 면치 못했다. 고향의 학교에서도 내쫓긴 그는 결국 1933년 경성으로 도주하다시피 상경하여 식민지 조선의 '풍진 세상'을 모질고 쓰라리게 만끽하게(?) 된다.

서정주의 '경성'은 쌉쌀한 커피로 붐볐던 '혼마치本町'나 혁명의 팸플릿이 휘날리던 '종로'와는 거리가 한참 멀었다. 그는 일본인 기독교도 하마다濱田의 '톨스토이즘'(미당의 톨스토이에 대한 관심은 레닌이 저술한 『러시아혁명의 거울로서의 레오 톨스토이』에 의해서도 얼마간 격발된 것이다)에 반해 빈민 구제의 넝마주이 활동에 나서기도 했으며, 한때는 무작정한 '연민심' 때문에 사회주의에 감염되어 막심 고리끼의 애독자로 시간을 때우기도 했다. 미당은 훗날 이 경험을 한때의 치기 어린 객기로 치부하는 듯한 태도를 숨기지 않았다. 하지만 저 행동들은 '애비', 곧 국가와 민족이 '종'이었던 식민 시절 대한 예민한 자의식과 분한 각성에서 비롯한 것이었다. 이런 관점에 섰을 때, 서정주가 경험했고 내면화했던 식민수도 경성은 과연 어떤 모습이었을까. 다른 누군가의 시선과 언어로 그것을 점묘할 수 있다면 미당의 경성에 대한 이러저러한 감각들은 훨씬 객관적이며 정확한 것으로 판명될 것이다.

오장환의 표현을 빌린다면 '경성'은 제국의 수도 도쿄東京를 능가할 정도로 숱한 "연공품年貢品이 낙역絡繹하"고, "무작정하고 연기를 품고 무작정하고 생산을"(「수부首府」) 하는 공장들이 즐비한 '권력의 도시'였다. '식민 수도' 연구의 권위자 김백영이 '경성'을 "문명의 위광을 과시하는 제국의 스펙터클이 상연되는 극장"[3]으로 지시한 것도 오장환의 감각과 깊이 관련된다. 그렇지만 오장환이 '연공품'과 '공장 연기'의 홍수 속에서 정말로 본 것은 휘황한 자본의 승리가 아니라 "금빛 금빛 금빛 금빛 교착交錯되는 영구차"로 번성하는 "수부의 화장터"였다. 이 '화장터'는 민족과 계급, 그리고 "인종 차별적 양극화의 처절한 드라마가 양산되는 비극적 삶의 무대"[4]에 대한 빛나면서도 처절한 은유임에 틀림없을 듯하다.

　　철근콩크리트의 철근콩크리트의 그무수헌산판算板알과나사못과치차齒車
　　를단철근콩크리트의 밑바닥에서

　　혹은 어느 인사人事소개소의 어스컹컴한 방구석에서
　　속옷까지, 깨끗이 그 치마뒤에있는 속옷까지 베껴야만하는 그러헌순서.
　　깜한 네 열개의손톱으로 쥐여뜨드며쥐여뜨드며
　　그래도 끝끝내는 끌려가야만하는 그러헌순서를.
　　　　　　　　　　　　　—「밤이 깊으면」 부분(『인문평론』, 1940년 5월호)

시골에서 올라와 도시에서 밥술을 벌던 "달래마눌같이 쬐그만 숙淑"의 자살을 슬퍼하고 애도하는 시이다. 불우한 삶을 피하지 못한 '숙'이 갇혔던 공간은 "그많은 삼등객차의 보행객의 화륜선의 모이는곧 / 포나군산등지"라는 기술을 보건대 '경성'과 거리가 멀어 보인다. 미당은 그러나 바로 뒤에 "아무데거나"를 붙여둠으로써 '숙'의 불행이 식민지 조선의 어떤 곳, 어떤 이도 피할 수 없는 참변일 수도 있음을 지혜롭게 암시했다.

이를 감안한다면, "아무데거나"의 대표로서 '경성'은 일제에게는 근대 문명의 빛나는 선전장이지만, 식민지 조선에게는 전시戰時를 방불케 하는 '무자비한 파괴'와 '휴머니즘 상실'의 공간일 수밖에 없다. 그런 의미에서 "아무데거나"는 '무장소성' 또는 '장소 상실감'을 전면화하는 뜻깊은 대명

3. 김백영, 『지배와 공간 ― 식민지도시 경성과 제국 일본』(문학과지성사, 2009), 520쪽.
4. 김백영, 『지배와 공간』, 520쪽.

사에 해당된다. 그 결과 식민수도 '경성'은 그 어떤 곳이라도 "피상적이며 판에 박힌 이미지"로 경험되고 사회와 경제 활동이 이루어지는 "불명료하고 불안정한 '배경'" 정도로 환기되는 '무장소적 경관'의 대표지로 공표되기에 이른다.[5]

그러나 끔찍한 화농化膿으로 얼룩진 경성은 미당에게 전혀 무용하거나 고통을 강요하던 소외와 배제의 공간으로만 경험되었을까. 시인은 다행히도 산책자의 시선과 태도를 몸에 붙이면서 텅 빈 경성을 자기 성찰과 미래 기획의 뜻깊은 장소로도 거머쥐게 된다. 시인은 경성의 "낯선 거리우에 낯선 사람들"과 뒤섞여 걸으면서 "끗업는 배회의 중심에 한개의 파촉巴蜀"을 두기에 이른다. 그 "영혼의 파촉"은 온갖 권태와 절망과 암흑의 내면을 격적적으로 두드리거나 뚫고 나오는 "시의 고향"의 기미, 그러니까 "그 침묵하는 것 그 유인하는 것 내 심장에 더워오는 그것"이었다. 미당은 그것을 "영원의 일요일과가튼 내순수시의 춘하추동"을 사는 "일광日光에저즌 꽃이요 꽃노래"(이상 「배회」와 「램보오의 두개골」, 〈조선일보〉 1938년 8월 13~14일자)로 확정 지음으로써 이후 자기 시의 골간을 이루게 되는 '영원성'의 단초를 황홀하게 엿보았던 것이다.

산문 「배회」와 「램보오의 두개골」은 미당과 오장환 등에 많은 영향을 끼친 보들레르와 랭보에 대한 절절한 헌사인 동시에 가차 없는 결별의 선언문이었다. 시인은 보들레르가 시나 삶에서나 '사형집행인'이자 스스로 '사형수'였다는 반골의 이중성 때문에, 랭보는 "그 모든 인간 열성劣性우에 비수를 겨누든" 행동파였기 때문에 추종에 가까운 친밀감을 느꼈다고 고백했더랬다. 그러나 둘은 그게 질병 탓이든 아니면 생명에 대한 욕구 탓이든 "영구히 도달할수업는 완성할수업는 직선"의 길을 포기하고 절대자(신)에게 귀의, 아니 굴복함으로써 "엄숙한 인간고민"에서 이탈했고 그 저항의 시와 결별했다는 것이 서정주의 최종 판단이었다.

그러나 미당의 '경성' 곳곳에 대한 배회, 곧 떠돎은 보들레르가 응시했던

• • •
5. 에드워드 렐프, 『장소와 장소상실』, 240쪽.

군중의 오도된 무감각에 대한 비판과는 꽤 거리가 멀었다. 발터 벤야민이 콕 집어냈던 것처럼, 보들레르는 엥겔스가 말한 군중의 본성, 곧 "개인들이 작은 공간으로 밀집해서 밀어닥치면 밀어닥칠수록 (더욱 거세지는—인용자) 잔인한 무관심"[6]에 치를 떨면서 인간 본성의 타락과 인간성 상실의 말로를 지나치게 우울해서 더욱 황홀한 시들 속에 입체화했다. 그럼으로써 자신의 언어와 영혼을, 또 시와 평론을 시대 운명의 불확실성과 비윤리성에 대결시키는 근대적 '우울'과 '이상'의 시인으로 거듭났다. 랭보 역시 가장 연관이 먼 것들, 이를테면 가장 구체적인 것과 가장 상상(허구)적인 것을 강제로 결합시키는 것을 현대 시의 윤리로 삼았다. 그럼으로써 타락과 폐허의 현실로 진군하던 끔찍한 모더니티의 세계를 마음껏 헤집고 배척하는 '초현실'의 제작과 증여에 성공하게 된다.

이에 반해 서정주는 한편에는 "우거牛車"와 "거적때기 노동숙박소", "행려병자 무주시無主屍"가, 다른 한편에는 "신사들이 드난하는" "고층 건물"과 "둥그름한 주탑柱塔", 제국 "소속의 깃발"(오장환, 「수부」)이 서로 등을 맞댄 경성의 비참한 '장소 상실'의 풍경을 거의 외면했다. 그 대신 "나의 시선은 언제나 목전目前의 현실에선 저쪽이다"라고 선언했다. 그럼으로써 '순수시'와 '영원성'으로 나아가는 뜻밖의 시적 전회를 정당화하는 의식적·도구적 공간으로 적극 활용했다. 그 결과 미당에게 경성은 다양한 경관과 의미가 어디선가 숨 쉬는 '참된 장소'이기를 그치게 된다. 오히려 그것들과 전혀 무관하거나 그것들이 결핍된 일종의 '무장소의 지리'로 물러나게 된다. 물론 여기서 제외되는 시가 하나 있으니, 비참하게 죽어간 '숙'들의 영혼이 몰려오는 "종로네거리"의 환영幻影을 점묘한 「부활」(1939)이 그것이다.

• • •

6. 발터 벤야민, 「보들레르의 몇 가지 모티프에 관해서」, 『발터 벤야민의 문예이론』, 반성완 옮김(민음사, 1983), 132쪽.

## 3. 지귀도·고대 그리스적 육체성·신화적 존재 의식

미당에게 '바다' 경험은 낯선 것이 아니었다. '바다'는 어린 미당에게 결코 지워질 수 없는 불안과 공포의 사건 두 가지를 남겼다. 하나는 갑오년 (1894) 출어出漁했다가 돌아오지 못한 외할아버지의 죽음이다. 다른 하나는 아버지가 사준 생애 최초의 '꽃신'을 부안(변산) 앞바다로 흘려보낸 실수이다. 두 체험은 존재의 근원과 연속의 원점에 해당하는 '아비'의 부재와 상실의 감정으로 어김없이 연결되었다. 그로 인한 심리적 외상이 만만치 않았음은 "대용품으로 신발을 사 신는 습관"(「신발」)을 아직도 못 고쳤다는 갑년 즈음의 회한 어린 고백에서 또렷이 확인된다. 결국 미당은 외할아버지의 넋이 실린 "바닷물"을 볼 때마다 얼굴을 붉히던 "외할머니"의 붉은 연정(「해일海溢」)을 내면화한 다음에야 비로소 '바다'를 잃음과 떠남의 부정적 공간이 아니라 되찾음과 돌아옴의 긍정적 장소로 재가치화하게 된다.

아무려나 '결핍-상실의 바다'에서 '풍요-충만의 바다'로 그 성격이 전환되기까지, 바꿔 말해 새로운 '장소 정체성'이 다시 창조되기까지 무려 50여 년의 세월이 걸린 셈이다. 미당은 '바다'와 관련된 상실과 해체, 회복과 재생의 원리를 '영원성'과 '삼세인연설' 등의 불교적 사유와 상상력에서 찾곤 했다. 그러나 이 상실과 재생의 원환圓環은 특정 종교를 들출 것도 없이 '물'에서의 탄생-'물'에의 잠김(상징적 죽음)-'물'로의 정화(세례나 목욕)-'물'에 의한 구원과 재탄생이라는 신화적 상상력과 등가 관계를 이룬다. 엄밀히 말해, 미당의 청년 시대 '바다'에 대한 상상력과 글쓰기는 세계 곳곳에서 공유되는 '물'의 신화와 훨씬 밀착되어 있다. 물론 미당은 당시의 체험을 직접 드러내는 방식으로 '바다'를 대상화하거나 내면화하지는 않았다. 서귀포 앞바다에 위치한 '지귀도' 체험을 이야기하고 가치화하는 방식으로 '바다'의 타나토스와 에로스, 폭력성과 구원성을 동시에 내걸었다.

이것을 풍요롭게 서정화한 시편에 대해서는 잠시 뒤 살펴보기로 하고,

'지귀도' 체험의 달디단 풍미를 먼저 짚어보기로 한다. 미당이 제주도를 방문, '지귀도'에 올라선 때는 1937년 늦봄에서 초여름 사이였다. 그는 당시 청년기 특유의 불안한 내면 심리를 견디지 못하고 매일 "벼락소주"를 마셔가며 날카로워진 '신경쇠약증'을 달래기에 여념 없는 상태였다. 이를 고려하면 절해고도絶海孤島에 가까운 '지귀도'는 실존적 고독과 소외의 감정을 더욱 부추길 만한 타나토스의 공간이나 마찬가지였다. 그러나 미당은 바다에 몸 던지는 대신 뜨거운 태양이 작렬하는 섬에 누워 『화사집』(1941)의 주요 골간을 형성하는 '고대 그리스적 육체성'을 탐닉하는 작업에 시간과 영혼을 기꺼이 탕진했다.

그 방법은 두 가지였는데, 그것이 실재든 상상이든, 둘은 그리스 신화와 예외 없이 연동되었다. 하나는 "모든 비극의 하상河床 위에 늠름하고 좋은 육신으로 일어서 있는 한 수컷인 신神이고자 하는 마음"을 불태우는 것이었다. 다른 하나는 물결치는 바다로 거침없이 뛰어드는 제주 해녀들을 지켜보며 "보티첼리의 그림에 보이는 비너스의 해중海中 탄생의 무르익은 육신肉身의 아름다움"을 상상해 보는 일이었다. 신경쇠약증의 자아와 건강한 육체성의 타자가 선명한 대비를 이루는 장면이 아닐 수 없다. 바다에 둘러싸인 '지귀도'의 모습을 떠올리면, 저 구도는 멀치아 엘리아데의 『성과 속 ─ 종교의 본질』에 적힌 예리한 통찰을 곧바로 환기시킬 만하다. "'낡은 사람'은 물에 잠김으로써 (상징적 차원에서 ─ 인용자) 죽고, 그러고는 다시 새로운, 갱생한 존재로 태어난다"[7]는 명제가 그것이다.

> 모래속에 이러난목아지로
> 새벽에 우리, 기쁨에 명인嗚咽하니
> 새로자라난 치齒가 모다떨려.
>
> 감물듸린빛으로 지터만가는

• • •
7. 멀치아 엘리아데, 『성(聖)과 속(俗) : 종교의 본질』, 이동하 옮김(학민사, 1983), 102쪽.

내 나체裸體의 삿삿이……

수슬 수슬 날개털디리우고 닭이 우스면

— 「웅계雄鷄 (상)」 부분(『조광』, 1939년 3월호)

　"적도赤道해바라기 열두송이 꽃심지"와 "횃불켜든우에 물결치는은하銀河의 밤"은 뜨거운 생명력으로 울울한 '지귀도'를 상징하는 이미지들이다. 이것들이 있어 타나토스의 유곡幽谷에 몰려 갇힌 '나'는 '고대 그리스적 육체성'을 무한정 향유하는 "수컷"("웅계")으로 갱생 또는 재탄생하게 되는 것이다. 이 장면을 유혹적 향취香臭와 거기 중독된 수컷의 질주와 율동으로 이미지화한 대목이 "몰약 사향의 훈훈한 이꽃자리 / 내 숫사슴의 춤추며 뛰여 가자"(「정오의 언덕에서」)이다. 실제로 미당은 「웅계 (상)」에는 "새나 짐승이나 햇빛과 한 덩어리가 되려 했던 내 언덕 위의 일광욕의 훈련에서 온 것들"이라는 해설을, 「정오의 언덕에서」에는 "신인神人 고을라의 손孫 일족이 사는" '지귀도'에서 "심신의 상혼을 말리우며 써모혼" 네 편의 시 가운데 하나라는 알림을 자랑스레 붙여 두었다.

　과연 미당은 '지귀도' 연작 4편(예의 2편과 「고을라의 딸」 및 「웅계 (하)」)에서 '물'(= 바다)에서 뛰쳐나와 새로운 인간형(≒지귀도)으로 재탄생한 자아를 돋보이기 위해 "황금 태양"과 "야생의 석류꽃열매", "심장우에 피인꽃"("닭의 벼슬")과 "카인의 새빩안 수의", "검은 수피樹皮" 같은 "살결"과 "내 나체"를 뒤죽박죽 섞어 놓기를 주저하지 않았다. 이 가운데 '카인'과 '나체'는 매우 대조적인 형상인데, 엘리아데의 통찰을 다시 빌린다면, 그 둘은 차례로 '타락과 죄악의 낡은 옷', 곧 죽음의 화신과 그것을 벗어버린 갱생인, 곧 삶의 부활을 뜻하기 때문이다. 그런 의미에서 "새로 자라난 치齒가 모다떨"린다는 표현은 존재의 재생을 넘어 본원적 순진성의 상태로 다시 복귀하는 것을 뜻할 수 있다.

　이상의 해석을 바탕으로 '지귀도'의 '참된 장소감'을 상정한다면 어떤 표현이 어울릴 것인가. 에드워드 렐프에 재차 빗지건대, 그 내부에서 현실의 자아를 확장하는 실존적 자유와 본원적 '나'를 회복할 수 있는 충만한 해방의 맥락을 아낌없이 제공하는 '진정성의 장소' 정도가 될 것이다. 이러한 '지귀도'의 빛나는 생명력이 있어 비슷한 시대 쓰인 '바다'는 '지귀도'에 방불한 '장소 정체성'을 문득 획득하게 되는 것인지도 모른다. "스스로히 푸르른 정열에 넘처 / 둥그란 하늘을 이고 웅얼거리는 바다"가 그것이다. 그 "바다의깊이"가 있어 '나'의 또 다른 형상인 '너'는 "무언無言의 해심海心에 홀로 타오르는 / 한낫 꽃같은 심장心臟으로 침몰"(이상 「바다」, 『사해공론』, 1938년 10월호)할 수 있게 된다.

　언뜻 보기에 '물'로 뛰어듦은 '죽음'을 뜻할 성싶다. 그러나 "바다에 그득"한 '나', 곧 '청년'을 향해 "눈뜨라, 사랑하는 눈을뜨라"고 명령하는 것을 보면, 그것은 '죽음'과 '매장'을 거부하고 '새로운 인간'의 출현을 알리는 잘 기획된 생명 행위라고 보는 것이 더욱 타당하다. 아나나 다를까 미당은 같은 시에서 '청년'을 향해 "네구멍 뚫린 피리를 불"며 "애비"와 "에미", "형제와 친척과 동모", 그리고 "마지막 네 계집"을 잊어버리라고 재차 명령한다. 이 대목을 해석하기에 앞서 우리는 저 표현들이 미발표작 「풀밭에 누어서」(『비판』, 1939년 6월호)에서 "늘근어머니의 파뿌리 같은 머리털과 누— 런 잇발과 안해야 네 껌정손톱과 흰옷을입은무리조선말. 조선말. / —이저버리자!"로 변주되고 있음에 유의해야 한다.

　두 시를 종합할 때 '지귀도' 시편은 "바다"(「바다」)와 "낯선 거리"(「풀밭에 누어서」)로의 단순한 전이를 훌쩍 넘어서는 새로운 '장소 정체성'을 제공하고 있는 중이다. 짐작대로 그것은 기성의 "조선말"로 쓰이던 "시의 이슬"을 초월하는 전혀 새로운 시어, 곧 "지혜의 뒤안깊이 / 비장秘藏한 네 형극荊棘의 문"을 열어젖힐 수 있는 불교 인연설 토대하의 '영원성'의 시학이었다. 이것이 재생과 부활의 상상력에 굳게 밑받침되어 있음은 "아름다운 일이다. 아름다운 일이다. 왕망汪茫한 폐허에 꽃이 되거라"(이상 「문」, 『비판』, 1938년 3월호)라는 또 다른 표현에서 분명히 확인된다.

## 4. 수대동·내 넋의 시골·나의 장소

미당이 나고 묻힌 고향 '질마재 신화'는 시와 삶의 원점이자 회귀의 장소에 속한다. 시인은 시와 산문을 막론하고 언제나 그곳을 궁핍한 삶의 현장으로 먼저 일렀다. 이를테면 자신의 가난한 가계사를 식민지 조선의 보편적인 역사 현실로 밀어 올린 「자화상」의 "애비는 종이었다", "파뿌리 같이 늙은할머니", "바람벽한 호롱불", "손톱이 깜한 에미의 아들" 같은 대목을 보라. 가난과 좌절로 얼룩진 삶은 앳된 푸른 과거를 거칠게 삭제하고, 오늘의 소소한 행복을 힐난 섞어 갉아먹으며, 내일을 향한 부푼 꿈마저 보란 듯이 꺾어버린다. 이 끔찍한 상황이 어쩔 수 없는 '탈향', 아니 매우 의식적인 '자기 추방'의 원동력으로 화할 수밖에 없음은 "아무리 바래여도 인제 내마음은 서울에도 시골에도 조선에는 업을란다"(「풀밭에 누어서」)라는 대목에서 여지없이 확인된다.

이 상황들은 미당에게 현실의 '질마재 신화'가 '장소 상실'에 방불한 '밋밋한 경관'으로 추락되어도 이상할 것 없는 위기의 공간으로 남겨질 뻔했음을 암시한다. 에드워드 렐프에 따르면 '밋밋한 경관'은 "의도적인 깊이가 결여되고 평범하고 평균적인 경험의 가능성"만을 제공하는 결핍과 무감동의 풍경을 넘어서지 못한다.[8] 모두가 폭력적 제국과 독점적 이윤의 노예로 떨어진 식민지 현실에서 단란한 삶과 다양한 교양 활동, 고급한 문화를 향유하는 것은 '요보'(일본인이 조선인을 낮춰 부르던 말. 조선어 '여보'의 일본식 발음) 다수의 궁핍한 삶을 훌쩍 넘어서는 '사치스런' 행위에 지나지 않았다. 이를 감안하면 1930년대 후반 미당이 몇 편의 시에서 반복했던 가장 친밀한 존재(가족, 동무, 향토, 조선어)들에 대한, 대담해서 더욱 고통스러운 결별 선언은 매우 의식적인 발화였음이 분명해진다.

실제로 미당은 식민 현실이 강요하는 '평범함'과 '평균성'의 범람 속에서 '범속한 깨달음'이 아예 불가능해질지도 모른다는 위기감에 봉착했을

• • •

8. 에드워드 렐프, 『장소와 장소상실』, 177쪽.

가능성이 크다. 벤야민이 정의한 '범속한 깨달음'은 종교적 각성과 일정하게 구분되는 용어로, 특별할 것 없는 일상의 숱한 생활 속에서 얻어지는 놀라운 경험적 깨달음을 뜻한다. 범속한 것에서 예리한 각성과 놀라운 충격을 만나기 위해서는 세계와 자아, 자연과 사물 모두를 낯설고 차이 있는 시선과 태도로 관찰하고 표현하는 지혜와 기술이 필수적이다. 미당이 두 조건을 성취하기 위해 절박한 심정으로 절실하게 행동했음은 다른 어떤 시보다 「엽서 — 동리東里에게」(『비판』, 1938년 8월호)에서 찾아진다. 현재와의 차가운 결별과 새로운 미래와의 뜨거운 조우, 그것을 자기와 시적 갱신의 거룩하고 대담한 원점으로 삼기 위한 행동과 실천이 꽤나 충격적이기 때문이다.

이 시의 단초는 짝사랑하던 "숫작새같은 게집"(전주 출신의 이화여고보생이자 붉은 사상의 소설가였던 '임순득'으로 알려진다)에 대한 결별의 선언에서 찾아진다. 사랑과 결별의 서사는 '물'에 잠김과 '물'에서 벗어남이 지시하는 '익애溺愛-죽음' 대 '파탄(＝해방)-삶'의 역설과 유사 관계를 형성한다. 흥미롭게도 미당은 그녀에 대한 결별을 두 가지 행동으로 가시화하고 실행했다. 하나는 "머리를 상고로 깎"는 것과 "파촉巴蜀의 우름소리"가 들리면 "부끄러운 귀"를 자르는 것이었다. 둘은 "포올·베르레−느의 달밤"에 무심해지는 것이었다. '깎다'와 '멀어지다'는 입사식入社式의 관점에서 본다면 '죽음'의 낡은 현실에서 벗어나 '삶'의 새로운 미래로 진입함을 뜻하는 용언들이다. 다시 말해 앞이 보이지 않는 맹목의 상태를 초월하여 새롭고 거룩한 어떤 세계, 곧 입사자에게 성숙한 각성자로서의 책임과 윤리를 강력하게 부과하고 요구하는 '참된 장소'로 들어섬을 지시하는 동사들이다.

그렇다면 미당은 「엽서 — 동리에게」에서 '참된 장소'를 어떻게 탐문하고 무엇으로 개척하고 있는가. 답은 "포올·베르레−느의 달밤이라도 / 복동이와 가치 나는 새끼를 꼰다"에서 찾아진다. '조선적인 것'이 '서양적인 것'을 대체, 후자의 빈자리를 전자가 다시 채우고 있는 형국이 아닐 수 없다. 당시 유행하던 '사실의 세기'와 '동양 문화'의 부흥이라는 안티−오리엔탈리즘 담론을 떠올리면, '베를렌느'는 서양–문명–상징주의의 죽음으로, '복동'은 조선(동양)–전통(문화)–영원성의 부활로 자연스레 연결된다.

이해를 돕자면 「엽서 — 동리에게」와 같은 달 발표된 산문 「배회」의 끝자락에는 이후 「역려逆旅」로 독립되는 무명無名 시편이 실려 있었다. 여기서도 미당은 아직도 봉건의 울타리에 갇혀 있는 "애비와, 에미와, 게집을, / 그들의 슬픈 관습, 서러운 언어를, / 찌낀 흰옷과 같이 벗어 던져 버"릴 것을 다짐한다. 그러면서 "나의 위장胃腸은 표범을 닮어야" 함과 "꽃다운 이연륜年輪을 천심天心에 던져" "발ㅅ길마다 독사毒蛇의눈깔이 별처럼 총총히 무처있다는 모래언덕 넘어"로 가야 함을 독려한다. 이곳의 "표범"과 "모래언덕"은 여러 시의 지형과 맥락을 종합할 때 다음과 같이 읽혀 무방하다. (반)봉건의 동양과 몰락하는 서양을 뚫고 나아가는 '새로운 인간형'과 "열적熱赤의 사막저편에 불타오르는 바다"로 이미지화된 생명력 충만한 '영원성'의 세계가 그것이다.

> 흰 무명옷 가라입고 난 마음
> 싸늘한 돌담에 기대어 서면
> 사뭇 숫스러워지는 생각, 고구려에 사는듯
> 아스럼 눈감었든 내넋의 시골
> 별 생겨나듯 도라오는 사투리
> —「수대동시水帶洞詩」 부분(『시건설』, 1938년 6월호)

'수대동'은 '질마재 신화'의 지근거리에 위치한 마을이었으므로, 미당이 새로 찾고자 했으며 또 돌아가기 바라던 향내 그윽한 '향토', 곧 '참된 장소'로서 더할 나위 없는 곳이었다. 다른 시구를 더할 것도 없이 인용부만 해도 '조선(동양)–전통(문화)–영원성'의 가치를 충분히 환기하고도 남는다. 미당은 "내넋의 시골"과 다시 찾아드는 "사투리"를 첨가함으로써 '수대동'이 오랜 '영적 교감'과 '대화적 경험'을 다시 불러오고 또 새로이 전파하게 될 '나의 장소'임을 널리 알렸다. 이 황홀한 '나의 장소'도 '해체-폐기'에서 '재생-부활'로라는 죽음과 삶의 서사를 전제하고 있다. 예컨대 "샤알·보오드레-르처럼 설고 괴로운 서울여자를 / 아조 아조 인제는 잊어버려"가 전자에, "머잖아 봄은 다시 오리니 / 금녀동생을 나는 얻으리"가 후자에 대응된다. 이 대목들을 앞에 두고 조선-전통, 인연설-영원성의 패찰을 다시 붙여주는 해석 행위는 비효율적인 사족에 지나지 않는다.

이런 뜻에서 '수대동', 곧 죽음과 부활이 한 몸을 이루는 '본원적 고향'으로 돌아옴과 동시에 나아가는 미당에 대해서는 다음과 같은 명칭과 명예를 부여해도 좋을 듯하다. "새로운 장소 경험에 마음을 열고, 자신에게 그 장소가 무엇을 어떻게 영향 미치는지 스스로 물어볼 준비가 된 사람".[9] 사실을 말하자면 미당은 '질마재 신화'의 궁핍한 가계사를 아프게 고백하면서 자신이 소원하고 또 그렇게 밀어닥칠 저 '장소 경험'과 그에 대한 열린 태도를 이미 밝혔더랬다. 자신을 '죄인'과 '천치'로 떠돌게 한 '질마재 신화'의 가난과 고통에 대한 솔직한 고백, 이를 바탕으로 "몇방울의 피"가 언제나 섞여 있는 "시의 이슬"을 찾아 나서겠다는 의지, 그럴 수만 있다면 "병든 숫개만양 헐덕어리며" 더욱 떠돌겠다는 다짐이 서로 경쟁하는 「자화상」(『시건설』, 1939년 10월호)이 그것이다.

이쯤 되면 1937년 작성된 「자화상」이 왜 첫 시집 『화사집』의, 아니 미당 시사 60년의 첫 페이지를 여는 시적 원점과 회귀의 장소로, 또 프랑스 철학자 가브리엘 마르셀의 "개인은 자신의 장소와 별개가 아니다. 그가 바로 장소이다"[10]라는 명제를 증명하는 '나의 장소'로 선택되었는지가 어렵잖게 이해된다. 단언컨대 '수대동'을 포함한 '질마재 신화' 일대는 미당의 삶과 시를 이루는 모든 구성 요소들을 입체적으로 연결하고 하나로 둥글게 감싸 안는 진정한 '나의 장소'였던 것이다.

• • •
9. 에드워드 렐프, 『장소와 장소상실』, 136쪽.
10. 에드워드 렐프, 『장소와 장소상실』, 104쪽.

## 5. 만주·말소리의 부재·무장소성

서정주의 글쓰기에서 만주가 처음 등장한 곳은 「풀밭에 누어서」(1939년 6월)의 "국경선박갓, 봉천奉天이거나 외몽고이거나 상해上海로가는쪽"에서 였다. 당시 만주는 일제가 '공업 일본! 농업 만주'의 기치를 내걸고, 천황의 은뢰恩賴인 '왕도낙토王道樂土'와 '복지만리福地萬里'로 빛나는 오족협화五族協和의 국가 건설에 여념이 없을 때였다. 일왕 쇼와昭和의 꼭두각시 푸이溥儀의 만주국 정권은 저것들의 가치와 덕목을 선전하기 위해 일군日軍—천국, 비적 (조선과 중국의 항일 무장병력)—지옥이라는 주장과 이미지를 만주 전역에 매일 도포하다시피 했다. 이런 상황에서 조선인 상당수도 강제든 자발적이든 굶주림과 헐벗음을 벗어날 기회의 땅으로 부각되던 만주를 향해 상상의 '꽃마차' 달리기를 주저하지 않았다. 그러나 대다수의 이농민은 일제 개척농장의 소작농 신세를 면치 못했으며, 도시로 흘러든 자들도 짐꾼, 밀수꾼, 마약 밀매꾼, 카페와 유곽의 매소부賣笑婦로 전락해 가곤 했다.

미당의 만주행 역시 안정된 직장과 얄팍하나마 매월 지급되는 월급봉투를 희망한 것이었음은 부모의 마음이 "그아들이 잘사는걸 기대하"는 데 있으며 아내의 소원도 "하로바삐 추직就職을 하"는 것에 있음을 아프게 고백하는 장면에서 투명하게 엿보인다. 실제로 미당은 1940년 10월경 가족의 기대와 경제적 압박을 견디지 못하고 제 한 몸 붙일 직장이라도 구하자는 심정으로 경원선과 함경선을 달리고 두만강을 넘어 '국자가局子街, 지금의 연길'로 들어간다. 미당에게 초행의 만주 생활은 그곳의 자연과 사람, 관습과 일상이 조선과 확연히 달라 매우 고통스러웠다. 게다가 직장이 쉽사리 잡히지 않고 가져간 푼돈만 축내는 비참한 상황이었기 때문에 불안감과 초조함만 늘어가는 나날을 피하기도 어려웠다.

미당은 이 그늘지고 축축한 나날(1940. 10. 28~11. 24)의 체험을 때로는 담담하게 때로는 격정적으로 기록하여 식민지 조선으로 전달했다. 그 기록물이 바로 1941년 1월 중순 조선총독부 기관지 〈매일신보〉에 나흘간 나눠 실린 「만주일기滿洲日記」이다. 이 글에는 비참한 일상에 대한 참담한 보고 말고도 이질적인 만주 문화에 대한 솔직한 소견, '시인됨'에 대한 새로운 각성과 전망, 만주양곡주식회사에 취직하게 된 기쁨과 흥분이 자세하게 묘사되어 있어 흥미진진하다. 일자리 구하기의 어려움과 가족의 기대를 배반하는 참담한 마음은 일용할 푼돈이 없어 부모에게 송금을 요청하는 혈서의 편지를 보내고 서울 모 출판사의 편집 주간에게 원고를 약속하며 선先인세 지불을 요청하는 장면으로 대신해 두기로 한다. 대신 만주의 '장소 정체성'에 대한 미당의 어떤 시선과 태도, 그에 맞서 새로운 시혼을 바탕으로 예외적 언어의 '참된 장소', 바꿔 말해 뜻밖의 "시의 이슬"을 탐문하는 모습과 대면해 본다.

먼저 만주 특유의 생활과 관습을 보여주는 이문화異文化에 대한 소회와 의견이다. 미당에게 대단히 이색적인 만주 문화는 장례 풍습과 목욕 문화였다. 그는 '공동묘지'에 "무슨 모형건축"('관'을 실은 상여인 듯 — 인용자) 같은 것을 "쌍우에노코그압헤 향불을사"르는 중년 여성의 곡소리에서 "격이 전연맛지안"고 "조곰도 압흐지안혼것갓"은 느낌을 받으며 조선 문화의 우월성을 느꼈다. 또 "이발소와침실과 안마대와실과實果점"이 한데 모여 있는 목욕탕에서 "소동小童"에게 몸을 맡겨 때를 벗기면서 무슨 더러움과 향락을 동시에 느끼는 이색적인 체험에 빠져들기도 했다. 1980년대 만주 체험을 회상한 시에서 보건대 미당에게는 장례 풍습이 가장 충격적이었음에 틀림없다. 당시의 곡소리를 "큭크르 큭큭 큭큭 큭크르 하는 게 / 뼈를 깎아서 내는 듯한" 매우 비통한 소리로 기억하고 있기 때문이다.

하지만 의문점이 하나 생긴다. 그때는 아프지 않은 곡소리로 기록했는데 왜 나중에는 왜 "뼈를 깎아내는" 듯한 울음소리로 기억했을까. 아마도 그것은 슬픔을 내쏟는 곡소리 자체의 차이보다는 '애도' 방법의 차이에서 발생한 것인지도 모른다. 그러니까 정제되지 않은 만주의 풍습과 고도의 격식을 갖춘 조선 예법의 차이에 대한 시간적 반응의 다름에서 초래된 의도치 않은 혼돈일 수 있다는 것이다. 어쨌거나 미당에게 만주의 장례 풍습은 이문화 고유의 특별한 개성과 존중할 만한 전통이 아니라 충분히 제도화되지 못한 야만과 원시의 관습 정도로 이해되었다는 인상을 지우기는 어렵다. 전통과 관습 차원에서 바라본 만주의 '무장소성'이 미당에게 어떻게 각인되었는지가 드러나는 지점인 것이다.

미당은 취직 소식을 기다리며 낯선 만주 땅 곳곳을 둘러보는 대신 불안함과 초조감을 감춤과 동시에 이겨내기 위해 새로운 문학의 가능성에 대한 모색에 적잖은 시간을 투자한 듯하다. 그는 버리거나 끊어내야 할 조선 문학의 전통 가운데 하나로 "모조밥과 김치에다 십계명十誡命의한문漢文글자를외이는것과가튼 오십년五十年의심심푸리"를 들었다. "십계명의한문글자", "오십년", "심심풀이"가 환기하듯이 조선 문화는 내용과 형식, 사상과 이념 모두에서 '청년'의 열기와 도전, 예민한 지성과 합리적 지혜를 전혀 갖추지 못한 '노년의 양식'에 멈춰 서 있다는 것이 미당의 판단이었다.

물론 새로운 문학의 내용과 형식을 당장 제시하지는 못했지만, 미당은 적어도 초점화의 대상만큼은 도스토옙스키의 『미성년』에서 그 싹을 엿보고자 했다. 이를테면 "'단려端麗'라는 형용사 혹은 동사로서 유아의 미소"가 새로운 싹에 해당한다. "유아의 미소"는 어떠한 교양과 학습 환경에 놓이고 또 무슨 언어와 글쓰기를 만나느냐에 따라 어른의 호통하고 활달한 웃음으로 스스로를 이끌어갈 무한 가능성과 변신의 존재가 아닐 수 없다. 이쯤되면 청년 서정주가 조선에서 친밀한 존재들과 아울러 "조선말"마저 계속 잊자고 되뇌었던 까닭이 무엇인지 분명해진다.

'잊다'라는 동사는 기성의 고착된 시와 언어에 대한 단절을 뜻함과 동시에 "유아의 미소"처럼 싱싱하고 부드러우며 성장 가능성이 충만한 새로운 리듬과 향취, 그리고 소리에 대한 욕망을 의미한다. 이 상징적 '죽임'과 '부활'의 서사는 미당의 생애에서 가장 냉정하고 열렬한 시에 대한 '진정한 장소' 찾기의 하나였다. 미당은 그 둘을 향한 시적 욕망을 기성의 모든 것을 부정하는 상징적 조작을 통해 드러내었던 것이다. '이미 지나간' 것에 부정을 전면화하고 '아직 아닌' 것에 대해서는 침묵, 아니 감추는 방식으로 말이다.

종보단 차라리 북이 있습니다. 이는 멀리도 안 들리는 어쩔 수도 없는 사치입니까. 마지막 부를 이름이 사실은 없었습니다. 어찌하야 자네는 나 보고, 나는 자네 보고 웃어야 하는 것입니까.

　　바로 말하면 하르삔시와 같은 것은 없었습니다. '자네'도 '나'도 그런 것은 없었습니다. 무슨 처음의 복숭아꽃 내음새도 말소리도 병㽣도 아무껏도 없었 습니다.

　　　　　　　　　　　　—「만주에서」 부분(『인문평론』, 1941년 2월호)

　미당은 만주 체험을 담은 또 다른 시 「멈둘레꽃」(최초 「문들레꽃」, 『삼천리』, 1941년 4월호)에서 "눈고 코도 상사몽도 다 없어진 후"에라고 적었다. 다만 「만주에서」와 다르게 "쐬주㶱酒와 같이 쐬주와 같이 / 나도 또한 날아나서 공중에 푸를리라"는 도취의 욕망을 연이어 고백해 두었다. 기성의 것에 대한 시적 결별의 숨겨진 국면이 미지의 것에 대한 시적 창조의 진정한 욕망이었음이 여기서 드러난다. 그렇다면 '만주'는 그것의 '무장소성'으로 인해 '참된 장소'의 진정한 가치와 절실함을 미당에게 더욱 부풀린 '역설의 장소'였던 셈이다.

　미당은 3년의 '인고단련忍苦鍛鍊'을 맹세하며 출근했던 만주양곡주식회사 를 두어 달 만에 그만두고 총력전의 분위기가 물씬 풍기는 '경성'으로 다시 돌아왔다. 뜻밖의 선택인데 왜 그랬을까. 그는 훗날 회상에서 사직辭職 의 이유로 일본인 상사의 민족적·계급적 차별을 들었다. 그러면서 그것을 벗어날 공간으로 '조선항일유격대'를 떠올렸었노라고 고백했더랬다. 이 와 연관된 '장백산맥의 마적' 운운은 그러나 경제적 안정과 편의를 능가하는 차별과 소외에 대한 즉자적 반응의 일환에 불과했다. 귀향의 실질적 동인으 로 "구중중한 허무의 장기瘴氣를 더 견디"지 못했음을 들었기 때문이다.

　그렇지만 미당은 그 '허무 의식'의 이면에 극단적인 니힐리즘의 선배 도스토옙스키가 내렸던 처방전인 "유아의 미소"를 이미 감춰두고 있었다. 아무려나 그것은 기성의 '조선적인 것'과 결별할 수 있는 예외적이며 탁월한 '조선적인 것'을 시의 내용과 형식, 이념과 사상으로 추구하는 작업에서 가장 윤리적이고 심미적인 선택지였다. 시를 통해 결핍과 패퇴투성이의 식민지 현실을 구원하고 다시 구성할 때 필요한 최적의 명분으로 그 무엇이 "유아의 미소"를 능가하겠는가. 다소간 자조 섞인 고백이었지만 문학에 대한 의지 한 자락을 "시는? 시는 언제나 나의뒷방에서 살고 잇겟지 비밀히이건 나의 영원의처妻이니싸"라고 일기에 적을 수 있던 까닭도 저 "유아의 미소"를 어떻게라도 벌써 조우했기 때문인지도 모른다.

물론 잘 아는 대로 뚜렷한 밥벌이 없는 '경성'으로의 귀환은 미당에게 경제적 곤란을 해결하고 일본 주도의 동양 문화에 대한 참여를 증명하는 데 편리했던 체제 협력의 진흙 길로 나아가는 불우의 단초가 되었다. 하지만 미당은 10여 편의 그릇된 문자들을 작성하는 와중인 1942년 5월에서 8월 무렵에 산문 「질마재 신화 근동近洞 야화夜話」(〈매일신보〉), 「향토산화鄕土散話」, 「고향이야기」(『신시대』)를 내리 발표했다. 내용은 '질마재 신화' 사람들의 비극적 운명과 서러운 생활을 구체적 사건과 인물들을 거명하며 점묘하는 것이었다. 그렇지만 미당은 신화의 지혜와 노래의 아름다움을 토대로 위기의 순간을 극복하고 영원한 삶을 모색해 가는 '예외적 인간'들에 대한 관심과 찬미를 결코 잊지 않았다. 그의 갑년에 출간된 『질마재 신화神話』(1975)의 원형질이 이렇게 준비되고 있었던 셈이다.

그렇다면 미당의 청년 시절 극적으로 이뤄진 고향 '질마재'의 발견과 거기로의 귀환은 어떤 의미를 지니는 것일까. 에드워드 렐프의 말을 마지막으로 빌린다면, "세상을 내다보는 안전지대를 가지"게 된 것이자, "사물의 질서 속에서 자신의 입장을 확고하게 파악하는" 토대를 확보하게 된 것이며, "특정한 어딘가에 의미 있는 정신적이고 심리적인 애착"을 갖추게 되었음을 뜻한다.[11] 그러나 이와 같은 안정성과 자기 세계의 확보는 필연적으로 '지금 여기'의 모순된 현실을 외면한 채 '현실 저편'의 영원성을 향해 자신의 삶과 언어를 내던지게 되는 보수주의적·예술 중심주의적 사유와 상상력을 낳게 될 것이었다.

• • •

11. 에드워드 렐프, 『장소와 장소상실』, 104쪽.

## 6. '너'들의 환영·종소리·천심天心의 장소

어쩌면 미당은 앞장에서 살펴본 자기 삶과 시의 진로를 '만주'로 넘어가기 전에 벌써 상상 또는 체현했던 것인지도 모른다. 그는 식민 도시 경성의 "종로 네거리"에서 "뿌우여니 흩어져서, 뭐라고 조잘대며 햇볕에 오는" "열아홉 살쯤 스무 살쯤 되는 애들. 그들의 눈망울 속에, 핏대에, 가슴속에 들어앉'아 "내 앞에'(「부활」, 〈조선일보〉, 1939년 7월 19일자) 오는 '유나奧娜', 곧 '수나叟娜', 호격 조사를 합쳐 한글로 고치면 '순아'인 여성의 환영幻影을 마주한다. 그녀는 첫사랑 '임유라(임순득)'이자 '숙'이었고, '질마재'의 "섭섭이와 서운니와 푸접이와 순네"(「고향산화故鄕散話」)였다. 이들에 대한 사랑과 연민이 몰려드는 장면은 '나·타자·우리'가 함께 살며 노래하는 '참된 장소'가 미당의 내면에 건축될 준비를 벌써 마치고 있었음을 뜻한다.

그러므로 김기림에게 〈조선일보〉 폐간 기념 시로 청탁받았지만, 결국 다른 지면에 발표된 「행진곡」(『신세기』, 1940년 11월호)의 다음 구절은 단순히 절망과 좌절의 심리적 내상을 표현한 것만으로 읽힐 수 없다. "멀리 서 있는 바닷물에선 / 난타하여 떨어지는 나의 종소리" 말이다. 서정주는 앞서 보았듯이 스스로 웅얼거리는 맹렬한 '바다'로 침몰함으로써 기성의 친밀한 존재 및 조선어와 결별하고, 마침내는 "유아의 미소"로 부활하는 식민지 조선의 "유나"들(의 영혼)을 다시 만났다.

그러니 저 "나의 종소리"는 '참된 장소'로 열릴 예정이지만 아직은 닫힌 문, 바꿔 말해 죽음과 삶의 시적 경계에서 방황하는 시인의 내면을 두드리고 깨우는 놀랍고 아득한 종소리, 다시 말해 '사람을 부르는 소리招人鐘'로 이해되어 마땅하다. 이 '종소리'와 함께 청년 미당의 '그리스적 육체성'도, 보들레르와 랭보의 흥분된 영향도, 그를 거의 죽음으로 내몰았던 아무것도 없음에 대한 허무 의식도 마침표를 찍으며 서서히 종말을 고해갔던 것이다.

# 제2장

# 탕아의 편력과 귀환
독자와 함께 읽는 『화사집』


## 1. '탕아'의 시 쓰기와 『화사집』

나는 서정주의 첫 시집 『화사집花蛇集』(남만서고, 1941)을 이야기하기 위해 '탕아의 편력과 귀환'이라는 제목을 붙였습니다. '탕아'는 자기 집안과 고향, 주변 사람들과 잘 어울리지 못하고 갈등을 일으키다가 결국 타향에 가서 떠도는 사람들을 말하지요. 일종의 문제아인 셈이지요. 편력이라는 것은 여기저기 떠돌면서 온갖 체험을 한다는 이야기이겠고, 귀환은 다시 고향 혹은 익숙한 곳으로 돌아오는 것을 의미하지요. 사실 우리는 『화사집』 하면 흔히 뜨거운 생명력, 주체할 수 없는 성적 욕망, 상징주의와 보들레르 등 서구 문학의 영향 등을 먼저 떠올리곤 합니다. 그런데 갑자기 익숙한 곳으로 돌아온다는 뜻의 '귀환'을 거론하니 무슨 말인지 의아할 수도 있겠습니다.

잘 살펴보면 『화사집』 첫 장은 「자화상」으로 시작하며, 맨 끝은 먼 '하늘'(저승)에서 '종로 네거리'(이승)로 돌아오는 '순아'들의 모습을 그린 「부활」로 끝납니다. 『화사집』은 총 24편으로 이뤄졌는데요 시집의 구성을 전체적으로 살펴보면 거기에는 가난한 집안을 떠나 어딘가를 떠돌며 온갖 망나니짓도 하고 아름다운 것에 빠져들기도 하며, 멸시도 받고 소외감도 느낀 끝에 결국 정든 (정신적) 고향으로 돌아오는 이야기가 빼곡하게 들어 있습니다. 이런 사실을 고려하여 독자 여러분과 만나는 이 자리에서는 탕아로서 시인 서정주의 탈향과 귀향의 서사를 함께 추적하며 그 미학적·정신적 편력의 특징을 알아보고자 마련되었습니다. 그래서『화사집』에서 흔히 거론되는 육체성과 생명력 중심의 시 쓰기보다는, 탕아에 방불한 젊은 시절 서정주 시인의 정신적 방황과 현실적 고뇌가 가득 담긴 시 쓰기에 더욱 관심을 가집니다.

## 2.『화사집』과『악의 꽃』의 얼룩빼기 속살

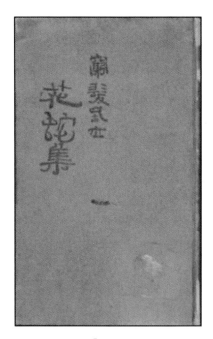

『화사집』

〈시인부락〉 동인 오장환이 운영하던 남만서고南蠻書庫에서 1941년 2월 7일 발간된 서정주의 첫 시집은 어떤 모양일까요. 천연색 이미지를 싣지 못해 아쉽지만, 상당히 비싸 보이는 황금빛 표지에 시인명 '窮髮居士궁발거사'와 시집명 '花蛇集화사집'을 세로쓰기로 나란히 붙여놓았군요. 당시의 소식을 빌린다면, 태평양전쟁 발발 즈음이라 물류 사정이 여의치 못했을 텐데도 호사스럽게 제작되었다지요. 특제본은 비단으로 표지를 감싸고 제목을 수놓은 한정판으로 30부를, 그보다 아래 단계인 병제본은 100부를 찍었다고 합니다. 사진의『화사집』이 병제본인데, 당대 최고의 시인 정지용이 시인명과 제목명을 써주었다지요. 친우의 첫 시집 출간을 위해 집안이 넉넉했던 〈시인부락〉 동인 김상원이 출판

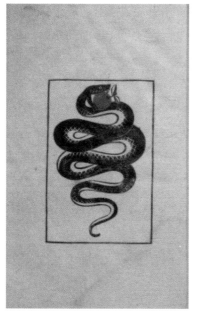

LES
FLEURS DU MAL
PAR
CHARLES BAUDELAIRE

PARIS
POULET-MALASSIS ET DE BROISE
LIBRAIRES-ÉDITEURS
4, rue de Buci.
1857

『화사집』속지                    『악의 꽃』속지

자금을 지원함과 동시에 미당의 문운文運을 비는 발문도 작성했답니다.
과연 미당은 조선총독부 기관지 〈매일신보〉에 실었던 「만주일기」(1940년
10월 28일자)에서 김상원이 "소위체小爲體 오원五圓과 내 시집을 출판하겠다
는 소식"을 전해왔다고 적어 두었습니다. 또한 만주에서 귀환한 직후
열린 출판 기념회에는 김기림, 임화, 김광균, 오장환, 김상원 등이 참석하여
성황을 이뤘다고 합니다.

　출판 과정을 살펴보았으니, 이제『화사집』이 갖는 문학사적 특성과
의미를 살펴보기로 할까요?『화사집』표지를 구경한 김에 속지와 더불어
영향 관계가 말해지는 샤를 보들레르의『악의 꽃』속지를 함께 살펴보며
이야기를 풀어나가는 것도 괜찮겠습니다. 나란히 놓고 보니 뱀과 사과의
이미지가 상당히 닮아 보입니다. 두 시집이 출간된 시대적·문화적 분위기
가 두 그림에 속속들이 배어 있어 함께 견주어 감상할 만한 모양새입니다.

　먼저『화사집』속지입니다. 빨간 사과를 물고 있는 꽃뱀, 그러니까

'화사花蛇'입니다. 이 녀석은 "박하 사향의 뒤안길"에서 시적 화자의 돌팔매를 맞으며 열심히 달아나는 중입니다. 이와 비교한다면, 식민지 조선보다 훨씬 발달한 출판·인쇄술을 갖춘 프랑스에서 출간된 서책답게 보들레르의 『악의 꽃』이 더욱 정교하고 화려하군요. 뱀 두 마리가 나무를 감싸고 올라가는 모양입니다. 잠깐 『악의 꽃』의 세계 문학(사)적 가치와 의미를 살펴볼까요. 보들레르는 상징주의의 비조鼻祖로 알려져 있는데, 「상응」이 예시하듯이 우주와 자연의 비밀을 유려한 언어와 필치로 그려내었지요. 그러나 보들레르의 보다 중요한 미학사적 기여는 세계 처음으로 추와 악을 시의 대상으로 삼았으며, 그를 통해 천편일률적인 시의 개념과 범주를 크게 변환·확장시킨 것에 있습니다.

이를테면 보들레르는 군중의 고독과 삶의 물신화가 나날이 팽배하던 대도시 파리의 삶을 혹독하게 비판하는 『악의 꽃』을 간행함으로써 기성의 시학과 결별합니다. 그는 이 시집에서 우울과 죽음, 동성애와 악 따위의 '금지된 것'을 노래함으로써, 바꿔 말해 자유시 형식을 통해 의도적으로 거스르고 위반함으로써 음탕하고 저속한 외설 혐의로 재판에 회부되고 맙니다. 『악의 꽃』만큼이나 그의 짝사랑 역시 파란만장한 것이었지요. 그는 금발 머리에 순혈의 백인 여성이기는커녕, 자신이 '검은 비너스'라고 명명한 혼혈 단역배우 '잔 뒤발'을 쫓아다니다 제대로 연애 한 번 못해 본 채 매독과 중풍에 걸려 사망하고 맙니다.

그렇지만 그의 삶과 시에 걸친 아찔한 방황과 일탈, 저항과 창조는 돈과 속도를 최상의 가치로 밀어 올린 기술 문명과 도구적 이성을 신랄하게 비판하는 근본적 힘으로 작동합니다. 나아가 이상적이며 규격화된 진·선·미만을 존중하고 찬양하는 기성의 시학에 커다란 충격을 던지고 놀랄 만한 파열음을 가하게 됩니다. 보들레르가 존재했기에 서구 미학에 초현실주의나 미래파 같은 전위주의적 미학이 출현할 수 있었다는 고평이 여기서 출발했던 것이지요.

'꽃뱀'을 쫓아내고 따라가고 하면서 그것의 징그러움(추)과 아름다움(미)을 동시에 느끼다 끝내 꽃뱀이 '크레오파트라'와 '순네'의 입술로 스며들기를 외치는 「화사」도 당대의 조선 현실에서는 쉽게 수용될 만한 내용이 아니었습니다. 하지만 미당은 수풀로 우거진 뒤안길 어디서나 마주침 직한 조선의 '꽃뱀'을 성서의 에덴 설화 및 동서양의 여성에 대해 대범하게 결합시킴으로써 표면적인 추와 악을 심층적인 미와 선으로 전환하는 데 성공하게 됩니다.

그럼으로써 서구 상징주의에서 먼저 발견된 존재와 사물의 선과 악, 미와 추의 양가성이 식민지 조선에서도 한 치의 어김 없이 작동하고 있음을 보여주었지요. 나중에 보게 되겠지만, 「밤이 깊으면」에 도달하면 이것이 과연 서정주의 시일까 싶을 정도로 식민지 현실에서 매음굴로 팔려 갈 수밖에 없는 "우리 순네"의 고통과 패배를 뼈저리게 점묘하기에 이릅니다.


## 3. 천치가 피워내는 시의 이슬

1930년대 '자화상'을 그린 시에는 무엇이 있을까요. 제일 먼저 이상李箱의 「거울」이 떠오릅니다. 거울 안팎의 '나'가 악수를 못 나누는 자아 분열의 상황이 중심이지요. 고결한 영혼의 소유자 윤동주의 「자화상」도 있군요. 우물에 얼굴을 비추어 보니 처음엔 그 사나이가 미워졌지만 나중엔 그가 안쓰러워 다시 돌아와 하나가 됩니다. 창작 시기로 보아 가운데 위치한 서정주의 「자화상」은 자아의 분열이나 윤리적 성찰의 문제를 다루지는 않습니다. 자아의 궁핍한 삶을 시의 이슬에 대한 의지로 전환하는 존재론적 욕구와 미적 감각에 초점을 맞추고 있습니다.

애비는 종이었다. 밤이기퍼도 오지않었다.
파뿌리같이 늙은할머니와 대추꽃이 한주 서 있을뿐이었다.
어매는 달을두고 풋살구가 꼭하나만 먹고싶다하였으나…… 흙으로 바람벽
한 호롱불밑에

손톱이 깜한 에미의아들.

갑오년이라든가 바다에 나가서는 도라오지않는다하는 외할아버지의 숯많
은 머리털과

그 크다란눈이 나는 닮었다한다.


스물세햇동안 나를 키운건 팔할이 바람이다.

세상은 가도가도 부끄럽기만하드라

어떤이는 내눈에서 죄인을 읽고가고

어떤이는 내입에서 천치를 읽고가나

나는 아무것도 뉘우치진 않을란다.


찰란히 티워오는 어느아침에도

이마우에 언친 시의 이슬에는

몇방울의 피가 언제나 서껴있어

볓이거나 그늘이거나 혓바닥 느러트린

병든 숫개만양 헐덕어리며 나는 왔다.

　　　　　　　　　―「자화상」 전문(『시건설』, 1939년 10월호)


　미당은 1937년 가을 스물세 살에 「자화상」을 창작한 뒤 2년이 지나
세상에 선보입니다. 그는 1~3연을 과거와 현재, 미래의 시간적 추이에
맞게 구성하여 '예술적 자아'에 대한 의지와 욕망을 더욱 강조하는 방식을
취하고 있습니다. 1연에는 어릴 적의 궁핍한 생활이 사실적으로 그려집니
다. 2연에서는 "나를 키운 건 팔할이 바람"일 정도로, 유랑의 의식과
현실이 도드라집니다. 그 때문에 남들에게 죄인과 천치 취급을 당하기도
합니다. 하지만 3연에서 대반전이 일어나니, "시의 이슬"을 위해서라면
"병든 숫개"처럼 하염없이 걸어가겠다는 다짐이 그것이지요. 자아의 현실
보다 시의 미래에 초점을 맞춘 예술가형 '자화상' 시편임이 분명하게
드러나는 지점입니다.

「자화상」 전문을 보다 보면 이상한 점이 보일지도 모르겠습니다. 서정주 시 전집 등에서 「자화상」은 보통 2연으로 되어 있습니다. 위의 1연과 2연이 1연, 3연이 2연으로요. 그런데 여기서는 왜 3연으로 써놓았을까요? 두 가지 이유가 있습니다. 첫째, 「자화상」이 처음 실린 『시건설』(1939년 10월)에는 3연으로 되어 있습니다. 이것이 약간 수정되어 『화사집』에 실리면서 문제가 발생합니다. 현재의 책은 왼편으로 넘기면서 읽는 가로쓰기 체제를 취합니다. 하지만 당시에는 오른편으로 넘기면서 읽는, 또 위에서 아래로 내려쓰는 세로쓰기였습니다. 이에 근거한 『화사집』에서 "나는 닮었다 한다"와 "스믈세햇동안 나를 키운 건 팔할이 바람이다"는 서로 앞뒷면으로 되어 있습니다. 이것을 가로쓰기로 제작한 『미당서정주 시전집』(민음사, 1983)에서 연 대신 행으로 처리하는 바람에 그것을 취한 다른 시집들 역시 3연 처리를 하게 된 것이지요.

「자화상」에는 서정주의 탁월한 감각과 언어를 유감없이 보여주는 구절들이 곳곳에 박혀 있습니다. 우선 "애비는 종이었다"라는 표현입니다. 미당의 부친은 일제 식민지 시절 벌써 경성방직과 동아일보를 운영하던 김성수와 김연수 집안의 농지와 소작인을 관리하는 농감農監으로 일했습니다. 그럼에도 미당은 부친을 '종'이라 부르며 그 신분과 가난을 일정하게 과장하고 있습니다. 왜 그랬을까요? 2연이 그렇듯이, 3연의 "시의 이슬"을 절대화하기 위한 자기 낮춤의 역설법이랍니다. 그리고 "대추꽃이 한주"라는 표현도 흥미로운데, 가뭄 따위 때문에 꽃이 성글게 핀 나무를 그렇게 묘사한 듯합니다. 다음으로 "바람벽"은 한국 시에서 딱 두 군데 나옵니다. 미당의 「자화상」과 백석의 「흰 바람벽이 있어」 외에는 본 적이 없답니다. "바람벽"은 흙으로 바람이 들어오지 않게 막는 벽을 뜻하니 가난한 삶이 훤하게 들여다보입니다. "팔할의 바람"은 패러디의 집중적 소재가 되는 명구에 해당하니 따로 설명이 필요 없겠지요?

시간도 아낄 겸 「자화상」의 핵심적 가치를 적어둘 겸 나머지 2연과 3연의 언어적 탁월성에 대해서는 따로 언급하지 않겠습니다. 서정주 「자화상」의 탁월한 성취는 무엇보다 시를 쓰고 음악을 연주하며 그림을 그리는 자들, 곧 예술을 삶의 최고 가치와 목표로 삼는 심미적 개인의 발견에 있습니다. 근대 이전의 예술은 개인적 내면에 대한 자율적인 표현보다는 중세적 가치와 집단적 이념을 정해진 형식에 따라 그리는 작업에 훨씬 익숙했습니다. 하지만 역사적 모더니티의 급속한 발전은 일상생활의 풍요로움과 편리함을 가져오게 됩니다. 이에 발맞춘 국민국가의 발전에 따라 집단적 가치보다는 시민 개개인의 욕망과 취향이 존중되는 사회도 출현하게 되고요. 그러나 그 이면에는 과정이나 방법보다 결과를 중시하는 도구적 이성의 횡행, 자본주의 및 제국주의의 확산에 따른 계급 모순과 민족 모순의 확대, 집단적 폭력과 대량의 몰사를 야기하는 세계대전의 발발, 대량 생산과 대량 소비의 확산에 따른 개성의 획일화와 소외 등이 울울하게 펼쳐지고 있었습니다.

시를 비롯한 각종 예술은 역사적 모더니티가 초래한 그늘에 맞서 명랑한 개성과 차가운 지성, 도취의 열정과 저항의 냉정, 기존 문법의 파괴와 기성 언어의 균열을 강렬하게 밀어붙였습니다. 앞서 말한 보들레르와 랭보, 1920년대를 전후한 아방가르드 미학에 의한 시의 파괴와 그 가치의 재편성은 이런 경향을 대표합니다. 미당은 전근대와 식민지에 처한 궁핍한 가계사와 무능한 문청文青의 아찔한 위기 및 소외, 그리고 추락하고 병든 자아에의 역설적 의지를 통해 시의 이상과 절대성을 오히려 꿈꿨던 것이지요. 미당의 「자화상」이 현재에도 전 지구적 자본의 폭력과 황폐를 넘어 예술의 영토로 귀환하고자 하는 탕아–시인의 모본模本으로 충실히 기능하는 이유가 여기 있답니다.


## 4. 식민지 현실과 '순네'의 죽음

『화사집』에는 식민지 조선에 대한 일제의 폭력성이나 식민지 근대화에 반하는 궁핍한 삶의 경험을 다룬 시편들이 거의 등장하지 않습니다. 『화사집』은 그리스적 육체성에서 동양적 영원성으로 잠입하는 '탕아의 귀환'을

그린 시집으로 흔히 이해됩니다. 시의 절대성을 꿈꾸는 「자화상」에 묘사된
곤핍한 현실이 예외적 사례인 이유의 하나입니다. 그러나 귀향/귀환의
전제가 탈향/탈출임을 생각하면, 1930년대 후반 식민지 현실의 경험과
그 표현을 살펴보는 일은 의외로 중요해집니다. 미당의 탈향은 시 못지않게
생활의 구원을 위한 것이었다는 사실, 또 그 생활에의 실패가 시의 순수성과
영원성에 대한 갈급한 욕망을 더욱 촉발했다는 사실, 『화사집』에 미등기된
아래 시편들을 읽기 전에 미리 짚어둘 요점들입니다.

여자야 너또한 쪼껴가는 사람의 딸. 껌정거북표의 고무신짝 끄을고
그 다 찢어진 고무신짝을 질질질질 끄을고

엌새풀닢 욱어진 준령峻嶺을 넘어가면
하눌밑에 길은 어데로나 있느니라.
그많은 삼등객차의 보행객의 화륜선의 모이는곧
목포나군산등지. 아무데거나

그런데 있는 골목, 골목의 수효數爻를
크다란건물과 적은인가를, 불켰다불끄는모든 인가를,
주식취인소를, 공사립금융조합, 성결교당을, 미사의 종소리를,
밀매음굴을,
모여드는사람들, 사람들을, 사람들을,

결국은 너의 자살自殺우에서……

철근콩크리트의 철근콩크리트의 그무수헌산판算板알과나사못과치차齒車
를단철근콩크리트의밑바닥에서

혹은 어느 인사人事소개소의 어스컹컴한 방구석에서

속옷까지, 깨끗이 그 치마뒤에있는 속옷까지 베껴야만하는 그러헌 순서順序.
깜한 네 열개의손톱으로 쥐여뜨드며쥐여뜨드며
그래도 끝끝내 끌려가야만하는 그러헌너의순서를.
— 「밤이 깊으면」 부분(『인문평론』, 1940년 5월)

해방 후 『귀촉도』(1948)에 실릴 「밤이 깊으면」은 '순네'나 다름없는 '숙'이라는 여성의 비극적 초상을 그려 보입니다. '숙'이 가난한 시골에서 "찢어진 고무신짝"을 끌고 근대 문명으로 비만한 식민 도시로 불안한 마음을 억누르게 조심스럽게 올라옵니다. 그곳은 경성, 군산, 목포, 부산 어디라도 좋습니다. 일제의 식민지 지배와 개발이 충실히 수행된, 그래서 일제의 우월성과 권력을 자랑할 수 있는 곳이면 되니까요. 도시의 골목에는 주식시장, 금융조합, 교회, 미사의 종소리, 매음굴, 모여드는 사람들이 있습니다. '숙'은 공장이든 카페든 아니면 매음굴이든 아마도 부모와 형제의 더 나은 삶과 행복을 위해 제 몸을 돌보지 않고 열심히 일했을 것입니다.

그러나 돈과 욕망이 밀물처럼 넘쳐흐르는 곳, 그런 만큼 인간성 말살과 소외의 고통이 가장 극에 달하는 곳, 그 끔찍한 폭력과 불행의 현장을 어린 소녀가 이겨나가기란 여간 버겁지 않았겠지요? 결국 견딜 수 없는 치욕과 고통 끝에 '숙'은 자살을 감행하며, 그제서야 불행한 현실로부터 간신히 벗어납니다. '숙'의 자살이 죽음과 자유를 뒤바꾼 가장 비극적이며 아이러니한 삶인 까닭이 여기 있습니다.

시의 끝자락에 "속옷까지, 깨끗이 그 치마뒤에 있는 속옷까지 베껴야만 하는 그러헌 순서"라는 대목이 나오는데요. 도대체 무슨 일이 벌어진 걸까요? 여공들이 생산품을 몰래 집어 갔을까 봐 몸을 수색하는 장면이라면 그나마 괜찮습니다. 물론 개인의 인격을 보장하기는커녕 잠재적인 범죄자로 간주, 감시와 처벌을 일상화하는 장면이라는 전제를 깔고서 말입니다. '숙'이 자살할 정도로 가해지는 육체적 고통과 치욕이라면, 인권 말살의 성폭력일 가능성이 농후할 듯합니다. 우리는 '숙'의 가장 소외되고 파열된 모습을 일제의 침략 전쟁에 내던져진 조선인 '위안부',

곧 자아의 존엄성과 주권을 깡그리 말소당한 우리의 누이들에게서 겹쳐 읽고야 맙니다.

가끔 나는 젊은 서정주가 '숙'의 비극적 삶과 죽음을 끊임없이 환기하며 그녀를 기억하고 애도하는 시 쓰기를 몇 편 밀고 나갔다면 어땠을까 라며 아쉬움을 달래곤 합니다. 1970년을 전후하여 미당은 일제 말 시국 협력에 대해 반성의 문장을 적어내기에 이릅니다. 그러면서도 한편으로는 동양 정신과 문화의 새로운 창안을 위해, 다른 한편으로는 '종천순일移天純日'의 운명론에 순응하거나 목숨을 부지하기 위해 어쩔 수 없이 근대 천황제에 대해 협력했다는 부끄럽고 치졸한 자술을 덧붙여 둡니다. 그러나 만약 '숙'을 향한 기억과 애도가 더더욱 무거워졌다면, 일제의 '황국신민화'니 '대동아'의 세계 제패니 하는 침략적·허구적 욕망에 대한 거리감 역시 더더욱 멀어졌을지도 모릅니다.

지금이라도 뒤늦게 '숙'의 삶과 죽음을 아프게 기억하자는 뜻에서 일제 문화자본이 발행한 사진엽서 두 장을 덧붙여 둡니다. 제대로, 그리고 정중히 애도되지 못한 죽음은 유령으로 떠돌며 우리의 영혼과 삶에 아픈 상처와 균열을 남기곤 한답니다. 이는 '숙'의 죽음을 당대의 어떤 시들보다 구체적·객관적으로 기록한 젊은 미당의 치열한 의식을 되살려 보자는 뜻도 있습니다. 그뿐 아니라 이 사진엽서들은 미당이 식구들의 안위와 자신의 시적 도약을 위해 만주의 국자가(연길)로 떠나는 까닭과도 무관하지 않습니다. 표면적으로는 조선의 현실을 사실 그대로 포착한 듯하지만, 사진엽서의 이미지와 시편에는 일제 식민주의의 폭력적 관음증과 문화 지배의 술책이 세련된 인쇄·광학 기술로 수행되고 있었지요.

예시한 자료는 총 32매로 구성된 사진엽서 세트 『경성백경京城百景』에서 가져온 것들입니다. 왼편은 여전히 전근대성을 벗어나지 못한 조선인들의 일상과 노동 현장을 촬영한 것입니다. 야만과 원시의 기미가 묻어 나오는 장면들인지라 이들의 삶은 문명의 세례를 서둘러 받아야만 하는 피식민적 대상으로 고정됩니다. 기생은 조선의 미를 표상하는 대표적 기호(이미지)입니다. 하지만 그녀들은 유희나 섹슈얼리티의 소비를 위한 사물 이상의

전근대적인 조선인의 일상　　　　경성의 근대 건축

의미를 갖기 어려웠습니다. 제국주의는 더욱 편리하고 효율적인 식민지 지배와 통치를 위해 개발 이전의 그 '붉은 땅'과 문명 이전의 '토인'을 계몽과 멸시의 대상으로 동시에 고착시킵니다. 일제도 이와 동일하게 식민지 조선을 전근대적이고 여성적인, 따라서 이성과 문명에 뒤처진 사회이자 폐쇄된 공간으로 끊임없이 재배치하고 재구성해 갑니다.

　이를 더욱 입체적으로 드러내기 위해서는 일제의 우수성과 문명성을 선전하고 확증할 수 있는 매체와 도구들이 필요할 수밖에 없지요. 오른쪽의 사진엽서에 보이는 경성부청(서울시청)을 비롯한 서양식 건축과 도로 등은 조선의 근대화에 기여한 구체적 물증들로 동원되는 대표적 품목들입니다. 철도, 항구, 공장, 학교 등도 마찬가지 이유와 목적으로 여러 사진엽서에 자주 배치되곤 했답니다. 그런데 흥미롭게도 일제는 근대 문명의 현장에 특히 근대적으로 각성한 학생과 지식인, 시민들의 모습을 거의 드러내지 않습니다. 또한 사진엽서 곳곳에 적힌 시가詩歌에서도 조선인의 시점을 취할 때는 근대를 향한 호기심과 자부심보다는 애수와 상심에 젖은 우울한 내면의 감정을 주로 노래합니다. 이는 '조선적인 것'의 수동성과 타율성을 부각하는 한편 '일본적인 것'의 문명성과 명랑성을 더욱 입체화하기 위한 일종의 '맞춤 전략'이지요.

## 5. 일상의 붕괴와 조선 탈출의 욕망

1920~30년대의 조선 현실을 살펴보면 여전히 전근대적이며 합리적 이성에 뒤처진 모습이 곳곳에서 펼쳐집니다. 예컨대 염상섭의『만세전』이나 채만식의『탁류』등을 보면, 현실 모순에 대한 진지한 이해와 성찰 없이 개인의 욕망과 부귀를 위해 주변 사람들을 무시하고 괴롭히는 무뢰한들이 수시로 출몰합니다. 또한 일제와 주변 권력의 폭력과 행패에 대해 사소한 저항은커녕 군소리 없이 복종하고 수용하는 무력한 장삼이사들도 숱하게 등장합니다.

하지만 그렇다고 이들의 잠재성과 가능성이 무시되거나 또 이들이 식민지인이라는 이유로 이등, 삼등의 존재로 강제 추락되어서는 안 됩니다. 그것이 문명이든 문화든 식민지인들이 그들의 '보다 나은 삶'을 위해 역사 현실에 참여하고 새로운 공동체를 건설할 수 있도록 하는 것이 진정한 연대와 화해의 자세일 것입니다. 말할 수 없는 조선 하위 주체의 피와 땀이 없었다면 저 화려한 '경성부청'과 각급 기관의 위용과 자랑은 어디서도 세워질 수 없었을 겁니다. 식민 통치를 통해 조선을 근대화했다는 오늘날 일본의 견강부회가 후안무치를 넘어 여전히 식민주의적 폭력의 연장이 아닐 수 없다는 판단은 그래서 가능합니다. 일제가 황국신민으로서 조선인의 피는 요구했지만 조선인의 자율성과 진보성을 위한 지혜의 제공에는 몹시 인색했으며 제한적이었음을 숱한 역사적 사실들은 증명합니다. 친근한 이웃들과 주고받는 우편엽서에도 그런 간교한 책략이 점점이 박혀 있음을 저 조선인과 근대 문물의 대립적 이미지에서 문득 발견합니다.

차라리, 고등보통같은것 문과文科와같은것 도스터이엡스키 이와 같은것
왼갖 번역물과같은것 안읽고 마럿스면 나도 그냥 정조식正條植이나심으며
눈치나살피면서 석유호롱 키워노코 한대代를 직혓을꺼나. 선량한나는 기어이
무슨 범죄라도 저즈럿을것이다.

어머니의애정을 모르는게아니다. 아마 고리키이작作의 어머니보단 더하리
라. 아버지의 마음을 모르는게아니다. 아마 그아들이 잘사는걸 기대리리라.
허나, 아들의지식知識이라는것은 고등관도 면소사도 돈버리도 그런것은 되지
안흔것이다.

고향은 항시 상가喪家와같드라. 부모와 형제들은 한결같이 얼골빛이 호박꽃
처럼 누-러트라. 그들의 이러한체중을 가슴에언고서 어찌 내가 금강주金剛酒
도아니먹고 외상술도아니먹고 주정뱅이도 아니될수잇겟느냐

(…)

안해야 너잇는 전라도로향하는것은 언제나 나의배면背面이리라. 나는 내
등뒤에다 너를버리리라

그러나

오늘도 북향하는 동공을달고 내피곤한육체가 풀밭에누엇슬때, 내 등짝에
내 척추신경에, 담뱃불처럼 뜨겁게 와닷는것은 그 늘근어머니의 파뿌리 같은
머리털과 누-런잇발과 안해야 네 껌정손톱과 흰옷을입은무리조선말. 조선
말.

— 이저버리자!

—「풀밭에 누어서」 부분(『비판』, 1939년 6월)

매우 낯선, 아니 처음 읽어보는 시지요? 미당은 이 시를 어느 시집에도
싣지 않았습니다. 한 가정을 꾸렸음에도 그들을 보살필 길 없는 젊은
가부장의 무능력과 부적응이 울울하게 박힌 초라한 민낯이 부끄럽거나
탐탁지 않아서 그랬을 겁니다. 가족은 장남 미당의 세속적 성공을 바랍니다.
고등관이니 면소사니 하는 공직에 진출함으로써 경제적 안정과 명랑한
성공을 자랑하기를 부모와 아내는 빌고 또 빕니다. 하지만 이 번듯하고

안락한 길은 문화니 도스토옙스키의 소설이니 박래품 번역물 따위를 무용한 것으로 밀어내며 오로지 성공을 향해 달리는 말에 채찍질을 가해야 하는 환금換金의 도로입니다. 부모의 희망이 간단치 않은 궁핍에 기초해 있다는 것은 '상가', 곧 초상집과 '누런 얼굴'에 벌써 뚜렷합니다. 하지만 미당은 가족의 희망을 충족시킬 능력도 의지도 없습니다. 그 압박감과 무력감을 이기기 위해 술을 마시고 노름을 하면서 시간을 때우는 것입니다.

결국 미당은 삶의 무게와 고통이 얼마나 강하던지 드디어는 '어머니'와 '아내'와 '흰옷'과 '조선말'을 잊겠다고 비통하게 선언합니다. 불행한 현실에 나포된 이들은 「바다」나 「문」에서는 '시의 이슬'에 반하는 장애물로 등장합니다. 그러니까 시로 가는 길에서 끝내 결별해야 하는 현실의 상징물 같은 것이지요. 이에 비해 「풀밭에 누어서」에서는 궁핍한 가계사가 전면화 되며, 시의 내용도 무능력한 자아에 대한 자책과 가족의 희망에 대한 부담감의 토로로 흐르고 있습니다. 이것이 당대의 엄연한 현실임을 우리는 이용악의 「낡은 집」과 백석의 「북방에서」, 강경애의 『인간 문제』와 김남천의 『대하』 등에서 어렵지 않게 확인할 수 있습니다.

그래서일까요. 미당은 결국 만주의 봉천(심양)이니, 더 북쪽의 몽골이니, 대륙의 상해니 하는 낯선 외국으로 탈출하여 무언가 밥값을 할 수 있기를 바라는 마음을 시 한 편에 슬쩍 붙여둡니다. 그 의지 가운데 하나가 가족과 공동체와의 이별에 더해지는 '조선어'에 대한 망각의 욕망입니다. '조선어' 는 단지 친밀감과 의사소통을 위한 일상어가 아닙니다. '시의 이슬'을 보려는 미당에게 '조선어'는 한시라도 떼어놓을 수 없는, 또 나날이 갈고 닦아야 할 시의 목적물이자 미학적 방법인 겁니다. 그런데도 그것을 잊고 타국으로 탈출하겠다니요. 이것은 삶과 시의 고향을 동시에 상실하는 장면이라는 점에서 매우 문제적입니다.

실제로 1930년대 후반 미당의 탈향 의지는 선언으로 그치지 않습니다. 그는 당시 만주 개척을 위해 조직적으로 조선을 떠났던 남부여대의 조선인들이 그랬듯이, 두만강을 건너 '국자가'(연길)로 취직하러 떠나기에 이릅니다. 일자리가 구해지고 가족을 데려온다면 그의 실생활은 상당히 안정이 되겠으나, 그것은 조선 향토와 조선어를 동시에 상실하고 망각하는 결과를 초래할 것임에 틀림없습니다. 미당은 그것을 감내할 결의를 다지면서 1940년 9월 중순 경 두만강을 넘어 만주로 들어가기에 이릅니다.


## 6. 만주국에서의 고독과 한·만 간 죽음의 차이

서정주의 「만주일기」를 통해 만주에 도착했을 당시 미당의 심리와 시에의 위기 상황을 살펴볼 차례가 되었군요. 1941년 1월 〈매일신보〉에 네 차례 나뉘어 실렸던 「만주일기」는 1940년 10월 28일~11월 24일까지 총 16회에 걸쳐 작성된 글입니다. 이국 생활의 어려움이 생생하게 드러나지만, 미당의 내면에 가까이 다가설 수 있는 흥미진진한 내용도 적잖습니다. 미당은 1940년 9월 말을 전후하여 입만入滿, 11월 말 만주양곡주식회사에 취직하기에 이릅니다. 그렇지만 채 석 달을 못 넘기고 1941년 1월 하순 만주를 이탈하게 됩니다. 첫 시집 『화사집』이 2월 5일 출간되었으니, 적어도 2월 초에는 서울로 돌아와 그 시끌벅적했던 출간 기념회에 참석했겠지요. 미당은 왜 귀한 직장을 얻고서도, 한 3~5년 돈을 벌어 어머니 고무신 사 들고 돌아오겠다고 다짐하고도, 그렇게 빨리 경성으로 줄행랑쳐 온 것일까요?

우리 근대 문학에서 만주는 가난해서 몰래 숨어드는 곳, 다시 말해 호구지책을 위해 유이민들이 하릴없이 쫓겨 가는 공간으로 그려지곤 합니다. 그렇지만 1932년 일제에 의해 만주국이 성립된 뒤에는 사정이 많이 달라집니다. 일제는 만주국을 '왕도낙토王道樂土'가 실현되는 '복지만리福地萬里'의 공간, 만주 둘레의 다섯 민족이 사이좋게 화합하는 '오족협화五族協和'의 마당으로 건설하고자 했지요. 1940년을 전후하여 크게 유행한 대중가요 「꽃마차」나 「복지만리」에서는 가난과 고통에 찌든 생활 전선의 비참함이 아니라 개척과 부귀의 미래가 찬양되는 이국적이며 이상적인 '만주'가 명랑하게 노래됩니다. 이런 경향은 만주국을 동양의 이상향으로

만주국 수도 신징(신경) 번화가

건설할 수 있기를 염원했던 일제의 식민주의적 지배 정책과 선전·선동의 전술이 얼마간 반영된 것이 아닌가 합니다.

미당도 만주를 성공과 개척의 공간으로 간주한 면모가 뚜렷합니다. 일기의 첫 장과 마지막 장에 어머니에게 성공을 다짐하는 말이 반복하여 배치되고 있기 때문입니다. 하지만 사실을 말하건대, 만주국에서 조선인은 생활에서는 극빈 중의 극빈 상태를, 타민족과의 관계에서는 일본의 이등 공민이자 일제의 협력자라는 양가적 위치를 벗어나지 못했습니다. 미당은 만주양곡주식회사에 근무하며 일본인의 멸시에 깊이 좌절하는 한편 여러 방법으로 일본인 상관을 골탕 먹였던 경험을 1970년대의 문학적 자서전 「천지유정」, 1980년대의 『팔할이 바람』 등에서 반복하여 술회합니다. 심지어 조선인 중심의 마적단에나 들어가 볼까 하다가 몹시 겁이 나서 포기했다는 고백도 하고 있으니 만주 생활이 어지간히 힘겹긴 힘겨웠던 모양입니다.

서정주가 만주와 결별한 결정적 이유는 「육자배기」 한 자락 없는 만주인 들의 장례가 끔찍하여 견딜 수 없기 때문입니다. 만주에서는 관을 땅에다 놓고 여인네들이 통곡하는데, 그 소리는 귀 천정을 박박 긁어대는 이상한 쇳소리 같았다지요. 하지만 이에 못지않게 중요한 것은 시의 위기 때문이었을지도 모릅니다. 미당은 "시는 언제나 자신의 뒷방에서 사는 영원한 자신의 처"라고 말하며 시인의 결기를 다지곤 하지요. 도스토옙스키의 『미성년』에서 어린아이의 웃음을 발견하고는 자기 시의 모토로 삼겠다고 다짐하고요.

그러나 입만 직후 취직이 여의치 않은 상황에서 그는 꽤나 심각한 생활의 곤란에 처합니다. 서울 잡지사의 C씨에게 글을 써 줄 테니 원고료를 보내라고 간청하지만, 또 고향의 아버지에게 혈서를 써 보내 생활비를 요청하지만, 겨우 아내가 돈 몇 푼을 보내주었을 따름입니다. 그런 고난 끝에 드디어 '만주양곡주식회사'에 취직하게 되며, 새로운 생활인의 모습을 다짐하는 뜻도 있겠으나 취직을 위한 것으로 보이는 창씨명 '시즈오靜雄'로 스스로를 지칭하기도 합니다.

이렇듯 어렵게 취직했던 양곡회사는 일본인의 차별과 고향의 식구들에 대한 그리움 때문에 아주 즐겁지만은 않았던 모양입니다. 그에 부가된 조선어의 상실은 시의 위기를 더욱 강화했으며 동시에 시적 욕망을 더욱 갈망케 했을 테지요. 더군다나 2월 초면 『화사집』이 발간된다는 소식도 들은 참이니, 조선으로의 귀환은 회사를 그만두고라도 전격 결행할 만한 것이었을지도 모릅니다. 그는 조선에 돌아온 후 만주 경험을 다룬 「멈둘레꽃」과 「만주에서」, 「무제」 세 편을 발표합니다. 그러니 이렇게 말해보면 어떨까요? 미당은 스스로 버리고자 했던 향토의 죽음을 대하는 관습(미학)과 조선어 시에 대한 갈망 때문에 만주와의 결별과 조선 귀환을 앞당겼을지도 모른다고요.


## 6. 조선 귀향과 영원성 수용

『화사집』 시대 미당의 탈향과 귀향은 순차적이기보다 동시적인 사태입니다. 「풀밭에 누어서」에 이어 귀향의 실질적 추동체로서 만주 경험을 먼저 얘기했습니다. 하지만 『화사집』의 「수대동시」(1938)에는 서구적인 것, 곧 보들레르와의 결별, 오랜 역사와 전통('고구려')과 영혼('내 넋의 시골'), 진정한 언어('사투리')를 겸비한 향토로의 귀향, 그 결과로서 새로운 가족의 탄생이 벌써 묘사되고 있답니다. 이를 참조하면, 미당의 만주 경험은 시에서 먼저 결행된 귀향의 타당성과 합목적성을 재차 확인하고 승인하는 사후 승인 행위에 가까운 것입니다. 성공의 강박 아래로 실패를 껴안은 향토와 조선적인 시가 조용히 그러나 무섭게 흐르고 있던 셈이랄까요.

이를테면 「풀밭에 누어서」에서는 부모와 아내, 심지어 조선어까지도 잊겠다고 했는데, 미당은 다시 결별의 대상들이 촘촘히 기립해 있는 고향으로 되돌아왔습니다. 향토 인근의 '수대동'을 재발견함으로써 가족의 진정성을 새로이 함은 물론 나고 자란 '질마재'를 신과 자연과 인간이 통합되는 본원적 공간으로 숭고화·가치화하기. 이 작업에서 '수대동'이나 '금녀 동생'은 넓게 보면 '조선적인 것'이나 '동양적인 것'을 표상하겠지요? 미당은 익숙한 것들의 공간을 이상적 가치가 충만한 장소로 역전시킴으로써 드디어 영원성의 세계를 문득 엿보고야 맙니다. 이 순간은 탕아의 편력이 마감됨과 동시에 그에게 가장 합당한 생명, 그러니까 '구경究竟적 삶'이 주어지는 찰나라는 점에서 일회적이고 징후적인 존재의 사건입니다.

우리는 그 장면을 『화사집』의 마지막 시 「부활」에서 일말의 머뭇거림도 없이 직핍하게 확인합니다. 자, 먹먹한 가슴으로 울음을 삼켜가며 다 함께 우리의 '유나'를 아프게 불러볼까요?

> 내 너를 찾아왔다 유나臾娜. 너참 내앞에 많이있구나 내가 혼자서 종로를 거러가면 사방에서 네가 웃고오는구나. 새벽닭이 울때마닥 보고싶었다…… 내 부르는소리 귓가에 들리드냐. 유나臾娜, 이것이 몇만시간만이냐. 그날 꽃상 부喪阜 산 넘어서 간다음 내눈동자속에는 빈하눌만 남드니, 매만저볼 머릿카락 하나 머리카락 하나 없드니, 비만 자꾸오고 …… 촉燭불밖에 부흥이우는

돌문<sup>門</sup>을열고가면 강물은 또 몇천린지, 한번가선 소식없던 그어려운주소에서 너무슨 무지개로 네려왔느냐. 종로네거리에 뿌우여니 흐터저서, 뭐라고 조잘 대며 햇빛에 오는 애들. 그중에도 열아홉살쯤 스무살쯤되는애들. 그들의눈망 울속에, 핏대에, 가슴속에 드러앉어 유나<sup>臾娜</sup>! 유나<sup>臾娜</sup>! 유나<sup>臾娜</sup>! 너 인제 모두다 내앞에 오는구나

—「부활」 전문(〈조선일보〉, 1939년 7월 19일자)

우리는 「밤이 깊으면」에서 식민주의적 폭력에 속절없이 무너진 '숙'을 벌써 보았습니다. '유나'(〈조선일보〉본과 『서정주시선』에서 '유나'는 한글 '순아'로 적혀 있습니다)는 '숙'이어도 좋고, 산문 「고향산화<sup>故鄕散話</sup>」 (1942)의 네 소녀 섭섭이, 서운니, 푸접이, 순네여도 좋으며, 미당이 짝사랑 했던 임유라여도 좋습니다. 시제<sup>詩題</sup>가 '부활'이니만큼 그녀들은 저승(죽 음)에서 이승(삶)으로 귀환하거나 도래하는 중인 것입니다. 물론 이때의 '죽음'은 실제의 사태를 호명한 것이어도 괜찮고, 새로운 세계로 도약하기 위한 상징적 사건이어도 괜찮습니다.

「부활」의 핵심은 죽음 자체도, 그것을 거스르는 재생 자체도 아닙니다. 「부활」은 신과 인간, 우주와 자연의 상하 조응 및 인간과 자연, 너와 나의 수평 조응이 자연화되는 세계, 곧 우주적 무한과 시간적 영원이 발현된 '영원'의 지평이 열리는 순간에 바쳐진 영혼과 언어의 모험인 것입니다. 그것을 가족을 제외한다면 가장 친밀한 존재일 '연인'의 천상적 부활, 아니 지상적 도래를 통해 발화한지라 '나'와 '유나'의 순간적 마주침 은 더욱 절실하고 슬프며 더욱 애틋하고 감격적일 수밖에 없습니다. 표면상 '유나'는 기껏 네 차례의 부름에 그치고 있으나, 아마도 '나'의 저 깊은 곳에서는 "붉은꽃을 문지르면 / 붉은피가 도라오고 / 푸른꽃을 문지르면 / 푸른숨이 도라"올 때까지 '유나'가 불리고 있을 겁니다.

이 구절이 속한 서사 무가는 "정해 정해 정도령아"로 시작되는데 『신라초 <sup>新羅抄</sup>』(1961)에 이르기까지 반복적으로 등장합니다. 이것은 박혁거세의 모친 사소<sup>娑蘇</sup> 부인의 입을 빌려 "피가 잉잉거리던 병은 이제는 다 나았습니

다"라고 힘주어 고백한 끝에야 겨우 멈추게 된답니다. 그런데 참으로 의미심장한 것은 저 노래가 산문 「고향산화」의 한 삽화 〈네 명의 소녀 있는 그림〉에서 첫선을 뵈었다는 사실입니다. 이후 그것은 『귀촉도』의 마지막 시 「무슨꽃으로고 문지르는 가슴이기에 나는 이리도 살고싶은가」 로 몸 바꾸어 시의 운명과 영광을 다시 살게 됩니다.

내가 순이와 숙이, 섭섭이와 유나를 제각각이되 하나인 '그녀'로 간주한 까닭이 여기서 드러납니다. 또 '유나'를 만나는 진정한 장소가 도시든 향토든 크게 개의할 필요가 없는 까닭도 여기서 드러납니다. 삶과 존재에 관한 최상의 가치가 '영원성'의 지평으로 수렴되는 곳에서는 오히려 낮은 곳에 임한 자들일수록 삶의 잠재성과 신성성의 발현 가능성이 더욱 드높아지기 마련이지요. 과연 「부활」의 '유나'는 〈네 명의 소녀 있는 그림〉에서 서운니와 푸접이, 섭섭이와 순네로 거듭 변신하여 죽음의 위기에 처한 '나'에게 살림의 숨결을 불어 넣습니다.

그런데 변두리 삶을 위무하고 치유하는 이들의 생명 귀환과 도래가 어디 여기서만 그치고 만답니까? 『떠돌이의 시』(1976)에서 보면, 우리의 "박푸접이네"와 "김서운니네"는 오십이 넘어서는 남편을 "다 뇌점으로 먼저 저승에" 보내게 됩니다. 첫날밤의 낭군을 먼저 보낸 그녀들은 어떤 상태일까요? 남편을 먼저 보낸 슬픔에 깊은 한숨만 쉬고 있을 거라고요? 아닙니다. 그렇기는커녕 "비로소 한가해 오금을 펴면서" '연애'를 시작, '질마재'를 "새빨간 코피를 흘리"며 기어 나오는 남자들투성이로 만들어 버립니다. 미당은 이들의 섹슈얼리티와 건강성이 "올해 칠백살" 먹은 "집 뒤 당산의 무성한 암느티나무" 덕택이라고 눙침으로써 신과 자연과 인간이 하나된 속세적 영원성의 한 장면을 유쾌하게 걷어 올립니다.

더욱 중요한 사실은 '당산나무', 곧 신은 변두리 인생들에게 피리와 노래 솜씨, 맛깔 지고 예쁜 떡 빚는 솜씨, 심지어 상상을 초월하는 똥오줌의 배설 능력을 점지하기도 했답니다. 가장 멸시받고 소외당하는 자들이 가장 예술적이며 풍요로운 삶의 실현자라는 역설. 이런 삶의 지속과 적층이 있어 소녀 푸접이와 서운니는 드디어 세속의 금칙禁飭을 아랑곳하지 않고 자유로운 성정과 성적 욕망을 마음껏 발산하는 늙어서 더욱 젊은 여성으로 거듭나고야 마는 것입니다. 이것은 미당 시의 최후 지평, 그러니까 영원성의 성취가 신성성과 심미성의 등가 관계, 더욱 자세히는 양자의 자율적 소통과 억압 없는 조응에 의해 가능한 것임을 알려주는 결정적 단서라 할 만합니다.

이런 해방과 영원의 단초가 『화사집』 곳곳에 점점이 박혀 있다는 사실, 어쩌면 이것이야말로 『화사집』을 (육체적) 생명의 욕구에서 한 치도 못 벗어났으면서도 그것을 훌쩍 뛰어넘는 영원한 생명의 실마리를 벌써 거머쥐고 있다는 양가적 평가의 기원이 아닐까요? 어린 시절의, 또 노년의 '순이'와 '섭섭이'와 다시금 동무하러 이승을 훌쩍 떠난 미당은 또 누구의 가슴에 "붉은꽃" "푸른꽃"을 문지르러 그럼으로써 삶의 숨결을 다시 불어넣으러 전국의 '종로네거리'로, 곳곳의 '질마재'로 오늘도 내려오는 중일까요?


■ 질의 및 응답

1) 미당의 환갑을 맞아 출간된 『질마재 신화』(1975)에는 산문시가 많이 실렸잖습니까. 이것은 서정주의 시적 경향이 운문에서 산문 쪽으로 변한 결과인가요?

미당의 「자화상」 「바다」 「부활」 등을 보면 소월의 시처럼 율격이나 행과 연이 잘 정제된 자유시는 아니지요. 아주 대범하게 산문의 도입과 구성을 통해 자아의 열정과 고뇌를 격정적으로 토로하는 편이지요. 이런 경향은 형용사 중심의 내면 표현보다 '직정언어直情言語'를 통해 시인 자신의 정서를 진술하게 드러내겠다는 의지의 결과입니다. 물론 미당은 1950년대의 『서정주시선』(1956) 이후부터, 특히 『동천』(1968) 시기에 이르면 매우 안정된 형식미와 리듬을 갖춘 단형 서정시를 창작하게 됩니다. 겨울 하늘의 달빛과 기러기를 묘사한 「동천」이 대표적인 경우입니다. 이때는 불교적 상상력과 현실 대긍정의 태도를 기반으로 삶의 안정과 영원성의 시학을 추구하던 시절인지라 시에도 그런 안정성과 규범성이 자연스럽게 스며들었던 것으로 보입니다.

하지만 미당은 1970년 전후 고향 '질마재'의 역사와 기억을 다룬 『질마재 신화』(1975)에서는 아예 산문시를 집중적으로 창작합니다. 황동규 시인은 동일한 내용을 다룬 『동천』의 「외할머니네 마당에 올라온 해일」(자유시)과 『질마재 신화』의 「해일」(산문시)을 비교하면서 전자의 손을 들어줍니다. 왜냐하면 「해일」에는 시적 긴장감과 형식미가 미약한바, 이런 단점은 자아의 메시지 전달에 초점을 결과 발생한 것이라는 생각 때문입니다.

『질마재 신화』는 미당 자신이 태어나고 자란 '질마재'의 풍경과 마을 사람들의 면면을 그린 시집이 아닙니다. 온갖 기담과 뜬소문, 추문 따위를 끌어들이되 오히려 거기서 사람들의 지혜와 공동체 의식을 읽어내고 가치화하는 데 주안점을 둔 시집이지요. 따라서 자아의 내면 감정보다는 타자의 역사와 삶과 가치를 전달함과 동시에 그것들의 재해석과 재가치화 작업이 전면에 부각될 수밖에 없습니다. 미당은 그 과제를 '이야기꾼' 화자의 도입과 대상들의 심미성과 지혜의 발굴을 통해 수행합니다. 그럼으로써 질마재 사람들은 가난하고 무능한 현실 속에서도 예술을 좋아하고 지혜와 솜씨가 뛰어나서 개인적 욕망의 자연스러운 충족은 물론 공동체적 삶의 유지와 복원에도 크게 기여하는 존재들로 거듭납니다.


2) 서정주의 시가 도스토옙스키의 영향을 받았다고 말씀하셨는데요. 당시에 어떤 경향의 문학이 유행했는지, 또 서구 문학과 일본 문학이 어떻게 번역되어 작가들에게 어떤 영향을 끼쳤는지 궁금합니다.


당시 조선어로 번역된 서구 문학은 그렇게 풍요롭지 못했습니다. 그런 까닭에 조선의 문인들은 소학교 때부터 배운 일본어를 기반으로 일본어 번역본 세계 문학 전집을 탐독할 수밖에 없었지요. 서정주도 마찬가지의 방식으로 서양 문학을 접해간 것으로 기억하고 있습니다. 미당이 특히 영향받은 시인은 보들레르와 랭보로 대표되는 상징주의자들입니다. 일본에는 이들을 번역한 시집들이 꽤 널리 읽혔는데, 대표적인 번역자로 '일본 낭만파' 시인 미요시 타쯔지三好達治가 있습니다. 이 사람도 처음에는 상징주의의 영향을 받았으나, 1930년대 중반 이후 일본의 국민시가집國民詩歌集으로 칭해지는 『만요슈萬葉集』의 전통을 계승하는 쪽으로 방향 전환합니다. 미당은 미요시를 가장 좋아하는 일본 시인으로 꼽기도 했는데요, 미당의 육체적 생명력의 추구에서 동양 미학(영원성)으로의 전환, 상징주의자들에 대한 비판 따위는 미요시의 변화와 유사한 데가 있습니다. 물론 이후 미당은 '조선적인 것'의 추구를 통해 언어적 개성이 가득한 자신의 시 세계를 개척해 감으로써 영향에 대한 불안을 비교적 수월하게 극복합니다.

1930년대 당시 조선과 일본에서는 도스토옙스키의 소설들이 많이 읽힙니다. 그의 소설은 기술 문명의 발달이 인간의 행복과 삶의 충만보다 존재의 결핍에 소외를 더욱 가중시키는 근대성의 모순을 성찰할 기회를 제공했습니다. 『죄와 벌』, 『지하 생활자의 수기』 등은 삶의 부조리와 근대 사회를 차갑고 세밀하게 묘사함으로써 그 허구성과 폭력성을 적나라하게 드러내며, 또 허무주의적 분위기 형성과 전파에 일조합니다. 도스토옙스키와 니체, 톨스토이의 작품에 나타난 허무와 불안을 해석하고 의미화한 철학자 셰스토프의 『비극의 철학』 등도 1930년대 후반에 많이 읽혔습니다.

이런 정황은 당시 유행하던 '사실의 세기'라는 개념의 세계사적 진출 및 '서구의 몰락' 담론과 밀접히 관련되는데요, 그 대표적인 예가 독일과 이탈리아, 일본으로 대표되는 파시즘의 진출과 전체주의의 확장입니다. 이런 폭력적 현실의 성찰에 도스토옙스키의 근대 문명 비판과 본원적 세계의 지향이 유의미한 참조점으로 작동한 셈입니다. 미당 역시 현실의 부조리에 대한 직접적 비평과 개선보다는 "피가 섞여 있"는 '시의 이슬'을 성취함으로써 현실의 새로운 국면을 열어나가야 한다는 생각이었습니다. 우리는 그것을 「자화상」 「풀밭에 누어서」 「부활」 등에서 함께 읽어 왔지요.

# 제3장

# 서정주 초기 시의 미적 특성에 대하여

## 1. 서정주 초기 시를 보는 관점

그 다양한 시적 편력에도 불구하고, 미당이 그의 시에서 일관되게 추구한 것은 물리적 시간에 매인 인간의 존재론적 한계를 '영원성'의 시적 구현을 통해 극복하려는 의지이다. 그 의지의 전회 과정을 요약하면 대략 다음과 같다.

『화사집花蛇集』(1941)을 전후한 시기에는 관능적 생명력의 추구를 통한 현실에 대한 맹렬한 반항과 자기 부정의 의지로 구체화된다. 그러나 이러한 초기 시의 역정은 고열高熱한 생명력의 추구라는 단일한 양상으로 수렴되는 것이 아니라 현실과의 연관 속에서 매우 역동적이고 다채로운 시 의식의 변주를 내장하고 있다는 점에서 흥미롭다. 즉 그가 시작 활동을 본격적으로 전개하는 〈시인부락詩人部落〉 시기(1936년 11~12월)의 시는 구체적 현실과의 불화 의식을 시화詩化하기보다는, 인간 운명의 비극성에 대한 치열한 인식과 그로부터 생겨난 서러움을 원시적이고 관능적인 생명력에의 몰입과 그로테스크한 서정적 자아의 이미지 구축을 통해 표현하고 있다.

하지만 식민지 현실의 모순이 정점에 다다른 1940년을 전후한 시기의 시에서는 이전에 배면으로 잠복해 있던 환멸 의식과 현실 불화 의식이 전면에 부각된다. 그런데 이런 현실 불화 의식이 극단적으로 내면화되었을 때, 시적 자아는 현실을 아예 망각하려는 탈출 의지와 흔히 그의 중기 시(『서정주시선徐廷柱詩選』, 1956) 이후에나 본격적으로 탐구되는 것으로 이야기되는, 비계기적·비역사적 시간 관념을 본질로 하는 '영원성'을 시의 내용으로 추구하게 된다. 그의 '영원성'은 근본적으로 정신적 관념에 의해 선험화된 초월적 세계를 상정함으로써 속악한 현실을 초극하려는 의지의 소산이다.

그런데 주목할 것은, 관능적 생명력의 추구를 바탕으로 한 '영원성'에의 욕망과 초월적·정신적 가치로서의 '영원성'에의 욕망이 공통적으로 낭만주의적 인간관에 기대고 있다는 점이다. 흔히 낭만주의적 인간관은 인간 존재에 대한 성찰을 통한 자기에의 몰입, 신적인 자기 망각 등 합리적 사유를 초월하는 낭만적 상상력을 통해 죽음이라는 한계를 초월하려 한다.[1] 이와 같은 낭만주의적 인간관은 '영원성'의 개념과 본질적으로 다르지 않은 것으로 여겨진다. 이를테면 한스 마이어호프는 '영원성'을 인간이 시간성의 한계를 극복함으로써 자신의 존재 의미를 실현하려는 욕망으로 보았다. 바꿔 말해 탄생과 죽음, 갈망과 죄악의 무한한 순환 과정에서 벗어나 무시간적이고 시간 경험에서 해방된 상태를 성취하려는 관념으로 규정했던 것이다.[2]

이상의 견해를 존중한다면, 미당의 초기 시에 집중적으로 표현되는 "인신주의적 육신현생肉身現生의 중시, 아폴로적인, 디오니소스적인, 그리이스 신화적 존재 의식"[3]을 근저에 둔 생명력이나 그 이후의 윤회전생설, 혼교魂交 등도 다음과 같이 해석될 수 있다. 저 영원성과 관련 깊은 시간 의식과 삶의 태도들은 인간의 존재적 문제와 그런 문제가 구체적으로 현현되는 불완전하고도 파편화된 현실을 낭만주의적 상상력을 통해 초극할 수 있다는 미적 가상에서 비롯한 것이다.

• • •

1. 지명렬, 『독일 낭만주의 연구』(일지사, 1975), 제4장 참조.
2. 한스 마이어호프, 『문학과 시간 현상학』, 김준오 옮김(삼영사, 1987), 106~107쪽.
3. 서정주, 「고대 그리이스적 육체성 — 나의 처녀작을 말한다」, 『서정주문학전집 5』(일지사, 1972), 266쪽.

이 때문에 미당의 낭만적 상상력의 변주는, 초기 시의 리얼리즘적 성취에서 후기 시의 경험 모순의 구조화를 배제하는 일원적 감정주의로 후퇴했다는 평가를 받게 된다. 예컨대 김우창은 특히 「자화상」을 예로 들어 미당 시의 리얼리즘의 원리를 설명한다. 그는 「자화상」이 불리한 사회적 여건에 대하여 자기의 진실을 대결시키는 저항의 원리로서의 리얼리즘의 원리를 성취했다고 본다. 그러면서 그는 이런 저항의 원리를 시각이나 인식의 원리로 확장시킨다. 즉 인간의 인식 원리는 주체와 세계 사이의 차이와 분립을 인정한 다음에야 그것들 간의 진정한 혼합이 가능하다는 것이다. 이런 의미에서 보자면 미당의 육체와 정신의 갈등 역시 사회와 개인, 자아와 외부 조건의 대립과 같은 대립의 원리에 포함된다는 것이다. 미당의 초기 시는 대부분 이런 대립 원리를 내포하고 있다는 것이 그의 견해이다. 이런 점에서 미당의 초기 시가 리얼리즘의 원리를 성취했다는 그의 평가는, 그 타당성 여부와는 상관없이, 1980년대 중반 이후 집중적으로 논의된 바 있는 '리얼리즘 시'의 평가 기준과는 다른 층위에 서 있는 견해라 하겠다.[4] 물론 다른 한편으로는 최근의 몇몇 연구에서처럼 도구적 합리성에 물든 근대주의를 극복하려는 적극적인 언어적 모험이 구체화되는 과정으로 의미를 부여받기도 한다.[5]

이 글은 대략 위와 같은 내용들을 중심으로 하여 해방 이전의 미당 시에 나타나고 있는 미적 특성 및 인식론적 구조를 해명하는 데 초점을 맞춘다. 이를 위해 낭만적 상상력에 기대고 있는 미당 시의 자의식이 지닌 본질과 그것의 변모 과정을 중심으로 논의를 전개한다. 또한 미당의 시적 언술의 변모 과정이 당대의 구체적 현실과 어떠한 방식으로 관련을 맺는가 하는 점 역시 주요한 관심의 대상이다. 이러할 때, 우리는 미당의 시를 한 시대의 의미를 어떠한 방식으로든 체현하고 있는 대표자로서의

• • •

4. 김우창, 「한국 시의 형이상 ― 하나의 관점」, 『궁핍한 시대의 시인』(민음사, 1977).
5. 김윤식, 「문협정통파의 정신사적 소묘 ― 서정주를 중심으로」, 『펜문학』(1993년 가을호) 및 이광호, 「영원의 시간, 봉인된 시간 ― 서정주 중기 시의 〈영원성〉 문제」, 『작가세계』, (1994년 봄호).

개인이 산출해 낸 것이라는 관점에서 파악할 수 있을 것이며, 그의 시정신이 지닌 밀도 역시 측정할 수 있을 것이다.

이와 같은 작업을 위해 분석 대상으로 삼는 시는 개작 여부에 상관없이 『화사집』(남만서고, 1941)에서 인용하며, 『미당서정주시전집 1』(민음사, 1983)은 참고 자료로 사용한다. 또한 『화사집』에 대해 적잖은 힌트와 정보를 제공하는 시집 미수록 시들은 그것들이 실린 게재지에서 직접 인용한다. 1933~1955년 시집에 미수록된 미당 시는 37편에 이르는데, 전문은 나의 첫 연구서 『서정주 시의 근대와 반근대』(2003)의 '부록 1933~1955년 서정주의 시집 미수록 시'에서 확인할 수 있다.


## 2. 『시인부락』의 창간과 새로운 시학의 모색

미당이 본격적인 시작 활동에 나서는 1930년대 후반은 일제의 군국주의적 파시즘화가 전면화되던 시기였다. 이런 현실의 악조건은 문단에도 그대로 반영되었다. 1935년 카프의 해산 이후 경향문학 계열은 작가의 주관성 강조를 통해 이후의 전망을 모색하고 주체의 재건을 성취하고자 했으나 사상성의 감퇴에 따라 급격한 내면화의 길에 들어서게 된다. 모더니즘 계열 역시 김기림金起林의 전체시全體詩 주장으로 대표되는 새로운 언어질서에 대한 모색이 실패로 돌아감에 따라 새로운 모더니즘 미의식의 창출로부터는 점차 멀어지게 된다. 이런 위기의 현실에 대해 아직까지는 문단의 주류에는 진입하지 못하고 있던 일군의 신인들은 휴머니즘 자체에 대한 관심과 그것의 예술적 표현에 최고의 가치를 부여하는 것으로 주체의 정립을 시도한다.

이를 가장 적극적으로 보여주는 집단이 서정주徐廷柱, 김동리金東里, 오장환吳章煥, 함형수咸亨洙 등을 중심으로 1936년 11월에 결성된 〈시인부락〉 동인들이었다. 이들에게 가장 중요했던 것은 식민지 현실의 모순에 대한 탐색과 표현보다는 "'생명의 탐구'와 이것의 집중적 표현'을 통해 '상실되어 가는 인간 원형을 돌이키려는 의욕"이었다. 이를 위해 이들은 "정지용씨류의 감각적 기교와 경향파의 이데올로기"[6] 모두를 거부하는 태도를 견지했다. 이와 같은 발상은 모든 현실적 또는 이념적 관심에서 벗어난 시적 반영을 통해 자기 완성에 이르고자 하는 낭만주의의 미학적 이념[7]에 맞먹는 것이라 할 수 있다. 무슨 말인가 하면, 낭만주의의 이념은 구체성과 실용성의 관점에서 파악되는 문학이 아닌 문학 자체의 보편적 가치를 실현하는 미적 자율성 개념을 구체화했다. 그를 통해 최소한의 투입으로 최대한의 결과물을 목적하는 도구적 합리성을 비판하는 유력한 기제가 되었다.

초기의 생산적인 낭만주의적 미학관에 대해 긍정적이었던 〈시인부락〉 동인들의 시적 지향은 다음과 같은 점에서 구세대에 비해 한층 새로웠다. 이들이 언어의 조탁에만 관심을 기울인 '시문학파'나 지성의 통제를 통해 시어의 새로운 질서를 모색한 모더니즘 계열의 시인들이 인식하고 있던 미적 자율성 개념을 한층 새롭게 사유하며 실천하고 있었다는 점이 그것이다. 그러므로 앞선 세대들이 시어의 형식적 세련성을 창출하는 데 머물렀음에 비해, 이들이 인간 본연의 생에 관한 집념을 시의 내용으로 추구하는 본원적인 언어 의식을 향해 나아갔다는 점은 주목할 만하다.

그런데 위에서 언급한 〈시인부락〉의 새로운 면모는 미당 시의 그것과 동일한 것이라 할 수 있다. 왜냐하면 『시인부락』 창간호의 후기를 쓴 사람이 미당이었고, 〈시인부락〉 동인들 가운데 기존의 리얼리즘과 모더니즘의 세례를 비교적 덜 받은 채, 동인들의 해산 이후에도 '생명력'에 대한 탐구를 지속적으로 수행한 사람 역시 미당과 오장환 정도였기 때문이다.

하지만 그가 처음부터 낭만주의적 상상력에 기대어 시를 쓰기 시작한 것은 아니다. 1936년 〈동아일보〉 신춘문예 당선작인 「벽」 이전에 쓰여진 습작 시 가운데 처음으로 활자화되어 실린 시인 「그 어머니의 부탁」(〈동아일보〉, 1933년 12월 24일자)은 징용 간 아들에게 보낼 편지의 대필을

6. 서정주, 「현대조선시약사」, 『현대조선명시선』(온문사, 1950), 266쪽.
7. 김주연, 「독일 낭만주의의 본질」, 『독일문학의 본질』(민음사, 1991), 84~91쪽 참조.

부탁하는 노모의 목소리를 객관적으로 전달하는 수법을 사용한 것으로 보아 '단편 서사시'에 영향받은 흔적을 강하게 노출하고 있다. 또한 정제된 시적 이미지가 돋보이는 「가을」(〈동아일보〉, 1934년 11월 3일자)과 「생각이여」(『학등』, 1935년 1월) 등은 다분히 '시문학파'의 영향을 받은 것으로 생각된다. 이 외에도 그는 습작기에 요한, 춘원, 파인, 영랑의 시를 통해 우리말의 정감과 조탁에 대한 기교를 습득하려 했다고 밝힌 바 있다. 이에 더해 그는 인간 질곡의 밑바닥을 떠메고 형벌을 받는 시인으로 느꼈던 보들레르에게서 큰 영향을 받았다고 회고하기도 했다.[8]

이런 점에서 미당의 앞선 세대들에 대한 대타적 극복 의식은 맹목적인 것이라기보다는, 앞선 세대들이 추구한 시의 내용으로는 식민지 현실을 살아가는 시인의 분열된 자의식과 운명애運命愛/哀를 극복할 수 있는 미적 환각의 체험이 불가능하다는 깨달음에서 비롯된 것으로 추측된다.


## 3. 비극적 세계 인식과 관능적 생명력의 분출

이제부터 앞서의 언급들을 전제로 구체적인 시 분석을 통해 그가 어떠한 방식으로 낭만적 상상력에 바탕을 둔 독자적인 시 세계를 구축하고 변모시켜 가는지를 살펴보자. "인간 원형을 돌이키려는 의욕"이라는 표현에서 보듯이, 그가 채택한 시적 자아들은 의미심장하게도 처음부터 시간의 횡포나 숙명의 부조리에서 벗어날 수 없는 불완전한 존재들로 표현된다. 그렇기 때문에 소외되고 고립된 자아들에게는 자신의 존재 조건을 성찰함으로써, 세계와의 긴장을 해소하거나 세계와 다시 통합되고자 하는 열망이 최우선의 과제가 된다.

> 덧없이 바래보든 벽壁에 지치어

• • •

8. 서정주, 「내 시와 정신에 영향을 주신 이들」, 『서정주문학전집 5』, 268~270쪽.

불과 시계時計를 나란이 죽이고


어제도 내일도 오늘도 아닌
여긔도 저긔도 거긔도 아닌


꺼저드는 어둠속 반딧불처럼 까물거려
정지靜止한 〈나〉의
〈나〉의 서름은 벙어리처럼…….


이제 진달래꽃 벼랑 햇빛에 붉게 타오르는 봄날이 오면
벽壁차고 나가 목메어 울리라! 벙어리처럼,
오― 벽壁아

―「벽壁」 전문


　「벽」에서는 무엇보다 세계를 '벽'으로 인식하고 자신을 벙어리와 같은 불구적 존재로 바라보는 시적 자아의 태도가 주목된다. '벽'은 세계로부터 자아를 유폐시키는 외적 장애물인 동시에, 언어를 박탈당한 벙어리와 같이 존재의 불완전성에 붙들려 있는 자아의 내면 의식의 객관적 상관물이다. 그것은 '(벽 속의) 유폐─정지한 나─서름─벙어리'라는 일련의 연상으로 구성되는 자아의 비극적 처지와, '봄날─벽차다─울리라'는 자아의 현실 극복을 향한 미래 의지의 선명한 대비를 통해서도 드러난다. 벽에 갇혀 있는 자아는 자신의 불완전성에서 비롯되는 설움을 현재의 시·공간을 벗어남으로써 극복하고자 한다.

　하지만 그것은 추상적 미래로서 주어진 '봄날'에 벙어리가 울게 되리라는 불가능한 희망과 마찬가지로 모순적이다. 그런 의미에서 "목메어 울리라"는 자아의 울부짖음에는, 진정한 시적 체험에 대한 열망 및 세계와 소통하는 도구인 언어를 인식하려는[9] 소망과, 그것이 주체의 한계에 의해 계속 유예될 수밖에 없다는 체념이 함께 스며 있다고 볼 수 있다. 새로운 세계와 시적 언어를 갈망하지만, 그것에 결코 도달할 수 없음을 이미 알고 있는 자아의 '불행한 의식unhappy consciousness'은, 또 다른 시들에서도 주체를 문둥이(「문둥이」), 앉은뱅이(「앉은뱅이의 노래」, 『자오선』, 1937년 1월) 등으로 설정하게 한다.

미당의 초기 시에 울울한 '불행한 의식'은 자기 창조와 자기 파괴의 반어법을 끊임없이 구사함으로써 동경憧憬을 표상하는 낭만적 아이러니의 주체와 밀접한 관련이 있다. 낭만적 아이러니의 주체는 반성적 행위의 무한한 확장을 통해 허구적인 수준에서라도 주체와 세계 모두를 뛰어넘는 새로운 세계를 만들어 내고자 한다. 이런 열망은 그러나 근본적으로 분열되고 유한한 세계의 본질 때문에 가상적인 수준에서 그 한계를 극복할 수밖에 없는 제한된 성취에 머무르게 된다. 이 때문에 아이러니적 주체는 그런 상황 자체로부터 지속적으로 벗어나려고 애쓰는 '불행한 의식'을 자신의 의식으로 취하게 된다.[10]

이렇게 자기 창조와 자기 파괴의 낭만적 아이러니를 주체가 반복할 수밖에 없는 이유는, 미당의 설명대로라면 자신의 선악성에 대한 반성으로 제기된 "본체는 무명無明"[11]이라는, 세계와 자신에 대한 비극적 인식 때문이다. 자신을 포함해 세계의 모든 것이 어둠에 쌓여 있기 때문에 '본체'에 대한 인식이 궁극적으로 불가능하다는 부정적 사유는, 자신이 세계의 희생자라는 피해 의식에 사로잡혀 주체의 삶에 대해 어떤 가치도 부여하지 못하게 한다. 그리고 결국에는 그런 운명이 부여하는 설움을 내면화하는 허무주의로 자아를 침잠시키고야 마는 것이다.

이런 까닭에 예로 든 시들에서는 존재의 비극성을 첨예화시키는 여러 조건들에 대한 구체적 탐색과 인식은 거의 드러나지 않는다. 또한 존재의 비극성에 대한 해결책도 "이러났으면"(「앉은뱅이의 노래」)이나 "목메어

• • •

9. 김화영, 『미당 서정주의 시에 대하여』(민음사, 1984), 21쪽.

10. Paul de Man, "The Rhetoric of Temporality," *Blindness and Insight: Essays in the Rhetoric of Contemporary Criticism* (New York: Methuen, 1983), pp. 219~222 참조.

11. 서정주, 「나의 시인생활 약전」, 『서정주문학전집 5』, 199쪽.

울리라"와 같은 생리적 욕구 수준에서 크게 벗어나지 못한다. 그럼에도 우리는, 스스로를 아름답다거나 통합된 주체를 인식하지 않고 오히려 희화화되고 비정상적인 상태에 처해 있다고 보는 이런 의식이 주체의 본질에 대한 성찰과 영원성을 향한 무한한 열정으로 시인을 이끄는 동력이 되고 있다는 사실 또한 기억해야 한다.

그런 열정은, 관능적 생명력에의 몰입을 통해 '영원성'으로 자기의식을 고양시키고 자아와 세계에 대한 비극적 자의식을 초극하려는 자아의 욕망이 강렬하게 분출되고 있는 「화사」, 「맥하」, 「대낮」 등에서 구체적인 방향과 표현을 얻게 된다. 물론 이런 변화가 설움에 대한 극복 의지로서의 생명력의 추구라는 단선적이고 계기적인 과정에서 발생하는 단순한 것은 아니다. 이후에 서술되겠지만, 오히려 성행위나 입맞춤으로 표현되는 관능적 생명력에 대한 추구가 상상적 행위에 불과하다는 점에서, 그것은 일회적이며 순간적인 충족 뒤에 따라오는 설움과 허무감을 더욱 확장시키는 계기가 되기도 한다.

사향麝香 박하薄荷의 뒤안길이다.
아름다운 베암……
을마나 크다란 슬픔으로 태여났기에, 저리도 징그라운 몸둥아리냐

꽃다님같다.

너의할아버지가 이브를 꼬여내든 달변達辯의 혓바닥이
소리잃은채 낼룽그리는 붉은 아가리로
푸른 하늘이다. ……물어뜯어라. 원통히무러뜯어,
다라나거라. 저놈의 대가리!

돌 팔매를 쏘면서, 쏘면서, 사향麝香 방초芳草ㅅ길
저놈의 뒤를 따르는 것은

우리 할아버지의안해가 이브라서 그러는게 아니라

석유石油 먹은듯…… 석유石油 먹은듯…… 가쁜 숨결이야

  (…)

우리순네는 스믈난 색시, 고양이같이 고흔 입설…… 슴여라! 베암

—「화사花蛇」 부분

　이 시는 미당의 직접적인 체험에서 쓰여진 것이 아니다. 그가 회고를 통해 밝혔듯이, 앞선 세대에 대한 불신과 존재의 제한된 삶에 대한 절망이란 "비극의 조무래기들을 극복하고 강력한 의지로 태양과 가지런히 회생"하고 싶다는 욕망을 상상력을 통해 주관적으로 변형, 창조해 낸 작품이다.[12] 이 시를 미당의 평판작이 되게 한 요인은, 세계와 존재 그리고 미의 모순적 본질을 뱀의 속성과 자아의 뱀에 대한 양가적 반응을 역동적인 리듬과 서로 대비되는 강렬한 이미지의 대담한 배치를 통해 구체화시켰다는 점에 있다. 그런 성취를 가능하게 한 또 다른 요인으로는 시어를 운용하는 방법을 들 수 있는데, 그에 대해 잠깐 살펴본다.
　미당은 "옷입히지 않은 내 심心의 밑바닥에서 꾸밈없이 그대로 솟아나는 순라純裸의 미"를 추구하기 위해 "형용수식적 시어조직을 일체 배제하는 직정언어直情言語"를 전략적으로 채택했다.[13] 이 직정언어는 다른 무엇보다 시적 자아의 대상에 대한 호오好惡의 감정을 바로 행동으로 드러낼 수 있는 용언, 특히 동사를 의미한다. 동사에 대한 미당의 집착은, 한국어의 가장 두드러진 특징 가운데 하나가 술어가 중심이 되어 의미의 다양성을 산출하는 구조라는 점을 그가 거의 무의식적으로 체득하고 있음을 알게 한다.

• • •

12. 서정주, 「천지유정 — 내 시의 편력」, 『서정주문학전집 3』(일지사, 1972), 184쪽.
13. 서정주, 「나의 시인생활 약전」, 『서정주문학전집 5』, 200쪽.

「화사」에서 그것은 서술형과 명령형 어미의 분산 배치, 종결어미의 의도적 생략("석유 먹은듯……"), 동사의 반복과 반복된 동사의 교묘한 변형("물어뜯어라 원통히 무러뜯어"), 서로 대립되는 의미를 지닌 동사의 병치("돌팔매를 쏘면서" / "뒤를따르는") 등으로 나타난다. 이런 동사의 적극적 활용은, 자아의 심리와 행위를 직접적으로 드러냄으로써 시적 전언을 훨씬 용이하게 할 뿐만 아니라, 자아의 대상에 대한 인식의 정도, 미적 반응의 폭과 깊이도 구체적으로 드러낸다. 그리고 무엇보다도 이렇게 병치되고 반복된 동사들이 시 속에서 매우 이질적인 상황 맥락들을 산출함으로써, 주체의 이중적 자의식과 행위의 모순성을 감지하는, 자아와 세계에 대한 성찰을 가능하게 한다는 점이 중요하다.

그러나 「화사」에서 주체의 아이러니적 본질에 대한 인식과 표현은 제한적인 측면을 지니고 있다. 동사들이 산출하는 감각의 직접성은 생명력의 충일감을 향한 자아의 역동적인 상상력을 구체화하는 장점이 있다. 그러나 감각의 직접성과 열망이 보다 고차원의 세계로 지향되지 못할 때는 "슴여라! 배암"에서 보이듯이, 대상에 대한 맹목적인 함몰로 귀결되기도 한다. 「화사」를 비롯해 성적 체험을 매개로 관능적 생명력에의 고양을 그리는 시들(「대낮」, 「맥하」, 「입마춤」)에 담긴 이런 약점은, 이 시기의 미당 시가 식민지 현실의 내적 연관에 대한 탐색을 '생명력'의 감각적 경험이 지닐 수 있는 내용의 하나로 구조화하는 것을 제한하는 큰 원인이 된다.

하지만 놀랍게도 1937년 가을쯤에 쓰고 1939년 10월 『시건설詩建設』에 발표한 「자화상自畵像」에서는 이런 약점들이 거의 극복되어 있다. "애비는 종이었다"는 직설적이고 비속적인 자기의식의 표현으로 시작되는 이 시는, 식민지 현실의 체험을 개인사적 투영 속에서 당대인들의 보편적 경험 양상으로 육화해 낸 수작이다. 게다가 미적 자의식과 그것을 형상화해 내는 방법에서도 주목할 만한 시사적 가치가 있다. 미당은 가난과 고난으로 얼룩진 가족사에 대한 기억을 적극적으로 타자화함으로써 감상성의 틈입을 배제하고 있다. 동시에 그를 통해 자신의 유랑 의식과 천민 의식에 새로운 가치와 의미를 부여하는 데 성공하고 있다.

새롭게 가치 부여된 자아의 의식들은 몇 방울의 피가 늘 섞여 있는 "시의 이슬"이라는 진정한 시적 체험을 "병든 숫개마냥 헐덕어리면서"도 추구하겠다는 '저주받은 시인' 의식과, 자신을 경멸하고 비웃는 세계와 맞대면하겠다는 대결 의식을 적극적으로 내면화하는 원동력이 된다. 이와 같은 자아야말로 자신의 의미를 형성하는 일을 존재의 목적과 중심으로 삼는 근대적 의미의 미적 주체[14]가 아닐 수 없다. 이런 미적 주체의 형상화는 당대 시사에서 매우 희귀한 예에 속한다.

## 4. 현실 부정의 허무주의적 열정과 환멸 의식의 심화

이 장에서 주로 다룰 시들은 앞장의 시들과 어느 정도 연관성을 가지면서도 현실의 모순과 주체의 갈등이 격화됨에 따라 그것과는 다른 방법으로 현실을 부정하고자 하는 자아의 시 의식이 형상화된 작품들이다. 앞서 다룬 시들은 자기 비하 의식과 관능적 생명력에 대한 맹목적인 탐닉에 침윤되어 병적이며 데카당스한 분위기를 상당 부분 노정하고 있다. 이와 같은 병적 징후를 극복하기 위해 미당은 나르시시즘적 환각의 욕망을 충족할 수 있는 신성神性의 세계로 나아갔다. 그곳은 "온갖 압세壓世와 회의와 균일품적인 저질 가의 극복과 아폴로적, 디오니소스적 신성에의 회귀"를 위해 "그리이스 신화적 존재 의식에 바탕한 숭고한 양陽의 육체성", "기독교적 신본주의와 대립되는 르네상스 휴머니즘", 그리고 "니이체의 초인적 영겁회귀 사상"을 모두 취하는 세계였다.[15]

미당의 지향에 표나게 드러나 있는 것은, 구체적인 현실 연관이 제거된 휴머니즘에의 욕망이며, 관능적 생명력으로도 결코 벗어날 수 없었던

• • •

14. Friedrich Schlegel, *Werke in einem Band* (Wein, München: 1971), p. 91. 여기서는 김주연, 「18세기 독일 문학 이론 연구」, 『독일문학의 본질』(민음사, 1991), 80쪽에서 재인용.
15. 서정주, 「고대 그리이스적 육체성 — 나의 처녀작을 말한다」, 『서정주문학전집 5』, 266쪽.

육체의 수인囚人이란 한계를 신성의 체현으로 초극하겠다는 의지이다.
이런 태도들이 1930년대 말에 미당 시가 봉착할 수밖에 없었던 한계와
긴밀하게 연결된다는 점을 미리 지적해 두면서, 다음 시를 보도록 하자.

> 보지마라 너 눈물어린 눈으로는……
> 소란한 홍소哄笑의 정오正午 천심天心에
> 다붙은 내입설의 피묻은 입마춤과
> 무한無限 욕망慾望의 그윽한 이전율戰慄을……
>
> (…)
>
> 시악시야 나는 아름답구나
>
> 내 살결은 수피樹皮의 검은빛
> 황금黃金 태양太陽을 머리에 달고
>
> 몰약沒藥 사향麝香의 훈훈薰薰한 이꽃자리
> 내 숫사슴의 춤추며 뛰여 가자
>
> 우슴웃는 짐생, 짐생 속으로
>
> ─「정오正午의 언덕에서」 부분

1937년 초여름에 제주도 남단의 작은 섬 지귀도地歸島에서 "심신心身의 상흔傷
痕을 말리우며 써 모흔"(「정오의 언덕에서」, '부기' 참조) '지귀도 연작'
시편의 하나인 이 시가 이전의 시와 결정적으로 다른 점이 있다면 무엇보다
시적 자아의 태도일 것이다. 이 시에는 자아의 '불행한 의식'을 대변했던
설움의 정조가 보이지 않는다. 오히려 '신성의 영원성'을 향한 자아의 욕망과
행위를 대변하는 표상들인 "피묻은 입마춤"과 "무한 욕망의 전율"을 "눈물어

린 눈"으로는 보지 말라고 주문하고 있다. 또한 자아는 "나는 아름답구나" 하는 나르시시즘과 자아도취 속에서 건강성과 명랑성을 동시에 구비한 "숫사슴"에 동화됨으로써 속악한 현실을 벗어나고자 한다.

자아의 욕망이 투사project된 "숫사슴"은 이전의 시에서 성적 행위의 대상들로 자주 등장했던 대지에 밀착된 여성들의 이미지와는 여러모로 다르다. 성적 행위의 대상으로서 여성들은 모순적 행위를 벌이고 양가적 가치를 소유한 인물들로 주로 표현되는데, 그 때문에 그들과의 통합을 갈망하는 자아 역시 분열된 자의식을 드러내게 된다. 그러나 "숫사슴"은 하늘로 지향된 존재로, 어떠한 분열과 갈등으로부터도 자유롭고 영원한 생명력을 간직한 신성의 이미지로 표현된다.

그런 점에서 '숫사슴'에 동화되려는 자아는 낭만적 아이러니의 세계를 탈피한 '신비화된 자아mystified self[16]의 모습에 훨씬 가깝다. 이 자아는 미래의 통합에 대한 예견이나 과거의 통합된 세계에 대한 상기想起를 통해 세계의 본질을 인식할 수 있다거나 낭만적 아이러니를 벗어날 수 있다고 믿는 존재를 뜻한다. 여기에 기반한 '신성'의 세계에 대한 자아의 열망은 대단한 것이다. 한 예로 "고요히 침묵하는 내 닭"을 "십자가"에 매달아 죽여 "생간"을 먹음으로써 "애계愛鷄"가 지닌 신성한 "맨드람이만한 벼슬"(「웅계雄鷄」, 하)을 획득하려는 의지로 형상화되기도 하기 때문이다. 침묵하는 닭을 자아의 분신이라고 이해한다면, 그의 욕망은 이전의 수동적이고 타성적인 자아를 살해하면서라도 영원성을 획득하겠다는 매우 전율적인 것이 아닐 수 없다.

그가 신화적 상상력에 기대게 된 동기는 위의 시들의 내용을 통해서는 알 수가 없다. 그러나 앞에서 예로 든 글과 "자기의 사회 속의 형편도, 민족의 형편도" "듣고 보지도 생각지도 않기"로 했다는 자전적 고백[17]으로 미루어 볼 때, 그것은 식민지 현실과 존재의 한계가 그에게 부여한 비극적 허무주의를 조금이라도 극복하려는 욕망에서 비롯된 것이 아닌가 한다.

• • •

16. Paul de Man, "The Rhetoric of Temporality", pp. 219~220 참조.
17. 서정주, 「천지유정 — 내 시의 편력」, 『서정주문학전집 3』, 189~190쪽.

일반적으로 허무주의는 개인과 사회와의 관계가 상실되었다는 감각 및 자신의 향상심向上心이나 야심 등을 펼칠 희망이 더 이상 불가능하다는 소외 의식에서 기원한다.[18]

　이런 소외 의식을 극복하기 위해 채택되는 신화적 상상력은, 세속의 시간을 벗어남으로써 모든 것이 통합되고 변하지 않는 부동의 시간인 영원성에 대한 순간적인 체험을 가능하게 한다. 그러나 다른 한편으로는 그것이 획득한 신성이란, 삶에 우선하는 가치 때문에 자아로 하여금 현실의 삶을 평가 절하하게 하며 평가 절하된 삶에 대해 부정적인 태도를 지니게 하기도 한다. 이후의 시에서 드러나겠지만, 또 다른 정신의 고양을 감행함으로써 더욱 새로운 세계의 창조로 나아가지 못한 채 여전히 육체적 생명력과 그것의 연장인 그리스적 '신성'에 매료되어 있는 미당 시는 급격히 후자 쪽으로 기울어져 환멸 의식에 깊숙이 빠져든다.

　그런 시들을 보기에 앞서, 어떤 이유 때문에 미당의 시가 「자화상」과 같은 보다 고차적인 세계로 계속하여 더 나아가지 못하고, 육체적 생명력의 환각으로 모든 것을 초월하려는 욕망에 멈추어 섰는가를 잠시 생각해 보자. 내 생각으로는 미당이 소외 의식의 체험을 강요하는 파시즘적 현실과 인간의 운명을 논리적인 인식을 통해 파악되어야 할 대상으로서가 아니라, 감각의 직접성 내지 환각을 통해 극복할 수 있는 무엇으로 인식했기 때문이 아닌가 한다. 그런 한계를 전형적으로 보여주는 것이 앞서 인용했던 '휴머니즘'의 내용이다. 그에게는 그리스의 신인동형동성설神人同形同性說에 바탕한 휴머니즘과 르네상스 휴머니즘, 아폴로적 신성과 디오니소스적 신성, 니체의 영원 회귀 사상 등은 신에 맞서 인간 주체를 문제 삼았다는 점 때문에 본질적으로 동일한 사상으로 이해된다.

　그러나 이런 사상들은 구체적인 역사의 산물로서, 각 시대의 핵심적 모순을 극복하기 위해 제기된 것들이다. 르네상스 휴머니즘이 이성에 대한 맹종을 고집하는 근대적 주체의 신화와 예측 가능성에 근거해 모든

18. 아놀드 하우저, 『예술과 소외』, 김진욱 옮김(종로서적, 1981), 127쪽.

것의 가치를 결정하는 도구적 합리성의 출발점이었다는 것, 그리고 니체가 그런 근대성의 논리를 무효화하기 위해 지속적인 자기 파괴 의지로서 무를 지향하는 영원 회귀를 열망했다는 것,[19] 그가 주요한 영향을 받았다고 고백했던 보들레르 역시 현재에 대한 지극한 관심, 즉 순간적인 것을 통해 영원한 것을 보겠다는 아이러니적 의식을 통해 자본주의적 속물성을 비판했다는 사실 등을 보아도 휴머니즘과 서양 사상, 그리고 서양 문학에 대한 그의 소박한 인식이 드러난다. 이런 사실을 고려한다면, 그가 지금까지 추구해 온 새로운 '생명력'과 '인간성'의 내용들은, 파시즘에 의해 강요된 비합리성을 극복하거나, 소외 의식을 강요하는 속악한 현실 그 자체에 육박해 들어감으로써 얻어지는 미적 저항성의 차원에는 이르지 못한 것으로 보인다. 오히려 그것보다는 현실에 대한 경험을 모두 배제한 채 사물에 대한 주관적 변형을 통해 미의 절대화를 감행함으로써, 현실을 초극하겠다는 유미주의적인 태도를 강하게 드러내고 있다는 편이 옳겠다.

미당의 낭만주의적 상상력의 새로움이란 기실 이런 한계를 처음부터 어느 정도는 내장하고 있었다. 그렇기에 미적 환각조차도 불가능하게 하는 현실이 펼쳐질 때, 자아는 세계에 편재된 무의미성 속에 스스로를 유폐시키며, 나아가 시인의 생명이라 할 모국어를 포기하고 그 현실에서조차 도망치고자 하는 의지만을 새삼 되뇌게 된다.

> 내게 인제 단한가지 기대期待가 남은것은 아는사람잇는 곳에서 하로바비 떠나서, 안해야 너와나사이의 거리距離를 멀리하야, 낯선거리에 서보고싶은 것이지
>
> (…)
>
> 차라리, 고등보통같은 것 문과文科와같은것 도스터이엡스키 이와같은 것 왼갖 번역물飜譯物과같은것 안읽고 마럿스면 나도 그냥 정조식正條植이나심으며 눈치나살피면서 석유石油호롱 키워노코 한 대代를 직혓을가나. 선량한나는

• • •
19. 질 들뢰즈, 『니체, 철학의 주사위』, 신범순·조영복 옮김(인간사랑, 1993), 125쪽.

기어 무슨 범죄犯罪라도 저즈럿슬것이다.

　(…)


　안해야 너잇는 전라도全羅道로향向하는것은 언제나 나의배면背面이리라. 나
는 내 등뒤에다 너를버리리라.
　그러나
　오늘도 북향北向하는 동공瞳孔을달고 내피곤疲困한육체肉體가 풀밭에 누엇
슬때, 내 등짝에 내 척추신경脊椎神經에, 담배불처럼 뜨겁게 와닷는것은 그
늘근어머니의 파뿌리 같은 머리털과 누―런잇발과 안해야 네 껌정손톱과
흰옷을입은무리조선말. 조선말.
　― 이저버리자!

―「풀밭에 누어서」(『비판』, 1939년 6월) 부분


　산문시 형태를 취하고 있는 이 시는, 사실수리론事實受理論과 황국신민화
정책이 강요되던 1930년대 후반의 절대적 폭력성이 어떻게 '생명력'과
'신성'에의 귀의를 통해 '영원성'을 꿈꾸던 한 개인을 무력화시키는가를
잘 보여준다. 시의 기본적인 형식마저도 해체하고 있다는(특히 띄어쓰기,
정상적인 호흡과 의미 파악을 불가능하게 하는 행과 연 구분의 고의적
무시) 느낌을 주는 이 시는 미당 시, 나아가 당대의 어떤 시에서도 유례를
찾아보기 힘들 정도의 환멸 의식과 허무주의적 체념을 표현하고 있다.
특히 「자화상」에서 저주받은 시인 의식을 적극적으로 내면화시키는 계기
가 되었던 어머니나 아내와 같은 여성들, 가난한 고향, 심지어 시인의
존재적 토대인 모국어마저도 버리겠다는 의지의 공공연한 표백表白은,
진정한 시적 체험의 열망이 겪었을 좌절과 한의 깊이를 선명하게 부조한다.
　사실 이런 현실의 포기와 그것으로부터의 탈출 열망은 1938년 10월
『사해공론四海公論』에 발표된 「바다」에서 이미 나타나고 있다. "길은 항시
어데나 있고, 길은 결국 아무데도 없다"는, 시작 과정에서 얻어졌을 삶의
본질에 대한 명민한 의식은, 자아로 하여금 애비, 어미, 형제, 친척, 동모,

아내마저도 잊고서 알래스카, 아프리카 등으로 상징되는 '지금·여기'가 아닌 곳을 갈망하게 한다. 하지만 또 한편으로는 "밤과 피에 젖은 국토"에 대해 "사랑하는 눈을 뜨라"고 할 정도의 '불행한 의식'을 여전히 견지하게 하기도 한다. 그러나 「풀밭에 누어서」에서처럼, 세계와 주체에 대한 균형감각을 상실한 자아는, 그런 현실을 초월할 새로운 가치와 세계에 대한 창조의 노력을 포기하고 자신의 현실에서 벗어나고자 하는 환멸 의식만을 내면화하게 된다.

미당 시가 이런 극단적 편향을 노출할 수밖에 없었던 까닭은 무엇보다 현실의 폭력성 때문이었을 것이다. 그러나 서양의 휴머니즘과 생명력의 본질적인 내용을 조선적 현실에서 구체화할 수 있는 새로운 세계의 창출로 그의 시가 확장되지 못한 점 역시 주요한 원인으로 꼽지 않으면 안 된다.


## 5. 편력의 마감과 귀향을 통한 정신적 부활의 모색

앞서 본대로, 식민지 현실에서 억압의 가중은, 미당이 스스로를 실현 불가능한 가치를 안고 사는 방황하는 자아로 규정하는 비극적 자의식을 심화시키고, 자아와 세계 사이의 유의미한 접점을 상실했다는 위기감을 고조시키기에 충분한 것이었다. 편재된 무의미성에 대한 환멸이 모국어에 대한 망각까지도 강요할 정도로 엄중한 상황이었기에, 그가 이런 현실에서 탈출하여 삶과 시작에 대한 의지를 가다듬을 수 있는 유일한 방법은 주체의 운명에 합당한 것을 찾아 귀향하는 일이었다.[20]

아직도 감추어진 채로 보류되어 있는 고향(근원)에 익숙해지는 과정, 곧 편력에서 귀향으로의 도정은 미당에게서는 서양 정신과의 결별, 육체성에 근거한 생명력 추구의 포기, 동양적 인간관과 시간관으로의 복귀 등을 통한 초월적·정신적 가치로서의 '영원성' 추구라는 형태로 나타난다.

• • •

20. 마르틴 하이데거, 『시와 철학』, 소광희 옮김(박영사, 1989), 제1장 참조.

이런 시적 전회는, 미당이 현실과 불화하는 '불행한 의식'을 미래의 통합에 대한 예견이나 과거의 통합된 세계로만 관심을 제한하는 '신비화된 자아' 의식으로 전이시키는 실존의 수정 과정이다.[21] 이때의 '실존적 수정'이란 주체가 그의 가능성을 일깨우고 그것을 선택하는 행위로, 세계를 변화시키는 것이 아니라 세계에 대한 태도를 변화시킴으로써 진정한 실존을 추구하는 행위를 뜻한다.

사실 실존의 수정 즉 귀향에의 모색은, 미당이 이미 관능적 생명력을 추구하고 그것에 좌절하여 허무주의적 체념에 빠져 있던 때부터 이뤄지고 있다.

> 밤에 홀로 눈뜨는 건 무서운 일이다
>
> (…)
>
> 아름다운 일이다. 아름다운일이다. 왕망汪茫한 폐허廢墟에 꽃이 되거라!
>
> (…)
>
> 피와 빛으로 해일海溢한 신위神位에
> 폐肺와 발톱만 남겨 노코는
> 옷과 신발을 버서 던지자.
> 집과 이웃을 이별離別해버리자.
>
> 오 ─ 소녀少女와같은 눈동자瞳子를 그득이 뜨고
> 뉘우치지 않는사람, 뉘우치지않는사람아!
>
> 가슴속에 비수ㄴ首감춘 서릿길에 타며 타며
> 오느라, 여기 지혜知慧의 뒤안깊이

• • •
21. 카렐 코지크, 『구체성의 변증법』, 박정호 옮김(거름, 1985), 75~76쪽.

비장秘藏한 네 형극荊棘의 문門이 운다.

—「문門」부분

이 시에는, 어떻게 보자면 지금까지 살펴온 미당 시의 편력이 고스란히 압축되어 있다는 느낌을 받을 정도로, 그의 시 의식이 거쳐온 과거와 현재의 모습이 잘 나타나 있다. 겉으로 보기에는 별 연관성이 없어 보이지만, 각 연의 시적 대상에 대한 인식과 자기화 과정은 자아의 비극적 내면의식인 동시에 새로운 세계의 입구라는 이중성을 지닌 "형극의 문"을 향해 역동적으로 수렴되고 있다. 여전히 뉘우치기를 거부하는 자아의 '불행한 의식'은 밤으로 상징되는 '지금·여기'를 혼자 눈뜨기가 두려운 정신적 위기감을 주는 폐허로 인식한다.

하지만 다른 한편으로 부재하는 대상인 '꽃'을 피울 수 있는 곳으로 파악하는 양가적 태도를 보이고 있다. 자아는 '꽃'에 이르기 위해 실존의 본질인 피와 빛으로 해일한 신위(정신)만 남겨놓고, 옷, 신발, 집, 가족 등 구체적으로 감지되며 그래서 자아를 간교한 현실에 매어두는 대상들은 버려야 한다. 새로운 존재에 대한 사고 혹은 새로운 영원성에 대한 자각의 열림인 '문'에 도달하기 위해 치러야 하는 이 '버림' 행위는, 비인간적인 세계로부터 스스로를 구분 짓기 위해 필요한 통과 제의initiation의 성격을 지닌다. 이런 의식적 행위의 지난함은 「서풍부」에서, 자아가 "서녘에서 부러오는 바람 속에서" "서서 우는 눈먼 사람"과 "자는 관세음"과 "한바다의 정신ㅅ병과 징역시간"을 동시에 경험하는 것으로 표현되기도 한다.

그러나 불확실한 것이기는 하지만, 자아의 심리적 지향이 이후의 시에서 죽은 존재의 소생의 의미를 지니는 것으로 자주 제시되는 꽃, 산 자와 죽은 자가 교통하는 매개물인 신위, 현생한 인신ㅅ神으로서의 관세음 등 동양적 정신 관념의 세계로 향하고 있다는 사실은 매우 중요하다. 왜냐하면 시의 대상으로서 이런 세계는 한계에 부딪힌 육체적 생명력에 대한 대안으로만 기능하지 않기 때문이다. 더욱 중요하게는 미당이 이후 "역사의식의 자각"이라 표현한 '영원주의', 곧 "현실인식이란 목전의 현대만을 상대하는 그것이 아니라, 인류사의 과거와 현대와 미래를 전체적으로 상대하는 역사의식"과 "신은 있다"는 그 특유의 영원관의 출발점이 되기 때문이다.[22]

이와 같은 시간의 순환론적 사유에 바탕한 '영원성'에 대한 자각은, 인간이 신의 변하지 않는 시간을 모방하거나 거기에 편입되려는 노력을 통해 편재된 무의미성과 죽음의 공포를 견딜 수 있다는 희망과 의지로 연결된다. 다음 시에는 그런 자각이 환각 체험의 형식으로 매우 실감나게 묘사되고 있다.

> 내 너를 찾아왔다…… 유나與娜. 너참 내앞에 많이있구나 내가 혼자서 종로鍾路를 거러가면 사방에서 네가 웃고오는구나. 새벽닭이 울때마다 보고싶었다…… 내 부르는소리 귓가에 들리드냐. 유나與娜, 이것이 몇만萬시간時間만이냐. 그날 꽃상부喪阜 산넘어서 간다음 내눈동자속에는 빈하눌만 남드니, 매만저 볼 머릿카락 하나 머릿카락 하나 없드니, 비만 자꾸오고…… 촉燭불밖에 부흥이우는 돌문門을열고가면 강江물은 또 몇천린지. 한번가선 소식없든 그어려운주소住所에서 너무슨 무지개로 네려왔으냐. 종로鍾路네거리에 뿌우여니 흐터저서, 뭐라고 조잘대며 햇빛에 오는애들. 그중에도 열아홉살쯤 스무살쯤되는애들. 그들의눈망울속에, 핏대에, 가슴속에 드러앉어 유나與娜! 유나與娜! 유나與娜! 너 인제 모두 내 앞에 오는구나.
>
> ─「부활復活」 전문

「풀밭에 누어서」가 발표된 지 불과 한 달여 만인 1939년 7월 19일자 〈조선일보〉에 발표된 이 시는, 미당이 극단적인 현실 불화 의식에 시달리면서도 늘 새로운 탈출구를 모색하고 있었음을 알게 한다. 「부활」이란 상징적인 제목이 암시하듯이, 이 시에는 미당의 세계와 주체에 대한 근본적인 인식의 전환이 잘 나타나 있다. 자아의 정신적 부활의 가능성에 대한 모색은 오래전에 죽은 '유나'의 환영적幻影的 재생을 통해 이뤄지고

• • •

22. 서정주, 「역사의식의 자각」, 『현대문학』(1964. 9월호), 38쪽.

있다. '유나'를 자아가 진정으로 열망하는 또 다른 자아로 본다면 다음과 같은 해석이 가능하다.

우선 '유나'는 육체적 생명력을 통해 영원한 삶을 갈망했지만 인간 운명 때문에 좌절당한 존재들인 문둥이나 앉은뱅이 등의 불구적 자아를 죽임으로써 영원한 생명력을 획득하고 있는 존재라 볼 수 있다. 왜냐하면 그녀는 저승과 이승을 넘나들며 서정적 자아와 혼교를 나눌 수 있는 존재이기 때문이다. 그렇지만 서정적 자아에게 진정한 자아의 획득 가능성은 "새벽닭이 울 때마다 보고 싶었다"는, 스스로가 죽인 이전의 자아에 대한 형언할 수 없는 그리움과 "매만저 볼 머리카락 하나없이" 완전히 소멸된 자아에 대한 회한 속에서야 발견되는 매우 고통스러운 일이기도 하다. 그것은 '유나'의 환영이나마 다시 보게 된 것이 "멫만시간만"이고, 서정적 자아와 '유나' 사이에 놓여 있던 거리가 "멫천리"라는 심리적 시공간의 과장에 의해서도 확인된다.

그런데 비극적인 과거를 현실에서 충만감을 부여하는 기억으로 재생시키기 위해서는 다음과 같은 두 단계의 과정이 필요하다. 처음은 과거의 충만한 시간에 대한 회상을 통해 불완전한 현재를 반성하는 일이다. 다음으로는 그 현재를 보상할 수 있는 미래에 대한 구체적인 전망을 기획하는 일이다. 그것을 「수대동시」에서 확인해 보자.

이 시에서 현재에 대한 성찰과 고향에 대한 재발견은 "흰 무명옷 가라입고 난 마음", "오랫동안 잘못 사럿구나", "샤알·보오드레-르처럼 설고 괴로운 서울여자를 (…) 아조 인제는 잊어버려" 등의 표현을 통해 구체화된다. 즉 흰 무명옷으로 상징되는 자신에게 합당한 것, 운명적인 것에 대한 적극적 수용은 '보들레르=섧고 괴로운 서울여자'로 상징되는 서양적 휴머니즘 및 관능적 생명력에 대한 전면적 포기를 통해서 이루어진다. 그럴 때 자아는 "별 생겨나듯 도라오는 사투리"로 상징되는 진정한 시적 체험을 이룰 수 있을 것이라는 희망에 부풀게 된다. 그리고 그 희망은 죽은 "금녀 동생"을 얻어 3월에 단둘이 있던 곳인 "수대동"에 안주함으로써 가능한 것으로 인식된다.

이런 점에서 재발견된 고향으로서의 "수대동"은 아직은 구체적인 인간 관계가 불가능한 가상 의지의 공간이기는 하지만, 「벽」의 "벽"이나 「문둥이」의 "보리밭"과는 다르게 스스로 유폐되기를 자청하는 정신적 부활의 열린 공간으로 승화되고 있다. 이처럼 벽 속에 갇혀 있던 서정적 자아는 현실과의 불화를 통해서보다는 과거의 시간에 내재해 있던 친근한 것들을 불러내어 재생시킴으로써 목메어 울 수 있게 된 것이다.

이런 신비화된 자아에 의해 재인식된 과거의 시간과 사건들이 '지금·여기'의 무한하고도 충만한 현실성으로 실현되고 있는 시로 「꽃」을 주목할 수 있다.

가신이들의 헐덕이든 숨결로
곱게 곱게 씻기운 꽃이 피였다.

흐트러진 머리털 그냥 그대로,
그 몸ㅅ짓 그 음성 그냥 그대로,
옛사람의 노래는 여기 있어라.

오— 그 기름묻은 머릿박 낱낱이 더워
땀 흘리고 간 옛사람들의
노래ㅅ소리는 하늘우에 있어라.

쉬여 가자 벗이여 쉬여서 가자
여기 새로 핀 크낙한 꽃 그늘에
벗이여 우리도 쉬여서 가자

맞나는 샘물마닥 목을추기며
이끼 낀 바위ㅅ돌에 턱을 고이고
자칫하면 다시못볼 하눌을 보자.

—「꽃」 전문

학질을 앓고 난 후인 1943년 가을, 길가의 골동품 가게에서 보게 된 이조 백자에서 모티프를 얻어 쓴 이 시는, 미당이 그의 시작 생활에 새로운 전기를 마련한 것으로 평가하는 시이다.[23] 가령 다음과 같은 시인의 고백을 보라. "이 「꽃」이라는 작품은 내 시작詩作 생활에 대한 한 전기를 가져온 작품이다. 절망이나 그런 것들 속에서도 이젠 떠나서 죽은 저너머 선인들이 무형화된 넋의 세계에 접촉하는 한 문을 이 작품의 원상原想은 잡아 흔들고 있는 것이다. (…) 그러면서 나는 아무렇게 어거지로 살다 죽어도 된다는 체념을 마련했고, 이 너무 혹독한 환경(일제 말기 — 인용자) 속에서는 그게 그대로 한 삶의 의지가 되었다." 요절 일보 직전의 절망적인 '타나토스' 상황에서 존재와 삶의 영원성을 향한 문턱을 간신히 넘어선 '에로스'의 뜨거운 개진으로 전환된 처절한 내면이 처연하게 빛나는 대목이 아닐 수 없다.

이러한 뜻깊은 각성에 바탕한 「꽃」은 그의 지혜 깊숙이 숨겨두었던 "형극의 문"이 어디를 향해 열리게 되었는가와 함께, 완성된 지혜가 어떻게 주체와 세계를 인식하고 자기화하는지를 일목요연하게 보여주고 있다. 이 시에서 가장 주목해야 할 시어는 "가신 이들의 숨결"이 재생된 존재인 "꽃"(백자)이다. '꽃'은 과거의 시간과 혼교를 가능하게 하는 매개물이자, 초월적 가치인 '영원성'의 현실적 실현을 상징하는 객관적 상관물이다. '꽃'에 의해 하늘과 대지로 상징되는 영원성과 존재적 유한성의 경계는 허물어지며, 자아는 구체적인 오감으로 옛사람들과 교감할 수 있게 되는 것이다. 따라서 "새로 핀 크낙한 꽃그늘"은 영원성이 실현되어 있는 세계이 며, 궁극적으로 미당의 시가 도달하고자 한 세계로 보아 무방하다. 이는 신비화된 서정적 자아가 "자칫하면 다시 못볼"이라고 일말의 불안감을 내비치면서, 그 세계의 본질을 파악하지 못할 가능성을 경계하는 점에서도 드러난다.

• • •

23. 서정주, 「천지유정 — 내 시의 편력」, 『서정주문학전집 3』, 227~228쪽.

이처럼 현실의 부조리함을 극복하려는 관능적 생명력의 추구에서 시작된 미당의 시는 근원적이고 영원한 것을 실현하고 있는 것으로 새롭게 의미 부여된 과거를 현실로 재생시킴으로써 속악한 현실을 수직적으로 초월하게 된다. 이런 주체의 실존적 수정은 이후 그의 시에서 구체적인 현실 속에서 분열하고 갈등하는 인간에 대한 집요한 탐색으로부터 더욱 멀어지게 만든다. 그 대신에 불변적인 동일성과 원형의 순환적인 연속성에 따라 언제나 자기 동일성을 확보하고 있는 과거적 인간들에 대한 탐구로 그를 이끌게 된다. 이제까지의 시들에서는 그런 관심이 구체적인 대상과 주제에 대한 천착보다는 자아의 의지의 측면으로 제시되는 경향이 우세하다. 하지만 1950년대 중반 이후 그것은 신라 정신, 윤회전생설, 혼교라는 주제와 그것을 체현하고 있는 인물들에 대한 탐구에서 더욱 뚜렷한 표현을 얻게 된다.

## 6. 서정주 초기 시 연구가 나아갈 길

지금까지 보아온 대로 미당의 낭만적 상상력은 그가 지향하는 영원성의 내용과, 그것의 추구 과정에서 마주쳐야 했던 현실에 대한 미적 반응 양상에 따라 매우 이질적인 시 세계를 창출하였다. 그는 무엇보다도 문학적 공리성의 철저한 배제와 형상화 대상으로서의 현실(세계)을 보편적 휴머니즘의 추구와 생명력에 대한 고열한 표백을 통해 구세대의 문학과 파행적인 식민지 질서를 넘어서고자 하였다. 근대적·도시적 삶에 때 묻지 않은 인간 존재의 본질과 생명에 대한 탐구는 오히려 그의 시에서 세계와 존재의 모순적 본질을 날카롭게 인식하고, 그 내용을 직정언어로 표현하는 감각적 직접성을 획득하는 계기가 되었다.

하지만 현실의 모순이 격화되어 가고, 생명력에 대한 관심이 새로운 시적 표현을 얻게 되지 못했을 때, 그의 시는 존재와 현실의 모순에 적극적으로 맞서기보다는 과거의 현재적 통합 등을 내용으로 하는 비계기적·비역사적 시간 관념으로서의 영원성의 추구로 급격히 경사된다. 이런 원형적 시공간으로의 수직적 초월은 그의 시에서 현실 연관의 계기 및 개인의 미적 구원이나 시와 관련이 없는 모든 것에 대한 관심을 포기하는 유미주의적 태도로 나아가게 한다. 이런 태도가 종국에는 현실의 모순과 변화에 대한 체념과 무관심을 조장하여, 시를 현실에 대한 무기력함을 합리화하거나 자족적인 위안을 구하는 기제로 협소화시킬 것은 자명한 이치이다. 그렇기 때문에 『화사집』 시기의 미당의 시적 성취에 비교해 볼 때, 이후의 미당 시가 이런 혐의로부터 별반 자유롭지 못했다는 것은 우리 시사에서 매우 아쉬운 대목이 아닐 수 없다.

이런 점에서, 이 글에서는 본격적으로 고찰하지 못했지만, 낭만주의적 상상력에 기반한 그의 시가 우리 사회의 '근대성' 및 문학사의 '미적 근대성(자율성)'과 어떤 연관성을 맺고 있는가 하는 문제는 지속적인 관심의 대상이 될 필요가 있다. 최근 미당 시에 대한 연구가 이 지점으로 수렴되고 있는 현상은 매우 고무적이다. 하지만 그 논의들의 대부분이 그의 시가 도구적 합리성에 기반한 '근대성'을 극복했다고 보는 평가라는 점에서 논란의 여지가 있다. 오히려 그런 단선적인 평가보다는, 그의 시와 시론에 나타난 시공간 의식의 문제, 시 의식의 문제, 한국 사회의 의사疑似 근대성에 대한 정확한 인식 및 극복 의식의 문제 등을 포괄적으로 검토함으로써, 근대성에 반응하는 미당 시의 다양하고도 복잡한 면모를 헤아리는 작업이 우선될 필요가 있다. 그럴 때야 여러 이유 때문에 극단적인 상찬과 폄훼의 자리에서 못 벗어나고 있는 미당 시를 객관적으로 평가하고, 현대 시사에 올바르게 자리매김하는 일이 가능해질 것이다.

# 제4장

# '사실의 세기'를 건너는 방법
## 1940년 전후 서정주 산문과 릴케의 호명


## 1. 서정주 문학, 릴케와의 대화

　문학사의 구성은 텍스트의 가치와 의미를 막무가내로 고정화·체계화하기보다 시대 환경과 맥락에 따라 그 가치와 의미를 새로 성찰하고 조합하는 수정·보충·변형 행위에 가깝다. 문학사 구성이 벤야민의 '성좌Konstellation' 제작과 유의미한 관계를 형성하는 이유다. 벤야민의 '성좌' 그리기는 이미 빛나는 별들을 단일화·집체화하기보다 그 주변의 은폐·소외된 것들의 순간적 출현과 섬광의 핍진한 포착에 훨씬 주의한다. 그럼으로써 표면의 부재와 달리 그 밀도와 압력이 훨씬 엄중한 심층의 존재를 새로운 별자리의 하나로 등재시키는 것이다. '성좌 그리기로서의 문학사 구성'이라는 관점은 개별 시인의 문학─삶에도 동일하게 적용될 수 있다. 기존 관점과 방법의 반성과 전복 없이는 한 시인의 미학적 가치와 의미는 엇비슷한 문양의 직조와 축적을 벗어나기 힘들다. 거의 무의미할 정도의 차이와 변형을, 이를테면 '영향에의 불안'을 초극하는 미적 개성의 진앙지로 문득 톺아보는 사유의 전환 내지 감각의 용기는 그래서 필수적이다.

　미당 시학의 새로운 성좌를 주목하는 이라면, "'동양적 릴케'의 발견"이라는 최근의 어떤 언설에 어김없이 매혹될 것이다. 서정주의 미적 원천과 모델은, 그가 고백한 시의 영토에서라면, 어려서의 당음唐音 암송 및 보들레르와 랭보에 대한 사숙으로 대표되는 청년기의 상징주의 편향, 일본의 미요시 다츠지三好達治와 그가 속해 있던 동인 모임 〈시키四季〉파 미학에 대한 호감을 크게 벗어나지 않는다. 물론 우리는 미당이 극복 대상으로 거론한 이념의 임화와 기교의 정지용, 해방 후 그가 치달은 서정과 리듬의 본류로 호흡한 소월과 영랑으로 구분되는 양면적 영향 또한 잊지 않는다. 저 사막에서의 생의 작렬(상징주의)과 "호올로 가신 님"(「귀촉도」)에 대한 비애야말로 미당 시학의 두 줄기로, 또 후자에 의한 전자의 초극으로 문학사적 권위를 인정받은 지 오래다. 거기서 영원성과 현실 대긍정을 향한 세계 내적 태도와 시각이 울울해졌음 역시 주지의 사실이다.

이를 참조하면 인간성 상실의 끔찍한 모더니티에 맞선 순수한 영혼의 부르짖음으로 흔히 고평되는 릴케가 일찌감치 서정주의 호명을 획득했다는 주장은 어쩐지 매혹魅惑보다는 미혹迷惑의 기미가 앞선다는 느낌을 준다. 물론 릴케가 근대 도회의 비참한 현실과 비전 부재를 무섭게 점묘한 보들레르의 『파리의 우울』에 깊이 공명했음을 감안해도 그렇다. 궁극적으로 자신의 시적 영혼과 내면 체험을 '불가시적인 초월의 세계', 다시 말해 "전체적인 것에 대한 정열"이 자유로운 "세계 내 공간"으로 하방한 릴케[1]의 흔적과 잔영을 미당 시학에서 읽어내기가 결코 만만찮기 때문이다. 아마도 양자의 연관은 그들의 현실적·시적 체험과 비전이 어떤 절대적인 것(신이든 자연이든, 고향이든 순수 언어든)에 열중하는 가운데 '탕아' 속에서 "미적—신비적 존재의 시인"[2]을 키워내고 있음을 조심스럽게 찾아낼 때야 더욱 또렷해질지도 모른다.

그러므로 미당의 릴케에 대한 대화를 묻는 이 자리는 어쩌면 (직접적) 영향의 실선보다 (간접적) 변주와 재해석의 점선을 엿보게 될 가능성이 농후하다. 그것도 얼마간은 미당 시학에서 '동양적 릴케'의 현현을 예리하

• • •

1. 앞의 인용은 김병욱, 「릴케의 유년기와 그의 예술론」(174쪽)을, 뒤의 인용은 김주연, 「릴케의 생애와 작품」(13쪽)에서 취했다. 두 편 모두 김주연 편, 『릴케』(문학과지성사, 1981)에 실려 있다.
2. 김병욱, 「릴케의 유년기와 그의 예술론」, 167쪽.

게 포획한 젊은 연구자의 논지[3]를 사후적으로 재구성하는 형식으로. '사후적 재구성'은 그러나 주어진 사실의 선택과 재배치로 완료되는 작업이 아니다. 미당의 릴케에의 대화를 둘러싼 숨겨진 질료의 발굴과 채집, 그것의 새로운 건축을 위한 새 축성법의 고안과 적용은 그런 의미에서 필요조건의 하나인 것이다.

이를 위해 나는 먼저 미당과 릴케의 연관을 새롭게 쏘아 올린 김익균의 논지를 살피면서 1930년대~50년대에 이르는 그들의 얽힘과 풀림을 보다 간명하게 드러내고 또 보다 정밀하게 보충할 것이다. 다음으로 은폐되었거나 미약하다는 표현이 적실한 릴케와 미당의 연관을 1930년대 후반의 산문과 1940년대 초반의 산문으로 나누어 징후적으로 재구성하고자 한다.[4]

이즈음은 세계사적 파시즘의 도래가 지시하듯이 '힘의 논리: '사실'의 전망'에서 '힘의 지배: '사실'의 수리'로 시대 현실이 급격하게 재편되던 폭정의 시대였다. 여기 쓰인 '사실'이라는 말은 프랑스 시인 폴 발레리가 세계와 유럽의 문화 현실에 대한 이해와 해석을 개진하며 고안했던 '사실의 세기'에서 유래한 말이다. 그에 따르면, '사실의 세기'는 모든 것이 질서 정연하게 정립되어 있고 또 움직이는 '질서의 세기'에 반하는 시간대로, 휴머니티에 기반한 역사와 문화의 시대에 반하는 '야만의 시대'를 뜻한다. 그러므로 '사실' 전망의 시기는 파시즘의 폭주가 야기하는 무질서와 야만의 시대가 몰아닥치고 있는가를 심각하게 관찰하는 불확실성의 지평에 놓여 있는 셈이다. 이에 반해 '사실'의 수리는, 첫째, 특히 지식계급이라면 부정적인 현실('사실') 속에서도 긍정적인 사상과 이념을 새롭게 찾아내야

• • •

3. 김익균은 "체험시와 동양론의 '교합' — '동양적 릴케'의 탄생"으로 미당과 릴케의 미학적 연관성을 일거에 구조화했다. 해당 내용은 김익균, 「서정주의 신라정신과 남한 문학장」(동국대 박사논문, 2013), 56~62쪽.
4. 이 글에서 함께 읽을 미당의 등단(1936) 이후 산문들은 다음과 같다. 「고창기(高敞記)」, 〈동아일보〉, 1936년 2월 4~5일자; 「배회」, 〈조선일보〉, 1938년 8월13~14일자; 「나의 방랑기」, 『인문평론』, 1940년 3월호 및 4월호; 「칩거자의 수기」, 〈조선일보〉, 1940년 3월 2일자; 3월 5~6일자; 「질마재 근동 야화(夜話)」, 〈매일신보〉, 1942년 5월 13~14일자, 5월 20~21일자; 「향토산화(鄕土散話)」, 『신시대』, 1942년 7월호; 「고향이야기」, 『신시대』, 1942년 8월호; 「시의 이야기 — 주로 국민시가에 대하야」, 〈매일신보〉, 1942년 7월 13~17일자.

한다는 역설적인 '사실', 곧 새로운 '가치'의 개척과 수용을 뜻한다.

문제는 이때의 '가치'가 야만과 무질서의 '사실'을 극복하거나 넘어서는 대신 힘과 폭력이 창궐하는 파시즘 시대가 열어젖히는 '역사의 필연성에 대한 신뢰' 속에서 구해지는 개념이라는 것이다. 백철, 유진오 등의 '사실 수리론'자들은 그 '역사적 필연성'을 "시세時世를 불거不拒하야 현실적인 것을 일차 수리受理하는 정신"[5]에서 찾았다. 이렇게 하여 1940년을 전후한 시기, '사실 수리'론은 일제 군국주의에 대한 체제 협력을 승인하는 '전향'의 논리로, 또 서양 문화를 거부하고 일본 문화 중심의 동양 문화론을 탐구하고 내면화하는 '문화 보국報國'론으로 급속하게 타락해 갔던 것이다.[6]

아무려나 미당은 '사실의 수리'라는 시대적·문화적 격변에 맞서 서양 시(인)를 대표하는 보들레르와 결별하는 한편 동양 문화론을 적극 수렴함으로써 자신의 시와 삶을 보호, 아니 구원하고자 했던 것이다. '사실의 수리' 이전과 이후의 차이를 가늠하는 존재의 편린을 적시한다면, '칩거자'와 '귀향자' 정도가 될 것이다. 릴케의 영향 혹은 내면화가 잔영殘影에서 실질로 부감되는 장면 혹은 지점이 있다면 이 존재의 전환 과정 어디쯤이라는 게 이 글의 가설이다. 나는 그것을 특히 현실과 고향 체험의 차이성에 대한 입체화 및 비루한 존재의 실존적·미학적 개안開眼이라는 두 코드의 교차 속에서 읽어내고 싶은 것이다.


## 2. 미당, 릴케를 '동양적 지성'으로 호명하다

현재의 자료를 기준으로 한다면, 미당이 릴케를 처음 호명한 때는 『시문학개론』(이후 『시문학원론』으로 개제)을 출간한 1950년대 후반 무렵이다. 미당은 릴케를 '주지적 상징주의'로 귀속시키며 "그가 이룩한 지성 상의

5. 백철, 「속·지식계급론—시세(時世)를 불거(不拒)하는 정신」, <동아일보> 1938년 7월 1일자.
6. 1940년을 전후한 '사실 수리론'에 대해서는 차승기, 「'사실의 세기', 우연성, 협력의 윤리」, 『민족문학사연구』 38(민족문학사학회, 2008), 269~296쪽 참조.

개척의 면은, 발레리와는 좀 달라, 동양적인 지성의 움직임에 가까운 이해에 속한다"[7]고 그 위상을 정립했다. 1950년대 후반이라면 『신라초』(1961) 소재 시편이 왕성히 창작되던 즈음으로, 영원성과 풍류의 미학을 통해 범속한 현실을 회류回流한 결과의 "피가 잉잉거리던 병病"(「사소 두 번째 편지의 단편」)을 드디어는 치유하기에 이른 때이다.

이때의 릴케는 무엇보다 『말테의 수기』 시절의 그였는바, 미당은 "시는 감정이 아니라 체험이다"라는 릴케의 선언에 깊이 공명했다. 이 시적 '체험'은 당연히도 대상의 직접 경험과 구별되는 무엇이다. 미당의 "제일 잘된 정情과 지혜의 혼합한 정교한 혓바닥"(시인) "지혜와 감정의 — 즉 전全 정신의 체험"[8] 운운은 릴케의 '체험'이 예지叡智,[9] 그러니까 '사물의 도리를 꿰뚫어 보는 뛰어난 지혜'로 인지되고 있음을 짐작하게 한다.

릴케의 '시적 체험'을 동양적 지성 혹은 예지로 번역, 내면화하는 미당의 태도는 실존적 고독과 사물 사랑의 음역으로 릴케를 청취하던 백석, 윤동주, 김춘수와 뚜렷이 구분된다. 이들의 릴케 수용과 내면화가 보편적 시류에 가까웠음을 감안하면, 미당 발 '예지'의 시인으로서 릴케의 발견과 가치화는 낯설고도 문제적이다.

왜냐하면 "전형典型이라는 것은 이렇게 해서 꼭 현존자現存者나 현존물現存物 속에서만 찾아지는 게 아니라, 넓은 역사의 전 영역을 더듬어서만 비로소 가능"[10]해진다는 미당 특유의 시간관과 미학관, 즉 과거의 지속과 반복으로서의 '영원성'에 삶과 시의 특권을 부여하는 보수적 문학관의 토대로 릴케가 내면화되고 있기 때문이다. 이제 우리는 미당의 이 뒤늦은

• • •

7. 서정주, 「현대시」, 『시문학원론』(정음사, 1975(중판)), 105~106쪽.
8. 서정주, 「시의 원론적 고찰 — 제2장 시의 체험」, 『시문학원론』, 152~153쪽.
9. 시적 '예지'가 미당에게서 "시에서 통달한 근본이념을 가지고 어느 부분으로건 무상출입(無上出入)하며 작용할 수 있고 가능하면 교훈도 할 수 있는 사람의 경지"라는 표현을 얻는 것은 해방 후 산문 「시의 표현과 그 기술 — 감각과 정서와 표현의 세 단계③」(《조선일보》, 1946년 1월 22일)에서다. 이런 '예지'를 미당이 제시한 시적 구경의 한 측면으로 가치화한 논의로는 허윤회, 「미당 서정주의 시사적 위상 — 그의 시론을 중심으로」, 『반교어문연구』 12(반교어문학회, 2000), 181~183쪽 참조.
10. 서정주, 「시의 영상」, 『시문학원론』, 173쪽.

기록과 자의적 호명의 이념성을 거멀못 삼아, 릴케에의 대화의 역사와 거기 부가된 미적 체험과 전유의 서사를 되짚어 나갈 시점에 서 있는 셈이다.

서정주의 릴케를 '동양적 릴케'로 명명한 김익균의 견해를 존중한다면, 미당과 릴케의 첫 접속은 릴케의 '체험'론을 바탕으로 '시적 변용'의 위의威儀와 가치를 널리 설파한 박용철과의 관계에서 찾아진다. 미당은 용아龍兒를 "지상의 슬픔과 괴로움의 한 대인大人"으로 기억하며 '촉기燭氣'의 영랑과 더불어 '시문학파'의 실질적 내용을 구성한 선배 시인으로 가치화한다.[11] 이런 평가는 형용 수식의 지용과 달리 이들이 특히 슬픔의 선율을 중심으로 '촉기'를 민족정신의 가장 큰 힘 가운데 하나로 밀어 올렸기 때문에 가능했다.[12] '민족정신' 관점에서의 용아와의 관계 설정은 「시적 변용에 대해서」에 표상된 용아의 릴케가 미당에게는 '아직 아닌' 형식이었음을 의미할 법하다. '영향에 대한 불안'으로서 지용에 대한 극복 욕망은 용아의 시학이 미당 시학의 유력한 모범으로 작동하지 못한 형편임을 여실히 보여주기 때문이다.

릴케와의 접속은 그러므로 미당의 상징주의 학습과 동양(조선)적 전통으로의 귀환에 의미 있는 영향을 끼친, 일본 〈시키〉의 동인 미요시 다츠지의 존재[13]와, 당시 영미 문학에 맞서 본격 번역·수용되던 일본의 독일 문학, 그 일파로서 릴케의 영향력 확장이 더욱 현실성을 지닐 것으로 생각된다.[14] 기교 중심의 모더니즘 시에 대한 비판과 부정의 시기가 미당에

• • •

11. 서정주, 「내가 만난 사람들— 김영랑과 박용철」, 『서정주문학전집 5』(일지사, 1972), 113-119 쪽.

12. 김익균은 미당의 지용 비판과 영랑(용아 포함) 옹호를 보들레르–랭보의 계보 거절과 보들레르–베를렌의 계보 수용으로 연결 지어, '감각'에서 '정조'로의 시적 전환을 해명했다. 보다 자세한 내용은 김익균, 「서정주의 신라정신과 남한 문학장」, 50쪽 참조.

13. 미당과 미요시의 관계에 대해서는 졸저, 『서정주 시의 근대와 반근대』(소명출판, 2003), 121~124쪽.

14. 1930년대 중후반 릴케의 일본 수용과 번역 현황을 정리하면, 『시키(四季)』시의 릴케 특집 (1935년 6월), 다케다 쇼이치(武田昌一)의 『젊은 시인에게 보내는 편지(リルケの手紙)』와 『릴케 단편집(リルケ短篇集)』(1935), 치노 쇼쇼(茅野蕭々)의 『릴케 시초(リルケ詩抄)』 재판 (第一書房, 1927/1939), 오야마 테이이치(大山定一)의 『말테의 수기(マルテの手記)』(1939) 등이

게는 보들레르, 랭보에 대한 그것에 얼마간 선행할 뿐 오히려 거의 겹치는 형국이기 때문이다.

무슨 말인가 하면, 미당의 산문 「배회 — 램보오의 두개골」(〈조선일보〉, 1938년 8월 14일자)에 벌써 선연한 서구 상징주의에 대한 회의와 비판에는, 일본 〈시키〉파나 릴케의 독서로 대표되는 외적 조건에 선행하는 내적 조건이 암암리에 내재되어 있다고 해야 할 것이다. 김동리의 백형(伯兄)이자 동양철학자인 범부 김정설의 영향과 1930년대 중후반 조선 지식 장場을 강타한 '고전부흥론'의 존재가 그것이다. 미당의 고백에 간간이 등장하는 범부와 달리 미당은 '고전부흥론'에 대한 별다른 경험이나 소회를 토로한 적이 없다. 그러나 일본을 거쳐 조선에 상륙한 '민족적인 것'으로서 '고전'의 발견과 재가치화는 당대의 풍토상 어떤 방식으로든 미당의 '동양적인 것' 내지 '조선적인 것'의 발견과 거기에의 귀환에 영향을 끼쳤을 것이다. '국민시가'의 필요성을 강조한 「시의 이야기 — 주로 국민시가에 대하야」(〈매일신보〉, 1942년 7월 13~17일자) 상의 동양적 '전통'과 그것의 실질적 보지체保持體로서 '민중'의 강조에 그 영향과 수렴이 반영되어 있는 것은 아닐까.

물론 이 당시 릴케의 독서력이 미당의 이력이나 고백에서는 텅 비어 있다. 하지만 미당의 창작에 직접적 영향을 끼쳤을 시적 모범과 릴케 시편의 존재는 실존적 교유의 대상이었던 박용철이 릴케 전신傳信자로서의 역할을 얼마간 제한했을 것으로 여겨진다. 왜 그런가. 미당과 용아의 만남은 1936~37년에 지속된 것으로 보인다. 용아의 집에서 영랑을 처음 만났고 용아를 통해 이상李箱 문학의 핵심을 엿보았으며, 용아에게서 "시의 기능은 세계의 슬픔과 조화시키는 것이다"라는 정의를 남긴 알프레드 하우스만의 순수시 충동을 전해 들었다. 용아의 릴케와 미당의 접점은 하우스만에의 접속에서 찾아질 수 있다는 추측이 이 지점에서 가능해진다.

• • •

대표적이다. 이에 대해서는 김익균, 「서정주의 신라정신과 남한 문학장」, 53~56쪽 및 구인모, 「"윤동주 시와 릴케"에 대한 단상」(토론문), 『서정주와 동시대 시인들(1940~1950), 그리고 릴케』(2013 미당학술대회 자료집, 동국대 한국문학연구소(2013년 11월 16일)) 참조

이런 나의 의견은 미당의 릴케에의 (간접적) 대화가 보들레르와 랭보에 대한 유보와 비판이 개진되는 1938년 무렵이면 시작되는 것 아닌가 하는 추측에 근거한다. 과연 랭보 비판과 순수시의 열망을 담은 산문「배회」와 '탈향'의「바다」,「역려」,「문」, 그리고 '귀향'의「수대동시」,「엽서」는 1938년 3월~10월에 거쳐 집중적으로 발표된다. 한편 '귀향'과 초월적 체험의 백미「부활」(〈조선일보〉)은 1939년 7월에, '탈향'과 현실 방기의 열도가 가장 짙은 미수록 시「풀밭에 누어서」(『비판』)는 1939년 6월에 발표된 사실도 흥미롭다. 다른 시편들과 두 시편의 게재 시기의 차이는, 다양한 추측을 가능케 하지만, 미당 시에서 '탈향'과 '귀향'의 변증법이 완결되고 초월적 '체험'의 진정성이 일정 정도 구조화되었음을 암시하는 것으로 파악하고자 한다.

그런데 '귀향'과 초월적 체험의 백미「부활」이 1939년 7월에, '탈향'과 현실 방기의 열도가 가장 짙은 미수록 시「풀밭에 누어서」가 1939년 6월에 발표되고 있으니 이를 어쩔 것인가. 나는 주제와 태도를 공유하는 5편(1938)의 시와 2편의 시의 게재 시기의 차이를 '탈향'과 '귀향'의 변증법이 완결되고 초월적 '체험'의 진정성이 얼마간 구조화되었음을 시간의 흐름을 통해 암시하는 것으로 일단 파악해 둔다.

이에 비한다면 김익균은 '동양적 릴케'의 출현을 백자에의 예지를 그린「꽃」(『민심』, 1945년 11월호)이 창작된 1943년 가을 무렵으로 늦춰 잡는다. 나와 김익균의 입장 차이는 보들레르-랭보 비판의 의미와 '동양적 전회'의 시기를 다르게 보는 데서 발원한다. 그는 미당의 '악의 가면'(보들레르와 랭보)들에 대한 비판과 동양-조선의 발견, 거기 연루된 탈향과 귀향의 동시성에 물음표를 던진다.「랭보오의 두개골」상의 랭보 비판은 젊어서의 세계 및 시의 저편을 향한 열정이 아니라 죽음을 신의 자비로 속량하려는 유약함을 겨눈 것이며, 따라서 그것은 미당의 관심사가 동양으로의 회귀가 아니라는 것을 단적으로 보여준다는 비판은 일면 타당하다.

또한 '동양적 전회'의 실질적 실천과 시적 표현이「시의 이야기」를 지나「꽃」의 시기에 확실해진다는 주장도 일면 타당하다.[15] 미당의 백자에 대한 심취가 자신이 고백한바 일본에 귀화한 "남양인南洋人 라프카디오 허언Lafcadio Hearn이 중국의 「금고기관今古奇觀」이란 소설 속의 어떤 것을 번안해 낸, 그 귀신과 현실과의 교합의 이야기에 심취"했던 경험에서 촉발된 것이라는 고백을 참조하면 더욱 그렇다. 이런 경험의 동질성은 다음과 같은 내면 상황 때문에 가능한 것이었다. "형체도 없이 된 선인先人들의 마음과 형체 있는 우리와의 교합交合의 이야기는, 내가 언제 국으로 죽어 무형無形밖엔 안 될는지도 모르는 이 막다른 때에 무엇이든지 내게 무엇보다 제일 중요한 일이 되어 있었다."[16]

사실을 말하건대, 이후 '영원성'의 문법으로 보다 정교화될 귀신–과거와 현존–현재의 결합은 일제 말기의 지독한 소외 체험('친일'이 내면의 안정감과 자긍심을 거꾸로 강화했을 것이라는 판단 역시 폭력적이고 편파적인 것이겠다)과 때를 같이 하는 '무한한 현실'의 체험이라는 점에서 『말테의 수기』속 릴케의 정신 고양 및 이상에의 도취와 닮아 있다. 그러나 말테의 '무한한 현실'로의 도약이 미래가 아닌 과거, 특히 유년 시절로의 회귀, 곧 '귀향'에 의해 성취되는 일회적 사태임을 우리는 기꺼이 유의해야 한다. 이것은 말테식 '탕아'의 귀환은 현실의 추인과 그 질서에의 굴복에 의해 완성되는 것이 아님을 분명히 한다. 그의 성숙한 자아는 이를테면 "그것을 이겨낼 힘이 없는 어린이였을 때" "우리들에게 들이닥쳐 오"던 "대단히 행복하게 하는 통찰"[17]을 새롭게 각성하고 내면화했을 때야 비로소 주어지는 것이다.

이 점은 미당의 '동양적 릴케'의 발견을 군이 라프카디오 허언과 미당의 '동양적인 것'에의 귀환이 문득 교합하는 1943년 무렵으로 늦추는 시각을 다시 돌아보게 하는 결정적 요인의 하나다. 오히려 체험 시와 동양 사상의 교집합을 이때로 상정할수록 그것이 잘못 흘러간 '국민 시가'의 괴물적

• • •

15. 김익균, 「서정주의 신라정신과 남한 문학장」, 49~52쪽.
16. 서정주, 「천지유정 — 내 시의 편력」, 『서정주문학전집 3』(일지사, 1972), 228쪽.
17. Br.v.4.7. 1917 an Inga Junghanns, in R.M. *Rilke/Inga Junghanns, Briefwechsel* (Wiesbaden 1959), s.46. 여기서는 김병욱, 「릴케의 유년기와 그의 예술론」, 170~171쪽에서 재인용.

성격을 더욱 강화하게 될 위험성을 주의할 일이다. 따라서 그 교집합에 관한 직접적 결과보다 간접적 구조화 과정을 차분히 살펴봄으로써 오히려 릴케와 미당의 '체험' 및 '예지'의 공통성과 차이점을 더욱 예각화하는 것이 생산적이겠다. 이를 통해 공포의 시대에 좌절된 예외적 영혼들의 공통된 상처는 물론 그것을 아물리는 치유법의 결정적 차이를 풍요롭게 조감할 수 있는 기회가 주어지기를 바랄 따름이다. '칩거자'와 '귀향자'로 주체의 성격과 위치를 구별하여 배치하고, '고향'의 서사적 삼각형(고향–탈향–귀향)을 현실적 시공간 대 순수(체험과 언어)의 시공간으로 이중화하며, 산문「배회」와「향토산화」내부의 시적 진술의 차이성을 밝히는 작업은 그래서 절실하며 또한 필연적이다.

## 3. 칩거자, '악의 가면'의 거절과 순수시의 열망

등단 후 작성된 미당 산문을 그 성격과 지향에 따라 분류하자면,「고창기」,「배회」,「나의 방랑기」,「칩거자의 수기」를 하나로 묶어야겠다. 4편의 산문 중 미학적·사상적 전회의 밀도와 열기가 비교적 낮은 텍스트는 의외의 느낌이 있지만 대중에게 가장 널리 알려진「나의 방랑기」다. 방황과 모색의 순간을 날카롭게 찍어 올린 여타의 신문 소재 산문과 달리,「나의 방랑기」는『인문평론』의 청탁에 따라 자기 삶과 미학의 과정을 찬찬히 술회하고 보고하는 형식을 띠고 있기 때문일 것이다. 이런 연유로 앞으로의 논의는「배회」소재 2편의 산문, 곧「배회」와「램보오의 두개골」을 중심으로「고창기」와「칩거자의 수기」양편을 내속內屬하는 방법을 취하기로 한다.

1936~40년 사이 작성된 4편의 산문에는 '그리스적 육체성'에서 동양적 영원성으로, 거친 호흡의 상징주의에서 정제된 순수시로 급박하게 변전하는『화사집』시절 미당의 정신적 방황과 시적 모색의 고통스러운 열도가 울울하다. '칩거자' 하면 사회나 타자와의 관계가 단절된 고독한 개인이

먼저 떠오른다. 스스로에 부과한 '칩거자'의 열패감은 성공과 명예를 가족에게서 독촉받던 범속한 일상을 차갑게 괄호 친 후[18] 육체적·미학적·사상적 방랑을 거듭하던 젊은 미당의 독보獨步와 썩 어울린다.

이를테면 「풀밭에 누어서」에 강렬하게 표상된 다음 장면을 보라. "어머니의애정愛情을 모르는게 아니다. 아마 고리키 작作의 어머니보단 더하리라. 아버지의 마음을 모르는게아니다. 아마 그아들이 잘사는걸 기대리리라. 허나, 아들의 지식知識이라는것은 고등관도 면소사面小使도 돈버리도 그런것은 되지안흔것이다." 그에게 가족은 더 이상 자애와 존중, 사랑과 배려의 존재들이 아니다. 세속적 성공에 최상의 가치를 둠으로써 시적 진리에 존재 모두를 걸고자 하는 미당을 밥과 돈에 대한 충실한 복속자, 아니 숭배자로 이끌어가는 반친밀적이며 배반적인 가족에 불과한 자들인 것이다.

그렇지만 우리는 예의 정황을 충분히 인지하면서도 미당의 열패감 내부에 "몇 방울의 피가 언제나 섞여 있"는 "시의 이슬"(「자화상」)을 향한 암중모색으로 불타오르던 실존의 발견술과 동력학이 잠재되어 있음을, 아니 열렬히 발동 중임을 잊지 말고 주의해야 한다. 그래야만 저 잔인한 가족들의 열망을 시에 대한 희망과 기대로 다시 전환시키는 '병든 수캐'로서의 미당에게 손을 내밀 수 있기 때문이다.

### (1) 먹구름 아래 던져진 칩거자 혹은 탕아의 운명

'담천하曇天下의 시대, 칩거자는 탕아였다'는 명제로 시작해 보자. 그러니 열렬한 생명으로 지향된 '그리스적 육체성'의 창조는 어쩌면 모순된 시학이었다. 미당은 이런 상황, 그러니까 빛과 어둠이 기묘하게 동거하는 탕아의 내면을 "한 사람의 '아웃트 로 —'와 한 사람의 '에피큐리언'이 의좋게 살고 있다"[19]는 모순의 지경으로 정확하게 일렀다. '아웃사이더'와 '향락주의자'로서의 자기 규정은 '칩거자'의 사상과 미학을 절묘하게 분절하며 "병든 숫개"와 같은 탕아의 삶을 더욱 구경화究竟化시켜 나갔던 것이다.

• • •

18. 서정주, 「풀밭에 누어서」, 『비판』(1939년 6월호).

19. 서정주, 「나의 방랑기」, 『인문평론』(1940년 3월호), 72쪽.

미당의 경우, 조선과 일본의 몇몇 시인, 불교의 정신을 제외하면, 저 양가적 삶의 기획과 실천에 요구된 사상적·미학적 조례條例는 대체로 '비극의 철학'과 '악의 가면'에서 구해졌다. 전자는 미당 고백의 앞자리에서 한 번도 빠진 적 없는 도스토옙스키와 톨스토이, 니체로 대표된다. 이를 구체화하기 위해 잠시 『만주일기滿洲日記』(〈매일신보〉, 1941년 1월 15~17일자, 21일자)에 등장하는 도스토옙스키의 『미성년』에 대한 독후감을 잠시 뒤적여 본다.

"도스토이옙스키이 사상의 중심어휘 중의 하나인 모양인 『단려端麗』라는 형용사가 생각키운다 / 혹은 동사로서 / 유아의 미소 — 이건 정말 나치스 독일의 폭탄으로도 째려부실수업는것일까 그건 그러리라그러나…… / 방법이업슬까? / 새여 새여 너무 아니 새파란가 새여"(11월 2일 일기)가 그것이다. '유아의 미소'는 근대의 물질문명에 대해 허무의 심연으로 맞섰던 도스토옙스키가 최후의 희망으로 삼았던 절대 가치 중 하나다. 만주에서 조선으로 돌아온 뒤 미당은 그것에 방불한 미소를 '질마재' 사람들, 특히 그의 질병을 치유하기 위해 "정해 정해 정도령아~"라는 노래를 불러줬던, 현실 부재의 "네명의 소녀"(「향토산화」)에게서 극적으로 상기想起한다. 이러한 방식의 도스토옙스키에 대한 동양적 전유는 미당의 릴케 수용과도 어떤 식으로든 연관된다는 것이 나의 판단이다. 그것은 물론 가장 순진무구한 시선과 생애 최대의 풍경을 허락하는 '유년기'의 본원적 경험들과 관련된다.

한편 후자, 곧 '악의 가면'은 스스로가 사형수이자 사형의 집행자였던 "보오드레–로의 도당徒黨"을 일컫는다. 양자는 '끔찍한 모더니티'에 대한 비판과 반발을 공유하지만, 특히 보들레르의 악마성과 톨스토이의 휴머니티는 그 전망상 함께 동서하기 어려운 짝패들에 해당한다.[20] 미당의 사상적·미학적 방랑이 톨스토이언에서 니체의 허무주의와 보들레르의 악마주의로 진행되어 갔음은 그의 고백에서 일관된 항목 가운데 하나다. 이를테

• • •
20. 서정주, 「속(續) 나의 방랑기」, 『인문평론』(1940년 4월호), 70쪽.

면 "선의 가면이 존재하는 날 악의 가면의 필요가 생긴다. 악의 가면을 즐겨쓴 사람 ― 보오드레-르. 그러기에 그는 톨스토이와 같은 일생을 보내지는 않았다." 그러나 이런 표면상의 단절과 달리, 심지어 톨스토이까지도 포함하여 이들의 친연성은 결코 얇지 않았다.

이를테면 당시를 풍미했던 셰스토프의 저작은 이들을 "과학과 도덕에 배척당한 인간에게 희망은 존재하는가"[21]라는 질문 아래 그들 스스로를 '가장 추악한 인간들'로 타락(= 가치화)시킴으로써 '사실의 세기'를 초극해간 지혜로운 반이성주의자들로 정위시켰다. 그러면서 그는 의미심장하게도 「비극의 철학」(위의 책 제2부)의 시작과 끝을 "그대는 저주받은 자를 사랑하는가? 나에게 말해주렴. 그대는 용서받지 못한 자를 알고 있는가"라는 보들레르의 시구詩句(「돌이킬 수 없는 일」)[22]로 채웠던 것이다. 이를 참조한다면, '방랑'과 '바람', '떠돌이'와 '편력'으로 지속, 변전되어 가는 미당의 반근대적 변신 역시 '가장 추악한 인간'의 하나로 자신을 던져 넣음과 동시에 그로써 자신을 구원하려는 "불치의 천형병자天刑病者"[23]의 슬프고도 간교한 책략이었을 가능성이 다분하다.

산문 「고창기」와 「배회」, 「칩거자의 수기」는 서구발 '반근대주의'가, 또 거기 밑받침된 '에피큐리언'의 '생명'의 열정이 "사멸死滅이 무성한 내 형용사의 수풀"로 포위되지 않았는가, 라는 회의와 반성의 현장이었다. 그와 동시에 이런 삶과 시의 악무한적 저류를 대체할 새로운 주술 "지장보살님. 나에게 '사랑한다'는 동사를 다오"[24]를 공개적으로 요청하는 자리기도 했다. 주지하다시피 미당의 형용사 거절과 직정언어(동사)의 추구는 지용의 위상을 비평하고 초극하기 위한 일종의 전가戰家의 보도寶刀였다. 그런데 도대체 무슨 사정이 불거졌길래, 그 예리한 칼날이 제 미학의 괴수 '악의 가면'마저 겨누게 된 것인가.

• • •

21. L. 셰스토프, 『도스토옙스키, 톨스토이, 니체 ― 비극의 철학』, 이경식 옮김(현대사상사, 1986), 227쪽.
22. L. 셰스토프, 『도스토옙스키, 톨스토이, 니체 ― 비극의 철학』, 228쪽에서 재인용함.
23. 서정주, 「속 나의 방랑기」, 69쪽.
24. 이상의 인용은 서정주, 「칩거자의 수기 ― 주문(呪文)」, 〈조선일보〉, 1940년 3월 2일자.

보들레르와 랭보처럼 '악의 가면'을 쓴다는 것은 미당에게 "자기를 연소하며 (…) 통일하며, 분해하며, 망각하며, 수입收入하며, 날러가는 정열로만 존재하는 정신"[25] 속에 던져지는 것을 의미했다. 양자의 근대성을 향한 반反미학은 현실 초월과 비규범성, 불협화와 같은 파격의 추구, 정신의 자기 훼손과 고의적 추화를 통한 기형적 영혼의 창조, 이를 통한 현실의 파괴와 비실재적 세계의 건설로 흔히 요약된다. 이런 파괴와 탈출, 해체의 상상력은 '과학과 인간에 배척당한 인간'을 또다시 미학적으로 자기화하는 한편 소외시킴으로써 "자유로운 정신의 운동능력"[26]을 재탈환하려는 탈주체와 세계 해방으로의 투기가 아닐 수 없다. 이에 대한 미당식 표현 혹은 번역이 "나를 키운 건 팔할이 바람"이라는 도저한 떠돌이 의식일 것이다.

> 나의 동공瞳孔이 먼 — 천애天涯에 집중할 때 언제나 나의 머릿속에는 방랑하는 램보오의 현실이 잇다. — 인제는 배낭이나 신발까지도 버서 던저버린 지 오래인 램보오, 왼갖 풀 냄새와 산 냄새와 돌 냄새와 사막의 냄새가 나는 램보오. 짐승과 인간과 천지의 냄새가 나는 램보오. 손아귀에 닷는 대로 野生의 씨거운 열매를 따먹으며 점점 밝어오는 안광眼光과 심장으로만 그는 거러간다. 그는 일체一切에 도전하고 미소하고 획득하고 포기한다. 그는 한 군데도 오래 머무는 일이 업다. 그는 애인을 가지지 아니하리라. 친우親友를 가지지 아니하리라. 물론 고향과 과거를 가지지 아니하리라.[27]

'악의 가면' 도당들의 현실 부정, 미지의 세계 혹은 초현실의 건설, 거기 소용되는 언어의 마술성과 절대적 상상력을 한마디로 통합하고 압축하는 단어는 단연 '방랑'과 '탈향'이다. 이 '떠돌이'의 비극을 시대의

• • •

25. 서정주, 「배회 — 램보오의 두개골」, 〈조선일보〉, 1938년 8월 14일자.
26. 이상의 설명과 인용은 H. 프리드리히, 『현대 시의 구조 — 보들레르에서 20세기까지』, 장희창 옮김(한길사, 1996)의 '제2장 보들레르' 및 '제3장 랭보' 참조
27. 서정주, 「배회 — 램보오의 두개골」, 〈조선일보〉, 1938년 8월 14일자.

압박과 실존의 위기로 양분하는 일은 실로 비생산적이다. 둘은 이를테면 어긋나버린 '시간의 관절'을 야기하고 비틀어버리는 크로노스의 양손 같은 것이기 때문이다. 보들레르와 랭보의 위대성은 어쩌면 뒤틀린 시간의 관절을 더욱 비틀고 더욱 재촉함으로써 빛나는 '안광'과 뜨거운 '심장'의 생산, 다시 말해 제한된 자아/세계를 동시에 초극하는 초현실로 해방되었다는 점에서 찾아질 것이다. 친밀성의 근원을 형성하는 '친우'와 '고향', '과거' 따위는 그러므로 이 지점에서는 자아를 제약하고 굴종시키는 '친밀한 적'에 불과한 것이다. 이후 부모와 애인으로까지 확장되는 '친밀한 적'의 무수한 등장은 '방랑'과 '탈향'의 어려움과 고통을 뜻기도 하지만 그것의 황홀과 자유를 대변하기도 한다는 점에서 적실하고도 아픈 타자의 형상에 해당한다.

## (2) 시의 고향과 영혼의 파촉巴蜀으로 난 길

앞의 논의를 이어가기 위해 이렇게 질문해 보면 어떨까. 미당은 왜 '악마의 가면'을 벗겠다는 자아 유기遺棄와 파괴의 욕망에 문득 떨게 되는 것일까. 산문에 제시된 이유는 단 하나, 랭보가 "임종의 침상에서 누이의 손목을 붓드러 잡고 부들부들 떨리는 음성으로 "신의 존재를 밋느냐""고 묻는 순간, 그는 "한낫 평범한 19세기 블란서인이요 그 누이의 오래비에 불과하"게 되었다는 것이 그것이다. 그의 처절한 방랑과 죽음의 고독을 떠올리며 따뜻한 안녕과 정중한 애도를 고할 만도 하지만 오히려 미당은 랭보와의 결별을 선언하는 장면의 아득함을 어쩔 것인가.

이때 문제시될 만한 것은 미당이 저 구원에의 욕망을 근거로 랭보의 '귀향'을 미지의 세계에 대한 '자각'보다는 피곤과 늙음, 좌절의 결과로 해석했다는 사실이다. 요컨대 미당의 말을 빌리면 "귀향하는 램보오는 임우 사회死灰의 시체屍體에 불과"한 존재다. 인간이란 애초에 죽음의 존재임을 감안하면 구원 혹은 영생을 위해 신에게 자아의 원죄를 고백하고 속량하려는 최후의 투기는 오히려 자연스럽다. 따라서 실질적인 문제는 "그의 만년晚年 — 개종改宗과 회한과 노쇠의 전기"[28] 자체가 아니라, 이것들을 속량하기 위해 신에게 바친 비의祕意적 자유와 이상의 자발적 포기일 것이다. H. 프리드리히는 보들레르 미학의 한 속성을 "상승의 목적지는 요원할 뿐만 아니라 또한 공허하며, 내용 없는 이상성이다. 말하자면 그것은 과도한 열정으로 추구하기는 하나 도달할 수 없는 단순한 긴장의 극점이다"라고 밝힌 바 있다. 이로 인해 보들레르의 "탈주는 그 목표가 없으며, 불협화적인 자극 이상의 것이 아"[29]니게 된다는 것이다.

"낙원전설의 금단의 나무 우에 스스로히 언치여 스스로히 나붓긴다는 비밀의 서책처럼, 바람과 하눌빗에만 젓어 잇는 두개골. 이 얼마나 엄숙한 인간 고민의 상징이냐?"[30]라는 랭보를 향한 미당의 희원은 그 내용과 감각의 추상성을 빼고라도 '공허한 이상성'에 대한 과도한 집착이라는 점에서 무척 병적이며 어딘가 퇴폐적이다. 따라서 미리 말하건대, 미당의 탈향과 귀향의 동시성, 그리고 '동양적인 것'과 릴케적 '체험'의 동시적 요청은 이렇듯 '잉잉거리는 피'의 열도와 팽창을 눅이기 위해서라도 필연적이었다. '그리스적 육체성'을 넘어 "내 영혼의 파촉"과 "시의 고향"을 서둘러 호명하는 다음 장면은 그것의 전조거나 기미로 보여진다.

오늘도 하로의 방황 끗테 내가 피곤한 다리를 끌고 어느 빈터의 풀밧이거나 하숙집 뒷방에 도라와 쓰러저 잇슬 때 왼갓 권태와 절망과 암흑한 것 가운데 자빠저 잇슬 때 문득 어뎅지 먼 — 지역에서 지극히 고은 님이 손 저어 나를 부르는 듯한 기미氣味. 귀 기우리면 바로 거기 잇는 듯한 기미 내 방황의 중심에 내 절망과 암흑의 중심에 결국은 내 심장의 중심에 그 중심의 중심에 칠향수해七香水海의 내원內圍의 강물처럼 고여서 잇는 듯한…… 그 침묵하는 것 그 유인하는 것 내 심장에 더워오는 것 그것을 나는 편의상 내 영혼의 파촉巴蜀이라 하리라 시의 고향이라 하리라 나는 언제나 이 부근을 배회할

• • •
28. 앞 단락과 본 단락의 직접 인용은 서정주, 「배회 — 램보오의 두개골」, 〈조선일보〉, 1938년 8월 14일자.
29. 후고 프리드리히, 『현대 시의 구조 — 보들레르에서 20세기까지』, 68쪽.
30. 서정주, 「배회 — 램보오의 두개골」, 〈조선일보〉, 1938년 8월 14일자.

뿐이리라.[31]

　현재의 시와 세계 저편을 열망한다는 점에서 '악마의 가면'은 아직도 쓸 만하지만, 현실 너머의 형이상학적 원천을 동양적 심상이 다분한 "고은 님"에서 구한다는 점에서 '악마의 가면'은 이미 버릴 만한 것이 되었다. 과연 "내 영혼의 파촉"과 "시의 고향"은 미지(미래)의 세계보다는 원초적 과거를, 방향과 전통의 상실보다는 그것들의 통합과 새로운 착목을 감각적으로 환기한다.

　그런데 문제는, "나의 시선은 언제나 목전目前의 현실에선 저면이다" "오 영원의 일요일과 가튼 내 순수시의 춘하추동을 나는 혼자 어느 방향으로 거러가면 조흔가"[32] 등에서 보듯이, '악의 가면'의 방기가 일말의 회의와 주저도 없이 현실의 누락과 내용 없는 순수시의 절대화로 대체된다는 사실이다. 보들레르와 랭보의 현실 초월의 절대적 상상력은 어디까지나 "내용적으로 확실하고 유의미한 초월을 믿거나 창조하기에는 무기력한 저 현대성의 혼돈"[33]을 겨누고 넘어서기 위한 일종의 방법적 부정이다. 당대의 식민지 현실과 그에 따른 조선 시의 억압 혹은 부진을 냉철하게 헤아리지 않는 한 미당의 '순수시'에의 열정은 필연적으로 "언어예술의 감칠맛과 정서의 어떤 깊이"[34]와 같은 실재 부재의 형식으로 치달을 수밖에 없다. "모든 소극적인 자살행위와 권태와 가면과 불안과 우울이 어데서 배태하느냐"는 질문과 "그것은 태양과 외계의 세련을 거부하는 너, 방이 나아논 비극이라고"[35]라는 대답에 그 위험성은 벌써 충분히 잠재해 있다면 지나친 과장일까.

　그럼에도 다음과 같은 질문은 얼마든지 유효하다. 식민 현실의 탈락과 은폐를 운운하기 전에 서정시 보편의 궁극적 지향을 떠올려 본다면, "고은

• • •

31. 서정주, 「배회」, 〈조선일보〉, 1938년 8월 13일자.
32. 서정주, 「배회」, 〈조선일보〉, 1938년 8월 13일자.
33. 후고 프리드리히, 『현대 시의 구조 ― 보들레르에서 20세기까지』, 69쪽.
34. 서정주, 「내가 만난 사람들 ― 김영랑과 박용철」, 『서정주문학전집 3』, 118쪽.
35. 서정주, 「고창기 (1) 방의 비극」, 〈동아일보〉, 1936년 2월 4일자.

님"의 추상성과 안이함은 얼마든지 삭감되지 않을까. 횔덜린과 릴케의 시를 향해 "존재자가 현상하자면 존재를 열어 보여야 한다"는 '귀향'의 문법을 설파한 이는 하이데거였던가. "시란 언어로 존재를 건설함을 말한다"라고 규정함으로써 서정시의 궁극을 보편화한 것도 그였던가.[36]

이런 서정시의 가능성과 절대성이 미당의 내면에서 벌써 "순수시"의 본질로 육화되는 도중이었다면, 끔찍한 모더니티에 맞선 '초월을 향한 열정'을 '현실성에 대한 무목적적인 파괴'[37]로 바꾸느라 바빴던 랭보의 시학은 언제고 결별되어 마땅한 것이었겠다. 왜 안 그렇겠는가, 미당은 벌써 "생경한 암석 우에 (그 무기체의 허무 우에) 증 끄틀(정 끝을―인용자) 휘날리는 지극한 기교의 공인처럼 나는 내 암흑과 일월을 헤치고 내 순수시의 형체를 색이며 거러갈 뿐이"[38]라고 선언 중인 것을……

### (3) 탈향과 역려逆旅, 그리고 귀향의 변증법

랭보의 죽음과 종교에 대한 굴복은 "시의 고향"을 찾거나 건축하지 않은 그와의 결별 사유로 더할 나위 없이 적합했을 것이다. 하지만 새로운 혹은 숨겨진 "영혼의 파촉"과 "시의 고향"을 되찾고 그곳으로 귀향하기 위해서는 젊은 랭보의 "금단의 나무 우에" 스스로 나부끼는 "비밀의 서책"을 참조해야만 하는 것이 미당의 딜레마였다.

랭보의 책은 '탈향'과 '방랑'의 비법 및 지리지地理志에서는 충실했으나 궁극적으로 미당 자신을 구원할 "시의 고향"으로 돌아오는 책략과 언술에는 하등 도움이 되지 않았다는 것. 이 양가성에 대한 예리한 인식 속에서 랭보 '체험'의 진정성에 대한 회의와 그가 내팽개친 '고향'과 '과거'에 대한 새로운 각성과 가치화가 촉발된 것은 아닐까. 그즈음에 '유년기'와 '천사'의 체험을 앞세운 릴케의 출현과 확장이 새로운 독서 현상으로

• • •

36. 마틴 하이데거, 「횔덜린과 시의 본질」, 『하이데거의 시론과 시문』, 전광진 옮김(탐구당, 1981), 20~21쪽.
37. 후고 프리드리히, 『현대 시의 구조 ― 보들레르에서 20세기까지』, 103쪽.
38. 서정주, 「배회」, 〈조선일보〉, 1938년 8월 13일자.

내지內地에 이어 식민지 조선에서도 여지없이 부감 중임을 어쩌면 미당은 문단에서, 책방에서 벌써 조우한 상황은 아니었을까.

이저버리자 이저버리자

히부얀 조이(종이 ― 인용자) 등불미테 애비와 에미와 게집을

통곡하는 고을 상가喪家와가튼 나라를

그들의 슬픈습관 서러운언어를

찢긴 힌옷과가티 버서 던저버리고

이제 사실 나의 위장胃腸은 표豹범을 닮어야한다.

거리 거리 쇠창살이 나를 한때 가두어도

나오면 다시 한결 날카로워지는 망자!

열번 붉은옷을 다시이핀대도

나의 취미는 적열赤熱의 사막저편에 불타오르는바다!

오 ― 가리다 가리로다 나의 무수한 죄악을

무수한 과실果實처럼 행락하며

옴기는 발길마다 똑아리

감은독사毒蛇의눈알이 별처럼 총총히 무처잇다는

모래언덕너머……모래언덕너머……그어디 한포기 크낙한 꽃그늘 부즐업

시 푸르른 바람결에씨치우는 한낮해골骸骨로 노일지라도

언제나 나의 염원은 끗가는 열락悅樂이어야한다.[39]

『화사집』 시기 미당 시의 문체적 특징을 하나 들라면, 시와 산문의 거침없는, 그러나 잘 계산된 통합을 제시하여 이상할 것 없다. 미당은 뜬금없이 산문「배회」의 말미에 위와 같은 시적 진술을 붙여 두었다. 이것은『귀촉도』(1948)에 가서야 얼마간의 개작과 보충을 거친 시의 형식을 입으면서「역려逆旅」로 명명된다.[40] 동양적 영원에 안착한『귀촉도』의

• • •
39. 서정주,「배회」,〈조선일보〉, 1938년 8월 13일자.
40. 이에 관한 최초의 규명과 가치 부여는 졸저,『서정주 시의 근대와 반근대』, 82~83쪽

성격을 생각하면, 『화사집』에 결락된 미완의 시편을 마치 이삭을 줍듯이 거둬들인 형국처럼 느껴지기도 한다. 하지만 '귀향'의 절절함과 정당성을 호소한 「무슨 꽃으로 문지르는 가슴이기에 나는 이리도 살고 싶은가」가 결시結詩의 형식으로 「역려」 뒤에 배치되었음을 생각하면 『귀촉도』에의 배치야말로 오히려 타당한 것이다.

인용에 가득한 '탈향'의 열망과, 그 핵심 요소 "애비와 에미와 게집" "통곡하는 고을 상가喪家와가튼 나라" "그들의 슬픈관습 서러운언어"와의 결별을 미당은 '역려逆旅', 곧 '거꾸로 가는 여행'이라 불렀다. 미당의 당음唐音 암송 경험을 고려하면, '逆旅'의 전고典故는 이백李白의 시 「春夜宴桃李園序」의 "夫天地者 萬物之逆旅 光陰者 百代之過客"로 보는 것이 타당할 듯싶다. "천지는 만물의 숙소요, 세월은 오랜 시간을 흘러가는 나그네 같은 것"으로 흔히 해석된다. 이어지는 대목이 "而浮生若夢 爲歡幾何떠도는 인생 꿈만 같은 것이니, 환락을 누린들 얼마겠는가"이고 보면, 정주定住할 곳도, 때도 주어지지 않는 우리 삶의 순간성 혹은 무상성을 탄식하고 있는 것으로 읽힌다. 미당은 이것을 삶의 허무와 패배를 강조하는 니힐리즘보다 오히려 '순수시'의 "끗가는 悅樂"을 향한 미적 에로스의 열망으로 전유했던 것이다.

이런 뜻에서라면 '역려'는 '귀향'이 아닐 수 없다. 시인의 궁극적 '귀향'은 사물의 본질이 되는 언어를 살거나 '고향'에 생기를 불어넣는 언어를 창조할 때 비로소 시작된다. 그렇다면 친밀한 존재들과의 결별은 이중적이다. 표면상 그것은 시인을 치사한 일상에 묶어두려는 방해자들과의 관계 단절을 의미한다. 하지만 심층적 의미에서 결별은, '역려'에 되비춘다면, 그 친밀한 적들과의 새로운 통합과 결속, 그것을 가능케 하는 본원적 시공간의 발명 또는 은폐된 그곳의 개진을 위해 감행되는 시적 모험을 뜻한다. 1930년대 후반 미당 시에서 '탈향'과 '귀향'의 동시성이 그 어떤 모순과 일탈 없이 매끄럽게 완성되는 까닭은 이로써 무리 없이 해명된다. 물론 이때 전자 관련의 '고향'이 부정적 현실의 연장체라면 후자 관련의

• • •
참조

104

‘고향’은 새롭게 가치화된 이상적 장소에 해당된다.

이런 점에서 1940년 무렵까지 미당을 지배한 ‘칩거자’의 정체성과 그가 위치한 ‘고창’과 ‘방’의 장소성은 징후적이다. 최초에 세 영역은 ‘탈향’의 열정 속에 생명의 발산으로 뜨거웠으되, 그것의 핵심 ‘그리스적 육체성’이 새로운 영토를 얻기 전에 끝내 소진됨으로써 폐색의 지대로 남겨졌다. 하지만 ‘탈향’을 ‘역려’로 뒤바꾼 사상의 모험과 ‘악의 가면’마저 벗어던진 미학적 충동은 세 영역을 ‘실존적 내부성’[41]에 대한 충실한 경험이 가능한 본원적 장소, 바꿔 말해 현실 저편의 ‘충만한 고향’으로 마침내 전유하고야 만다.

당연히도 장소, 좁혀 말해 ‘고향’의 실존적 내부성은 고독한 영혼의 내면적 결단에 의해 저절로 획득되는 성질의 것이 아니다. 에드워드 렐프의 말을 빌린다면, “실존적 내부성의 자세로 장소를 경험하는 사람은 그 장소의 일부가 되며 장소 역시 그의 일부”가 되는 것이다.[42] 이후 ‘질마재’의 본격적 등장과 ‘나’(미당)의 과거 회상이 현실의 ‘고창’과 ‘방’, 내면에 폐색된 ‘칩거자’의 형상을 대체하는 사태는 그 ‘실존적 내부성’이 미당 시학에 본격화되는 종요로운 장면에 해당한다.

예컨대 「고창기」와 「칩거자의 수기」에는 공통적으로 ‘장터’와 장보러 나온 촌민들이 등장한다. 미당은 이들의 생생한 목소리(노래)와 이야기에 높은 가치를 부여하고 그 개방성에 매료되는 모습을 보인다. 그 폐쇄적 공간들에 짓눌린 주체가 걸어가게 될 ‘실존적 내부성’의 장소가 이미 구체화되고 있는 것이다. 개인적 차원의 ‘귀향’의 풍요로운 가치는 ‘무명옷’과 ‘사투리’, 십년 전 ‘금녀’와의 재회가 인상 깊게 묘파된 「수대동시水帶洞詩」(『시건설』, 1938년 6월호)에 벌써 울울하다.

우리에게는 이제 실존적 내부성이 미당의 ‘고향’과 ‘내면’에서 어떻게

• • •

41. 어떤 장소의 경험에서 ‘실존적 내부성’은 그곳이 바로 당신이 속한 곳이라는 사실이 암묵적으로 인지될 때 생겨난다(에드워드 렐프 『장소와 장소상실』, 김덕현·김현주·심승희 옮김(논형, 2005), 127쪽.)
42. 에드워드 렐프 『장소와 장소상실』, 128쪽.

경험되고 구조화되고, 그것이 '동양적 지성' 내지 '예지'의 산출과 어떻게 연결되며, 미당의 릴케에의 대화가 어떻게 구체화되는지를 살펴볼 작업이 남았다. 이 지점은 미당의 삶과 시 양면에 걸친 영욕이 출발되고 가팔라지는 소란스런 여울목이라는 점에서 더욱 신중한 관전觀戰과 해석이 요구된다.

## 4. 귀향자, 향토의 심미화와 과거의 절대화

탕아 귀환의 핵심적 서사는 무엇일까. 탕아의 개과천선과 향토로의 귀향 자체일까. 아닐 것이다. 탕아에 대한 용서와 환대를 못마땅하게 여기는 형제들을 물리치고 그를 가족의 일원으로 흔쾌히 맞아들이는 아버지의 사랑과 관용이 오히려 메시지의 핵심이 아닐까. 아버지와 환대, 이것은 '고향'의 본원성과 전통성, 타자와의 관계성을 표상하는 전형적 코드들 가운데 하나이다. 미당은 '사랑한다'는 동사를 요청했다고 썼던가. '고향'에서 '사랑한다'는 동사의 보편성과 위상은 '가족'에서 '이웃'으로, 민족의 구성원(민중)으로 확장되며 그 미덕과 영향이 더욱 빛나게 된다. 시인의 궁극적 역할은 주어진 사랑만을 노래하는 것이 아니라 존재의 소외와 본질에의 망각을 저지하고 극복할 만한 전체적·개성적 기억과 언어의 성채, 그것을 잘 지키고 더욱 굳건히 하기 위한 지혜의 망루(전망)를 쌓는 일에 존재한다.

이를 위해서 시인들은 '신의 눈짓'을 유의하고 그 이름을 부를 때 '거룩한 것'의 현전을 경험(도취)하기 위해 항상 예민한 각성자의 영혼으로 사유적 시작詩作을 멈추지 말아야 한다.[43] 또한 그게 무어든 '망각'을 강요하는 현실에 맞서, 모든 시간과 경험을 근원성과 영원성의 지평에 올려놓는 '체험'의 사건적 일회성과 심미화의 마법 역시 필요하다. 이 과제를 탕아의 유년기 체험의 기억과 회상, 시선과 태도의 '내면으로의 전향'을 통해

• • •

43. 전광식, 『고향』(문학과지성사, 1999), 172~173쪽.

서정시의 현실로 재영토화한 운사韻士들 가운데 하나가 『말테의 수기』의 릴케임은 주지의 사실이다. 조선 땅의 미당 역시 여정旅程의 형식이었지만, 삶의 근원지 '질마재' 사람들의 회상과 기억을 통해 뜨거웠던 '그리스적 육체성'의 어떤 상흔을 치유하고 동양적 무늬로 수놓일 '순수시'에의 열정을 더욱 단련해 갔다. 그 기록과 고백이 비워져 있지만 1940년대 초반 미당의 릴케에의 대화가 현실성 있는 미학적 사건으로 인지되어 무방하다면 저런 양자의 닮은꼴 시학에서 말미암는다.

### (1) 질마재, 참된 장소 또는 영원성의 기원

미당은 1942년 무렵의 산문부터 '질마재' '고향' '향토'와 같은 근원적 장소성의 언어를, 또 그곳에서 만났던 변두리 인생들과의 다사다난한 추억을 서슴없이 풀어놓는다. 논의의 편의를 위해 다시 적어두자면, 「질마재 근동 야화」, 「향토산화」, 「고향이야기」가 그것이다. 미당은 만주 체험 이후 '질마재' 관련 회고담을 집중적으로 창작한다. 그 까닭은 '만주'가 미당에게는 실존적 내부성이 상실된 공간인 데 반해, 조선의 '질마재'는 실존적 내부성이 울울한 본원적 고향으로 새롭게 각인되었기 때문이다.

이를 참고하면서 1930년대 후반의 「수대동시」나 「부활」을 본다면, 다시 말해 그곳으로 "별 생겨나듯 도라오는 사투리"와 "인제 모두다 내앞에 오는" '너'(타자의 영혼)를 기억한다면, 저 본원적 장소와 기억의 주체 및 대상은 서정시라야 마땅할 것이다. 그러나 존재의 현존을 '사투리'와 '너', 바꿔 말해 전통과 타자에 깊이 뿌리박아 오히려 '나'를 구원하고 '표준어'('국어'로서의 일본어와 '근대어'로서의 조선어)를 혁파하는 영예 는 미당의 몫이 아니었다. 물론 이는 미당만이 아니라 조선 시인 대개에게 가해진 일제 발 '사실의 세기'론과 그것의 적극적 '수리'론이 몰고 온 결정적 폭력이자 올가미였다. 문자 행위로서 조선어(창작)와 소통 행위로 서 조선어(매체어)의 제한과 금지는 심지어 조선에 있어서는 만들어진 전통이자 날조된 권위로 기세등등하던 그들의 천황에게 바치는 노래에서 도 거의 예외가 아니었다.

이런 현실의 저조와 타락을 고려하면, '고향'과 그 구성원들에 대한 산문적 진술은 시적 정동情動의 대체제라 할 만하다. 산문의 이야기성은, 게다가 현실을 괄호 친 '고향'의 회상은, '야화夜話'니 '산화散話'니 하는 의도된(?) 명명에서 보듯이, '후테이센진不逞鮮人'의 혐의를 피해 갈 수 있는 합법적 장치에 가까웠다. ('전선총후'의 분위기를 거스르지 않는 젊은 이야기꾼의 '향토' 사랑 정도로 그 관심과 흥미가 좁혀져도 크게 상관없겠다). 하지만 그렇다고 여러모로 제약된 것임에 분명한 '장소' 경험과 '기억'의 산문적 진술이 '질마재'의 기원성과 실존적 내부성을 현저히 약화시키는 것은 아니다. 그 미래를 말하건대, 미당은 갑년에 출간된 『질마재 신화』(1975)에서 '이야기꾼'으로 변장한 시인의 회상과 기억, 가치 부여를 통해 '질마재'를 영원 불변의 '근원적 처소'로 숭고화·심미화 하지 않았던가.

사실 1930년대 후반의 '고창', '방', '장터', 1940년대 초반의 '질마재', '고향', '향토', 그곳에 거주한 사람들의 실체는 여러모로 구별된다. 앞서도 말했지만, '고창', '방', '칩거자'는 문명 현실의 소외와 고독을 환기하지만, '질마재', '고향', '향토'는 풍요로운 과거와 거기서의 내면 안정과 행복을 불러일으킨다. 사실대로 말해, '고향'이나 '향토'는 엄밀히 말해 물리적 실체가 아니라 특정 지역 사람들의 기억과 상상을 통해 그 가치가 구성되고 부여된 만들어진 공간 또는 장소이다. '고창'보다 '질마재'가 미당의 근원적 처소로, 즉 고향으로 우리에게 즉시 각인되는 까닭도 그 장소성의 구체와 의미가 훨씬 높기 때문이다.

미당이 시공간상의 거리가 꽤 멀어 보이는 양 공간과 주체를 새롭게 연관 지을 수 있었다면, 과거와 현재의 동시성이 물리적으로 각인된 열린 '장터'와 또 그 복합적 삶의 실존들인 '질마재' 사람들이 존재했기 때문일 것이다. '장터'의 경험 및 근린近隣의 경험은 한편으로 「자화상」에서처럼 가난과 무지의 부끄러움을 끊임없이 환기했지만, 다른 한편으로 "큰소리 한 번만 꽥 지르면 형용사도 없이 모다 어디로 흔득흔득 스러져버릴 것만 같은 사람들"[44]과의 유대를 더욱 강화했다. 지명 '고창'이 아닌 고향 '질마재'의 호명에는 벌써 유의할 만한 가치화된 장소성이 부여되고 있다는 판단이 가능한 지점이다. 그렇다면 '질마재'로의 귀향, 다시 말해 고향에서 '사랑한다'는 동사는 어떻게 작동하며 또 그곳의 '실존적 내부성'은 어떻게 자연화되는가.

　나처럼 증운暜雲이도 압니쌀 새이가 좀 벙그러젓섯다고 기억이 되는 데 대체 어디서 그날 밤의 그 냥낭한 음성은 발음되엿든 것인지…… 구즌 조으름으로 감기려든 눈이 점점 씌워저 오면서 나는 참 기이한 세상에도 와서 잇섯다.
　좀 과장일른지도 모르지만 눈이 극도로 밝어지는 순간이라는 것이 현실로 잇슬 수 잇는 것이라면 그쌔 나는 아마 그 비슷하엿섯다. 그리도 고리다고 생각햇든 「춘향전」의 숙명 속에서 춘향이는 생생한 혈액의 향내를 풍기우며 바다에 그득히 사러나는 것이엿다.[45]

　'장터'의 근린들은 세세히 개성을 기록할 길 없는 잡다한 군상群像들로 현상되었다. 그런 만큼 그들은 대화와 소통의 대상이었기보다 일정한 거리상의 응시 대상에 지나지 않았다. 하지만 자신의 태가 묻히고 오랜 기간 육체와 영혼이 성숙한 '질마재'와 그 이웃들의 면모는 개별적이며 또 풍성하다. 그들의 대부분은 '가난'과 '무지'의 희생자라는 점에서 누구보다 문명의 혜택과 이성의 계몽이 시급한 하위 주체들이었다. 미당의 그들에 대한 회고와 진술은 그러므로 말해질 기회를 박탈당한 하위 주체의 언어와 정서, 삶의 고통과 그 안에서의 지혜(이후 '동양적 지성' 혹은 '예지'로 명명되는)를 대신 발화하고 전달하는 메신저의 언어라 불러 무방하다.
　세 편의 이야기에 등장하는 '질마재' 사람들, 이를테면 증운과 동채, 씨름꾼, 소생원 같은 이들은 이후 미당 시편에 드문드문 등장하다가 『질마재 신화』에서 '질마재'의 풍류와 휴머니티, 통합성과 이상성을 현현하거나 거꾸로 되비추는 주인공들로 심미화되기에 이른다. 이 말은 적어도 이

· · ·
44. 서정주, 「첩거자의 수기 (중) 석모사(夕暮詞)」, 〈조선일보〉, 1940년 3월 5일자.
45. 서정주, 「질마재 근동 야화」, 〈매일신보〉, 1942년 5월 13일자.

당시의 '질마재'에 대한 미당의 기억과 회상은 직접적 경험을 서술하는 정도에 멈추어 서 있음을 의미한다. 산문이라는 장르적 특성의 탓도 있었겠으나 '질마재' 사람들 역시 당대 조선의 보편적인 인간상을 크게 벗어나지 않는다는 문화적·민족적 공통성이 가치 매개와 성찰 없는 허무맹랑한 이야기로 왜곡하는 서사의 일탈을 가로막았을 것이다.

그러나 이야기 속 '질마재' 사람들은 미당과의 친소親疎나 그의 호오好惡, 또는 나이의 격차를 토대로 선택되지 않았음을 유의할 일이다. 딱지본 소설「옥중화獄中花」낭송의 명수 증운, 조선의 옛이야기, 즉 "그 멀고도 아득한 이얘기들"의 전문가였던 집안 머슴 동채, 피리에 미쳐 가족도 내팽개친 종구, 동네 꽃신의 장인 소생원. 이들의 취미와 취향, 직업의 성격만으로도 대중의 많은 환호와 때때로의 야유를 함께 받았을 범속한 예술가의 음영 짙은 얼굴이 저절로 떠오른다. 그런 의미에서 이들은 벤야민의 '이야기꾼' 개념을 적용해 본다면, 전통적 이야기의 전승 기반이었던 언어 공동체와 생활 공동체의 근대적 와해 속에서 조만간 사라질 처지에 놓였던 민중 예술가의 일원이라 할 만하다.

이들의 위대성은 근대적 지식과 미학에 조만간 노출되거나 벌써 복속된 미당에게 서당 훈장의『추구推句』가 매력 없음을 깨우치며, 또 그와는 반대로 그들의 생활 속 이야기와 노래가 "눈이 극도로 밝아지는 순간"[46]을 제공한다는 사실에 간접적으로 예시되어 있다. 이런 '체험'의 진정성은 식민지 근대화의 격랑에 떠밀려가는 '질마재'의 '이야기꾼'들이 그들 공동체의 투박하되 지혜로운 삶의 전승과 거기 내재된 공동의 비극성 및 의외의 심미성 현현에 지울 수 없는 손자국을 남기고 있음을 우리들을 향해 아프게 각인한다.

그런데 이보다 훨씬 중요한 요소가 따로 존재하니, 그것은 다음과 같은 사실이다. 범속한 예술가에 지나지 않는 이들에의 매혹과 경탄, 혹은 동정과 결속이 그들의 찬탄할 만한 예술적 기교나 "음악이라든가 예술이라

---

46. 두 가지 예화는 각각 동채와 증운의 회고에서 취한 것으로, 자세한 내용은「질마재 근동 야화」내부의「증운(曾雲)이와 가치」와「동채(東菜)와 그의 처(妻)」를 참조.

든가 하는 것의 가치를 나대로는 조금 알게"[47] 된 '나'의 미적 개안에만 의존된 사태가 아니라는 것. 이들은 순탄한 삶과 소소한 행복의 향유와는 거리가 먼 비극적 인생의 주인공들로 기억되고 서술된다. 이들의 예인적 자질은 삶의 비극성과 더욱 대조되어, 사람들이 미당에게서 징그러움을 먼저 느끼듯이, '탁객濁客'[48]의 처지와 운명을 거의 벗어나지 못하는 부정적 계기로 작동되는 경우가 허다하다. 하지만 타인의 부정적 시선과 응대에 상관없이, 아니 그런 부정성을 견디고 뛰어넘는 근력의 기원과 동력은 언제나 그 맹랑하고 세속적인 예술에서 발현되었다. 그들의 비극적 삶이 흥취로서의 예술을 낳기도 하지만, 그들의 서글픈 예술이 그들의 궁핍한 삶을 견디고 속량하기도 했던 것이다.

미당의 최후의 선택지는 어쩌면 그 예술에의 호기심이 아니라 그 비극적 삶을 예술의 지평에 편입시키고 또 비루한 현실에서 구원할 줄 아는 평범한 '예지'를 향해 던져진 것인지도 모른다. 얼마 뒤의 산문 「시의 이야기」상의 "민중의 양식이 될 수 있는 시 내지 문학", "개성의 삭감, 많은 사상의 취사선택과 그것의 망각, 전통의 계승 속에서 우러나는 전체의 언어공작이어야 할 것"[49]과 같은 발언은 저 범속한, 그러나 기억해 마땅한 '질마재'의 예인들에 의해 환기되고 구성된 것이라는 판단이 가능한 이유 역시 여기에 존재한다.

### (2) 탕아의 환대와 동양적 영원성으로의 귀향

그렇지만 곰곰이 생각해 보면 질마재의 '예인'들은 수평적 교류와 대화, 그러니까 미당의 연령과 정신에 방불한 소통적 타자는 아니었다. 서로의 '체험'을 공동의 기억으로 삼기보다, 예인의 영향을 미당이 적극 수렴하는

• • •
47. 서정주, 「향토산화」, 『신시대』(1942년 7월호), 114쪽.
48. '탁객(濁客)'은 미당의 다음 진술에서 가져왔다. "나보고는 모다들 징그럽다고 한다. 내 속에 드러있는 혼탁 ─ 나는 아무래도 탁객(濁客)인 모양이다. 불교의 연기설(緣起說)에 의하면 글쓰는 사람들은 대개 후생(後生)엔 날즘생이 된다지만 나는 아마 날지도 못할 것만 같다."(서정주, 「나의 방랑기」, 『인문평론』(1940년 3월호), 66쪽).
49. 서정주, 「시의 이야기 ─ 주로 국민시가에 대하야」, 〈매일신보〉, 1942년 7월 13~17일자.

일종의 스승과 제자의 관계로 결속되었기 때문이다. 그러니 미당에게는 보다 완결된 의미의 본원적 '체험', 요컨대 그 의미와 가치가 충만한 원초적 과거로의 환대가 절실히 요청되었다. '절대적 과거'로의 도약은 아닐지라도, 타락한 현실에 맞설 수 있는 순수한 시공간의 부조, 그러니까 "정말로 좋은 모든 것들(즉 '제일의' 것들)은 오직 과거에서만 일어"[50]나며, 모든 미래는 그것들이 밀려들어 적층되는 것에 불과하다는 신뢰를 제공하는 시간적 환대의 체험 같은 것 말이다. 조선어의 불용不用과 총력전의 강제가 더욱 가팔라지던 1942년 무렵, 과연 「부활」 체험에 방불한, 사령死靈이나 이별자들과의 향토적 재회는 함부로 욕망될 수 있었던가.

이에 대한 가장 적실한 예로는 산문 「향토산화」의 첫 부분 "네명의 소녀있는 그림"만 한 것이 따로 없을 듯하다. 이 글에 저 예인들과의 통합 및 소통 정도를 훨씬 뛰어넘는 가장 의미 깊고 징후적인 존재 확장과 도약의 서사가 존재한다면 어떨까.

> 아주 할수없이 되면 고향을 생각한다. 이제는 다시 돌아올수없는 옛날의 모습들. 안개와같이 스러진것들의 형상形象을 불러 이르킨다.
>
> 귓가에와서 아스라히 속삭이고는 스쳐가는 소들을. 머―언 유명幽明에서처럼 그 소리는 들리여오는 것이다. 한마디도 그 뜻을 알수는없다.
>
> 다만 느끼는건 너이들의 숨ㅅ소리. 소녀여. 어디에들 안재安在하는지, 너이들의 호흡의 훈짐(훈김 ― 인용자)으로써 다시금 돌아오는 내 청춘을 느낄따름인것이다.
>
> 소녀여 뭐라고 내게 말하였든것인가? 오히려 처음과같은 하늘우에선 한마리의 종다리가 가느다란 피ㅅ줄을 그리며 구름에 무쳐 흐를 뿐, 오늘도 구지 다친 내전정前程의 석문石門앞에서 마음대로는 처리할수없는 내생명아 환희를 이해할따름인것이다.[51]

• • •

50. 미하일 바흐젼, 『장편소설과 민중언어』, 전승희 외 옮김(창작과비평사, 1988), 32쪽.
51. 서정주, 「향토산화」, 108쪽.

어딘가 익숙한 구절들이 아닌가. 그렇다, 『귀촉도』의 결시 「무슨꽃으로 문지르는 가슴이기에 나는 이리도 살고싶은가」의 일절이다. 이로써 그간 출처를 알 수 없었던 이 텍스트의 게재 장소가 처음 확인되었다. 우선 게재의 형식적 특징을 들어보면, '네명의 소녀있는 그림'은 나중의 「역려」와 마찬가지로 산문에 틈입된 줄글이었다. 다만 차이가 있다면, 전자는 「향토산화」첫 자리에 놓였으며 『귀촉도』 수록 시 행 구분을 제외하면 거의 수정되지 않았다는 것이다.

구체적으로 말해보면, 가장 크게 수정된 곳은 "섭섭이와 서운니와 푸접이와 순네라하는, 後悔하는 네개의 形容詞와같은(강조 ― 인용자) 네名의 少女의 뒤를 따라서 (…)"에서 강조된 부분이 삭제된 정도에 지나지 않는다. 최소 구절의 선택과 수정은 '사랑한다' 동사의 최종 심급들인 소녀들에게 그가 거부해 마지않던 '형용사'를 붙이기 거북했기 때문일 가능성이 크다. 이는 '네명의 소녀있는 그림'이 애초에 서정시로 창작되었음을 의미한다. 산 자와 죽은 자의 조우와 네 소녀를 향한 가없는 그리움을 환상의 형식으로 제시했으니, 산문에 끼워 넣음으로써 그 사실성, 아니 진실성을 재차 보장받고 싶었던 것이리라.

다음으로 '체험'의 성격과 그 주체의 문제를 살펴보자. 이승과 저승을 넘나드는 교류는 미당의 것이기도 하나, 선대로부터 연면하게 전승되어 온 것이기도 하다. 서사 무가에 방불한 "정해 정해 정도령아 / 원이 왔다. 門열어라. / 빨간꽃을 문지르면 / 빨간피가 도라오고. / 푸른꽃을 문지르면 / 푸른숨이 도라오고."라는 노래는 연장자 동채가 들려준 옛이야기의 변형이기 때문이다.

가령 미당의 선배 시인 정지용도 이와 비슷한 전통의 변주에 나선 적이 있다. 이에 대해 미당은 "뻘겅 병을 깨트리면 뻘겅 바다가 나오고 누런 병을 깨트리면 누런 바다가 나오고 푸른 병을 깨트려야 비로소 푸른 바다가 나온다온 이야기라든가(芝溶의 詩)"라고 적은 바 있다. 그가 언급한 "(지용의 시)"는 시집간 누이와의 이별을 슬퍼하는 어린 동생의 마음을 그린 동시풍 시편 「병甁」을 뜻한다. 민중 이야기의 전승인 동시에 그것의 현대 시적 변용인 셈인데, 미당은 그 전승과 변용을 다시 한번 통합, 변주한 셈이다.

게다가 "정해 정해 정도령아~"는 이후 미당 시에서 전통 계승의 의미를 훨씬 뛰어넘어 존재의 '부활'과 '영원'을 내면화하고 선언하는 주술적 기제로 끊임없이 호출된다는 점에서 그 의미가 매우 깊다. 예컨대 「문열어라 정도령아」, 「누님의 집」(이상 『귀촉도歸蜀道』), 「꽃밭의 독백 — 사소 단장」(『신라초新羅抄』)이 대표적인 관련 시편들이다.

이런 옛이야기의 전승과 현대적 수용은 환상과 현실, 죽음과 삶, 너와 나, 과거와 현재, 미래의 자의적이며 기계적인 구분과 절리를 단숨에 넘어서고 또 혁신한다. 표면적으로는 현실 저편의 '네 소녀'가 이승의 병든 '나'를 치유하고 또 영원의 감각을 허락하는 듯하다. 하지만 그것은 미당의 생명 충동, 이를테면 "몇 포기의 씨거운 멈둘레꽃이 피여있는 낭떠러지 아래 풀밭에 서서 나는 단 하나의 정령이 되어 네명의 소녀를 불러 일으킨다."[52]는 절실한 마음에 화답한 결과인 것이다. 미당은 이후 이 현실 초월의 영원성과 존재 무한의 경험을 일러 '동양적 지성' 혹은 '예지'로 명명하는 한편 그것을 현실 대긍정의 보수적 삶과 미학의 지표로 삼기에 이르는 것이다.

우리는 이 지점에서 이렇게 물어야 한다. '영원성'과 그것을 창조하고 가치 실현하는 언어 예술을 '순수시'의 본령으로 기입한 미당의 시각과 태도에 신비주의적인 면모는 없는가. 만약 존재한다면 열사의 사막을 헤맨 끝에 신에게 귀의한 랭보와의 냉정한 절연은 그 자신의 성현聖顯 체험과 영원성으로의 귀환 욕망과 여러모로 모순되지 않는가. '악의 가면' 들과 그 도당 미당은 '문학적 삶', 다시 말해 '시의 고향'과 '순수시'로 귀향하기 위해 악랄한 모더니티의 현실에서 탈향하는 것을 육체와 시의 전제 조건으로 삼았다. 그들의 도달점 없는 탈방향의 시 운동은 "일체에 도전하고 미소하고 획득하고 포기한다"로 요약될 만한 것이었다.

• • •

52. 서정주, 「향토산화」, 109쪽.

그러나 문제는 탈방향성의 시 운동이 구체적 현실을 괄호 친 '공허한 이상'으로 진격됨으로써 '내용 없는 아름다움'에 속절없이 포획되었다는 사실이다. 물론 이들의 문학적 삶에 대한 해석은 식민지 청년 미당에 의해 단순화되고 왜곡된 측면이 없지 않다. "무인無人의 사막 우에 다만 청산과 태양열에 젖어서 오래인 춘추春秋에 잔뼈마자 다 녹고 이제는 하나 남은 하나 남은 램보오의 두개골"이라는 미당의 희원 어디에 폭력과 야만의 '사실의 세기'에 대한 그들의 절박한 미적 성찰과 단호한 부정 의식이 스며 있는가. "나의 로맨티시즘"[53]이란 자기 규정에서 보듯이, 젊은 미당의 "시의 고향"과 "내 영혼의 파촉"에 대한 되돌아봄 없는 열망이 야말로 세계의 구체상像과 가치화의 향방이 불분명한 '탈향'의 실천이 아니었을까.

아버지의 탕아 환대는 그 위치상 무목적적일 수 있지만, 그 형제들의 비난에서 보듯이, 탕아는 어떤 식으로든 타자들과 관계를 개선하지 않는 한 완미한 귀향에 도달할 수 없다. "일광에 저즌 꽃"과 "꽃노래"로 가득한 '순수시'는 "비바람 속에 사는 기쁨을 찬미"[54]할 수는 있지만, 동채와 증운과 소생원들에게 "또 하늘에서 어떠케 해 내려오는" "비운悲運"[55]까지 는 어쩌지 못한다. 더욱이 그것이 '죽음'의 사태인 한 말이다. 이들은 새로운 삶의 감각을 처연하게 일러주었다는 점에서 미당의 삶과 미학의 실제적 갱생자가 아니었던가. 이들을 향한 정중한 애도와 또 다른 타자들과 의 관계 개선과 통합을 위한 절박한 생의 기획과 그 한 방법으로서 죽음과의 친화가 요청된 까닭이 여기 있다.

존재 최후의 심급 앞에서 랭보는 신에게 다시 귀의했지만, 미당은 "무슨 꽃으로 문지르는 가슴이기에 나는 이리도 살고싶은가"라며 신의 세계로의 소속 변경을 오히려 거절했다. 아니 저승의 정령精靈인 '네 소녀'의 하강과

• • •

53. 앞 단락과 본 단락 속의 직접 인용들은 서정주, 「배회 ― 램보오의 두개골」, 〈조선일보〉, 1938년 8월 14일자.
54. 서정주, 「배회 ― 램보오의 두개골」, 〈조선일보〉, 1938년 8월 13일자.
55. 서정주, 「질마재 근동 야화」, 〈매일신보〉, 1942년 5월 21일자.

미당의 '정령'으로의 변신이 지시하듯이, 미당은 아예 삶과 죽음, 인간과 자연, 이승과 저승, 주체와 타자를 하나로 전격 통합함으로써 온 세상을 성聖과 속俗이 자유롭게 순환하고 변신하는 심미적·풍류적인 종교의 공간으로 성화시켰다.

이후 미당이 정리한 바에 따르면 시적 체험은 다음과 같은 사실로 종교와 구분된다. "종교와 같이 인류의 실천이라는 걸 많이 동원하는 것도 아닌, 사람들의 감추어진 긴긴 마음의 연결사 속에 살면 그만인 것이긴 하지만, 이것은(시적 체험 — 인용자) 제일 잘된 정과 지혜의 혼합한 정교한 혓바닥을 가졌기 때문에 사람들이 그의 정부情夫 정부情婦를 안고 누웠을 때에도 귀는 이 시의 편으로 더 기울어지게 할 수 있는 것이다."[56] 미당의 '예지'와 '동양적 지성'이 '사실의 세기'와 타락한 현실을 경중경중 뛰어넘어 "일一의 태초에 말슴에 해당하는 언어의 원형을 찾아내"[57]는 것에 줄곧 제일의 목표를 두었던 까닭이 여기서도 더욱 분명하게 드러난다.

미당이 릴케를 '동양적 지성'의 한 유형으로 계열화할 수 있었던 까닭은 릴케가 추구했던 바의 '체험'의 유사성 때문일 것이다. 그는 유년기를 '예술의 상像'으로 규정하는 한편 그때를 "우리가 언젠가 실현되리라고 꿈꾸는 그 미美의 환영幻影"으로 가치화한 바 있다. 또한 예술가의 진정한 귀향을, 다시 말해 위대한 능력을 "그의 삶은 하나의 창조이며, 그래서 그것은 외부에 있는 사물들을 더 이상 필요로 않는다"라는 도약의 성취에서 찾았다. 유년기의 기억과 가치화, 순수한 내면 공간의 체험, 여기 필요한 "전체적인 것에 대한 정열"[58]의 사상과 언어 추구와 계발은 미당의 것이기도 하다.

하지만 양자의 차이는 무엇보다 "전체적인 것에 대한 정열"에서 찾아지기도 하니, 이는 미당의 릴케에의 대화에서 특기할 만한 아이러니에 해당한다. 릴케는 특히 『말테의 수기』가 그러한데 끔찍한 모더니티에 의해 강요되

• • •
56. 서정주, 「시의 원론적 고찰 — 제2장 시의 체험」, 『시문학원론』, 153쪽.
57. 서정주, 「시의 이야기 — 주로 국민시가에 대하야」, 〈매일신보〉, 1942년 7월 17일자.
58. 이상의 릴케 문장의 인용은 김병옥, 「릴케의 유년기와 그의 예술론」, 163~164쪽, 174쪽.

고 심화되는 존재의 소외에 맞서 어린이 존재의 '무한한 현실'을 발견하는 한편 그것의 예술적 실현에 그이 재능과 사랑을 바쳤다. 미당 역시 "네명의 소녀있는 그림"에서 보았듯이, 실존을 위협하는 죽음과도 같은 '사실의 세기'와 부조리한 현실을 충만한 과거의 현재화를 통해 초극하고자 하였다.

미당은 그러나 '개성'과 '독창'을 '보편'과 '일반성'으로 안이하게 대체하면서 삶의 비극을 민중 일반의 그것으로 평균화했고 마찬가지로 죽음의 초극 역시 그렇게 했다. 무슨 말인가 하면, 미당은 여기서 보들레르와 랭보를 각각 "보기 싫은 유리장수의 등떼기에 화분花奔을 메어붙인 것을 글로 쓴" 자와 "자기의 바지에 구멍이 난 것을 싯詩줄 위에 얹"은 자로 비판했다.[59] 미당은 그들의 언어 행위를 사적이며 편협한 관심의 소산으로 절하함으로써 자기 절제와 지혜의 추구에 보다 집중했던 동양 문학의 우수성을 널리 알리려 했던 것이다. 게다가 그 방법을 '동방 전통의 계승', 그러니까 '예지'와 '동양적 지성'에 손쉽게 위탁함으로써 우리의 범속한 삶이 지향할 법한 '무한한 현실'의 가능성과 범주를 구체적 현실로부터 격리시키는 한편 '영원성'의 일부로 서둘러 편입시켰다.

과연 미당을 구원한, 아니 미당이 변신한 바의 네 명의 소녀들은 애초부터 "씬나물이나 머슴둘레, 그런 것을 뜻하는 것이 아니라 머언 머언 고동소리에 귀를 기우리고 있"었다. 그것도 "후회와같은 표정으로 머리를 숙으리고" 말이다.[60] 아직 랭보의 두개골을 희원했던 시절의 미당의 자랑 "나의 시선은 언제나 목전目前의 현실에선 저쪽이다"라는 탈향과 부정 의지는 이처럼 '지금 여기'의 현실로 끝내 포월包越하지 못했다. 오히려 '사랑한다'는 동사를 과거의 절대화와 탈방향의 리듬("머언 머언 고동소리")을 향해 역행시킴으로써 "단 하나의 정령이 되어 네명의 소녀를 불러 일으"키는 영매靈媒적 성격의 예지자로 스스로를 환원시켜 나가기에 이르는 것이다. 그렇다면 우리는 지금까지 미당 시학에서 가능성을 향한 현실의 무한이 닫히고 모든 것을 보수적으로 포획하는 무한의 현실이 열리는 장면을

• • •

59. 서정주,「시의 이야기 — 주로 국민시가에 대하야」,〈매일신보〉, 1942년 7월 13~14일자.
60. 서정주,「향토산화」, 109쪽.

읽고 보아온 셈인가.

## 5. '체험'의 형식으로서 '국민시가'의 문제점

이제 맺음말의 순서이기는 해도, 미당의 오랜 영광을 함부로 무두질하게 될 뼈아픈 실책의 글쓰기 「시의 이야기」, 그중에서도 '국민시가'에 대한 이야기를 할 때가 되었다. 대개가 인정하는 것이니, 헤어날 길 없는 심연으로서 '친일'의 혐의를 다시 끄집어낼 여유는 없다. 다만 이것만큼은 확인해 두기로 하자. 「시의 이야기」는 이른바 '대동아공영'의 미학적 완성과 그를 위해 동원될 시(인)를 조직할 목적으로 집필된 일회성 기획물에 불과한 것인가. 물론 이것은 '국민시가' 제작의 자발성을 묻는 질문이 아니다. 우리가 지금까지 검토해 온 '순수시', '고향', '절대적 과거', '예지'와 같은 가치들, 그러니까 '악의 가면'을 벗어버린 후 (잠정적 진실로서) 릴케와의 대화에서 미당 스스로가 '체험'한 저것들을 향한 확신과 자랑은 '국민시가'에서 어떤 방식으로 존재하는가에 대한 물음인 것이다.

> 시인은 이러한 정신의 전투 새이에서 조금도 비겁해서는 안 되는 것이다. 무능한 속세의 (말이란 이러케 부족하다) 언어의 잡초무성한 삼림을 헤매면서 일一의 태초의 말슴에 해당하는 언어의 원형을 찾아내어 내부의 전투의 승리 위에 부단히 새로 불을 밝히는 사람, 이것을 또한 분화噴火할 수 잇는 능수能手를 이름인 것이다.[61]

'시인의 책무'를 언급한 부분이다. "태초의 말씀"을 찾아 헤매는 한편 그것을 누구나의 공동 가치로 끌어올리라는 주장이다. 우리는 방랑의 격려에서 젊은 랭보를 여전히 사숙하고자 했던 미당의 어떤 일면을 떠올린

• • •

61. 서정주, 「시의 이야기 ― 주로 국민시가에 대하야」, 〈매일신보〉, 1942년 7월 17일자.

다. '불'이니 '분화'니 운운하는 말에서는 인류를 위해 불을 훔친 프로메테우스의 신에의 저항과 희생이 환기된다. 하지만 '악의 가면'의 영향과 흔적은 인류 보편의, 또는 동양/민족 보편의 공동 감각이 부감되는 순간 "중심에서의 도피, 전통의 몰각, 윤리의 상실"[62]로 급락하여 오히려 시 예술의 독소 조항으로 떠오른다.

"동방 전통의 계승"이니 "민중의 양식"이니 "보편성에의 지향"이니 하는 새 가치들은 고향 '장터'에 모인 핏줄 및 이웃과의 결속력 강화나 그들의 개별적 삶을 공통 경험으로 구심하는 데에는 더할 나위 없이 적합하다. 하지만 증운과 동채, 소생원의 삶을 공동체의 기억과 전통의 계승을 빌미로 미당 자신의 시각과 언어로만 '채색'했을 경우, 그들의 개별성과 다성성 발현은 어려운 것이 되고 만다. 실제로 그들은 삶의 타개보다 숙명에, 분노의 발산보다 체념의 내현內現에 훨씬 익숙한 존재들로 대개 표상되고 예술적 능력의 발휘를 통해 주어진 비극을 초극하는 존재로 묘사된다.

릴케는 "말테는 나의 정신적 위기에서 태어난 인물이다."라고 했다던가? 저들도 '네 소녀'와 함께 미당의 위기에서 문득 등장하여 그를 구원의 처소로 이끌기는 마찬가지였던 존재들이다. 하지만 미당의 심미성 심취와 그 시적 발현은 저들의 '정신적 위기'의 근원과 정도를 아프게 파고들기보다, 저들을 자신의 위기와 상흔을 비추고 위안하는 공동 감각의 대상자로 은애했다. 그들을 향한 기억과 회상은 이로 말미암아 그들을 역사적 현실에 같이 맞서는 사상적·집단적 연대자로 대담하게 호명할 기회를 거의 갖지 못했다. '동양'과 '민중', '보편성'이라는 호소력 짙은 영역들이 오히려 공동 감각 속의 타자의 개별성과 독창성을 숨죽이는 '공허한 이상'의 처지를 멀리 벗어나지 못한 것은 '나'를 위한 집단은 존재하되 '너'를 향한 연대는 거의 부재했던 시 정신의 편향 때문이라는 판단이 여기서 가능해진다.

• • •
62. 서정주, 「시의 이야기 ─ 주로 국민시가에 대하야」, 〈매일신보〉, 1942년 7월 17일자.

"동아공영권이란 또 조흔 술어"[63]는 바로 이 지점을 파고들면서 미당을, 그의 시를 어느 순간 '친밀한 적'의 일원으로 나포해 갔다고 이야기한다면 과연 지나친가. 그래서일까. 미당의 삶과 시에서 이즈음만큼은 "나는 이 꿋업는 배회의 중심에 한 개의 파촉巴蜀을 두리라. 이걸 낭만浪漫이라 부르건 지축地軸이라 부르건 그건 그대들의 자유다"[64]라는 다짐과 자랑과 오만을 일부러 살았으면 어땠을까 하는 아쉬움이 짙고 아프게 치밀어 오른다.

• • •

63. 서정주, 「시의 이야기 — 주로 국민시가에 대하야」, 〈매일신보〉, 1942년 7월 16일자.
64. 서정주, 「배회」, 〈조선일보〉, 1938년 8월 13일자.

# 제5장

# 서정주와 만주

## 1. 만주라는 악몽 혹은 희망

우리에게 근대 이후의 만주는 대개 궁핍과 유랑, 저항의 공간으로 각인되어 있다. 여기에 선명한 디아스포라의 면면은 단연 일제의 식민 지배에서 산출된 것이다. 토지의 제도적 박탈이 만주로의 추방과 유랑을 강제했다면, 정치적·문화적 억압은 만주에서의 저항을 유인했다. 박경리가 지은 『토지』의 최서희와 김길상의 추방과 귀환, 그들의 토지와 그림(탱화)에 대한 집요한 열정은 궁핍과 유랑, 저항의 서사에 내재된 폭력과 욕망, 구원의 삼각형을 다층적으로 분광시키는 문학적 프리즘에 해당한다.

그러나 이런 도해圖解는 1932년 만주국의 탄생과 함께 중대한 변형을 겪는 듯하다. 일제는 만주국의 목표를 '오족협화五族協和'와 '왕도낙토王道樂土'의 구현에 두었다. 그것은 자본주의와 사회주의를 동시에 초극하는 '신체제'의 건설을 통해 완성될 것이었다. 역설적으로 말해 신개지新開地의 개척과 유례없는 신국新國/神國의 건국이 식민 지배의 폭력성과 억압성을 효과적으로 은폐하기에 이른 것이다. 물론 개척과 희망의 공간으로서 만주국이 조선에 적극 선전된 것은 중일전쟁(1937) 이후의 일이다.

조선에 대한 만주국의 개입은 왜곡된 희망의 살포뿐만 아니라 조선(인)의 정체성을 한층 굴절시켰다는 점에서 매우 문제적이었다. 조선인이 내선일체의 대상이면서 동시에 오족협화의 주체로 떠오른 것이다. 조선에서는 자기의 정체성이 부인당하는 식민지인이지만, 만주에서는 일본인임과 동시에 그들의 정책에 협력하는 조선인, 즉 제국의 이등 공민이라는 희한한 정체성의 할당. 만주국에서 조선인과 타민족, 특히 만주족의 갈등이 토지의 소유권 분쟁을 넘어, 유사 식민지와 식민 지배로 외화되는 에스닉ethnic 간의 투쟁이라는 성격을 보유하게 되는 것은 이 때문이다.

유사 지배자로의 정위는 조선인의 만주 이주를 야만지의 개척으로, 식민지적 패배 의식을 식민주의적 우월감으로 변환하는 매혹적, 아니 미혹적迷惑的 마법이었다. 가령 중장년층에게는 매우 익숙한 대중가요「복지만리」와「꽃마차」는 만주로의 진출을 '새 세상의 문'을 여는 결정적인 구원 행위로 의미화하고 있다. 물론 이 노래들은 해방과 함께 몇몇 구절을 바꾸거나 만주의 희망을 지우는 방식으로 원래의 기원과 본질을 은폐함으로써 그 영향력을 새로운 조국의 희망과 건설로 돌렸지만 말이다. 그러나 대개의 조선인들에게 개척과 희망의 길이 결국 또 다른 패퇴와 절망의 길이었음은 만주국의 양면성, 그러니까 첨단의 이상국을 지향하되 잔인한 규율 체제로 현실을 억압하고 단련하던 일제의 각종 지배 정책에 뚜렷하게 영사되어 있다. 조선이나 만주나 "길은 항시 어데나 있고, 길은 결국 아무데도 없"(「바다」)는 비극적 공간이기는 마찬가지였던 것이다.

어딘지 음습한 만주국을 향한 시인, 특히 신세대들의 관심 역시 위의 정황들과 크게 어긋나지 않는다. 그렇지만 만주의 경험 양식, 이를테면 개인 차원의 여행인가 아니면 '문인보국회' 따위의 어용 단체에 의해 강제된 시찰인가 아니면 만주로의 이주인가에 따라 내면 정서와 시적 주제를 표출하는 방식은 썩 달랐다.

먼저 조선총독부에서 제공된 만주 시찰의 경우다. 국책 관련 관광의 성격이 다분했던 만주 시찰은 새로 개척되고 지배되는 드넓은 땅 만주의 소개와 선전에 최종 목적이 있었다. 그런 만큼 시찰단의 자리는 이광수, 박영희, 최재서, 이기영, 이태준, 채만식 등 영향력이 큰 중견 문인들과 일제의 국책에 충실히 협조했던 이석훈, 이무영, 정인택 등의 소장 문인들에게 돌아갔다. 일제 말기는 역설적이게도 여러모로 무명無名이 행복하던 시대였다는 판단이 여기서 가능해진다.

한편 이용악과 백석은 촉망받는 신세대를 대표하며 식민지 조선의 모순된 현실에 예민하게 반응했다. 이용악은 러시아 쪽 극동 지방으로, 백석은 동북 만주로 유랑하고 이주하는 방식으로, 에드워드 사이드의 말을 빌린다면, 봄~가을이 아닌 '겨울'을 일부러 사는 망명자의 모습이기를 기꺼이 자임했다. 조선 이주민에 대한 서러운 동일시의 내면과 태도(이용악), 신화적인 '북방 세계'의 탐색과 그곳으로의 귀환을 통한 이상적 세계, 곧 '갈매나무'의 발견(백석)은 그렇게 실천된 망명자 의식의 소산이었다. 이들의 시가 민중의 궁핍과 고난, 민족의 유구한 시원의 성찰에 상상력을 더했던 결정적인 까닭이 여기 있다.

이에 반해 만주에 상당 기간 거주한 유치환은 협력, 곧 친일의 국면을 내장한 언어를 산출했다(는 혐의를 받기에 이른다). 그는 「수酋」(『국민문학』, 1942년 3월호), 「대동아전쟁과 문필가의 각오」(〈만선일보〉, 1942년 2월 6일자) 등을 발표함으로써 근대 천황제에 종속된 만주국의 이념과 이상에 얼마간 호응했던 것으로 평가된다. 그렇지만 만주 시편의 핵심을 차지하는 『만주시인집』(1942)과 『재만조선시인집』(1943)에 발표된 유치환의 시들(6편)은, 「하얼빈 도리공원」 「생명의 서書」 등이 보여주듯이 그 특유의 존재론적 허무와 생명 의지를 강하게 표출하고 있다. 유치환의 만주 체험이 지닌 복합적 성격이 드러나는 지점이 아닐 수 없다.

흔히 제3유형으로 말해지는 서정주와 함형수의 만주 체험은 생활의 구원과 새로운 시의 생산을 목표했다는 점에서 위의 두 경우와 구별된다. 이들은 곡물회사 직원이니 소학교 교사니 하는 제도적 차원에서 "일본인의 한 용역"[1]으로 생활하되 여전히 〈시인부락〉 이래의 생명의 열정과 좌절에 탐닉했다. 비록 생활은 왕도낙토와 오족협화의 테두리에 불가피하게 복속되었지만, 그들 최후의 생명선인 시적 언어만큼은 비타협적이었던 것이다.

• • •

1. 서정주, 「천지유정」, 『서정주문학전집 3』(일지사, 1972), 202쪽.

시인의 프리즘에 비친 만주국의 형상에 대한 나의 주목은 그들의 시와 삶에 외면화된 협력과 저항, 의도적 외면과 희화적 생활의 면면을 추적하는 일과는 비교적 거리가 멀다. 서정주의 만주 경험을 객관적으로 위치 짓는 한편, 그의 만주 시편들이 당대 내면 정서의 토로에서 과거 경험의 기록으로 점차 이동하면서 발생하는 시차時差·視差·詩差들을 견주는 동시에 해석하고 싶을 따름이다.

이 시차들은 미당이 처하고 겪었던 삶의 환희와 고통을 거치면서 거의 상반된 이미지나 이전과는 전혀 다른 사건들의 돌출을 생산한다. 만주에 대한 실제 경험은 하나이되 내면의 파장과 기억의 각색은 의외로 다중적인 것이다. 그간의 만주 시편에 대한 무관심 또는 홀대를 상쇄할 만한 여지가 충분한 지점이 아닐 수 없다. 그래서 미당의 만주에 대한 기억과 의미화 욕망이 생각보다 집요했음을 환기하기 위해 만주 시편들을 먼저 제시해 본다.

① 「만주滿洲에서」(『인문평론』, 1941년 2월호), 「문둘레꽃」(『삼천리』, 1941년 4월호), 「무제無題」.[2]

② 「만주滿洲에 와서」(『안 잊히는 일들』, 현대문학사, 1983).

③ 「큰 아들을 낳던 해」, 「만주에서」(『팔할이 바람』, 혜원, 1988).

④ 「만주제국 국자가滿洲帝國 局子街(연길延吉)」의 1940년 가을」, 「일본 헌병 고 쌍놈의 새끼」, 「간도 용정촌間島 龍井村의 1941년 1월의 어느 날」, 「북간도北間島의 청년 영어교사 김진수옹金鎭壽翁」, 「시인 함형수 소전詩人 咸亨洙 小傳」[3](『늙은 떠돌이의 시』, 민음사, 1993).

• • •

2. 「무제」는 발표지 미상, 『귀촉도』에 「소곡(小曲)」으로 개제(改題)되어 수록된다. 두 편의 시 역시 같은 시집에 수록된다(「문들레꽃」은 「멈둘레꽃」으로 수정됨). 미당의 만주 경험 및 세 편의 시에 대한 고백은 서정주, 「천지유정」 '제4장 만주 광야에서' 참조.

3. 이 작품들은 '구만주국체류시 5편(旧滿洲國滯留詩五篇) — 1940년 9월~1941년 2월'이란 제목 아래 『시와시학』, 1992년 봄호에 처음 수록. 여기에는 서정주와 김재홍의 대담 「시와 시인을 찾아서 — 미당 서정주 편」이 함께 실려 있다.

후대로 내려올수록 만주에 대한 기억과 표현이 점증하고 있다. 경험적 사실의 제시를 앞세우면서도, 재만 일본인에 대한 조선 용역인의 울분 혹은 소극적 저항을 점차 확대하는 경향이 특징적이다. 또한 만주 생활의 위안이 되었을 〈시인부락〉 동인 함형수와 이웃 교사 김진수에 대한 추억이 전면화되고 있다. 일제에 대한 피해 의식과 저항감이, 비록 개인적 친분의 범주에 머물러 있지만, 동족에 대한 친밀성의 강화로 변주되고 있는 것이다.

만주를 향한 만년의 시적 경향과 내용, 태도의 변화는 한편으로는 극적이지만 다른 한편으로는 어딘가 씁쓸하다. 식민지인의 트라우마가 점차 외면화되어 가는 참담한 고통의 뒤편에, 그의 시적 생애 전반을 옭아매는 뼈아픈 실책이 되고 만 친일 혐의를 만주 경험의 증강을 통해 초극하려는 안간힘이 서글프게 너울거린다는 느낌 때문이다. 실제로 미당은 소련과 동구 사회주의권의 붕괴 및 공식적인 한·중수교의 분위기가 짙게 서려 있는 1990년대의 만주 시편에 대해 김재홍과의 대담에서 이렇게 말했더랬다. "(일제 말 — 인용자) 당시의 나의 정신의 실상에 관한 글을 아직 다 쓰지 못했습니다. 이 세상을 뜨기 전에 꼭 글로 남기고 싶은 삶의 한 부분입니다. 이번 '만주국 시편'도 그 작업의 일환이라고 하겠지요"

이제 시간을 힌침 건너뛴 미당의 만주 경험들에 감춰진 서러운 추억과 끔찍한 악몽이 상영될 시간이다. 시차가 특히 두드러지는 ①과 ④의 만주 경험(②와 ③은 내용과 정서에서 ④에 포괄될 만하므로 따로 인용하거나 분석하지 않는다)은 서로를 어떻게 끌어당기고 또 밀어내는가.


## 2. 상사몽相思夢의 소거 혹은 근대의 초극

1930년대 후반 미당은 탈향과 귀향의 갈림길에서 초조한 나날을 보냈다. 「바다」, 「문」, 「풀밭에 누어서」가 가족과 친구, 모국어와의 결별을 알리는 출사표였다면, 「엽서」, 「수대동시」, 「부활」은 친밀성과 영원성으로의 귀향을 고하는 귀거래사였다. 문제는 미당의 출향과 귀향이 순차적이기보다는 거의 동시적으로 진행되었다는 사실이다. 당혹스럽기조차 한 미당 시의 변화는 거스를 수 없는 내·외부 양면의 조건에 의해 촉발된 것이다.

생명의 열정이 좌절로 변하는 순간 영원성이 구원의 지표로 현현했다는 것이 내적 조건이라면, "샤알·보오드레-르처럼 설고 괴로운 서울 여자女子를 / 아조 아조 인제는 잊어버"(「수대동시」)리라는 시대적 요구는 외적 조건에 해당한다. 물론 내·외적 요건들은 서로 상관없는 요소들이 기계적으로 결합된 엉성한 규격품이 아니었다. 미당의 변화와 갱신을 위해 동시에 충족되어야만 하는 일종의 필요충분조건들이었다. 이를테면 시인의 '고구려'니 '동양'이니 하는 것들에 대한 관심은 1930년대 후반 식민지 조선을 휩쓸던 '고전부흥론'에서 촉발되었을 것이다. 하지만 이 현상은 천황 통치를 심미화한 '일본낭만파'의 『만요슈萬葉集』에 대한 관심과 절대화의 영향으로부터 자유롭지 못했다는 점에서 문제적이었다. 미당이 일본 낭만파의 주요 분자 미요시 타츠지三好達治를 가장 좋아했던 것도 이러한 상황과 긴밀히 연관되는 것일지도 모른다.

미당의 만주행은 식민지의 '레디메이드' 인생들을 옥죄는 빈곤의 굴레를 해결하기 위해 감행된 불가피한 행위였다. 한 예로 그는 만주행을 앞에 두고 「풀밭에 누어서」(『비판』, 1939년 6월호)를 발표했다. 이 작품은 만주로 이주, 아니 추방당할 수밖에 없었던 미당의 내면적 고통과 좌절을 처연하게 보여준다. 그렇지만 시인이 어떤 시집에도 싣지 않음으로써 자발적으로 유실된 명편名篇으로 남게 되었다.

이 텍스트에는 생활과 시의 위기에 처해 있던 미당의 낙망과 탈향 의지가 매우 사실적으로 드러나 있다. 미당은 말미에 "잘잇거라. 그럼 인제 나는 봉천奉川으로 갈라니까"라고 썼다. 물론 그가 간 곳은 "국자가局子街", 곧 "연길延吉"이었다. 열심히 일하거나 문학 공부를 하기보다는 노름을 즐기고 술 먹는 장면은 만주행을 앞둔 시인의 좌절과 패배의 정도가 「자화상」이상의 것이었음을 잘 보여준다. 아무려나 "고등관도 면소사面小使도 돈버리도 그런것은 되지안흔" "아들의 지식知識"[4]은 실로 무참한 것이었다. "시의 이슬"을 보기 위해 "병든 숫개"마냥 기꺼이 떠돌겠노라던 시인은 결국 "피가 섞여 있는" 언어를 한 줌의 쌀과 맞바꿀 수밖에 없었던 것이다. 어쩌면 이러한 초라한 현실과 극단적 패배감이 첫 시집 『화사집』에서 「풀밭에 누어서」를 제외하게 된 결정적인 까닭인지도 모른다.

어쨌든 여기저기서 들려오는 만주국의 희망찬 미래는 미당이 예의 절망적 상황을 딛고 자기와 가족 구원의 의욕을 다지는 데 적잖은 도움이 되었던 듯하다. 시인은 만주로 건너온 지 두어 달 지나 일본인 경영의 곡물회사, 정확히는 만주 일대의 곡식 생산과 유통을 책임지던 '만주양곡주식회사' 지역(연변 또는 화룡) 출장소에 취직하기에 이른다. 그럼으로써 자신의 육체적 생명선을 유지함은 물론 식민지 조선에서 가난에 시달리던 가족에 대한 부양의 책임에도 한결 여유를 갖게 된다.

그러나 황량한 만주벌을 떠도는 곡마단의 슬픈 곡예와 잔재주는 떠돌이로서 자신의 본성과 왕도낙토의 허구성을 잔인하게 일깨웠던 듯하다. 따라서 『귀촉도』 소재 세 편의 시는 그 순간 비롯된 내면의 울림을 토로하는 한편, 근대 초극의 진정한 가치와 방법을 되묻는 애절한 인상화인 셈이다.

1)
　　사람들은 모두다 남사당파派와같이
　　허리띠에 피가묻은 고이안에서
　　들키면 큰일나는 숨들을 쉬고

　　그어디 보리밭에 자빠졌다가
　　눈도 코도 상사몽相思夢도 다 없어진후
　　소주燒酒와같이 소주燒酒와같이
　　나도 또한 나라나서 공중에 푸르리라.

　　　　　　　　　　　　　　　　　—「민들레꽃」 부분

・・・
4. 시 전문은 졸저, 『서정주 시의 근대와 반근대』(소명출판, 2003)의 '부록 1933~1955년 서정주의 시집 미수록 시(37편)', 360~361쪽 참조.

2)

　참 이것은 너무 많은 하눌입니다. 내가 달린들 어데를 가겠읍니까. 홍시紅布
와같이 미치기는 쉬웁습니다. 멫천년千年을, 오— 멫천년千年을 혼자서 놀고온
사람들이겠읍니까.

　(…)

　바로 말하면 하르삔시市와같은것은 없었읍니다. 자네도 나도 그런것은
없었읍니다. 무슨 처음의 복숭아꽃 내음새도 말소리도, 병病도, 아무겻도
없었읍니다.

—「만주에서」 부분


　만년의 시에서 특히 강조되는 용역인의 비애와 자존심을 건 반발 행위는
거의 드러나지 않는다. 주변부 삶에 대한 이해와 긍정 속에서 그들과
동화되는 통합의 자유가 비교적 선명하다. 이 자유의 쾌미와 그 내부를
흐르는 영원성의 감각은, ① "하르삔시"와 "병"으로 대변되는 왜곡된
모더니티와 육체에 대한 결별, ② "복숭아꽃", "말소리" 같은 미학적
대상을 향한 욕망의 내려놓음, ③ 결정적으로 "너무 많은 하늘"과 "멫千年
을 혼자서 놀고온 사람들"의 발견과 조우에서 성취된 것이다.

　「부활」이 그랬듯이, 미당의 구원과 영원성으로의 진입은 산 자와 죽은
자, 주체와 타자, 하늘과 땅, 과거와 현재 등 서로 대립되는 것의 통합
혹은 무화에 의해 실현된다. 만주는 생활인으로서는 치욕의 공간이었지만,
시인으로서는 지복至福의 공간이었음이 이로써 분명해졌다. 이 사실은
더욱 강조되어 마땅하다. 왜냐하면 '오족협화'와 '왕토낙토'의 이념을
훌쩍 초극한 채 영원성 혹은 절대 미학의 공간으로 거듭나는 만주의
심미화는 우리 문학사에서 처음이기 때문이다.

　다시 강조하지만, 미당이 5개월(1940년 9월~1941년 1월)여에 불과한
만주 편력을 작파하고 조선으로 선뜻 귀환할 수 있었던 것은 '영원성'의
편재에 대한 반복적 확신 때문이었다. 생활에서는 치욕이었던 만주에서의

생활은 간혹 그에게 죽음의 욕망을 충동질했던 듯하다. 가령 그는 『팔할이 바람』(1988)에서 "〈나도 장백산맥에 마적이나 되어 버릴까〉"(「뜻 아니한 인기와 밥」) 생각했다는 충격적인 고백을 남긴 바 있다. 이 고백은 「간도 용정촌間島 龍井村의 1941년 1월의 어느 날」(1992)에서도 반복되고 있다. 문학적 자전 「천지유정」을 따른다면 이 마적은 "김일성의 공산 마적 떼"(202쪽)가 아닐까 한다.

일제의 주요 토벌 대상이던 '마적단', 곧 이른바 김일성 항일혁명부대로의 탈출 욕구는 일제 식민주의에 대한 미당의 어떤 불만족과 반항심을 먼저 떠올리게 한다. 그러나 그 탈주의 정서는 생명성과 영원성의 탐구 가능성이 완전히 억압, 실종된 당시의 폭력적인 역사적 현실에 대한 허무주의적 인식과 태도에서 빚어진 것일 가능성이 크다. 그렇지 않고서는 『화사집』 출간을 핑계로, 어렵게 취직한 '만주양곡주식회사'를 미련 없이 던져버리고 식민지 조선의 경성으로 다시 줄달음쳐 귀환했을 리가 없기 때문이다.

미당은 생활의 안정을 보장해 줄 직장을 버리고 삶의 불안과 가난이 앞을 다툴 시인의 자리로 다시 돌아왔다. 그럼으로써 청년기에 지속되던 요절의 전조를 완연히 극복하고 "여기 새로 핀 꽃 그늘"(「꽃」)의 세계로 가뿐히 연착륙했다. 물론 이 지점은 현실 세계에 괄호를 치고 그것을 경중경중 뛰어넘는 미당식 세계 인식과 세상살이가 본격화되는 미학적 징후의 장場이기도 하다.


## 3. 함형수, 미당의 또 다른 분신分身

청년기 미당의 친우 관계를 구도화한다면, 오장환, 이용악 — 함형수 — 김동리쯤 될 것이다. 이 배열은 미래의 이념적 선택과 관계의 분화를 염두에 두고 그려졌다. 하지만 당시 이들의 관계는 이념과 사상보다는 생활과 언어의 공통성을 토대로 결합되었다. 가난과 떠돌이 생활을 공유했던 이용악을 제외한 나머지 3명은 미당과 〈시인부락〉 동인이었다. 물론

용악의 언어 역시 문단의 주목을 끌 만한 것이었다는 사실은 당시 미당과 용악, 장환이 시삼재詩三才로 불렸다는 일화가 증명하는 바이다.

하지만 뜻밖에도 미당이 아쉬움과 부채를 가장 크게 느꼈던 친우는 식민지 조선 문단에 시집 한 권 남김없이 스치듯 지나간 함형수였다. 장환과 용악의 월북을 감안해도 함형수에 대한 미당의 애틋함은 두드러진다. 미당은 「천지유정」의 일절을 "시인부락과 함형수와 함께"로 제題했으며, 한 잡지에는 「함형수의 추억」(『현대문학』, 1963년 2월호)이라는 절절한 회고담을 실었다. 두 글에서 미당은 함형수의 비극적 생애에 대한 애통한 소회와 더불어 그의 시들을 거두어 유고집으로 묶지 못한 안타까움을 아프게 고백했다. 여기 해당하는 서러운 고백을 하나 꼽으라면 "고 함형수에게 나는 아직 진 부채를 갚지 못하고 있다. 그것은 그의 유고집의 발간이다"[5]라는 말을 빼놓기 어렵다.

함형수의 시는 「해바래기의 비명碑銘」(『시인부락』, 1936년 11월호)을 필두로 「호접몽胡蝶夢」(『재만조선시인집』, 1943)에 이르기까지 46편 정도가 확인된다.[6] 이와 별도로 그의 등단 이력의 특이성이 우리의 흥미를 자아낸다. 그는 1932년 2월 『동광』에 첫 시 「오늘 생긴 일」을 발표한 후 1936년 〈시인부락〉 동인 활동에 적극 참여했다. 그러던 차에 1940년 〈동아일보〉 신춘문예(1940년 1월 5일자)에 「마음」을 투고하여 당선되기에 이른다. 조선의 문단과 대중에게 공식적으로 인정받음으로써 작품 창작의 욕망과 열도를 끌어올리고 싶다는 의욕이 투명하게 엿보이는 지점이다.

이런 배경을 지닌 함형수의 시 세계는 현실에 유폐된 자아의 절망과 혼돈을 한편으로 하면서 소년기의 순진성을 그것의 대안 세계로 추구하는 경향으로 흔히 정리된다. 유·소년기가 생애 최대의 풍경이며 따라서 서사시적 세계의 면모를 띤다는 사실을 감안하면, 소년의 순진성은 미당의 영원성과 그리 먼 거리에 있지 않다. 생래적인 것처럼 느껴지는 미당과

• • •

5. 서정주, 「천지유정」, 186~188쪽 참조.
6. 작품 목록은 김지연, 「함형수 시의 아이러니」, 『국어국문학』, 128호(2002) 참조.

함형수의 우정은 과연 빈곤한 생활과 더불어 시적 지형과 지향의 유사성
속에서 건축된 것이었다.

> 1936년 11월에
>
> 그는 나와 오장환吳章煥이와 함께
>
> 『시인부락詩人部落』 지誌를 창간했었는데,
>
> 1937년 내가 서울을 떠나 방랑하고 있던 때엔
>
> 하숙비를 댈 길도 끊어져버려서
>
> 한 끼니 십전十錢짜리 제일 싼 요기를 하며,
>
> 노동자들의 공동숙박소에 끼어 새우잠을 자고 지내다가
>
> 할수없이 만주제국滿洲帝國 북간도로 들어가
>
> 소학교 교사시험을 치뤄 합격했다고 한다.
>
> ―「시인 함형수 소전」 부분

인용부의 앞에는 독립운동에 연루되어 죽은 형수의 아버지와 순대
장사로 학비를 댄 어머니의 고통이, 뒤에는 떠돌이 유랑극단 여배우와의
사랑과 이별 얘기, 서울로 귀환하던 중 "초만원의 해방열차"에서 실족해
최후를 마감했다는 풍문이 이어지고 있다. 누구는 식민지의 내일 없는
청춘이 겪을 법한 평균적 삶이라고 단정할 수도 있겠다.

그렇지만 미당과 함형수의 삶은 아버지의 형상을 제외하고는 무서우리
만큼 유사하다. 미당의 궁핍한 생활과 전망의 부재("고향은 항상恒常 상가喪
家와같드라. 부모父母와 형제兄弟들은 한결같이 얼골빛이 호박꽃처럼 누―러
트라.", 「풀밭에 누어서」), 그리고 첫사랑 실패가 탈향 욕망을 부추겼으며,
결국 흘러든 곳이 만주였다는 것, 그리고 귀향 후 잡은 첫 직장이 '동대문여
학교'였다는 사실. 요컨대 그들은 붙어 있든 떨어져 있든, 삶이든 문학에서
든, 서로의 얼굴을 마주 보며 자아를 수정하고 보충하는 일종의 거울―존재
들이었다. 그러니 함형수는 미당의 피와 영혼을 타고 미당의 몰년까지
함께 흘렀던 것이다. 그런 점에서 「시인 함형수 소전」은 시인을 비추는

'거울–존재'로서의 함형수에 대한 미당의 보란 듯한 인증이자 자신을 닮은 유사–존재에 바쳐진 그리움과 비탄의 헌사에 해당한다.

함형수의 유고집은 『해바라기의 비명』(김시태 편, 1989)으로 뒤늦게 발간되었다. 시선집의 형태라 전 작품이 실리지는 못했으나, 과연 미당은 이 책을 받아 들고 부채 의식을 얼마간이라도 덜었을까. 현재는 몇몇 큰 도서관에서나 빌려볼 수 있는 이 책에 대한 부채는, 함형수에 대한 증언과 추억의 목소리가 거의 존재하지 않는 터라, 온전히 우리의 몫으로 남겨졌다. 전집의 출간과 함께, 미당과 함형수의 시를 서로 비추어 보며, 그들 문학의 유사성과 차이성, 조선과 만주에 대한 공통 감각이 낳은 시대와 미학적 경험의 상호 연관성 등을 묻는 작업이 절실하다. 이 작업은 식민지 시대 시문학사는 물론 젊은 시인들의 만주 체험의 특수성을 풍성하고도 세밀하게 조형하는 데 여러모로 기여할 것이다.


## 4. 미당, 만주 그 후

미당 문학의 주요한 분기점을 하나 꼽으라면 단연 문학적 자전 「천지유정天地有情」의 발표일 것이다.[7] 미당은 당대의 시인들보다 비교적 많은 수의 자작 해설과 삶의 추억을 이미 발표해 온 터였다. 하지만 「천지유정」은 자기 삶과 시의 편력을 주도면밀하게 종합함으로써 이후 미당 연구와 그에 대한 앎에 새로운 장을 열었다. 작가의 삶과 작품의 내·외적 출처, 텍스트의 의미 등을 묻고 추적하기 위해서는 반드시 통과해야만 하는 기준점이자 실증의 기지로 떠올랐다고나 할까.

과연 『귀촉도』 소재 만주 시편에 얽힌 분위기와 창작 동기 역시 「천지유정」에 자세하다. 가짜 왕도낙토에서의 방랑과 고독, 소외의 염念이 충실히

• • •

7. 미당은 「천지유정」을 『월간문학』, 1968년 1월호~3월호 및 1969년 1월호~1971년 5월호에 걸쳐 연재하였다. 이후 「내 마음의 편력」과 함께 묶어 '자전'이란 제목 아래 『서정주문학전집 3』(일지사, 1972)으로 출간했다.

표출된지라, 왜 미당이 유랑단에 동질감을 표했고 또 "너무 많은 하눌"의 출현에 목말라했는지가 손에 잡힐 듯하다. 우리가 주목하는 1980~90년대 쓰인 만주 시편들은 「천지유정」의 시적 표현 혹은 번역이라 할 만한 것들이다.

그런데 앞서 말했듯이, 이 시들에는 만주에서의 위기 상황, 특히 일본인과의 갈등, 그들이 가한 굴욕적 수모의 기록과 그에 대한 노골적인 비판이 두드러진다. 내면 정서의 표출이라는 시 장르의 특수성도 한몫했겠지만, 당시의 상처와 패배감이 이후 그의 삶 내부를 고통스럽게 할퀴어 왔음을 암시하는 대목이기도 하다.

이것은 미당이 말한바 "당시의 나의 정신의 실상에 관한 글"임에 틀림없다. 그러니 자국 땅에서 내몰린 식민지 시인의 울분과 무기력, 고통과 자괴감 따위가 날 것 그대로 드러날 수밖에 없다. 이것은 개인의 내면을 넘어 식민지 청년들의 그것을 엿볼 수 있는 심리적 장場에 해당하기 때문에, 당대 청년들의 집단적 홍역의 고통을 증거하는 역사적 자료로서의 가치 역시 충분하다.

하지만 우리는 이 기억과 회고들에 시간의 흐름이 개입되면서 모종의 변화가 발생하고 첨부된다는 사실을 잊어서는 안 된다. 타자에 대한 분노와 자아의 무기력에 대한 강한 거부와 저항이 일정한 변곡점을 형성하며, 자전과의 불일치 혹은 기억과 가치 평가의 변형들을 곳곳에 흩뿌리고 있는 것이다. 기억이나 회고는 일차적으로 주어진 사실과 경험에 대한 진솔한 토로이거나 고백에 해당한다. 그렇지만 다른 한편으로는 삶을 일정 부분 수정·보완하기 위해 전략적으로 수행되는 자기와 사건 재구성의 행위이기도 하다. 미당이 반세기를 넘어선 시점에서 일제 시대와 오롯이 겹치는 청년기의 경험과 사건을 시기와 지면을 달리하며 수차례 고백하고 시로 남긴 것도 성찰과 회고 형식을 빌린 자기 재구성의 욕망 때문이었는지도 모른다.

물론 우리의 관심은 차이점의 제시가 아니라 반복과 일정한 변형을 수반하며 자기 삶을 이리저리 혜적일 수밖에 없는 미당의 심리적 정황에 있다. 특히 문제적인 것은 '용역인', 그러니까 일본인(국적)이면서 조선인(혈통)인 이등 국민 서정주의 일본인에 대한 기억과 타자화이다. 만주 체류 시 미당의 자의식은 조선인에게 뜻밖에 부과된 식민주의자의 우월감보다는 여전히 피지배자 혹은 이등 국민으로서의 패배감과 자괴감이 압도하고 있다. 당시 미당이 용역인의 위치에서도 오족협화와 왕도낙토의 섣부른 희망에 현혹되지 않고, 시적 언어를 그 미혹의 땅에 함부로 부리지 않았던 요인 가운데 하나가 여기 어디 있을 것이다.

그렇다면『늙은 떠돌이의 시』소재 만주 시편들은 이 경험을 어떻게 특수화하고 있는가. 만주 투먼역圖們驛에서의 노상 방뇨 탓에 일본 헌병에게 얻어터진 이야기를 담은 「일본헌병 고 쌍놈의 새끼」는 거의 반세기 후 당시의 모멸감을 쌍욕으로 되갚고 있다. 미당의 쌍욕은 겉으로는 매우 통쾌한 듯하나, 당시의 상황과 경험에 대한 냉철한 성찰보다는 즉자적 분노의 표출이 앞서고 있어 어딘지 처연하다. 미당의 쌍욕이 정당하고 유효적절한 민족적 분노로 확장되기 어렵다는 회의는 이 때문이다. 여전히 식민지인이며 이후에도 이등 국민일 수밖에 없음을 문득문득 상기시킨 '용역인'의 처지와 심리를 그린 다음 시편은 그래서 한결 종요롭다.

언 하늘의 한복판이 쩌릉쩌릉 울리도록
그 나무기둥들을 후려갈기며
찍어넣고 찍어넣고 찍어넣고만 있었지.
드디어 내 손바닥의 껍데기가 벗겨지도록
되게 처선 찍어넣고 찍어넣고만 있었지.
중국 청년들은
「센슌先生! 쩔렁쩔렁(참 치워요!) 했지만
그들에겐 대답도 없이
「에잇 빌어먹을 놈의 것!
나도 백두산白頭山에 마적馬賊이나 되어갈까보다!」
그렇게 속으로 외치며 찍어대고만 있었지.

—「간도 용정촌의 1941년 1월의 어느 날」 부분

이 시에는 '오족협화'의 허구성, 곧 일본인 소장 → 미당 → 중국인으로의 서열화와 차별화가 선명하다. 미당 스스로가 표현한 '용역인'은 주체를 대행하되 결코 주체로는 환원될 수 없는 이질성의 표상으로 매우 적절하다. 그만큼 '용역인'의 행보는 상당히 제한될 수밖에 없다. 표범 가죽조끼를 월부로 빌려 입고 허세를 부리는 것으로 일본 소장에게 앙갚음했다는 미당의 고백은 이에 대한 서글픈 사례이다. 더군다나 이것은 "일본식의 귀족적 꾸밈새나 언동"[8]의 권력적 효과를 계산한 의사 주체 행위였다는 점에서 비극적이며 치졸하기까지 하다.

그런데 이 시에서 특히 유의할 점은, 다른 산문과 시에서와 달리, 미당이 저 허세 행위를 슬쩍 내려놓은 채 '백두산 마적'을 직접 언급하고 있다는 것이다. 가령 「뜻하지 아니한 인기와 밥」(『팔할이 바람』, 1988)에서 "1941년 정월의 그 을씨년스럽게 칩기만 했던 / 간도 용정촌의 한겨울날 해질녘에는 / 〈나도 장백산맥에 마적이나 되어 버릴까〉 / 문득 그런 생각도 안 났던 건 아니었지만, / 눈이 빠지게 나를 기다릴 처자식을 생각하니 / 그것도 그럴 수 없어 / 또 다시 고향으로 되돌아가는 짐을 꾸렸다"고 적고 있다.

여기서 생기는 일종의 저항 효과는 상당한 것일 수밖에 없다. 왜냐하면 '백두산 마적'은 당연히도 김일성의 항일유격대를 환기하기 때문이다. 미당이 한국전쟁 당시 공산군에 의한 살해라는 피해 의식에 극심하게 시달렸으며, 이것이 미당의 보수주의에 상당한 토대가 되었음은 주지의 사실이다. 이를 고려하면, 아무리 만년이라도, 그리고 시대의 분위기가 전환되었다 해도, '백두산 마적' 운운은 상당히 충격적인 진술이 아닐 수 없다. 과연 미당에게 '백두산 마적'은 어떤 존재였는가. 그에 대한 최초의 진술은 그러나 상당히 부정적이며 소극적이었다.

. . .

8. 자세한 내용은 서정주, 「천지유정」, 『서정주문학전집 3』, 198~199쪽 참조.

바로 용정龍井에서 몇 십리 안 되는 곳까지 김일성金日成의 공산마적共産馬賊
떼는 늘 몰려오고 있었지만, 나는 공산주의자共産主義者일 수도 없을 뿐 아니라,
첫째 체력이 견딜 만하지도 못했다. 그렇다고 일본인의 한 용역用役인 셈인
나는 그 일에도 공중 떠서 영 안정이 안 되었으니, 자연 김진수金鎭洙식의
백알(빼갈 — 인용자)과 웃음의 연습만이 가장 필요한 것이 될 수밖에 없었다.
—「천지유정」(『서정주문학전집 3』, 200쪽)

　미당은 만주국 내의 조선인을 "마적과 일본계 용역과 그냥 단군 이래의
곰 비슷한 세 가지"로 분류했다. "김일성의 공산마적"이 시사하듯이 당시
만주국에서는 인민의 재산을 약탈하는 토적土賊과 항일 운동에 복무하던
공비共匪를 모두 비적匪賊으로 통칭했다. 비적 혹은 마적의 일률적 사용은
특히 사회주의자들의 항일 운동을 저평가하고 왜곡하는 데 더욱 효과적인
언술이었다. 미당의 지속적인 '마적'의 사용은 따라서 김일성 집단에 대한
정치적 무의식을 드러나는 상징적 장면이 아닐 수 없다. 적어도 미당의
김일성에 대한 이해만큼은 시대를 막론하고 당대의 평균적 인식에 멈추어
있음을 새삼 확인하게 된다.
　물론 아무런 출구 없는 만주 생활은 그야말로 목숨을 건 개인적·민족적
투기投企를 조장했을 수도 있다. 그러나 이것은 당대 현실에 대한 리얼리즘
적 통찰과 각성보다는 니힐리즘과 무력감에 떠밀린 충동적 감정의 성격이
짙다. 가령 인용문의 공산주의자일 수도 없고 체력적으로 미달이었으며,
술과 슬픈 조소嘲笑가 생활을 장악해 갔다는 고백을 보라. 하지만 만년에
이를수록 미당은 당시의 니힐리즘 이면에 민족적 울분과 저항의 수사학을
점차 아로새겨 나간다. 그것의 정점이 실체가 불확실한, '김일성 마적단'과
의 은밀한 접속 욕구에 대한 회고적 폭로가 아닐까. 미당은 결국 통합이
불가한 혈통에 대한 증오를 정치적 이유로 통합이 불가능해진 혈통의
유인을 통해 치유하는 보존의 책략을 완성하기에 이른 것이다.
　이것은 1980년대 이후 자신의 친일 행위에 대한 사회적 비판이 거세지는
상황을 넘어서기 위한 절박한 미적 투지, 다시 말해 사회적·미학적 거세의

공포에 맞선 자기 보호의 전략적 언술로 이해될 여지가 충분하다. 동일한 경험의 지속적 반복 및 자기 처지에 합당한 형태로의 변형은 미당 자신에게 만 유익한 행위가 아니었다. 이른바 '자전적 시'라는 장르적 특수성은, 필립 르죈을 말을 빌린다면, 시인이 제안하는 방식의 책 읽기를 유인하며 또 그것이 유포하는 믿음을 효과적으로 구조화한다.[9] 요컨대 미당의 자전 적 시편과 시집들에도 『질마재 신화』에 가득한 이야기꾼의 뛰어난 감각과 대중 장악력이 저류를 형성하고 있는 것이다. 이를 통해 그의 고백은 사실성과 진정성을 동시에 강화하여 나가는 것이다.

하지만 누군가는 이 노회한 언술에서 오히려 미당의 패배와 좌절을 언뜻 떠올릴지도 모른다. 미당의 자서전과 자전적 시편은 그의 삶과 시에 대한 곡진한 이해의 틀을 제공하는 승착勝着이기도 했지만, 어딘가 아귀가 맞지 않는 자기 합리화의 잉잉거림을 과잉 공개하는 패착敗着의 일종이기도 했던 것이다. 승착보다는 패착이 더 커 보이는 게 세상의 눈이고 보면, 미당은 결국 젊었을 때처럼 자신을 사형수이자 사형 집행자로 또다시 세우고야 만 것이다. 물론 청년기는 미래를 위해서, 만년기는 과거를 위해서 이 형용 모순이 실천되었다는 차이점은 존재하지만, 미당에게 역사와 현실은 이토록 잔인했던 것이다.

일제 말 자신의 '정신적 실상'을 진술하게 밝히기 위한 묘수로 두어진 1980년대 이후의 만주 시편들. 나는 이 묘수 아닌 묘수를 보면서 한편으로는 만주에서의 좌절과 패배가 불과 2년 정도 지나 '동양 정신문화의 지향'을 "동아공영권이란 또 좋은 술어"[10]의 탄생으로 절묘하게 바꿔 읽는 식민주의 자의 시선으로 급박하게 옮겨간 까닭을 몇 번이고 되물었다. '마적'과 '용역인'은 보았으되 "단군 이래의 곰 비슷한" 것들, 즉 추방자와 개척자를 포함한 조선의 유이민들이 삭제된 만주. 이 기형적 공간에서 미당이 본 또 다른 삶의 풍경 혹은 문학적 진실은 무엇이었을까. 이 궁금증을 친절하게 풀어줄 미당은 이제 텍스트로 남았을 따름이다. 상상과 해석의 몫은 지금도

• • •

9. 필립 르죈, 『자서전의 규약』, 윤진 옮김(문학과지성사, 1998), 69쪽.
10. 서정주, 「시의 이야기 — 주로 국민시가에 대하야」, 〈매일신보〉, 1942년 7월 12~17일자.

미당의 온갖 문자를 뒤적이고 있는 당신과 나에게 끊임없이 또 거세게 밀려오고 있는 중이다.

# 제6장

# 서정주의 「만주일기」를 읽는 한 방법

## 1. 서정주와 만주 체험의 문제성

서정주의 만주 체험은 그 중요성에 비해 소소한 관심을 못 벗어나는 형편이다. 그 변두리 성격은, 6개월여에 불과한 짧은 체류, 오족협화와 왕도낙토를 선동하던 만주국과의 긍·부정적 연관성 결여, 겨우 3편에 불과한 만주 시편의 위상에서 우선 기인한다. 이런 까닭에 미당이 만주로 건너간 시기는 그 자신의 회고나 기록에 따라 적잖은 혼동이 생겨나기도 한다.

이와 관련된 입만入滿 시기, 작품과 서지 사항을 간단히 정리해 보면 다음과 같다. ① 1940년 11월~1941년 2월(「구만주제국 체류시」, 『늙은 떠돌이의 시』(민음사, 1993), 25쪽) ② 1940년 9월~1941년 2월(「만주에 와서」, 『안 잊히는 일들』(현대문학사, 1983), 68쪽) ③ 1939년 가을(「연보」, 『80소년 떠돌이의 시』(시와시학사, 1997), 149쪽) 등이 그 예이다. 이에 반해 만주 체험을 처음 회고한 자전에서는 '1940년 가을'(『서정주문학전집 3』(일지사, 1972), 195쪽)로 언급했다. 「만주일기」 첫 회가 1940년 10월 28일임을 감안하면, 미당의 만주 체류는 늦어도 10월 중순 이전에 시작된 것으로 보인다. 이런 사정을 감안하면 ②의 기억이 가장 타당해 보인다.

만주 이주를 모색하던 1940년 전후 미당은 당대의 시대 현실과 불화하며 새로운 감각을 모색하는 시적 충동을 여러 산문에 격정적으로 표현했다. 「배회」(〈조선일보〉, 1938년 8월 13~14일자), 「칩거자의 수기」(〈조선일보〉, 1940년 3월 2일자, 5~6일자), 「나의 방랑기」(『인문평론』, 1940년 3월호·4월호) 등이 그것이다. 그럼에도 '만주 체험'만큼은 괄호의 봉금封禁을 마다하지 않았다. 그 결과 만주 체험은 당시 시대 인식과 미학의 변화 모두에서 격렬한 소용돌이에 휘말렸던 미당의 내면과 삶을 복합적으로 파지把持할 만한 징후적 사건으로 가치화되지 못한 채 개인사의 저편으로 후퇴되었다.

미당은 그러나 수십 년이 흐른 1970년대를 전후하여 만주에의 쓰디쓴 회상과 추억, 특히 일제에 대한 울분과 〈시인부락〉 동인 함형수에 관한 애달픈 회고들을 자전적 산문과 시를 통해 반복적으로 발화·유통시켰다. 시기별로 정리한다면, 만주 체험을 다룬 자전적 산문 「만주광야에서」는 1969년에 발표되었다. 시들은 1983년의 『안 잊히는 일들』에 1편, 1988년의 『팔할이 바람』에 2편, 1993년 『늙은 떠돌이의 시』에 5편 해서 총 8편이 발표되었다. 추억의 열도와 회상의 적극성은 그의 만주 체험이 시와 삶에 관한 어떤 간섭과 지표를 강렬하게 제공했음을 엿보게 한다.

하지만 이 기록들은 당대를 향한 절박한 추억과 뼈아픈 성찰에도 불구하고, 회고담 특유의 '사후적 해석'의 과잉 때문에 진정성의 해찰을 완전히 면치는 못했다. 이를테면 노상 방뇨 중의 자신을 "연거푸연거푸 구둣발질" 했던 일본 헌병을 뒤늦게 "고 쌍놈의 새끼"로 호명함으로써 철 지난 분풀이를 실행하는 장면이 그렇다.[1] 타민족에게는 일등 국민이지만 일본인에게는 이등 공민에 지나지 않았던 만주국 내 조선인의 모순적·분열적 존재론을 보다 복합적인 목소리로 형상화했더라면 어땠을까? 개인 정서에 밀착된 만주 체험의 사적 고백이, 비록 사후적 승인의 형태일지라도, 유니크한 탈식민의 상상력을 제한하는 형국이라는 판단이 가능해지는 지점이다.

그러나 이제 우리는 만주 시편과 회고담을 오가며 경험 현실과 기억

• • •

1. 서정주, 「일본헌병 고 쌍놈의 새끼」, 『늙은 떠돌이의 시』(민음사, 1993), 29쪽.

구성의 편차를 애써 조절하는 수고를 한결 덜게 되었다. 젊은 미당이 한 달여에 거쳐 인상 깊은 만주의 낯선 나날을 일기의 형식으로 기록한 「만주일기」가 새로이 확보되었기 때문이다. 미당은 1940년 10월 28일~11월 24일 사이 '성공'을 향한 '생활인'의 욕망이 유난히 두드러진 「만주일기」를 총 16회 작성하였다. 그런 연후 이것을 4회로 나누어 〈매일신보〉, 1941년 1월 15~17일자, 21일자에 실었다.

이즈음이면 미당의 귀향 이전이기 때문에, 「만주일기」는 당시 만주 개척을 열렬히 선전하고 원조하던 〈매일신보〉의 청탁 기획물일 가능성이 농후하다. 물론 일기상의 극심한 궁핍은 미당의 자발적 투고를 암암리에 환기하는 측면이 없잖다. 하지만 시와 산문을 통틀어 미당의 텍스트가 〈매일신보〉에 실린 것은 「만주일기」가 처음이었다. 게다가 개척자의 명랑한 분투와 자랑의 기록은 극히 소량에 지나지 않았다. 이런 까닭에 「만주일기」는 자발적 투고의 가능성이 크지 않을 것으로 판단된다. 그보다는 특정한 목적을 가진 기획물로 청탁된 글쓰기일 가능성이 오히려 높지 않을까 한다. 그렇다면 미당의 「만주일기」는 무엇에 의해, 또 무엇을 향해 격발된 대對 현실 발화이자 내면의 고백이었던가.

「만주일기」는, 그 구체적 내용과 형식 이전에, 당시 유일한 한글 신문이었던 조선총독부 기관지 〈매일신보〉에 게재된 동기와 까닭에 대한 궁금증 하나로도 우리의 호기심을 자아내기에 충분하다. 하지만 이 지점으로 바로 나아가기 전에, 낯선 만주의 생활 현장을 생생하게 타전 중인 「만주일기」의 성격과 가치, 그 의미를 더욱 객관적으로 파악하는 한편 그곳에 점점이 박혀 있는 문제적 쟁점을 짚어보는 순서가 필요할 듯하다. 논의의 편의와 집중을 위해 미당의 (사후 재구성된) 만주 체험의 의미와 가치 해석에 주력했던 몇 편의 선행 연구에 먼저 다가서 보자.

첫째, 이주로 결행된 유치환의 만주 체험과 미당의 그것을 시대 의식을 매개로 비교한 윤은경의 논의다. 그는 미당 시와 삶의 전반적 이해를 통해 미당의 입만이 "생활의 궁핍과 예술적 충동이 추동하는 끊임없는 탈향 욕망"의 결과였음을 차분하게 짚어낸다. 물론 그 만주 체험은 특히 그곳 여인의 기이한 호곡에 대한 예민한 반응을 매개로, "'죽음'마저 초월하여 '영원성'에 이르는 길, 즉 현실을 끌어안음으로써 포월하는 소리의 각성에 이르"는 절대적 성격의 것으로 가치화된다. 비극적 정조에도 불구하고 '무한대의 절대미의 공간'으로 체험된 만주는 그러나 끝내 내선일체에 바탕한 '동양'의 창조, 다시 말해 "미의 윤리와 역사의 윤리를 일체화시켜 균열 없는 '동양의 전체성의 하늘'"을 이상적 가치 체계로 입안하는 토대가 되었다는 비판을 잊지 않는다.[2]

둘째, 평론가 박수연은 미당의 회고를 참조하되, 3편의 만주 시에 내재한 '식민지적 숭고', 그러니까 식민지라는 대상을 인식 주관이 자신의 의식 내부로 수용하여 처리하는 미적 범주에 초점을 맞춘다. 이것의 핵심은 포괄할 수 없는 대상에 대한 주관적 변형을 감행하는 일인바, 미당은 "만주의 처참을 식민지적 고통으로 바꿔 사유하지 못한 채 주로 시의 미학적 언어와 훗날의 그늘 없는 풍류로 바꿔"버렸다는 것이다. 그는 그 결정적 계기를 당시 만주의 모스크바로 별칭되던 '하얼빈'에 대한 미당의 당돌한 부재/포기 선언(「만주에서」)에서 읽어낸다. 또한 그는 이러한 패배 선언을 얼마 뒤 벌어질 미당의 급속한 친일에 대한 주요한 요소 가운데 하나로 보았다. 왜냐하면 숨겨진 희망과 해방의 가능성을 완전한 박탈당함에 따라 '조선적인 것'에 대한 집중적 관찰과 표현이 더 이상 거의 불가능해졌기 때문이다.[3]

셋째, 미당의 만주 체험, 바꿔 말해 만주국 특유의 '복합민족국가'[4]

• • •

2. 윤은경, 「유치환·서정주의 만주 체험과 시대의식 비교」(충남대 대학원 박사 학위 논문, 2012) 인용 및 참조.

3. 박수연, 「참담과 숭고 — 서정주의 만주 체험」, *Comparative Korean Studies*, Vol. 21, No. 3(국제비교한국학회, 2013) 인용 및 참조.

4. 윤휘탁, 「서문」, 『만주국: 식민지적 상상이 잉태한 '복합민족국가'』(혜안, 2013). 만주국을 '복합민족국가'로 호명한 것은 만주국의 식민주의자들이었다. 이 호칭은 식민 통치 이념을 정신적 지주로 삼아 상호 간의 소통과 협력을 강화하고 드디어는 공동의 이상을 실현한다는 목표 아래 상호 융합된 민족을 뜻한다. 여기서는 윤휘탁이 지적한 대로 그 이상이 '식민지적 상상 속에서 잉태된 허상'임을 역설적으로 강조하는 한편 미당의 만주 체험이 얼마간 이런 모순에 봉착되어 있음을 시사하기 위해 빌려 왔다.

경험을 ① '사투리'(제국의 언어에 맞서는 타자의 언어[민족어])의 제국 언어에 대한 대결 포기, ② 자아의 전근대적·인륜적 질서로의 귀환, ③ 그에 따른 존재의 기원을 신비화하는 자기 긍정의 언어로의 변모로 이끌어 간 핵심 요인으로 파악한 남기혁의 다각적 논의도 인상 깊다. 가족과 고향 같은 인륜적 질서로 완전히 귀환했음을 뜻하는 '사투리'로의 기투는 그러나 인륜적 질서의 보편성 때문에 민족어(조선어)의 부정과 제국 언어(일본어)의 긍정으로 타락할 수밖에 없다는 쓰디쓴 결론은 이즈음 미당의 '동양'이나 '전통'에의 천착과도 관련하여 깊이 음미할 만한 대목이다.[5]

넷째, 앞에서 읽은 나의 글 「서정주와 만주」(『미네르바』, 2010년 여름호)는 만주 체험의 의미 자체보다 노년의 만주 회상과 가치화에 내재된 정치적 무의식의 특질과 그 지향에 초점을 맞추었다. 그러면서 만주에서의 좌절과 패배가 대동아공영권을 문득 승인하고야 마는 전도된 식민주의적 의식과 오리엔탈리즘적 시선으로 어떻게 굴절, 내면화되는가에 주의했다. 또한 친일 혐의에 전격 노출된 1970년대 이후 만주 체험의 반복적 진술과 자기 처지에 더욱 합당한 형태로의 지속적 변형을 사회적·미학적 거세와 추방의 공포에 맞선 자기 보호의 전략적 언술로 파악했다.

이상의 연구들은 그 논점은 조금씩 달라도, 만주 체험 자체보다는 식민지 조선으로 귀환한 뒤의 미학과 윤리, 국가의 선택을 문제 삼았다. 삶의 서사는 단속斷續적일지언정 절대적 불연속은 존재할 수 없다는 가설을 승인한다면, 미당이 "만주에서의 식민지적 숭고의 경험을 국가-권력에 대한 맹목으로 바꿔놓"[6]았다는 비판은 충분한 호소력을 갖는다. 그러나 서정주 미학의 국가적·민족적·개인적 윤리에 대한 사후의 엄정한 평가와 비판은 때로는 식민지의 불가피한 삶과 어떤 선택들에 대한 세심한 추적과 까닭의 발굴을 외면하게 하는 바 없잖다. 우리는 과연 '시인' 서정주의 토대이자 그 보지체保持體이기도 한 '생활인' 서정주에 대해 얼마만큼의

• • •

5. 남기혁, 「서정주 초기 시의 근대성 재론 — '육체'와 '직정언어'의 문제를 중심으로」, 『어문론총』 53호(국문학언어학회, 2012), 338~343쪽.
6. 박수연, 「참담과 숭고 — 서정주의 만주 체험」, 38쪽.

관심을 가져왔고 또 어떤 대화 및 청취의 방법을 새롭게 고안해 왔는가.

'생활인' 서정주에 대한 관심은 지금에라도 '만주'의 욕망과 체험, 그러니까 시적 진술 속 '생활인'의 외면(특히 「풀밭에 누어서」)과 산문적 고백 속 '생활인'의 내면(특히 「만주일기」)의 교차적 배치와 구성을 강하게 요청하는 제일의 요인이다. 물론 이때의 '생활인'이란 일상적 삶이 모든 이념과 사상, 가치와 의미를 우선한다는 통속적 진리를 승인하는 태도와 별반 무관하다. 오히려 명쾌한 정언 명령이나 보편적 진리보다 세속적이며 모순적이고 분열적이며 기회주의적인 욕망이 판치는 우리 삶의 불가피성과 그것을 향한 불가피한 선택에 던져지는 개인의 아찔한 위기와 파탄, 그에 맞선 절박한 생에의 욕망을 강조하려는 뜻에서 가져온 명제에 가깝다.

이 글은 그래서 「만주일기」 이후 미당의 국가와 윤리, 미학의 선택과, 거기 개입된 보편과 전체 과잉의 '전통'과 '동양'에 관한 판관의 수고를 기꺼이 마다한다. 그 대신 그가 경험한 만주의 고독한 촉감과 거기에 쓰라리게 나포되는 변방인의 내면, 그것을 닮고 닮은 '성공'의 욕망 속에 던져 넣는 투기投企/投機적 '생활인'의 면모를 비슷한 시기 발표된 시·산문과의 비교적·대칭적 읽기를 통해 구체화하고자 한다. 이 글이 자료 소개와 해제의 성격도 함께 겸하는 만큼, 「만주일기」의 사후적 가치와 의미의 해석, 그것들의 축적은 이후 연구자와 독자들의 몫으로 정중하게 돌려져 마땅하겠다.

## 2. 「만주일기」의 개인사적·문학사적 위치와 성격

「만주일기」가 차지하는 개인사적·문학사적 위상은 무엇이며, 산문적 고백은 어떤 성격일까. 「만주일기」의 투고 사유와 게재 정황 등에 대한 보다 세밀한 검토가 먼저 요구되는 까닭이다. 약간의 반복을 무릅쓰면, 〈매일신보〉상의 「만주일기」는 본명 '徐廷柱'를 필자로, 1941년 1월 15일 자와 16일 자 석간, 17일 자 조간, 21일 자 조간에 4회 분재되었다. 이때

우리의 흥미를 가장 먼저 자극하는 곳은 일기가 작성된 날짜들이다. 마침내 취직하기까지의 생활 현실과 내면의 정황을 1940년 10월 28일부터 11월 24일까지 총 16일 치의 일기에 담았다. 미당은 9월 들어 만주 국자가局子街, 연길로 이주, 11월 말 용정龍井 소재 양곡회사로 발령을 받았다. 이 한 달여의 만주 체험은 긴장과 불안, 방황과 절망이 소소한 기대와 희망을 압도하는 기이한 시간 경험의 공간으로 각인되고 있다. 이후 회고담이 함형수와 김진수의 추억을 제외하고는, "가장 기괴하고 딱하게는 야한" "만주 날나리 가락"에의 정서적 함입과 거부, 일본인 직장 상사와 순사를 향한 분노와 복수담만으로 채워진 까닭도 그런 심리적 굴곡 및 위축과 깊이 연관될 것이다.

이와 같은 사정을 특별히 강조해 둔다는 뜻으로 "만주 날나리 가락"에 대한 미당의 당시 체험과 그에 대한 느낌을 간단히 기록해 두면 어떨까.[7] 미당에게 "만주 날나리 가락"은 기묘한 매혹과 공포의 소리였던 듯한데, 어느 회고담에서고 만주 체험의 첫 자리를 차지한다. "만주 날나리 가락"의 정체는 무엇인가. 그것은 중년의 만주 여인이 공동묘지에서 관棺을 앞에 두고 내는 울음소리였다. "큭크르 큭큭 큭큭 큭크르 하는 게 / 뼈를 깎아서 내는 듯한"(「만주에서」, 104쪽) 소리로 들렸던 것인데, 사별의 슬픔과 남겨진 삶에 대한 공포를 동시에 환기하는 비극 절정의 울음인 것이다.

그런데 흥미롭게도 미당은 「만주일기」에서 그 울음에 대한 감상을 다음과 같이 기록해 두었다. "이여자女子의 우름소리는 좀멋이적다 멧번드러봤지만 청인淸人들의우름소리는 모다 그러타 전라도와는 아조정반대다. 격格이 전연맛지안는다 조곰도 압흐지안흔것갓다"(10월 31일 일기). 만주 여인이 큭큭 내뱉는 울음소리의 깊은 각인은 '격格'의 차이보다는 죽음(망자)을 앞에 두고도 "조금도 압흐지 안흔것갓"은 정서의 이질성 때문일 것이다. 미당의 짧은 만주 생활은 어쩌면 일본인과의 갈등 못지않게 자아의 영혼에 분열과 고통을 가하는 이질적 정서의 충격과 깊이 연관될지도

• • •

7. 서정주, 「만주에서」, 『팔할이 바람』(혜원, 1988), 103쪽.

모른다. 왜냐하면 미당에게 저승에서 이승으로 전해오는 '죽음'의 소리는, "너이들의 숨ㅅ소리. 소녀여. 어디에들 안재安在하는지, 너이들의 호흡의 훈짐(훈김 — 인용자)으로써 다시금 돌아오는 내 청춘을 느"(서정주, 「향토 산화」, 『신시대』, 1942년 7월호, 108쪽)끼게 하는 영원성의 매개체이기 때문이다. 죽음의 비극과 공포는 이로써 적어도 미당에게는 삶의 배제가 아니라 삶의 지속과 축적으로 숭고화·신화화되기에 이른다.

이런 상황과는 별도로 문제적인 지점은 일기 작성일과 신문 게재일의 너른 차이일 것이다. 자전적 기록에 따르면, 미당은 「만주일기」 게재일서 멀지 않은 1941년 2월에 식민지 조선으로의 귀환을 완료했다. 그러니 1월 중순이라면 벌써 '만주양곡주식회사' 퇴직을 작정하고 조선 귀환을 암암리에 추진하던 중이었을지도 모른다. 그런 마당에 양곡회사 취직에 환호작약하는 「만주일기」를 뒤늦게 투고했을 가능성은 비교적 희박하다. 따라서 「만주일기」는 미당의 취직을 전후하여 그의 자발적 투고보다 어떤 매개를 거쳐 〈매일신보〉에 전달되었을 가능성이 농후하다. 요컨대 젊은 시인의 만주국 내 취직(개척 이민을 상징하는!)의 정치·경제·문화적 의미를 널리 선전하고자 했던 〈매일신보〉의 기획과 요청에 따른 전략적 글쓰기라는 것이다.

그 기록과 회고가 전무한 까닭에 「만주일기」의 청탁선이 누구인지는 현재로서도 불분명하다. 「만주일기」(11월 6일 일기)를 참조하면, "경성부京城府 K통신通 Y사社 C씨氏"가 아닐까 싶다. 'C씨'는 "조선사람 중의 문학이라 는 것을 하는 사람 중의 최고 교양인"에 속하는 자이다. 문면으로는 미당이 먼저 "일금 이백원"을 꾸어달라는 청탁의 전보를 보낸 것으로 되어 있다. 회사 사정이 여의치 않아 그러기 어렵겠다는 'C씨'의 답변(11월 21일 일기)은 현금 차용이 어떤 원고(창작이든 번역이든)에 대한 선인세의 성격으로 요청된 것임을 짐작케 한다. 그렇다면 「만주일기」는, 'C씨'가 '성공'에 목마른 미당을 도울 요량으로, 또 자신에게 요청되는 시국 협력에 부응할 목적으로 〈매일신보〉와 협의, 취직 무렵의 미당에게 용의주도하 게 청탁한 글일 수 있다.

이와 같은 상황을 고려한다면, C씨는 남만서고의 운영자이자 〈시인부락〉 동인인 오장환은 아닐 것이다. 무엇보다 김상원을 매개로 한 미당의 『화사집』(남만서고, 1941) 발간 준비 내용이 「만주일기」에 등장하기 때문이다. 또한 1940년 8월 강제 폐간된 〈조선일보〉 폐간 기념시(「행진곡」, 『신세기』, 1940년 11월호)를 청탁한 김기림도 거리가 멀어 보인다. 그러면 가능성은 둘이다. 먼저 임화이다. 학예사 주간이었던 임화는 「현대 시의 시정신 — 서정주 단편」(『신세기』, 1940년 11월호) 등을 통해 "철두철미 현대의 아들"이자 "우리 젊은 시단 제일류의 시인"으로 고평했다. 그러나 C씨가 조선 문인 중 "최고 교양인"이라는 지적은, ① 경성제대 출신의 『인문평론』 주간이자 주지주의 비평의 일인자로서, ② 이후 미당을 『국민문학』과 『국민시인』의 편집에 참여시킴으로써 시인인 그를 본격적인 친일 행보로 이끌었으며, ③ 해방 후에는 미당에게 대학교수직('부산남조선대학', 현 동아대학교)을 주선했던 준 최재서일 가능성을 훨씬 높인다. 마침 그가 주관하던 『인문평론』, 1940년 3월~4월호에 미당의 산문 「나의 방랑기」가 실렸던 터이기도 했다. 과연 "경성부 K통 Y사 C씨"는 『인문평론』의 발행처와 발행인을 지시하는 "경성부 광화문통(210번지 — 인용자) 인문사 최재서씨"와 상당히 부합한다.

이러한 사정을 기억하면서 자료 소개와 쟁점 형성에 도움이 될 만한 「만주일기」의 네 가지 국면을 입체적으로 조망함과 동시에 정렬해 보기로 한다.

첫째, 미당 생애에서 주요 변곡점이 되는 특정 사실의 기록이다. 미당은 첫 일기(10월 28일 일기)에서 〈시인부락〉 동인 김상원이 생활비 5원과 『화사집』 출판 소식을 함께 전해왔음을 말한다. 실제로 『화사집』은 1941년 2월 10일 발행된다. 미당은 만주에서 귀환하자마자 『화사집』 출판기념회를 김기림, 임화, 김광균, 오장환, 김상원 등과 함께 꽤나 거창하게 개최한다. 『화사집』 발행의 든든한 원군이던 김상원의 『화사집』 「발문」은 1940년 가을昭和庚辰之秋에 작성되었다. 이 날짜는 미당에게 편지를 보낸 때와 거의 일치하는 것으로 판단된다.

한편 마지막 일기(11월 24일)에서는 "특수회사 만주××회사에 월급 80원의 용인傭人이 되어 용정촌으로 출발"하게 되었음을 보고한다. 미당은 「만주일기」에서 애초에는 '왕청현양곡회사출장소'로 발령받을 예정이었음을 밝히고 있다. 그렇지만 다른 산문이나 시에 '왕청현'에 대한 발언과 회고는 존재하지 않는다. 미당은 여타의 시와 산문에서 '만주양곡주식회사'("특수회사 만주××회사") 연길 지점에서 잠깐 근무하다 용정에 개설된 같은 회사 출장소로 옮겼다고 진술할 따름이다. '왕청'은 연길 북쪽에, '용정'은 연길 남쪽에 위치한 도시인바, 이런 이유로 '왕청'과 '용정' 출장소의 동일성 여부는 쉽게 판별되지 않는다. 또 「만주일기」에서는 용정 출장소로 발령을 받았다는 사실만 나타나 있을 뿐인지라 만주양곡주식회사 연길 지점에서 근무한 사실도 확인되지 않는다. 만약 연길 근무가 사실이라면, 미당은 적어도 11월 중순 경에는 취직에 성공한 상황이었을 것이다. 하지만 이 역시도 「만주일기」(11월 12일 일기)의 "취직이고 무엇이고 다아거줏말이다 아무도 나를그러케식혀주지않는것이다"에 따르면 불분명한 상황이다.

이런 복잡한 상황을 거쳐 '시'에서 '생활'로 종결되는 자기-서사self-narrative의 전개는 '성공' 욕구가 '예술'의 도약을 압도하는 형국이었음을 암암리에 시사한다. 물론 엄밀히 말하건대 「만주일기」의 자기-서사의 핵심은 초두의 "성공하겠습니다 유쾌하게유쾌하게 성공하겠습니다"에서 말미의 "유쾌하고 명랑하고 씩씩하게! 열렬한 주먹을 쥐고 전진하겠습니다 기다리시지요"로 이어지는 '성공' 이야기다. 이 과정에서 어머니가 청자로 일관되게 호명된다. 그럼으로써 미당의 '성공'은 사적 성취를 초월하여 그래서 마땅한 인류적 보은으로 가치화되는 뜻밖의 효과가 발생한다. 이를 고려하면 「만주일기」에서 '생활', 곧 구직의 성공과 시의 아픈 저류底流는 과연 어떻게 길항 중인가라는 질문이 자연스럽게 제기될 수밖에 없다. 우리는 이 대조적 장면을 둘째와 셋째 항목에서 잠깐 엿보게 될 것이다.

둘째, '성공'의 양면성에 관한 문제다. 작금을 막론하고 생활 현실에서 '성공'의 1차 조건은 좋은 직장을 얻는 것이다. 사상과 문학에의 방랑으로

젊음을 탕진해 가던 식민지의 문학청년 미당에게 어느 직장 하나라도 만만했겠는가. 결국 시인은 고향에서의 짧은 '면서기' 활동을 끝으로 삶의 활로를 '복지만리'로 선전되던 '만주'에서 찾게 된다.「만주일기」의 정조情調가 구직의 어려움과 취직의 기쁨으로 양분되어 있는 듯한 느낌은 여기에서 말미암는다. 그러나 미당에게 '만주양곡주식회사' 취직은 친구 형의 도움으로 이미 결정된 마당이었으므로 언제 어디로 출근하는가가 문제일 따름이었다.

그렇다고 미당의 만주행이 무계획적이며 충동적인 행위였다고 오해해서는 안 된다. 1930년대 후반 몇몇 시편에서 선언되던 만주로의 탈출 욕구와「만주일기」의 "그래오년후엔 적어도 멧만원 안포케트에 느어가지고 녀이들 압혜 나갈터이다 어머니여! 처여! 벗이여"나 "삼년만 인고단련하면 가봉加俸이 구할九割에 상여금이 육십할六十割입니다"라는 진술 등은 미당의 만주행이 유치환의 그것처럼 개척 이주의 형태로 추진된 것이었음을 암시한다.「만주일기」에 구직 활동 자체보다 타향살이의 어려움과 곤핍한 비용 문제가, 더불어 그로 인한 가족과 친우와의 갈등 격화가 전면에 나서는 것도 이 때문이다. 여기서 '성공' 서사의 역설적 구조, 그러니까 취직을 눈앞에 둔 시점에 가족과 친우로 대변되는 '친밀한 적'들과의 갈등이 정점에 달하는 이상한 가역 반응이 발생한다.

이 문제로 넘어가기 전에 '만주양곡주식회사'를 불과 두 달여만에 그만둔 사정을 잠깐 짐작해 보기로 한다. 여러 연구에 따르면, '만주양곡주식회사'는 만주국의 미곡 관리를 총괄하던 준국가 기관이었다. 수전에 어두웠던 만주인을 제외한다면, 특히 일본과 조선에서 몰려온 개척 이민들, 또 그들과 관련된 본토인들의 목숨이 일개 회사에 달려 있었다는 말은 그래서 가능해진다. 성공의 정도로 친다면 식민지 조선의 '면서기'와 비교되지 않는 양질의 직장인 셈인데, 미당은 왜 이곳을 어느 순간 작파하고 말았을까. 일본인과의 갈등이나 만주 풍속에의 부적응 같은 현실적 문제를 넘어서는 무엇이 존재한다는 느낌인데, 그 핵심에 시와 언어 도약의 문제가 자리잡고 있는 것은 아닐까.

다시 앞의 문제로 돌아가서 질문하건대, 취업의 성공과 더불어 미당 개인의 우울과 가족의 불안은 일거에 소거되는가? 말미의 어머니를 향한 유쾌한 보고, 특히 풍족한 경제 생활에 대한 기대는 표면적으로 그럴 가능성을 드높인다. 그러나 아이러니하게도 미당은 10월 29일자 일기에서 전래 설화 「신부」 이야기[8]를 통해 본인의 성공이 "중인衆人의 제물"로 벌써 바쳐진 '처'의 구원으로 직결될 수 없음을 공공연히 토로했던 참이다. 만주의 '신생활'이 끝내 실패로 귀결될 것임을 미당 자신도 모르게 예견한 장면이라면 어떨까. 물론 미당의 성공은 가족과 친우들의 물질적 부를 담보하거나 그들에 대한 미당의 의존을 약화시킬 수 있다는 점에서 '생활' 구원의 한 축을 담당한다.

그들은 그러나 스스로 말할 수 있는 혀를 되찾지 않는 한 개성적 영혼의 자율적 행보로 나아갈 수 없다. 더군다나 만주에서의 소소한 성공은 결코 조선의 식민 상황을 해결할 수 없다는 점에서, 그들은 이등 종족과 국민이라는 특수한 형태의 경제 외적 강제에 여전히 종속된 존재들이었다. 이런 딜레마는 미당 자신의 일이기도 했음이 「만주일기」 상의 말과 글에 대한 고뇌에서 충분히 엿보인다.

셋째, 「만주일기」에서 '성공' 욕망이 빛이라면 시와 말의 저조는 그늘이다. 예컨대 "시는 언제나 나의뒷방에서 살고 잇겟지" "기맥히는 일이다 하로에 나는 멧마디식이나 말을하는가" 따위의 고백을 보라. 실제로 미당은 만주로 이주한 후 거의 한 편의 시도 제대로 쓰지 못하는 형편이었다. 만주 체류 이후 작성된 첫 시는 「만주에서」(『인문평론』, 1941년 2월호)였다. 잡지 인쇄일이 1월 15일로 되어 있으니, 작품 원고는 적어도 1940년 12월 말까지는 완성되었을 것이다. 뒤이어 「문둘레꽃」(『삼천리』, 1941년 4월호)과 「살구꽃 필 때」(『문장』, 1941년 4월호)가 발표되었다.

이와 같은 정황을 눈여겨본다면 「만주일기」는 이즈음 행해진 유일한 글쓰기에 가까웠다 할 만하다. 그렇지만 이즈음 미당에게 시는 "비밀히

• • •
8. 신랑의 실수와 의심 때문에 끝내 회색빛의 재로 스러져 간 신부의 비극을 다룬 이야기로, 미당은 40여 년 뒤 이것을 「신부」(『질마재 신화』)로 재창조하기에 이른다.

이건 나의 영원의 처"로 비장되어 있다는 점에서 패배와 좌절의 기호로만 간주될 수 없다. 실패와 가까워지는 성공의 도래는 오히려 시적 영원의 모색에 더할 나위 없는 정당성과 윤리성을 부여한다. 이것이 취직에의 기대와 더불어 삭막한 만주 생활을 견디게 하는 또 하나의 원동력이었음은 물론이다.

그런 미적 충동과 관련된 「만주일기」상의 항목은 둘이다. 도스토옙스키의 『미성년』읽기가 하나라면, '고향'과 '전통'에의 기억과 배려가 다른 하나이다. 『미성년』은 불행한 운명을 타고난 한 청년의 이상과 현실 사이에서의 방황을 그린 성장소설로 유명하다. 이를 고려하면 미당 자신과 청년의 동일시가 관심사일 듯하지만, 그는 『미성년』에서 뜻밖에도 형용사 "단려端麗"와 "동사로서 유아의 미소"를 떠올린다. '동심'의 내면화와 그것에의 호소는 탕아 이전의 원만한 자아에 대한, 또 그 원형을 실물로 보여주는 어린 아들 승해에 대한 그리움에서 비롯되고 더욱 강화되는 것일지도 모른다. 이 지점은 당대 일본과 조선에서 크게 유행했던 릴케의 여러 작품에서 제시된 '유년기로의 귀환'을 떠올리는 바 있다. 릴케에게 "유년기는 원초적이고 완전하며, 그 때문에 또 무한한 가능성을 가진 미래적 존재 형식" 자체이다.[9] 미당의 '귀향'이 유년기의 기억 및 회복과 밀접한 관련을 맺는다는 사실은 특히 「수대동시」와 「무슨 꽃으로 문지르는 가슴 이기에 나는 이리도 살고 싶은가」에 선명하다.

만약 그렇다면 미당은 자아의 가치를 이성의 성숙보다 성장 이전의 순진성에서 구했던 셈인가. 또 그렇다면 도스토옙스키는 미당에게서 보들레르나 랭보처럼 결별의 대상이 아니라 동양적 전유의 대상으로 재해석됨과 동시에 재결속되고 있던 셈인가. 근대 특유의 '비극의 철학'의 온상으로 지목되던 도스토옙스키의 작품에서 존재 활성과 지속의 '오래된 미래'를 발견하는 순간은 미당의 삶과 문학의 변화에서 주요한 결절점의 하나로 작동한다는 점에서 세심한 관심을 요청한다.

• • •
9. 김병욱, 「릴케의 유년기와 그의 예술론」, 김주연 편, 『릴케』(문학과지성사, 1981), 164~165쪽.

이런 연속성과 순환성, 거기 밀착된 유년기를 중시한다면, 미래보다는 전통(과거)이 시간 축의 중심을 차지하기 마련이다. 우리는 「수대동시」에서 "고구려"와 "내 넋의 시골", "별 생겨나듯 도라오는 사투리", "십년 전 옛날"의 "금녀"와 새로 얻게 될 "금녀동생"을 조우한 바 있다. 물론 「만주일기」에 제시된 "유아"와 "전통"은 구체적 형상 대신, 기리고 추구해 마땅한 가치론적 대상으로 등장하고 있을 따름이다. 하지만 낯선 이토에서 민족의 가치론적 대상들을 자의적으로 퉁겨 올리는 상상적 체험의 안이한 진술이야말로 허구적일 수 있다. 오히려 그것들의 부재 경험을 통과하면서 서사시적 과거와 그 구성물들은 새롭게 발견되고 가치화된다. 그런 연후에야 시공간을 초월한 심미적 대상으로 편재된달까. 미당은 그것을 어떤 신성성의 조작보다는 소박한 "고향"과 "전통"에 대한 직시를 통해 간파하고 있는 것이다.

미래의 관점에서 본다면, 과거 지평의 충만한 "고향"과 "전통"은 누구에게나 흐뭇하고 아름다운 "유아의 미소"가 아닐 수 없다. 훼손 이전의 "유아의 미소"와 훼손의 치유책으로서 "전통"과 "고향"의 호명, 그것은 실패할 성공에의 예감이 커질수록 더욱 절실한 가치로 떠오를 수밖에 없다. 이런 각성과 통찰은 미당의 만주로의 탈향을 조선으로의 귀환으로 되레 추동하는 역설적 계기를 이끌어 낸 원동력의 하나였다. 「만주일기」를 시적 침묵(실제를 향한)과 개진(향방에 대한)이 동서同棲하는 교활한 텍스트로 부를 수 있다면 이런 까닭들 때문이다.

넷째, 「만주일기」에서 가장 문제적인 부분을 들라면, 말미의 자기 호칭을 피해 갈 수 없다. 두 차례에 걸친 "시스오靜雄"로의 자기 호명이 그것이다. 새 이름 앞의 수사 "찬란한 개척지에 동방의 해가 소사오를때" 운운은 만주국의 '생활인'으로 거듭난 '정주挺柱', 아니 "시스오"의 감격과 긍지가 어떠했는지를 절절하게 표상한다. "시스오"는 지식인의 만주 개척 성공담에 목마른 〈매일신보〉의 구미에도 적합했을 것이므로, 사적·공적 측면에서 일거양득의 효과를 거둔 셈이다. 하지만 우리에게 창씨한 미당의 이름 '다쓰시로 시스오達城靜雄'[10]는 '시국협력'의 결정적 증좌로 이해되고 비판된다는 점에서 문제적이다.

　과연 이 시점에서 미당의 창씨개명을 어떻게 이해해야 할까. 그의 개명 행위는 신문에 발표된 일기 속의 기쁜 마음으로 보건대 자발적인 행위로 간주해도 크게 틀리지는 않을 법하다. 그렇지만 당시 조선과 만주의 식민지 조선인들에게 거세게 몰아치던 '창씨개명' 제도의 강제적 측면 몇 가지를 살펴본다면 그 불가피성을 아예 무시할 수만은 없다는 점도 고려의 대상이 될 수밖에 없다.

　나는 일단 미당의 '창씨개명'을 '만주국 공민' 혹은 '만주양곡주식회사'의 직원으로 등록되기 위한 공적 제도 및 생활상의 편의에 대한 선택과 관련이 깊은 것으로 판단한다. 제도 부응의 창씨일 가능성은 무엇보다 "처에게서 호적등본과 동봉의 편지가 왔다"는 말에 숨어 있다. 해당 '호적 등본'은 만주국의 준국가 기관 '만주양곡주식회사'에 제출될 증빙자료였을 것이다. 이미 창씨한 이름이 기록되어 있을지도 모르는 조선총독부 발행의 공적 문서인 것이다. 타관 만주에서, 그것도 일본 운영의 양곡회사에서 이보다 분명한 신원 보증서가 어디 있겠는가.

　이 당시 조선인의 창씨개명은 조선과 일본, 만주에서 필요 불가결한 강제 사항은 아직 아니었다. 일본식으로의 창씨개명은 일본인과의 차이와 구분을 현저히 약화시킬 우려가 있었기에 어떤 일본인들의 반발을 불러오기도 했다. 하지만 일제는 식민지의 수월한 통치와 인구 및 종족 관리를 위해 조선은 물론 만주에서도 취적就籍 사무와 창씨개명 사업에 주력했다. 이것들이 궁극적으로 대동아공영과 오족협화에 필요한 다종족·다문화의 결속과 통합을 목표했음은 물론이다. 하지만 창씨로의 정치적·문화적 강제는 타민족의 저항과 반발을 불러오기 십상이었기에, 더욱 실용적인 언술과 유인 장치의 동반이 필연적이었다. 사업이나 근로에 관련된 각종

• • •

10. 미당의 창씨는 자신의 본관 달성(達城)을 그대로 사용한 유형에 해당된다. 이것은 창씨를 하면서도 자기 가문과 민족을 그대로 나타낼 수 있다는 점에서 창씨의 주요 유형으로 정착했다. 식민지 말기 창씨 유형에 대해서는 구광모, 「창씨개명 정책과 조선인의 대응」, 『국제정치논총』, 45권 4호(한국국제정치학회, 2005), 46-47쪽.

업무나 금전 거래에 여러모로 편리하고 유리하다는 것, 또 일본인과 기타 종족과의 관계에서 차별을 피할 수 있다는 것 등이 창씨개명에의 대표적인 동원술이었다.[11] 실제로 조선총독부가 정리한 창씨 결과를 살펴보면, 공무원과 교육자, 정부의 인허가가 필요한 직종(수산업, 교통업, 광공업) 및 직장에 근무하는 자, 업종의 규모가 크고 근대적인 부문에 종사하는 자들의 신고율이 높았다고 한다. 미당의 만주 이주와 취직에 따른 창씨도 두 요소의 충족과 깊이 관련되고 있음이 여기서도 여지없이 확인된다 하겠다.

제도적 필요성 이외에 주체의 안전 보장에 미당의 창씨개명이 관련되어 있다는 것은 다음 장면에서 비교적 분명하다. 일본인 상사가 그를 창씨명 대신 "죠꿍(서군) 죠꿍"으로 불렀고 이에 대한 계획적 반발 끝에서야 "죠상(서씨)"[12]으로 격을 올렸다는 차별의 경험이 그것이다. 해당 에피소드는, 미당이 회사에 '서정주'라는 본명을 알렸다고 전제할지라도, 이등국민의 창씨개명은 그 민족적 위상과 권력의 변화에 거의 무용했다는 '공공연한 비밀'을 아프게 환기한다.

이런 차별의 경험은 '성공'의 욕망을 더욱 부채질할 수도 있지만, 한편으로는 민족적 저항 의식을, 다른 한편으로는 '살아 있는 죽은 자'로 스스로를 가치 절하하는 패배 의식을 강화시킨다. '장백산맥의 마적'(김일성 부대와 연관된)이나 될까 하다가 만주 사방에서 뿜어내는 "구중중한 허무의 장기瘴氣를 더 견디"[13]지 못하고 처자식이 기다리는 조선 땅으로 귀환하고 말았다는 미당의 경험은 그 내면의 상흔과 우울을 적절히 환기한다.

한편 두고두고 미당의 삶을 옥죄고 명성을 갉아먹게 되는 이때의 창씨개명이 특히 시국 협력, 곧 대동아공영권 건설에의 참여와 본격적으로 연동되는 시점은 어디일까? 가장 잘못된 오해 가운데 하나는 미당이 「시의 이야기 ─ 주로 국민시가에 대하야」(〈매일신보〉, 1942년 7월 13~17일자)

• • •

11. 미즈노 나오키(水野直樹), 『창씨개명 ─ 일본의 조선 지배와 이름의 정치학』, 정선태 옮김(산처럼, 2008), 262~272쪽.
12. 서정주, 「만주에서」, 『팔할이 바람』(혜원출판사, 1988), 105쪽, 106쪽.
13. 서정주, 「뜻아니한 인기와 밥」, 『팔할이 바람』, 107쪽.

의 발표 시에도 창씨명을 사용했다는 것이다. 미당은 그러나 이 글에서는 '서정주'를 사용했다. '達城靜雄'을 본격적으로 사용하기 시작한 때는 1943년 9월 이후로, 보도 종군기報道從軍記 작성 때 3번, 징병 권유 때 1번, 전몰 용사 추모 시 작성 때 1번 사용되었다. 총 12편의 친일 작품 중 5편에서 사용된 것이다. 특히 시의 경우는, 「無題」(일본어 시, 『국민문학』, 1944년 8월호)를 제외하고는 「航空日に」(일본어 시, 『국민문학』, 1943년 10월호), 「獻詩」(조선어 시, 〈매일신보〉, 1943년 11월 16일자), 「松井伍長頌歌」(조선어 시, 〈매일신보〉, 1944년 12월 9일자) 모두에서 '서정주'가 사용되었다. 이를 참조하면, 미당 창씨개명의 시국 협력 관련성은 1943년 가을 무렵 뚜렷해지고 있음이 확인된다.

지금까지 살펴보았듯이, 「만주일기」와 관련된 네 가지 국면의 특수성과 문제성은 만주 경험을 전후한 서정주의 시학과 생활을 탐색하고 의미화하는 작업의 숨겨진 조력자가 될 것이다. 표면적으로는 시혼의 저조와 시적 도약의 곤핍이 두드러진다. 그러나 반대급부로 돌연 부상한 '생활인' 면모는 변화된 자아의 상황과 처지에 적합한 시의 향방과 내용에 대한 신중한 검토를 불러온다는 것이 내 생각이다. 그것은 전혀 새로운 가치와 주제의 창안과 크게 연동되지 않는다는 점에서 보수적이며 그래서 현실 개선의 의지 역시 두드러지지 않는다.

이와 관련하여, 「만주일기」상의 '전통'과 '고향'이라는 낱말은 미당의 귀환 장소가 '조선적인 것' 내지 '동양적인 것'의 미학과 연관됨을 분명히 한다. 미당은 만주로 출향하기 전 그것들의 심미적·언어적 진수를 언뜻 엿본 터였다. 만주에 부재한 그것들은 시와 문장으로 건축된 '조선'과 '동양'의 심미성과 영원성에 대한 본원적 그리움을 더욱 촉진하였다. 하지만 이 그리움은 "동아공영권이란 또 조흔 술어"[14]의 무서움을 채 몰랐던 바다 위 나비의 어떤 내면과 유사하다는 점에서 위험하고 아찔한 것이었다. 「만주일기」를 전후한 시와 산문을 함께 읽음으로써 그 위험성과

•••

14. 서정주, 「시의 이야기 — 주로 국민시가에 대하야」, 〈매일신보〉, 1942년 7월 16일자.

아찔함의 정체를 엿볼 차례가 이제 다가왔다.


## 3. 「만주일기」와 당대 시편의 단속斷續적 지리


미당에게 '만주'는 과연 무엇이었는가? '생활'에 실패 중인 식민지 시인의 궁핍과, 거기서 기인하는 '친밀한 적'과의 갈등을 해결할, "일온풍화하고 하늘이 맑"[15]은 경략의 땅 자체였던가. 「만주일기」의 취직 성공담만 주목한다면 그렇다고 해야 옳다. 그러나 1930년대 후반 미당의 탈향 욕망과 거기 담긴 '만주'의 장소성을 함께 사유하면, 만주는 애초에는 '본원적 시'의 장소로도 상상, 희원되었음을 알게 되지 않을까.

미당의 탈향 욕망은 「바다」(1938)에 선연하다. "길은 항상 어데나 있고, 길은 결국 아무데도 없다"는 비극적 세계 인식은 그로 하여금 "애비", "에미", "형제와 친척과 동모", "마지막 네 계집"과 결별할 것을 강제하였던 것이다. 이때 미당이 지목했던 이토異土는 "아라스카", "아라비아", "아메리카", "아푸리카"로, 구체적 생활공간 '만주'와는 거리가 멀었다. 이런 '장소'의 추상성은 조선 탈출과 친밀한 적들과의 결별이 '생활' 이전에 새로운 시의 창조와 도약을 위한 것이었음을 대체적으로 승인한다.

그렇다는 것은 미당이 죽음을 앞두고 신에게 귀의한 선배 떠돌이 랭보를 무섭게 비판하면서, 자신의 행로는 오로지 "내 암흑과 일월을 헤치고 내 순수시의 형체를 색이며 거러갈 뿐"[16]이라고 고백한 산문에 뚜렷하다. 이 지점에 서면, 보통 명사처럼 호명된 저 이토들은 "이 장소가 바로 당신이 속한 곳"이라는 '실존적 내부성existential insideness'[17]으로 울울한 시적 영원의 게토로 상상되고 있음에 틀림없다.

. . .

15. 함대훈, 「남북만주편답기」, 『조광』, 1939년 7월호. 여기서는 민족문학연구소, 『일제 말기 문인들의 만주 체험』(역락, 2007), 175쪽.
16. 서정주, 「배회」, 〈조선일보〉, 1938년 8월 13일자.
17. 에드워드 렐프, 『장소와 장소상실』, 김덕현·김현주·심승희 옮김(논형, 2005), 127쪽.

시적 영원을 향해 겨눠진 미당의 탈향 욕망은 그러나 '동양/조선적인 것'으로의 귀향으로 전도되었다.[18] 이곳에 드러난 미당의 탈향과 귀향이 거의 동시적 국면이었음은 전통, 고향, 사투리, 사자의 부활과 갱생이 족출하는 「수대동시」(1938)와 「부활」(1939)을 참조하는 것으로 충분하다. 하지만 '아라스카'(외부)와 '조선'(내부)은 존재의 정체성을 재구성하고 갱신하는 본질적 요소들을 허락하는 상징적 경험의 장소이기는 마찬가지이다. 물론 전자는 시적 관념상의 상징 공간인 데 반해 후자는 나와 타자, 우리의 상호 작용이 실재하는 현실 공간이라는 차이는 있다.

그렇다면 '만주'는 '아라스카'와 '조선'을 가로지르며 그 내외부적 장소성을 통합하고 결속하는, 실재와 상징의 기이한 '혼종'의 공간일 수 있다. 시집에서 누락된 「풀밭에 누어서」(1939)가 갖는 시사적 특수와 개성은 이 지점에서 분명해진다. 왜냐하면 탈향 공간이 만주국의 주요 도시인 장춘(신경), 하얼빈, 연길에 더해 '봉천奉天, 심양'으로 특정되고 있기 때문이다. 예컨대 "잘잇거라. 그럼 인제 나는 봉천奉天으로 갈라니까."라는 대목을 보라. 그럼에도 이 당시 탈향을 감행하는 미당의 내면이 다음처럼 이율배반적임은 각별히 기억할 만하다.

"오늘도 북향北向하는 동공瞳孔을달고 내피곤한육체가 풀밭에 누엇슬때, 내 등짝에 내 척추신경에, 담배불처럼 뜨겁게 와닷는것은 그 늘근어머니의 파뿌리 같은 머리털과 누─런잇발과 안해야 네 껌정손톱과 흰옷을입은무리조선말. 조선말. / 이저버리자!". 시인은 식민의 땅을 떠나며 본원적 향토의 핵심 존재들인 "어머니", "안해", "흰옷" 입은 조선 사람들, 제국의 '국어', 곧 일본어에 의해 제도적으로 소외되고 조만간 상용 금지의 처벌에 던져질 "조선말"을 잊자고 다짐한다.

그러나 1930년대 말 미당은 또 다른 시들인 「바다」와 「문」 등에서도 "애비"와 "에미", "형제와 친척과 동무", "네 계집", "옷과 신발", "집과 이웃"을 잊어버리고 먼 바다와 낯선 대륙으로 "침몰하"라고, 다시 말해

18. 1930년대 후반 미당의 탈향과 귀향의 변증법에 대해서는 졸저, 『서정주 시의 근대와 반근대』(소명출판, 2003), 74~118쪽 참조.

아예 떠나라고 주장했다. 그러면서도 자신의 생명과 존재를 상징하는 "폐와 발톱"만은 남겨두겠다고 다짐하는 역설적 태도도 잊지 않았다. 이런 자세는 자신의 '탈향'이 결국은 일시적인 것이며, 언젠가 본원적 생명과 언어의 성취와 확장에 관련된 일대 사건이 발생한다면 주저함 없이 '남향南向하는 눈동자'를 다시 취할 것임을 공공연히 다짐하는 것이나 마찬가지였다. 이 이율배반적인 과정을 잘 보여주는 것이 '만주양곡주식회사' 취직의 환호성과 불과 서너 달 뒤의 식민지 조선 생활 현장으로의 귀환이었다. '만주'에서의 귀향은 그러나 잠시의 『화사집』 발간에 대한 기쁨과 생활 안정을 위한 '체제 협력', 곧 '친일'로 나아가는 오도된 행보를 예정하고 있었다는 점에서 매우 불우한 사건의 하나였다.

1)

안해야 너또한 그들과 비슷하다. 너의소원은 언제나 너의 껌정고무신과 껌정치마와 껌정손톱과 비슷하다. 거북표류類의 고무신을 신은여자女子들은 대개 마음도 같은가부드라.

(네, 네, 하로바삐 추직就職을 하세요)달래와 간장내음새가 피부皮膚에젖은안 해. 한달에도 맷번식 너는 찌저진 백로지白露紙쪽에 이러케 적어보내는것이나, 미안하다, 취직할곳도 성공할곳도 내게는 처음부터 업섯든걸 아러라.

—「풀밭에 누어서」 부분(『비판』, 1939년 6월호)

2)

아버지한테선 두달이넘도록 무일장소식無一張消息이다 그러케 여러번이나 편지와전보電報를 하엿건마는 저열低劣하게도 혈서血書까지 써보냈건마는 어 머니에게서 이십원二十圓돈이 누이의편지와가치 왓슬샌이다 처妻한테서도 요새는 소식消息이업다 지난달초初에 어서돈버러서 승해升海사탕을 사주라는 집에서는 동전銅錢한닙 갓다쓸생각말라는 봉투封套가온뒤엔 도모지 잠잠하다 굶어죽드라도 당신 엽헤가서 우리세식구食口 가치사럿스면 행복幸福이겟습 니다 — 그런생각도 인제는 쌔끗히 단념斷念하엿나

—「만주일기」 부분

 1)과 2)의 유사성은 두 가지 문제를 제기한다. 얼치기 '맑스보이'에서 기교(정지용)와 이념(임화) 양자를 모두 거부하는 '생명파'로 변신하던 미당에게 '생활'은 글쓰기의 안전판이기보다 '친밀한 적'들과의 갈등 및 배반의 장場이었다. 만주행은 따라서 삶은 물론 시의 구원을 위한 절박한 생명줄에 해당했다. 그런 의미에서 미당에게 '만주양곡주식회사'의 말단 경리 "시스오靜雄"는 자랑일지언정 자발적 '시국 협력'의 주홍 글씨는 아직 아니었던 것이겠다. 하니 「풀밭에 누어서」와 「만주일기」는 미당의 1930년대 후반 '생활'에의 긴박과 완화를 가장 실감 나게 상연 중인 연쇄극이라 할 만하다. 그런데 이 삶의 드라마는 뜻밖에도 그 중요성에도 불구하고 이후 다시 재연되거나 대중의 입에 오르내리지 못한 채 잊힌 문자의 '굴헝'에 묻혀버리고 말았다.

 한편 '생활'과 '성공'의 압도적 부상은 미당이 잊고자 했던 "늘근어머니의 파뿌리 같은 머리털과 누-런잇발과 안해야 네 껌정손톱과 흰옷을입은 무리조선말. 조선말"의 의미를 돌연 왜곡·변질시킨다는 점에서 상당히 곤혹스러운 장면이다. 미당의 '탈향'은 '생활' 이전에 '순수시'로 지향되었다 하지 않았던가. 생활과 취직 성공의 만주, 다시 말해 "개척지"에 떠오른 "동방의해"에 노출된 순간 참상慘狀의 가족과 '조선말'은 궁핍의 외피를 서둘러 벗게 될 것이다. 따사로운 성공의 햇살은 그러나 정오에 다가설수록 '만주'와 '가족'으로부터 '시적 영원'의 황홀경을 차단하는 패색의 그늘로 더욱 어두워질 것이다.

 그런 점에서 「만주일기」의 한 대목 "시는? 시는 언제나 나의뒷방에서 살고 잇겟지 비밀히이건 나의 영원永遠의처妻이니싸"라는 고백은 따라서 궁지이기 전에 자조自嘲의 기미로 먼저 읽힌다. 이런 정황을 고려하면 뜨거운 대낮 '병든 수캐'에게 절실한 것은 약간의 먹이만 허락된다면 몸을 누일 수 있는 시원한 그늘이 아니었을까. 취직 성공담의 수사를 빌리건대, 그늘서의 쉼 없이는 '나'는 "유쾌하고 명랑하고 씩씩"한 '순수시'

로 도약할 수 없다. 그런 까닭에 "나는 재상이 되"어도 "그러나 나는 벌서 우슬수가없는것"(「만주일기」)이다.

'생활'의 구원 공간으로서 만주와 시학의 저류底流지로서의 만주. 이 양가성은 상상과 실재 모두에서 '실존적 내부성'이 호소되던 본원적 장소 만주의 가능성이 일거에 파탄 났음을 아프게 알리는 제일 지표에 해당한다. 미당을 줄곧 괴롭혔던 망자를 향한 '만주 여인'의 울음은 그런 점에서 매우 상징적이다. 이것이 이후 미당 내면의 트라우마로 줄곧 현상하게 되는 까닭은 육자배기 가락 섞인 전라도의 곡哭소리와는 다르게 "뼈다귀를 긁어서 내놓는 것 같"[19]았기 때문이다. 그것은 망자 위로와 애도의 구성진 가락이 전무한 '칼 갈고 칼 쓰는 소리'[20]에 방불했기 때문에, "구중중한 허무의 장기瘴氣"의 축적으로 자아를 겁박해 갈 수밖에 없었다. 미당은 이 강퍅한 허무의 심연을 일러 "하눌이말혼만주滿洲"라 했고 그것을 「만주滿洲에서」는 다음과 같이 표현했다.

> 종鍾보단은 차라리 북이있읍니다. 이는 멀도 않들리는 어쩔수도없는 사치奢侈입니까. 마지막 부를이름이 사실은 없었읍니다. 어찌하여 자네는 나보고, 나는 자네보고 웃어야하는것입니까.
>
> 바로말하면 하르삔시市와같은 것은 없었읍니다. 자네도나도 그런것은 없었습니다. 무슨 처음 복숭아꽃내음새도, 말소리도 병病도 아무것도 없었습니다.
>
> ─「만주에서」 부분(『인문평론』, 1941년 2월호)

만주에서의 실존적 충격, 그러니까 기대된 실재와 상상의 전면적 부재 및 그것의 인정을 읽기 전에 거쳐 갈 곳이 있다. 「만주에서」 1연 첫 행에 "참 이것은 너무많은 하눌입니다"라는 시구가 들어 있다는 사실 말이다. 「만주일기」에서는 "하눌이말혼만주"라고 했는데 얼마 뒤의 「만주에서」

<hr/>

19. 서정주, 『서정주문학전집 3』(일지사, 1972), 197쪽.
20. 서정주, 「만주에서」, 『팔할이 바람』, 103쪽.

는 "너무많은 하늘"이라고 하다니. "말흔"과 "많은"의 대조를 음성 놀이의 자미로 간주할 수는 없는 노릇이다. 이때의 '많은 하늘'은 어떤 본원적 의미보다는, 이어지는 "오-멧천년千年을 혼자서 놀고온 사람들이겠읍니까"에서 보듯이, '마른 하늘'에서 살아간 숱한 사람들의 하늘들 — 뼈다귀 긁는 울음소리로 가득한 — 을 뜻하는 것은 아닐까. 그럴 때 "말흔"과 "많은"의 아이러니는 더욱 커진다. 또한 시적 도약과 기투가 불가능한 생활지 만주에의 절망과 귀향의 정당성 역시 더욱 분명해진다.

만주 체험이 미당의 변화와 도약에 기여한 바 있다면, 기대된 이역異域 하늘을 배반하는 그것의 불가능성이 조선 하늘의 충만함을 더할 나위 없는 진실로 확증했다는 사실일 것이다. 그러므로 미당이 지목한 '봉천'과 '하르삔시'에 전자: 만주국의 정치적·군사적 거점 도시니 후자: 맑스주의 자들의 집결 도시니 하는 특수성을 일부러 붙여둘 필요는 없겠다. 이곳들은 미당의 발길이 닿지 않은 곳, 다시 말해 생활 현장이 아니었다는 점에서 '아라비아'와 '아푸리카'의 어떤 곳이 보다 구체화된 이방異邦의 의미를 크게 벗어나지 않기 때문이다.

과연 '만주'는 그 어떤 것도 부재한 텅 빈 공간이었지만, '조선'은 이미 "한번가선 소식없든" "유나喲娜"들이 "너 인제 모두다 내앞에 오는"(「부활」, 〈조선일보〉, 1939년 7월 19일자) '영원성'의 충만 지대였다. 미당에게 '만주'는 새로운 시의 개척지라기보다 탈향 순간 시작된 귀향의 진정성을 확증하는 검증 공간이었다는 판단은 그래서 가능하다. '생활'의 성공을 뒤로 하고 만주국의 "시스오"가, "죠상(서씨)"이 "항상 상가와 같"은 "고향", 식민지 조선으로 기꺼이 귀환할 수밖에 없었던 필연성이 여기 어디 존재할 터이다.

이런 의미에서 한 연구자의 「풀밭에 누어서」에 대한 예리한 해석, 그러니까 (「바다」의) "그 탈아시아적 탈향 심리에 대비되어 오히려 아시아적 귀환을 상상케하는 상상력을 보여준다"[21]는 말은 '만주행'의 궁극적 본질

• • •

21. 박수연, 「참담과 숭고 — 서정주의 만주 체험」, 21쪽.

이 조선/동양에의 귀향이었다는 나의 입장과 매우 상통한다.

그렇다면 만주의 성공담은 결국 "미안하다, 취직할곳도 성공할곳도 내게는 처음부터 업섯든 걸"(이상「풀밭에 누어서」) 다시 확증하는 쓰디쓴 실패담의 일종인 셈인가. 아니다, 꼭 그렇지만은 않다. 미당의 뼈아픈 고백은 그 실패담을 통해 오히려 "'취직할곳도 성공할곳도 내게는 처음부터" '시'였다"― 그 이념성과 지향성을 일단 괄호에 넣는다면 ― 는 미학적 확신으로 수정될 필요가 있다.

이를테면 조선 귀환 직후 발표된「살구꽃 필 때」(『문장』, 1941년 4월호)의 다음 구절은 어떤가. "네가 부는 피릿소리도 들리는 것이었다. 소상강瀟湘江이 흐르는 소리도, 너의 신하臣下들의 숨소리도, 너의 숨소리도 똑똑히 똑똑히 들리는 것이었다". 이러한 예민하기 짝이 없는 청취의 감각, 또는 환상의 청각이 발동하지 않았다면, 만주의 생명과 음악의 기미 없는 "누워서 칼 먹는 소리" 같은 "'날라리' 가락"(「만주에서」,『팔할이 바람』)에 대한 고통스러운 체험과 회억은 거의 불가능했을 것이다. 이후 미당 시의 특권적 소리로 거듭나는 "소녀"들의 "음성"("피릿소리"와 "숨소리" 포함)이 일회적 사건으로 문득 회감回感하기 어려웠을 것이다.

그렇다면 만주 체험 이후 미당의 조선/동양으로의 시적 복귀는 다음과 같이 정리되는 편이 보다 객관적이겠다.「만주에서」는 만주의 '장소 상실'에,「살구꽃 필때」는 조선(동양)의 '참된 장소감'에 기대어「수대동시」와「부활」의 선험적 체험을 숭고화·심미화했다고 말이다. 다시 말해, 미당에게 만주는 향수와 뿌리 뽑힘, 억압감, 폐쇄감 등의 고통을 일상화한다는 점에서 '장소 상실'의 공간이라면, 전통의 조선은 존재의 안정과 확장을 심화한다는 점에서 무의식적이며 진정한 장소였던 것이다.

이 과정은 "상가喪家와같"은 "고향"이 "으레히 내가 바래보고잇는곳"(「풀밭에 누어서」)으로 거꾸로 성화聖化되는 순간을 포함한다. 조선의 '참된 장소감'을 시적 영원의 일분자로 내력화하기 위해서는 '만주여인'의 '뼈다귀소리'를 초극하는 변두리 삶의 풍모와 목소리가 무엇보다 시급했다.「만주일기」이후의 글쓰기가 수 편의 '질마재 이야기'로 먼저 채워진

것은 따라서 산문적 우연이 아니라 시적 필연이었다.

실제로 이후 미당은, 시국 협력의 글쓰기가 본격화된 1943년 가을 이전, 「간조干潮」(『춘추』, 1941년 7월호, 『귀촉도』에서 「조금」으로 개제)와 「거북이」(『춘추』, 1942년 6월호, 『귀촉도』에서 「거북이에게」로 개제) 두 편을 신작으로 발표했을 따름이다. 물론 「여름밤」과 「감꽃」(『조광』, 1942년 7월호), 「귀촉도」(『춘추』, 1943년 10월호)도 발표했지만, 세 작품은 『시건설』(1938년 12월호), 〈동아일보〉(1936년 8월 9일자), 『여성』(1940년 5월호)에 이미 게재된 동명同名의 기성품을 수정·보완한 것이었다.


## 4. 「만주일기」 이후 '질마재' 이야기의 문제성

「만주일기」에서 조선의 전통과 고향에 대한 긍정적 진술을 읽어내기는 쉽지 않다. '죽음의 집喪家'처럼 서러운 조선이 기대의 땅 만주에 머무른다 해서 애틋한 향수와 기릴 만한 가치의 땅으로 당장 승화될 리 없는 까닭이다. 만주서의 '성공'은, 자칫 "허무의 장기瘴氣"에 하릴없이 내파될 만한, 곧 균열과 일탈의 위험성이 다분한 기쁨일 따름이었다. 무슨 말인가 하면, 생활의 '성공', 곧 '취직'은 탕아 미당이 거의 경험한 적 없는 일상, 그러니까 규칙과 반복이 강제되는 시공간의 경험이라는 점에서 한편으로는 쉽게 견디고 적응하기 어려운 사태였을 수 있다. 거기에 이등 국민의 수모와 시의 저조가 더해졌으므로 그 '성공'은 애초부터 '실패'의 징후로 미만한 것이었을지도 모른다.

그러므로 패배의 기미를 대체할 만한 숭고하고 아름다운 대상의 추억이나 발견은 마치 일용할 생활 양식과도 같은 것이었다. 하지만 「만주일기」에서 '전통'과 '고향'의 조선은 생각보다 '청명'하지 못하고 '불쾌'한 국면으로 표상되고 있다. 가령 조선을 떠올리며, "조선의 오대강五大江"이니 "공자님의 생일날"이니 어머니 묘비 세우는 "오륜삼강"이니를 끄집어낸 뒤 아래와 같이 고소苦笑·힐난하는 시각과 태도를 보라.

── 치졸한 자식이나 만들기에 어마어마한 나달을 보내면서 혹은 쉬운살식
혹은 예순살식 늙은노친네들 그들에겐 한 유형이잇는것갓다 확실히
　　가령 모조밥과 김치에다 십계명十戒命의한문漢文글자를외이는것과가튼 오
십년의심심푸리
　　노인들도 다아 고향생각이나는가요하고 물엇드니 곤상아버지는 그러타는
대답이엇다 전통이라는걸 좀생각하게하엿다 너무청명淸明하지못하여서 불
쾌한것이보통이다

　　조선인 특유의 "오십년의 심심푸리"는 후속 세대를 위해 기리고 가르칠
만한 교양과 삶의 지식과 거리가 멀다. 전통과 문화의 축적 없는 공동체는
지혜로운 공통 감각도 유용한 삶의 기술도 창출하지 못한다. "치졸한
자식"들이 값없는 삶의 유지와 동정 없는 욕구의 성취를 향해 서로의
등 뒤에 추악한 악다구니를 퍼부어댈 뿐이다. 「만주일기」 내 가족 및
친우와의 불화는 미당을 향한 그들의 '성공' 기원조차도 이로부터 멀지
않음을 여지없이 증명한다. '생활'과 '성공'에의 긴박은 참된 장소감의
조선 귀환을 가로막는 장애물일지언정 '조선적인 것'의 탐구와 발견을
고무하는 심리적 탄성彈性은 아니었던 셈이다.
　　그런 의미에서 도스토옙스키 작作『미성년』의 독서와, 그 과정에서
발견한 핵심적 가치 "『단려端麗』라는 형용사 혹은 동사로서 유아의 미소"는
매우 귀중하고 의미심장하다. '단려한 용모' 같은 쓰임에서 보듯이, "단려"
는 단정하고 아름답다는 뜻이다. 외면의 화려함보다는 내면의 아름다움이
배어날 때보다 적합한 낱말이겠다. 성인이라면 사려 깊은 내면의 성숙과
관련된 이미지일 텐데, 그것은 왜 "유아의 미소"와 더욱 미쁘게 통합될
수 있을까.
　　『미성년』은 선한 행동과 지고한 이상에 대해 강렬한 휴머니티를 지닌
베르실로프와 그의 사생아 아르까지의 갈등과 화해를 그린 소설로, 도스토
옙스키의 자전적 소설로 통칭된다. '사생아'가 지시하듯이 아르까지는

삶의 모범이 될 만한 아버지 세대의 부재로 인해 온갖 불의와 도덕적 타락의 한가운데 던져진 채 내적 성숙을 도모해야만 하는 비극적 숙명의 소유자였다. 도스토옙스키는 아르까지의 성장을 서사화면서 내적 성숙의 지표를 자아의 이성을 공적 규준에 맞게 자율적으로 사용하는 계몽 이성의 높은 수준에서 찾지 않았다. 오히려 "유아의 미소"에서 찾았는데, "웃음이야말로 사람들의 내면세계를 감정할 수 있는 가장 정확한 자료라는" 신념 때문이었다. 예컨대 "노인이 순간적으로 짓던 웃음 속에서 뭔가 어린애 같은, 믿기 어려울 정도로 매력적인 기운이 언뜻 스치는 것"은 그야말로 "한 편의 시와도 같"은 것이다.[22]

이를 참조하면, 미당의 "유아기의 미소"에 대한 매혹과 인정은 그 심리와 현실 정황에서 가장 풍요로운 유아적 삶으로의 회귀 욕망 때문만은 아니었다. 오히려 삶의 끝자락에서, 약간 과장한다면, 자랑과 긍지보다 오욕과 모멸로 점철된 폐허의 인생에서 문득 피어나는 삶의 본원성이 훼손과 패배, 절망 이전의 "유아의 미소"와 상통한다는 통찰과 각성이 존재했기에, '생활'(식민지)과 '시'(생명파)의 사생아 미당의 유년기로의 귀환은 가쁘게 실행될 수 있었다.

"오십년의 심심푸리"에 빠져 삶을 탕진해 온 인생들에서 비유컨대 존재의 "참한 장소감" 같은 생의 순금이 풍요롭게 쌓이고 또 빛나게 터져 나올 리 만무하다. 김성수 집안의 농감農監을 벌써 그만둔 아버지와 미당은 만주에서도 여전히 불화 중이었고, 생활의 실패와 시의 저조 상황은 미당 자신과 갓 태어난 장남 승해와의 불화를 미래화하는 필연적 조건이었다. 따라서 생활의 성공과 시적 도약의 동시적 성취는 탕아 미당의 조선 귀환에 없어서는 안 될 전제 조건이었다. 하지만 만주에서의 잠시의 취직과 재차의 실직은 '생활의 성공'을 가뭇한 미래의 일로 다시 밀어냈다. 조선으로 돌아온 미당의 내면은 그러니 "유아의 미소"의 발견과 자아화를 통하지 않고서는 그 유지와 보존이 어려운 상황에 놓일 수밖에 없었을 것이다.

• • •

22. 이상의 인용은 도스토옙스키, 『미성년 (하)』, 이상룡 옮김(열린책들, 2011), 119쪽.

미당 시학에서 『질마재 신화』(1975) 이전에 고향 '질마재'가 집중적인 글쓰기의 대상이 된 시절은 1942년 5월~8월이다. 조선 귀환 후 1년여가 지난 시점으로 3편 연속 발표되었다. 「질마재 근동近洞 야화夜話」(〈매일신보〉, 1942년 5월 13~14일자, 5월 20~21일자)와 「향토산화鄕土散話」(『신시대』, 1942년 7월호), 「고향이야기」(『신시대』, 1942년 8월호)가 그것이다.(서울 연희동의 궁골에 셋방 마련하는 과정에서 보게 된 '엉겅퀴꽃'에 대한 인상을 적은 「엉겅퀴꽃」(『조광』, 1942년 9월호)도 이즈음 발표되었다).

이 산문들의 서술 대상은 유년기와 소년기 그가 만나고 경험했던 '질마재' 사람들이었다. 증운, 동채, 소생원, 선봉이네와 같은 어른들에 대한 이야기여서, 미당과 그곳 아이들 특유의 동심과 미소에 관한 부분은 거의 드러나지 않는다. 하지만 이들은 "오십년 심심푸리"에 저당 잡힌 허례허식의 유자儒子들과 구별되는 심미인, 즉 자기의 내면과 욕망, 미적 취향에 충실한 존재들이었다. 하여 이들과의 교유와 접촉은 어떤 방식으로든 미당의 심미안 개안과 예술로의 행보에 상당한 영향을 끼치게 된다. 말하자면 그들은 미당의 '질마재'에 대한 이야기꾼 기질을 충동하기에 충분한 자질과 경험을 갖춘 변두리 예인藝人에 가까운 군상들이었다. 이들은 그러나 타인과 쉽게 불화하는 예인적 기질과 습성 때문에 안정되고 평탄한 삶에서 동떨어져 곧잘 기피와 비난, 추방의 대상으로 떠올랐다는 점에서 꽤나 불행한 존재들이었다.

하지만 이보다 중요한 사실은 젊은 미당이 변두리 예인들의 삶이 적층된 '질마재'에서 "공동체의 투박하되 지혜로운 삶의 전승과 거기 내재된 공동의 비극성 및 의외의 심미성"을 새롭게 발견했다는 점일 것이다. 우리를 이것을 음악과 예술 등에 대한 심미안의 개안과 성숙에 의존된 통찰로 보아서만은 안 된다. 오히려 그들의 "비극적 삶을 예술의 지평에 편입시키고 또 비루한 현실에서 구원할 줄 아는 평범한 '예지'를" 점차 체화하기에 이른 탕아의 내적 성숙과 연관시키는 편이 더욱 타당하다. 이때 질마재 변두리 예인들의 발견과 가치화에 반면교사로 작용한 결정적 사건이 "하눌이 말흔 만주"의 여인의 통곡이었음은 대체로 승인될 만한 진실이 아닐까. 물론 그 이전 「자화상」에 표현된 현재에 대한 열패감과 미구에 닥칠 '병든 수캐'의 참담한 미래도 질마재 예인들과의 동일성을 밀어가는 중요 경험이었을 것이다.

그렇다면 세 편의 산문에는 불행에 나포된 변두리 예인 또는 생활인들과의 관계를 추억하는 이야기 외의 다른 서사는 존재하지 않는가. 물론 그렇지 않다. "유아의 미소"를 곧바로 환기하는 이야기가 단 한 편 존재하니, 「향토산화」 소재의 '네 명의 소녀가 있는 그림'이 그것이다. 이 이야기의 주인공은 "섭섭이와 서운니와 푸접이와 순네라 하는, 후회하는 네개의 형용사와 같은 네 명의 소녀"들이다. 그녀들은 어린 미당이 아플 때면 "정해 정해 정도령아"하는 무가 비슷한 노래를 부르며 질병의 치유를 기원했고 그럼으로써 하늘에서 들리는 "상제上帝님의 고동소리"의 절대성과 사실성을 미당에게 내면화하였다.[23]

이들은 현재 그 안재安在를 알 수 없는 별리의 대상(「부활」에서처럼 혼령일 수도, 먼 곳으로 시집간 존재일 수도 있다)이라는 점에서 부재하는 인물들이다. 하지만 그녀들은 거꾸로 "내가 아조 가는 날은 돌아"올 존재, 그러니까 하늘과 땅, 죽음과 삶, 이승과 저승, 과거와 현재 등의 대립적 시공간을 자유롭게 오가는 '바리데기'들이다. 그녀들의 '부재하는 현존'에 대한 미당의 신뢰와 각성은 '만주의 마른 하늘'이 가한 충격과 고통을 옅게 하는 한편, 조선의 충만한 하늘에 대한 시적 수렴을 본격화하는 결정적 계기를 마련했다는 점에서 미당 시학의 일대 사건이라 할 만하다. 그 장면을 예시하면 아래와 같은 현장이 될 것이다.

내가 가시에 찔려 아파할때는, 그러나 네명의 소녀는 내옆에와 서는것이었
다. 내가 찔레ㅅ가시나 새금팔에 베여 아퍼힐때는, 어머니와같은 손구락으로

. . .

23. 서정주, 「향토산화」, 『신시대』(1942년 7월호), 108쪽. 이 부분이 실린 산문의 제목은 '1 네명(名)의소녀(少女)있는그림'이다. 「역려」처럼 산문 속 시형으로 발표된 이 텍스트는 이후 최소한의 수정을 거쳐 「무슨꽃으로 문지르는 가슴이기에 나는 이리도 살고싶은가」로 개제되어 『귀촉도』 결시로 수록되기에 이른다.

나를 나시우러 오는 것이었다. 새끼손구락에 나의 어린 피방울을 적시우며
한명의 소녀가 걱정을허면 세명의 소녀도 걱정을 허며, 그 노오란 꽃송이로
문지르고는, 하이연 꽃송이로 문지르고는, 빠알간 꽃송이로 문지르고는하든
나의 상처기는 어찌 그리도 잘났는것이었든가.

—「향토산화」에서


　‘생활’ 성공의 만주는 사자死者 애도의 울음조차 ‘뼈’와 ‘칼’ 가는 소리로
울려 퍼지는 죽음의 공간에 지나지 않았다. 그곳에서 공감할 만한 ‘참된
장소감’이나 ‘동양적 가치’(심미성)가 발견, 가치화될 리 만무하다. 하지만
“유아의 미소”가, “상제의 고동소리”가 이승과 저승, 과거와 현재, 죽은
자와 산 자, 생활과 예술을 자유롭게 넘나드는 ‘전통’과 ‘소통’의 ‘조선’은
단숨에 시적 영원의 공간으로 승화된다. 이렇듯 미당은 생활의 저조에
더욱 휘말리던 식민지 현실을 서사시적 과거가 현재하는 본원적·심미적
조선의 상상과 표현을 통해 비교적 수월하게 초극해갔던 것이다.
　이후 저 존재와 시의 영원은 생활의 성공이나 현실의 안정과 관련된
그 어떤 “상처기”도 치유하고 또 미래의 양식으로 전유할 수 있는 원동력이
었다는 점에서 미당 시학의 근본과 정점을 형성하게 된다면 과연 과장일까.
그 일례로 “정해 정해 정도령아 / 원이 왔다”는 주술적 노래가 『신라초』
(1961) 무렵까지 반복적으로 등장하는 현상을 보라.[24] 널리 알려진 대로,
미당 시학은 이즈음이 되면 현실 대 긍정의 초월 의식을 일상과 시의
원리로 체화하게 된다. 이 과정은 속기俗氣 처연한 ‘질마재’ 사람들을 세속
초월의 영원인, 이를테면 선덕여왕, 백결선생, 사소부인, 헌화가 노인
등으로 대체, 숭고화하는 과정과 거의 일치한다.
　우리는 그 첫 행보를 그림 속 “네 명의 소녀”와 미당 내면과의 통합
및 결속에서 벌써 징후적으로 감지했더랬다. 더불어 그녀들이 최후에는
신라의 영원인을 대체, 수렴하는, 성聖과 속俗의 통합적 인물형으로 거듭

• • •

24. 「문열어라 정도령아」, 「누님의 집」(이상 『귀촉도』), 「꽃밭의 독백 ― 사소 단장」(『신라초』)
　　가 그것이다.

심미화된다는 사실도 기억해 둠 직하다. 가령 미당이 이를 전면화했던 『질마재 신화』(1975) 이후 "박푸접이네"와 "김서운니네" 등은 "나이 한 오십쯤 되어 인제 막 늙으려 할 때면 연애를 아주 썩 잘"하는 인물로 등장한다. 미당은 그 까닭을 그녀들이 "올해 칠백살" 된 "집뒤 당산의 무성한 암느티나무"(「당산나무 밑 여자들」, 『떠돌이의 시』, 1976)의 정기를 받았기 때문인 것으로 파악한다. 물론 이곳의 '박푸접이'와 '김서운니'는 어릴 적 그녀들처럼 특정인이라기보다, 질마재의 여인들을 대표적으로 지칭하는 보통 명사라 해야 옳을 것이다.

　이제 얼마간 반복을 무릅쓰고 이후 '질마재'가 처했던 현실을 이야기하는 것으로 논의를 정리해 보자. 당시 '질마재'가 맞이했던 최고의 제약은 '동양'의 보편성을 획득하되 일본과 중국의 전통이나 고향과는 다른 조선의 참된 장소로 계속하여 가치화되지 못했다는 사실이다. 무엇보다 일제의 '대동아' 이념이 '질마재'의 가치를 불용했기 때문인바, 그 순간 '질마재'는 총력전에 불필요한 결여의 기표로 문득 은폐되고 만다. 만약 생활의 현장 '질마재'와 '네 명의 소녀'에 대한 균형적 관심이 새롭게 또 계속 시도되었더라면 어땠을까.

　과감히 말해 '질마재'는 허무한 장기瘴氣 축적의 '만주'와 달리 '생활'과 '시'의 갱생적 통합이 가능한, 일상적·정치적 의미에서의 탈식민의 장소일 수 있었다. 이 가능성은 그러나 끝내 현실화되지 못했다. 총력전의 시국을 거쳐 해방을 맞은 이후 미당의 관심이 '질마재'를 비끼어 '춘향'의 영원과 '신라인'의 심미성으로 향했기 때문이다. 양자는 후미진 고향 '질마재'보다는 '조선'의 보편성과 영원성을 상상하고 호소하기에 더욱 적실했다. 과연 이들의 초상에는 미당이 매혹되었던 '유아의 미소'가 현실 초월의 표정으로 흘러넘치고 있었다. 이것들을 '질마재'에 열렬히 투사한 것이 그의 갑년에 출간된 『질마재 신화』임은 잘 아는 대로이다.

[자료 1]*

滿洲日記

徐廷柱

나도 가리라 너를 짜라서
山과山새이 해질무렵엔
목아지에다 바람을 감ㅅ고
적은배처럼 조용히 醉해
　○
成功하겟습니다 愉快하게愉快하게 성공하겟습니다
어머니 豆滿江鐵橋를건네가며 잇발을 아조 설혼두개 다아내여노코 썩明
朗하게 한번웃섯더니 稅關吏가 나의보짜리만은 그러케 調査하지안습듸다
썩明朗하게


十月 二十八日
STOOL 팔댈데도 등댈데도 업는 그STOOL이라는 倚子우에안저서 微動
하지도 말일 自己 自己
午前 더스터옙스키 未成年第二編第七章─九章을읽다 誤解밧는서름 아는
것갓다 西쪽바람壁을向하고 들어누어서 좀 明朗치못하엿다
滿洲사람들은 洋車를 부르는데도 어써서 그러케 切迫한音聲을 하는것이
냐
金相援兄에게서 小爲替五圓과 내詩集을 出版하겟다는 消息을 傳하여왓다


• • •
* 알림: 1. 파악하기 어려운 글자는 ▨로 표시한다. 2. 〈매일신보〉 게재 일자는 자료 내에
직접 표기한다. 3. 현대어본은 『미당 서정주 전집 8 ─ 산문』(은행나무, 2017), 73~83쪽 참조.
새 출간본의 몇몇 부분은 1941년 당시의 원문과 대조할 때 그 의미와 맥락이 더욱 분명해진다.


170

二十九日 曇天

1. 첫날밤에 新郎이 便所엘가는데 함裝飾에 道袍자락이걸린걸 新婦의輕率과淫蕩인줄誤解하고 버렷드라 十年後에 도라와보니 新婦는 거기 十年의 첫날밤을 如前히안젓드라 誤解가 풀렷거나마럿거나 손목을잡어보니 新婦는벌서 쌔캄한 한줌의재엿다……新郎은 出世를할가 그러나新郎은 벌서 우슬수가업는것이다

2. 秘密히 妻는 바람壁을 쓰더먹고잇섯다 불상하엿다 그러나妻는 벌서 衆人의祭物이엇다 나는宰相이되엇다 그러나 나는 벌서 우슬수가없는것이다

— 以下略

李情圭군의아버지는 실로 異常한이야기를잘한다 朝鮮사람은실로 異常한이야기를잘하는것인가 會寧수달피의아버지가 淸太祖의 아버지라든가……그런이야기를妙한光芒이 보이는것가튼데 이게무얼까

(〈매일신보每日申報〉, 1941년 1월 15일자 석간)

三十日

하롯동안에잇섯든 나의失敗를 생각해보자 낫이새 孤獨과空腹은조앗다 그러나 밤이 佛專의 上級生인 晋君에게 그하이연아나운서에게 술을어더먹은게 나샛다 부스러운얼골을 일부러누르고 뭐라고짓거린게 自己를表現해 보인게 그목아지에 매여달리려한게 그게나샛다 不快하다 나는벌서 晋君과 나를 둘다咀呪해야하는 것이다

하기쉬운데 絶對로 서지말것 남의 목아지에 매여달리지말것 이 으젓잔혼 놈아!

三十一日(木)
오줌 가치 누자
黃酒와가치
서럽지도 아니한 어둠을 적시우자

왼하로를 房속에 蟄居 점심을 缺하엿드니 精神이 좀 맑어지는듯하엿다
해질째 無心히거러나간 것이 例의坉共同墓地 무슨 模型建築갓튼것을 쌍우에
노코그압헤 촘불을사루면서 中年의女人이 울고잇섯다 이女子의 우름소리
는 좀멋이적다 멧번드러봣지만 淸人들의우름소리는 모다 그러타 全羅道와
는 아조正反對다 格이 全然맛지안는다 조곰도 압흐지안흔것갓다 亦是어려
운 일이겟지

이런걸求景하면 精神에 어딘지 餘裕랄지 뱃심이랄지 그런게 생긴다
하눌이말혼滿洲


十一月 一日

終日 齒가애린다 未成年▩▩▩了

汪淸縣糧穀會社出張所로 나는 日間가게되리라한다 下宿料와빗을合하면
百圓은잇서야한다 坉 外套와內衣等도 사야만한다 坉 汪淸을가면 月給을타기
까지 누가 나를밋고먹이여주나 最小限 二百圓은 잇서야할텐데 어써케하나
아버지한테선 두달이넘도록 無一張消息이다 그러케 여러번이나 편지와電
報를 하엿건마는 低劣하게도 血書까지 써보냇건마는 어머니에게서 二十圓
돈이 누이의편지와가치 왓슬쑨이다 妻한테서도 요새는 消息이업다 지난달
初에 어서돈버러서 升海사탕을 사주라는 집에서는 銅錢한닙 갓다쓸생각말
라는 封套가온뒤엔 도모지 잠잠하다

(〈매일신보〉, 1941년 1월 16일자 석간)


굶어죽드라도 당신 엽헤가서 우리세食口 가치사럿스면 幸福이겟습니다
─그런생각도 인제는 째긋히 斷念하엿나

돈 滿洲에와서 둥구는 동안에 異常하게도 돈을모아볼생각이든다 八十圓
식 月給을밧으면 밥갑과 담배갑과 양말갑除하고는 三十圓이건 四十圓이건
쏙쏙貯金하리라 賞與金과 出張費를 모다 貯蓄하면 一年에 千圓하나는 모을수

잇지안을까 三年이면 三千圓 五年이면 五千圓아니 나는 三年안에 五千圓하나를 期於히 손이잡을作定이다 그뒤에는……그뒤에는 그걸로 카–페 營業을 하든지 무얼하든지쏘二年 그래五年後엔 적어도 멧萬圓 안포케트에 느어가지고너이들압헤 나갈터이다 어머니여! 妻여! 벗이여!

詩는? 詩는 언제나 나의뒷房에서 살고 잇겟지 秘密히이건 나의 永遠의妻이니까


十一月 二日
도스도이엡스키이思想의 中心語彙中의 하나인모양인『端麗』라는 形容詞가 생각키운다

或은動詞로서

幼兒의微笑 – 이건 정말 나치스獨逸의 爆彈으로도 쌔려부실수업는것일까 그건 그러리라그러나……

方法이업슬까?

새여 새여 너무 아니 새파란가 새여


十一月 三日 晴明
禁酒 斷煙 每日 그經過를여기적을일 練習期間 – 담배는二週日 술은二個月 그뒤에는 自由로될테니까 (午前記)

◇

이런 망할놈에것! 午前에 禁酒斷煙을 맹세하고 午後에는둘다使用하고잇다 적어도 禁酒만은 해야할텐데……

◇

權氏에게 쏘十圓借用 主人의 아들 베드로를데불고 滿人沐浴湯에가서 쌔를 베껏다 入浴料 一毛五分을 더주고 가만히 자빠젓스면 蒼白한 小童이 오래 –오래 쌔를 말숙하니 베씨여준다 농통한族屬들 沐浴湯안에는 實로 理髮所와寢室과 按摩台와實果店이 모다잇는 것이다 좀 더러워서 그러치이게 모다 쌔긋하기만하다면 굉장한享樂이겟다

小童에게 째를베씨우고 드러누어서 어쩐지 자꾸 우슴이터져나오는걸
참을수업섯다


十一月 四日

朝鮮의五大江을아는가 孔子님의 生日날을아는가 꼭 싄홀라곤하면서도
고향생각이 울컥나면 쏘먹게되는군요 그놈의술이……어머니墓ㅅ등에 碑
石은 꼭해세워야할텐데 아싸 그 五倫三강이라는 강字는 어쩌케쓰드라?

—稚拙한 子息이나 만들기에 어마어마한 나달을 보내면서 或은 쉬운살식
或은 예순살식 늙은老親네들 그들에겐 한 類型이잇는것갓다 確實히

假令 모조밥과 김치에다 十戒命의漢文글자를외이는것과가튼 五十年의심
심푸리

老人들도 다아 고향생각이나는가요하고 물엇드니 곤상아버지는 그러타
는對答이엇다 傳統이라는걸 좀생각하게하엿다 너무淸明하지못하여서 不
快한것이普通이다

어째 집에서는 소식이업슬까


十一月 六日

기맥히는일이다 하로에 나는 멧마듸식이나 말을하는가 이러케 한一年만
지내면 말하는習慣을 아조 이저버릴것만갓다 그건조흔일일까

이것 저것생각해보다가 C氏에게 電報를 처볼마음이생겻다 나로서도
奇拔한 일이다 生後 꼭두번맛나서 合計한 二十分이야기하엿슬섄인 이C氏에
게 나는 一金二百圓만 쒸어주면 六個月後에는 꼭갑허주마 非禮를 용서해라
할수업서그랫다 可能하면 電送으로다오 京城府K通Y社C氏殿—이런電報첫
다 —원二十五전을주고치는 이런長文의電報는 쏘生後처음이다

그는 나를 어쩌케 생각할까 勿論그의地位나 生活이 이만한 돈쯤 어렵지안
흘것을 내가알고 잇는것도 事實이지만 이러한條件을 利用할려는 나의卑劣
도事實이지만(내인저 조용한날 이걸버리리!)—이걸로서 나는 내가아는
朝鮮사람中의 文學이라는것을 하는사람中의 最高敎養人의『돈』에對한態度

를 試驗해보는것이다 나에對한 好意도 試驗해보는것이다 卑劣일까 卑努일
싸! 어쓸수가업다 하여간 來日을 기다려보자 來日! 나는인제엄청나게달라
지는것이다 이건쓸데업는나의興奮일까

(〈매일신보〉, 1941년 1월 17일자 조간)

十一月 七日 嚴寒

아무 奇別도업다 참치웁고아무라도막 나를함부루해도 조흘것만갓다
中國人飮食店에가서 胡酒한罐瓶과 만두한그릇을 사먹엇다 마지막一圓이다
마지막 一圓으로는 언제나胡酒와 만두를 살일 胡人이무얼보고 그러는지
나보고 막『니야나야』한다 醉한김에 좀火가나서『고노야로씀마니야다…
고노야로!』하고 소리를 하여보앗다 胡人들은어안이 벙벙하야 그양무섯고
나도事實은 좀우수엇다 來日도기다릴까?

十一月 十二日(火)

就職이고 무엇이고 다아거즛말이다 아무도 나를그러케식혀주지안는것
이다 내게서는 벌서무슨그런냄새가 나는것이안일까 步行할째는 나를꾯는
고함소리가 四方에서 들린다 이놈아이속모를놈아 바보갓은놈아外國人의
外國人아 가거라地球박으로…宇宙박그로!

일테면 썩上座로 찬란한 구름近傍으로 가겟습니다 녜녜가겟습니다

十一月 十三日(水)

비가 나린다 와이샤쓰가 검엇스나 洗濯집에 마낀놈을 차자올돈이업다
입은놈을가서 버서노코 諒解를어더 쌘놈을좀입고올랴으로 縣公署近傍까
지 거러나가다가 되도라왓다 비는오고 쏘그건좀 승거운일갓엇다더러운속
內衣이가 더글더글 씰른 수루마다 우에다가 와이샤쓰나 새걸입고 가령
李姜一氏等의집에가서 한時間식 두時間식 버티고안젓서본들 속으로 가려
운건 어찌허나 군시러운건 어찌허나

비는 쏘내기도아닌것이 자꾸오고 쌍은질쩍질쩍참멀기는하다

十一月 十四日

妻에게서 戶籍謄本과 同封의 편지가왓다 自己와升海를생각해서 부디 몸과 마음이 튼튼해달라는것이다 自己는 어써케지내든지 幸福으로알겟노라 하엿다 불상한女人 바른말인즉 絶望말란것이냐? 암, 암 튼튼하고 말고 무척 튼튼하고말고

十一月 十六日

뭐라고할지 세상에서는 제일 친한 벗中의하나라고 밋엇든者가(그게몃 年몃十年의交友이건) 쓰윽하롯밤 對面끗에 갈릴째에는아조 不知初面의 남이되여 버리는 例가잇다 事實 友人이란이런것이리라 얼마나 便利하고愉快한일이냐

十一月 二十一日(木)
서울C씨에게서 答信이왓다

信賴해주는情은고마우나 社에도 困難이만어서 請에應할수가 업다고하엿다 내내 健康하여서 成功하라하엿다 豫想하든것이엿스나 좀서글펏다

十一月 二十四日

어머니! 神明이加護하심인지 致誠이 感天하심인지 特殊會社滿洲××회사에 月給八十圓의傭人이되와 龍井村으로 出發하옵나이다 어머니 기써하십시요 좀 감사히 우르십시요 三年만 忍苦鍛鍊하면 加俸이九割에 賞與金이六十割입니다 시스오(靜雄)는 그째 一次歸鄕하겟습니다 어머니고무신도 한켜레 사가지고가겟습니다

기다리시지요

찬란한이開拓地에 東方의해가소사오를째 이우렁찬아침에 靜雄이는 오늘이야말로 人生다운 새 覺悟를 가젓습니다

愉快하고 明朗하고씩씩하게!

열렬한주먹을쥐고 前進하겠습니다 기다리시지요 (슷)

(〈매일신보〉, 1941년 1월 21일자 조간)

# 제7장

# 내선일체·총력전·『국민시인』

## 1. 『국민시인』과 서정주

미당 서정주는 1933년(18세)에서 1955년(40세)까지의 다사다난했던 삶과 시의 행보를 고백한 자서전 『천지유정 — 내 시의 편력』에 다음과 같은 기록을 남겼다. "인문사의 재정이라는 것도 적자만을 거듭하여, 그 사원의 몇을 줄여야 할 판에 와서, 내가 편집하던 『국민시가國民詩歌』라는 것도 겨우 한 호인가 두 호를 내고는 접어두어야 할 형편이 된 것이다."[1] 인용문에 언급된 『국민시가』 편집 이야기는 반은 맞고 반은 그릇된 정보이다. 미당은 자신의 기억대로 편집주간 최재서를 도와 조선문인보국회 기관지 『국민문학國民文學』의 업무를 돕는 한편 그 자매지(미리 밝힌다면, 『국민문학』은 『국민시인國民詩人』을, 『국민시인』은 『국민문학』을 서로의 '자매지'로 칭했다)인 어떤 시 잡지의 편집에도 깊숙이 관여했다.

그렇지만 그 시 잡지는 재조선일본시가단 중심의 '국민시가연맹'에서 발행한 『국민시가』가 아니었다. 1944년 여름 이후 『국민시가』는 이미 폐간의 길로 들어섰던지라 그 이름이 벌써 희미했다. 그러니 실체도 불분명한 『국민시가』에서 '서정주' 또는 창씨명 '다쓰시로 시즈오達城靜雄'라는 이름이

• • •

1. 서정주, 「창피한 이야기들」, 『문학적 자서전 — 천지유정(미당 서정주 전집 7)』, (은행나무, 2016), 158쪽.

찾아질 리 없었다.

하지만 미당의 착각은 근대천황제의 '대동아공영'론에 강력히 부응할 목적 아래 창간되어, 전통 시가 특유의 고전적 서정을 압도하는 전쟁 의식의 고취와 승전 욕망의 구가謳歌에 집중했던『국민시가』의 위력을 입증하는 유력한 사례일 수 있다. 당시 일본어 글쓰기를 강요받던 조선 시인들에게『국민시가』가 미친 심리적 억압과 미학적 유인을 살펴볼 단서가 될지언정 점차 그 활기를 잃어가는 노년의 기억 탓으로 치부하며 가벼이 지나쳐도 좋을 에피소드로 치부해서는 안 되는 까닭이겠다. 그렇다면『국민시가』를 대신할 가능성은 하나, 이름이 비슷한 어떤 잡지의 존재였다. '국민시가연맹'과 '조선문인협회'가 하나 되어 시(가)에서의 '내선일체'를 지향했던 '조선문인보국회 시부회詩部會'의 기관지『국민시인』(인문사)이 그것으로, 미당의 몸담은 곳은 어쩌면 바로 여기였을지도 모를 일이었다.

나는 이 사실을 '국민시가연맹'과 조·일 시인이 하나 되어 새로운 시 잡지를 창간하련다는 소식을 계속 실었던『국민문학』내의 '「文報の頁」'(문인보국회 페이지)을 살펴보며 거의 확신하게 되었다.[2] 1944년 9월 두 기관이 합쳐『국민시인』을 창간한다는 광고가『국민문학』에 달을 이어 대대적으로 실렸다. 하지만 문제는 월간지 지향의『국민시가』는 6권 남짓이나마 국립중앙도서관 및 서울대 도서관에서 실물을 직접 살펴볼 수 있었지만,[3]『국민시인』은 그 어디에서도 찾아보기 어려웠다는 사실이었다. 지난 연구에서 서정주의 기억과『국민문학』, 1944년 11월호~1945년 3월호 광고를 근거로『국민시인』의 존재를 창간호이자 폐간호로서의

• • •

2. 이를 비롯한『국민시인』의 창간 과정 및『국민시가』와의 관계에 대해서는 졸고, 「일제 말 시 잡지『國民詩歌』의 위상과 가치 (1)— 잡지의 체제와 성격, 그리고 출판 이데올로그들」,『사이 間 SAI』, 14호(국제한국문학문화학회, 2013), 522~534쪽 참조. 또 다른 연구로는「일제 말 시 잡지『國民詩歌』의 위상과 가치 (2) — 국민시론·민족·미의 도상학」,『한국 시학연구』 40호(한국 시학회, 2014) 참조.
3.『국민시가』에 대한 연구는 졸고 2편을 제외한다면, 엄인경,『문학잡지『國民詩歌』와 한반도의 일본어 시가문학』(역락, 2015)이 가장 자세하고 정확하다.

'1945년 1월·2월 통합호' 한 권으로 잠정 결론지었던 이유다.

하지만 "한 호인가 두 호를 내고는"이라는 미당의 고백은 잠정적 창간호를 앞서거나 뒤따르는『국민시인』의 존재 가능성을 암시한다는 점에서 어딘지 께름칙했다. 한데 다행스럽게도 이 불편한 감정은 어느 순간 해소되었다.『국민시인』, 1945년 1월·2월호(1945년 2월 1일 발행)와『국민시인』, 1944년 12월호(1944년 12월 1일 발행)[4]가 얼마간의 격차를 두고 세상에 그 모습을 드러냈기 때문이었다. 전자는 아단문고 소장본[5]이었다가 자료집으로 출간되면서, 후자는『근대서지』, 14호(소명출판, 2016년 하반기)에 발굴작으로 소개되면서『국민시인』의 발행 호수를 총 2권으로 확정 짓는 작업에 결정적인 기여를 담당했다.

나는 이를 근거로 간행위원으로 참여했던 은행나무 판『미당 서정주 전집』(전 20권) 제7권『문학적 자서전 — 천지유정』의 해당 부분에 대한 수정을 건의했다. 그러나 전집 출간 이후 살펴보니 무슨 까닭인지 여전히 '『국민시가』'로 적혀 있었다. 불충분한 체크 탓일 것이다. 독자들의 양해를 부탁하며, 해당 면(154쪽)의 '『국민시가』'는 '『국민시인』'으로 바꿔 읽어 주기 바란다. 그래서 또 이렇게 적어 보는 것이다. 미당의 기억에 촉발되어『국민시가』를 공부했던 만큼, 그가 정말로 관여했던『국민시인』에 대한 문학사적 독해와 평가를 얼마간이라도 끝마쳐야 비평가의 소임과 책무는 조금이라도 가벼워질 것이라고 말이다.


## 2.『국민시인』의 창간 경위와 이념적 좌표

『국민문학』(1944년 9월호) 소재의『국민시인』광고에서는 다음의 요소

• • •

4. 2020년 11월 중순 국립중앙도서관에서『국민시인』창간호를 온라인 방식으로 제공하고 있음을 확인했다. 검색란을 보니 2019년 2월 20일 새롭게 비치된 것으로 기재되어 있다.
5. 편집부,『아단문고 미공개 자료 총서 9』(소명출판, 2011) 소재 '『국민시인』제5권 제1호'가 그것이다.

가 유달리 강조되었다. "반도 유일의 시 전문 잡지"로 "조선문인보국회 책임 편집"하에 출간되는 "『국민문학』의 자매지"이자 "신인 유일의 등용 문"이라는 사실이 그것이다. 잘 아는 대로 '조선문인보국회'는 1943년 4월 경성 부민관에서 조선문인협회, 조선하이쿠작가협회, 조선센류협회, 국민시가연맹이 통합하여 결성된 체제 협력 단체였다. 초대 회장으로 추대된 이광수는 본 단체의 목표를 "새로운 국민문학의 건설과 내선일체의 구현"에 두면서, "반도문단의 새로운 건설은 내선일체로부터 출발해야 된다는 사실"을 유달리 강조했다.

'조선문인보국회'가 주재하는 "반도 유일의 시 전문 잡지"라는 의미와 가치는 대개 춘원의 문장 속에 구현되어 있다. 고전 시가 및 현대 시의 장르적 속성과 관습에 따라 분리되어 있던 4개의 단체가 탁월한 '황도문학 皇道文學'을 건설하기 위해 '조선문인보국회 시부회'로 통합된다는 것, 시와 노래, 시인과 잡지의 내선일체를 달성하여 대동아공영의 총력전에 멸사봉 공滅私奉公하는 일종의 전선문학지 『국민시인』을 창간한다는 것, 문인보국 회와 황도시학의 바람직한 장래를 실력 있는 조·일 신인의 동시적 발탁에 서 찾겠다는 것 말이다.

약칭 '문보文報'에서는 위의 목표를 지체 없이 수행하고자 했던 듯이 "10월 혁신호부터 인문사 발행"이라는 문구를 표나게 새겨 넣었다. 하지만 『국민시인』 창간호는 두 달 뒤인 12월 1일 발행됨으로써 그 약속을 지키지 못했다. 물론 섣달 초하루가 발행일이었으니 늦어도 11월 중순 정도면 창간호 발간 준비가 벌써 완료된 상황이었을 것이다. 하지만 한 달의 창간 지연은 어떤 분열과 다툼의 소이연일 수도 있다는 점에서 매우 시사적인 사건일 수밖에 없다. 실제로 '「文報の頁문보의 혈」'이 전하는 회의록 곳곳에서 네 단체의 통합과 편집위원의 선임, 주된 시 장르의 구성과 배치 등에서 상당한 이견과 갈등이 발생한 흔적을 찾아볼 수 있다.

짐작하건대 조선문인협회가 조·일 현대 문학 작가 중심이었음에 반해 일본 전통시가 하이쿠俳句와 센류川柳, 단카短歌를 노래하는 가인들 대다수는 일본인이었던 사실, 그러니까 시의 장르 및 구성원의 차이에 따른 혈통적·미학적 지향의 상호 분별이『국민시인』창간호의 발행을 늦추게 한 주된 원인이었던 듯하다. 여기에다 태평양 전쟁의 무차별적 확대에 따른 일상생활의 궁핍화와 각종 물자의 심각한 부족 따위도 창간호의 출발 지연에 한몫했을 것이다. 실제로 미당은 '인문사' 재정 적자의 지속적인 확대와 그에 따른 사원 감축의 현실화를 피할 수 없었던 전란의 악영향으로 기억하고 있지 않은가.

다시 강조한다면, 문장보국文章報國의 총력전이 부딪힌 뜻밖의, 아니 당시에는 벌써 예측 가능했던 일제 패전의 칙칙한 분위기 아래서『국민시인』은 창간호 광고에 담긴 다음 두 가지 사항을 구체적인 목표로 하여 '내선일체'의 시학을 굳건히 다지고자 했다. 첫째, "점점 동인적 소집단으로 고착되는" "시단의 통폐"를 일거에 해결하여 "조선시단 전체를 울릴 발표기관이 곧 본지다", 둘째, "시와 단카 공동의 장이었던『국민시가』를 과감히 분리하여 시 전문의 잡지로 새롭게 만든 것이 본지다. 결전決戰의 염念으로 타오르는 조선의 정열과 감격을 영원히 후세에 남기는 것 — 그것이 본지의 사명이다". 그렇다면 우리의 질문은 이렇게 제출되어 마땅하다. '문보'에서 제시한 '결전의 염'은『국민시인』창간호에서 어떤 형식으로 발현되었는가. 특히 총력전에의 자발적 전투원으로 호명된 조선 시인들의 시 의식과 글쓰기는 무엇을 지향했으며 어떤 표현을 얻었는가.

『국민시인』의 성격과 좌표를 짚어본다는 의미로 표지와 서지 사항을 잠깐 일별해 보면 어떨까. 먼저 표지다. 붓글씨체의 "國民詩人 十二月號"라는 제호 아래 산과 바다, 약초와 신선을 새긴 구리거울(?) 이미지를 배치했다. 이것은 어쩌면 조선과 일본이 함께 공유할 수 있는 '동아시아적인 것'을 드러내기 위해 정성껏 가려 뽑은 전통적 사물이었을지도 모른다. 승전 의식의 고취와 천황제 우위의 세계관을 드러내기 위해 전쟁 관련 이미지를 집중적으로 실었던 여타의 체제 협력 잡지들과 구분되는 지점이다.

하단부에는 윗단에 '조선문인보국회 시지부회 기관지'를, 아랫단에 '인문사 발행'을 배치했다. 잡지 우측에 인쇄일(쇼와昭和 19년 11월 25일)과 발행일(12월 1일), 발행 주기(매월 1일 1회 발행), 발간 호수(제4권 제4호)를 차례로 내려 적었다.[6] 이상의 형식들은 『국민시인』, 1945년 1월·2월호에서 도 변함없이 유지된다. 한마디 보탠다면, 월간지를 지향했지만 오히려 발행 사정이 여의치 않았음을 증빙하는 자료가 되고 있는 발행 호수 '제4권 4호'와 '제5권 제1호'가 상당히 흥미롭다. 1941년 11월 창간된 『국민문학』의 자매지이자, 그것과 함께 '조선문인보국회'의 양대 기관지 임을 특별히 강조하기 위한 장치로 보인다.

다음은 서지 사항이다. 발행일과 발행소, 정가 등은 두 권 모두 앞표지와 동일하다. 편집 겸 발행인은 사회주의에서 전향한 낭만적 성격의 인물로서 '문보'의 간사였던 스기모토 나가오杉本長夫로 되어 있다. 이 당시 드디어 이시다 고조石田耕造로 창씨개명했던 비평가 최재서 주관의 발행소 '인문사 人文社'의 주소로는 창간호는 '경성부 종로구 종로정 3정목 67번지'로, 제2호 는 '경성부 종로구 이화정 26의 1'로 기재되었다. 두 곳 모두에서 일했던 서정주의 기억을 참조한다면, 재정난 타개를 위한 이사가 아니었을까 싶다.

서지 상단부의 '시론 시작품 공모'에는 다음과 같은 모토가 제시되었다. "지나친 요령 투성이의 손장난 같은 시는 더 이상 필요 없습니다. 달콤함과 고상함은 더 이상 필요 없습니다. 시는 취미가 아닙니다. 온 마음과 혼全心魂 을 쏟아부은 시와 시론을 보고 싶습니다. 무엇보다도 작자 자신이 읽어보아 도 자신 있는 작품을 보내주십시오. 언제든 자유롭게 왼쪽의 주소로 보내주 시면 됩니다." 우선은 신인의 등용(추천)과 밀접히 관련된 내용일 듯싶지 만, 기존 시인의 방향성도 강제하기 위한 문구임이 틀림없어 보인다.

따라서 핵심어 '전심혼'은 본원적 의미의 서정성 짙은 시 정신이 아니라 '문장보국'의 총력전에 임하는 전투 의식으로 기꺼이 읽힌다. 왜냐하면 폭탄 실은 전투기를 몰고 적함으로 돌진하여 웃는 얼굴로 자폭하는 가미카

• • •

6. 이상은 국립중앙도서관 본의 앞표지를 살펴본 것이다. 『근대서지』 본은 발행일 아래 발행회('국민시인 12월호'), '정가 56전'(발송료 6전 포함)을 내려 적었다. 국립중앙도서관 본 뒤표지에 적힌 것과 동일한 형식이다. 납입본과 판매본의 차이일지 등에 대한 세밀한 검토가 요구되는 부분이다.

제 특공대에 대한 존경심 어린 묘사, "가미카제 특공대의 정신을 시인의 정신으로 하고 싶다는 염원" 아래 "현역 정예 시인"들의 특집 좌담을 마련했다는 안내, 결전 1년이 다해가는 연말인 이때 정중하게 옷깃을 다시 여미며 "내년에는 추적醜敵 미영*英을 반드시 격멸하지 않으면 안 되겠다"는 다짐이 '편집 후기' 전면을 관통하고 있기 때문이다.[7]

『국민시인』 내부에서 이를 대표하는 무언가를 지목하라면, 단연 "가미카제 특공대神風隊의 정신으로 일어나라 이천육백만 총돌격이다!"라는 구호가 적힌 창간호의 선동 지면일 것이다. '이천육백만'은 일제의 총인구 1억 명을 구성하는 새로운 황국신민인 식민지 조선인이겠다. 제2호에서는 후원 회사로 섭외된(?) '용진제본소'에서 제공한 "대조大詔－천황의 명령을 받들어 완승으로!"라는 구호가 '총력전'에의 참전을 독려하고 있다. 이로써 총후銃後에서 격발되는 '전선문학前線文學'지로서의 『국민시인』의 목표와 정체성이 여지없이 드러났다.


## 3. 『국민시인』이 호명한 식민지 조선의 시인들

『국민시인』 창간호의 주요 항목과 작품, 특히 조선 시인 관련의 그것들을 살펴볼 차례다. 아마도 창씨개명한 조선 시인이 더 있을 듯도 하지만 현재로도 당시의 활동이 뚜렷이 확인되는 다음의 5인이 우선 주목된다. 특집 좌담회에 『국민시인』 담당자로 참여한 다쓰시로 시즈오達城靜雄, 곧 서정주, 추도란의 주인공 고故 김종한, 전원시인으로 이름 높았던 신석정, 시인, 문학평론가, 화가로 활동한 조우식, 시와 극작, 대중가요 작사에 바빴던 조영출이 그들이다.

조우식과 조영출의 시는 간단히 언급하는 정도로 그치며, 서정주는

. . .

7. 『국민시인』, 1945년 1월·2월호의 '편집 후기' 말미에는 '(達城)', 곧 '(다쓰시로)'라는 서정주의 창씨가 기재되어 있다. 이를 참조하면, 창간호 '편집 후기'의 작성자도 미당일 가능성이 크다.

4장에서『국민시인』제2호와 합쳐 다룰 예정이다. 여기서는 김종한과 신석정의 시편에 초점을 맞추는 방식으로 조선 시인들에 대한『국민시인』의 자격과 역할을 훑어보기로 한다. 분명한 사실 하나는 30대 전후의 젊은 시인이 주도적으로 참여했다는 것, 또 이미『국민문학』(서정주, 조영출, 김종한, 조우식)이나『국민시가』(조우식)에 이름을 올렸던 체제 협력의 시인들이 중심이라는 것이다. '내선일체'와 '총력전'으로서의『국민시인』의 목표에 부응하는 인선이었음이 새삼 확인된다.

친일 작가인 동시에 월북 작가로도 알려진 조영출은「전별부餞別賦」한 편을 실었다. 이 시가 노골적인 천황과 전쟁 찬미가로 얼룩지고 있음은 "먼 원정을 떠나는 그대 앞에는 전쟁이 있을 뿐 / 천황을 위해서 죽을 수 있는 성은이 있을 뿐"이라는 구절에 분명하다. 한편 마지막 연의 "그대는 그 숲에서 물에 잠겨 죽어야만 한다 / 우리도 또한 그대의 뒤를 이어서 풀에서 죽을 터이니"라는 구절[8]은 일제 군국주의 시절 제2의「기미가요君が代」, 곧 '준국가準國歌'로 불리며 일본과 전장 전역에 높이 울려 퍼지던「바다에 가면海行かば」(전통가집『만요슈萬葉集』소재)을 빌린 것이다.

이 노래는 1937년 11월 고노에 내각近衛內閣이 조직한 '국민정신총동원 강조 주간'을 거치면서 '국민가요'의 반열에 오르게 된다. 일제는 전체주의 체제의 확립과 애국심 고취를 위한 정신 운동의 일환으로 '천황을 위해 죽는 것이야말로 고래로 최고의 도덕이다'라는 명제를 내세웠다.「바다에 가면」이 그 취지에 가장 합당하다는 공감대가 형성된 끝에, 드디어 이 노래는 '일억 총진군의 의기'를 고양하고 멸사봉공의 애국심을 고무하는 국민가요이자 군가로 전면 부상했던 것이다.[9]

이러한 성격의 노래를 원본으로 했다는 것은 천황에 바쳐질 조선인의 옥쇄玉碎를 완벽히 내면화했다는 뜻일 수 있다 — "천하를 통치하는 천황의
• • •

8. 조영출의「전별부」번역은 곽형덕,「『國民詩人』所載 신석정·조영출 詩 작품 발굴 소개」,『근대서지』, 14호(근대서지학회, 2016), 204~205쪽 참조.「바다에 가면」은 유튜브에 일본어 제목을 넣으면 지금 당장이라도 들을 수 있다. 아직도 일본인에게 인기 드높은 '준국가'인 셈이다.

9. 長田曉二,「海行かば」,『戰爭が遺した歌』, 全音樂譜出版社, 2015, 78~79頁.

황공한 베푸심과 은혜로움"이라는 구절도 보인다. 그게 아니라면 「전별부」는 보여주기 방식의 충성심을 일부러 노출하기 위해 슬쩍 베껴 쓴 작품에 지나지 않을 것이다. 식민지 조선의 후예인 우리는 현재의 관점에서라면 잘 만들어진 황국신민에의 자처이기보다 김수영의 표현을 빌린다면 내선일체와 총력전을 향한 '히야까시'(놀림)였기를 바랄 따름인 것이다.

조우식은 「동면의 장冬眠の章」과 「한밤중에夜の中にありて」 두 편을 발표했다. 전자는 "젊은 아내에게 자비 넘치는 어미의 은혜"가 조만간 나타나기를 아미타불에게 기원하며, "윤전輪轉의 법", 곧 윤회와 결연結緣의 절대성을 노래한다. 이것만으로는 전시 상황과는 비교적 무관한 시편인 셈이다. 체제 협력을 의심하는 눈초리를 들이댄다면, 용맹한 황군으로 자랄 소국민小國民 또는 꼬마 병정의 출산과 교육, 곧 '현모양처'로서의 아내를 고대하는 시편일 가능성이 없잖다. 그 가능성은 「한밤중에」의 몇몇 구절, 이를테면 "이 길은 정벌에 나선 친구와 함께 걸었던 길", "이 길을 걸어 몸을 햇볕에 쬐며 나는 깨닫네 / 완승의 그날까지 엄중하게 계속하여 걸어가리라"와 같은 대목에서 언뜻 엿보인다.

『국민시인』 창간호의 특징 가운데 하나라면 그해 폐병으로 요절한 김종한의 유고 시 「세월光塵」과 노리다케 가즈오則武三雄의 추도문 「김종한에 대한 추억金鍾漢の思ひ出」이 함께 실렸다는 사실이다. 최재서와 더불어 『국민문학』을 편집하며 "동경이나 경성이나 다 같은 전체에 있어서의 한 공간적 단위에 불과"[10]하다는 '신지방주의'를 제창했다는 것, 이를 근거로 내지內地에 버금가는 식민지 조선의 황국신민화 가능성을 타진했다는 것, 그에 대한 문학적 실천으로 20편 이상의 체제 협력 시편과 평론을 발표했다는 사실이 정중한 애도의 근간을 이뤘을 것이다.

그는 을파소乙巴素란 필명으로 대중가요 노랫말을 짓는 한편 시 창작에도

• • •

10. 김종한, 「일지(一枝)의 윤리」, 『국민문학』(1942년 3월호), 36쪽. 이 주장은 "우리는 일본국민으로서의 조선인의 아리까따(본연의 자세 — 인용자)를 생각하는 동시에 국민문학으로서의 조선문학의 아리까따를 생각하는 것으로 지방 작가의 봉공의 가능과 방법을 발견할 수 있을 것입니다"(같은 글, 35쪽)라는 발언에서 출발한 것으로 보아도 무방하다.

힘을 쏟아 『문장』(1939년 8월호) 추천 당시 정지용으로부터 상당한 고평을 받았다. "당신의 시는 솔직하고 명쾌하고 단순하기 때문에 절로 쉬운 말과 직절直截한 센텐스와 표일飄逸한 스타일을 가지게 되는 것"이며, "비애를 기지로 포장하는 기술"도 갖추게 되었다는 평가가 그것이다.[11]

> 너를 지나가는 세월이
>
> 푸르게 겹겹이 접힌 듯 내게 보이는
>
> 지금은 새로운 기기記紀ー고사기·일본서기의 세상이어서
>
> 나라가 태어나는 산통의 시간일지니
>
> 너의 나날이야말로
>
> 노래할 만한 만요萬葉의 봄이 될지니
>
> 너의 꿈은 알 바 아니나
>
> 그 무게는 (너를ー 인용자) 품는 나의 사지四肢에 골고루 전해지니
>
> 이렇게 서 있는 나를
>
> 너, 나의 아이야 네가 다 자란 날에
>
> 절도切度 아름답게 노래 불러주겠지.
>
> ㅡ「세월光塵」 부분

어린 자식의 무탈한 성장과 값진 미래를 축원하는 노래다. 그 대상은 시의 성격과 지향으로 보건대 자신의 아이를 넘어 조선 아동 전체일 가능성이 크다. 물론 그 내용은 일반적인 아동 격려와 응원의 차원에 국한되지 않는다. 조선 아이들이 어서 자라나 새 나라 건설의 주인공이 되라는 것이 핵심이다. 그러나 거기에는 뜻밖의 문제가 실려 있으니, "기기記紀", "만요萬葉의 봄"이 암시하듯이, '새 나라'는 곧 만세일계萬歲一系 천황가의 오랜 제국이라는 사실이 그것이다.

요컨대 조선 아이들의 '새 나라'는 일제의 폭력적인 식민 통치를 무너뜨

• • •

11. 정지용, 「시선후(詩選後)」, 『문장』(1939년 8월호), 205쪽.

린 후 건설되는 광복의 시민(국민) 국가가 아니라 일본 천황의 팔굉일우八紘
一宇가 변함없이 펼쳐지는 '왕도낙토王道樂土'의 세계인 것이다. 이러한 까닭
으로 조선과 일본의 통합을 막무가내로 내세우는 단순한 논리의 '내선일
체'에 대한 주장이라기보다, 정치적·문화적으로도 "동아의 중심으로서의
조선"[12]을 존중하고 보장하는 새 나라 건설의 '내선일체'에 대한 호소라는
판단이 가능해진다.

　그에게 추도문을 올린 노리다케 가스오는 이 시에 대한 언급을 일절
삼갔다. 그의 짧은 시적 삶을 잠깐 정리하면서 폐병으로 죽어가던 그를
서정주와 함께 병문안 갔다는 것, 그가 남긴 시집을 통해 그를 생각하고
있다는 것, 그의 사후에 그의 젊은 아내를 알게 되었으며 화장장에 함께
갔다는 사실 등만을 통절하다는 듯 밝혔을 따름이다. 하지만 노리다케는
재조선 일본 시인을 대표하는 이답게 그와 더불어 청계천변을 함께 걷던
기억을 담담하게 묘사하는 것으로 애도의 정을 다했다. 그는 어쩌면 김종한
의 '신지방주의'에 입각한 내선일체론에 대해서는 자세히 알지 못하거나
그다지 흥미를 못 느꼈을지도 모르겠다.

　서정주의 회고에 따르면, 노리다케는 미당이 『국민문학』(1943년 10월
호)에 발표한 일문 시 「항공일에航空日に」에 대해 "근래에 읽은 시 중에서
가장 좋은 것이라고 말하고, 자기들한테는 없는 묘한 유통력이 있다고
칭찬해"[13] 댔더랬다. 엄밀히 말해 「항공일에」는 방공 훈련의 날을 뜻하는
제목과 달리 화자를 "부릉부릉 온 몸을 울려 / 사라진 모든 것 / 파랗게
걸린 저 하늘"[14]로 힘차게 비상하는 '비행기'에 비유함으로써 이즈음 서정
주 자신이 막 눈뜨기 시작한 영원성에의 열망을 애틋하게 담아낸 시편이다.
이 때문에 일문 시임에도, 또 친일 시편으로 지목됨에도 체제 협력의
혐의를 함부로 들씌우기 어렵게 된다.[15] 이러한 장면들을 참고하건대,

• • •

12. 김종한, 「일지(一枝)의 윤리」, 『국민문학』(1942년 3월호), 42쪽.
13. 서정주, 「창피한 이야기들」, 『문학적 자서전 ─ 천지유정(미당 서정주 전집 7)』, 154~155쪽.
14. 서정주, 「항공일에」, 김규동·김병걸 편, 『친일문학작품선집 2』(실천문학사, 1986), 272~273쪽.
15. 그러나 「항공일에」를 체제 협력 시편으로 규정하는 이들은 '하늘'을 거의 예외 없이
　　천황으로 읽는다. 그럼으로써 화자의 전투기에 기댄 비상 욕망을 천황 통치의 '대동아공영

노리다케는 정지용이 칭찬했던 김종한의 미학에 주목하면서, 시인이 그것에 담아낸 '내선일체'의 열망만을 높이 샀을 가능성이 더욱 컸던 듯하다.

한편 『국민시인』 편집진은 신석정에 대한 기대가 상당했던 듯하다. 예컨대 "전원시인의 명예가 높았던", "처음으로 국어(일본어 — 인용자) 작품 두 편을 보내주었다"라고 적은 '편집 후기'를 보라. 당연히 기대치의 첫 자리는 '일본어' 창작이 아니라 내선일체와 총력전에의 시적 헌신이었을 것이다. 이를 감안한다면, 「자장가子守唄」는 자격 미달의 시편일 수밖에 없다. 돌담, 담쟁이 붉은 잎, 푸른 바다, 흰 구름, 달이 서로 아름답게 교직된 풍경을 앞에 두고 "어머님의 자장가"를 그리워하는 시적 화자의 내면을 표출하는 데 그치고 있기 때문이다. 그럴 경우, "어머니의 자장가"는 「그 먼 나라를 알으십니까」(1932)에서 사무치는 그리움의 장소, 곧 본원적 고향이자 이상적 미래로 노래된 "그 먼 나라"의 지평을 결코 넘어서지 못한다. 신석정에 대한 『국민시인』의 기대는 그러므로 「인도의 노래印度の歌 — 인도인을 대신하여印度の民に代りて」로 자연스럽게 모아질 수밖에 없었을 것이다.[16]

벗이여

잃어버린 것은 고상한

창공만이 아니다

잃어버린 것은 피투성이의

국토만이 아니다

수다數多한 인도를

무재無宰한 인도의 백성을 지켜라

영원한 굴종은 미덕이 아니니

• • •

권'에 대한 적극적인 동화 의지로 해석하고야 만다.

16. 신석정의 두 편의 시에 대한 번역과 해설은 곽형덕, 「『國民詩人』 所載 신석정·조영출 詩작품 발굴 소개」, 『근대서지』, 14호, 202~203쪽 및 205~206쪽 참조. 시의 맥락에 더욱 타당하게 몇몇 부분을 고쳐 적었음을 알려둔다.

그렇다면 노래하지 않겠는가

우리의 인도를

피투성이 우리의 국토를

                —「인도의 노래 — 인도인을 대신하여」 부분

    언뜻 보면 영국의 식민지, 곧 "영원한 굴종"에 다가선 인도의 해방 운동을 고무하고 응원하는 노래일 듯싶다. 물론 일제의 입장에 선 시편이라면 일견 모순적이다. 그들 군국주의야말로 파시즘과 하나 된 가장 폭력적이며 비인간적인 식민주의적 정치 체제의 하나였기 때문이다. 하지만 서구, 특히 귀축鬼畜 영미英米를 상대로 '대동아'의 해방과 공영을 부르짖던 근대 천황제의 입장에 선다면 어떨까. 그 경우 '인도 해방'은 '내선일체'의 조선인에게도 더 바랄 나위 없는 당위적·윤리적 선택지였을 것이다.

    아무려나「인도의 노래」는 일제가 대동아의 일원인 인도의 해방을 위해 1944년 3월~7월 북동인도에서 영미 연합군과 벌였던 '임팔 전투Battle of Imphal'를 배경으로 한다. 그런 의미에서 인도 진출은 영토 확장을 위한 단순한 군사적 행위가 아니었다. 오히려 그곳의 역사와 문화의 파괴에 급급한 추적醜賊 영미를 몰아냄으로써 '대아세아大亞細亞'의 빛나는 세월을 되찾고 다시 없을 신세계를 건설하려는 모든 아시아인의 굳건한 연대와 결연한 맞섬을 상징하는 숭고한 구원 행위였다. 실제로 임팔 전투의 의미를 밝히는 자리에서 인도의 어떤 정치가는 일본군의 패전에도 불구하고 다음과 같은 평가를 내렸다고 한다. "아시아, 아프리카의 모든 민족의 해방은 이 전쟁(대동아 전쟁 — 인용자)에 있어, 일본과 그 동맹국이 승리와 성공을 하느냐 마느냐에 달려 있다. 일본 여러분의 이름은 새로운 동아시아를 만드는 분들로서만 아니라 '신세계의 건설자'로서도 역사에 새겨질 겁니다"라고 말이다.[17]

    하지만 서구에 맞선 '대아세아주의'를 감안해도 신석정의「인도의 노래」

• • •

17. '임팔 전투', 나무위키(https://namu.wiki/w/임팔%20전투) 참조.

창작은 어딘가 의심스러운 느낌이 없잖다. 등단한 뒤 전원 시편으로 일관했던 신석정은 무슨 까닭이 있어 일문 시 두 편을 제작했으며, 심지어 「인도의 노래」를 천황의 어전에 헌납했던 것일까. 과연 그는 타민족 침략의 폭력적 식민주의를 은폐한 일제의 '대아세아주의'를 아무런 회의나 성찰도 없이 자발적으로 수용했던 것일까. 다음과 같은 상황을 짚어보는 것으로 의견을 대신한다.

신석정이 「인도의 노래」를 창작할 당시라면 일제의 임팔 전투 패배는 돌이킬 수 없는 것이었다. 임팔 전투 당시 〈매일신보〉에는 매일의 전황이 거의 빠짐없이 보도되었으며, 일본군의 승리를 염원하는 기사로 넘쳐났다. 그러나 패전의 분위기가 짙어지던 6월 들어 임팔 전투에 대한 보도는 확연히 줄어든다. 검열과 조작, 보도 통제와 금지 등으로 일본군의 패전이 강력하게 은폐되었다고 해도 승전보는커녕 전황마저 일거에 막음된 언론의 상황은 '인도 해방'이 더 이상 가능하지 않은 현실이요 꿈임을 예리한 감각의 누군가들에게 의도치 않게 암시하는 계기나 사유가 되지는 않았을까. 만약 그랬다면 신석정의 「인도의 노래」는 차라리 하나의 반어이자 역설일 수 있다.

가령 '인도 해방'의 염원이 일제의 '대아세아주의'에 대한 내면화에서 비롯한 '내선일체'의 조선, 아니 허구적인 '의사pseudo-제국'의 목소리가 아니라면 어떨까? 오히려 동일한 식민지의 입장에서, 곧 식민주의 일제와 식민지 조선의 주종 관계主從關係를 제국주의 영국과 식민지 인도의 그것으로 치환한 결과의 시적·심리적 감정의 토로라면 어떨까. 다시 말해 식민지 인도에 대한 식민지 시인(= 지식인)의 따스한 연민과 피를 토하는 울분, 강고한 연대에 대한 시적 제안이자 그 욕망의 발현이라면 어떨까. 「인도의 노래」에 식민지 연대와 반제국주의 희원이 숨어 있다는 시적 진실은 그 누구도 아닌 현실 저편의 신석정만이 답할 수 있는 문제다. 다만 「자강기」를 함께 제출하여 생의 근원이자 사후 돌아갈 자리인 '어머니'를 신성화했다는 것, 이후 그의 이름으로 작성된 일문 시를 더 이상 찾아볼 수 없다는 사실이 「인도의 노래」의 어떤 반식민주의를 언뜻 짐작하게 할 따름이다.

## 4. 『국민시인』의 편집자로서 서정주의 역할

종간호가 된 『국민시인』, 1945년 1월·2월호의 외관상 성격은 창간호와 거의 유사했다. 이미 본대로 '인문사' 주소가 바뀌고 서정주의 창씨 '다쓰시로達城'를 '편집 후기' 집필자로 내세운 것 정도가 달라졌다. 하지만 1월·2월 합본이 암시하듯이 실린 내용과 작품 수가 창간호나 자매지 『국민문학』에 비하면 열세를 면치 못했다. 이를 전제로 살펴보면, 창간호에서 일본인 일색이던 신인 추천은 조선인 김촌두생金村斗生, 이용해, 신도동 3인의 몫으로 배당되었다. 「신인삼인집新人三人集」 소재 7편의 시는 새로운 서정의 개척이나 과감한 형식 실험 등과 거의 무관하다. 태평양, 지원, 전쟁, 입영, 군복, 국어(일본어), 학병, 진군보進軍譜, 묘지, 결별, 비보, 야행 열차, 야마토大和 청년 등의 단어에 보이듯, 조선 청년과 학병의 대동아전쟁 출정 및 전사, 이와 관련된 '가족의 운명'을 총력전이라는 '생명의 반향'(?)에 거는 무모한 용맹 등을 노래하고 있을 따름이다. 내선일체의 총력전이라는 『국민시인』의 요구에 충실히 부응함으로써 신진 시인의 명예를 안게 되었달까.

작품 활동의 열세를 시사하는 것일 수도 있겠는데, 편집 겸 발행인 스기모토 나가오杉本長夫에 관련된 글이 두 편 실렸다. 하나는 스기모토 시에 대한 작품론이고 다른 하나는 그가 작성한 보고서 「만주국결전문예대회의 일」이다. 전자에서는 최근 인생파로 기울고 있는 서정주達城靜雄가 스기모토의 시를 '시인의 연습'이란 말로 특징지었다는 것, 미당이 아울러 언급한 불교의 '묘법'이란 그 자신의 '격렬한 내면적인 연습'을 말하는 것이라는 설명 정도가 흥미롭게 읽힌다. 스키모토가 보고한 '만주국결전문예대회'의 핵심은 '성전聖戰의 완수'에 작가들도 적극적으로 뛰어들라는 것, 만주의 역량 있는 문학자들은 국운을 건 대전쟁의 한가운데서 혁신의 의욕으로 불타오르는 아주 훌륭한 시대의 작품을 생산하여 대동아에 군림해야 한다는 것, 이와 관련하여 조선과 만주의 문학 교류를 정례화할 필요가 있다는 것 등이었다.

물론 이때의 조선은 조선인 고유의 오랜 향토가 아니라, '내선일체'가 무르익는 조·일 작가 공동의 삶과 문학의 장場 그것이었다. 그래서일까. 『국민시인』에서 일본어 상용 탓일 수도 있겠지만, 스기모토가 '조선문인보국회' 파견 작가의 대표를 자임하고 있다는 사실은 '내선일체'로 깊이 고개 수그린 조선 문단의 처지를 '식민지–조선인'과 '식민주의–황국신민'의 양 측면에서 침통하게 환기한다.

신인을 제외하면, 조선인 시로는 조우식 2편, 시와 극작, 평론을 겸했던 송촌영섭松村永涉 1편이 실렸다. 후자는 당시 체제 협력 활동으로 이름 높던 시인 주요한의 막냇동생으로 주영섭이 본명이다. 조우식은 다른 잡지와 신문에서 그랬듯이 거친 전쟁 책동의 단어와 다짐을 불어넣느라 여전히 바빴다. 가령 '죽음을 초극한 우리들', '신의 영광', '조국', '포연', '전통의 미덕', '산화의 짧은 시간', '절대적 민족', '총후의 자세'와 같은 말들 사이로 흘러넘치는 비릿한 죽음의 피 냄새를 맡아보라. 한편 주영섭은 '야간 비행'을 묘사하면서 "가을 밤하늘에 차가운 폭음"을 남기며 별들 사이를 날아가는 세 대의 비행기에 초점을 맞췄다. 분위기나 이미지상 어느 책의 제목처럼 "죽으라면 죽으리다"라며 생명 욕구와 죽음 충동 사이에서 아프게 입술을 깨물며 영미英米의 적함을 향해 '산산이 깨어지는 구슬'(옥쇄)로 명멸하기 위해 출정하는 조선인 가미카제를 기리는 노래일 듯싶다.

조우식과 주영섭이 함께 노래한 식민지 조선의 전몰자, 곧 천황의 은혜에 죽음으로 보답하는 '내선일체'의 '황국신민'에게 주어진 최후의 영광이 있다면 무엇이었을까. 검은 기모노 차림으로 어린 남매를 안고 이끌어 야스쿠니신사靖國神社에 참배하는 미망인, 곧 일본 내지의 '성모자상聖母子像'을 그대로 따랐던 조선 미망인 가족, 곧 "치마저고리 차림으로 야스쿠니신사에 정중하게 참배하는 반도의 모자상母子像"이 아니었을까.[18]

과연 흰 치마저고리에 검정 고무신을 신은 조선 미망인은 유복자일

• • •

18. 早川タダノリ,「靖國の聖母子像」,『神國日本のトンデモ決戦生活』, 合同出版, 2011(2刷), 31頁.

듯한 어린 딸을 업고 검은 교복 차림의 소학생 아들과 함께 야스쿠니신사에서 정중한 추도의 예를 올리고 있다. 실제로 일제는 조선 전몰자들의 가족을 수차례 야스쿠니신사로 초빙하여 추도의 예를 갖추게 한 것으로 알려진다. 그것이 천황의 배려와 은혜를 드러내기 위한 주술적·이념적 장치의 일환이었음은 물론이다.

하지만 그럼으로써 이들의 남편이자 아비인 전몰자는 끝내 조선으로 귀환하지 못한 채 천황을 위해 스러진 일제 전몰자로 영원히 봉인되었다. 그렇게 야스쿠니신사는 조선 전몰자들의 비극을 곡진하게 애도하는 정중한 위령의 공간이 아니라 그들의 허망한 죽음을 은폐하고 가두는 끔찍한 감옥, 그러니까 타자 소외의 '무장소placelessness'로 주어졌을 따름이다.

한편 일본 시인 작품으로는 '압록강'을 바라보며 잃어버린 '청춘의 영광'을 슬프게 회상하는 노리다케 가즈오의 시,[19] 일본은 승리한다, 일본은 패하지 않는다, 영미는 패한다는 말을 반복하는 것으로 총력전의 주술학을 시적 기호로 전개한 고다마 긴고児玉金吾, 아시아의 긍정적 전통과 윤리를 강조하며 일체의 사악과 오염을 거부하는 것으로 아시아의 승리를 다짐하는 테라모토 키이치寺本喜一의 시가 주목된다. 국민총력조선연맹의 핵심 간부이기도 했던 테라모토를 제외하면 노리다케와 고다마는 서정주가 문학적 교류를 맺었던 인물들로 각별히 기억한 재조선 일본 시인들이었다. 특히 고다마는 미당의 시보다는 미당이 최재서와 함께 호남평야 대연습에 다녀와서 발표한 「나의 보도종군」(『국민문학』, 1943년 12월호)이 더 재미있더라고 말을 건넨 인물이었다.[20]

이들은 미당이 자신의 친일 행적을 아프게 고백한 「창피한 이야기들」에서 체제 협력의 이념보다는 서정시의 미학을 중심으로 서로의 마음과 생활을 나눈 인물들이었다는 점에서 각별하게 기억해 둘 만하다. 이러한

• • •

19. 그는 여기 실린 「운명의 강안(運命の岸)」에서 그랬듯이, 1943년 발간된 저서 『압록강(鴨綠江)』에 수 편의 '압록강 기행' 및 그 경험과 정서를 노래한 여러 시편을 실었다. 이 책에는 당시 안동(현 단둥) 세무서에서 근무하던 백석이 우정의 뜻으로 건네준 일문 시 「나 취했노라」가 실려 있어 한국 문학자와 시인들의 각별한 주목의 대상이 되었다.

20. 서정주, 「창피한 이야기들」, 『문학적 자서전 ─ 천지유정(미당 서정주 전집 7)』, 154-156쪽.

사실에 주목할 때, 미당이 교류한 일본 시인들은 『국민시인』 발표자의 범위를 거의 벗어나지 않았음을 새삼 확인하게 된다. 이 말을 잘 판단한다면 다음과 같은 논리도 가능해질 듯싶다. 이미 교류의 상태였던 일본 문인들 중에서 특히 미학적 소통이 가능했던 자들을 『국민시인』의 필자로 섭외했다는 사실이 그것이다. 물론 이들은 '조선문인보국회'에서 가장 활발한 활동을 펼친 자들이었다. 이들을 해방 이후 오랫동안 '문협 정통파'의 정점을 구가했던 미당의 시와 삶에 대해 손해를 끼친 인물들로 간주할 수 있는 이유일 것이다. 미당이 이들과의 교류를 회고하며 '창피한 이야기들'이라고 제목 붙인 까닭도 이러한 사정과 아주 무관하지는 않을 것이다.[21]

『국민시인』에서 서정주의 역할은, 원고 청탁, 교정, 편집, 배열 등의 실무를 논외로 한다면, 단순히 '편집 후기' 작성에만 멈추지 않았다. 미당은 『국민시인』의 특집 좌담 두 편 모두에서 잡지 측 참관인이자 사회자로, 나아가 의견 개진자로 활약하였다. 그를 포함한 총 5명의 시인과 평론가가 『국민시인』 창간호(미당 제외 4명) 및 1월·2월호(미당 포함 4명) 좌담에 참가했다. 이들 가운데 미당의 「창피한 이야기들」에서 언급된 이들이 두 권 모두에 참여한 스기모토 나가오, 노리다케 가즈오, 1월·2월호에만 모습을 비춘 이시다 고조石田耕造, 곧 최재서였다. 이는 미당의 체제 협력을 둘러싼 문학 활동과 인간 관계가 생각보다 협소했음을 짐작하게 하는데, 그 중심이 「창피한 이야기들」과 『국민시인』 등장인물들에 있었음이 더욱 분명해진 셈이다.

미당이 참관자이자 사회자로 참여한 창간호 좌담은 「전력투구와 시정신」이었다. 그는 좌담회를 열며 '전력투구'라는 제목은 "최근 남남南南에서 눈에 띄는 큰 전과를 올린 가미카제특별공격대"를 생각해 보자는 뜻에서 취했다고 밝혔다. 그러면서 "육탄肉彈 명중으로 적함을 괴멸시키는 가미카제특공대의 정신을 시인의 정신"으로 삼지 않으면 안 된다는 다짐,

· · ·

21. 창간호에서도 특집 좌담회에 참여한 일본 문인들은 예외 없이 신작 시도 함께 발표하고 있으나, 이들은 1월·2월호 좌담 참여자들과 달리 미당의 자서전에 어떤 흔적도 남기지 못했다.

곧 좌담회의 실질적 목적을 덧붙였다. 이에 일본 시인들은 가미카제특공대의 자기희생이야말로 당시의 '준국가'「바다에 가면」에 표상된 천황 존엄의 충군애국에 가장 어울리는, 죽음이 곧 영생인 사건이라는 주장에 입을 모은다.

이상의 입장에 서게 되면, 필연적으로 '전 정신全精神'으로 인간의 영혼을 흔들며 사물의 핵심에 가닿는 본래의 '시 정신'은 언어의 탐구나 심미의 추구만 일삼는 '예술인'에 머물러서는 안 되며, '시대적인 고뇌'를 함께 호흡하고 해결하는 태도를 가져야만 한다는 논리로 나아갈 수밖에 없다. 대동아전쟁이 막바지에 다다른 1944년 후반, 이들에게 주어진 '시대적인 고뇌'란 단 한 가지, 귀축鬼畜 영미英米에 대한 승전과 천황 치세의 세계화였다.

이를 위해 좌담회 참석자들은 첫째, '감동의 언어'가 절실하다는 것, 미당의 말로 고쳐 쓰면 "시인의 전全 생명으로 시를 써야 한다는 것", 둘째, '서구 시의 영향'을 넘어서야 한다는 것, 셋째, 천황 태평치세 속 '만요萬葉'의 전통과 일본 정신에 대한 노래로 돌아가야 한다는 것, 거기서 '자연적 감동'이 곧 자신의 체험을 소박하고 솔직하게 표현하는 원리가 되며, 마침내 일본 민족의 피로 환원되는 경지에 이르러야 한다는 것 등을 무엇보다 강조했다. 그것이야말로 가미카제특공대의 '전력투구'와 시 정신, 곧 "대동아전쟁과 동시에 새로운 감동"을 얻으려는 시인들의 임무임을 재차 부연했다.

잘 아는 대로 사회자 서정주는 전원 돌격과 가미카제특공대에 관련된 두 편의 시를 작성함으로써 저 허구적인 '시대적 고뇌'와 '죽임' 지배의 언어에 조선의 해방과 더불어 두고두고 통탄할 흔적을 남겼다. 하나가 사이판섬의 전투에서 전원 전사한 영령들을 기리기 위해 쓴 일문 시「무제無題」(『국민문학』, 1944년 8월호)였다. 필리핀 레이테만 일대에서 가미카제특공대로 적함에 돌격하여 자폭한 경기 개성 출신의 지원병 마쓰이 히데오, 곧 인재웅을 송축의 방식으로 애도하는 조선어 시편「마쓰이오장 송가松井伍長頌歌」(〈매일신보〉, 1944년 12월 9일자)가 다른 한 편이었다. 미당은 환갑이 가까워지던 1970년대 어느 시절, 이 쓰디쓴 결정적 오판의 원인 두 가지를 일본의 "꽤 오랜 미래의 동양주도권을 기정사실로" 본 것과, 따라서 "그러니 아리건 쓰리건 여기 참가해서 겨레의 살길을 찾을밖에 별수가 없다"[22]는 '종천순일從天順日'을 향한 역설에서 찾았더랬다. 미당은 이렇게 오랫동안 아팠고, 한국 시는 그렇게 더욱 고통스러웠다는 것, 현재의 우리가 여전히 마주하고 있는 시적 상실과 고통의 한 편린이 아닐 수 없다.

서정주는 1945년 1월·2월 합본호의 특집 좌담 「사토씨의 사람과 인품을 말한다佐藤氏の人と作品を語る」에도 참여했다. 앞서 밝힌 대로 최재서, 스기모토, 노리다케와 함께였다. 대담의 주인공은, 서정주의 표현을 빌린다면 "(조선) 이곳 겨울 하늘의 그 새파랗게 차가운 영적인 공기를 찬양해서 써낸"[23] 『벽령집碧靈集』과 『내선의 율동內鮮の律動』(미간행)의 일본 시인 사토 기요시佐藤淸였다. 『국민시인』 편집진은 좌담회 준비 차원으로 사토 기요시의 「시혼의 동인詩魂の動因」을 청탁하여 실었다. 글의 첫 문장이 "시혼의 동인은, 소질에 있다. 소질은, 선천적으로 결정되어 있는 것이기 때문에, 인위人爲를 가지고는 어떻게라도 해보기 어려운 바의 것이다"라는 선천적 능력 결정론으로 시작되고 있어 인상적이다. 서정주는 좌담회에서 그의 시에서 "문장이 곧 사람"이란 느낌을 받는다고 피력했는데 이와도 연결되는 대목으로 보인다.

이처럼 조·일 시인 공통의 존경의 대상이던 사토가 식민지 조선의 조·일 시인에게 미친 결정적 영향은 고故 김윤식 교수의 발언을 통해 미루어 짐작할 만하다. 전제라면 "시인의 감수성은 조선 체험을 오직 미적 현실로 국한시킴으로써 이 미학적 범주를 세울 수 있었다"는 것, 이를 위해 일제 조선 통치 이데올로그의 핵심적 생산지인 경성제대에 재직하면서도 "조선의 옛 슬픔에 대한 미적 음미"와 "조선적 풍물에 몰입하기"에 매달렸다는 것 말이다.[24]

• • •

22. 서정주, 「창피한 이야기들」, 『문학적 자서전 ― 천지유정(미당 서정주 전집 7)』, 150쪽.
23. 서정주, 「창피한 이야기들」, 156쪽.

이러한 평가는『국민시인』창간호 뒤표지에 실린『내선의 율동』에 대한 '근간 예고' 광고와 상당히 일치되는 바 있다. "이 노시인은 이미 조선의 푸른 하늘과 기후를 떠받치는 크나큰 지주支柱와 같은 존재가 되었다. 일군의 미풍微風과 벽령碧靈을 거느리며 그는 보행한다. 그는 이미 완벽에 가깝다. 그러한 그가 내선內鮮 공동의 운명을 노래했다. 시대의 필사적인 전진이 배어 나오는 심각한 율동이 이번에는 모든 독자를 감싸안을 것이다" 라고 상찬되는 지극한 안내 문구가 그것이다.

이 입장은 경성제대에서 사토 기요시의 가르침을 받아 영문학을 전공한 평론가 최재서의 것이기도 했다. 그는 이미 3년 전에 조선의 벽공碧空에 흠뻑 빠져들었던 사토를 칭송한「시인으로서의 사토 선생詩人としての佐藤清先生」(『국민문학』, 1942년 12월호)을 기고한 바 있다. 본 좌담에서도 마찬가지여서 최재서는 스승 사토가 조선 시단, 아니 조선 자체에 남긴 가장 소중한 것으로 사물의 본질을 보아내는 "청순한 문학정신, 가치추구의 정신"을 꼽았다. 그러면서 이것이야말로 조선 반도에서 "새로운 문학을 건설하는 기초가 되지 않으면 안 된다"는 사실을 심사숙고해야 한다고 주장했다.

서정주도 대체로 최재서의 의견에 동조하며, "조선에의 애정"에 열정적이었던 사토의 전체 시편에 대한 따뜻하며 감동적인 독후감을 열정적으로 토로했다. 한쪽으로 편벽되지 않는다는 것, 또 시단의 일반적 풍조를 추종하지 않는다는 것을 그의 매력적인 요소로 삼으며,『벽령집』과『내선의 율동』은 물론이고 전쟁 시편조차 "필연적인 생명의 흘러 넘침流露"에 도달한다는 사실을 상찬했다. 또한 미당은 조선 토속어의 시어화詩語化에 누구보다 예민했던 시인답게 사토의 큰 업적 가운데 하나를 일본어의 '심미적 근대성' 추구에서 찾았다. 현재 사용하는 언어가 비록 불완전할지라도 "일본의 현재의 언어를 시의 언어로 높이 끌어올리는 데 열심히

• • •

24. 김윤식,「『벽령집』에서『내선율동』에 이른 길」,『최재서의『국민문학』과 사토 기요시 교수』(역락, 2009), 84~89쪽. 김윤식은 사토 기요시의 미발표작『내선율동』에 대해 '내선일체론'의 결과물이되, 그 시집에 표상된 고대의 한일 관계를 "시간을 초월한 영원 속의 일이며 따라서 현세적이기에 앞서 전생적(前生的)이며 이른바 본생도에 해당된다"(같은 책, 95쪽)라고 적었다.

노력한" 대표적인 시인이 사토였다는 것이다.

물론 미당은 사토의 기여를 식민지 조선에서 새롭게 읽어내고 찾아낸 '일본적인 것'의 구조화에서만 찾지 않았다. "조선에 대한 사랑", 곧 『벽령집』에서 출중했던 고려자기와 조선 하늘에 대한 사랑과 내면화가 "조선 이천육백만의 인간을 사랑하는 알"에 이르고 있다는 사실에서 사토 최고의 인간적 품성과 시적 성취를 발견했다.

이 발언은 '조선문인보국회' 시 지부를 실질적 이끌던 사토 기요시에 대한, 최재서에 비견될 만한 상찬으로 읽힌다. 하지만 이 평가는 사토 개인에 대한 것으로만 단정하기 어렵다. 오히려 미당 자신에게 젊은 시절의 시와 시론에 있어 가장 큰 영향력을 미쳤던 미요시 다츠지三好達治에 대한 그것이 반영된 결과일지도 모른다. 그는 일본 초현실주의 동인지 『시와 시론詩と詩論』을 거쳐 고대의 전통 시가집 『만요슈萬葉集』 이래의 '일본적인 것'으로 회귀해 간 '일본낭만파'의 핵심 멤버였다. 그 결과 드디어는 '일본으로의 회귀'에 대한 결정판인 '대동아전쟁' 찬양의 '국민시'로 나아가기에 이른다. 미당은 사토의 글에 대해 전쟁 시편조차 '필연적인 생명의 유로'를 내포한다고 상찬했다. 이 비평적 발언은 고대 한·일 양국의 우호와 연대를 노래한 『내선의 율동』에 훨씬 앞서 '동양'을 포괄하는 고대의 일본 정신을 한 치의 흔들림도 없이 지지했던 미요시의 '국민시론'에 영향받았을 가능성이 다분하다는 게 나의 최종적 판단이다.


## 5. 『국민시인』을 다시 읽어야 하는 까닭

재조선 일본 가인歌人 중심의 『국민시가』와 조선문인보국회 소속의 조·일 시인들이 '내선일체의 총력전'을 다지기 위해 창간한 『국민시인』은 그 창간 과정의 수고와 무관하게 단 2호를 발행하는 것으로 폐간의 비극을 면치 못했다. 또한 본 잡지는 사토 기요시를 정점에 세운 일본 시인들과 달리 30대 전후의 젊은 시인들, 그것도 체제 협력의 혐의가 뚜렷한 그들이 조선 시단을 대표한 까닭에 한국 시문학사에서 전면 누락되는 통렬한(?) 불우를 겪기도 했다. 하지만 그 내용도, 형식도 누렇게 바래도록 은폐된 형국을 벗어나게 됨으로써 『국민시인』이 증언하는 일제 말 조선 시단의 미처 몰랐던 흔적과 진실을 알게 되었다는 사실은 적어도 시문학 연구자인 내게는 뜻밖의 행운이자 소득으로 여겨진다.

첫째, 『국민시인』은 노래의 특성인 정서의 집단적 감염과 율동화된 전언傳言의 신속한 확장을 적극적으로 활용하여 '내선일체의 총력전'에 봉공하려는 의욕의 소산물이었다.

둘째, 최재서의 배려 아래 『국민시인』의 편집을 도맡았던 서정주의 활동이 그 자신 「창피한 이야기들」에서 밝혔던 내력과 한 치의 오차도 없이 일치한다는 사실이 새삼 확인된다.

셋째, 그러나 '조선문인보국회'의 중앙지 『국민문학』에 비한다면 특히 필자로서 조선 문인의 참여가 의외로 미미했다는 사실도 매우 흥미로운 정황으로 드러난다. 그만큼 조선 시인들에 대한 영향력이 꽤나 소소했다는 증거일 것이다.

이상의 관찰 지점을 바탕으로 해방이 멀지 않던 조선 시단의 어떤 경향과 흐름이 다시 고찰될 수만 있다면 단 2호에 그친 『국민시인』의 존재감은 이미 충분한 것이다. 또한 문학에 있어 과연 '시대적 고뇌'는 무엇이며 그것에 연관된 '본연적 서정'은 무엇인가라는 가장 기초적이며 가장 중요한 질문을 끊임없이 던지게 하는 '반면교사'로서의 역할을 제공한다는 점에서도 우리의 관심과 흥미를 제고提高하는 뜻밖의 현재성도 만만치 않은 것으로 여겨진다. 『국민시인』에 대한 또 다른 연구를 고대하는 까닭이 여기에 있다.

# 제8장

# 민족과 전통, 그리고 미
### 서정주 중기 문학의 경우

## 1. 해방기 '민족문학론'의 이념적 분기

쇼와<sup>昭和</sup> 일왕의 항복 선언과 더불어 느닷없이 찾아온 을유 해방 날의
'만세' 소리는 타율적 힘에 의해 억압되고 지연되었던 '국민(민족)국가'의
건설을 알리는 신호탄이었다. '민족'이라는 큰 주체의 부재는, 새로운
정치 체제의 건설 못지않게 그것의 정체성을 증명할 수 있는 문화적
표지, 그러니까 이른바 '전통'으로 뭉뚱그릴 수 있는 민족의 고유성 확보를
긴급한 과제로 요청했다. 가령 해방기의 유력한 문화 단체들은 좌우를
막론하고 민족의 이익에 부합되는 새로운 문화(혹은 문학)의 건설을 주요
한 강령으로 내세우고 있다. '민족의 이익'이라는 대전제는 당연히도 그것
을 억압해 온 과거인 일제 잔재의 청산이란 과제를 표나게 내세우게
했다.

이런 공통성에도 불구하고, 새로운 민족 국가의 기획은 이미 이데올로기
의 기획을 전제한 것이었기에, '민족'의 동일성을 상상하고 실현하는 방식
에는 커다란 차이가 생겨날 수밖에 없었다. 이 시기의 민족 문학을 둘러싼
숱한 격론들은 과거의 반성과 청산을 공통분모로 하되, 미래의 기획을
전혀 다른 방향으로 설정하는 좌우익의 '민족' 담론의 본질을 간명하게
보여준다. 이 가운데서도 특히 잃어버린 정체성을 회복하는 기억 혹은

새로운 민족을 호출하는 '역사의 견본'으로서의 '전통'에 대한 관심의 차이는 크게 주목될 필요가 있다.

좌익 쪽의 '문학동맹'은 새로운 문화의 목표를 부르주아 민주주의 혁명 전략에 맞추어 반제국주의적, 반봉건적, 민주주의적 민족 문화의 건설에 두었다. 그리고 그 구체적 방안의 하나로 고전의 장점 계승과 외국 선진 문화의 비판적 섭취를 통한 민족적 특성의 순연한 발휘를 제시했다. '문맹'의 노선을 결정하는 '조선문학자대회'(1946년 2월 8~9일)에서 행해진 김태준의 「문학유산의 정당한 계승 방법」은 고전의 계승 및 변개變改 문제가 한낱 구호로 제창된 것만은 아니라는 사실을 입증한다. 그러나 그 관심은, "인민의 이익을 위한 입장에서 검토되어야 할 것이며 평이하게 해명되어야 할 것이며 과학적 조명 밑에 비판적으로 섭취되어야 할 것"이란 말에서 보듯이, 혁명에 복무하고 인민을 계몽하는 데에 집중되어 있었다.

이런 태도는 물론 전통이란 단순한 과거 유산의 집산물이 결코 아니며, 당대 현실과의 충분한 교섭을 통해 새로운 가치를 생산할 때만이 유의미한 것이란 세간의 통설을 충실히 따르고 있다. 그러나 그들의 제한된 선택은 '봉건적 지배의 정당화를 수행하는 기제로서의 고전 유산'이라는 시각을 역설적으로 강화하는 계기가 되기도 했다. 이 당시에 제출된 수많은 전통 부정론 내지 단절론들이 고전 유산의 정당한 계승 방법보다 그것의 봉건성 비판에 열을 올리고, 새로운 문화의 본보기로 오로지 소련을 지목하는 데 바빴던 것은 이데올로기적 기획의 한 방편으로 취해진 고전 유산에 대한 관심의 한계를 적절히 예시한다.[1]

이에 비한다면, 우익 쪽의 전통과 고전 유산에 대한 관심은 상대적으로 옅어 보인다. 물론 박종화 등을 비롯한 구세대들은 민족 문학의 제1과제로, 민족적 영웅상의 창조를 통해 '민족혼'을 고취함으로써 민족의 대단합을 도모하자는 주장을 내세우고는 있다. 그러나 이것 역시 전통의 올바른 이해와 수용은 아니다. 외세나 사회주의에 대한 고열한 대타 의식을 바탕으

...

1. 더욱 자세한 내용은 신형기, 『해방 직후의 문학운동론』(화다, 1988), 91~98쪽 참조.

로 민족을 무조건적으로 통합하겠다는 생각은 배타성과 폐쇄성을 특징으로 하는 심정으로서의 민족주의에 쉽사리 빠져들 위험이 있기 때문이다.

이런 점에서 '대한민국' 정부의 수립 이후 '문인협의회'의 정통파로 자리 잡게 되는 당시로서는 문단의 젊은 피에 해당했던 김동리, 서정주, 조지훈 등이 내세운 민족문학론은 더욱 주목된다. 특히 김동리의 순수문학론은 이들의 문학적 관심과 향방을 대변한다고 해도 과언이 아니다. 그것의 핵심적 요체는 문학이 문학 이외의 어떤 이념이나 이익에도 복무해서는 안 되며, 오로지 인간의 구극적 운명, 즉 '생의 구경'을 탐색해야 한다는 주장에 담겨 있다. 이 논리는 30년대 후반에 유진오 등과 벌인 '순수—세대' 논쟁에서 일찍이 정식화되었다. 이후 해방기 들어 '문맹'의 김동석, 김병규와의 논쟁을 거치면서 이른바 '제3휴머니즘'을 핵심으로 하는 '민족문학론'으로 거듭났던 것이다.

그렇다면 '순수'와 '민족'이란 전혀 상관없어 보이는 듯한 개념을 하나로 묶어주는 '제3휴머니즘'이란 과연 무엇인가. 김동리가 탁월한 논쟁가라는 사실을 새삼 증거하는 「문학하는 것에 대한 사고私考」, 「순수문학의 진의」, 「본격문학과 제3세계관의 전망」 등을 통해 보자면, 그것은 '유심과 유물의 이분법 극복' 및 '서양정신과 동양정신의 변증법적인 지양'에 의해 달성되는 이른바 불편부당한 인간 옹호의 정신을 말한다. 세계의 상극적 대립을 상보적인 상생의 관계로 전환시킴으로써 얻어지는 '제3휴머니즘'은 그 이상적인 보편성(순수성)으로 말미암아 민족 탐구를 근간으로 하면서도 세계사의 발전 혹은 새로운 구성에 기여할 수 있다는 것이 그 논리의 핵심인 셈이다.

이와 같은 특수와 보편이 이상적으로 결합된 새로운 휴머니즘의 입장에서 보자면 좌익의 민족문학론은 그야말로 특정 계급의 이해에 봉사하는 저급한 문학론을 벗어나지 못한다. 또한 파탄 난 '근대'를 또 다른 근대의 변종일 뿐인 사회주의를 통해 극복하려는 일종의 아나크로니즘anachronism, 곧 시대착오적 이념일 뿐이다. 이 사실은 김동리의 민족문학론이 민족국가의 수립이란 협소한 관점보다는 그것을 아우르면서도 넘어서려는

'근대 초극'의 관점에서 구상되고 기획된 것임을 적절히 시사한다.

## 2. 서정주, '동방의 전통'을 넘어 '자가自家'의 인간성으로

1936년 김동리, 오장환 등과 함께 한 〈시인부락〉 동인으로 본격적인 시혼詩魂을 널리 알리기 시작했던 서정주는 1948년 대한민국 정부의 수립 시기까지 매우 굴곡진 사상적·이념적 변화를 겪었던 것으로 판단된다. 1930년대 중후반 육체적 생명력을 중시하는 '생명파' 활동에서 일제 말 천황에 봉공하는 총력전의 '동양 전통'에 대한 추구로, 드디어 1945년 해방 이후에는 보수적 민족 문화와 자본주의 이념에 순응하는 '영원성'에 대한 절대적 지향으로 나아갔다. 아래의 두 인용문, 곧 1942년의 '국민문학—국민시가'에서 '자가自家의 인간성' 중시의 시학으로의 흐름은 제국주의적 '동양'의 건설과 성취에서 일제 잔재 청산 및 '새 나라 만들기'를 위한 진정한 '조선적인 것'의 추구와 달성으로 나아간 서정주의 변화를 상징적으로 보여준다.

> 국민문학이라든가, 국민시가라는 말이 기왕에 나왔거든 이제부터라도 전일前日의 경험(서구 시의 맹목적 추종이 주체의 상실을 초래한 우리 근대 시의 오류 — 인용자)을 되풀이하지 말고, 정말로 민중의 양식이 될 수 있는 시가 내지 문학을 만들어내기에 일생을 바치려는 각오를 가져야 할 것이다. 이것은 심히 전통의 계승 — 동방전통의 계승과, 보편성에의 지향과 밀접한 관계가 없을 수 없다.
>
> —「시의 이야기 — 주로 국민시가에 대하야」[2]에서

「시의 이야기」는 미당을 평생, 아니 사후에조차 옥죄는 족쇄가 되어버린

...

2. 서정주, 〈매일신보〉, 1942년 7월 13~17일자.

친일의 증거로서 흔히 거론되는 글이다. 이런 상황에 대한 저간의 사정이 없을 수 없겠다. 「시의 이야기」는 일본 '국민시'의 창작과 보급에 깊숙이 간여했던 '일본낭만파'의 주요 성원인 미요시 다츠지三好達治의 영향을 농후하게 반영하고 있다는 점에서도 흥미롭다. 미요시는 당시 일본의 군국주의적 정책과 태평양 전쟁을 찬양하고 미화하는 데 앞장섰던 『문예춘추文藝春秋』, 1942년 4월호에 「國民詩について국민시에 대하여」라는 글을 쓰고 있다. 그의 글 역시, 일본 근대 시의 반성을 통해 '국민시' 출현의 필연성 및 정당성을 논하면서, '국민시'를 구호가 아닌 하나의 서정시로 되게 하는 원리로서 감정과 언어의 세공을 무엇보다 강조하고 있다. 물론 그는 '내지인'답게 '국민시'의 목적과 역할의 설파 역시 잊지 않고 있다.

일제의 시인 미요시와 식민지 조선의 시인 서정주의 글이 보여주는 내용과 관점, 논리 전개 방식 등의 유사성은, 미당이 1942년 7월 「시의 이야기」를 쓸 때 1942년 4월 발표된 미요시의 논의와 주장을 적잖이 참고했음을 암시한다. 물론 이것을 가지고 미당의 친일을 과장되게 해석할 필요는 전혀 없다. 미요시에 대한 미당의 경도는 오히려 그들이 밟아간 사상적·문학적 행로의 유사성, 특히 프랑스 상징주의의 세례에서 벗어나 동양적 혹은 자국 문화의 가치에 대한 이해와 자긍으로 이행하는 시적 전개의 유사성에서 비롯되었을 가능성이 크다. 더욱 중요한 것은, 해방 후 미당은 자기만의 독특한 어법과 사유를 통해 동양적 가치에 전혀 새로운 옷을 입히는 작업을 평생 지속함으로써 그 영향 관계를 무색하게 하는 언어의 성채를 구축했다는 사실이다.[3]

이와 같은 '국민문학'과 '동양'에 대한 미당의 입장 및 시각에 대한 이해는 「시의 이야기」가 서정주의 해방 후 시적·이념적 변화에 단속斷續적 영향을 미치고 있음을 살펴볼 때 상당히 유효한 것으로 판단된다. 그 이유를 몇 가지 들어보면 아래와 같다.

첫째, 그가 "별 생겨나듯 도라오는 사투리"(「수대동시」)라고 표현했던

· · ·

3. 박수연의 「절대적 긍정과 절대적 부정」, 『포에지』(2000년 겨울)은 미당과 미요시의 시적 영향 관계에 주목한 거의 최초의 논의라 할 만하다.

동양적 영원성으로의 회귀가, '파탄 난 근대(서구)의 대안은 동양이다', '동양은 하나다'라는 그 매혹적인 논리를 내세워 조선의 웬만한 식자들을 눈멀게 했던 '동양 문화론'과 그것의 연장인 '근대의 초극론'과 어떤 관련이 있다는 사실, 둘째, 그런 가운데서도 미당이 '시인'으로서 끝내 놓지 않았던 '시의 본질'에 대한 탐구가 '한 자가(自家)의 인간성'을 추구하는 순수문학으로서의 민족문학에 대한 신념에 맞닿아 있다는 사실에 주목한다.

사실 「시의 이야기」에는 민족은 물론 문학가의 양심과 혼을 팔도록 주선하던 그 악명 높은 '국민문학' 내지 '국민시'의 목적과 창작 방법을 나팔 부는 태도는 거의 없다. 다만 그간의 조선 시의 반성 속에서 '전통의 계승'과 '보편성의 지향'을 새로운 대안으로 제창하면서, "시는 무엇보다도 언어의 문제인 것이다. 그것은 마치 자네의 최애(最愛)의 애인에게 꼭 한마디만 하고 싶은 말을 찾아서 청춘의 대부분을 소모해야 하는 애정의 숙명과도 꼭 같은 것이다"라는 주장을 지극히 원론적으로 되풀이하고 있을 뿐이다 (이런 미학주의에서 미당의 그 불행한 마음의 잉잉거림을 듣는다면 지나친 과장이 될까). 물론 이런 시의 원론에 대한 강조는 서양의 타자로서 정립된 '동양' 혹은 '동양 문화'의 '전통'을 "정말로 민중의 양식"으로 창조하는 데 필요한 시인의 자세를 지시하는 것이라 할 수 있다.

그런데 동양 문화에 대한 시적 관심이 '민중의 양식'의 창출을 향해 있다는 사실은 매우 흥미롭다. 1930년대 말 들어 거세게 불어닥친 동양 문화나 고전 부흥에 대한 새삼스러운 관심이 '근대의 파국'에 대한 자기 정립 노력 혹은 '근대의 초극'에 대한 전망들과 밀접한 관련이 있다는 사실은 의심할 여지가 없다. 물론 식민지 상태에서의 제한된 논의라는 한계, 특히 동양 문화론을 주창했던 대부분의 논자들은 결국 대동아공영권의 미망에 휩쓸려 버리고 말았다는 한계는 반드시 지적될 필요가 있겠다. 그렇지만 어쨌든 그것들이 1920년대의 국민 시가 부흥론과는 또 다른 의미에서 '민족'의 발견에 새롭게 기여했다는 사실을 아예 부인할 수는 없다. 황종연의 말마따나, 그것은 "동양인의 문화 체험을 개인적 정체성의 조건으로 수용"하게 함으로써, "서양적 모델의 근대에 대한 부정의 계기"

를 마련했던 것이다.[4]

이때 미당의 '민중의 양식'이란 발언이 소중한 것은, 동양 문화의 가치에 대한 원론적인 개진에 머물렀던 논자들이나 '상고주의'를 핵심으로 하는 완상玩賞적 정신주의에 갇힌 감이 없지 않은 '『문장』파'와는 달리, 민족의 일차적 구성 요소인 '민중'과 그들이 즐길 만한 새로운 시 '양식'의 창출에 관심을 보이고 있다는 사실이다. 물론 미당이 이 당시 그런 양식의 창출을 위해 기울인 노력이라든지, '민중'과 당대 조선 현실에 대한 날카로운 인식이라든지 하는 문제에 대해서는 회의적일 수밖에 없다.

그럼에도 미당이 「자화상」, 「수대동시」, 「밤이 깊으면」, 「풀밭에 누어서」, 「무슨꽃으로 문지르는 가슴이기에 나는 이리도 살고 싶은가」 등의 1940년을 전후해서 쓴 시들에서 보여준 시적 성취는 매우 소중하다. 왜냐하면 개인적 고난의 민족사적 수난으로의 시적 고양과 승화라든지, 그 당시 중요한 민중 문화 원리의 하나였을 무속이나 설화 등의 시적 수용과 변개는 그의 발언이 알맹이 없는 '선언'만은 아니었음을 보여주고 있기 때문이다. 또한 그것이 그의 평생에 걸친 사업이 되었음은 그 능청스러운 이야기꾼의 면모가 돋보이는 『질마재 신화』(1975)가 어느 정도 입증한다.

이제 대한민국 정부가 수립될 당시 발표된 「시의 인간성」을 살펴봄으로써 해방기 당시 미당의 민족적·미학적 입장과 태도를 구체적으로 검토해 보자.

> 그것은 다름이 아니라 조선의 시인도 인제는 한 자가自家의 인간성을 시 위에서 가져야만 하겠다는 것이다. 그리이스와 중세와 당나라 등의 매력은 아직도 우리 주위에서 완전히 사라지지는 않고 있다. 이 속에서 일어서서 살며, 시를 영위할 바엔 우연한 피동으로 음풍영월하거나 교환交歡 차탄嗟嘆할 것만 아니라 능동적으로 한 자가自家의 인간성을 시에서 키워가는 — 그러한 시인들이 인제부터는 되자는 것이다.[5]

• • •
4. 황종연, 「한국문학의 근대와 반근대」(동국대 대학원, 1991), 218~219쪽.
5. 서정주, 「시의 인간성」(1948), 『서정주문학전집 4』(일지사, 1972), 207쪽.

동리와 미당의 해방 전의 논의들이 해방기의 순수·민족문학론의 밑그림이 되고 있다는 사실은 다음의 모습에서 잘 드러난다. 첫째, 제3휴머니즘의 자리에 '근대의 초극'론의 사상적 근간이었던 동양적 휴머니즘을, 둘째, 순수문학의 자리에 새로운 시는 "개성의 삭감, 많은 사상의 취사선택과 그것의 망각, 전통의 계승 속에서 우러나는 전체의 언어공작이어야 할 것"(「시의 이야기」)을, 셋째, '동양'의 자리에 '민족'을 놓아보면 된다. 그러니까 어떤 면에서 보자면, 미당이나 동리는 30년대 후반 이래의 작업을 통해 이미 그들 나름의 전통의 계승과 새로운 해석 및 창조에 복무하고 있었던 셈이라 할 수 있다. 어쩌면 이런 자신감이야말로 그들이 민족문학론을 구상하고 설파하는 과정에서 '전통'에 대한 원론적 논의에 별다른 열정을 쏟지 않게 한 하나의 이유인지도 모른다.

그러나 이런 말들이 그들의 해방 전 미학이 아무런 변화나 굴절 없이 해방 이후의 그것으로 고스란히 이월되었다는 식으로 이해되어서는 곤란하다. 뒤처진 근대를 사는 비서구권 사람들에게 완미한 근대의 달성 혹은 근대의 초극이 영원한 아포리아의 일종임은 우리 문학사는 제쳐놓고라도, 거기에 기세 좋게 맞섰던 동양의 조숙한 근대아近代兒 일본의 문학사만을 보아도 어렵잖게 알 수 있다. 이때 참조할 논의가 가라타니 고진柄谷行人의 '근대초극론'에 대한 비판적 시각과 입장이다. 그는 "'근대의 초극'이란 토픽은 이중의 의미에서 우리에게 중요하다. 하나는, 우리가 여전히 초극해야 할 '근대' 안에 있기 때문이고, 또 하나는, 우리가 아직도 전전戰前(태평양전쟁 이전— 인용자)의 '근대의 초극' 문제를 본질적으로 넘어서지 못하고 있기 때문이다"라고 주장했다.[6]

일제 식민주의 아래서 조선 해방을 위한 '반제(근대)·반봉건(전근대)'에 대한 이중적 계몽적 투쟁에 나서야 했던 식민지 조선의 상황은 지배와 통치 주체만 미소美蘇 양국으로 바뀐 (신식민주의적 상황 아래의) 해방 조선에서도 절대적 명제일 수밖에 없었다. 이중의 '근대 초극'은 서양이

• • •
6. 柄谷行人, 「解說— 近代の超克について」, 廣松 涉, 『〈近代の超克〉論 — 昭和思想史への一視角』, 講談社, 1989, 272頁.

영원히 따라잡고 넘어서야 할 타자로 존재하는 한, '미래지향적인 적극성'
과 '현대성'을 띤 새로운 진보(시간)로서 항상 우리의 곁을 힐끔거릴 수밖에
없는 마성魔性적 논리였기 때문이다. 해방 후 자본주의의 물질문화와 특히
공산주의의 유물주의를 넘어서야 할 근대의 모습으로 고정시킨 채, 순수와
제3휴머니즘이라는 지극히 추상적이고 관념적인 논리를 돌파하려 했던
그들의 논의도 '근대의 초극'이 제시하는 해방과 자유의 마성적 시간
의식에 사로잡혀 있었던 것이다.

이럴 경우 근대를 초극한 자리에 놓일 '영원성'이나 '제3휴머니즘'이
얼마나 보편타당한가를 증명하고 설파하는 일은 초미의 관심사가 될
수밖에 없다. 또한 이런 가치들의 추구는 특히 미당의 경우, 첫째, 서구라는
타자를 제 얼굴이 아닌 일본의 가면을 쓰고 초극하고자 했던 파탄적
자기 동일성을 벗어버리고, 둘째, 진정한 '나'와 '민족'을 자기 목적의
관점에서만 구성할 수 있도록 하는 주체의 재생 혹은 재정립에 관련되어
있기도 했다. 이것을 서정주는 이상적인 '민족'상像을 앞세우기 전에 그
원초적이며 거대한 공동체의 씨앗이자 열매를 이루는 '국민'의 발명과
성장에서 찾았다. "자가自家의 인간성"을 성취하고 빛내는 '한국인'이 그들
이었다. 물론 미당은 이들의 모습을 적어도 시학의 지평에서는 정치성과
이념성의 전면화보다는 민족성과 영원성의 입체화에서 새로 발명함과
동시에 구성하고자 했다.

그렇지만 서정주와 김동리 등 젊은 문학자들의 '민족문학론'은 깊이
있는 현실 인식과 폭넓은 세계사적 시각의 부족으로 말미암아 그 내용이
추상적이고 논리적 연관성이 상당히 미흡했다. 더군다나 지고의 가치로
섬겼던 '순수'를 적어도 문학 논쟁 내지 문단 활동을 통해서 스스로의
입장과 주장을 거역해 버린 한계에 갇히기도 했다. 그들은 순수문학론이
지닌 효과, 즉 '비정치적인 것의 정치적 효과'를 잘 알고 있었을지도
모른다. 하지만 그것은 추상적인 민족 개념과 휴머니즘론을 무기로 타자를
공격하고 배제하는 과정을 통해 자기를 구성하고 유지해 나간 치명적인
약점을 지니고 있었다. 이 당시에 결정적으로 확립된 그들의 '반공 이데올

로그'적 성격은 30대의 그들을 일약 문단의 거두로 올려세웠다. 그렇지만 이후 그들의 부인할 수 없는 미적 성과에조차 딴지를 걸게 만드는 악재로도 작용했음은 누구나 아는 사실이다.

그러나 그들이 자신들의 야누스적 양면성을 몰랐다고는 할 수 없을 것이다. 어쩌면 그들은 미흡했던 전통에 대한 관심과 자신들이 주장했던 가치들의 보편성을 창작을 통해 해결하고자 했을지도 모른다. 미당의 "형안과 애정과 성실을 겸전하고 쉼 없이 창조 형성하면서 있는 저 일견 우직한 문학 초부들의 일군을 가리켜 정통이라 해주어야 할 것이요, 기타 잡다 사리私利 공리성功利性을 위하여 '맹자 복상'하는 일체의 시끄러운 개구리들을 속류하고 해 버려야 할 것이다."[7]라는 말은, 자기 합리화의 기미가 엿보이긴 하지만, 그런 의지를 여실히 반영하고 있다. 나는 이 점과 관련하여 해방기의 미당 시 중에서는 '춘향의 말 3부작' 「추천사鞦韆詞」(1947), 「다시 밝은 날에」(발표일 미상), 「춘향 유문春香 遺文」(1948)에 주목하고 싶다.

산호珊瑚도 섬도 없는 저 하눌로
나를 밀어 올려다오.
채색彩色한 구름같이 나를 밀어 올려다오
이 울렁이는 가슴을 밀어 올려다오!

서西으로 가는 달 같이는
나는 아무래도 갈수가 없다.

바람이 파도波濤를 밀어 올리듯이
그렇게 나를 밀어 올려다오
향단香丹아.

— 「추천사鞦韆詞 — 춘향春香의 말 일흘」 부분

• • •

7. 서정주, 「정통과 속류」(1946), 『서정주문학전집 4』(일지사, 1972), 202쪽.

천길 땅밑을 검은 물로 흐르거나

도솔천의 하늘을 구름으로 날드래도

그건 결국 도련님 곁 아니예요?


더구나 그 구름이 쏘내기되야 퍼부을 때

춘향은 틀림없이 거기 있을거예요!

—「춘향 유문春香 遺文 — 춘향春香의 말 삼參」 부분


   이 시에다 대고 고전의 재해석 혹은 재창조란 해설을 표나게 붙일 필요는 없을 것이다. 그보다는 '춘향' 연작이 그가 30년대 후반 이래 품고 닦아온 '영원성'의 전모를 확연히 드러낸다는 사실에 주목하기로 하자. 미당은 시간에 포획된 존재의 숙명과 그것을 끊임없이 벗어나고자 하는 욕망이 빚어내는 아이러니(「추천사」)를 '신령님'이 화한 당신, 그러니까 '도련님'과의 만남(「다시 밝은 날에」)과 영원한 해후의 깨우침(「춘향 유문」)을 통해 그야말로 초극하고 있다. 미당에게 '영원성'은 윤회전생설과 연기緣起설을 두 축으로 하는 일종의 역사의식이자 현실 의식, 바꿔 말해 "목전의 현대만을 상대하는 그것이 아니라, 인류사의 과거와 현대와 미래를 전체적으로 상대하는"[8] 시간 의식인 동시에 존재와 삶의 원리이다.

   이러한 영원 회귀의 욕망은 흔히 시간과 생성에 의해 오염되지 않은 자아 혹은 역사에 대한 형이상학적 목마름에서 발생하는 것으로 이해된다. 요컨대 현실 역사와 시간을 거절함으로써 자아의 통합과 안정성을 확보하고 유지하려는 욕망인 것이다. '춘향' 삼부작은 미당 자신과 필부 필녀들의 그런 마음을 누구에게나 친숙한 '춘향'이란 페르소나persona를 통해 압축적으로 그려 내고 있는 것이다. 이런 점에서 이 시들은 미당 자신의 세계관과 역사의식을 투명하게 드러내는 한편 자아의 성장과 입사initiation에 관한

• • •

8. 서정주, 「역사의식의 자각」, 『현대문학』(1964년 9월호), 38쪽.

드라마를 상연하는 일종의 자아―서사self-narrative에 해당된다. 나아가 이후 '영원성'에 근거하여 작성되는 미당 시들의 원형적 모델이라 해도 크게 틀리지 않는다.

그러나 '춘향' 3부작은 김우창이 『신라초』(1961) 언저리의 시를 두고 '한국 시의 구조적 실패'[9]를 말하지 않을 수 없게끔 하는 그런 약점 역시 총괄해서 보여준다. 영원성의 욕망은 결국은 인간의 근원적인 불안, 즉 "스스로를 세속적인 실재의 무의미성에 의하여 압도되도록 내맡김으로써 야기되는 자기 '상실'에 대한 공포"[10]를 역설적으로 증거하는 것이다. 그런 상실의 공포가 윤회전생설이나 연기설의 손쉬운 자기 동일화에 의해 간단히 극복될 수는 없다. 그러므로 「추천사」에서 「춘향 유문」으로의 갑작스런 비약은 현실 역사를 괄호 친 끝에 얻어지는 지극히 자족적인 미학적 가상Schein이란 혐의를 피할 수 없게 된다.

이런 방식의 작위적인 삶의 대긍정은, 말 그대로의 의미에서 "이것("내 시詩" ― 인용자)을 받아줄이가 땅위엔 아무도 없"는 상황을 초래하는 한 원인이 된다. 나아가 그런 상황 속에서도 이미 영원성을 본 자의 마음을 "내가 줏어모은 꽃들은 계절로 내손에서 땅우에 떨어져 구을르고 또 그런마음으로밖에는 나는 내시詩를 쓸수가없읍니다"(「나의 시詩」)라고 고백하게 하는 뼈아픈 고독의 단초로도 자라잡는다.


## 3. '신라'로의 회귀와 삶의 예술

미당에게 영원 회귀 욕망은, '춘향' 3부작이 대변하듯이, 존재의 유한성을 극복함으로써 안정적인 자아를 확보하려는 형이상적 성찰의 성격을 띤 것이었다. 그를 통해 미당이 얻어낸 가장 큰 결실은 "황토黃土 언덕 / 꽃 상여喪輿 / 떼 과부寡婦의 무리들" "저 밈둘레나 쑥니풀 같은 것"으로 비유되

9. 김우창, 「한국 시와 형이상」, 『궁핍한 시대의 시인』(민음사, 1977), 66~67쪽.
10. 멀치아 엘리아데, 『우주와 역사』, 정진홍 옮김(현대사상사, 1992(6판)), 132쪽.

는 "무슨 서름 무슨 기쁨"을 "여기 서서 또 한번 더 바래보"(「풀리는 한강漢江가에서」, 1948)자는 삶에의 의지였다. 그러니까 그 "정지靜止한, 〈나〉의 / 〈나〉의 서름"이 "벽壁차고 나가 목메어 울"(「벽」, 1936) 수 있게 하는 '푸른 숨결'을 드디어 얻은 것이다. 그 '푸른 숨결'의 터전인 "소슬한 청홍靑紅의 꽃밭"(「문門열어라 정도령鄭道令아」, 1946)은 그러나 어느 날 갑자기 큰 위기에 처하는데, 한국전쟁이 몰고 온 죽음의 공포가 그 원인이었다. 미당의 자전 「천지유정」은 그가 한국전쟁 내내 자기를 죽여버리라는 인민군의 환청에 시달린 끝에 실어증에 빠지고, 심지어는 자살을 기도하기까지 했다는 사실을 조목조목 서술하고 있다.

전쟁이란 무엇인가. 그것은 단적으로 말해 한 개인이나 공동체를 둘러싸고 있는 일체의 친밀성과 안정성을 파괴함으로써 죽음의 공포, 아니 죽음 자체를 일상화하는 절대적 폭력이다. 더군다나 한국전쟁은 자본주의와 사회주의의 진영 다툼을 남북이 대신해서 치른 대리 이데올로기 전쟁이었다. 한국전쟁의 이러한 성격은 50년대를 풍미했던 '황무지', '폐허' 등의 말에서 보듯이 '근대' 일반에 대한 신뢰의 전면적인 상실을 초래했다. 그뿐만 아니라 국민들에게는 빨갱이라는 말만 들어도 치를 떨게 만드는 극한적 반공주의를 폭력적으로 내면화시키는 계기가 되었다. 미당의 반공주의가 생리적인 수준으로 고착화되는 것도 이와 밀접한 관련이 있다.

'살아라'라는 실존의 명령을 여지없이 짓밟아버린 한국전쟁, 그러나 그것은 미당에게 "여기 서서 또 한번 더" 살아보라는 또 다른 신생의 계기로도 작용했다. 그는 한국전쟁 중 죽음의 공포를 다스리기 위해 숙독했던 「삼국사기」, 「삼국유사」에서 '풍류도'를 핵심으로 하는 신라 정신을 만나게 된다. 하지만 미당이 신라 정신의 발굴과 표현에 적극적으로 나서는 시기는, 국가든 문단이든 전쟁의 참화를 어느 정도 극복하고 객관화할 수 있는 거리를 확보하게 된 1955년 이후의 일이다. 그러므로 우리는 이 자리에서 비록 2~3년의 짧은 기간이지만, 미당이 '신라'로 나아가기 전에 보았던, 죽음을 길들이는 과정에서 피워낸 삶의 대장관을 검토하지 않으면 안 된다. 미당의 '신라'는 어떻게 보자면 이즈음의 시가 이후 맺게

되는 열매 가운데 하나일지도 모른다.

하여간 이 한나도 서러울것이 없는것들옆에서, 또 이것들을 서러워하는
미물微物하나도 없는곳에서, 우리는 서뿔리 우리 어린것들에게 서름같은걸
가르치지말일이다. 저것들을 축복祝福하는 때까치의 어느것, 비비새의 어느
것, 벌 나비의 어느것, 또는 저것들의 꽃봉오리와 꽃숭어리의 어느것에 대해
대체 우리가 행용 나즉히 서로 주고받는 슬픔이란것이 깃들이어 있단말인가.
이것들의 초밤에의 완전귀소完全歸巢가 끝난뒤, 어둠이 우리와 우리 어린것
들과 산山과 냇물을 까마득히 덮을때가 되거던, 우리는 차라리 우리 어린것들
에게 제일 가까운곳의 별을 가르쳐 뵈일일이요, 제일 오래인 종鐘소리를
들릴일이다.

—「상리과원上里果園」 부분

죽음을 통한 삶의 이 황홀한 갱신, 다시 말해 그 가 없는 삶의 대긍정을
어떻게 볼 것인가. 염무웅이 「무등無等을 보며」에 대해 썼던 다음 글은
우리 마음의 대강을 적절히 짚어준다; "정치적·사회적 현실의 여하한
격동에도 불구하고 사람이란 제 생긴 대로 혹은 가난하게 혹은 유복하게
살아가게 마련이라는 이 천의무봉한 낙관주의가 과연 해탈한 자의 높은
깨달음인지 아니면 정치적 암흑과 사회적 부조리를 묵시적으로 승인하는
현실 타협인지 혹은 이 양자의 고도한 예술적 융합으로서의 어떤 초월적
경지인지 우리는 가벼이 단정짓고 싶지 않다".[11]
미당은 일찍이 "아조 할수없이 되면 고향을 생각한다"(「무슨꽃으로…」)
라고 쓴 적이 있다. 여기서 '고향'을 운명에 대한 체념이나 더 적극적으로는
'삶의 의지'라고 바꾸어 읽어도 무방할 것이다(그런 체념과 의지를 유려한
리듬감과 숙연한 비장미를 통해 전면적으로 드러낸 걸작이 '괜, 찬, 타,
……'가 무려 12번이나 반복되는 「내리는 눈발속에서는」이다). 솔직히

• • •

11. 염무웅, 「서정주소론」, 『민중시대의 문학』(창작과비평사, 1979), 188쪽.

말해, "아조 할수없이 되"는 절대절명의 순간을 이기기 위해 삶을 조건 없이 긍정하고, 현실에서 스스로를 격려한 채 "산山도 산山도 청산靑山도 안끼어 드는 소리"를 듣던 이즈음의 미당을 흘겨볼 마음이 내게는 없다. 그것은 그의 삶에 대한 절실한 욕구를 헤아릴 힘이 모자란 탓이기도 하지만, 무엇보다 삶과 죽음이 상시적으로 교차하는 그 막막한 우리 운명에 대한 언어적 구축構築을 이만큼 보여준 우리 시를 본 적이 없기 때문이다.

그래도 이즈음을 고비로 그의 시에 죽음의 공포를 야기하는 현실 세계가 급속히 퇴각하고, 자아와 삶의 안전을 보장하는 어떤 초월적 세계가 확고히 자리 잡게 된다는 점은 부인할 수 없는 사실이다. 그 '청산'에의 욕망이, 비록 서사시적 과거로 절대화된 세계이긴 하여도, 속세에서의 사업으로 끌어내려진 것이 '신라'의 탐구와 표현일 것이다. 그렇다면 미당은 신라에서 무엇을 보았길래, 숱한 사람으로부터 영매나 접신술가 노릇을 하고 있다는 비난을 감수하면서도 신라에 대한 초지일관한 애정과 신념을 가졌던 것일까.

> 문헌과 유적을 통해서 보이는 신라문화의 근본 정신은 도·불교의 정신과 많이 일치하는 그것이다. 삼국사기에 보면, 최최원은 신라의 풍류도 — 즉 화랑도는 유儒·불佛·선仙 삼교의 종합이란 말을 기술했다는 사실이 기록돼 있으나, 이건 선덕여왕 이후 신라의 풍류도을 말하는 것임에 틀림없고, 이보다 앞서는 도·불교적 정신이 신라 지도정신의 근간이었으며, (…) 간단히 그 중요점만 말하자면, 그것은 하늘을 명命하는 자로서 두고 지상현실만을 중점적으로 현실로 삼는 유교적 세계관과는 달리 우주전체 — 즉 천지전체를 불치不治의 등급 따로 없는 한 유기적 연관체의 현실로서 자각해 살던 우주관이 그것이고, 또 하나는 고려의 송학宋學 이후의 사관史觀이 아무래도 당대위주가 되었던 데 반해 역시 등급 없는 영원을 그 역사의 시간으로 삼았던 데 있다.
>
> —「신라문화의 근본정신」[12]에서

• • •

12. 서정주, 『서정주문학전집 2』(일지사, 1972), 303쪽.

제8장 민족과 전통, 그리고 미  217

서정주가 '신라 정신'의 요체로 파악하고 있는 것은 삼국통일 전의 '풍류도'이다. 다시 말해 유학儒學에 오염되기 전의 도·불교를 중심에 둔, "우주적 무한과 시간적 영원을 근거로 하는 — 영생주의임과 동시에 자연주의"[13]로서의 '풍류도' 말이다. 우리는 이 미당 특유의 '풍류도'의 성격을 해명하기에 앞서, 왜 이것이 1950년대 전통 논의에서 핵심적 쟁점의 하나로 떠오르게 되었는지를 생각해 볼 필요가 있겠다.

사실 조선적 전통의 핵심으로 신라의 '풍류도'에 대한 논의는 1950년대 이전에도 몇 차례 있었다. 대표적인 예로 1930년대 후반 '동양 문화론'의 일환으로 추구된 백철의 '풍류도' 논의가 먼저 주목된다. 백철은 「동양인간과 풍류성 — 조선문학전통의 일고」(『조광』, 1937년 5월호)와 「풍류인간의 문학 — 소극적 인간의 비판」(『조광』, 1937년 6월호)을 잇달아 발표했다. 두 글의 핵심은 '조선적인 것의 재발견'과 그것에 대한 당대 현실로의 재소환에 두어졌다. 그러나 백철의 논의와 주장은 '풍류인'의 개념을 지나치게 속류화함으로써 결국은 민족 문화 개념의 속악화와 극단화에 크게 기여하고 만다. 이런 한계는 황종연의 날카로운 지적처럼 "근본적으로 조선 고유의 전통을 옹호하자면서 일본주의 이데올로그들의 논법에 의존"[14]하고 있었기 때문에 발생할 수밖에 없었다.

또한 시인 아닌 동명이인의 평론가 오장환도 해방기에 쓴 「희랍문화와 신라문화의 비교」(『신천지』, 1949년 7월호)라는 평문을 발표했다. 그도 백철과 마찬가지로 문명에 오염되기 이전의 원형적 세계로 통일 이전의 신라를 지목하면서 그 당시의 빛나는 전통을 되살려 갈 것을 주문했다. 신라 문화의 원형과 가치를 그리스 문화로까지 끌어올려 그 우수성과 영향력을 더욱 드높임으로써 그것을 새로운 나라가 달성해야 할 민족 문화의 원형이자 모델로 제시했던 것이다.

이때 주목해 볼 사항은 '풍류도'의 타락을 유교의 도입 탓으로 보면서

• • •
13. 서정주, 「한국 시정신의 전통」, 『서정주문학전집 2』, 118쪽.
14. 황종연, 「한국문학의 근대와 반근대」, 51~56쪽.

'풍류적 인간형'의 참모습을 향가에서 찾는 두 사람의 논의가 서정주의 '신라문화'론과 상당히 닮아 있다는 사실이다. 이런 논의들은 신라가 기록의 우위를 바탕으로 민족 문화 및 전통의 원류로 뿐만 아니라, 서구적 근대나 자본주의 문명을 대체할 근대 초극의 논리로 일찍부터 상상되고 있었음을 분명히 한다.

이렇게 신라의 풍류도가 민족을 새롭게 구성하고 근대를 대체할 대안 원리로 간주되는 것은 말할 것도 없이 그것이 지니는 보편성 때문이다. '풍류도'는 미당의 설명대로 하면 한국 문화의 뿌리를 이루는 모든 종교 내지 철학 사상이 종합된, "우주적 무한과 시간적 영원을 근거로 하는 — 영생주의임과 동시에 자연주의"이다. 이 말은 곧 '풍류도'가 한국적 특수성을 그대로 간직하면서도 세계적 보편성을 거스르지 않는 사상으로서의 가능성과, 서구의 진보적, 계량적 시간관에 대한 반성으로 작용할 수 있는 가능성을 지녔다는 것과 다르지 않다.

'풍류도'에 대한 드높은 가치 부여는 분명 과장되고 허구적인 면이 많다. 그러나 일제의 강점과 한국전쟁의 경험은 심각하게 왜곡되고 파괴된 민족 정체성을 회복하고 재창조하는 데에 없어서는 안 될 '전통' 혹은 '역사의 견본'으로 그것을 호명하게 만들었던 것이다. 흔히 지적되는 대로, 전통은 과거의 단순한 집적물이 아니라, 현재의 삶에도 유의미하게 통용될 수 있는 초시간적이며 통일적인 질서를 가진 모든 대화적 과거 혹은 유산을 뜻한다. 한 공동체의 성원들은 그것에의 참여를 통해 집단의 가치와 규범을 획득함은 물론 개인의 정체성을 구성하고 보존하며, 더 나아가서는 현실을 반성하고 더 나은 미래를 기획해 가는 것이다.

그러나 에릭 홉스봄이 예리하게 밝혀내었듯이, 근대 이후의 '전통'들은 특정한 이데올로기 아래 과거를 참조하여 허구적으로 구성된 '상상물'인 경우가 많다.[15] 이러한 전통의 '창출invention' 혹은 '꾸며내기fabrication'가 특히 '국민(민족) 국가'를 발명하고 그 구성원들에게 하나의 정체성을 부여하는

• • •
15. 에릭 홉스봄, 「서장: 전통들을 발명해내기」, 에릭 홉스봄 외, 『만들어진 전통』, 박지향·장문석 옮김(휴머니스트, 2004) 참조.

기획의 일종이란 것은 전쟁 후의 우리 문학사의 경험을 통해서도 잘 증명된다. 예컨대 1950년대 후반을 뜨겁게 달군 그 숱한 전통 논의들, 그 가운데서도 국문학자를 중심으로 시도된 민족 정서에 대한 이러저러한 성격 부여를 보라. 이를테면 조윤제의 '은근과 끈기', '애처럼과 가냘픔', 이희승과 정병욱의 서로 다른 '멋'론 등[16]과 서정주가 깊숙이 관여된 '신라'의 이상화가 그것이다.

특히 '신라' 및 '풍류도'에 대한 논의는 단순히 '한국적인 것(혹은 미학)'의 성격 규정이 아니라, 민족 성원을 훈육하고 규율하는 원리, 다시 말해 '국민도덕의 전통적 근거'로 추구되었다는 점에 그 특색과 중요성이 있다. 가령 미당과 동리의 사상 형성에 깊은 영향을 미쳤다고 알려지는 범부 김정설은 "군인의 정신훈련은 더 말할 나위 없고 청년 일반의 교양, 나아가서는 국민 일반의 교양을 위해서 화랑정신의 인식과 체득은 실로 짝 없는 진결眞訣이며 시급한 대책이라 할 것이다"라고 말하고 있다.[17] '화랑도'의 근간이 '풍류도'에 있다는 사실은 잘 아는 대로이다. 미당 역시 '풍류도'의 생활화가 현대 물질문명의 극복과 남북통일의 원천이 될 수 있음을 여러 글에서 주장하고 있는데, 이것은 범부의 사상에 크게 영향받은 결과가 아닌가 한다.

이와 같은 배경을 가진 '신라' 혹은 '풍류도'의 세계는, 그러나 미당에게는 무엇보다도 영원성이 살아 숨 쉬는 원형적 삶의 터전으로 남다르게 의미화된다. 그것은 그가 주로 시간과 문명에 오염되기 이전의 '신라'의 가치 규명(「한국 성사략星史略」, 「신라의 상품商品」)과 '선덕여왕', '사소娑蘇부인', '백결선생', '헌화가 속의 노인' 등 풍류적 삶을 실현하고 있다고 판단되는 인물의 형상화에 중점을 둔 것에 잘 드러나 있다. 미당은 이것들의 동일화와 예술화를 통해 현대의 파편적 시간 경험과 자아의 분열을 통합하고 치유하는 데 필요한 유기적 시간관을 확증함으로써 존재의 영원함을

• • •

16. 1950년대 '전통' 논의의 향방과 성과, 한계에 대해서는 한수영, 「근대문학에서의 '전통' 인식」, 『소설과 일상성』(소명출판, 2000) 참조.
17. 김정설, 「화랑」, 『풍류정신』(정음사, 1986), 2쪽.

성취하고자 했던 것이다. 세계와 주체의 동일화를 통해 원초적 세계로의 회귀를 도모하는 것이 서정시의 근본 원리라고 할 때, 미당의 신라 정신의 추구는 그리 비난받거나 타박받을 행위는 아닌 것이다.

그러나 문제는 역시 그것을 상상하고 형상화하는 태도에 있다. 사실 이 시기의 미당에 대한 비판들은 대개 '신라'를 역사의 문맥에서 탈각시킨 채 신비화하고 절대화하는 태도, 더욱 정확히는 '신라'를 자신이 상상하는 '영원성'의 현실로 고정시키고 예술화하기에 급급한 그 맹목적인 동일화의 태도에 맞추어져 있다. 이러한 '기원의 불가침적인 동일성'에 대한 욕망은 현실과의 의미 있는 연관을 제거함으로써 '타자가 없는 공허한 동일성'만 이 메아리치도록 만든다.[18] 그 결과, 신라 관련 소재나 인물군들은 역사적 현실에 내재하는 모든 차이나 불연속을 천의무봉으로 꿰매버리는 절대성 의 체계가 되어 군림하게 되는 것이다.

그런데 더 큰 문제는 모든 좋은 것의 기원이자 원형으로서의 '신라'의 내면화가 당대 현실과 삶까지도 예술화하는 경향을 급속히 초래한다는 사실이다. 사실 『신라초』에는 신라 탐구의 시편보다는, 그 절대화된 시선 을 바탕으로 세계를 해석하고 재구성하는 시편들이 훨씬 많다. 여기서 핵심적 역할을 하는 것이 서정주 특유의 윤회전생설과 연기설이다.

> 그래 이 마당에
> 현생現生의 모란꽃이 제일 좋게 핀 날,
> 처녀와 모란꽃은 또 한 번 마주 보고 있다만,
> 허나 벌써 처녀는 모란꽃 속에 있고
> 전前날의 모란꽃이 내가 되어 보고 있는 것이다.
> ─「인연설화조因緣說話調」 부분

서정주는 한 글에서, 불가佛家의 상상과 은유가 "안 보던 미의 새로운

* * *
18. 강상중, 『오리엔탈리즘을 넘어서』, 임성모 외 옮김(이산, 1997), 131쪽.

세계"에 접할 때는 초현실주의의 그것보다 훨씬 유능하다고 평가하면서, 그에 기반한 자기 시가 "여태까지 동서양의 시에서 맛보던 상상의 세계나 그 은유들보다는 훨씬 다르고도 아름다운 신개지"[19]에 해당한다고 자신 있게 말하고 있다. 이와 같은 자신감 아래 창작된 시들을 하나의 시집으로 묶은 것이 영원성의 진경과 그것을 추구하고 지향하는 생명체들의 정적靜的이면서도 동적動的인 영혼과 행위를 포착하고 묘사한 『동천冬天』이다. 이 세계를 향한 내면의 모험과 시적 성취를 미당은 시집 「후기後記」를 통해 "『신라초』에서 시도하던 것들이 어느 만큼의 진경進境을 얻은 것인지, 하여간 나는 내가 할 수 있는 대로의 최선은 다 해온 셈이다. 특히 불교에서 배운 특수한 은유법의 매력에 크게 힘입었음을 고백하여 (…)"[20]라고 표현했던 것이다.

여기서 그가 말하는 초현실주의의 은유와 상상력이란 무엇일까. 그것은 아무런 연관이 없는 사물들을 폭력적으로 결합시킴으로써 기존 세계를 낯설게 함은 물론 존재하지 않는 실재를 생성시키는 원리를 가리키는 것으로 보인다. 요컨대 미당은 논리를 뛰어넘어 오로지 즉발적인 감각으로 세계를 파악하고 구성하는 태도의 유사성에서 초현실주의와 불가의 사유를 연결 짓고 있는 것이다.

그러나 미당은, 초현실주의의 아날로지analogy에 대한 욕망이 실재 세계에 대한 변형과 파괴를 통해 추구되는 것이며, 그를 바탕으로 사물화된 현실을 비판하려는 미적 저항의 한 형식이란 사실을 놓치고 있다. 물론 미당의 그것 역시 소극적인 대로나마 현대의 직선적 시간관 및 진보적 세계관에 대한 저항의 일환이란 사실을 아주 부인할 수는 없다.

하지만 서정주의 은유와 상상력은 「인연설화조」에서도 보듯이 아주 폭력적이다. 왜냐하면, 모든 사물들이 그 자체가 목적이 아니라 그 특유의 '영원성'을 증거하고 실현하는 소품과 배경으로 편리하게 동원되고 있다는 인상을 떨칠 수 없기 때문이다. 진정한 아날로지는 "세계의 단일성이

19. 서정주, 「불교적 상상력과 은유」, 『서정주문학전집 2』(일지사, 1972), 266~269쪽.
20. 서정주, 「후기(後記)」, 『동천』(민중서관, 1968), 149~50쪽.

아니라 그 복수성을, 인간의 동질성이 아니라 끊임없이 자신으로부터 갈라져 나오는 분열성"을 표현한다. 다시 말해 "차별성을 소멸시키지 않으면서 서로 다른 말들을 연관"시킨다.[21]

> 내 마음 속 우리님의 고은 눈썹을
> 즈문밤의 꿈으로 맑게 씻어서
> 하늘에다 옴기어 심어 놨더니
> 동지 섣달 나르는 매서운 새가
> 그걸 알고 시늉하며 비끼어 가네
>
> ―「동천冬天」 전문

천이두는 이 시에서 미당이 "매섭기는 하나 별수 없이 지상으로 되돌아올 수밖에 없는 한 마리 새의 모습에서 마침내 자기 시와 구도의 한계를 발견"[22]한다고 말하고 있다. 그러나 나는 특히 마지막 연에서 영원성의 세계에 안착한 그 지고한 정신이 내뿜는 소슬한 위압감을 먼저 느낀다. 요컨대 자연의 미물조차도 그가 주재하는 세상의 원리에 깊숙이 머리 숙이며 따르고 있는 것이다. 자기 시를 '상상과 은유의 아름다운 신개지'라고 자신 있게 말할 수 있는 근거가 여기 어디쯤 있으리라. 그 비근한 현실의 신화화된 세계로의 수직 상승이야말로 예술화된 삶의 한 절정이자 결정이 아닐 수 없다.

그러나 미당은 이즈음의 시에서 '앙상한 정신주의'를 읽으며 "비끼어 가"고자 하는 사람들을 또 한 번의 형식 의지를 통해 붙들어 매니, 『질마재 신화』(1975)가 바로 그것이다. 성聖과 속俗이 거리낌 없이 화통化通하고 있는 이 예藝의 정토淨土는 분명 예술화된 삶이란 그 아찔하고도 매혹적인 정경을 모든 시·공간으로 확장하려는 욕망의 산물이다. 그러나 그는 마음 씨 좋게 헤헤거리는 이야기꾼의 모습과 기억의 절묘한 수용을 통해 주관적

• • •
21. 옥타비오 파스 『흙의 자식들』, 김은중 옮김(솔, 1999), 95~96쪽.
22. 천이두, 「지옥과 열반」, 조연현 외, 『미당 연구』(민음사, 1994), 99쪽.

동일화의 위험성과 폭력성을 교묘히 지워냄은 물론, 생생한 리얼리티를 단숨에 획득해 내는 것이다.

미당 시가 한국 시의 한 절정이자 넘어서야 할 벽으로 오래 남게 된다면, 그 공의 상당 부분은 이러한 언어적 자기 변용의 탁월성에 돌려져야 할 것이다. 더군다나 그것이 단순한 천재의 소산이 아니라 각고의 노력을 사양치 않는 자기 고투의 결과물임에랴.

# 제9장

# 서정주 시에서 '춘향'의 미학과 그 계보

## 1. 현대 시사詩史에서 '춘향'의 호명과 그 계보

'춘향은 만인의 연인이다'라는 명제는 그녀의 이몽룡을 향한 지고지순한 연정과 헌신을 결코 모독하지 않는다. 춘향의 운명적 사랑은 오히려 근대 이후 낭만적 사랑의 열병에서 저항 의식의 호출로까지 전파, 확장됨으로써 개성과 시대를 향한 다채로운 사랑의 문양을 현대 시사에 점점이 수놓는 모본模本으로 정위되었다. 이와 같은 춘향이 마음의 연면한 흐름을 생각하면, 그녀의 열애를 착실히 본뜨려는 후대의 언어는 언제나 다소곳한 몸짓으로 정갈했다는 정념이 먼저 떠오르기 마련이다. 그러나 '영향에 대한 불안'을 넘어서지 못한 순간 모든 춘향은 진작 너덜너덜해진 시의 명부에서 아무렇게나 호명되는 미천한 점고點考의 대상으로 끝내 타락하고야 만다. 그러니 모본 속 춘향은 자기에의 닮음을 존중하면서도 끝내는 그것을 내치는 결별과 망각의 사랑을 후대의 춘향들에게 시위해야 하는 애달픈 운명을 항상 살 수밖에 없는 것이다.

개성적인 사랑의 열병과 그 성취, 혹은 사랑의 파탄과 절멸을 우리 시사에 처연하게 흩뿌린 기억할 만한 춘향들은 그 누구일 것인가. 이들이 있어 최초의 춘향은 여전히 매일매일 '사랑가'를 다시 쓰고 노래하면서 그 어린 춘향들을 품으며 해방하는 의젓한 바리데기로 너끈히 살아가는 것이리라. 그 가운데 그 의장과 취의趣意가 특히 도드라지는 김영랑, 서정주, 노천명, 신경림의 '춘향'을 중심으로 모든 춘향의 경향과 내면을 짚어보면, 춘향들을 둘러싼 시인들의 의지와 욕망, 그리고 거기에 스며든 시대정신을 엿볼 수 있을 것이다.

근대 시에서 춘향 호명의 선편은 김소월이 쥐었는데, 「춘향과 이도령」 (1925)이 그것이다. 이 시는 평양에서 삼각산, 남원에 이르는 국토의 종단, 거기서 만난 "성춘향"에 대한 기쁨을 담담하게 고백하고 있다. 식민지 조선에서 빼앗긴 땅에 대한 상상의 투어리즘tourism과 국토의 영원한 연인 춘향의 재발견은 '장소 상실'에 처한 하위 주체들의 '장소 회복'의 욕망과 긴밀히 연관된다. 그런 의미에서 춘향은 조선적 심상지리 속의 '실존적 내부성', 그러니까 "그 장소에의 소속인 동시에, 깊고 완전한 동일시"를 제공하는 진정한 장소(존재)로 비유될 수 있다.[1]

> 믿고 바라고 눈앞으게 보고싶든 도련님이
> 죽기전前에 와주셨다 춘향春香은 살았구나
> 쑥대머리 귀신얼굴된 춘향春香이 보고
> 이李도령은 잔인殘忍스레 우섰다
> 저 때문의 정절貞節이 자랑스러워
> 「우리집이 팍 망亡해서 상上거지가 되었지야」
> 틀림없는 도련님 춘향春香은 원망도 않했니라
> 오! 일편단심一片丹心
>
> ―김영랑, 「춘향春香」(1940) 부분

영랑의 「춘향」은 여러모로 흥미롭다. 사육신과 논개, 그 닮은꼴로 끝내 옥중에서 삶을 마감하는 춘향, 춘향의 정절에 자랑스러워하다 그녀의 죽음을 두고 자기의 어리석음을 자책하는 이도령이 번갈아 등장한다.

. . .

1. 에드워드 렐프, 『장소와 장소상실』, 김덕현·김현주·심승희 옮김(논형, 2005), 127쪽.

226

이런 정황은 영랑의 「춘향」을 일제에 맞선 저항의 서사로 읽게 한다. 그러나 정녕 중요한 사건은 춘향의 사랑을 실현 불가한 것으로, 또 몽룡의 우월감과 춘향의 구원 실패를 간교한 지식인의 성정性情으로 설정했다는 것이다. 물론 「춘향」은 그녀의 죽음을 방조, 아니 실질적으로 집행한 사회의 부조리와 모순에 대한 리얼리즘적 충동이 구체적이지 않다는 한계가 비교적 뚜렷하다. 춘향과 몽룡의 상황적·내면적 진실성이 식민 공간에 처한 영랑의 울분과 한탄에 기인한 것이라는 제한된 평가는 그래서 가능하다.

이렇게 본다면, 춘향은 식민지 조선의 하위 주체 일반을, 몽룡은 시인 자신을 포함한 지식인 일반을 표상할 수 있다. 식민지의 지식인들, 특히 문화민족주의자들은 스스로를 돛대에 묶어 사이렌의 노래를 견디기보다 1940년을 전후하여 시국 협력의 글쓰기에 적잖이 합류함으로써 조선인 대개를 쑥대머리 형용으로 몰아가기에 이른다. 이런 까닭에 옥에 갇힌 채 몽룡의 빛을 기다리는 춘향의 비극적인 죽음은 연민과 애도의 대상일 수 있다. 하지만 타자, 곧 일본이라는 대代-주체의 극광極光에 부끄럽게 피로披露된 몽룡의 살아 있음은 치욕과 자성, 절치부심의 근거로 작동한다. 김영랑의 「춘향」은 그 부끄러운 민낯을 정확히 예견, 응시하고 있는 것이다.

김영랑의 뒤를 이어 '춘향'을 한국 시의 주인공으로 다시 등장시킨 것은 노천명이었다. 그녀는 해방 직전 써낸 시에서 '춘향'을 아래와 같이 노래했다.

> 무릇 여인女人 중中
> 너는
> 사랑할 줄 안
> 오직 하나의 여인이었다
> ―노천명, 「춘향春香」(『창변窓邊』(1945년 2월호) 부분

전통적인 춘향의 이미지, 곧 이몽룡과의 사랑을 완성하기 위해 지배 계급(양반)의 끔찍한 성폭력에 맞서 목숨과 정절을 기꺼이 바꾸겠다는 춘향의 절대적 의지가 돋보이는 장면이다. 하지만 여기에 더해 노천명은 "한양 낭군 이 도령은 쑥스럽게 / 사또가 되어 오지 않아도 좋았을 게다"라 는 뜻밖의 대목을 더하고 있다. 이때의 '사랑'은 춘향의 '정절'에 결부된 사랑을 초과한다. 오히려 몽룡이라는 '대상'에 대한 사랑이 아니라 춘향 '자신'의 사랑 자체가 숭고화되고 있다. 노천명의 「춘향」은 근대 들어 특권화된 낭만적 사랑, 곧 연인을 향한 친밀함과 열정, 헌신을 구성 요소로 하는 개아(個我)의 사랑에 멈추지 않았다는 평가가 여기서 가능해진다. 이로 써 '춘향'이 특정 이념이나 필요성에 도구화될 가능성이 원천적으로 봉쇄 된다. 이렇듯 '춘향'은 "사랑할 줄 안 오직 하나의 여인"으로 가치화됨으로 써 일제 말 '전선총후'의 총력전 속에서 오롯이 그녀 자체만으로 존립하고 영원화되는 영예를 누리게 된 것이다.

앞선 시대의 '춘향'과 비교해 볼 때 1970년대 이후 '춘향'은 흥미롭게도 더 이상 몽룡을 향한 사랑과 정절의 화신이기를 그치기에 이른다. 그들의 사랑에 앞서, 그들의 고통을 강요한 중세 이념과 현실이 군사 독재와 매판 자본의 끔찍한 모더니티로 전면 치환되었기 때문이다. 과연 송수권은 춘향이 처한 민중 현실을 금권(金權)의 폭력적 지배(「춘향이 생각」)로 상징화 했고, 최하림은 타나토스의 에로스로의 치환, 곧 "죽음은 사랑하는 사람을 위한 사랑"(「춘향비가」)으로 가치화함으로써 춘향을 자유와 평등, 연대의 정신에 헌신하는 이상적 민중으로 끌어올렸다.

> 그날 이도령은 마패 대신 품속에
> 대창을 감추어 들고 왔다
> 헛간에서 사흘을 묵고
> 잃어버린 부대 찾아 산으로 되돌아간 뒤
> 여태껏 소식이 없다
>
> ─신경림, 「춘향전 ─ 운봉에서」(1992) 부분

사랑과 저항을 결속하는 대개의 춘향 변개變改와 달리, 신경림은 "이도령"을 지배 권력에 맞선 파르티잔으로, 춘향을 변학도 천지의 세상에서 숨죽이며 술 따르는 늙은 기생으로 개변改變했다. 제세안민濟世安民의 마지막 권능을 "마패"에서 "대창"으로 옮기는 한편 그에 따른 춘향의 고난과 사랑의 지연遲延을 동시에 현실화하는 역사의식이 돋보인다.

이런 개변은 원전과의 거리를 더욱 확대함으로써 '낯설게 하기'와 민중 계몽의 효과를 더욱 드높인다. 하지만 '의적'(산사람) 모티프는 그 역사성과 진실성에도 불구하고 서사 변개를 우의寓意로 협착시킬 위험성이 없잖다. 만약 이를 무릅쓴 알레고리 전략이라면, 춘향과 몽룡을 이상적이되 허구적인 사랑의 지평보다는 "파편적이고 현실적인 역사성의 세계"[2]에 위치시키려는 진실성에의 의지로 해석될 법하다.

그렇다면 일제와 유신의 시대 사이에 서 있는 해방기 미당의 춘향은 어떤 모습을 띠고 있을까. 미당의 "춘향의 말" 삼부작은 춘향의 민족적 성격은 공유하되, 춘향의 민중성과 저항성의 창조적 발견과 구성에는 비교적 무감했다. 미당은 민중성의 자리에 영원성을 놓음으로써 춘향을 존재론적 초월의 모험자로 위치시켰다. 그러면서 현실 저편의 형이상에 목말라하고 그것을 향해 스스로를 내던지는 예외적 인간형으로 아낌없이 부조했다. 사랑과 죽음과 영원의 삼각 함수가 상호 변신의 원형圓形을 취하고, 향단과 이도령, 심지어 신령님까지 춘향의 영원성 도약을 위한 일개 매개체로 도구화되는 것도 이와 무관치 않다.

산호珊瑚도 섬도 없는 저 하눌로
나를 밀어 올려 다오.
채색彩色한 구름같이 나를 밀어 올려다오
이 울렁이는 가슴을 밀어 올려 다오!

. . .

2. 발터 벤야민, 『독일 비애극의 원천』, 최성만·김유동 옮김(한길사, 2009), 247쪽.

서西으로 가는 달 같이는 나는

아무래도 갈수가 없다.

—「추천사鞦韆詞 — 춘향春香의 말 일壹」(1947) 부분


먼저 「추천사」에 대한 간단한 정보이다. 「추천사 — 춘향의 말 (1)」은 『문화』 3호(1947년 10월)에 발표되었다. 최초에는 6연 구성이었으며, "서으로 가는~" 부분이 "몸짓도, 발구름도 없는 달같이는 / 나는 아무래도 갈 수가 없다"로 되어 있다. 개작 과정을 검토한 김익균의 지적처럼, 천상을 향한 춘향의 육체적 한계 및 극복 욕망과 자유자재로 흘러가는 달의 유현한 움직임이 뚜렷하게 대조된다.[3] 하지만 "몸짓, 발구름"과 같은 육체성을 은폐함으로써 '춘향'과 '달'의 대극적 운동은 더욱 입체화되는 느낌이다. 숨겨진 육체성이 놓인 자리에 춘향의 영혼까지 들어서는 형국이기 때문이다.

이상의 사실을 바탕으로 「추천사」를 읽어보기로 한다. 「추천사」의 핵심 이야기는 '하늘을 향해 울렁이는 가슴, 그러나 "서으로 가는 달"과 같은 능력의 부재' 정도로 정리될 수 있을 것이다. 이 존재론적 모순을 설정하고 해소하기 위해 미당은 '그네'를 영원성을 향한 도약대로 전유하는 형이상적 충동을 발현한다. 그러나 그네의 상하 운동 역시 그녀를 보조하는 향단과 이도령과 마찬가지로 간접적이며 한계적인 대상의 일부이다.

그런 점에서 미당의 영원성 호명은, "나의 시선은 언제나 목전의 현실에선 저쪽이다"[4]라는 오랜 고백에서 보듯이, 한계에 처한 시와 삶의 현실 전체를 갱신하기 위한 시적 모험의 일종이다. 타나토스를 에로스로 마음껏 전유하는 춘향의 목소리가 영원성의 순수시를 '조선적인 것'의 미학과 이념으로 보편화하기 위한 예지叡智적 발화임이 분명해지는 지점이다.[5]

•••

3. 김익균, 「서정주의 신라정신과 남한 문학장」(동국대 박사 학위 논문, 2013), 92쪽.
4. 서정주, 「램보오의 두개골」, 〈조선일보〉(1938년 8월 14일자).

예지의 형상으로서 춘향의 출현은 영원성의 현현과 실제화를 위한 또 다른 춘향들이 시대를 달리하며 계속 출현할 것임을 암시한다. 실제로 그녀와 가족 관계를 형성하는 '사소부인'과 '질마재'의 여성들은 영원성 지향의 춘향이 점차 세속화된 형상이랄 수 있다. 그러나 이들은 삶과 욕망의 현실로 끝없이 낮아짐으로써 오염되고 왜곡된 세속을 더욱 정화淨化하고 성화聖化되는 '현실-내-영원성'의 대표적 체현자들로 전면에 부각되기 시작한다.

이처럼 미당은 일상의 부조리와 춘향의 현실적 고통을 괄호 친 채 "춘향의 말" 삼부작을 영원성에의 윤리와 실재를 향해 쏘아 올렸다. 물론 그 시적 모험은 순순히 승인되기보다 비평적 이념에 따라 상당히 대조적인 해석과 평가를 불러일으켰다. 세 편에 불과한 춘향의 고백을 이후 미당 담론의 지형과 변이의 어떤 촉발점으로 부를 수 있는 까닭이 여기 있다. 점차 이 지대로 현실 순응이니 신라 정신이니 불교적 은유니 민족의 전통이니 과거 회귀니 부족 방언의 마술이니 시국 협력이니 문단 권력이니 하는 미당 점고點考/占考의 언술들이 때로는 호의적으로 때로는 비판적으로 외삽되어 갔음은 널리 알려진 사실이다. 그 대조적 지형을 "춘향의 말"에 대한 여럿의 비평적 조감을 종·횡단하는 방식으로 살펴보면 어떨까.

"춘향의 말" 삼부작, 특히 「추천사」에 대한 김종길의 양가적 평가는 미당 담론의 대조적 국면을 흥미롭게 보여준다. 사실을 말하건대, 그의 「추천사」 비평은 「「추천사」」의 형태」(『사상계』, 1966)가 유일하다. '신비평' 의 리듬과 비유, 상징과 역설적 구조를 동원, "지상의 질서와 하늘의 질서 사이에서 몸부림치는 인간의 비극적 상황을 다룬"[6] 작품으로 「추천사」를 고평한 글이 그것이다. 이에 따른다면, 「추천사」는 그 형식과 내용의

• • •

5. 미당의 춘향은 박재삼과 전봉건의 '춘향'에 깊고 넓은 그늘을 드리운다. 박재삼(『춘향이 마음』, 1962)은 '춘향'을 민족 전래의 '임을 그리는 순정한 여심'으로, 전봉건(『춘향연가』, 1967)은 춘향을 부조리한 현실(감옥)에서 존재 완성을 꿈꾸는 플라토닉한 에로스의 구현자로 심미화했다. 역사 현실에 대한 개입보다 존재 전반의 초월적 가치의 미적 추구가 춘향 변개의 핵심을 이루고 있음이 확인된다.

6. 김종길, 「「추천사」의 형태」, 조연현 외, 『서정주 연구』(동화출판공사, 1975), 49쪽.

완미함으로 말미암아 시인과 비평가, 독서 대중에게 미학적·교육적 가치를 충분히 호소하는 매력적 작품에 해당한다. 하지만 그가 「추천사」만을 특화했다는 것은 "춘향의 말" 삼부작을 구성하는 「다시 밝은 날에」와 「춘향 유문」에 그렇게 호의적이지 않았음을 암시한다.

과연 김종길은 위의 비평이 작성되기 2년 전 미당의 '신라 정신'과 '불교적 은유'에 기반한 작품을 두고 '인간적 이성'과 '현실 감각'을 포기한, 다시 말해 "'이성적 구조'의 결여를 드러내는 작품"으로 신랄하게 비판했던 차였다. 미당은 자신의 시를 '넌센스'와 '광인의 잠꼬대'로 폄하하는 김종길을 향해 삼세인연설과 불교윤회설, 영원성(시간적 영원과 공간적 무한)의 종요로운 가치와 잠재성을 역설함으로써 해당 시편의 윤리성과 정당성을 옹호한다.

『신라초』(1961)와 『동천』(1968)의 일부에 가해진 김종길의 비판과 그에 맞선 미당의 방어는 신령님이 등장하고 춘향의 입을 통해 윤회설이 주장되는 「다시 밝은 날에」와 「춘향 유문」에도 고스란히 적용될 성질의 것이다. 예컨대 그들의 논쟁에서 가장 치열한 접점으로 떠올랐던 "영통자靈通者로서의 역사 참여"는 춘향이 죽음을 영생으로 변환, 전유하는 바로 그 모습이었다.7 이에 반해 이상향에의 꿈과 현실의 초극을 동시에 수행하는 「추천사」는 굳이 종교적 원리나 신화적 전통을 경유하지 않더라도 충분히 이해·공감되는 인간사의 근본적 형상과 욕망을 탁월하게 제시한다. 이런 '이성적 구조'야말로 김종길의 비평에서 「추천사」가 미당과의 날 선 설전 뒤에 오히려 예외적 개성의 모델로 새롭게 가치화되는 심미적 계기였던 것이다.

김종길의 "이성적 구조의 결여"라는 비판은 이후 미당 시의 신비주의적

• • •

7. 김종길과 서정주의 논쟁은 다음과 같이 진행되었다. 김종길, 「실험과 재능 — 우리 시의 현황과 그 문제점」, 『문학춘추』(1964년 6월호) → 서정주, 「내 시정신의 현황 — 김종길씨의 「우리 시의 현황과 그 문제점」에 답하여」, 『문학춘추』(1964년 7월호) → 김종길, 「시와 이성 — 서정주 사백의 「내 시정신의 현황」을 읽고」, 『문학춘추』(1964년 8월호) → 서정주, 「시 평가가 가져야 할 시의 안목 — 김종길씨의 「시와 이성」을 읽고」, 『문학춘추』(1964년 9월호) → 김종길, 「센스와 넌센스」, 『문학춘추』(1964년 11월호). 이상의 논쟁은 손세일 편, 『한국논쟁사 II — 문학·어학 편』(청람문화사, 1976)에 모두 편철되어 있다.

경향과 논리성 일탈, 현실의 순응적 초월과 영원성의 절대화를 향해 발화된 부정적 담론의 한 모델로 작동한다. "춘향의 말" 삼부작을 영원성에의 사적 비전을 향한 시적 책략으로 정의하는 것에 동의할 수 있다면, "역사적 신라가 아닌, 인간과 자연이 완전히 하나가 된, 어떤 정신적 등가물"(김우창)이라든가 "설화의 발굴과 그 해석에서 빚어지는 정신세계"(김윤식)와 같은 부정적 평가는 춘향의 독백에 적용되어 크게 어긋날 것 없다.[8]

임우기는 이와 같은 미당의 정신 구조를 '세속적 삶과의 무갈등'에서 기인한 윤회의 문제성, 곧 "과정이 빠진 결과로의 초월" "이상주의적 초월의 동양적 표현"[9]에서 찾았다. 일찍이 스승 미당의 시 세계를 '시의 정부政府'로 일렀던 고은의 도발적 평론 「미당 담론」[10]은 '이성적 구조의 결여' 문제를 "자아와 세계의 무속적 연결"을 통한 "체질적인 합리화"로 치환했다. 그럼으로써 미당 시의 영원성에 대한 투기投企 일체를 무효화했다. 미당 시학 일체를 "전근대적 설화의 마술"로, 또 이를 토대로 "사람들에게 아픈 진실보다 습기 많은 정한情恨의 질긴 섬유질을 더 많이 내보"였다고 규정짓는 고은의 태도는 무엇을 뜻할까. 어쩌면 그것은 미당의 역사적 모더니티에 대한 어떤 성찰과 초극을 괄호에 넣는 한편 미당을 합리성 이전의 전근대로 전격 귀속시키는 시간에 대한 역변逆變의 행위일지도 모른다.

이처럼 미당의 말년에 올수록 그 시와 정신의 실패 및 타락의 선언이 강화된다. 여기서 영원성 시학의 서사적 완결을 처음 의도했던 "춘향의 말" 삼부작에 대한 잔인한 실패의 언설을 읽어내지 못할 까닭이 없다. 사실 "춘향의 말" 삼부작은 '관능적 생명'에서 '동양적 영원'으로, 드디어는 '성과 속의 혼융'으로 시의 성좌를 구성해 간 미당 시학 전체를 문득 암시하는 동시에 무의식적으로 압축하고 있다는 느낌이 없잖다. 가령

• • •

8. 인용은 차례로 김우창, 「한국 시와 형이상 — 하나의 관점」, 『궁핍한 시대의 시인』(민음사, 1977), 63쪽; 김윤식, 「서정주의 『질마재 신화』 고(考) — 거울화의 두 양상」, 『현대문학』 (1976년 3월호), 249쪽.

9. 임우기, 「미당 시에 대하여」, 『그늘에 대하여』(강, 1996).

10. 고은, 「미당 담론」, 『창작과비평』(2001년 여름호).

현실 원리에 놓인 그네의 춘향과 신령님과 만난 춘향의 영원성 각성, 생사의 동시적 초월과 통합에 이른 춘향을 떠올려보라. 지상의 존재로 천상을 꿈꾸는 춘향의 낭만적 아이러니는 한계적 인간의 보편적인 욕망이므로 어떤 면에서 "춘향의 말" 삼부작은 우리 삶의 보편적 서사이기도 하다.

이 때문일까. "춘향의 말"에 대해 김재홍은 "삶의 정신화와 정신의 투명화를 획득하기 시작한 것"[11]으로, 김화영은 "지상적 세계에서 투명한 하늘로 상승하는 운동의 행진곡"이자 "수평 이동에서 수직 상승으로의 전환에서 얻어지는" "곡선의 궤적"[12]으로 파악한다. 이런 삶의 변화와 정신의 운동을 서정주 시학을 관통하는 방법으로 양식화한 것은 황현산이다. 그에 따르면 "그네 타기라는 모험의 길"이 불가능해질 때 춘향, 아니 미당이 선택하는 방법이 "서으로 가는 달의 길"이다. 미당은 이 유현한 길을 통해 "서구 시가 도시적 충격과 감각의 극대화를 통해 얻어내게 되는 이미지를 민족 정서의 친근한 풍경의 그것으로 바꿀 수 있게 된다"[13]는 것이다.

한편 김익균은 「춘향 유문」의 경우 「국화 옆에서」의 미학에 흡수되나 「추천사」는 미당이 상찬했던 '희랍의 입상'에 대한 '영향의 불안'을 넘어 '한국적 입상'을 성취한 작품으로 적극 해석했다. 미당은 '비너스'를 '정서의 파도 위로 솟아오르는 육체성'의 구현자로 보았는데, 춘향 역시 '놀이에서의 진지성'을 가지고 한계를 초월코자 한 그런 육체성의 소유자라는 것이 그의 주장이다. 실제로 김익균은 「국화 옆에서」와 「춘향 유문」을 미당이 자작시 해설에서 언급했던 『주역』의 '운행우시雲行雨施'의 상상력을 참조하여 동일 계열의 시로 한데 묶었다. 그것은 "우리가 모두 죽어서 썩어서 증발해서 날라가면 구름이 될 것 아니겠습니까. (…) 그 구름은 많이 모이면 비가 되어서 이 땅 위에 내릴 것만은 사실입니다."라는 상상력이다.[14]

• • •

11. 김재홍, 「미당 서정주 — 대지적 삶과 생명에의 비상」, 『한국 현대 시인 연구』(일지사, 1986), 334쪽.
12. 김화영, 『미당 서정주의 시에 대하여』(민음사, 1984), 51~52쪽.
13. 황현산, 「서정주, 농경 사회의 모더니즘」, 조연현 외, 『미당 연구』(민음사, 1994), 490-492쪽.
14. 서정주, 「일종의 자작시 해설 — 부활에 대하여」, 『시창작법』, 선문사, 1949, 103쪽.

그가 제기한 '놀이에서의 진지성'은 가다머의 입론을 빌린 것으로, "놀이함 그 자체에는 어떤 독특한, 아니 어떤 신성한 진지성이 존재한다"는 것이 핵심이다.[15] 이 놀이의 입론은 기실 '기호 놀이'로서 시(적 충동)에도 얼마든지 적용 가능하기에 꽤나 중요롭다. 그네 타기가 한계의 초월과 영원성에의 도약을 위한 육체적 투기投企라면, 시는 현실의 성찰과 세계에의 참여를 토대로 현실 저편으로 우리의 영혼을 밀어 올리는 미적 투기에 해당한다. 미당의 '떠돌이' 의식이 갈 곳 없는 삶의 유희나 방기放棄는커녕 '영원성'으로 충만한 삶과 순수시를 건축하기 위한 미적 충동에 의해 끊임없이 보충·유지된 정동情動의 일환이라면, 그것 역시 '신성한 진지성'이 울울한 처연하고도 명랑한 놀이의 일종일 것이다.

이상의 논의는, 춘향, 곧 미당의 초월주의에서 역사적 전망과 논리성의 결여를 읽었던 부정적 시각에 비해, 존재의 완미함과 영원성을 갈망하는 미당의 (정신적) 생명 충동에 대체로 긍정적이다. 이들은 현실을 건너뛴 미당식 영원주의의 관념성과 보수성을 비판하면서도, "춘향의 말" 연작의 생명적 계기, 황현산의 말을 빌린다면, "천 년을 잠든 땅에 깊이를 주면서 동시에 거기 내장된 깊이를 꺼"내는 내면의 역능성에 깊이 감응했던 것이다.

그렇지만 우리는 이상의 비평이 「추천사」의 언저리를 크게 벗어나지 못한다는 사실을 아쉬워할 수밖에 없다. 비록 「추천사」가 인간의 보편적 운명과 욕망, 시적 긴장과 복합성의 측면에서 「다시 밝은 날에」와 「춘향 유문」을 압도한다 할지라도, 미당 시학의 암시와 전개를 파고들자면 "춘향의 말" 전반은 물론 그것을 둘러싼 시적 맥락과 창작의 정황에 더욱 세심할 필요가 있다.

일례로 나는 "춘향의 말" 삼부작을 '영원성'의 내적 논리와 확실성을 좀 더 강화하려는 노력으로 보면서 미당 발發 '영원성' 담론을 "지금의 내부에 존재하는 법"으로 해석했다. 이럴 경우 미당의 현실 초월의 포즈는

• • •

15. 김익균, 「서정주의 신라정신과 남한 문학장」, 65~69쪽 및 83~96쪽.

역사 현실에 대한 맹목적 거부나 비루한 현실에 항抗한 자기 보존의 책략으로만 한정될 수 없다.[16] 무슨 얘기인가 하면, 연구자 이경수는 "춘향의 갈등은 아직 시인에게 남아 있는 (해방 이후의 — 인용자) 현실 세계 — 사회적인 의미와 개인적인 의미를 모두 포괄하는 세계 — 에 대한 미련과 갈등의 또 다른 표현"으로 이해한다. 하지만 "춘향의 말" 삼부작은 고소설 『춘향전』이 가지는 사회적 연관을 축소시키는 방향으로 나아감으로써 '영원한 사랑'에 도달하는 결과를 낳았다고 지적한다. 적어도 해방기에 한정해 본다면 이경수의 해석은 대체로 타당하다. 하지만 이런 '자아의 서사'는 미당 시학 내내 반복·지속된 개성적 특질 가운데 하나임을 각별히 주의할 필요가 있다.

그러나 내 견해를 밝히건대, "춘향의 말" 삼부작은 자아의 미래 기획과 내적 소망이 일치하는 삶의 궤도를 구축하려는 에로스 충동으로 얼마든지 해석할 수 있다. 미당은 그것을 "영원의 일요일과 가튼 내 순수시의 춘하추동"[17]에 기입하여 숭고화하고자 했다. 그러니 '그네'의 춘향에서 "구름이 쏘내기되야 퍼"(「춘향 유문」)붓는 춘향으로 성숙, 변신하는 자아—서사를 담은 "춘향의 말" 삼부작은 그 중간 결산의 일종인 셈이다.[18]

하지만 이제야 고백하건대, 미당 발發 춘향 담론에 대한 2000년 전후의 나의 해석은 미완성인 채로 남겨진 감이 없잖았다. 특히 박사 학위 논문을 작성하며 나는 "춘향의 말" 연작을 둘러싼 역사 현실 못지않게 그것이 미당 시학에서 차지하는 의미 맥락과 텍스트 형성 과정에 초점을 맞추었다. 그 잠정적 성과로 첫째, "춘향의 말" 삼부작과 시집 미수록 시 「통곡」(『해동공론』, 1946년 12월호), 「춘향옥중가 (3)」(『대조』, 1947년 11월호)의 상호 텍스트성을 새로 밝힌 것, 둘째, 고소설 「춘향전」에 대한 관심과 그 시적 개조가 민족적 전통과 관련한 미적 취향의 단조로운 반영이 아니라 이후

• • •

16. 이경수, 「서정주와 박재삼의 '춘향 모티프 시 비교 연구」, 『민족문화연구』 29호(고려대 민족문화연구소, 1996), 175~176쪽.

17. 서정주, 「램보오의 두개골」, 〈조선일보〉(1938년 8월 14일자).

18. 자세한 내용은 졸저, 『서정주 시의 근대와 반근대』(소명출판, 2003), 149~160쪽.

미당의 일대 사업이 되는 연기설과 윤회설, 나아가 영원성을 삶과 시의 내적 논리로 육화하기 위한 절치부심의 노래였음을 밝힌 것을 꼽을 수 있다.[19]

이에 반해, 미해결인 채로 남겨둔 문제 또한 분명했다. 연작인 「춘향옥중가」의 나머지 작품 발굴과 성속일여聖俗一如의 '한국적 입상'으로 조형되기에 이른 것으로 새삼 평가된 '춘향' 상像의 전후 맥락과 변신을 살펴보는 작업이 그것이다. 한데 마침 연전에 새로 확보된 「춘향옥중가 — 이몽룡씨에게」의 존재와 해방기 춘향 관련 시편을 "춘향의 말" 계열과 "이몽룡에게" 계열로 양분해 특히 「추천사」의 의미를 새로 고구한 젊은 연구자의 논문은 미완의 과제에 접근할 새로운 통로를 마련해 주었다.

새 자료와 패기 있는 젊은 연구자의 논문 이야기는 잠시 뒤 세세히 논하기로 하자. 다만 이에 대한 논의는 첫째, 반쪽에 그쳤던 연작시 「춘향옥중가」의 온전한 제시, 둘째, 「춘향옥중가」와 "춘향의 말" 삼부작의 동시 창작 및 「춘향옥중가」 탈락의 문제, 셋째, '옥중'이라는 비극적 시공간이 고소설 「춘향전」에 맞먹는 시공간으로 넓혀짐으로써 획득되는 자아—서사와 시적 지평의 확장 문제, 넷째, 거기 수반되는 미당의 미학적 반응, 특히 해방 이후 역사 현실에 대한 시적 대응 및 그에 대한 부정적 시각을 해소하기 위해 감행된 몇몇 시적 모험에 대해 폭넓게 사유할 계기를 마련해 줄 것이다.


## 2. 「춘향옥중가」를 버리고 "춘향의 말"을 취한 까닭

해방기 미당이 창작한 춘향 관련 시편은 총 6편에 해당한다. 이 가운데

• • •

19. 졸고, 「전통의 변용과 현실의 굴절 — 1945~1955의 서정주 시집 미수록 시 연구」, 『한국문학평론』(1997년 봄호) 및 「서정주와 영원성의 시학」(연세대 박사 학위 논문, 2003). 두 논문과 「통곡」, 「춘향옥중가 (3)」은 졸저, 『서정주 시의 근대와 반근대』(소명출판, 2003)에 수록되었다.

이몽룡을 만나고 헤어지는 춘향의 대조적 내면이 아프게 술회되고 있는
「통곡慟哭」을 먼저 읽어보기로 한다.

> 이리도 쉽게 헤어져야할
> 우리들의 사랑이었더라면
> 만나서 반가워 소리쳐 우던 날의
> 통곡慟哭을 통곡慟哭을 그치지말것을!
>
> ─「통곡」 부분(『해동공론』, 1946년 12월호)

미당은 만남의 희열을 이별의 슬픔과 접속시키며 두 정서의 공통점을
'통곡'으로 묶어내고 있다. 만남과 이별을 등가로 위치시킨 한용운의 「님의
침묵」보다는 이별에 초점을 맞춘 김소월의 「진달래꽃」에 더욱 가까운
발상으로 느껴진다. 그러나 기쁨의 '통곡'을 이별의 '통곡'보다 본원적이며
절대적인 것으로 승화시킴으로써 '회자정리會者定離'의 비운을 '거자필반去
者必返'의 행복으로 전환시킬 묘수를 잊지 않고 숨겨둘 줄 아는 지혜가
돋보인다.

나머지 5편은 다음과 같다. 「춘향옥중가春香獄中歌 ─ 이몽룡李夢龍씨에게」
(『대조』 2권 1호, 1947년 5월), 「추천사鞦韆詞 ─ 춘향春香의 말 일흘」(『문화』
3호, 1947년 10월), 「춘향옥중가春香獄中歌 (3)」(『대조』 2권 3호, 1947년 11월),
「춘향 유문春香 遺文 ─ 이몽룡李夢龍에게」[20](『민성』 26호, 1948년 5월), 「다시
밝은 날에 ─ 춘향春香의 말 이貳」(출전 미상)이 그것이다. 참고로 말해,
「다시 밝은 날에 ─ 춘향의 말 (2)」는 현재까지 창작 시기와 출전이 확인되
지 않는다. 김학동은 "「다시 밝은 날」(『대조』, 1947년 11월호) | 「춘향옥중
가」"로 출전을 밝혀, 두 텍스트를 동일한 것으로 처리하고 있으나 잘못이
다.[21] 김익균은 학위 논문(73쪽)에서 출전을 "『대조』, 1947. 5"로 밝히고

• • •

20. 이후 『서정주시선』(정음사, 1956)에 실리며 「춘향 유문(春香 遺文) ─ 춘향(春香)의 말
    삼(參)」으로 제목이 수정되었다.
21. 김학동, 『서정주 평전』(새문사, 2011), 314쪽.

238

있으나, 여기 실린 시편은 「춘향옥중가 — 이몽룡씨에게」이다. 김익균에게 원텍스트 소장 여부를 문의했으나, 「다시 밝은 날에」만 빠져 있다며 그 착오를 인정했다.

예민한 독자라면, 내가 '춘향' 시편을 시기순으로 나열하고 있음을 눈치채고 있을 것이다. 그 까닭은, 첫째, 발표 시기에서 보듯이, 「춘향옥중가」와 "춘향의 말" 연작이 경쟁 관계에 있었거나 전체 '춘향' 시편의 두 부분으로 존재했을지도 모른다는 것, 둘째, 하지만 끝내는 「춘향 유문」의 창작 이후, 혹은 시집 편찬 이후 「춘향옥중가」가 탈락했다는 것, 셋째, 창작 시기가 불분명한 「다시 밝은 날에」가 의외로 "춘향의 말" 삼부작의 열쇠를 쥐고 있을지도 모른다는 것, 넷째, 각 시편들의 부제에 주목하여 '춘향' 시편을 "춘향의 말" 계열과 "이몽룡에게" 계열로 나누는 연구 방법에 문제가 있을 수도 있다는 사실을 밝히기 위해서다. 특히 이 문제와 관련해 미리 말한다면, 오히려 각 시편의 화자와 청자 관계를 주목할 때 「춘향옥중가」의 탈락과 "춘향의 말"의 삼부작 구성의 원리가 더욱 명료해진다는 점이다.

지금부터 그 실체가 비교적 분명해진 「춘향옥중가」를 중심으로 1장의 말미와 방금 언급한 문제들을 살펴보기로 한다. 우선 창작 시기 및 형태의 문제이다. 「춘향옥중가」는 1947년 『대조』 2권 1호(5월)와 2권 3호(11월), 곧 6개월의 시차를 두고 연작시로 발표되었다. 후자의 제목이 「춘향옥중가 (3)」인 것으로 보아 「춘향옥중가 (2)」가 따로 창작되었을 것으로 짐작된다. 하지만 사실을 말하건대, 「춘향옥중가 (2)」는 애초에 창작되지 않았다. 왜냐하면 「춘향옥중가 — 이몽룡씨에게」는 '가'연~'바'연으로, 「춘향옥중가 (3)」은 '바'연~'아'연으로 구성되는바, 그러나 흥미롭게도 앞의 시 '바'연과 뒤의 시 '바'연이 정확히 일치하기 때문이다. 짐작컨대 미당이 '가'연~'아'연으로 구성된 「춘향옥중가 — 이몽룡씨에게」를 보냈으나, 그것을 6개월의 시차를 두고 두 편으로 나누어 분재한 『대조』의 실수로 후자에 잘못된 제목(「춘향옥중가 (3)」)이 부여된 듯하다. 이에 대한 강력한 물증의 하나가 시기는 물론 화자–청자 관계에서 특히 밀접한 「춘향 유문 — 이몽룡에게」일 것이다. 동일한 청자 '이몽룡'을 설정하는 시편들을 대상으로, 부제 '이몽룡씨에게'를 어느 것은 넣고 어느 것은 빼고 하는 태도는 감각과 구성에 용의주도했던 미당의 시 쓰기치고는 쉽사리 납득되지 않는다.

다음으로 고소설 「춘향전」의 시적 전유 문제이다. 고난을 무릅쓴 끝에 영원한 사랑의 지평에 올라선 춘향의 서사는 전근대 시기에는 중세적 계급과 성, 이념을 초월한 지고지순한 사랑으로, 근대 들어서는 그것을 계승하는 동시에 낭만적 사랑의 정당성과 우월성을 확증하는 매혹적인 기호였다. 미당은 「춘향전」의 무한한 확장력을 일대 사업으로 작정한 영원성의 각성과 각인에 지혜롭게 적용시켜 내면화한 것으로 여겨진다. 춘향과 사랑의 보편성 및 그에 대한 독자 대중의 호응은 주관적이고 관념적인 '영원성'을 향한 어떤 비판을 넘어서는 동시에 춘향을 빌린 자아의 서사에 대한 신뢰를 더욱 다지는 계기로 작용했을 것이다.

물론 미당의 춘향 선택은 시적 전통의 계승과 재구조화라는 측면에서도 간교하다 싶을 만큼 탁월한 것이었다. 전근대의 춘향과 미당의 춘향 사이에는 유의미하게 참조할 춘향들이 존재했으니, 소월과 영랑의 춘향이 그것이다. 우리는 미당이 자기 세대의 지표를 편偏 내용과 기교주의로 경사된 카프(임화)와 이미지즘(정지용)의 거절과 극복에 두었던 것을 기억한다. 하지만 이 세대론적 저항과 자기 서정의 구축은 또 다른 '영향의 불안'을 요구했는바, 그 모델은 김소월과 김영랑이었다. 근대 시 발發 전통적 서정의 계보학은 김소월 — 김영랑 — 서정주 — 박재삼으로 흔히 파지되고 구성된다. 이 계보는 무엇보다 '민족의 정한'을 둘러싼 서정의 감각과 구성법의 공통성을 중심으로 작성된 것이겠다.

그러나 그 밑자리에는 미당의 새로운 시적 계열에 대한 구성 욕망, 그러니까 임화와 정지용의 근대성·이념성에 항抗하는 한편 초계급적 민족의 낭만화와 현실 초월에 방점을 찍은 '순수시'를 전면에 부감시키려는 매우 의도적이며 명민한 책략이 꿈틀대고 있다. 해방 이후 미당은 자신의 시적 재능을 고평하며 『화사집』(1941) 출간 기념식에도 참여했던 임화와 정지용으로부터 점차 멀어졌던 반면에 김소월과 김영랑을 한국 시인 부락의 전범典範으로 본격 호명하기 시작했다. 그 원인을 개성적 음률을 구축하려는 미학적 충동, 다시 말해 상당 기간 조선 시단을 장악했던 편 내용과 기교주의에 대한 거부로만 파악하는 것은 어딘지 모르게 단선적이다. 보수 우익의 문학 단체 '청년문학가협회'의 핵심 멤버로 참여한 미당에게 월북한 임화나 '국민보도연맹'에 나포된 정지용은 이미 사망한 김소월이나 보수 문단의 핵심 멤버였던 김영랑과 달리 매우 위험하고 불온하며 그래서 배제되어 마땅한 선배들이었다. 물론 미당은 임화와 정지용을 직접 비판하기보다 김소월과 김영랑의 위상을 드높이는 방식으로 과제를 산뜻하게 실천했다.

　과연 서정주는 소월의 시에서 "한국의 과거세의 전체 정서의 파도 속"으로 돌아가 "한국의 입상"[22]을 부조하는 극적 장면을, 영랑의 시에서 '촉기', 즉 "같은 슬픔을 노래 부르면서도 그 슬픔을 딱한데 떨어뜨리지 않는 싱그러운 음색"[23]을 새롭게 발견하고, 그것을 자기 시와 한국 시의 음역으로 끌어들이는 작업에 몰두했다. 그럼으로써 소월과 영랑은 민족적·전통적 서정의 주류로 그 위상이 더욱 확고해졌고, 미당 자신 그들의 적통으로 현대 시사에 자의 반 타의 반 등재되기에 이른다. 이런 정황을 참조한다면, 소월과 영랑의 춘향 시편이 미당의 춘향 시편에 어떤 식으로든 유의미한 모티프를 제공했을 것임을 짐작하게 한다. 우리는 소월의 「춘향과 이도령」에서 '한국적 입상'으로 가치화된 춘향을, 영랑의 「춘향」에서 옥중의 고통과 죽음을 민족적 저항의 지표로 승화시키는 춘향을 앞서 보았다. 미당은 '춘향' 시 5편을 통해 소월과 영랑의 춘향을 통합하는 한편 춘향을

• • •

22. 서정주, 「김소월시론」(『해동공론』, 1947년 4월), 서정주 외, 『시창작법』(선문사, 1949), 118쪽. 이외에도 미당은 『작고시인선』(정음사, 1950)과 『현대조선명시선』(온문사, 1950)에 소월의 시를 가장 많이 수록하였다. 이와 같은 일련의 정전화 작업은 「김소월과 그의 시」, 『한국의 현대 시』(일지사, 1969)로까지 뻗어나갔다.

23. 서정주, 「영랑의 일」, 『현대문학』(1962년 12월호), 228~229쪽 참조. 미당은 영랑의 시 역시 『현대조선명시선』(온문사, 1950)에 다수 게재했다. 또한 「영랑의 서정시」, 『문예』(1950년 3월), 「영랑의 회상」, 『문학사상』(1995년 5월) 등을 발표, 영랑을 현대 시사의 주류로 계속 밀어 올렸다.

민족적 전통을 보지하면서도 보편적인 존재론의 입상으로 가치 잉여함으로써, 적어도 그들의 춘향에 대한 '영향의 불안'을 기꺼이 인정했음은 물론 이론異論의 여지없이 초극했던 것이다.

이상의 외재적 비평을 토대로 「춘향옥중가」의 가치와 의미를 더욱 섬세하게 또 입체적으로 읽어보자. 물론 이 과정에서 "춘향의 말" 삼부작은 징후적인 비교 대상으로 끊임없이 호출될 것이다. 이 작업은 「춘향옥중가」의 탈락과 "춘향의 말" 연작의 부감을 객관화·입체화하는 수순이기도 하다.

가

   도령님 이제는 그저 다만 어저러울뿐입니다.

   머언 꿈가치,

   그대, 내 가슴속에 아렴풋이 살어있어

   춘향아, 춘향아, 손저어 부르는듯,

   애써 귀종그런 깊어가는 밤바람에

   문틈으로 슴여드는 두견새 슲은 사설.

   눈물이 아롱아롱 고일ㅅ번하다가도

   칼매인 목에 마처 참아 아니 흐릅니다.

나

   도령님 떠나가신 풀꽃핀 산하눌에

   눈망울을 잠거 기다리든 삼년은

   외줄기 그리운정 머리끝까지

   나날이 짙어가는 병도 또한 자랑이드니,

   굴로 사령들의 모진 사매에는

   입설 악물고 쓰러저, 쓰러저서도

   다시 한번 가치우면 북향의 바람벽에

   스스로히 쏠리는눈 감ㅅ지말자 맹서했든

   춘향의눈이 이젠 사르르 감기어오나이다.

**다**

해뜨면 해빛에 어려,

비나리면 비ㅅ발에 서려,

물ㅅ감처럼 슴이여든

그대음성, 그대웃음, 그대의 이름,

그냥 여기두고 숫딜이는 핏줄이 멈춰

한번 가면 그뿐,

영영 그대 다시 내게는 없나이까

**라**

도령님. 그날이 바로 단오였나봅니다.

소상강 물구비에 시체로 떠나려갔다는

젊은 굴월이의 정으로 살찐 창포닢에

깜어느린 머리ㅅ채의 정절을 기약하든

철모르는 가시내, 불상한 가시내들의,

산ㅅ골에, 들녘에, 또 바닷가에,

꿈길만 서—ㄴ한 단오였나봅니다.

**마**

어엾블스록

수집을스록

계집애들은 불상해 죽겠어요.

**바**

도령님. 그날이 바로 단오였나 봅니다.

광한루 초록개와 물결친 집웅위에

혼령같은 제비가 미끄러저 나부끼든

그날은 그저 아득하였나이다.
언덕 넘어 말방울소리 찬란히……
그대, 내 산령혼에 도장 찍어가옵시는
기쁨이랄지 황홀이랄지 가슴이 황만하야
향그러운 어느 바닷속같은
그대, 그저 아득하였나이다.


사

가지 가지 시름으로 뻗은 버들가지에
오르나리든 근네ㅅ줄이 기척없이 서,
숨도 크게 쉬지못한
남달리 어리석은, 내눈에서
그대는 맨처음 무엇을 읽으셨나이까.


아

강물에 아른대는 하늬바람처럼
사랑은 오시여서 크으다란 슬픔이심.
한번 와선 아니가는 오롯한 슬픔이심.
애살풋이 그대 내게 처음 웃음 지우시든
그리움의 그뜻, 춘향은 아니이다.

　　　　　　　　　　　　—「춘향옥중가 — 이몽룡씨에게」 전문


　「춘향옥중가」는 두 가지 시공간으로 구성된다. 죽음 직전에 다다른
춘향의 옥중 상황을 다룬 '가'~'다'연이 하나라면, 그네 뛰던 단옷날 '이몽
룡'과의 만남을 회상하는 '라'~'아'연이 또 다른 하나이다. 옥중 상황은
현재의 시공간을 구성한다. 되돌아올 줄 모르는 이도령을 옥중에서 3년이
나 기다린 끝에 춘향은 드디어 "눈이 이젠 사르르 감기어오"는 죽음의
순간에 처하며, 마침내는 "영영 그대 다시 내게는 없나이까"라는 한탄과

원망을 자아내고야 만다. 삶의 의미와 존재의 소거를 동시에 집행한다는 점에서 춘향에게 '감옥'은 더 이상의 정체성 보존과 재구성을 거부하는 장소 상실의 공간이다.

하지만 삶의 유한성과 현실의 폭력성, 그에 따른 니힐리즘을 초극함과 동시에 사령死靈의 음흉한 환대를 삶의 유의미한 결절점, 그러니까 영원성 진입의 단초로 전유하기 위해서는 타나토스의 감옥을 자아 보존과 완성의 진정한 장소로 뒤바꾸지 않으면 안 된다. 춘향의 과거 회상, 즉 이몽룡을 만난 단오의 풍경 및 내면의 정서를 총 5연에 걸쳐 상술하는 태도는 그런 필요성 때문이다. 그렇지만 미당은 「춘향옥중가」에서도 춘향과 도령님의 만남을 희열과 낭만의 감각으로만 채색하지 않는다. 「통곡」에서 그랬듯이, 도령님의 "사랑은 오시여서 크으다란 슬픔"이고 "한번 와선 아니가는 오롯한 슬픔"('아'연)인 것이다. 만남의 희열을 이별의 예감이 제약하는 형국인데, 그나마 다행인 것은 "그대 내게 처음 웃음 지우시든 / 그리움의 그뜻, 춘향은" 알고 있다는 예지의 고백이 덧붙여 있다는 사실이다. 도령님의 "그리움의 그뜻"에 대한 춘향의 예지가 다행을 넘어 의미심장하다면 무슨 까닭일까.

「추천사」에서 고백한바 인간적 한계의 초극과 '달'로 상징되는 우주의 충만한 질서, 다시 말해 '시간적 영원과 무한한 공간'에 참여하기 위해서는 '그네'와 '향단' 이상의 조력자가 절실했을 것이다. 미당은 도령님과의 만남을 '슬픔'과 '그리움'으로 이중화했다. 이는 이몽룡이 현실 원리에 결박된 향단이나 그네와 달리 현실 저편에 적을 둔 이상적 존재임을 암시하는 미적 장치에 해당한다. 춘향이 죽음에 처한 순간에야 도령님을 향한 본원적 '슬픔'과 '그리움'을 숨김없이 토로한다는 사실은 도령님이 '영원성'의 길을 안내하는 자애로운 영매靈媒임을 암시한다. 이 순간 춘향에게 극한 고통의 '감옥'과 '죽음'은 오히려 '영원성'으로 진입하기 위한, 그래서 환대되어 마땅한 묵시록적 환난으로 그 의미 맥락이 재조정된다고 보아 무방하다.

그러나 이도령의 위상을 영매로 상정한다 해도 의문이 남는다. 적어도 영매라면 "서으로 가는 달"에 방불한 자유자재한 운신運身의 목록 몇 가지라도 자랑해야 마땅하지 않을까. 그렇지 않을 경우, 이도령의 영매적 위상은 춘향의, 바꿔 말해 시인 자신의 주관적 상상력에 의해 남조濫造된 신성성으로 폄하될 위험성이 다분하다. 이런 관점에서 보면 「춘향옥중가」는 여러모로 실패작이었을 여지가 충분하다.

첫째, 「추천사」와의 관련성 때문이다. 발표 시점은 「춘향옥중가 ─ 이몽룡씨에게」(1947년 5월)가 「추천사 ─ 춘향의 말 일壹」(1947년 10월)보다 5개월 정도 앞선다. 「춘향옥중가」와 「추천사」가 '춘향' 연작 내의 부분들이기보다, 「춘향옥중가」와 "춘향의 말" 삼부작이 따로 창작되었을 것이라는 가설에 힘을 실어주는 요소 가운데 하나이다. 그러나 만약 '춘향' 연작시의 일부들이라면 「춘향옥중가」내 춘향의 각성을 보충할 시편으로 「추천사」가 요청되었다고 볼 수 있다. 물론 춘향 시편들의 서사에 맞춰 발표 시기와 상관없이 「추천사」가 「춘향옥중가」보다 먼저 창작되었다고 볼 수도 있다.

그렇지만 경쟁작으로 보든 '춘향' 연작시의 일부로 보든, 「춘향옥중가」는 「추천사」에서 제기된 물음에 대한 매혹적인 답변에 미달한다. 춘향은 '달'에의 참여를 욕망했지만, 그것을 이끌 도령님은 현실 저편의 존재임을 암시하면서도 '슬픔'과 '그리움'으로만 표상되고 있을 따름이다. 그럼으로써 시인 자신과 독자 대중에게 미적 충격과 강력한 흡입력을 제공해야 했던 '영원성'에 대한 감각적 구체화는 미래의 과제로 남겨지고 말았다.

둘째, 앞서의 한계는 청자의 설정에서 어쩌면 당연한 것이었다. 도령님이 청자로 상정되는 한 춘향의 그에 대한 가치화의 편폭은 현실의 시공간을 끝내 벗어날 수 없다. '슬픔'과 '그리움'으로 도령님의 영매됨을, 따라서 현실에 부재한 절대적 존재임을 암시하지만, 이미 고소설 「춘향전」에 익숙한 독자들은 감옥에서 춘향을 구출하는 어사또 이몽룡을 먼저 떠올릴 가능성이 농후하다. 그렇다면 「춘향옥중가」는 춘향과 도령님이 함께 등장하는 서사적 핵심을 구성했지만, 그래서 오히려 그들 사랑의 불가능성을, 또 영원성에의 참여 불가능성을 널리 알리는 자기 역습의 시편으로 그

형질이 변환된 셈이지 않은가.

사실 미당은「춘향옥중가」의 이런 결여를 보충할 기회가 아주 없지는 않았다. '가'연~'아'연으로 구성된 연작시라면, 뒤를 이어 도령님의 영매적 위상을 보충하고 구체화하는 대목을 상정하는 작업이 어려웠을 리 없다. 그러나 미당은 그 기회를 의도적으로 회피한 것처럼 느껴진다. 미당에게는 춘향의 욕망 실현에 열쇠를 쥔 도령님의 신성성 제시가 줄곧 어려운 문제로 남겨지곤 했다. 만약「춘향옥중가」가 연작시 춘향 시편의 일부라면,「추천사」에 비해 지나치게 장황하고 긴장감 없는 구성과 상식적 진술 역시 불만족스러웠을 것이다.「춘향옥중가」에 대한 개작의 불가피성이 더욱 뚜렷해지는 지점이다. 그런데 놀랍게도 미당은 아예「춘향옥중가」를 버리고,「다시 밝은 날에 ─ 춘향의 말 이Ⅱ」를 창작,「춘향옥중가」를 대체하는 방식으로 춘향 연작의 완성을 도모하는 시적 모험을 감행했다, 라는 것이 이 글의 잠정적 가설이다.

이 가설은「춘향옥중가」는 미완인 채 남겨졌으며, 춘향의 영원성 참여에 필요한 자기─서사의 완결을 위해「다시 밝은 날에」와「춘향 유문」이 보충되었다는 창작의 지형을 전제한다. 사실 원전이 명확한 '춘향' 연작 4편을「춘향전」에 방불한 시간적 서사에 맞춰 정렬하면,「추천사」에서「춘향 유문」에 이르는 춘향과 도령님의 사랑 서사가 일목요연하게 구성된다. 그러나 부제 "춘향의 말"과 "이몽룡에게"를 중심으로 '춘향' 연작을 구분하면 결정적 장애가 발생한다. 재차 강조하건대, '달'에의 동일시를 꿈꾸는 춘향의 욕망과 그것을 매개하는 영매 '도령님'의 이상적 통합이 들어설 자리가 없다는 점이 그것이다.

이런 정황에 주목하면,「춘향옥중가 (3)」이 발표된 지 6개월 뒤에「춘향 유문」이 등장하는가가 비교적 뚜렷해진다. 두 시편의 무난한 연결 고리의 설정 문제가 그것이다. 미당은 그것을「춘향 유문」에서 도령님을 만난 단오 풍경 및 "그리움의 그뜻"을 '운행우시'의 윤회설로 전유하는 장면으로 구성하여 해결한다. 그래도「춘향옥중가」와「춘향 유문」의 화자─청자인 춘향과 도령님의 상호 전유나「춘향 유문」에서의 춘향의 변신은 이성적 구조가 꽤 미비하다는 점에서 여전히 문제적이다. 미당이 이런 약점을 몰랐을 리 없으며, 그것은 필연적으로 「춘향옥중가」를 대체할 시편의 창작 욕구를 불러왔을 것이다. 이 지점, 우리에게도 「다시 밝은 날에」의 창작 시점을 다시 묻게 하는 시적 고고학의 현장이다.

"춘향의 말" 삼부작을 중심에 둔다면, 영원성을 향한 자아–서사의 완성이라는 측면에서 「다시 밝은 날에」가 「춘향 유문」에 앞서 창작된 것으로 이해하는 것이 더욱 타당하다. 하지만 「춘향 유문」의 부제 "이몽룡에게"를 상정하면, 어쨌든 추상적이나마 '도령님'을 향한 본원적 '슬픔'과 '그리움'을 발판 삼아 「춘향 유문」으로 도약했다는 창작 순서의 설정 역시 가능했다. 이럴 경우, 「다시 밝은 날에」는 「춘향 유문」의 뒤로 그 창작 시점이 밀려날 수도 있다. 심지어는 미당이 「추천사」~「춘향 유문」의 부제를 "춘향의 말"로 통일한 것으로 보이는 『서정주시선』(1956)의 발간 준비기 즈음으로 밀려날 가능성도 있다. 물론 이 문제는 "춘향의 말" 삼부작의 성립과 유통, 가치 평가의 서사에 큰 영향력을 미치지 않는다. 다만 「춘향옥중가」가 배제된 시점과 「다시 밝은 날에」와 「춘향 유문」이 차례로 창작되지 않았다는 문학사적 좌표가 새롭게 밝혀질 따름이다. 현재 나의 입장을 말한다면, 「춘향 유문」 뒤에 「다시 밝은 날에」가 창작되어 「춘향옥중가」를 대체했다는 역행적 상황에 동전을 던진다. 이를 뒷받침하는 정황과 개작의 요인은 과연 무엇인가.

첫째, 「춘향옥중가」와 「춘향 유문」에 등장하는 특정 장면의 유사성. 「춘향 유문」의 첫 장면 "지난 오월 단옷날, 처음만나든날 우리 둘이서 그늘밑에 서 있는~"은 「춘향옥중가」의 '바'연~'사'연과 그 정황이 거의 동일하다. 하지만 「다시 밝은 날에」의 경우, 도령님 만난 순간의 황홀감은 제시되어도 그것이 단옷날의 정경으로 적시되지 않는다. 또한 「춘향옥중가」에서는 이별의 정한을 "나날이 짙어가는 병도 또한 자랑이드니"라고 역설적으로 표상한 반면, 「다시 밝은 날에서」는 "마지막 타는 저녁 노을을 두셨습니다. / 그러고는 또 기인 밤을 두셨습니다"라며 사실에 충실한 심리적 정황을 제시한다. 이와 같은 이질적 정황들은 「춘향옥중가」와

「춘향 유문」의 연속성에 보다 무게를 두게 한다.

둘째, 청자의 선택과 관련된 문제. 도령님 청자의 설정은「춘향옥중가」와「춘향 유문」의 연속성을 강화하지만 춘향의 영원성 진입에 장애를 초래한다는 약점은 이미 지적했다. 이런 약한 고리의 등장은「다시 밝은 날에」의 출현을 필연적인 것으로 강제할 수밖에 없다.「다시 밝은 날에」의 청자는 '신령님'이다. 하지만 '신령님'을 춘향의 영원성을 실현하는 영매로 설정하는 순간 춘향과 이도령의 사랑 서사는 가뭇없이 사라지고 만다. 이 제약을 뛰어넘기 위해 미당은 "그의 모습으로 어느날 당신이 내게 오셨을 때"에서 보듯이 '신령님'을 이도령의 변신체로 상정하는 묘수를 던졌다. 그 결과 춘향은 일상과 감옥 그 어디에도 유폐됨 없이 '신령님' = '도령님'과 통합된 삶을 만끽하는 '영원성'의 시공간에 위치하게 된다. 예컨대「다시 밝은 날에」의 마지막 2행 "산ㅅ골에 피어나는 도라지 꽃같은 / 내 마음의 빛갈은 당신의 사랑입니다"라는 구절을 보라.「춘향 유문」에 춘향의 존재론으로 제시되는 '운행우시'의 잠재성과 가능성이 벌써 이 구절에서 태동되고 있는 느낌이다. 가장 비합리적인 듯한 '신령님'의 '도령님'으로의 변신이 필수적이며 심지어 가장 합리적인 선택인 까닭이 드러나는 지점이랄까.

셋째, 이처럼 미당은「춘향옥중가」를 버리고「다시 밝은 날에」를 보충하는 방식으로 "춘향의 말" 연작을 영원성을 향한 자기-서사의 완결체로 재창조했다.「다시 밝은 날에」는「춘향옥중가」의 결정적 약점으로 말했던 이도령의 인간적 한계와 시적 긴장의 결여를 동시에 뛰어넘는 오랜 시적 궁리의 결정체였다. 하지만 아직 해결되지 않은 문제가 하나 남아 있다. 시의 부제에 따른 시적 초점의 균열, 특히「춘향 유문」에서 "이몽룡"의 잔존과 개입 말이다. 미당은 이 문제 역시 부제를 "춘향의 말"로 통일함으로써 발화 주체 춘향을 초점화하는 방식으로 해결했다. 동시에 그럼으로써 오히려 "춘향의 말"을 청취하는 청자들을 다성화하는 망외의 소득을 거둬들였다. 고소설「춘향전」의 등장인물 '향단'과 '도령님'에 머물렀던 청자가 '향단'과 '신령님 = 도령님'과 '도령님'으로 확장된 구성이 그것이다. 청자의 확장은 화자 춘향의 내면과 행동을 보다 다양화할 수 있는 계기로 작용한다. 이는 시인 자신의 사상과 감각, 주관과 상상을 보다 자유롭게 알리고 구성할 수 있는 여유를 갖게 되었음을 뜻한다.

사실대로 말해, 「다시 밝은 날에」의 저 신인神人적 존재(청자)는 가장 나이브하고 주관적인 상상력의 소산으로 흔히 치부된다. 그 때문에 「다시 밝은 날에」는 "춘향의 말"의 삼부작 중 호소력과 공감대가 가장 미약한 시편으로 간주되어 왔다. 하지만 "춘향의 말" 연작과 「춘향옥중가」를 포괄하는 '춘향' 연작의 지평에서 바라보면 「다시 밝은 날에」, 그중에서도 '신령님＝도령님'의 청자 설정이야말로 춘향의 윤회설 및 인연설 내면화와 영원성에의 도약을 결정짓는 결정적 열쇠였음이 비로소 드러난다.

만약 '신령님＝도령님'의 현현을 신뢰할 수 있다면, '춘향'은 '향단'이고 '방자'이고 '월매'일 수 있으며 또 시공간을 초월하여 당신과 나, 독자 대중 전부일 수 있다. "춘향의 말" 삼부작을 춘향을 향한 구심력과 타자를 향한 원심력이 조화롭게 긴장하는 탁월한 시편이라고 평가할 수 있다면 이와 같은 집중과 확산의 효과 때문일 것이다. 「춘향옥중가」를 버리고 「다시 밝은 날에」를 집어 든 미당의 선택이 옳고도 유효했음을 다시금 예증하는 결정적 장면이 아닐 수 없다.


## 3. '춘향'이라는 가면persona의 기원과 확장

지상과 천상을 넘나드는 신인적 존재는 미당의 '영원성'을 삶의 진실로 승인하고 구현하는 정신적·심미적 매개체였다. 물론 춘향의 형상에서 보듯이, '영원성'을 향한 '한국적 입상'은 민족의 정한이나 민중적 전통에 대체로 부합하는 인물군에서 대개 취택되었다. 그러니만큼 이들은 당대의 주류적 관념이나 사상보다는 전통적 주술이나 집단적 무의식을 삶과 정신의 기축으로 삼은 변두리 인생에 가까웠다. 이런 견지에서 본다면, 이들의 삶과 정신에 밀착하는 태도는 근대적 계몽에 적대적인 비합리성과

무지몽매함을 선한 삶의 습속, 심지어는 전도된 삶의 지혜로 재검토한다는
것을 뜻할 수 있다. 그 미학 장場에 입각한 미당의 '영원성' 추구는 합리적
이성에 반하는 태도와 시점을 취할 수밖에 없었으므로, '초월론적 관념주
의'나 '접신술사의 주술' 같은 평단의 멍에와 비판은 벌써 예정된 것이었다.

　미당은 이에 맞서 '영원성' 도약의 실질적 원리 '혼교魂交'와 '영통靈通'을
정신의 마법으로 존치하는 대신 "현대가 설정한 모든 것의 약이 되는"
"어떤 고대로부터 내려오는 사유태도나 감응태도"[24]로 현재화했다. 요컨
대 '영원성'의 지향을 '(역사적) 근대에 반하는 (반)근대'로 재설정함으로써
그것에 대한 현실적 위상 및 시적 실천을 정당화했던 것이다. 물론 이런
태도는, 특히 『신라초』(1961)의 '영원성'이 암시하듯이, 자칫 "'개인'을
폐기하고 '국가'라는 인류적 전체성을 절대화하는 정치적 무의식"[25]의
발현으로 나아갔다는 점에서 매우 보수적이며 심지어 퇴폐적일 수 있다.

　어쩌면 우리는 '국가'라는 자리에 '민족'이니 '전통'이니 '집단 무의식'
이니 하는, 시민의 개성과 자유를 압도하는 또 다른 전체성을 기입할
수 있을 것이다. 그렇다는 것은 미당의 '영원성' 추구가, 또 그를 위한
'영통'과 '혼교' 행위가 서양(미학)과의 결별 이래, 이를테면 '샤를 보들레
르', '폴 베를렌', '랭보'와 결별이 가시화되는 「수대동시」(1938), 「엽서」
(1938), 「역려」(1938)[26] 즈음부터 알게 모르게 시작된 것임을 뜻할 수도
있다. 무엇보다 종로 한가운데의 여학생들에게서 현실 저편에서 내려오는
'유나'(순아)들을 문득 만나는 순간을 묘사한 「부활」(1939)을 떠올려 보라.
하지만 그것은 일회적 경험에 불과했으며, 샤머니즘적 신비주의의 언저리
를 벗어나지 못한 환각 체험의 일종이었다. 그런 만큼 특히 '영통'과 '혼교'
는 삶과 영혼을 충동하고 지배할 내적 원리로 구조화·객관화되지 않으면
안 되었다. 「통곡」을 합쳐 무려 6편이나 작성된 '춘향' 시편들은 그 시적

. . .

24. 서정주, 「내 시정신의 현황」, 『문학춘추』(1964년 7월호), 270쪽.
25. 남기혁, 「서정주의 '신라정신론'에 대한 재론 ― 윤리의식과 정치적 무의식 비판을 중심으
　　로」, 『한국문화』 제54집(서울대 규장각 한국학연구원, 2011), 54쪽.
26. 산문 「배회」(〈조선일보〉, 1938년 8월 13일자)의 일부로 제목 없이 실렸다가 「역려(逆旅)」로
　　제명(題名)되어 『귀촉도』(1948)에 수록되었다.

충동을 구체화한 텍스트들로, '영원성'에의 도약과 구현을 시작과 끝, 원인과 결과의 형식에 입각하여 진술한 자기-서사의 완성형이었다. 거기서 '혼교'와 '영통'의 '영매'로 출현된 것이 '신령님=도령님'인 것을 우리는 보아온 셈이다.

미당의 '영원성 시학'에 대한 내 입장을 말한다면, 그 정치성과 현실 초월에 대한 비판은 그렇다 쳐도, '영원성'을 향한 시적 충동, 그와 관련된 자기-서사의 완미한 충족을 위한 지속적 수정과 보충은 쉽게 무시되거나 폄하되어서는 안 된다는 것이다. 따라서 「부활」 이후의 잠재적인 춘향의 출현, 해방기 '춘향' 시편 이후 계속 변신, 보충되는 또 다른 춘향들의 충만함을 간단하게나마 일별하는 작업은 '영원성' 자체보다 그 추구의 어려움, 또 그때마다 새로 출현하는 '한국적 입상'의 가치를 새삼 확인하려는 비평적 조망에 속한다.

> 내가 가시에 찔려 아파할때는, 그러나 네명名의 소녀少女는 내옆에와 서는것이었다. 내가 찔레ㅅ가시나 새금팔에 베여 아퍼헐때는, 어머니와같은 손구락으로 나를 나시우러 오는 것이었다. 새끼손구락에 나의 어린 피방울을 적시우며 한명名의 소녀少女가 걱정을허면 세명名의 소녀少女도 걱정을 허며, 그 노오란 꽃송이로 문지르고는, 하이연 꽃송이로 문지르고는, 빠알간 꽃송이로 문지르고는하던 나의 상傷처기는 어찌 그리도 잘났는것이었든가.
>
> —「네 명의 소녀 있는 그림」 부분[27]

인용문에 등장하는 "네 명의 소녀"는 섭섭이와 서운니, 푸접이와 순네를 이른다. 그녀들은 '질마재'에서 미당과 함께 살았던 실존 인물들이다. 이들은 시인의 어린 시절의 상상력과 세계 이해, 정서와 감각에 결정적 영향을 미친 것으로 판단된다. 이들과의 교류가 미친 강렬한 인상과 애틋한

* * *

27. 서정주, 「향토산화」, 『신시대』(1942년 7월호), 109쪽. 산문에 삽입되어 있던 「네 명의 소녀 있는 그림」은 이후 약간의 수정을 거친 뒤 「무슨꽃으로 문지르는 가슴이기에 나는 이리도 살고싶은가」로 제명(題名)되어 『귀촉도』(1948)에 실리게 된다.

252

정서가 1970년을 전후해 작성된 자전적 회고록 「내 마음의 편력」(『서정주 문학전집 3』, 1972)에 상당히 길게 이야기되고 있기 때문이다.

다시 인용문으로 돌아오자면, 여기서는 무슨 이유에서인지 먼저 사별한 소녀들로 묘사된다. 만약 죽음의 사실만 놓고 본다면, 그녀들은 하나하나의 특정 인물이라기보다 전근대에 흔히 그랬듯이 질병이나 사고 등으로 어릴 적 죽은 군상들의 대표적 인격에 해당될 터이다. 네 소녀에 대한 사적 체험을 집단적 기억과 공생의 대상으로 확장, 심화시켰다는 추측이 가능해지는 지점이다.

과연 네 소녀는 「부활」의 '유나'(순아)처럼 "한번가선 소식없든 그 어려운 주소에서 너무슨 무지개로 네려"(「부활」)와 문득 "내 옆에 와" 선다. 그 까닭은 매우 간명하니, 죽음을 앞둔 누대의 그녀들을 향해 할머니들과 어머니들이 그랬듯이 아픈 '나'를 "나시우러 오는" 것, 곧 치유와 위로의 '꽃'을 내 가슴에 문지르러 온 것이다. 이 주술 행위는 이후 미당 시에 몇 번이고 등장하는 서사 무가 "정해 정해 정도령아~"의 리듬적 기원이며, 또 미당에게 영원한 삶의 감각을 최초로 전해주는 영매의 에로스적 가창에 해당한다.

네 소녀의 주술 행위, 곧 노래와 꽃의 치료가 징후적인 것은 단순한 환각 체험에 그치지 않는다는 것이다. 이미 영생에 든 그녀들의 사랑은 어린 미당의 삶을 구성하고 정체성 형성에 관여할 뿐만 아니라, 다 자라서는 영원성의 지평이 실재하며 우리 삶은 예나 지금이나 지속·반복되어 왔고 또 앞으로도 그럴 것이라는 생의 감각을 내면화하도록 이끌었다. 미당은 자기 육체와 피, 영혼을 관통하는 영원성에 기초한 생의 감각을 보편화하기 위해 아예 성별性別하는 변신을 방법적 사랑으로 택했으니 윤회론 속에서 운행우시雲行雨施하는 춘향의 탄생이 그것이다. "네 명의 소녀"와 '나'가 전도된 형국이라는 것은 치유와 각성 행위를 둘러싼 주체와 객체의 뒤바뀐 '신령님 = 이도령'과 '춘향'의 관계에서 여지없이 드러난다. 이런 성별의 전도는 춘향의 대중성과 흡인력에 기인한 바 크겠지만, 생산적 희생과 풍요를 동시에 상징하는 신화적 여성을 역사 현실 내부로 전유하려는 시적 충동의 결과이기도 하다.

> 올 봄에
> 매鷹는,
> 진갈매의 향수香水의 강물과 같은
> 한섬지기 남직한 이내嵐의 밭을 찾아내서
>
> 대여섯 달 가꾸어 지낸 오늘엔,
> 홍싸리 수풀마냥. 피는 서걱이다가
> 비취翡翠의 별빛 불들을 켜고,
> 요즈막엔 다시 생금生金 광맥鑛脈을 하늘에 폅니다.
> —「사소娑蘇 두번째의 편지 단편斷片」 부분[28]

먼저 서정주 시에서 중요한 페르소나persona로 몇 차례 등장하는 '사소부인'의 성격과 역할을 간단하게 살펴본다. 미당은 시든 산문이든 1960년대에는 그녀를 '파소娑蘇'라고 칭했다. 하지만 1970년대 초반 이후(『서정주문학전집 1』, 1972)부터는 예외 없이 '사소娑蘇'라고 호명했다.[29] 그녀는 박혁거세의 생모인데 본디는 중국 황실의 딸이었다고 한다. 처녀의 몸으로 잉태한 끝에 바다를 건어 신라 지역으로 건너와 경주 부근에서 박혁거세를 낳게된다. 이후 박혁거세를 키우며 경주 인근의 선도산에서 신선 수행을 한 것으로 알려진다. 이 선도산 성모聖母 설화는 『삼국사기』와 『삼국유사』등에 모두 올라 있다. 우리는 두 책을 통해 '사소부인' 설화가 성자聖子, 곧 박혁거세의 신이한 탄생과 고귀한 품격을 더욱 높이기 위한 신화적서사의 일환임을 확인하게 된다.

• • •

28. 서정주, 『신라초』(정음사, 1961), 12~13쪽. 최초 발표본은 「두번째의 娑蘇의 편지 — 長詩 娑蘇의 斷章」(『현대문학』, 1958년 6월호)이다.
29. 미당의 '파소'와 '사소' 사용에는 박현수, 「서정주와 미학적 기획으로서의 신라정신 — '사소 모티프'를 중심으로」, 『한국근대문학연구』 제7권 2호(한국근대문학회, 2006) 참조.

미당은 이런 주술적 배경을 지닌 '사소부인'을 통해 『신라초』의 생의 감각, 즉 '영원성'의 "생금 광맥"이 역사서 인물의 등가적 관념물로 서슴없이 가치화했다. 그러나 김종길을 비롯한 여러 비평가들은 그 '생의 감각'과 그것을 실현하는 신화적·영웅적 인물들에 대해 접신술사의 마술적 책략에 동원된 허구적 장치로, 심지어는 국가주의적 전체성의 한 형식으로 신랄하게 비판했다. 왜냐하면 그것의 현실 초월적이고 보수적인 순응주의 너머에 어른거리는 또 다른 부정적 형상과 이념을 발견했기 때문이다.

"네 명의 소녀"는 그 이름과 신분이 환기하듯이 궁핍한 삶과 고된 육체를 거의 벗어나지 못했을 것이다. 중세의 이념과 신분제의 잣대에 비춰본다면 '춘향'도 웃음과 몸을 팔아 삶의 안위를 구하는 비극적 삶을 벗어나기 어려웠을 것이다. 왜냐하면 경제 외적인 강제, 곧 '천민'이라는 기생의 신분상 '춘향'은 양반인 이몽룡을 향한 지고지순한 연정과 일편단심의 정절을 올곧게 지키는 것을 거부당할 가능성이 훨씬 컸던 하위 주체였기 때문이다.

그런 의미에서 매우 낮은 지위를 살던 "네 명의 소녀"와 '춘향'이 음률과 이미지, 곧 '시'라는 문학 장치를 통해 높고 귀한 신분의 '사소부인'과 '선덕여왕'으로 변신된다는 것은 다행多幸한 미적 사건만은 아니었을 듯하다. 낮고 낮은 그녀들 고유의 '생의 감각'을 빼앗기거나 은폐당한 채, 지나치게 높고 이질적인 존재를 대변하는 허구적 대체재로 도구화되거나 소외당할 위험성이 더욱 커진 까닭이다.

이런 한계에도 불구하고, 미당의 '사소' 연작은 다음과 같은 대목 때문에 그 뜻이 더욱 깊어지는 듯하다. "아버지에게로도, 내 어린 것 불거내弗居內에게로도, 숨은 불거내弗居內의 애비에게로도, / 또 먼 먼 즈믄해 뒤에 올 젊은 여인女人들에게로도, 생금生金 광맥鑛脈을 하늘에 폅니다."라는 구절이 그것이다. 당연히 이 구절의 주체는 '아버지'와 '불거내'(박혁거세 — 인용자)로 상징되는 절대 권력의 가부장도, 그들이 함부로 휘두르는 팔루스(남근)도 아니다. 또한 이들을 낳고 키워내 권력과 부를 독점하는 자들의 어머니이자 부인들로 살아가는 고귀한 신분의 여성들도 아니다. 그보다는

온갖 삶의 불우와 고통을 눈물겹게 통과하며 문득 다시 뒤돌아온 천
년 뒤의 "젊은 여인" 춘향, 아니 "네 명의 소녀"들이다.

　이 지점에 이르면 그녀들이 다시 거주할, 아니 본래 거주했던 진정한
장소 '질마재'의 재발견과 재구축은 필연적이다. 그 미학적 성과와 상관없
이 『동천』(1968)을 『신라초』(1961)와 『질마재 신화』(1975)를 서로 분리하
며 접속하고 감추며 드러내는 시공간적 완충지대로 설정할 수 있는 까닭이
여기서 주어진다.

　　남편보단도 그네들은 응뎅이도 훨씬 더 세어서, 사십에서 오십 사이에는
　　남편들은 거이가 다 뇌점으로 먼저 저승에 드시고, 비로소 한가해 오금을
　　펴면서 그네들은 연애戀愛를 시작한다 합니다. 박朴푸접이네도 김金서운니네
　　도 그건 두루 다 그렇지 않느냐구요. 인제는 방房을 하나 온통 맡아서 어른
　　노릇을 하며 동백冬栢기름도 한번 마음껏 발라 보고, 분粉세수도 해보고, 김金서
　　운니네는 나이는 올해 쉬흔 하나지만 이 세상에 나서 처음으로 이뻐졌는데,
　　이른 새벽 그네 방房에서 숨어나오는 사내를 보면 새빨간 코피를 흘리기도
　　하드라구요. 집 뒤 당산堂山의 무성한 암느티나무 나이는 올해로 칠백七百살,
　　그 힘이 뻗쳐서 그런다는 것이여요.

　　　　　　　　　　　　　　　　　—「당산堂山나무 밑 여자女子들」 부분[30]


　미당은 다른 동네에 비해 더 새로울 것도 더 나을 것도 없는 '시굴'
'질마재'를 왜 신화의 시공간으로 가치화했을까. 자기 태가 묻힌 삶의
원천이자 뼈가 묻힐 삶의 종착역이기 때문이라고, 다시 말해 '수구초심首丘
初心'의 발현으로 해석하거나 산업화에 돌입한 시대의 궁핍한 향토를 회억,
보존하기 위한 시적 책략으로 보는 것은 꽤나 단순한 시각이다.

　미당은 문학적 자서전이나 '질마재' 관련 산문 곳곳에서 '신라 정신'의
진정한 계승자로 근엄한 제왕도, 영웅도, 유자儒者도, 지식인도 아닌, 어떤

30. 서정주, 『떠돌이의 시』(민음사, 1976), 58쪽. 이 시집에도 『질마재 신화』에 귀속되어
　　마땅한 몇 편의 시가 존재하니, 2부 '산문시'에 수록된 6편의 시가 그것이다.

미적 자질과 삶의 지혜를 간직한 자연파나 심미파의 촌부村夫/村婦들을 꼽았다. 이들 역시 '고대적 영원'을 삶의 원리로 삼아, 자아를 실현하고 '목전의 현실'을 견인하는 '범속한 트임'의 군상들이기 때문이다. 『질마재 신화』의 소재나 인물들이 전형적인 하위 주체로 제시되고 해학의 발현자로 가치화됨에도 불구하고, 현실 모순을 진단, 격파하는 리얼리즘 충동의 계기로 고평되지 못하는 까닭도 '고대적 영원'에 충실한 '신라 정신'을 배면에 깔고 있는 현상과 아주 무관하지 않다.

그러나 미당은 기호(언어)의 존재들인 '춘향'과 '사소'를 드디어 어릴 적 현실의 "박푸접이"와 "김서운니"로 다시 호명하고 재생했다. 산업화 시대에도 '질마재'가 변함없이 진정한 장소인 까닭은 늙은 네 소녀들의 젊은 사랑이 여전한 때문이고, 더욱이는 '신령님＝도령님'이니 '남편들' 없이도 생명력과 지혜가 더욱 왕성한 때문이다. '질마재'도, 그곳 사람들도, 영원성의 지평에서 서로를 충족하고 보충하는 세계와 존재로 가치화되기에 이르렀다는 평가는 그래서 가능하다.

물론 이 말이 '질마재'와 늙은 "네 명의 소녀", 그 확산으로서 '한국적 시공간'과 하위 주체들이 전체주의적 가부장제의 질곡과 폭력에서 온전히 해방되었음을 의미하지 않는다. '사소'가 응원한 이 땅의 "젊은 여인들", 특히 자유의 입술을 억압당한 하위 주체들은 오늘날도 여전히 낡은 악습과 왜곡된 편견의 피해자로 방치되어 있다. 이 점을 고려하면, "박푸접이"와 "김서운니"들의 뒤늦은 여유와 행복도 제한된 '상상적 자유'를 크게 넘어서 지 못하며, 어떤 측면에서는 그간 흔히 지적되어 온대로 현실 모순을 은폐하는 흑색의 가림막일 수도 있다.

하지만 독자의 몫은 결정된 의미나 낯익은 평가만을 복습, 암기하는 소극적 수용에 있지 않다. "네 명의 소녀"들의 늙어서 오히려 젊어진 삶에서 주어진 질서를 위반하고 그 질서에 균열을 가하는 은폐된 이면을 엿봄으로써 우리가 꿈꾸는 조화로운 삶을 부지런히 그러나 신중하게 예지하여 나쁠 것 없다. 실상 미당은, "박푸접이"와 "김서운니"의 명랑한 일탈에서 보듯이, 자신의 의도와 무관하게, 아니 그 의도에 반하는 민중의 유쾌한 카니발리즘을 피로披露한 측면이 없잖다. 우리는 또 다른 "네 명의 소녀"들의 가면persona을 쓰고 그 전도된 카니발리즘의 유쾌한 전복성과 비판성을 오늘의 현실과 이상에 맞게 변환, 전유하면 된다. 이 또한 미당의 시를 비판적으로 독해하는 또 하나의 방법론이자 해석학이다. 미당이 한국 현대 시를 향해 던진, 또 "네 명의 소녀"와 '춘향'으로 대표되는 '한국적 입상'을 향해 던진 '영향의 불안'은 이렇게 스스로를 지워가고 또 스스로를 갱신해 간다. 그러므로 미당은 여전히 활달한 '지금·여기'의 현상이다.

# 제10장


## '하눌의 살', '신라의 이애깃꾼'
### 서정주의 '한국의 탑·불상' 시 읽기


## 1. 서정주 작作 '한국의 탑·불상' 시편의 문제성

월간 종합잡지『자유공론』창간호(1958년 12월)에 실려 한국의 대표적인 탑과 불상을 노래한 10편의 시가 있다. 그 대상은 석굴암 본존불에서 화엄사 삼층탑을 필두로 한국 경향 각지의 유명 석불과 탑이 거의 포괄되고 있다. 시의 제목이 곧 대상이므로 10편의 제목을 열거해 보기로 한다. 「석굴암본존石窟庵 本尊」, 「경주 박물관 소재 석불慶州 博物館 所在 石佛」, 「은진미륵보살恩津彌勒菩薩」, 「안동安東 제비연 석불石佛」, 「대흥사 천불大興寺 千佛」, 「원각사지 석탑圓覺寺趾 石塔 — 빠고다공원내公園內」, 「법주사 팔상전法住寺 捌相殿」, 「다보탑多寶塔」, 「월정사 구층석탑月精寺 九層 石塔」, 「화엄사 삼층사자석탑華嚴寺 三層 四獅子塔」이 그것이다.

지은이는 1950년대 후반 신라의 예지와 영원성의 현대적 가치화에 혼신의 힘을 쏟고 있던 미당 서정주이다. 이 작품들이 실린 "민족예술의 정화精華 — 한국의 탑·불상"에서 보듯이,『자유공론』편집진은 미당의 '영원성'을 향한 개인적 열망과 그것의 토대를 이루는 '불심佛心'을 그 누구에게도 빼앗길 수 없고 또 가장 자랑스러운 '민족예술'과 '민족정신'으로 승화시키고자 했던 것으로 보인다. 당시 미당은 시간적 영원과 공간적 무한의 '영원성'을 호명하며, 그 이상적 원류를 불교와 도교, 혼교魂交

신앙이 결합된 '풍류도'에서 발견하던 참이었다. 물론 "땅속에 파무친 찬란한 서라벌"이니 "도솔천의 하늘을 구름으로 날드래도"[1] 등이 암시하듯 이, 미당 시학에서 신성성과 영원성을 향한 윤리성과 논리성을 가장 뚜렷하게 갖추었던 종교 사상은 불교 관련의 윤회설과 '삼세인연설'이었다. 따라서 미당의 불상과 탑에 대한 관심은 당연하고도 적절한 미학적 선택이자 표현일 수 있다. 하지만 단시간에 일괄 창작된 것으로 보이는 탑·불상 시편들에 대한 창작의 기원과 의욕을 이것으로만 해명할 수 있겠는가.

저 10편의 탑·불상 시편은 우선 불교의 현생 구제救濟 사상과 실천에 충실하다. 미당은 이에 더해 그것이 실현된 구체적 시공간, 다시 말해 '불국토'로서 신라를 거듭 호명한다. 그 까닭은 무엇보다 풍류도와 영원성의 생활화를 통해 삼국통일과 제세이화濟世理化를 성취한 것으로 가치화한 신라 문화에 대한 신뢰와 동경 때문이다. 하지만 현재와 미래를 향한 성찰과 기대 없는 과거의 기억과 이상화는 오히려 그 과거를 시대착오적인 회고의 대상으로 변질, 타락시킬 수 있다. 실제로 미당은 몇 년 뒤 김종길의 「시와 이성」(1964년 8월), 「센스와 넌센스」(1964년 11월) 등에서 보듯이, 이즈음 그의 시가 이성을 결여한 '접신술사'나 '영매자'의 언어로 일탈, 구체적 현실과 무관한 주술 놀음으로 변질되어 가고 있다는 비판에 서서히 직면해 가던 참이었다.

그러므로 우리는 미당의 한국의 탑과 불상 시편들을 향해 먼저 이렇게 물어야 한다. "무너진 문화의 폐허의 문화를 헤치고 들어가 껍질들의 단편들 아래 아직도 남아 있는 창조의 핵심"[2]을 거머쥐고 있는가. 이에 답하기 위해서는 해당 시편들의 내용과 표현 못지않게 그것들이 창조된 시대적·문화적 맥락 또한 신중히 조감되어야 한다. 이 작업이 여기 소개되는 탑과 불상 관련 텍스트 10편이 끝내 시집에 수록되지 못한 채 남겨진 연유, 아니 더 나아가 『동천冬天』 소재 불교적 상상력의 시편으로 기꺼이 녹아드는 연유를 엿보게 하는 해석과 가치 평가의 준거가 되어줄 것이기

• • •

1. 차례로 「석굴관세음의 노래」(『귀촉도』, 1948)와 「춘향유문」(『서정주시선』, 1956)에서 인용.
2. 김우창, 「한국 시의 형이상 — 하나의 관점」, 『궁핍한 시대의 시인』(민음사, 1977), 68쪽.

때문이다.

서정주의 '탑·불상' 관련 시 10편은 앞서 밝힌 대로 1958년 12월 발행인 이근우李根雨, 편집인 이원팽李源彭을 중심으로 창간된『자유공론』에 실렸다.[3] 1958년이라면 한국전쟁의 상처가 채 가시지 않은 시기로, 반공 이념의 완강한 침투와 정착을 제외하면 한국 사회는 정치·경제·문화의 제반 영역에서 여전히 혼돈스러운 시기였다. 특히 '혈맹'의 위상을 구가하는 미국 문화의 전폭적 수용과 유행이 민족 정체성과 민족 문화의 어떤 곤란을 서서히 불러일으키는 형국이었다.[4] 늦게나마 발간 목적을 밝히지만,『자유공론』은 예의 위기의 상황을 보수적 민족주의 및 자유주의 담론을 통해 넘어서기를 갈망했다. 지면은 현실 사회의 당면 문제 및 세계사적 정황을 다룬 시사 논문과 좌담회, 당대 유명인들에 의해 집필되는 문예와 학술문 등을 두루 포괄했다.

실제로 창간호에는 문학·예술·학술 분야의 중진들이 수두룩하다. 서정주를 필두로 주요한, 유진오, 이숭녕, 조풍연, 정비석, 김말봉, 유치진, 조연현, 최정희, 양주동, 유치환, 박두진, 김남조, 리호우, 김동리, 황순원, 안수길, 박용구, 염상섭의 이름이 보인다. 이들 시인과 소설가는 당대 문단을 대표하는 이들로 모자람 없다.

아무려나『자유공론』의 민족 문화에 대한 각별한 관심과 그 가치의 대중적 전파는 이러한 '한국적인 것'의 불충분함과 긴밀히 연관된다는 것은「창간사」의 일부에 비교적 뚜렷이 드러난다. 우선 "모든 재산이 불타버린 지 만 8년이 지난 오늘" 각 분야의 '부흥 사업'이 괄목할 만한 성과를 거두고 있으나 문화 분야만은 그렇지 못하다는 인식이 그렇다. 그런 의미에서『자유공론』은 더욱 발전된 "해외의 문화를 수입 소개"하는

• • •

3. 1961년 7월 종간되었다. 국립중앙도서관에서 1958년 창간호~1959년 12월호 총 13권의 마이크로필름 자료를 열람할 수 있다.
4. 1950년대 전후 수용된 미국 문화가 전쟁의 고통과 이념을 대신할 새로운 문화적 출구로 이해되고 수용되는 제반 현상에 대해서는 이선미,「미국적 가치의 대중적 수용과 통제의 메커니즘 — 1950년대 대중서사의 부부/가족 표상을 중심으로」,『민족문화연구』54집(고려대 민족문화연구원, 2011) 참조

한편 "우리의 것을 더욱 향상시키는 일에 하나의 벽돌 구실을 할 수 있게" 되기를 바란다는 포부의 발화는 자연스러우며 어떤 점에서는 주체적으로까지 느껴진다.

이와 같은 입장과 태도를 가진『자유공론』에서 미당의 시가 실린 "민족예술의 정화 — 한국의 탑·불상"란은 '화보畫報' 형식으로 제시되었다. 10편의 시의 배경이 되는 탑과 불상에 대한 사진은 당대를 대표하는 사진가 정도선鄭道善이 촬영했다. 몇몇 자료를 토대로 정도선의 삶과 사진 활동을 살펴보면 다음과 같다.

> 1917년 평양 출생. 일제의 군국주의 파시즘이 거세지던 1936년부터 사진 활동을 시작. 일제 말엽까지 개최된 여러 사진 공모전에서 무려 100여 점의 사진이 입선됨. 대상의 본질과 분위기를 입체적으로 포착해 내는 발군의 감각과 실력으로 서정적이며 섬세한 사진을 창조할 줄 아는 작가로 호평을 받음. 북선北鮮의 '회령사우회會寧友會'를 중심으로 활동함. 당시 대표작 중의 하나인 〈소년항공사〉 등은 "그림같이 곱게만 찍고, 그보다 더 아름답게 찍어야 되는 것"이라는 정도선의 유미주의에 전적으로 부합하는 작품으로 평가됨. 그러나 사진의 대상이 암시하듯이, 당시의 군국주의 현실을 호도하고 세계의 부조리를 미화하는 허위 의식으로부터 자유롭지 못했다는 평가를 후대에 받기도 함.[5] 해방 후 월남하여 중앙일보 사진부장, 한신사진뉴스 편집국장 등을 역임. 예총 산하 한국사진작가협회를 중심으로 활동했으며 대한민국미술전람회 추천 및 초대작가를 지냄. 2002년 9월 미국에서 타계. 사후 1년 뒤 그의 1940년 전후 작품을 모은『회령에서 남긴 사진 — 정도선 사진집』(눈빛, 2003)이 출간됨.

당대의 일급 시인 서정주와 탁월한 사진가 정도선을 동시에 초빙한 것에 고무된『자유공론』편집실은 한국을 대표하는 탑과 불상 화보를

• • •
5. 최봉림, 「아이들 꿈 뒤엔 군국의 망령이」, 〈경향신문〉, 2006년 8월 15일자.

두고 "첫머리의 아트지 원색原色 동판銅版 인쇄의 화보 「민족예술의 정화」는 아마 우리나라에서 처음 보는 호화판일 뿐만 아니라 앞으로도 보기 드문 의의 있는 계획이었다고 자부한다"[6]라고 적고 있다.

이렇듯이 1950년대 민족 문화의 새로운 발견과 가치화는 주체적 문화의 형성과 발전에 대한 집단적 열망과 밀접히 연관된다. 그러나 그럴수록 더욱 유의해야 할 사항은 그것이 대중의 자발적 참여보다 새로운 나라 만들기와 관련된 국가주의적 의식과 욕망에 의해 강제된 성격이 짙다는 사실이다. 이를테면 1950년대 후반 한국 사회는 국민 생활의 준칙이 되는 윤리 강령 아래 '국가 재건'과 '국민 대통합'의 의무를 부여받았다. 신라의 '화랑도'가 '충忠'과 관련된 국민 의식의 모범으로 일거에 소환되었다면, (호국)불교 문화는 '충'에 더하여 국민지간國民之間의 '차별애差別愛'를 넘어선 보편애普遍愛로의 가능성을 열어주는 하나의 창구'[7]로 호명되었다. 그것을 대표하는 문화유산이 불상과 탑, 절집과 경전이었던 셈이다.

한 가지 덧붙인다면, 해방 후의 '청년문학가협회'와 '한국문학가협회'가 한국전쟁을 거쳐 1962년 '한국문인협회'로 이월, 통합되기까지 보수 문단의 변함없는 목표 항목 중 하나가 '휴머니즘적 민족 문화'의 건설이었다. 민족 집단의 애족 의식과 화합, 그것의 국민 의식으로의 자연적 변환을 강조하는 보수 문단의 사상과 이념은 문화민족주의를 기치로 내건 『자유공론』의 그것과 멀지 않다. 1950년대 후반 활동한 문인들 다수의 참여는 『자유공론』이 제기한 민족 문화의 건설과 확장에 그들이 충분히 동의했음을 알려주는 결정적 증거가 아닐 수 없다. 서정주의 탑·불상 시편의 전반에 1950년대 시점의 애족·애국 의식이 활달하게 흐르고 있음이 어렵잖게 확인되는 지점이다.

물론 우리의 궁극적인 관심은 그 국가주의 의식을 포괄하는 한편 그것을

. . .

6. S생, 「편집실」, 『자유공론』 창간호(1958), 320쪽.
7. 이 표현은 1950년대 강조된 '효(孝)' 사상을 두고 한 말이나, (호국)불교의 '자비' 사상에도 적용 가능한 명제라 할 수 있다. 우기정, 「범부 김정설의 '국민윤리론' 구상 속의 '효(孝)'」, 『동북아문화연구』 19집(동북아시아문화학회 편, 2009), 238쪽.

넘어서는 불교적 상상력의 미적 발현과 구조화에 있다. 그럴 때만이 푸르스름한 녹청을 뒤늦게 벗게 된 '탑·불상' 시편들은 그 생명과 언어가 짧은 '행사시'를 벗어나, 『신라초』(1961)에서 『동천』(1968)의 세계로 이월하는 미당의 불교 관련 미학적·사상적 고투와 진화의 어떤 진경을 살짝 엿보이기 때문이다.


## 2. 서정주의 불상과 탑: '하눌의 살', '신라의 이얘깃꾼'

근대 이후 신라의 발견은 조선과 동양, 나아가 불교의 발견이었다. 하지만 이 명제는 애석하게도 일제가 먼저 선점한 것이기에 그 내부에 전도된 오리엔탈리즘의 폭력성과 식민주의가 울울하다. 가령 '조선민예론'의 야나기 무네요시柳宗悅는 불교 미술의 정수 석굴암 본존에서 종교적 숭고미에 앞서 '여체'나 '풍만한 젖가슴'으로 대표되는 섹슈얼리티를 먼저 떠올렸다.[8] 이를 두고 조선 예술 특유의 우아하며 후덕한 곡선미를 강조하려는 미적 감각과 태도의 결과 본존불의 여성미가 도드라진 것으로 이해 못할 것도 없다. 그러나 식민 침탈을 노골화한 이래 문명의 서양과 일본은 야만/반개半開의 조선을 여성적이고 수동적이며, 이국적이고 원시적인 대상으로 호명하고 소비하는 데 거리낌 없었다. 남성의 본존에서 타자화된 여성성을 읽는 것, 팔루스phallus적 오리엔탈리즘의 종교적 분광이 거침없이 쏘아댄 식민주의적 관음증의 한 정점이 아닐 수 없다.

해방 후 불교 문화에 있어 '일제 잔재의 청산'은 따라서 필연적이었다. 이 과제는 일제의 영향 아래 놓였던 불교 제도의 혁신과 더불어 '조선적'인 불교 문화의 회복과 재창출을 동시에 요구했다. 식민 시기 부과된 여성성과 전시적 가치를 삭제하고 원래의 숭고성과 제의적 가치를 회복하기. 이런 욕구는 조지훈의 '인간적이면서도 초월적인 신성을 갖춘 불상이며 동서양

· · ·

8. 더욱 자세한 내용은 구인모, 「단카(短歌)로 그린 조선의 풍속지(風俗誌)」, 황종연 편, 『신라의 발견』(동국대출판부, 2008), 274~279쪽.

의 모든 조각 수법의 종합물'[9]이라는 '석굴암 본존' 인상기에서 그 일단이 엿보인다. 신성성과 인간성, 예술성을 두루 갖췄다는 평가는 '석굴암 본존'이 민족적인 동시에 세계적이며, 아니 그것마저 초월하는 종교성 자체라는 것을 뜻한다. 따라서 '본존'은 말 그대로 '유아독존'이며, 중생의 숭배와 예찬 없이도 스스로 그러한 '신'일 수밖에 없다.

우연찮게도 서정주가 해방 후 예찬한 첫 불상 역시 '석굴암 관세음'이었다. 미당은 '관세음'을 숭고와 심미의 총화보다는 시의 궁극이 된 '영원성'의 현현체로 수렴하는 특이성을 보여준다. 가령 "이 싸늘한 바윗ㅅ속에서 / 날이 날마닥 드리쉬고 내쉬이는 / 푸른 숨ㅅ결은 / 아, 아직도 내것이로다"[10]라는 구절을 보라. 하지만 해방기 당시 서정주의 '영원성'은 그리스적 육체성과 보들레르류의 악마적 생명성을 갓 떨쳐버린 상태의 동양 정신과 미학에 접변된 것이었다. 아직까지는 사적이며 단순한 구제救濟의 욕망을 벗어나지 못한, 제한된 현실 아래의 영원성임이 드러나는 대목이다. 이 상태가 '징후적'이라는 것은 '영원성'의 전체성에 지배되고 거기서 삶의 의미를 찾는 자아의 출현이 필연으로 주어지기 때문이다.

과연 서정주는, 비록 『자유공론』의 창간 특집으로 제작된 것이기는 했으나, "한국의 탑·불상" 시편의 첫 자리에 「석굴암 본존」을 내세웠다. '석굴암 관세음'이 "내쉬이는 푸른 숨ㅅ결"의 사인성과 세속성은 10년이 지난 이즈음 얼마나 어떻게 초극되었는가.

사람의 살 가운데 제일 정淨한 살은
하눌의 살에 마주 닿는다.
연蓮꽃잎이 연蓮꽃잎에 닿듯이,
하눌의 살에 마주 닿는다.
그러나 이사람의 살은 하눌의 살
바로 그거다.

· · ·

9. 조지훈, 『한국문화사서설 — 조지훈문학전집 7』(나남, 1996), 147~148쪽.
10. 서정주, 「석굴암관세음의 노래」, 『귀촉도』(선문사, 1948), 16~17쪽.

그리하여 마음은 주인主人의 마음을 갖는다.
그리하여 마음은 주인主人의 마음을 갖는다.

―「석굴암 본존」 전문

사람이 도달할 수 있는 신성의 최대치는 "하눌의 살"에 마주 닿는 일이다. 그것을 육화하기 위해 "사람의 살"은 구도求道와 해탈에로의 투기投 身로 썩어 문드러져야 한다. 진흙탕에서 연꽃이 피어나는 이치가 이와 같다. 그러나 '본존'은 "사람의 살"로 "하눌의 살"을, 또 그 반대의 모습을 자연스럽게 그리고 동시에 사는 절대자이다. 그 역시 구도자로 시작했지만 끝내는 해탈자로 도약함으로써 "사람의 살"과 "하눌의 살"에 초연하면서 도 또 그것들에 자유롭게 스며드는 전체인이자 경계인이 된 것이다.

이처럼 색色과 공空의 통합과 분리가 하나인 세계와 삶, 만해의 「나룻배와 행인」을 빌린다면, 거기서는 배에 오른 '행인'도 주인이지만 그를 건네주는 '나룻배'도 주인이다. 아니다, 엄밀히 말해 '행인'은 강 건너 목적지만 바라보는 수동적 존재이다. 그에 반해 '나룻배'는 '행인'의 행선지를 차분히 그러나 힘차게 실현하는 존재이다. 시공간을 가로지르는 운동의 힘과 향방만 놓고 본다면 진정한 주인은 오히려 '행인'이 아니라 '나룻배'이다. '나룻배'를 "주인의 마음을 갖는" 자로, 다시 말해 "깨여지지 않았으면 영 몰랐을 / 부처를 번개같이 보"(「경주 박물관 소재 석불」)이는 자로 볼 수 있는 이유이다.

이 시의 배경이 되는 사진이 꽤나 인상 깊다. 붓다의 얼굴 한가운데가 V자 모양으로 쪼개진 사이로 바위에 부조된 작은 부처가 살짝 엿보인다. 사진가 정도선의 솜씨겠는데, 미당은 이를 두고 "미목眉目이 깨여져서 이 흙그림은 머릿속에 부처를 보이네!"로 표현한다. 붓다의 친견親見은 이른바 각성이나 득도, 그것도 아니면 구제의 순간을 대표하는 가장 극적이 며 감동적인 사건에 해당될 것이다. 그러니 '나룻배'야말로 '본존'의 변신이 며, 가장 낮고 천한 "사람의 살"이지만 또 가장 높고 귀한 "하눌의 살"일 수밖에 없다. 상하와 수평의 차별 없는 조응과 소통을 본질로 삼고 그것들을 거침없이 넘나드는 것, 이를 두고 "주인의 마음"이라 부른 것은 아닐까.

하지만 우리는, "주인의 마음"이 어떤 매개와 각성도 없이 쥐어진 자의적이며 주관적인 가치물이 아님을 각별히 주의해야 한다. 미당 시에서 가장 본능적인 "사람의 살"을 찾으라면, "살肉體의 일로써 살의 일로써 미친 사내", 곧 선덕여왕을 홀로 애달파 한 '지귀志鬼'를 가리켜야 할 것이다. 선덕여왕은 미천한 그의 손을 끝내 잡지 않았다. 하지만 여왕은 지귀의 사랑을 "서라벌 천년의 지혜가 가꾼 국법보다도 국법의 불보다도 / 늘 항상 더 타고 있"는 것으로 가치화함으로써 "주인의 마음"을 갖기에 이른다. 당연히도 그 '마음'은 뭇사람의 욕망을 꾸짖고 계도할 때가 아니라, 피와 구름과 비가 터 잡는 "그런 하늘 속" 같은 것, 다시 말해 "욕계 제2천"[11]에 머무를 때 더욱 풍요로워지고 숭고해진다.

아마도 미당이 말한 "이사람의 살은 하눌의 살"은 무엇보다 "석굴암 본존"의 것이겠다. 하지만 숭고의 극치를 현현하는 "석굴암 본존"은 그의 삶을 본받고 또 그렇게 살려는 종교적·심미적 인간형 신라인들의 겸손한 공력과 법열의 조형술로 인해 과거와 현재, 미래로 자꾸만 물밀듯이 흘러드는 것이다.

> 아닌게 아니라, 솔씨라도
> 낳으심직한 우리
> 춤추다 쉬신 성처녀聖處女
> 같으시네 이―o!
>
> ―「안동 제비연 석불」 부분

> 부처님의 이얘기신가
> 체수 적어 더 아릿다운
> 신라新羅의 이얘깃꾼 아가씨여!

• • •

11. 이상은 서정주, 「선덕여왕의 말씀」, 『신라초』(정음사, 1961), 7쪽.

올치, 잉태孕胎. 올치. 애기.

올치, 사랑노래.

올치, 올치, 올치 올치 올치 열반涅槃.

—「법주사 팔상전」부분

탑과 불상을 '성처녀'와 '아가씨' 같은 여성에 비유한 까닭은 무엇일까. 외면적 유사성을 존중한다면, 탑과 불상의 고요하고 평온한, 인위를 넘어 자연을 닮은 형상의 묘미를 더욱 북돋기 위함일 것이다. 하지만 그 심층을 흐르는 신라적 영원인 '사소부인'이나 '선덕여왕'의 면모를 우리가 어떻게 지나치겠는가. 이들은 미당 시에서 불교의 삼세인연설과 윤회설을 그들 자신의 육체로 실현한, 그럼으로써 종교적 삶의 모본이 된 반성반속半聖半俗의 영원인으로 서슴없이 가치화되는 존재들이다. 그런 의미에서 탑과 불상은 불교 교리를 "심미적 각도에서 그 언어예술성의 독특한 매력으로 유도하"[12]기에 적합한 예술로서의 종교 기호에 해당한다.

이런 심미성의 발현을 생각하면, 아가씨와 서슴없이 결속된 "이애깃꾼"의 가치와 의미가 더욱 중요로워진다. 이야기꾼은 보통은 남성이다. 하지만 이런 성차의 부여는 그가 외부로의 출입이 잦거나 떠돌아다닐 경우에 한해 가능한 것이다. 단연 집안의 이야기꾼은 할머니거나 안방을 장악한 이웃 아주머니들의 몫이기 쉽다. "잉태"와 "사랑 노래"에서 보듯이 풍요로운 생산성과 건강한 여성미를 보다 빛내기 위해 '아가씨'라는 호칭을 가져왔을 것이다. 사실 그녀는 "열반"의 주체로 가치화되는 장면에서 보듯이 남녀노소나 내외친소內外親疏와 같은 차이를 넘어서 대상들을 친밀함과 원만함으로 결속하고 통합하는 아날로지의 매개체, 아니 그것의 운동이자 흐름이자 정신이다.

이것은 여성의 섹슈얼리티만을 '석굴암 본존' 조형미의 제일 가치로

• • •

12. 서정주, 「불교문학의 어제와 오늘」, 『서정주문학전집 2』(일지사, 1972), 285쪽.

톺아내던 일제 식민주의의 관점과 여러모로 대비된다. 미당 역시 여성 이미지를 취한다는 사실은 서양과 일제가 이식한 동양 특유의 전도된 오리엔탈리즘에서 완전히 해방되지 못했음을 뜻할 수도 있다. 하지만 불교 문화의 '여성'으로의 대체와 전이는, 각종 불교 설화나 '만해'의 시적인 교리 표상이 보여주듯이, 불교 특유의 자비와 포용의 미학을 더욱 권능화하기 위한 종교적 역설에 가깝다. 미당 역시 여기에 충실하다는 것은 '춘향'을 사랑의 화신에서 존재 통각統覺의 구도자로 바꾼 '춘향의 말' 삼부작에서 이미 확인해 온 터이다.

벤야민에 따르면 이야기꾼은 얘기를 듣는 사람에게 조언을 해줄 줄 아는 사람으로, 실제적 삶의 재료로 짜인 조언은 곧 따라 마땅한 지혜이다.[13] 우리는 "사람의 살"로 "하눌의 살"을 성취한 '지혜'의 신라인, 그것도 여성으로 벌써 '선덕여왕'과 '사소부인'을 지목했다. 다시 강조하거니와 이들의 탁월한 면모는 인간성 자체보다 고대적 시간부터 연면히 흘러온 우주적 무한과 시간적 영원, 곧 영원성의 감각을 자아 내부에 수렴함과 동시에 타자들을 향해 펼칠 줄 알았기 때문에 얻어진 것이다.

물론 미당의 영원인의 감각, 그러니까 "영통자로서의 역사 참여"는 '과도한 신비주의적 색채와 이성적 구조의 결여'니 '새로운 소재 영원성의 새로운 언어로의 확장에 대한 회의'니 하는 비판에 따라 "사적이요, 지방적이요, 원시적인 것"으로까지 평가가 절하되기도 한다.[14] 과연 미당은 "안 보던 미의 새로운 세계에 접할 때는 논리는 차라리 아주 던지고 겸허하고 순수한 센스로만 접하는 것이 그것을 바로 보는 것"[15]이라든가 "시인은 꼭 시장의 종종걸음꾼들 모양으로 현실을 종종걸음만 치고 살 필요는 없"으며 오히려 "수천 년 전 옛 사범師範 하나나 둘만 본보기로 하고 살면서 미래를 가설정하다가 가도 좋다"[16]는 발언을 굳이 숨기지 않았다.

• • •

13. 발터 벤야민, 「얘기꾼과 소설가」, 『발터 벤야민의 문예이론』, 반성완 옮김(민음사, 1983), 169쪽.
14. 김종길, 「실험과 재능」, 손세일 편, 『한국논쟁사 II : 문학·어학편』(청람문화사, 1976), 90~91쪽.
15. 서정주, 「불교적 상상과 은유」, 『서정주문학전집 2』, 267쪽.

우리는 이런 발언들에서 심미주의의 특권화와 그것을 저지하는 역사 현실에 대한 노골적 반감을 더불어 느낀다. 거기서 결과한 현실로부터의 자발적 소외와 그만큼 강화되는 영원성의 욕망은 현실 초월의 감각을 일상화했다. 이런 태도는 그러나 지금·여기의 시공간으로부터 자아와 현실 모두를 괄호 치는 행위를 불러들인다는 점에서 역사적 허무주의나 패배주의와 밀접히 관련된다. 미당은 대개가 동의하듯이 '보다 나은 삶'을 향한 리얼리즘 충동의 발산과 표현에 조심스러웠다. 그보다는 고대, 특히 신라를 경유하며 '만들어진 전통' 영원성의 내부로 삶과 예술에 어린 최상의 가치와 가능성을 밀어 넣었다. 「안동 제비연 석불」과 「법주사 팔상전」의 불교 정신이 심미적 여성으로 변신, 제시된 것도 이와 밀접히 관련된다.

이상의 특권화된 심미주의와 영원성을 고려하면, 변두리 삶의 참여와 고려가 엿보이는 아래 시들은 그 의미와 형상이 꽤나 징후적이다. 미당 시에서 '변두리 삶의 주류화'를 표상하는 대표적 텍스트는 『질마재 신화』 (1975)이다. 미당은 고향 '질마재'의 뜬소문, 해괴한 사건, 음담패설, 기인담 따위를 이야기의 형식에 담되, 가장 저속한 "사람의 살"을 비판하기보다 오히려 그들에게서 심미적 삶의 양식과 지혜를 구하는 반전의 이야기꾼으로 등장한다. 그를 통해 "세계의 물질적·육체적 근원으로의 하강과 함께 점잖은 것, 정신적인 것의 격하"를 도모한다.[17]

미당의 보수적 태도를 볼 때, 이야기꾼의 설정과, 비속(피지배)과 권위 (지배)를 전도시키는 웃음의 전략을 억압된 자유의 회복을 위한 것으로 바로 직결시키기는 어렵겠다. 그렇다 해서 '변두리 삶'에 친화적인 언어와 감각, 태도와 행동을 역사 현실과 격리된 자족적이며 폐쇄적인 예술 행위로 미리 못 박을 필요는 없다. 그 생리적 감각의 우연성이 길어 올리는 '변두리 삶'에의 필연적 친밀성은 적어도 미당의 민족어 감각과 문화주의적인 과거 해석에 든든한 우군으로 작동하기 때문이다.

* * *

16. 서정주, 「시인의 책무」, 『서정주문학전집 2』, 282~283쪽.
17. 유종호, 「변두리 삶의 주류화」, 『사회역사적 상상력』(민음사, 1987), 18~19쪽.

오 고등학생의 모자와 같은 머리모양을 허고 사람들이 영원永遠에 참가參加
하고 있음이여. 피를 다스려, 피를 다스려, 이치理致를 바로해, 이치理致를
바로해,

　우리나라 사람들의 마음이 영원永遠의 빛에 참가參加하고 있음이여

　오 역사歷史의 대동맥층大動脈層에 참가參加하고 있음이여.

—「대흥사 천불千佛」 전문


이 세상에서도 가난한 사람들이

세상에서도 공드려놓은 이 탑塔은,

그때문에 뒷구석에 가만이 있지못하고,

세기世紀의 앞에 나와 섰읍니다.


그러나 이런 전위前衛는 동양적東洋的인 모든

전위前衛의 경우境遇에 어긋남이 없이

인식認識하기 곤란困難한 속마음을 가졌을뿐입니다.

—「원각사지 석탑 — 빠고다공원내」 부분


　「대흥사 천불」 곳곳의 이미지, 이를테면 '피'와 '이치', "영원의 빛에
참가" "역사의 대동맥 층에 참가"와 같은 구절은 혁거세의 모친 '사소부인'
의 육체와 영혼의 도약을 충실히 환기한다. 그녀는 미당의 목소리를 빌려
"생금 금맥을 하늘에" 펼치면서 "피가 잉잉거리던 병"[18]이 다 낳았다고
고백한 바 있다. '천불'이 종교적 구도와 더불어 중생의 구제를 상징한다고
할 때, '사소'의 경험이 재현되고 또 그것이 "우리나라 사람들의 마음"으로
치환되는 장면은 의미심장하다. '중생'과 '변두리 삶'이 서로 다르지 않다
고 가정한다면, 가장 하위에 놓인 삶들, 곧 "사람의 살"이 가장 숭고한

• • •

18. 서정주, 「사소 두 번째의 편지 단편」, 『신라초』, 12~14쪽.

위치에 놓이는 삶, 곧 "하눌의 살"에로 승화 또는 도약되었음을 뜻하기 때문이다.

「원각사지 석탑」은 단속적이나마 "가난한 사람들"이 "하눌의 살"에 닿게 되는 까닭을 잘 드러낸다. "세기의 앞에 나와 섰"다는 말은 그 탑이 위치한 도시 한가운데의 '탑골공원'을 떠올린 것일 수도, 3·1 만세 운동을 지켜본 그 탑의 역사성을 감안한 조치일 수 있다. 주어진 현실에 일희일비하거나 근거리의 미래에 붙박이는 태도는 영원인의 삶과 동떨어진 것이기에 높은 가치를 인정받기 어렵다. 하지만 오로지 무한과 영원의 관점에서 현실을 이해하고 평가하는 태도는 현재의 삶 전체를 무의미한 것으로 타락시킨다는 점에서 우리들을 허무주의의 독한 호흡에 노출시킬 위험성이 다분하다. 따지고 보면 영원성은 시간의 무한 적층과 공간의 무한 확장이라는 시공간의 팽창 없이는 도무지 성립할 수 없는 추상적 관념이다. 모든 시대의 1초와 모든 한 뼘의 장소가 영원성의 구성물이자 실질적 내용으로 존재할 수밖에 없는 이유이다. 이런 사정을 전제하고 다음과 같이 말해보면 어떨까.

"동양적인"이 의미하는 바가 정확히 무엇인지는 알기 어렵지만, 그것은 아마도 그 어떤 부류든 '행인' 태우기를 마다하지 않는 '나룻배'와 같은 이타적 행위를 뜻하지 않을까, 라고 말이다. '나룻배'의 입장에서 본다면, 상이한 가치와 의미로 얼룩진 각 행인들의 시대와 영토, 이념과 행위보다 거기 웅크리고 앉아 비바람에 맞서기는커녕 그것을 피하느라 바쁜 '행인'이 더 가엾고 소중한 법이다. 이렇듯 '나룻배'의 희생과 공여는 '행인'을 향한 자비와 연민, 동정의 소산이다. 그럼으로써 그들을 불법佛法과 지혜의 주체로 내세우려는 종교적·생활적 주체의 기획인 것이다. 이를 향한 제행諸行이 '본존'의 삶이자 미학이었고 그를 본받는 '천불千佛'의 소망이었다. 또 '사소부인'과 '선덕여왕' 같은 고귀한 여성의 백성에 대한 자애였고 그 사랑의 권력이 속세 전반으로 돌려지기를 꿈꾸었던 "가난한 사람들"의 자기실현이었다.

『질마재 신화』의 원초적 기억과 웃음이 보여주는 바이지만, 미당의 영원성은 '신라'를 거치고 '조선'을 넘어 '근대'로 다가올수록, 비록 풍속사의 관점에서나마, '변두리 삶'의 본성과 자질로 특화되는 경향이 강화된다.[19] 무슨 말인가 하면, 미당에게 조선의 성리학은 당장의 현실 계도에, 개화 일본인은 문명을 빌미로 조선의 식민화에 집중했다는 점에서 "허무로 도벽해 놓"은 박래품에 지나지 않았다. 미당이 1950년대 중후반 시인의 중대 임무로 신라 이래 점차 쇠퇴의 길을 걸어온 영원성의 호명과 도래를 주창한 까닭이 여기 있다.

이를 바탕으로 미당은 『질마재 신화』에 이르면 영원성의 진정한 계승자와 실현자로 드디어는 향토 질마재의 사람들로 대표되는 '변두리 삶'을 지목하기에 이른다. 물론 그곳에는 저항이나 전복의 가치가 다소 빈약하다는 사실을 부인하기 어렵다. 그렇다 해도 미당 시에서 '변두리 삶의 주류화' 경향이 끼친 다음과 같은 미학사적 가치의 성취에 인색할 필요는 없다. "하위 형식이나 변두리 전통이 중심부로 부상하고 이에 따라 문학의 풍요화 및 스타일의 혼합"[20]이 더욱 진화하는 결과를 낳았다는 사실이 그것이다. 우리는 그 기미를 「대흥사 천불」과 「원각사지 석탑」에서 잔잔하고 감격스러운 마음으로 엿보아온 셈이다.

## 3. 불교적 상상력과 석탑 속 공부방의 의미

서정주의 불교 시편은 윤회설이나 삼세인연설의 교리 못지않게 보편적 상식과 사실을 넘어서는 불교적 상상과 비유에 대한 관심 역시 지대하다. 일상에서 흔히 접하는 언어도단言語道斷이니 각자무언覺者無言이니 불립문자不立文字니 하는 말들은 불교적 관점에 의해 격파되는 일상적 언어와 지식의 한계를 역설적으로 보여준다. 만약 사실과 논리에 초점을 맞춘다면, 저 용어들은 인간의 앎과 말을 자칫 무위적·허무적 행위로 깎아내릴 수

19. 서정주, 「한국성사략」, 『신라초』, 75~76쪽.
20. 유종호, 「변두리 삶의 주류화」, 『사회역사적 상상력』(민음사, 1987), 23~24쪽.

있다는 점에서 경계의 대상일 수 있다.

　이런 정황을 생각하면, 미당이 불교적 상상의 짝패로 '쉬르레알리즘'을 붙이는 것은 벌써 정해진 수순에 가깝다. 물론 '탑·불상' 시편 이후의 발언이지만 미당은 불교적 상상과 쉬르레알리즘의 유사성과 차이성을 다음과 같이 정리한다. 초현실주의자의 성과는 단연 인간의 잠재의식, 곧 무의식에 대한 침잠을 통해 "상상의 빛나는 신개지를 개척하고 거기 맞춰 전무한 은유의 새 풍토를 빚어낸 사실"에 존재한다. 그러나 "불교의 경전 속에 매장되어 온 파천황의 상상들과 그 은유들의 질량에 비긴다면 무색한 일이다."[21] 미당이 초현실주의와 불교 언어에서 발견한 동일성도, 차이성도 상상력과 표현의 파격성에서 찾고 있음이 드러나는 대목이다.

　미당은 『삼국유사』와 『제왕운기』 소재 불교 설화를 예로 그 파격성의 미학적 위상과 가치를 극대화한다. 시대와 언어, 정신과 문화의 보편성과 영구성만 생각한다면, 불교적 상상의 파격성은 여전히 유효한 삶의 지혜이자 예술의 보고일 수 있다. 하지만 은유 특유의 '변신metamorphosis'의 가치와 효과를 어디에 둘 것인가를 고려한다면, 불교적 상상과 초현실주의의 파격을 동일 선상에서 비교·대조하는 작업이 가능한가 하는 의문이 자연스레 떠오른다.

　미당의 불교적 상상력은 미학적 센스에 초점을 맞추어도 결국은 영원성 실현의 계기와 방법으로 거의 예외 없이 작동한다. 이에 반해 초현실주의는 각종 미학적 모험, 이를테면 자동기술과 꿈의 기록, 몽환적 이야기 등을 통해 근대 문명의 급속한 진출 아래 타락의 일로를 걷는 예술과 사회의 부조리와 부패를 해결할 것이라는 사회적·미학적 변혁에 열광했다. 『동천』의 불교적 상상력으로 수렴, 재구성되는 아래의 시는 미당의 불교적 상상과 초현실주의의 파격에 게재된, 서로 화해가 불가능한 어떤 정신적·미학적 간극을 선명히 보여준다.

- - -

21. 서정주, 「불교적 상상과 은유」, 『서정주문학전집 2』, 266~269쪽.

이탑방塔房 제일층第一層엔 무엇을 둘고하니,

역시나 아무래도 모란牡丹꽃 각시閣氏.

사자獅子쯤 방석헐만한 모란牡丹꽃 각시閣氏.

그위에 이층방二層房엔 무엇을 둘고하니.

윤潤나는 좋은 책상冊床, 먹감나무 책상冊床.

그래서 삼층방三層房에 올라 갈때는

시詩생각이나 하고서 드러 누웠지.

―「화엄사 삼층 사사자탑」 전문

　각 층이 나누어졌다 해서 '목단꽃'과 '먹감나무'와 '시'가 가치와 의미가
서로 차이질 리 없다. 삼층탑을 시의 구상과 창작의 체계로 서사화했지만,
각 층은 상호 순환과 변신이 가능한 일종의 가치론적 세계로 이해하는
편이 보다 타당하다. 이를 입증이라도 하듯이, 다른 시인「월정사 구층
석탑」에도 "첫층에 화재火災같은 자네 사랑을 실고 / 둘째층에 바다같은
시름을 실어 / 셋째층쯤 마음이 올라가다 보면은 / 별들도 더러 네려 자넬
편 들리"라는 구절이 등장한다. 여기서의 층계 상승은 "사랑하는 사람,
서러운 사람들"의 '별', 즉 우주에의 참여를 권장하기 위한 매개 장치에
해당한다.

　미당은 다른 무엇보다 불교적 상상의 가치론적 체계에 매혹당한 것이며
그것을 심미적 형상으로 재구성하는 작업에 도취된 것이다. 따라서 불교적
상상을 원용하여 이질적 세계(사물)끼리를 돌연 결합, 심미화하는 예술적
파격은 자연스럽다. 물론 그렇다 해도 구체적 현실의 은폐와 삭감은 그
파격을 삼층탑 내부에서의 내면의 해방과 미적 자율성 확보 정도로 오히려
규격화하는 측면이 없잖다. 이런 까닭에「화엄사 삼층 사사자탑」은 '탑·불
상' 시편에서 시인 자신의 의중이 가장 잘 반영하고 있지만, 변화보다는
안정이, 현실에 대한 성찰보다는 미에 대한 자족이 가장 팽만한 텍스트로
남겨진다.

세마리 사자獅子가

이마로 이고 있는 방房 공부는

나는 졸업했다.


세마리 사자獅子가 이마로 이고 있는 방房에서

나는

이 세상 마지막으로 나만 혼자 알고 있는

네 얼굴의 눈섭을 지워서

먼발치 버꾸기한테 주고,


그 방房 위에 새로 핀

한송이 연蓮꽃 위의 방房으로

핑그르르

연蓮꽃잎 모양으로

돌면서

시방 금시 올라 왔다.

—「연蓮꽃 위의 방房」 전문[22]


이 시의 핵심부는 어디일까. "연꽃 위의 방"이 피어나는 순간을 노래한 3연이지 않을까? 아니다, 나의 생각으로는 1연이다. 구체적 소여물 탑의 "방 공부"를 졸업했다는 고백은 물리적인 역사 현실의 초극은 물론 "영통자로서의 역사 참여"에 동참하게 되었다는 자기 충족과 해방감의 표현이다. 2~3연은 그것을 여러 자연 표상, 특히 불교 문화와 관련 있는 대상에 투사한 것에 지나지 않는다. 이런 땅 위의 극치는 "오천년쯤의 객귀客鬼와/사자 몇마리/연꽃인지 강江갈대를/이마에 여서 피우고" 있는 "하늘의/텔레비견"[23]의 사태이기도 하다.

• • •

22. 서정주, 『동천』(민중서관, 1968), 102~103쪽. 이 시를 다룬 산문이 「불교적 상상과 은유」이다.
23. 서정주, 「여행가」, 『동천』, 111~112쪽.

그런데 이를 어쩐단 말인가. 미당의 상상력은 주관성 차원에서는 광대무변하고 파천황에 가까운 것인지 몰라도, 그러나 모든 세계와 사물을 천의무봉으로 매끄럽게 시침하는 언어들은 의미의 확장과 기호의 전복 같은 변화에는 무심한 채 전혀 동질적이며 반복적이다. 영원성과 불교적 상상이 아무리 존재의 전환과 도약을 선취하는 '생금의 광맥'일지라도, "사람의 살"을 가로지르는 대신 "하눌의 살"로만 굽이친다면, 그것은 결코 '변두리 삶'의 존재 양식과 지혜로 낮아질 수 없다. 미당 자신 "연꽃 위의 방"에 들었음에도 얼마 지나지 않아 속세의 기이한 삶의 편린들이 난무하는 '질마재'로 저 탑과 불상들을 다시 하강시킬 수밖에 없었던 소이연이 여기 어디 있을 것이다.

지금까지 보아온 대로 미당의 '탑·불상' 시편은 '민족 예술의 정화精華'만을 널리 알리기 위한 언어 행위가 아니었다. 영원성의 가치와 향방을 신라와 불교에서 구하는 미당 시업의 구체와 흔적이 속속들이 배어 있는 시편이었으며, 또한 『질마재 신화』를 향해 카니발적 프리즘을 비추기 위한 단초가 암암리에 숨어 있는 텍스트였다. 그러므로 이 자리에 소개되는 10편은 불교 문화 예찬을 위한 시편 정도로 미당의 시 세계에 갸웃이 제 몸을 들이기보다 1960년대 전후 미당의 시적 모험을 예견하고 또 일정 부분 동참하는 생금生金의 언어로 다시 활약할 필요가 있다.

민족예술의 정화 — 한국의 탑·불상
시: 서정주, 사진: 정도선


### 石窟庵 本尊

사람의 살 가운데 제일 淨헌 살은
하눌의 살에 마주 닿는다.
蓮꽃잎이 蓮꽃잎에 닿듯이,
하눌의 살에 마주 닿는다.
그러나 이사람의 살은 하눌의 살
바로 그거다.
그리하여 마음은 主人의 마음을 갖는다.
그리하여 마음은 主人의 마음을 갖는다.


### 慶州 博物館 所在 石佛

眉目이 깨여저서 이 흙 그림은
머릿속에 부처를 보이네!
즈문해 뒤
眉目이 갈라지니
이 新羅의 흙 그림은
머릿속에 부처를
보이네!

깨여지지 않았으면 영 몰랐을
부처를 번개같이 보이네!


## 恩津彌勒菩薩

사람들이여 답답하거든
恩津彌勒한테 가 물어라
개미쓸개, 소쓸개,
너구리 속까지,
그는 모다 아신다
이러구려 億千萬劫
수수히 서 있나니.


## 安東 제비연 石佛

우리 處女 같으시네 이―ㅇ,
우리 聖處女 같으시네 이―ㅇ
미련하지않은 우리
聖處女 같으시네 이―ㅇ!
아닌게 아니라, 솔씨라도
낳으심직한 우리
춤추다 쉬신 聖處女
같으시네 이―ㅇ!

大興寺 千佛

　오 고등학생의 모자와 같은 머리모양을 허고 사람들이 永遠에 參加하고
있음이여. 피를 다스려, 피를 다스려, 理致를 바로해, 理致를 바로해,
　우리나라 사람들의 마음이 永遠의 빛에 參加하고 있음이여
　오 歷史의 大動脈層에 參加하고 있음이여.


圓覺寺趾 石塔
　一빠고다公園內


이 세상에서도 가난한 사람들이
세상에서도 공드려놓은 이 塔은,
그때문에 뒷구석에 가만이 있지못하고,
世紀의 앞에 나와 섰읍니다.

그러나 이런 前衛는 東洋的인 모든
前衛의 境遇에 어긋남이 없이
認識하기 困難한 속마음을 가졌을뿐입니다.

이분을 알려면 우리는 먼저 故鄕에 가야겠는데,
우리의 大部分은 故鄕에 갈 路資도 없읍니다.
먼지.
먼지.
먼지.
먼지.
몇千번을 헤치고 닦으면
우리는 만나게 되는고?

法住寺 捌相殿

부처님의 이얘기신가
체수 적어 더 아릿다운
新羅의 이얘깃꾼 아가씨여!

올치, 孕胎. 올치. 애기.
올치, 사랑노래.
올치, 올치, 올치 올치 올치 涅槃.

잇발 실허고
눈섭 좋은
신라의 이얘깃꾼
아가씨여……


多寶塔

사랑은 둥글고
땅은 모나고……

사랑은 둥글고
땅은 모나고……

에잇!
사랑 둥그니
땅도 딸아 오느라.

月精寺 九層 石塔

月精寺 하눌은 쓸어논 비취빛이고,
여기 나는 별들은 훨신 더 굵네.
여무른 풋대추만큼식이나 여물어 있네.
사랑하는 사람, 서러운 사람들은
이 뜰앞 돌塔에 소원 실러 가보게.
첫層에 火災같은 자네 사랑을 실고
둘쨋層에 바다같은 시름을 실어
셋째層쯤 마음이 올라가다 보면은
별들도 더러 네려 자넬 편 들리.


華嚴寺 三層 四獅子塔

이塔房 第一層엔 무엇을 둘고하니,
역시나 아무래도 牧丹꽃 閣氏.
獅子쯤 방석헐만한 牧丹꽃 閣氏.
그위에 二層房엔 무엇을 둘고하니.
潤나는 좋은 冊床, 먹감나무 冊床.
그래서 三層房에 올라 갈때는
詩생각이나 하고서 드러 누웠지.

출처: 『자유공론』 창간호(1958년 12월)

# 제11장

# '질마재'의 역사성과 장소성
## 산문과 자전自傳의 낙차

## 1. 시종始終의 장소 '질마재'

시종의 장소 '질마재'. 이 말에는 여러 겹의 의미가 겹쳐 있다. 하나는 미당의 삶과 죽음의 장소를, 둘은 영원성의 시종이 기록된 『질마재 신화』의 장場을 뜻한다. 셋은 미당 시학의 원점이자 전환점, 다시 말해 그 시종이 나선형으로 맞물린 미학적 장소를 의미한다. 셋의 경우, 시학의 원점과 전환점이라 일렀거니와, 이는 시와 산문 모두에 해당한다. 이 글의 관심은 셋째 경우에 있으니 그 범주를 상술하면 다음과 같다. 시라면 『화사집』 (1941) 시대의 「자화상」과 「수대동시」에서 『질마재 신화』(1975)를 거쳐 『안 잊히는 일들』(1984)과 『팔할이 바람』(1988)에 이른다. 산문이라면 「고창기」(1936)에서 『나의 문학, 나의 인생』(1977)을 포함한다.

이 사실들을 유념하면서 초창기 서정주의 시에서 '질마재' 출현과 가치화의 서사를 간단히 정리해 두면 다음과 같다. '질마재'의 현실이 처음 드러나는 「자화상」(1939)은 가난한 삶과 탕아의 고독을 시(인)의 원동력으로 삼는 '시에의 의지'가 뚜렷하다. 시집 미수록작 「풀밭에 누어서」(1939)는 이미 결혼한 가장임에도 성공의 가능성 없는 무능력한 현실에 대한 자괴감과 '질마재'의 가족에 대한 죄책감, 그 타개책으로서 상해, 만주, 몽고로의 탈향 의지를 비극적 어조로 토로하고 있다. 실제로 미당은

1940년 가을 만주로 건너가 11월 말 '만주양곡주식회사'에 취직하지만 얼마 지나지 않아 1941년 1월 다시 경성으로 귀환한다. 「수대동시」의 '수대동'은 '질마재'의 이웃 마을이다. 시적 자아는 이곳에서 '조선적인 것'('흰 무명옷', '고구려' '내 넋의 시골' '사투리')과 다시 조우하며, 그간 지향해온 '서양적인 것'("샤알 · 보오드레-르' '설ㅅ고 괴로운 서울여자')과 결별을 단행한다. 미당은 이처럼 현실과 시에서의 탈향과 귀향을 동시에 넘나든 끝에, 1942년 5월 이후 '질마재' 관련 세 편의 산문을 발표하기에 이른다.

문제는 '질마재'가 1970년대 이후 본격화되는 '향토'로의 미학적 귀향을 보장하는 진정한 장소로 전면화된다는 사실이다. '질마재'의 시공간이 지나치게 넓고 또 문제의 핵심을 꿰뚫어 나가기가 만만치 않은 영역으로 떠오를 수밖에 없는 까닭이 여기 있다. 그러므로 미당 시에서 제시되는 '질마재'의 의미와 가치를 효과적으로 꿰뚫어 보기 위해서는 더욱 입체적인 '질마재'의 시공간성 및 미적 범주에 대한 예리한 설정과 거기 관련된 문제의 초점화가 훨씬 중요해진다.

만약 시와 산문의 대쌍 '질마재'를 고려한다면, 산문은 「질마재 근동야화」(1942)에서 「내 마음의 편력」(1972)으로 압축될 수 있다. 왜 그런가. '질마재'가 속한 향토 명을 빌린 「고창기」[1]는 '방의 비극'과 '장市'이라는 소재가 시사하듯이 미당 자신의 젊은 우울과 "왼갖 얼골과 성격을 가진 사람들"을 대조적으로 묘파하고 있어, '질마재'를 징후적으로, 그것도 반쪽으로 드러내고 있을 따름이다. 『나의 문학, 나의 인생』(1977) 역시 '질마재' 이후의 삶, 시인의 탄생과 성장을 그린 「천지유정天地有情」 및 「속 천지유정」으로 구성되어 삶과 시의 현장 '질마재'와 얼마간 격절되어 있다. 시는 「무슨꽃으로 문지르는 가슴이기에 나는 이리도 살고싶은가」[2] (1942)에서 「진영이 아재 화상」과 「다섯 살 때」(『신라초』), 「외할머니네

• • •

1. 서정주, 「고창기(高敞記)」, 〈동아일보〉, 1936년 2월 4-5일자.
2. 『귀촉도』의 결시(結詩)인 이 시는 산문 「향토산화」(『신시대』, 1942년 7월호) 소재의 "1. 네名의少女있는그림"에서 파생되었다.

마당에 올라온 해일」(『동천』)을 거쳐 『질마재 신화』로 연결된다. 시적 자서전 『안 잊히는 일들』과 『팔할이 바람』은 자서전 「내 마음의 편력」과 「천지유정」에 시적 발화의 형식을 부여한 시집들이기에, 그 미학과 의미의 독립성을 흔쾌히 인정하고 부여하기가 쉽지 않다.

지금 나는 시와 산문의 대쌍 '질마재'를 특히 강조했는데 그 이유는 다음과 같다.

첫째, 1942년 작성된 '질마재'에 대한 세 편의 산문은 시인 자신보다는 특이한 성격과 경험을 가진 '질마재' 사람들에 초점을 맞추고 있다. 이에 대응하는 부분이 「내 마음의 편력」의 '질마재' 부분인데, 여기서는 자아의 유년기를 가족 및 '질마재' 사람들에 대한 경험과 기억을 이야기의 형식으로 전달하고 있다. 그것을 이야기꾼 화자를 통해 시화한 것이 『질마재 신화』이다.[3]

그러니만큼 「내 마음의 편력」의 '질마재'와 『질마재 신화』에 등장하는 인물과 사건의 규모는 후자가 전자보다 훨씬 크다. '신라 정신'과 '영원성' 의 관념이 두 텍스트를 동시에 관통하고 있음은 물론이다. 하지만 「내 마음의 편력」은 산문의 특성상 사실 및 경험과 허구가 비교적 분명하게 구분된다. 이웃의 '서운니'나 할머니가 설화와 민담 따위를 이야기하고 어린 미당이 그것을 청취하는 화자–청자의 장(場)의 존재에서 이런 양상은 분명히 확인된다.

이는 '신라 정신'과 '영원성'이 경험적 사실 위에 덧붙여지는 부가적 형식임을 말한다. 그러나 『질마재 신화』는 이야기꾼 화자(≒시인)가 과거 의 경험과 전해 들은 이야기들에 대해 특정 가치나 의미를 부여하여 독자 대중에게 전달하는 방식을 취한다. 그런 만큼 '주어진 사실'보다 미당의 주관적 '가치 충동'이 시의 핵심을 차지하게 된다. 달리 말해, 이야기 대상이 사실이든 허구든 그것들은 1970년대 미당의 역사관과 윤리 의식 내에서 '시적 진리'로서 성립된다면 아무런 문제가 없다. 이

• • •

3. 남기혁, 「'신라 정신'의 변안으로서의 『질마재 신화』와 그 윤리적 의미」, 『한국문학이론과 비평』 65호(한국문학이론과비평학회, 2014), 120쪽.

때문에 「내 마음의 편력」에서 소소하게 처리되거나 설화 또는 역사에 등장하던 인물들이 『질마재 신화』에서는 때로는 독립적으로 때로는 질마재 사람들의 성품과 통합되어 객관적 '사실'처럼 자기 생을 구가하게 된다.

30여 년의 시간적 거리가 있는 만큼, 1940년대와 1970년대 서술된 '질마재'에는 동일한 인물과 사건보다는 새로 선택된 인물과 서사, 사건들이 훨씬 많이 등장한다. 변화와 차이가 압도하는 '질마재'의 출현은 1940년대의 서사가 타자의 삶과 나에 대한 영향에 집중하는 반면, 1970년대의 이야기는 '자서전'의 규약, 즉 자기 삶의 권위와 정당성을 확보하려는 '가치적 충동'[4]에 초점을 맞추기 때문에 생겨난다. 그 결과 주체와 타자의 관계 및 타자의 가치화에 적잖은 변화가 초래된다.

둘째, 이런 차이는 각 시대 미당의 세계와 미를 향한 시각 및 태도와 깊이 관련된다. '질마재'는 무엇보다 전통과 향토(고향), 나아가 '조선(한국)적인 것'을 표상하는 가치론적 장소에 해당한다. 하지만 '질마재'를 둘러싼 1940년대와 1970년대의 의미 맥락은 공통점만큼이나 차이점이 크다. 전자는 당대를 몰아친 '동양에의 회귀,' '동방 전통의 계승'[5]과 교집합을 형성하는 '조선-질마재'라면, 후자는 "현대 기계문명이 빚는 그 갖가지 음향과 와사瓦斯, 가스 분출의 공해"[6]에 맞서 무한 우주와 영원의 시간으로 직조된 '신라 정신'을 계승, 발현하는 '한국-질마재'에 해당한다. 그런 만큼 가치론의 핵심도 전자는 전통적 인간형의 비유체로서 '꽃'(미)의 부활과 도래에, 후자는 한 걸음 더 나아가 생사生死를 아무렇잖게 넘나드는 '영원인'의 출현에 집중된다.

이 글은 '질마재'의 가치론적 변화를 객관적으로 주유하고 입체화하기 위해 각 시대 산문에 표상된 '질마재'의 역사성과 장소성에 주목한다.

• • •

4. 루이스 밍크, 「모든 사람은 자신의 연보 기록자」, 제라르 쥬네트 외, 『현대 서술 이론의 흐름』, 석경징 외 옮김(솔, 1997), 224~225쪽. 이 논문에 인용된 헤이든 화이트에 따르면 세상의 모든 이야기는 세계와 주체에 대한 인식적 욕구가 아니라 가치적 권위 같은 것을 확립하려는 '가치적 욕구'에서 비롯된다. 이를 일러 '가치적 충동'이라고 했다.
5. 서정주, 「시의 이야기 — 주로 국민시가에 대하야」, 〈매일신보〉, 1942년 7월 13~17일자.
6. 서정주, 『미당 산문』(민음사, 1993), 153쪽.

물론 '질마재'를 일이관지—以貫之하는 특정 관념보다 그곳을 더욱 풍요롭고 다채롭게 조형하는 변이들의 구조화에 신중하게 착목着目한다. 이때 '질마재'의 역사성은 '조선−질마재'와 '한국−질마재'의 가치론적 차이의 생성을, 장소성은 '질마재'를 바라보는 주체의 시각에 의해 부과하는 장소의 성격을 뜻한다. 특히 장소성과 관련하여 각 시대의 '질마재'가 수렴되는 방법을 미리 말한다면 다음과 같다.

'조선−질마재'는 감정 이입적 내부자의 관점에 선 장소성이 엿보인다. 타자들의 문화적 가치와 경험의 기록 및 표현이 중심을 이루기 때문이다. 이에 반해 '한국−질마재'에는 '실존적 내부성'의 상태에 있는 주체에 의해 획득된 장소성이 빼곡하다. 타자들의 생생하고 역동적인 삶과 무의식적으로 감응되는 삶의 가치와 심미성이 가득하기 때문이다.[7] 참고로, 장소의 감각에서 말하는 실존적 내부성이란 진정한 장소의 내부에 있다는 느낌을 뜻한다. 이와 더불어 개인으로서 그리고 공동체의 일원으로서 나의 장소에 속해 있다는 느낌도 포괄한다. 여기에 비춰본다면 『질마재 신화』의 '실존적 내부성'은 변두리 인생들의 '신라 정신'에 대한 참여와 그것의 향토적 발현에 의해 성취되는 것으로 보인다.

각 시대에 걸친 '질마재'의 역사성과 장소성은 지금 이 순간을 받아쓴 것이 아니라 회상의 형식을 띤다는 점에서 결국 기억의 작용과 표현의 문제다. 그런 점에서 각 시대의 '질마재'는 모두 '문학적 기억'의 산물인데, 이 기억은 시대의 증인들이 움켜쥔 경험 기억을 역사화하고 미래화하기 위한 문자적 번역물의 일종이다. 하지만 30여 년을 상거한 '질마재'의 기억은 단순히 문학적 기억으로 공통화할 수는 없는 노릇이다. '조선−질마재'에서 '한국−질마재'로의 의미 맥락과 가치론의 변화는 다시 강조하거니와 "시간의 흐름에서 변화된 인식, 망각의 심연을 넘어 새로운 눈으로 바라보는 기억의 사후 작용"에 따른 것이다.[8] 우리는 그 사후 작용의

•••

7. 이상의 '장소성' 개념에 대해서는 에드워드 렐프, 『장소와 장소상실』, 김덕현·김현주·심승희 옮김(논형, 2005), 138~141쪽.

8. 이상의 기억에 대한 설명과 인용은 변학수, 「서정문학과 기억」, 『문학적 기억의 탄생』(열린

가장 극적인 순간을 "향토산화鄕土散話"와 "질마재 신화"라는 내러티브의 명명의 차이에서 만난다. 미당이 현실(또는 신화)의 '질마재'에 항존恒存하면서도 끝내 부재한다는 양가적 평가가 가능한 까닭이 여기 어디쯤에서 성립될 것이다.

## 2. '질마재'의 발견, 문화적 기억의 도래

미당 시학에서 '질마재'의 발견과 구조화는 반복과 지속이며 변이와 적층의 서사라 할 만하다. 1940년대와 1970년대의 가장 두텁고 뚜렷한 층리를 중심으로 각 연대의 미적·이념적 문양이 담긴 작은 규모의 층리層理들이 배치되어 있다고나 할까? 그 층리에 대한 연속과 불연속의 계보학을 작성하는 일은 그래서 '질마재'의 역사성과 장소성의 (심상)지리를 밝히는 작업과 등가 관계를 형성한다. 이 과제는 이 글 전체의 목적이므로, 우선 이 장에서는 산문 내 '질마재'의 발견과 문화적 기억의 형성이 시작되는 사회적·심리적 토대를 추적한다. 이를 통해 '질마재'가 타자를 향한 감정이입의 장소로 또 미적 영향과 영감의 문학적 장소로 어떻게 층리화되는가를 깊이 탐구하고 해석한다. 이것은 미당 발發 '질마재'의 내면적·미학적 정체성을 근원 짓는 한편, 이후 문득 드러나고 문득 숨기를 반복하는 '질마재'의 심상 지리에 첫 빗금을 기입하는 작업에 해당한다. 그런 의미에서 이 자리는 미당 시학을 감싼 혹은 그것이 발하는 아우라의 핵심으로서 '질마재'의 동질성과 연속성을 조심스럽게 비춰내는 시적 고고학의 현장인 것이다.

### (1) 질마재의 첫 발견과 귀향의 욕망
서정주 시학에서 1942년은 시가 저조하고 산문이 풍요롭던 시대였다.

• • •
책들, 2008), 227~232쪽.

물론 시의 저조라고 했지만 패퇴보다는 모색의 기미가 훨씬 짙었다는 사실을 감안하면, '질마재'의 산문적 회상과 기록은 시의 미래에 바쳐진 글쓰기의 일환으로 보아도 무방하다. 어떤 점에서 그러한가? 우선 시의 경우. 미당은 만주에서 귀환함과 동시에 『화사집』(1941)을 출간했다. 피가 섞인 '시의 이슬'을 드디어 맺은 셈이나 그것을 넘어서는 이후 시대의 '시의 이슬'이 그리 녹록한 현실은 아니었다. 『화사집』의 핵심적 가치는 보통 에로스적 육체성에 기초한 생명 충동의 발현으로 이해된다. 그러나 「수대동시」와 「부활」의 존재는 이미 에로스 충동이 '조선적인 것'을 향해 "한낮 꽃같은 심장으로 침몰"(「바다」)하기 시작했음을 암암리에 시사한다. 하지만 조선적 전통과 미학에의 귀환 선언이 자동적으로 '조선적인 것'에 대한 문화적 기억의 형성과 그 시적 표현을 보장했던 것은 아니었다. 그것을 돌파할 모색의 시간은 그래서 필연적인 수순이었다.

과연 미당은 만주 체험을 다룬 1941년의 「만주에서」, 「멈둘레꽃」 등을 마지막으로 시의 휴식 국면에 돌입한다. 이 미학적 위기는 '수대동' 같은 진정한 장소 및 '종로 네거리'로 활짝 도래하는 '순아' 같은 영원인을 '조선적인 것'의 실질적 내용과 형식으로 일상화하지 않는 한 극복되기 어려운 성질의 것이었다. 이를테면 미당은 「만주일기」(〈매일신보〉, 1941년 1월 15~17일자, 1월 21일자)에서 취직(성공) 여부에 대한 불안을 아낌없이 방사하면서도, 시에의 열망과 미적 세계로의 낮은 포복을 잠시도 멈추지 않는다.

「만주일기」의 한 대목처럼 미당에게 "시는 언제나 나의 뒷방에서 살고 있는" "영원의 처"였다. 그런 만큼 비록 시의 형태는 아닐지라도 미분화된 감정의 덩어리로나마 서정의 토대와 경험을 착실히 내면화하는 작업이 나날이 반복되었다. 『질마재 신화』의 「신부」로 변이될 결혼 초야에 버려진 음란한(?) 신부의 비극담 서술, 사자死者의 관을 앞에 놓고 쇳소리로 울어대는 만주 여인과 결코 비교될 수 없는 전라도 육자배기의 서러운 쾌미에 대한 찬양, 도스토옙스키의 『미성년』을 통독하며 마주친 절대미 성격의 "유아의 미소"에 크게 충격을 받는 장면이 그 예들이다.

이런 경험들을 어떻게 조선과 향토에서, 또 조선인의 생활과 정서에 걸맞은 형식으로 구체화할 것인가? 첫 번째 응답으로 주어진 것이 '질마재'에 대한 회상과 기억의 착실한 기록이 아닐까? 이 순간 '질마재'는 의식적인 장소감, 곧 주체가 식견을 가지고 대상 장소를 경청함과 동시에 열린 마음으로 그곳의 모든 측면을 느끼는 이해와 성찰의 대상으로 거듭난다. 이것의 산문적 관찰과 기록이 「질마재 근동 야화」, 「향토산화」, 「고향이야기」[9]인 것이다. 미당에게 '귀향'의 풍요로운 충만감이 '질마재'에 대한 정서적·내면적 통합의 기회를 제공했다면(「수대동시」), '질마재'를 향한 가치론적 충동, 다시 말해 진정한 장소감의 발굴 욕망이 그곳을 객관화·심미화하는 산문적 필터를 재차 요청한 셈이다.

하지만 '질마재'로의 귀환을 오로지 '조선적인 것'을 향한 미적 욕망의 발현과 성취로만 해석할 수 없다는 사실도 주의할 필요가 있다. 당대 동아시아를 휩쓴, 특히 일제의 문화 권력에 의해 고무된 '동양에의 회귀'나 '동양 문화의 탐구'는 서구의 오리엔탈리즘과 식민주의에 대한 저항과 비판 작업의 일환이었다. 일제는 그것을 천황의 '팔굉일우八紘一宇'가 구현된 '대동아공영론'으로 가치화했으며, 식민지 조선에 대해서는 '내선일체'와 '황국신민화'를 거점으로 그에 대한 익찬翼贊의 노래를 강제해 갔다. 이런 문화적 파시즘의 공간에서 식민지 시인이 '대동아'의 합창에서 제외되는 길은 혀의 질병을 핑계로 아예 침묵을 선택하는 것이었다. 그것이 어려울 때의 차선책은 '동양'이라는 다양성의 구성 분자로 '조선적인 것'을 호명하고 객체화하면서 문화 파시즘의 현장에 조선만의 향토적 음색을 미적 불협화음으로 암암리에 산종해 가는 행동이었다.

이런 상황을 참조하면, '질마재' 이야기는 미적 불협화음의 일종으로, 같은 때의 「시의 이야기 — 주로 국민시가에 대하야」(〈매일신보〉, 1942년 7월 13~17일자)는 일제의 동양에 참여하는 동시에 일탈하는 미학적 책략의 일환으로 재해석될 여지가 없잖다. 왜 그런가. 「시의 이야기」는

• • •

9. 발표 서지는 다음과 같다. 「질마재 근동 야화」, 〈매일신보〉, 1942년 5월 13~14일자; 20~21일자; 「향토산화」, 『신시대』, 1942년 7월호; 「고향이야기」, 『신시대』, 1942년 8월호.

시국 협력을 목적하는 '국민시가'의 정당성 확보와 관련된 문건이라는 점에서 일제의 전도된 오리엔탈리즘을 내부화한 글쓰기로 비판되는 경우가 많다.[10] 이와 달리 미당의 '국민시가' 개진을 "'파시즘'이나 '총동원 체제'와 관련된 것이 아니라 미학적인 보편이나 시적 전체성에 대한 지향에 가까운 것"으로 파악하는 경우도 있다. 이와 관련된 개성의 부정과 보편의 모색은 "'국민문학'의 개념을 현실 정세와는 무관한 개념으로 보편화시키면서 동시에 영원성 혹은 전통성이라는 보편성을 새로운 미적 규범으로 제시하는 태도를 구체화한 것"[11]이 된다.

물론 미당은 1943년 들어 더욱 강화되던 일제의 총력전 상황, 곧 천황을 위해 목숨을 바치는 '전선총후前線銃後' 정책에 적극 동참했다. 그럼으로써 식민주의적 지식과 미학의 틀 안으로 스스로를 감금하는, 그러면서도 그것을 진정한 해방의 길로 오인하는 치명적인 실수로 빠져들었다. 그 협의의 기원을 "동아공영권이란 또 좋은 술어가 생긴 것" 같은 구절이 또렷한 「시의 이야기」에서 찾는 일의 정합성이 여기서 확보된다.

그러나 동양 문화의 문턱에 선 자로서 작성한 「시의 이야기」상의 '국민시가' 개념에 '조선의 동양'이라는 문화적 기억을 새롭게 재편하려는 욕망이 함께 꿈틀거리고 있음을 애써 외면할 필요는 없다. 물론 당대의 정황상 '전선총후'의 총력전과는 전혀 무관한 전근대적 상황의 '질마재' 사람들을 '지금·여기'의 모습이 아니라 회상 공간의 의미 있는 '옛사람'으로 호출하는 태도는 주위의 조선 시인들에게 환영의 질시를 획득하기가 쉽지 않았을 것이다. 당시 『국민문학』의 최재서와 김종한은 내지(일본) 문학과 등가관계에 놓이는 '지방문학으로서의 조선문학'을 열렬히 주창했지만 결국에는 일제의 '국민(≒황도)문학'으로 하릴없이 나포되었다. 세 편의 산문 이후 '질마재'에의 회상과 기억이 문득 중단된 것도 총력전의 문학 현실과

• • •

10. 이런 입장을 취한 대표적 연구로는 박수연, 「친일과 배타적 동양주의」, 『한국문학연구』 34집(동국대 한국문학연구소, 2008) 참조.

11. 김춘식, 「자족적인 '시의 왕국'과 '국민시인'의 상관성 — 서정주의 '현재의 순간성'과 '영원한 미래, 과거'」, 『한국문학연구』 37집(동국대 한국문학연구소, 2009), 345~348쪽.

무관치 않다는 판단이 이런 사정으로부터 가능해진다.

1943년 서정주는 최재서의 주선으로 체제 협력에 적극적이던 '조선문인보국회'의 기관지『국민문학』과『국민시인』의 편집 기자로 근무했다.[12] 물론 그가 체제 협력에 나서게 된 주요 기반의 하나인 최재서와의 인연은 이보다 훨씬 앞선 시기에 맺어졌다. 미당은 시 창작과 생활의 고투에 얽힌 떠돌이 생활을 고백한「나의 방랑기」연작을『인문평론』, 1940년 3월호 및 4월호에 발표하는데, 이때의『인문평론』편집 주간이 최재서였다. 이 사실로 미루어 보건대, 1943년 7월「시의 이야기」작성 당시에도 서정주가 최재서와의 인연을 계속 유지하고 있던 것으로 짐작된다.

이런 사정을 감안하면서도, '민중의 양식'과 '언어 해조諧調'가 포기되지 않던「시의 이야기」에서 '질마재'의 호명과 가치화 조건을 찾아본다면 어떤 내용들일까.

1)

　　그러나 국민문학이라든가, 국민시가라는 말이 기왕에 나왔거든 이제부터라도 전일前日의 경험을 되풀이하지 말고, 정말로 민중의 양식이 될 수 있는 시가 내지 문학을 만들어내기에 일생을 바치려는 각오를 가져야 할 것이다. 이것은 심히 전통의 계승과, 보편성에의 지향과 밀접한 관계가 없을 수 없는 것이다.

2)

　　그러나…… 보편이라는 점, 내가 무슨 어느 걸 체득하여서 하는 소리는 아니다. 이건 사실은 내가 보일 게 아니라 자네들이 손수 자네들의 자기自己라는 것을 오래오래 공간에다 팽개치는 동안에 스스로 수영할 때의 해양海洋의 넓이와 같이 자네들의 전신全身을 둘러싸게 되는 것이라야 할 것이다.

12. 서정주,「천지유정」,『서정주문학전집 3』(일지사, 1972), 241~243쪽. 이 글에 나오는 ·『국민시가』'는 앞선 글「내선일체·총력전·『국민시인』」에서 밝힌 대로 ·『국민시인』'의 오류이다.

1)에 적힌 '전일前日의 경험'은 서구 문학에 경도하여 "조그만 개성의 전람이나 울긋불긋한 사상의 진열"에 집중하는 문학을 지칭한다. 이것들은 "외래사상의 번역연설飜譯演說과 같은 것"에 지나지 않으므로, 민중 전체에게 주어야 할 시가詩歌의 조건과 거리가 먼 것이었다. 그 조건을 구체화하자면, "개성의 삭감, 많은 사상의 취사선택과 그것의 망각, 전통의 계승 속에서 우러나는 전체의 언어공작"과 같은 것들이었다. 미당은 이런 결여에 맞서 '민중의 양식'으로서 '국민시가'의 조건을 "전통의 계승과, 보편성에의 지향"에서 구하는바, 과연 '전통'과 '보편성' 사이에 모순은 없는가?

만약 '전통'을 '조선적인 것'으로 기호화한다면, '보편성'은 '세계적인 것'으로 약호화할 수 있을 것이다. '민중의 양식'을 중심에 둔 특수와 보편의 결합은 굳이 '동양적인 것'이나 '일본적인 것'에 대한 내속이나 영향을 전제하지 않더라도 그 독자성과 개성을 자율적으로 실현할 수 있다. 한 공동체의 전통과 보편성의 결속이 외부 문화를 향해 방어적인 동시에 공격적일 수 있는 까닭이다. 이때 주의할 사항은 2)에서 보듯이 '보편'이 '자기'라는 인간의 실현을 통해 확보되는 무엇, 즉 사람 일반의 존재론과 밀접히 연관된다는 사실이다. 이 순간 중요해지는 것은 에스닉 ethnic과 네이션nation을 향한 적대적 절개가 아니라 그들 모두를 포괄하고 관통하는 인간의 유적 본성을 발굴하고 독해하는 일이다.

그러므로 '전통'과 '보편성'에의 착목은 비유컨대 가장 궁벽한 '향토'에서 보다 공통적·일반적인 인간의 성격과 정서를 날카롭고 풍요롭게 발굴하는 태도와 시각을 움켜쥐는 일과 결코 분리될 수 없다. 1940년대 '질마재' 산문들이 자아의 경험을 진술하면서도 '자아의 투기投企와 고백', '꿈의 심화와 자아의 정화'[13] 같은 자서전의 규약을 벗어나, '향토'의 익숙한 타자들의 특수성 관찰과 안내로 집중되는 현상은 이로부터 말미암은 것이다. '질마재'에서 전통과 보편성의 결속 혹은 동시적 발현에 적합한

• • •

13. 필립 르죈, 『자서전의 규약』, 윤진 옮김(문학과지성사, 1998), 229쪽.

자들로 새롭게 발견되고 지시되는 타자들은 누구인가? 또한 그들을 공들여 선택하게 한 '문화적 기억'은 무엇인가? 이 근방에서 '질마재'의 진정한 장소감이 미학적·이념적으로 개진되고 내면화됨은 두말할 나위 없다.

## (2) '조선─질마재' 사람들, 전통과 예술의 인간형

1942년 세 편의 '질마재' 이야기는 총 14명의 이웃을 향한 인물 열전으로 구성된다. 낚시꾼, 뱃사공, 피리 부는 사나이, 신 장사 부부, 동학 토벌군 부부 등 보통의 농사꾼과 구별되는 특이한 성격과 경력의 변두리 인생들이 이야기의 주인공이자 대상이다. 이후 「내 마음의 편력」에 다시 등장하는 인물이 있는가 하면, 이곳을 끝으로 '질마재'의 뒤편으로 영원히 사라지는 인물도 있다. '질마재'의 역사성과 장소성의 동일성과 변이를 살핀다면, 역시 전자가 집중적인 관심의 대상이겠다. 편의상 남성과 여성을 구분하여 그들이 '전통'과 '보편성'의 인물로 기억되고 가치화되는 까닭을 짚어보기로 한다. 본 절의 대상은 남성들인데, 이들은 1940년대 '질마재'에서 주동 인물의 지위를 구가하지만, 1970년대 '질마재'에서는 간단히 언급되는 정도로 물러앉는다.

세 편의 글에 등장하는 남성들을 소제목과 함께 제시하면 다음과 같다. ①「질마재 근동 야화」: "증운曾雲이와 가치", "동채東彩와 그의 처". ②「향토산화」: "씨름의 적은 삽화"의 '떠돌이 씨름꾼', "객사 동東대청에서 피리불든 청년". ③「고향이야기」: "신 장사 소생원蘇生員", "선봉이네"의 '선봉이'. 이 가운데 이야기나 예술적 재능으로 인해 문화적 기억의 대상으로 소환되는 인물은 '증운'과 '동채'와 '피리 부는 사나이'다. 넓게는 꽃신을 만들어 '질마재' 사람들의 심미적 욕망을 충족시키는 '소생원'도 포함된다.

1)

그러고는 조끼 안호주머니를 두적두적 하드니 씨내놋는 것이 혼이 장에서 파는 그 춘향전春香傳 일명一名 옥중화獄中花엿다.

나처럼 증운曾雲이도 압니쌀 새이가 좀 벙그러젓섯다고 기억記憶이 되는

데 대체 어디서 그날 밤의 그 낭랑浪浪한 음성音聲은 발음發音되엿든 것인지……
구즌 조으름으로 감기려든 눈이 점점 씌워저 오면서 나는 참 기이奇異한
세상에도 와서 잇섯다.

　　좀 과장誇張일른지도 모르지만 눈이 극도極度로 밝어지는 순간瞬間이라는
것이 현실現實로 잇슬 수 잇는 것이라면 그째 나는 아마 그 비슷하엿섯다.
그리도 고리다고 생각햇든 춘향전春香傳의 숙명宿命 속에서 춘향春香이는 생생
生生한 혈액血液의 향香내를 풍기우며 바다에 그득히 사러나는 것이엇다.

──「질마재 근동 야화」의 "증운曾雲이와 가치" 부분

2)

　　나도 그때는 이모姨母와 동감同感이여서 "비러먹을여석"이라고 생각하였다.
그러나 후後에나도 음악音樂이라든가 예술이라든가하는것의 가치價値를 나대
로는 조끔 알게되어서, 그러니까 물론 그때는 벌서 태고太古도 오사誤死한후에
이모姨母네집에 들렀다가 우연偶然히 들으니, 종구宗九는 드디어 흥덕興德에서
살지를 못하고 홀몸이 어데론지 쫓기여갔다고 한다.

　　종구宗九는 확실히 아직도 어디에 살어서 피리를 불고있을것이다. 종구宗九
와같은 사람이 그렇게 쉽게 죽었을리理는 만무萬無한것이다.

──「향토산화」의 "객사 동東대청에서 피리불든 청년" 부분

　　1970년대 미당의 '질마재' 인물 구분법을 따른다면, '증운'은 자연의
순리를 따르는 자연파에, '종구'는 일상 현실을 방기하는 탕아인 까닭에
어딘가 의뭉스러운 심미파에 가깝다. 이 사내들은 이야기나 노랫가락을
좋아하면 가난하다는 옛말을 입증하고야 마는 불행한 삶의 체현자들이다.
미당의 외할아버지처럼 어로漁撈 작업에 나갔다 돌아오지 못한 증운, 가족
의 가난과 죽음을 버려둔 채 피리에 미쳐 떠돌다 결국 '질마재'에서 쫓겨나
는 종구. 동서고금의 공동체 어디에라도 존재할 법한 재인才人 기질의
가난한 자들은 '질마재'를 변개하며 통합하는 카니발리즘의 주인공으로
승인되지 못한 채 고독한 죽음과 추방으로 공동체의 삶을 마감한다.

한 사람만 더하자면, '동채'도 '증운'에 방불한 영향을 끼쳤다. 그는 '별이 똥을 싸서 밭에 놓아두면 그게 눈깔사탕이 된다는 이야기', '우렁은 2,500년씩 잔다는 이야기', '빨강 병甁을 깨트리면 빨강 바다가 나오고 누런 병을 깨트리면 누런 바다가 나오고 푸른 병을 깨트려야 비로소 푸른 바다가 나온다는 이야기(지용의 시에 등장하는)', '진달래꽃은 솟작새子規 하고 서로 무슨 아는 사이라는 이야기' 등을 미당이 서당에서 배우는 「추구推句」를 읽는 틈틈이 들려주었다. 그렇지만 미당은 서당 훈장의 「추구」보다 '동채'에게 배운 것이 훨씬 많았다고 단언했다. 실로 저 이야기들은 모釆들의 '시의 이슬'에 흔히 담기는 미적 소재들 자체였던 것이다.

그럴진대 이들에게서 낮은 자들의 존재론적 한계를 빠짐없이 구현하는 전형적 인물이라는 보편성을 어떻게 가로막겠는가. 물론 이들의 비극적 삶은 인간적 보편성 저편에서 정한情恨의 감각으로 채색됨으로써 '조선적 인간형'의 정서적 특수성도 함께 받아 안는다. 「자화상」의 '가난한 족속'이 여기서 멀지 않은바, 그러나 미당은 '시의 이슬'에 스스로를 병든 수캐로 던져 넣음으로써 요절의 전조를 어렵사리 비껴간다.

그런데 매우 아이러니한 현상은 미당의 '시의 이슬'로 난 길을 문자적 지식이 아니라 육체성과 구술성의 실천으로 일러준 이들이 '증운'과 '종구'였다는 사실이다. 그들은 미당의 시인됨의 채권자가 됨으로써 미당을 시의 채무자로 영원히 못 박은 미학적 은인에 해당한다. 게다가 1942년 '질마재' 이야기에는 화제의 대상이 아니었지만, 1950년대 후반 '질마재'를 표상하는 인물로 '진영 아재'가 등장한다. 그는 쟁기질의 명수인데, "예쁜 계집애 배 먹어가듯" "안개 헤치듯, 장갓길 가듯"[14] 논밭을 가는 심미적 노동력의 발현자이다. 「내 마음의 편력」에서 '진영 아재'의 솜씨는 개인적 능력의 발휘 이전에 "수천 년을 두고 실생활을 통해 이어져 온 생활 전통에 의한 것으로"[15] 해석된다. '민중의 (생활)양식'에 부합하는 전통이자 그것에의 계승이 '진영 아재'를 통해 추인되는 장면이다.

• • •

14. 서정주, 「진영이 아재 화상」, 『신라초』(정음사, 1961), 47~48쪽.
15. 서정주, 「내 마음의 편력」, 『서정주문학전집 3』(일지사, 1972), 29쪽.

미당은 생의 마지막 순간까지 스스로를 '떠돌이'라 일렀거니와, 그 내면에는 저들의 예능과 죽음과 추방이 무엇보다 무거운 영향으로 저류하고 있는 것이다. 이를테면 미당의 영원성에의 전회를 대표하는 해방기 평판작 '춘향의 말' 삼부작과 끝내 시집에 못 실린 「춘향옥중가」의 기원에 '증운'의 따사로운 숨결이 잠겨 있다. 또 종구의 처량한 피리 소리에 미당 시 리듬감의 한 원류로 고백된 '당음唐音'의 유희적 율동을 능가하는 생과 허무의 맥놀이가 고동치고 있다.

그렇지만 고등관, 면소사 따위의 성공적 삶을 바랐던 가족의 입장(「풀밭에 누어서」)에서 본다면, '증운'과 '종구'의 삶과 예능은 실패와 잡기雜技의 범주를 크게 벗어나지 못한다. 따라서 세속적 가치를 따진다면 이들은 배척되거나 절연되어 마땅한 인물들이다. 하지만 이들은 미당에게 '민중의 양식'을 신뢰케 하는 최초의 유의미한 '문화적 기억'으로 가치화되는 반전의 대상으로 등장했다. 이것은 그들이 단순히 이야기와 피리의 재능에 탁월했기 때문에, 곧 기예技藝의 능란함 때문에 부여된 미학적·존재적 보상이 아니다.

이들은 기예와 소외를 통해 오히려 "고독과 사라짐의 느낌이 아니라" "삶의 회귀, 삶의 혁명의 느낌", 다시 말해 "어딘가에 삶의 기억이 존재하는 한 모든 것은 다시 소생할 수 있는 것"[16]이라는 영원성에의 감각을 미당에게 알게 모르게 투사한 예외적 개성들이다. 이에 대한 뒤늦은 이해와 각성이 이들을 '질마재'의 실질적 주체로 호명하는 핵심 요인이겠다. 그러므로 '야화'니 '이야기'니 하는 장르 부칙은 그들 삶의 허망함을 지시하기는커녕 정반대의 친밀성과 진정성을 신중히 기억하고 널리 전파하기 위한 기술적 장치(명칭)에 해당한다.

이 지점에서 강조되어 마땅할 사실 하나가 있다. 세 편 산문 속 '질마재'는 현실의 그것이기보다 '문화적 기억'에 의해 새로 발명된 장소라는 점이 그것이다. 이 말은 궁핍한 현실의 '질마재'와 그곳 사람들의 생활 일반에

• • •
16. 알라이다 아스만, 『기억의 공간 — 문화적 기억의 형식과 변천』, 변학수·백설자·채연숙 옮김(그린비, 2012), 541쪽.

대한 사실성을 은폐하거나 축소하기 위한 것이 아니다. 근대성의 관점에서 본다면 '질마재'는 개량화와 문명화의 손길이 우선시 되어야 할 전근대적 공간을 대표한다. 하지만 현실의 '질마재'는 '증운'과 '종구' 같은 미적 존재들로 인해 현명한 무지자無知者들의 문화와 예술이 그런대로 유지되고 전승되는 반개半開의 미학적 장소로 가치 증여되는 것이다.

이미 향토를 떠난 시인된 자에게 '질마재'는 노동과 생활의 현장보다 전통과 예술의 장으로 존재하는 편이 그곳에의 소속감과 자긍심을 더욱 강화하는 데 효율적이라는 판단은 지나친 추측에 불과할 것인가. 아니다, 그렇지 않다. 미당의 '질마재'라는 장소에 대한 지속적 유대감은, 첫째, 인간의 참된 삶이란 취미든 직업이든 예술에 대한 관심과 실천을 떼어놓고 생각할 수 없다는 최초의 각성이 주어진 곳이라는 사실과, 둘째, 그것을 자신의 시적 소재로 물활物活시킬 수 있다는 잠재적 가치의 확인에서 생성되고 성숙된 것이다.

힘주어 강조하건대, '질마재'의 진정한 장소성은 고향이자 가족이 머무는 곳이기 때문에 혹은 환금換金 가치가 존재하기 때문에 얻어지고 부감되지 않는다. 지금에라도 회상과 기억을 통해 가장 비천한 자들과 함께 예술의 가치와 실천을 공유할 수 있다는 점, 그럼으로써 시인됨의 정체성과 '시인부락'에의 소속감을 매일매일 확인하며 시적 도약을 감행케 한다는 사실 때문에 '질마재'는 미당 시사의 최초이자 최후인 '진정한 장소'로 가치화되는 것이다.

그런데 흥미롭게도 1970년대 '한국-질마재'는 민중 예술상의 '영향의 불안'을 처음 던져준 저 미적 재능들을 거의 드러내지 않는다. 추방된 '종구'는 그렇다 쳐도 '증운' 역시 연鳶 날리기의 고수로 잠깐 등장할 뿐이다. 물론 미당은 산문과 시를 통해 '연' 싸움의 가치론을 승패의 결정이 아니라 "해방된 자유의 끝없는 항행航行" 및 그에 따른 '니힐'의 초극에 두고 있다는 점에서 '증운'의 삶에 대해 여전히 친밀성과 존경심을 견지하고 있다. 하지만 이것은 어디까지나 "신라 때부터의 한결같은 유원감悠遠感"[17]의 계승과 실천의 관점에서 얻어진 동일성이지, 시의 내용적·형식적 기초로 제공된 '이야기'의 충격과 감동에 의한 것이 아니다.

그렇다면 '질마재'의 주동 인물에 대한 기억의 변이와 재배치는 왜 일어난 것일까? 첫째, 1940년대 생활 공간 '질마재'가 1970년대 들어 '신라 정신'의 계승지이자 구현지로 신성화되었기 때문일 것이다. 영원성 실현의 핵심 방법으로서 혼교魂交를 삶의 원리로 수렴하는 외할머니나 제도적·규율적 현실을 일탈하여 재주껏 미적 능력과 성적 욕망을 발현하는 '상가수'와 '알묏집'은 신라적 삶과 그것의 신비함을 충실히 전파하고 호소하는 작업에 더욱 효과적이었다.

사실 '상가수'나 '알묏집'은 『질마재 신화』의 주동 인물이기는 했지만, 산문 「내 마음의 편력」에서는 '증운' 못지않게 간략히 처리된다. 아무리 '신라 정신'을 강조해도 현실의 '질마재'는 성의 분란과 유희 과다 따위의 풍속의 교란에 대해서는 징벌과 교화의 규율을 아낄 수 없었다. 실제로 미당은 「내 마음의 편력」에서 '질마재'의 간통 사건이 1회에 불과했던 예외적 사건임을 거듭 강조하고 있다. 하지만 『질마재 신화』에서는 남녀의 간통은 물론 평소 건강했던 총각의 수간獸姦 사건까지 화제에 올리고 있다.

물론 미당은 이들의 성적 일탈과 방종을 무작정 이해하거나 용인한 것은 아니었다. 이야기꾼 화자를 통해 그들의 현실 및 미적 자질을 드러내는 방식으로 그들의 일탈 행위에 대해 "자정과 순치를 이끌어 낸 후 이를 윤리적 평형으로 이끌고"[18] 감으로써 '질마재'의 안정성과 통합성을 동시에 구조화했다. 이에 비하면 '증운'과 '종구'의 재능적 예술은 노동 막간의 취미나 무력한 현실 일탈의 기호를 크게 넘어서지 못하는 것이었다.

둘째, 1940년대 미당과 이들의 관계는 후자 중심의 영향과 감정 이입의 단계에 머물러 있었다. 그렇지만 1970년대 미당은 후속 세대에 대한 영향과 교시가 가능한 한국의 대표 시인이었다. 이런 제도적 지위와 더불어 '신라 정신' 및 '영원성'의 생활화는 '증운'과 '종구'의 예술적 영향력과 감격을

---

• • •

17. 이상의 인용은 서정주, 「지연승부(紙鳶勝負)」, 『질마재 신화』(일지사, 1975), 33쪽 및 「내 마음의 편력」, 『서정주문학전집 3』, 58~59쪽.

18. 남기혁, 「'신라정신'의 번안으로서의 『질마재 신화』와 그 윤리적 의미」, 『한국문학이론과 비평』 65회(한국문학이론과비평학회, 2014), 122쪽.

제한하고 은폐하기에 적합한 상황을 자연스럽게 창출해 갔다.

그렇다손 쳐도 이들이 1940년대 미당의 시적 기원의 자리를 강제로 빼앗겼다고 말할 수는 없다. 그들은 더욱 완미한 '시의 이슬'을 성취한 1970년대 미당의 상상력과 언어, 그 고유의 역사의식과 윤리의식에 맞춰 새로 조형된 민중의 생활과 정서 속으로 녹아 들어간 상태로 이해되는 편이 보다 합당하다. 미당은 '증운'의 이야기꾼 자질과 '종구'의 현실을 작파한 리듬 충동을『질마재 신화』의 미적 자질로 내부화함으로써 그들을 향한 정중한 애도와 그들의 숨겨진 도래를 동시에 수행했던 것이다.


## 3. '영원인'의 장소 '질마재'와 '신라 정신'의 낭만화

'조선적인 것'의 심리적 정황을 대표하는 핵심어를 들라면 여성의 정한<sup>情恨</sup>을 빼놓을 수 없다. 대체로 '임'과의 이별(사별)에서 발생하는 이 비극적 정조는 사랑의 공동체를 유지하고 갱신해 가는 에로스와 타나토스의 병합을 주조음으로 한다. 그러나 동시에『춘향전』이 예시하듯이 전근대 이별의 정한은 남근 중심의 가부장제 권력이 생산하는 패배의 감각인 경우도 적잖았다. '인고'니 '희생'이니 하는 말의 진정한 주어는 이 자리의 '여성'이 아니라 저곳의 '남성'이라는 명제는 그래서 가능하다.

1940년대 '질마재' 여성들은 이 폭력적인 현실 원리로부터 과연 자유로운가. 그녀들은 '증운'과 '종구'처럼 노동 과잉과 불안정의 현실을 초극해갈 만한 미적 자질을 간취하고 있는가? 이 질문은 '질마재' 여성들이 감당했던 부조리에 대한 것으로 한정되지 않는다. 그녀들을 향한 미당의 문화적 기억의 성격과 의미를 묻는 것이기도 하다. 이는 무엇보다 '질마재'의 그녀들에 대한 배제와 변이, 계승의 편차가 그들의 그것을 압도하기 때문이다. 그녀들의 차이와 변이는 '조선–질마재'와 '한국–질마재'의 차이 진 장소성을 입체화하는 근골에 해당하는데, 그것은 '질마재'의 미래성을 엿보게 하는 시선의 창이기도 한 것이다.

(1) '한국-질마재' 여성의 성聖과 속俗

'조선-질마재' 여성의 정한情恨은 육체와 성(외도)에 대한 가부장의 폭력과는 비교적 무관하다. 이들은 다정한 가정을 꾸리며 생업의 부담을 함께 나누는 매우 안정적이며 모범적인 부부상을 구현하고 있다. 해당 여성들을 들어보면, ①「질마재 근동 야화」: "맏며느리와 근친覲親"의 '종형수從兄嫂', "동채東彩와 그의 처". ②「향토산화」: "네명의소녀있는그림"의 섭섭이, 서운니, 푸접이, 순네. ③「고향이야기」: "신 장사 소생원蘇生員"의 부인, "선봉이네"의 선봉이 부인 정도가 된다.

그렇다고 전근대적 삶에서 여성에게 부과된 힘겨운 노동과 젠더의 소외가 전혀 문제시되지 않는 것은 아니다. 열네 살 "맏며느리" 형수의 고통과 고독이 특히 그러하다. "맏며느리"의 삶은 가부장제 아래의 노동과 성(출산)의 강제 공여를 대표하는 만큼 '질마재' 역시 조선 보편의 궁핍한, 그래서 부조리 또한 가중되는 '향토'를 벗어나지 않는다. 고독한 노동의 소회는 "청국 뽕나무정이 같은 데에 나란히 자란 무슨 버섯 같은 식물"의 느낌을 풍기는 '소생원' 부부에게도 마찬가지였는바, 특히 부인은 "석분石粉을 마신 듯한 목소리로" '질마재' 곳곳으로 돌아다닐 '꽃신' 제작의 임무를 다했던 것이다.

성숙한 남녀 사이의 이별의 정한에 부합하는 여성이라면 단연 선봉의 처다. 선봉 부부는 '질마재'의 도취와 울분이 뒤섞이는 주막의 주인장이었으되 두 사람 모두 특이한 이력의 소유자들이었다. 선봉이는 '형리'나 '동학토벌대'를 살았다는 소문의 주인공으로, 「내 마음의 편력」에서도 다시 언급되는 유능한 낚시꾼의 하나였다. 선봉의 처는 어린 미당에게도 어슴푸레한 성적 환상을 자극할 정도로 얼굴에 "붉은 도화빛"이 감도는 여성이었다. 그러나 그녀로 인한 성적 사달은 풍문에도 존재하지 않았는바, 그녀는 오히려 지고지순한 사랑의 실천자였기 때문이다. 선봉에 의해 목이 달아날 원래의 남편 동학당 '갑돌'을 구하기 위해 선봉의 '처 되기'를 마다하지 않았다는 풍문의 주인공이 그녀였던 것이다. 성적 타락과 부정의 기미인 '붉은 도화빛'이 생명 구제(갑돌)와 가족의 기원(선봉)으로 작동하는 양가적이며 통합적인 이중의 충족을 불러들인 형국인 셈이다.

그럼에도 세 여성의 노동과 희생의 공어는 '증운'과 '종구'와 마찬가지로 '한국─질마재'로 또렷이 재생되지 못한다. (그녀들의 의지와 상관없이) 전근대적 가부장제의 희생자인 동시에 지지자라는 이중 구조가 『질마재 신화』의 미적 지향의 결정체인 "해방된 자유의 끝없는 항행航行"을 충족하기 어렵다고 보았기 때문일 것이다. 가부장제의 관점에서 본다면, 여성들의 노동과 성의 일탈은 공동체 구성원 사이에 갈등과 불화를 야기하며 끝내는 공동체 전체를 해체시킬 위험성이 다분한 일대 사건이다. 남근의 권력적 구사에 한참 미달하는 여성의 가벼운 통속이 적절한 통제와 강압적 징벌 사이를 오가야 하는 '비정상적 사태'로 간주되는 이유다. 하지만 미당은 그녀들의 노동과 성에 대한 가부장제적 통제와 억압에 암암리 스며 있는 성차와 계급 차의 혼란 및 해체에 대한 공포나 그 역변의 사태를 초래한 사람들에게 가해지는 폭력[19]을 「내 마음의 편력」과 『질마재 신화』 어디에서도 함부로 드러내지 않았다.

이를테면 '조선─질마재'의 여성과 불연속적 접점을 형성하는 '한국─질마재'의 여성들, 곧 남편과 일찍 사별한 외할머니와 가문의 지속을 위해 첩을 들인 '석녀 한물댁'의 이런저런 고독, 사별의 고독을 성적 일탈과 충족으로 막음하는 '알뫼댁'과 '막동 어미'를 보라. 이들은 혼교魂交의 신뢰와 "소리도 없는 엣비식한 웃음",[20] 떡 빚는 솜씨와 절연 방법의 지혜로 특히 성의 고독과 성차의 문제로 발생할 '질마재'의 균열과 혼돈을 방지하고 제압해 갔다. 이들은 가부장적 권력의 희생자이기보다 위기와 소외의 상황을 능동적이며 주체적으로 타개해 간 이승과 저승의 영매靈媒 '바리데기'와 가족 관계를 형성하는 것처럼 언뜻 느껴진다.

하지만 이런 '문화적 기억'은 가치론적 충동의 소산이며 그 근저로서

• • •

19. 윤선자, 『샤리바리 ─ 성 일탈과 공동체 위기, 그리고 민중의 상징』(열린책들, 2014), 127쪽.
20. 서정주, 「석녀(石女) 한물댁의 한숨」, 『질마재 신화』, 44쪽 및 「내 마음의 편력」, 『서정주문학 전집 3』, 37~38쪽 참조.

'신라 정신'의 투사를 통해 조성된 것이라는 사실을 굳이 외면하기 어렵다. 구체적 현실에 비견한다면, 여전히 '사실'을 감당하는 것은 '조선—질마재'의 여성들이며, 그들의 소외된 내면에 대한 정직한 응시야말로 '당신들의 아비'를 성찰하는 첫걸음에 해당한다. 어떤 이유에서 그러한가.

1)
> 내가 접하는 것은 물론 그림으로 기억되어 남은 형상形象. 그러나, 이 그림들의 감개는 몸으로 나타나 오는 산 사람들과의 접촉에서 얻는 감개보다 언제나 적은 것이 아니다. 저승의 형상形象으로 사랑이 제일 많이 가는 때는 이건 어쩔 수 없이 또 내 제일현실인 것이다.
> —「내 마음의 편력」(『서정주문학전집 3』, 61쪽)

2)
> 이것은 역사의식과 우주 의식 그것의 본질이 우리 현대인과 달랐던 것을 말하는 것이니, 우리는 흔히 역사의식을 산 사람들의 현실만을 너무 중시하는 나머지, 과거사란 한 참고거리의 문헌유적을 제외한다면 망각된 무無로서 느끼고 살지만, 우리의 고대인들은 사후 후대에 이어 전승되는 마음의 흐름을 혼魂의 실존으로서 느끼고 살았기 때문에, 우리와 그들의 역사의식 사이에는 현격한 차이가 빚어져 있다.
> —「한국적 전통성의 근원」(『서정주문학전집 2』, 300쪽)

1)과 2)를 관통하는 공동 감각은 무엇일까? 표면적으로 본다면, 우주적 무한과 시간적 영원의 고대적 시간 감각, 곧 영원성의 관념이겠다. 그러나 '영원성'의 주어는 삶이기 전에 죽음이다. 영원성의 감각은 '죽음 없는 삶'의 희열이 아니라 '삶 없는 죽음'의 공포를 넘어서기 위한 관념의 구성이자 조작인 것이다. 이를 실행하는 "삼세인연의 영원 구획"에 따르면 유사 이래의 모든 생명은 죽음의 자식, 바꿔 말해 "혼의 꽃"들이다. "친면親面이 아닌 귀신"[21]들의 세상. '외할머니'와 '알묏집'과 '막동 어미'는 영원성을

향한 이 선험적 조건을 벌써 구비한 여인들인 것이다.

따라서 그녀들은 현실의 존재인 동시에 벌써 현실 저편의 존재인 것이다. 그러니 그녀들의 지혜와 자유는 생과 현재의 소산이며 몸이 아니라 죽음과 과거의 그것들이다. 또한 그러니 특히 그녀들의 성적 일탈에 대한 속량술인 탁월한 미적 감각과 지혜의 소유자 역시 그녀들의 기원과 탄생에 관여하는 일체의 "혼의 꽃"들이겠다.

'신라-영원성'의 세계를 누구는 "역사적 신라가 아닌, 인간과 자연이 완전히 하나된, 어떤 정신적 등가물"[22]로, 누구는 "설화의 발굴과 그 해석에서 빚어지는 정신세계"[23]로 해석하며 "혼의 꽃"의 가치론적 한계를 비판했다. 이 견해는 현실-삶의 지평에서는 반론의 여지 없는 객관적 진실이다. 그러나 이미 삶을 죽음의 현상으로 치환하고 그럼으로써 삶과 죽음의 가치를 뒤바꿔 버린 시혼詩魂에게는 '영원성'의 허구성 비판은 "육체자肉滯者들이나 현상체자現像滯者들의 쇼트하고 흐리멍덩한 소위 '현실주의'"[24]에 지나지 않는다.

다시 강조하거니와, 산문 「내 마음의 편력」은 '주어진 사실'과 그것을 향한 '신라 정신'의 내속이 분명하게 구분된다. 하지만 『질마재 신화』는 재미를 넘어 특정 가치의 전달자인 '이야기꾼'의 역할을 충분히 살려 질마재 사람과 신라인을 결합하는 방식(예컨대 이생원 마누라, 막동 어미, 황먹보)을 넘어, 아예 신라적 '혼의 불꽃'을 '질마재'에 함께 살아가는 인물('기회 보아서'와 '도통이나 해서', '복두幞頭쟁이')들로 구조화하고 있다. 이것은 시공간의 경계 해체와 통합을 본질로 하는 '서정시'의 원리를 적극 활용한 결과이기도 하지만, 삶을 죽음의 자식들로 전도시킨 영혼의 운동에 아낌없이 따른 결과이기도 하다.

• • •

21. 서정주, 「내 마음의 편력」, 『서정주문학전집 3』, 61쪽.
22. 김우창, 「한국 시와 형이상 — 하나의 관점」, 『궁핍한 시대의 시인』(민음사, 1977), 63쪽.
23. 김윤식, 「서정주의 『질마재 신화』 고(考) — 거울화의 두 양상」, 『현대문학』(1976년 3월), 249쪽.
24. 서정주, 「내 마음의 현황 — 김종길씨의 「우리 시의 현황과 그 문제점」에 답하여」, 『서정주 문학전집 5』(일지사, 1972), 288쪽.

아무려나 미당은 '영원성'의 발견자이자 실현자로 '춘향'과 '사소부인'을 이미 "혼의 꽃"으로 승인했다. 그랬음에도 여전히 현실성이 두드러지는 '조선-질마재'의 여성들을 배제하고, '한국-질마재'의 여성들을 다시 선택, 그녀들을 저승('외할머니')과 자연('알묏집')과 환상('막동 어미')의 영통자靈通者로 변이시켰다. 이는 '질마재'를 과거와 현재, 죽음과 삶, 자연(신)과 인간이 상호 교통하는, 그럼으로써 혼魂의 실존을 역사화하는 동시에 현재화(미래화)하는 '실존적 내부성'의 장소로 가치화하기 위한 미학적·정신적 전략이었다. 이런 모험은 지금·여기의 '질마재'가 삶으로서의 '죽음'과 그것의 구체인 "혼의 꽃"으로 꽉 채워지고 영위되는 신화적 현실로 통용된다면 회의와 성찰의 여지 없는 위대하고 완미한 도약에 해당할 것이다.

그러나 신화로서 '질마재'의 시공간은 무의식적인 장소감의 세계, 그러니까 "한 문화의 물리적·사회적·미학적·정신적 필요를 전체적으로 반영하는 장소"[25]로 충분히 건축되었는가? 반은 그렇고 반은 그렇지 않다는 게 객관적 사실에 부합하는 답변일 것이다. 특히 물리적 현실에서 공동체의 갈등이나 해체와 관련된 성적 일탈의 조직과 처리 방식이 그렇다.

언뜻 얘기했듯이, 미당은 「내 마음의 편력」에서 유년기 벌어진 간통 사건이 한 차례에 불과했음을 재차 강조한다.[26] 이는 심미파의 성적 충동과 일탈이 인륜의 테두리나 제도적·법률적 규율을 해칠 정도의 수준과 횟수에 대체로 미달했음을 지시하는 말이나 마찬가지다. 실제로 『질마재 신화』의 성적 자유인 '알묏집'은 「내 마음의 편력」에서는 미색의 꾸밈과 떡장사에 부지런했다는 정보만 제시된다. 「말피」의 성적 분란 역시 "세상엔 험한 일"로 합의된 채 그것을 윤색하고 계고할 목적으로 '도깨비집' 사건으로 추문화된 것으로 서술된다.[27]

• • •

25. 에드워드 렐프, 『장소와 장소상실』, 153쪽.
26. 서정주, 「내 마음의 편력」, 『서정주문학전집 3』, 15쪽.
27. 아예 "바위'의 어머니'로 등장하는 '알묏집'의 사례는 「내 마음의 편력」 31쪽을, '막동 어미'의 사례는 23~25쪽 참조.

이것은 현실의 '질마재' 사람들이 전통적 생활 습속에 내재하는 인륜적 가치와 도덕률을 위반하거나 일탈하는 사태에 대해 무척 민감했고 또 두려워했음을 드러내는 실례들이다. 현실 속 '질마재'의 윤리성은, 굳이 가부장과 제도적 규율의 감시와 처벌을 들지 않더라도, '조선—질마재' 여성들의 내면적 도덕률의 자장과 간섭 아래 놓여 있었음이 문득 드러나는 장면이랄까.

이와 달리 미당은 『질마재 신화』에서 이야기꾼의 자질과 역할을 충분히 활용한다. 그녀들의 솜씨와 지혜를 잘 발휘하게끔 이야기를 펼쳐냄으로써 그녀들의 비난받을 만한 성적 일탈이나 불륜을 성적 충족과 유희로 역전시키곤 한다. 그녀들은 타자를 위한 떡의 충족과 후손을 위한 땅의 확보와 같은 생산과 보존의 능력 때문에 성적 일탈을 묵인받고 공동체의 일원으로 계속 살아간다. 요컨대 생존과 관련된 노동과 취식이 상수라면 성적 행위는 그것들의 변화에 따라 징벌과 소외의 정도가 달라지는 종속 변수일 따름이다. 이야기꾼 서정주는 이런 '윤리적 평형'을 주체든 타자든 "끊임없는 부정을 통한 자기 갱신"[28]이 아니라 노동과 솜씨를 성性의 충족으로 교환 가능한 장소 '질마재'를 창안하는 방법으로 시의 일상으로 안착시켰던 것이다.

미당은 「내 마음의 편력」과 『질마재 신화』의 시공간을 '신라 정신'에 의한 화합과 질서의 '진정한 장소'로 조감하였다. 이에 따라 '질마재'는 이상화된 신라의 진정한 사건들이 형태를 달리하여 반복·지속됨은 물론 그 자손들의 '영원한 현재'로 고정, 폐쇄되는 완결된 세계로 낭만화된다. "전통이라는 것 — 그것은 햇빛 다음으론 질긴 것이니까"[29]라는 말에는 자연 및 신화와 등가성을 획득한 '신라 정신'에 대한 절대적 신뢰와 내면화를 유감없이 보여준다. 이처럼 '신라 정신'의 '질마재'는 인간이 신과 자연과 맺는 내적인 조화를 유쾌하게 발산하면서도 그 맥락에 적합하도록

28. 남기혁, 「'신라정신'의 번안으로서의 『질마재 신화』와 그 윤리적 의미」, 『한국문학이론과 비평』 65호(한국문학이론과비평학회, 2014), 122쪽.
29. 서정주, 「내 마음의 편력」, 『서정주문학전집 3』, 58쪽.

성聖과 속俗의 여러 가치와 형상들이 매끈하게 통합된 '진정한 장소'로 발명, 아니 현현되었다.

하지만 역설적이게도 미당 스스로가 '신라 정신'으로 무장된 '질마재'의 '진정한 장소감'에 어떤 균열과 차연差延을 불러들이고 있다는 사실도 예리하게 기억해 두자. 미당은『질마재 신화』에서는 이야기꾼, 곧 허구의 창안자이자 구술자가 됨으로써 '신라 정신'에 충실한 장소 '질마재'와 이상적인 신라인들의 후손들, 물론 귀족과 영웅이 아닌 변두리 인생들을 현대 문명에 결코 빼앗길 수 없는 서사시적 과거의 주체로 등재했다.

그러나 신화적 장소성은 산문「내 마음의 편력」, 다시 말해 자전적 경험의 사실적 고백에 의해 불가피하게 지연되고 훼손되지 않을 수 없다. 『질마재 신화』상의 '알묏집'과 '막동 어미'의 성적 분란이「내 마음의 편력」에서 현저히 축소되거나 계고의 소환장으로 전파되는 까닭은 현실의 '질마재'를 보존하고 유지시키는 공식적 질서와 공동체적 윤리가 여전히 살아 있기 때문이다.『질마재 신화』의 타인 이야기가 대체로 '웃음'의 미학을 거느리지만,「내 마음의 편력」의 그것이 웃음기 없는 기억의 대상으로 소환되는 것은 이와 무관치 않다.

그렇다면 이런 가설은 어떨까. 분명한 사실 하나는 '한국–질마재'는 이야기꾼의 시적 진실과 고백하는 자아의 기억의 사실이 경합하는 세계로 균열되어 있다는 점이다. 관례상의 시의 주체와 산문의 주체가 뒤바뀐 기이한 '한국–질마재'가 우리 앞에 서 있는 것이다. 우리는 잠시 뒤 미당의 영원한 스승이자 누이들인 '서운니'와 '푸접이'와 '섭섭이'와 '순녜'를 만날 것이다. 그녀들은「향토산화」와「내 마음의 편력」에는 등장하지만 『질마재 신화』에서는 그 모습을 찾아볼 수 없다. 마침내『떠돌이의 시』 (1976)에 뒤늦게 등장하지만 애초의 질병의 치유자에서 성적 자유인으로 몹시 낯설게 변이된다. 이런 급변의 까닭이 고백적 자아와 이야기꾼 화자의 엇갈린 선택 및 배치와 밀접하게 관련된다는 가설을 세워보는 근거가 여기 있다.

### (2) '한국–질마재' 여성의 혼교魂交와 영원성

'조선–질마재'와 '한국–질마재'를 관통하는 삶과 시의 영매靈媒를 지목하라면, 미당의 이웃집 누이 '서운니'를 꼽아야 한다. 그녀는 미당 유년의 가장 환하고 슬픈 부분을, 또 시적 기억과 현재의 명랑한 영성靈性을 감당한다. 가령 다음과 같은 고백은 미당의 유년과 노년의 '서운니'에게 한 치의 어긋남도 없이 동일하게 바쳐진 헌사이자 사랑의 기호이다. "육신의 사람이라고 하기보다는 아무래도 무슨 정령精靈만 같이 느껴지는, 죄끄만 이승살이는 하고, 밝은 소녀 귀신으로서만 아는 이들의 기억에 남으려 생겨난 듯한 그 소녀의 모양이다."[30] '서운니' 가치화의 제일 조건은 역시 요절한 그녀 삶에의 정중한 애도와 관련된다. 미당은 그녀를 단순히 이웃집 누이로서 기억하는 데 그치지 않았다. 이런 표현이 허락된다면, 미당은 '서운니'라는 진정한 장소감을 창안하거나 내면화하는 방법으로 그녀를 언제나 현재화했다. 그러니까 에드워드 렐프의 어떤 구절을 빌린다면, '서운니'는 살아서도 죽어서도 '자신만의 질서'로 "고유한 앙상블"을 내포화하는 동시에 외연화할 줄 아는 "고유한 실체"[31]로서의 장소였다고나 할까?

내가 가시에 찔려 아파할때는, 그러나 네名의 少女는 내옆에와 서는것이었다. 내가 찔레스가시나 새금팔에 베여 아퍼헐때는, 어머니와같은 손구락으로 나를 나시우러 오는 것이었다. 새끼손구락에 나의 어린 피방울을 적시우며 한名의 少女가 걱정을허면 세名의 少女도 걱정을 하며, 그 노오란 꽃송이로 문지르고는, 하이연 꽃송이로 문지르고는, 빠알간 꽃송이로 문지르고는하든 나의 傷처기는 어찌 그리도 잘났는것이었든가.

정해 정해 정도령아
원이 왔다. 門열어라.
빨간꽃을 문지르면

• • •
30. 서정주, 「내 마음의 편력」, 『서정주문학전집 3』, 17쪽.
31. 에드워드 렐프, 『장소와 장소상실』, 28쪽.

빨간피가 도라오고.
푸른꽃을 문지르면
푸른숨이 도라오고.

★

少女여 비가 개인날은 하눌이 왜 이리도 푸른가. 어데서 쉬는 숨소리기에
이리도 똑똑히 들리이는가. 무슨 꽃으로 문지르는 가슴이기에 나는 이리도
살고싶은가.

　　　　　　　　　　　　—「향토산화」의 "네名의少女있는그림" 부분

　"네名의少女있는그림"이 몇몇 부분의 수정을 거쳐 「무슨꽃으로 문지르
는 가슴이기에 나는 이리도 살고싶은가」(『귀촉도』, 1948)로 개제改題 및
장르 전환된 것은 이미 앞에서 밝혔다. 이 작업은 '민중의 양식'으로서
말 그대로의 '국민시'와 그 조건으로서 '언어 해조'의 신중한 실천으로
보아 그릇될 것 없을 법하다. 여기에 "무능한 속세의 (말이란 이렇게
부족하다) 언어의 잡초 무성한 삼림을 헤매면서 태초의 말씀에 해당하는
언어의 원형을 찾아내여 내부의 전투의 승리 위에 부단히 새로 불을
밝히는 사람",[32] 다른 무엇도 아닌 '시인'의 정신적 전투가 존재할 것이다.
　인용부는 사실(기억)인가 환영인가, 산문인가 시인가? 이것이 실린
「향토산화」를, 또 네 명의 소녀들에 대한 소소한 얘기가 울울한 「내 마음의
편력」을 감안하면, 경험적 사실에 기반한 산문이고 기억이다. 문득 가난한
삶을 급습하는 질병으로 위험했고 '서운니'를 비롯한 이웃 누이들의 치유
로 풍요로웠던 유년의 다정한 회상이자 그것에 대한 객관적 보고報告인
것이다. 이를 통해 '조선–질마재'는 아직도 살아 있거나 "더러는 돌아가서
있기도 하는 성처녀聖處女들"[33]이 자아와 거리낌 없이 내왕하는 "실존의
의미 있는 사건들을 경험하게 되는 초점"으로 가치화된다. '질마재'가

· · ·
32. 서정주, 「시의 이야기 — 주로 국민시가에 대하야」, 〈매일신보〉, 1942년 7월 17일자.
33. 서정주, 「내 마음의 편력」, 『서정주문학전집 3』, 52쪽.

적어도 미당에게는 "인간의 모든 의식과 경험으로 구성된 의도의 구조에 통합"[34]되는 장소로 내면화되기 시작했다는 말은 그래서 가능해진다.

그런데 뜻밖에도 미당은 "네 명의 소녀 있는 이야기"를 「무슨꽃으로 문지르는 가슴이기에 나는 이리도 살고싶은가」로 장르 전환했다. 그럼으로써 그녀들에 대한 기억을 과거에서 '영원한 현재'로 일거에 폐쇄함과 동시에 고정했다. 특히 일찍 죽은 '서운니'가 이승으로 도래하는 시적 경험과 진실을 저승에서 '종로네거리'로 내려오던 '유나(순아)'를 비롯한 어린 소녀들에 대한 환영幻影으로 일찌감치 암시했다. 이것들의 효과는 그녀들이 존재하는 한 미당 스스로는 언제나 진정한 장소의 "내부에 있다는 느낌이며, 개인으로서 그리고 공동체의 일원으로서 나의 장소에 속해 있다는 느낌"[35]을 현실과 시의 '질마재'에서 자유롭게 구가하게 된다는 사실일 것이다.

이런 판단은 어떻게 가능한가? 미당은 이후로 '한국-질마재'로 재차 귀환하기까지 '조선-질마재'를 외면했다 해도 좋을 정도로 시의 장소로 거의 불러들이지 않았다. 사실대로 말해, 『화사집』 시대의 '질마재'는 시와 산문의 통합 혹은 코드 전환의 산물이 아니라, 주어진 '사실성'을 충분히 감안해도 「자화상」도, 「수대동시」도, 「풀밭에 누어서」도 시적 탈향과 귀향의 행위에 의해 조감된 미적 가상의 세계로 보는 편이 보다 타당할 것이다.

그런 점에서 미당은 '네 명의 소녀'들의 '질마재'를 은폐하며 그것의 전全 조선화를 확장·심화시키는 방향으로 '질마재'의 세속적·장소적 성화聖化를 암암리에 밀고 나갔다는 인상이 짙다. 물론 그것은 현실의 '질마재'를 수정, 개선하는 방식이 아니라, "춘향의 사랑"(「춘향유문」)의 영토로, '사소'[36]의 "생금의 광맥"(「사소 두 번째의 편지 단편」)이 펼쳐지는 '하늘'

• • •

34. 에드워드 렐프, 『장소와 장소상실』, 102~103쪽.
35. 에드워드 렐프, 『장소와 장소상실』, 150쪽.
36. '사소'가 "네명의소녀있는그림" 속 '원이 설화'와 관련된 주술요의 가창자임 역시 기억해 둘 일이다. 서정주, 「꽃밭의 독백 — 사소 단장」, 『신라초』(정음사, 1961), 9~10쪽 참조.

로 탈영토화하는 동시에 재영토화하는 방식으로 말이다.

　그렇다면 ('증운'의 미적 기호이기도 했던)'춘향'과 '사소'는 '서운니'의 몸과 영혼이 살아 있던 "혼의 꽃"이자 그녀를 매개로 현재화된 '영원성'의 각 시대별 기호라고 이해되어 크게 상관없다. 당연히도 이런 시적 진실은 현실에의 리얼리즘 충동보다는 '삼세인연설'이나 '신라 정신'의 낭만화에 의해 그 타당성과 보편성이 더욱 폭넓게 확보될 수밖에 없다. 그런 의미에서 『춘향전』이나 『삼국유사』 등 문헌 기호들의 시적 전유는 치밀한 계산과 의도이기에 앞서, '서운니'와의 삶과 기억이 불러내고 불러들일 수밖에 없는 '무의지적 기억'의 소산일지도 모른다. 특히 다음 장면을 되짚어 보면 이런 추측은 그 나름의 진실성을 조금이라도 얻어간다는 생각이다.

　　나는 사람과 사람 사이에, 비어 있는 것이 아니라 차 있는 것의 그리움에, 물론 그것은 아직도 오누이 신분身分 이상의 것은 아니었으나, 비로소 새로 눈이 떠서 황홀하여 있었다.

　　사물을 이치理致로써가 아니라 정情으로써 역력히 가깝게 간절히 만들어 보이던 스승으로, 서운니는 내 맨 처음의 스승이요, 또 그중 나은 스승이었다.

　　하늘에서 사람한테로 연해 오는 금맥金脈의 동아줄의 비유는, 누구의 이런 이야기에서 들은 것보다도, 아니, 내기 막히어 피의 바닷물을 끓여 달여서 차돌 같은 한 개의 별을 빚어 가지고 요량하던 것보다도, 시방도 내게 제일로 정말 같다.

　　　　　　　　　　　　—「내 마음의 편력」(『서정주문학전집 3』, 36쪽)

　'한국−질마재' 시대의 회상에 따르면, '서운니'는 미당의 질병이나 상처를 다독이며 "정해 정해 정도령아 / 원이 왔다. 문 열어라"라고 노래하는 '원이'의 뒤를 잇는 "혼의 꽃"만이 아니었다. '피리 부는 사내'에 일정하게 조응하는 리듬의 화신, 곧 시적·정령精靈적 면모 외에도, 위에서 언급된바 '증운'과 '동채' 못지않은 이야기꾼이기도 했던 것이다. 미당 시에서 '영원성'의 핵심이 남성보다 여성을 통해 발화·발현되는 사정이 어쩌면 (외할머니를 예외로 한다면) '서운니'와 깊이 연관될지도 모른다는 생각이 말미암는 지점이다.

이상의 사정들은 적어도 시의 음역과 범주에 관련되는 한 '서운니'는 단순히 영향의 존재가 아니라 미당 자신과 일체화된 '시혼'이자 그것이 거주하는 공동 장소나 다름없음을 암시한다고 보아도 무방하다. 미당은 '서운니'의 시성詩性과 절대성을 이미 '조선-질마재'에서 유감없이 확인하고 발현한 터였다. 그러므로 그것을 이후 시 세계나 그것의 총화로서 『질마재 신화』에서 재차 반복할 까닭도 책무도 따로 없었다. 그녀는 이미 미당이 "그 안에서 자신을 확장시키고 자기 자신이 될 수 있는 맥락"[37]으로 존재해 온 지금 여기의 영혼이자 장소였다고나 할까.

그러나 다음과 같은 현실과 반론은 어떻게 할 것인가. 이 질문은 『질마재 신화』는 아니지만 그 연장선에 있는 『떠돌이의 시』 3부 '산문시'의 「당산堂山나무 밑 여자들」에서 비롯된다. 이 시편의 주인공은 '조선-질마재' 소녀들의 이름을 공유하는 "박푸접이네"와 "김서운니네"이다. 후자는 "김金서운니네 나이는 올해 쉰 하나지만 이 세상에 나서 처음으로 이뻐졌는데, 이른 새벽 그네 방房에서 숨어나오는 사내를 보면 새빨간 코피를 흘리"[38]게 하는 에로스 충만과 분방한 여성으로 등장한다. '신화'의 장場에서도 감춰뒀던 네 명의 소녀들을 '알묏집'과 '막동 어미'의 성적 동류로 세속화하다니, 왜 이런 의외의 사건이 문득 던져지는가?

이는 무엇보다 자아의 고백이 중심을 이룬 「내 마음의 편력」이 아니었기 때문에 가능한 발상이다. 이미 죽은 자이며 또 성의 추문과 거리가 멀었던 '서운니'를, 또 자기 시학의 기원과 방법으로 가치화한 그녀를 이런 방식으로 처리했다면 그에 합당한 근거가 따로 없을 리 없다. 그 답변의 단초는 "집 뒤 당산의 무성한 암느티나무 나이는 올해 七百살, 그 힘이 뻗쳐서 그런다는 것이여요"에서 발견된다. '조선-질마재'와 '한국-질마재', '서운니'를 비롯한 '네 명의 소녀'와 '외할머니', '알묏집', '막동 어미'를

• • •
37. 에드워드 렐프 『장소와 장소상실』, 173쪽.
38. 서정주, 「당산(堂山)나무 밑 여자(女子)들」, 『떠돌이의 시』(민음사, 1976), 58쪽.

모두 통합하고 결속하는 '본원적 질마재'의 상징이 '당산 앞 암느티나무'라면 어떨까?

신과 자연과 인간이 앙상블을 이루며 하나의 순환 구조를 형성하고 있는 '당산'의 세계, 여기는 '우주적 무한'과 '시간적 영원'의 구체적 장소이자 그것이 가치화된 이상적 관념의 공간을 동시에 충족한다. 그 과제를 수행하는 존재가 흥미진진하고 소재와 능청스러운 말투로 독자(청자)를 휘어잡는 '이야기꾼' 화자임은 물론이다. 요컨대 실제 현실의 '서운니'와 '푸접이'에 대한 허구적 세계로의 강제 편입과 배치는 이야기꾼을 거침으로써 별다른 문제 없이 독자에게 수용되고 소비되는 것이다.

다시 강조하거니와, '시적 공간'이 아닌 '현실적 장소'에서 미당에게 이 원초적 사태를 처음 보여주고 또 기억하도록 이끈 여성들이, 아니 누이들이 '서운니'와 '푸접이', '섭섭이'와 '순녜'였음을 우리는 이미 보아 왔다. '춘향'도, '사소'도 그랬지만 '알묏집'과 '막동 어미'도 '네 소녀'들이 없었다면 '한국-질마재'로 도래할 수 없는 "혼의 꽃"들이었다. 미당은 "혼의 꽃"들이 서로의 개성을 앞다투되 조화를 이루는 것이 '질마재'의 본질이자 힘임을 여성 전체를 대변하는 '서운니'와 '푸접이'에 대한 성적 메타포의 돌연한 부여를 통해 전달한다.

그렇다는 것은 어디에서도 성씨를 알리지 않던 그녀들을 '김서운니네'와 '박푸접이네'로 집단화·익명화하는 장면에서 어렵지 않게 확인된다. 여기에 이르면 특히 '서운니'가 있어 '질마재' 여성들은 성의 분방과 자유를 구가하고 또 용인되는 것이지, 김모나 박모의 미적 재능이나 성적 능력 때문에 그렇게 되지 않는다. 시적 '질마재' 특유의 자유와 웃음이 구성원 특유의 개성보다는 신과 자연과 인간이 통합된 '질마재' 고유의 전체성 때문임이 여기서 또렷해진다.

「당산나무 밑 여자들」은 그러므로 '서운니'와 '푸접이'를 특정하는 시와 크게 상관되지 않는다. 차라리 그녀들을 낳고 거둔 '당산나무', 곧 '본원적 질마재' 아래로 또 다른 '알묏집'들을 불러 모아 그 풍요롭고 무성한 에로스를 나눠주고 정당화하기 위한 잉여와 분배의 시적 혼교로 해석하는 편이 더욱 타당하다. 이에 대해 얼마간이라도 동의한다면, '서운니'를 비롯한 세 명의 소녀는 시와 현실에서 그 어떤 수사도 떼어버린 '질마재'를 표상하고 조직하는 하나의 원점이다. 또한 '와사(가스) 분출'의 문명 현실에 맞서 자아 해방과 현실 초월의 미학적 비전을 내면화하는 미당 발(發) 최종 심급의 일종이다. 그러므로 이렇게 말해두는 것도 괜찮겠다. 미당의 「향토산화」 이후 모든 '질마재'에 대한 이야기와 시는 "몇포기의 씨거운 멈둘레꽃이 피여 있는 낭떠러지 아래 풀밭에 서서 나는 단 하나의 정령이 되어 네 명의 소녀를 불러일으킨"[39] 미적 결과라고 말이다.

## 4. 다시, 지금·여기의 '질마재'를 향한 말들

분명한 사실 하나를 다시 강조해 두는 것으로 맺음말을 시작하자. '조선–질마재'든 '한국–질마재'든 그것들의 성격과 형상은 전근대의 지평에 귀속되어 있으며, 그때를 회상·기억·가치화하는 미당의 시선과 태도는 반근대를 향한 (심미적)근대에 밀착되어 있다는 사실 말이다. 또한 가치화된 '질마재'에서 아프고 명랑하게 응결된 '시의 이슬'과 '영원성'은 저절로 소여된 것이기 전에 시적 생애 전반을 아우르는 좌충우돌의 실존적·심미적 체험의 능산적 소산이라고 말이다. 그럴진대 '질마재'는 친밀감 넘치는 농촌 공동체의 조용함과 순수함, 소박한 풍요를 자랑하는 '우리들의 향토(고향)' 정도로 상투화시켜 처리될 수 없다. 그보다는 후미진 그곳이 "우리가 세계 — 사람들이 필연적으로 이방인이나 대리인일 수밖에 없는 세계가 아니라, 삶의 원천을 공유하는 구성원, 발견자가 될 수 있는 세계 — 를"[40] 자각·확인하는 진정한 장소로 건축되어 마땅할 수밖에 없다.

'질마재'의 가치화에 대한 후자로의 방향성을 두고, 이 글은 서두에서 특히 '장소성'을 중심으로 1940년대와 1970년대 '질마재'의 성격을 다음과

39. 서정주, 「향토산화」, 『신시대』(1942년 7월호), 109쪽.
40. 레이먼드 윌리엄스, 『시골과 도시』, 이현석 옮김(나남, 2013), 568~569쪽.

같이 진술했다. '조선–질마재'는 감정 이입적 내부자의 관점에 선 장소성이 엿보인다. '한국–질마재'는 실존적 내부성의 상태에 있는 주체에 의해 획득된 장소성이 충만하다. 이것은 '질마재' 가치화의 시대적 차이에 의해 발생한 것으로, 그 차이들은 각각 '조선–질마재'와 '한국–질마재'의 역사성을 대변한다고 보아도 무방하다. 전자는 '반서구'의 태도 아래 '동양 문화' 내지 '동방 전통'으로의 귀환, 특히 민중 정서와 언어의 재발견과 가치화에 집중했다. '질마재' 하위 주체들의 비천한 삶과 문화 충동 및 향유의 기록에 초점이 맞춰진 이유다. 후자는 단순히 '질마재'의 기억에 그치지 않고 그곳을 현대의 물질문명을 비판, 초극하는 대안적·이상적 세계로의 재영토화에 바쳐졌다. 무한 우주와 영원의 시간으로 직조된 '신라 정신'을 계승, 발현하는 '질마재' 사람들의 성속聖俗 일체의 삶, 타자와의 결속 및 통합에 우선권을 주는 생활의 원리가 중심에 놓이는 까닭이다.

이와 같은 가치화를 통해 '질마재'는 과연 "우리의 마음을 빼앗고, 누구에게나 인정받고, 친숙하고, 내면적으로 경험"[41]되는 문화적 기억으로, 진정한 장소로 보편화되고 안착되었다. 그러나 그 심미성과 신화성의 뒤에는 다음과 같은 회의와 의문이 도사리고 있음을 모른 체 할 수 없다. 특히 때로 '신라 정신의 번안'으로 혹평되는 '한국–질마재'의 현실 초월성이 그것인바, 곧 도시 못지않게 '향토'(시골)에서의 소외와 분리, 외부화와 추상화 과정에 전혀 무감각, 아니 무관심하다는 비판이 그것이다.

이를테면 미당은 생활공간 '질마재'에서 "생생한 긴장 관계의 흔적들을 단계적으로 삭제하여 결국 대립적 요소들을 모두 없애고, 일부 선택된 이미지들만, 그것도 실제가 아닌 인공적(환상적 — 인용자) 세계 속에, 존재하게 만"[42]들었다는 '장소' 조작과 왜곡의 혐의를 비껴갈 수 있는가? 또 부조리한 현재로부터 해방되는 길은 과거, 이를테면 '신라 정신'과 전근대의 '질마재'를 신화적으로 복원하거나 영원성의 근원으로 신비화하는 작업에 있다는 전통의 보수화 및 퇴행화 경향으로부터 자유로운가?

• • •

41. 레이먼드 윌리엄스, 『시골과 도시』, 568쪽.
42. 레이먼드 윌리엄스, 『시골과 도시』, 49쪽.

엄밀하게 말하면, 어느 시대를 막론하고 '질마재'에 적을 붙인 등장인물, 사건, 생활 현실들은 변두리 삶의 양식 자체라는 점에서 민중적 관점과 소재의 대상으로 제법 적합하다. '조선–질마재'는 하위 주체들의 고단한 삶, 그리고 그것을 위안하는 세속적 예술 행위에 주목하는 경우라서 당대의 생활 현실과 더욱 밀접하다. 떠돌이의 삶과 천치/죄인으로의 낙인을 오히려 생명–시生命-詩의 약동으로 삼았던 미당은 그들의 삶에서 유사한 실존과 심미취審美趣를 찾아냄으로써 변두리 삶들에의 감정 이입에 어렵잖게 안착한다. 이와 달리 '한국–질마재'에서는 한편으로는 자아의 경험 고백을, 다른 한편으로는 질마재 하위 주체들에 대한 이야기 양식의 보고를 시적 양식의 핵심으로 삼는다. 그들을 더욱 궁핍의 지평으로 몰아가는 물질문명에 대한 직접적 비판보다는 오히려 "세계의 물질적·육체적 근원으로의 하강과 함께 점잖은 것, 정신적인 것의 격하"[43]에 몰두함으로써 부조리한 현실의 왜곡상과 폭력성을 더욱 부풀린다.

어떤 국면에서는 리얼리즘 충동에 매력적인 '질마재'의 변두리 삶은 그러나 그들 삶 깊은 곳에 잠재된 카니발리즘적 반反문화의 발현으로 충분히 숙성, 팽창되지 못했다. 물론 미당은 해학의 웃음으로 그들의 건강성과 범속한 지혜를 널리 알리는 한편 그것들을 문명 현실을 대체할 만한 오랜 시간의 행동 미학으로 이상화했다.

그러나 문제는 그 핵심을 형성하는 심미성과 영원성이 세세년년歲歲年年의 소외와 고통, 궁핍과 갈등을 공동체의 인륜적 질서와 통합적 결속의 평형 상태[44] 속으로 강제 소환하고 은폐하는 보편 원리로 가동되었다는 사실이다. 미당의 이런 정신적 평형주의와 초월적 영원주의는 변두리 삶들의 '이질적 세계관'과 그에 따른 '일치하지 않는 의식들의 복수성複數性'[45]을 역사 현실로부터 흡착, 소거하는 정신적·언어적 전체성의 건축으로

• • •

43. 유종호, 「변두리 형식의 주류화」, 『사회역사적 상상력』(민음사, 1987), 18쪽.
44. 남기혁, 「'신라 정신'의 변안으로서의 『질마재 신화』와 그 윤리적 의미」, 102쪽.
45. 이장욱, 「고골 미학의 대화주의와 카니발리즘 — 씌어지지 않은 바흐친의 고골론」, 『러시아어문학연구논집』 24호(한국러시아문학회, 2007), 181쪽.

후퇴하는 단초를 제공한다는 점에서 권력적이며 억압적일 수 있다. 이 점, 미당의 '질마재'가 가장 한국적이면서도 제일 그렇지 않을 수 있는 이율배반의 향토로 기입되기에 충분한 약점이 아닐 수 없다.

그러나 조선적(한국적) 삶의 형식과 내용, 인물과 사건의 취택과 표현에서 "하위 형식의 부상과 주류화"(유종호)에서 유의미한 진전과 흔적을 밟아간 '질마재'의 서사와 감각을 자족적이며 보수적인, 심지어 반생활적이고 반역사적인 '잘 만들어진 기호'로 제약할 수만은 없는 것이 현대 시사의 현실이다. 독자의 능동적 해석과 문화적 기억의 두께를 위해 미당 발<sup>發</sup> '질마재'의 안과 밖을 거슬러 올라가는 작업은 그래서 필요한 것이다.

그 안팎의 '질마재'를 우리들의 육체로 입체화하기 위해서는 미당의 '질마재'에 대한 기억을 충분히 존중하는 한편 그 해석과 가치화의 형식에 대한 판단 중지를 슬기롭게 수행할 필요가 있다. 이 작업은 우리가 주어진 사실과 미당 기억 너머의 '질마재'로 진입하는 초병의 조심스러운 탐침에 해당한다. 물론 미당의 영토 넘어 타자들의 '질마재'를 발견, 재구축하기 위해서는 신경림의 '후미져 서러운 읍내'나 김지하의 '나날이 비어가는 뜨거운 황토' 같은 동시대의 '향토'에 대한 공동 이해 및 심상 지리의 형성 또한 필수적이다. 이것은 당대 '향토'의 다면성과 복합성을 풍부화·예각화하기 위한 작업에 우선되지, 그 사회적 가치론의 우열을 가리기 위한 작업에 소용되지 않는다.

다른 향토와의 비교 속에서 구축되는 '질마재'의 상대성은 그것이 고정된 지속성과 안전성 내부에 존재하는 것이 아니라 "소실과 재발견의 물결"<sup>46</sup> 속에 존재한다는 범속한 진실을 우리에게 널리 알려줄 것이다. 그리고 '질마재'를 향한 우리의 새로운 문화적 기억(의 구성)은 그 진실에 대한 승인으로부터 형성되기 시작할 것이다. 그 잠재적 시간과 타자적 공간의 구성을 둘러싼 우리들의 '질마재' 담론은 그래서 미당의 '질마재'를 더욱 풍요롭게 하는 동시에 더욱 가난하게 만들 것이다. 시공간적 연속성

• • •
46. 알라이다 아스만, 『기억의 공간 — 문화적 기억의 형식과 변천』, 555쪽.

내부에서 불연속적으로 흐르는 '질마재'의 풍경과 삶이 여기 어디서 다시 주어질 것이다. 이에 대한 탐사는 이후의 과제로 남겨둔다.

# 제12장

# 서정주·관광의 시선·타자의 점유
### 『서西으로 가는 달처럼…』과 『산시山詩』의 경우

## 1. 서정주·경주시·만주일기

　서정주의 삶과 예술에서 여행(관광)이 매우 강렬한 영향과 흔적을 남긴 첫 경험이 있다면 무엇일까. '사건으로서의 여행'이라 불러도 좋은 그 경험을 말하기 전에 '여행(관광)'의 보편적 의미를 먼저 살펴본다. 짧게 말해, 낯선 풍토와 놀라운 습속으로 가득 찬 이질적 세계에 대한 지적 호기심과 이국적 취향을 충족하기 위한 실질적이며 낭만적인 행위 정도가 될 것이다.

　이 답변은 그러나 여행의 현실적 조건과 목적을 지나치게 사인화私人化된 관점으로 바라본 것을 넘어서지 못한다. 전문가에 따르면, 여행이나 관광은 계급, 성별, 민족성, 연령에 따라 구조화되는 집단적·사회적 행위이다. 이런 조건과 성격 때문에 "관광에는 수많은 '시선'의 방식이 존재할 수밖에 없으며, 관광객은 서로 다르게 '차이'를 바라보는 자로 규정된다. 게다가 이 '시선'과 '차이'는 관광객이 아닌 형태의 사회적 체험 및 사회적 의식과의 연관성 속에서 구성된다.[1] 이것은 '관광 산업'과 개인적 여행의 관계를 따져보면 훨씬 명확하게 드러난다.

• • •

1. 존 어리·요나스 라슨, 『관광의 시선』, 도재학·이정훈 옮김(소명출판, 2021), 17쪽. 이후 같은 책을 인용할 때 본문에 '(『관광의 시선』, 쪽수)'로 표시함.

다시 강조하지만, 근대 이후 관광(여행)의 핵심은 개인의 자유로운 선택과 시간에 기초한 자율적 행위에서 찾아진다. 그렇지만 '관광 산업'이라는 말이 시사하듯이, 근대적인 개인 여행은 국가와 자본이 결합한 기간산업의 협조가 없다면 거의 이뤄지기 어렵다. 이를테면 철도와 도로망의 정비, 숙박 및 음식 시설의 완비, 다양한 관광 콘텐츠의 개발과 확장 등이 없다면 '모던 라이프'와 '취미 여행'의 결합이 핵심인 '관광의 모더니즘'은 현실화될 수 없다. 관광(여행)에 대한 개인과 국가의 통합을 일컫는 말로 "관광으로서의 산업과 문화로서의 여행"이, 또 누구나 생업이나 직장에 구애받지 않고 길거나 짧은 여정을 기획하고 수행하는 '여행의 대중화'가 성립되려면 국가와 자본의 개입이 필수적인 시대가 근대와 더불어 도래한 것이다.[2]

이 논의를 토대로 서정주의 삶과 시에 결정적 영향을 미친 여행 경험을 꼽아본다면 일제 군국주의가 나날이 강화되던 시절에 이뤄진 경주 관광과 만주 이주 체험이 단연 주목된다. 서정주는 두 공간에 대한 경험을 「경주시」와 「만주일기」에 담아냄으로써 여행이나 관광이 시와 삶에 결정적 사건으로 작동할 수 있음을 솔직하게 기록함과 동시에 고백했던 것으로 보인다.

우리는 그러나 두 곳에 대한 미당의 여행기로 나아가기 전에 다음의 사실을 기억해 둘 필요가 있다. 1930년대 서정주의 지난한 정체성 탐구와 폭력과 죽음으로 울울한 식민 도시 체험도 '여행'을 통해 이뤄진 사실이 그것이다. 전자로는 제주 남단에 위치한 지귀도地歸島 체험(「단편」, 「정오의 언덕에서」, 「웅계」 (상·하), 「고을라의 딸」)을 들 수 있다. 후자로는 '숙'의 비참한 절명을 초래한 삭막한 식민 도시, 곧 '주식취인소', '공사립금융조합', '성결회당' 등을 갖춘 "목포나 군산 등지"(「밤이 깊으면」, 『인문평론』, 1940년 5월호)에 대한 경험을 들 수 있다. 여기서는 '경주'와 '만주' 방문이 근대적 관광(여행)의 정의와 더불어 서정주 말년의 세계 여행과 더욱 밀접하게 연관된다는 뜻에서 '지귀도'와 '식민 도시' 체험은 일단 괄호에

• • •

2. 아카이 쇼지(赤井正二), 『여행의 모더니즘 — 다이쇼부터 쇼와 전기 일본의 사회문화 변동』, 허보윤 외 옮김(소명출판, 2022), 10-20쪽.

넣어 두기로 한다.

이제 미당의 경주와 만주 체험에 대해 살펴볼 차례이다. 먼저「경주시」(『사해공론』, 1937년 4월호)이다. 당시 미당이 노래한 신라 고적은 안압지, 시림始林, 곧 계림, 석빙고, 첨성대이다. 시인은 그것들을 가시내 연주시聯珠詩, 동방의 새벽, 화랑을 좋아하는 공주를 기다리는 늙은 괴물, 로맨티스트인 경주 사람이 세운 하늘보다 아름다운 '낭만의 왕국'에 비유했다.「경주시」는 찬연했던 경주의 건축물, 그와 연관된 문화 행위가 시적 힘과 표현의 가능성을 토대로 가장 아름답게 묘사된 거의 첫 사례에 해당한다.

한 가지 거슬리는 것은 천년의 고도古都 경주가 희미하게 빛바랜 채 옛 수풀로 뒤덮여 있음은 물론 모든 것이 눈물을 흘리는 '폐허미'의 공간으로 현재화되고 있다는 사실이다. 당대를 대표하는 조선 문사 37명이 〈반도 팔경〉을 정할 때 경주를 뜻밖에도 4번째 순위, 그것도 대동강과 부여 아래 놓은 까닭도 사용 가치가 훼손된 '전시 기능'의 상품으로 지나치게 재현, 소비되고 있었기 때문인지도 모른다.[3]

이때 유의할 사항이 하나 있다. 미당의 경주 예찬의 이중성, 곧 고색창연한 신라 문화에 대한 감탄과 그것이 스러져가는 씁쓸한 현실에 대한 비탄이 일제에 의해 새롭게 '발견된 신라'의 영향으로부터 자유롭지 못하다는 사실 말이다. 일제는 천년 고도 경주를 일본 왕도 교토京都와 달리 근대적 삶의 현장보다는 당대의 찬란함을 상실한 '고도古都의 관광지'로 개척함과 동시에 재구성하는 데 전력을 기울였다. 겉으로는 동양미를 대표할 만큼 아름답지만 미래의 전망이 오래전 소멸된 '폐허미'의 공간이야말로 경주의 역사성과 심미성의 본질이라는 식민주의적 사유와 상상력이 여기서 힘을 얻게 되었달까.

이와 더불어 허구적 전설로 간주되는 진구神功 황후의 신라 정벌을 현재의 식민 통치와 긴밀히 연결시키기 위해 사진엽서나 회화, 그림책,

• • •

3. 편집부,「전 조선 문사 공천 신선(新選) 〈반도 팔경〉 발표」, 『삼천리』 창간호(1929년 6월), 34-36쪽. 위촉된 문인 37명은 '반도 팔경'으로 금강산(34점), 대동강(29점), 부여(21점), 경주(13점), 명사십리(11점), 해운대(10점), 촉석루(8점), 백두산(8)을 꼽았다.

사진첩 등의 예술 매체를 적극적으로 동원했다. 대중 매체를 통한 '식민지 경주'에 대한 프로파간다의 일상화는 일제의 조선 정벌과 지배가 오래전 잃어버린 고토故土를 회복하는 것과 다를 바 없는 역사적 과업임을 알리고 주장하는 결정적인 힘이 되었다. 황종연의 말처럼, 일제가 발견한 신라는 "일본이 그 고대를 부흥하고 고토를 회복하는 제국주의적 활동 속에서 소멸할 운명을 지니고 있는 조선, 그것의 상징"[4]이었던 것이다. 이처럼 일제의 경주를 향한 시선과 태도는 제국 일본의 승리와 영광을 펼쳐내기 위한 붉고 메마른 땅, 곧 '타자 점유'와 '식민지 관광'의 개척지라는 정의에서 한 치도 벗어나지 않았다. 요컨대 그들의 고토로서 경주는 "제국 신민에게 과거, 현재, 미래를 관통하는 특별한 이야기"[5]가 전해져온 땅이었을 따름이었다.

반면에 서정주가 경주에 보낸 특정한 시선과 태도는 서로 모순적일 정도로 이중적이었다. 먼저 그의 시어와 감각은 개인의 체험과 사적인 감정에 의해 조절된 것임이 틀림없다. 경주를 일본이 개발한 '동양미'보다는 '낭만의 왕국'이라는 관점으로 전유하고 표현하며 기억하는 태도가 이를 대표한다. 하지만 이러한 개인적·민족적 감정의 발로에도 불구하고 미당의 경주 관광은 여러모로 제한적이다. 이른바 일제에 의해 제도화되고 관리되는 경주 관광, 이를테면 일제에 의해 선택, 개발된 특정한 고적의 탐사, 경주의 오랜 역사 현실에 대한 무관심과 배제 따위가 그렇다. 이것은 역사와 현실에 일정한 거리를 취하고자 했던 미당의 예술관에서 발현된 사태만은 아니다. 경주를 식민지 관광의 메카로 지시하면서 그곳을 의도적으로 폐허의 공간으로 의미화했던 일제의 여러 이미지와 텍스트에 의해 영향받고 조장된 현상일 가능성이 짙다.

다음으로 「만주일기」(〈매일신보〉, 1941년 1월 15~17일자, 21일자)이다. 이 산문에는 1940년 9월~11월경 만주 국자가局子街, 연길에서 벌였던

• • •
4. 황종연, 「신라의 발견」, 황종연 편, 『신라의 발견』(동국대학교출판부, 2008), 28쪽.
5. 아리야마 테루오(有山輝雄), 『시선의 확장 — 일본 근대 해외관광여행의 탄생』, 조성운·강효숙·서태정·송미경·이승원 옮김(선인, 2014), 51쪽.

구직 활동에 대한 여러 단상과 감정이 일기의 형식으로 기록되어 있다. 하루 이틀의 경주 관광에 비교될 수 없는 장기간의 만주 이주 체험을 집중적으로 기록하고 재현했기에 식민지 조선 문인이 처했던 당대의 삶과 예술의 문제를 살펴볼 때도 여러모로 도움이 되는 글이다. 외부 서사는 비교적 간단하다. 순조롭지 않은 구직求職 활동에 따른 불안함과 좌절감에 이어 거의 석 달 만에 성공한 구직의 기쁨과 안정적인 삶에 대한 기대감이 차례로 기술되고 있다.

이런 현실에 부응하려는 듯이 시인의 육체에 무수히 박힌 내면 감정의 진동은 더욱 강렬하고 고통스럽다. 일자리가 없어 침울한 감정으로 바라보는 만주의 낯선 자연환경과 생활 습속, 이를테면 한국과는 판이한 장례 풍습과 목욕탕의 모습은 이국 정서나 호기심의 자극을 넘어설 정도로 괴기스럽고 어두컴컴하다. 따라서 낯선 땅에 들어서면 으레 찾아오는 즐거운 감정과 고조된 흥분은 오간 데 없다. 당장의 끼니와 생활의 안정을 위해 푼돈을 아껴야 하며, 조선의 부모에게 생활비를 부탁하느라 혈서의 편지를 적어야만 하는 극도의 빈곤만이 그의 고통과 좌절에 하릴없는 힘을 더할 따름이었다. 이 부정적인 내면의 현실에 희미한 등불이나마 비춘 것이 있다면 도스토옙스키 소설 읽기와 거기서 발견한 새로운 세계상의 하나로서 '유아幼兒의 미소'에 대한 각성이었다.

다음으로 만주 체험은 '시의 이슬'에 대한 의지와 욕망을 더욱 다지는 계기가 된다는 점에서 종요롭다. 미당은 소설가와 그의 관심사에 밀착함으로써 만주의 혹독한 현실 속에서 "시는? 시는 언제나 나의 뒷방에서 살고 있겠지 비밀히 이건 나의 영원의 처妻이니까"(〈매일신보〉, 1941년 1월 17일자)라고 다짐할 수 있는 계기를 얻었다. 그럼으로써 당시로 보면 상당히 안정적인 일자리인 양곡관리회사를 박차고 식민 수도 경성으로 돌아와 『화사집』(1941) 출간 기념 모임을 성대히 펼칠 수 있었으며 '영원성'에 대한 새로운 차원의 고뇌와 표현의 양식에 돌입하게 된다.

서정주의 만주행은 나날이 악화되는 식민지 현실을 넘어 안정적인 일자리를 구하기 위한 '생존의 활동'이었다. 일제는 오족협화五族協和와 복지만리福地萬里를 기치로 내세운 이상적인 만주국을 건설하기 위해 일본인은 물론 조선인에게 개척자라는 영예를 부여하며 낯선 땅으로 불러들였다. 이 과정에서 일제는 만주의 '전적戰跡'을 기초로 '전승全勝 신화'를 자랑하는 한편 '전쟁열戰爭熱'을 자극하는 호전적 애국주의를 나날이 강조했다.[6] 이와 같은 이상주의가 강조될수록 조선인은 일본인과 중국(만주)인 사이에 낀 이도 저도 아닌 '이등 공민'으로 급속히 추락해 갔다. 가령 만주는 기회의 장소라는 선전 및 기대와 달리 도시의 조선인은 하인, 막노동꾼, 가게 점원, 장사꾼, 마약상, 포주 등 가장 더럽고 지저분한 직업군으로 밀려났다.[7] 또 개척 농장의 조선인은 "야윈 목숨의 우로雨露를 피할 땅뼘이를 듣고 찾아" 만주행을 자청했음에도 "부모도 고향도 모르는" "오랜 인욕忍辱"[8]의 슬프디슬픈 족속으로 추락해 갔다.

서정주의 '만주양곡주식회사' 취업은 당시 상황을 고려하면 누군가 유력한 후원자의 도움을 받았던 것으로 추정된다. 하지만 '오족협화'의 이상을 무색하게 하는 민족과 계급 차별은 그의 '야윈 목숨'과 '이등 공민'의 고통스런 '인욕'을 견딜 수 없는 비극으로 몰아갔던 듯하다. 결국 그는 도스토옙스키의 근대적 삶에 대한 허무와 환멸을 더욱 극단화하는 현실의 부정과 초월, 예컨대 "눈도 코도 상사몽相思夢도 다 없어진"[9] 세계를 꿈꾸는 방식으로 식민지 조선으로 귀환하기에 이른다.

하지만 그는 현실을 초월한 영원성의 빛나는 땅을 식민지 조선으로 다시 배열하고 분류하고 그려냄으로써 요절의 전조를 간신히 극복하고 새로운 시적 전환의 계기를 맞이하게 된다. 이것은 "너무 많은 하눌"로 가득하던 만주에 실상은 "자네도, 나도 그런 것"도, "무슨 처음의 복숭아꽃 내음새도 말소리도, 병病도, 아무것도 없었"[10]다던 도저한 부정과 그에

...

6. 기시 도시히코(貴志俊彦), 『비주얼 미디어로 보는 만주국 — 포스터·그림엽서·우표』, 전경선 옮김(소명출판, 2019), 14쪽.
7. 한석정, 『만주 모던 — 60년대 한국 개발 체제의 기원』(문학과지성사, 2016), 107~108쪽.
8. 유치환, 「나는 믿어도 좋으랴」, 『생명의 서(書)』(행문사, 1947), 111쪽.
9. 서정주, 「문들레꽃」, 『삼천리』(1941년 4월호), 258쪽.
10. 서정주, 「만주(滿洲)에서」, 『인문평론』(1941년 2월호), 30~31쪽.

따른 조선의 역설적이며 긍정적인 가치 회복의 장면에 잘 드러나 있다.

일제와 미당의 '경주'와 '만주'에 대한 소견의 차이는 '관광객의 시선'이 개인적 심리의 문제가 아니라 사회적으로 패턴화되고 학습되는 '보기의 방법'임(『관광의 시선』, 15~16쪽)을 여지없이 증명한다. 그렇지만 양자를 향한 '관광객의 시선'은 제국과 식민지라는 우승열패의 조건이 전제되었다는 점에서 누구나 동의 가능한 평등과 자유의 관점을 충족시키지 못한다. 서로 대등하며 안정된 주체성이 확보된 뒤에 수행되는 동일한 공간에 대한 여행(관광) 경험이 있다면, 학습되고 패턴화된 '보기의 방법'에 대한 신뢰성이 더욱 커질 법하다.

한편 해방 이후 미당 시에서 '경주'와 만주의 대체재 중국('중공')에 대한 새로운 기록과 경험의 고백은 거의 25년여의 격차를 두고 차례로 이루어진다. 이 시간적 격차는 남북의 분단에 따른 공산 세계의 경험 금지와 위반 시 냉혹했던 처벌의 규칙에서 발생한 것이다. 그는 새로운 '국가 만들기'의 주역이 된 1950년대 후반 '삼국유사적인 기록성 세계'[11]의 이상화로 평가된 『신라초』(1961) 수록 시편을 집중적으로 창작했다. 그럼으로써 '폐허미'의 공간 '경주'를 예藝와 생명의 촉각이 통합되는 이상적 세계로 새로이 변신시켰다. 1990년 극적으로 성사된 만주, 곧 중국 여행은 당시 물밑에서 급속하게 진행되는 중이던 한·중 수교(1992)의 물결을 탄 것으로 보인다. 그때 미당이 50여 년 만에 다시 본 중국의 민낯은 "사는 게 재미있다"는 표정이 없는 중공 인민복 대열과 이른바 '천안문대학살'(1989) 1주년 기념일에 목격한 젊은이들의 "극단의 / 슬픔과 / 분노와 / 절망"이었다.[12]

1950년대와 1990년대 공히 변함없는 것은 미당식 '관광(객)의 시선'이다. 그는 의도치 않은 즉물성의 눈빛보다는 반복적 학습과 교육에 의해 체화된

• • •
11. 김윤식, 「전통과 예(藝)의 의미」, 김우창 엮음, 『미당연구』(민음사, 1994), 119~121쪽.
12. 서정주, 「중공 인민복 대역의 그 유지(有志)들의 얼굴들」 및 「1989년 6월 3일의 북경 천안문광장 대학살 1주년 기념일에, 그곳에서」, 『늙은 떠돌이의 시』(민음사, 1993), 74쪽 및 75쪽.

"폐쇄되고 자기영속적인" 지식이나 환영의 체계를 통해 일제시대와는 또 다른 '경주'와 '만주'를 재현, 아니 재구성해 냈던 것이다. 다소 장황하게 서정주의 경주와 만주에 대한 여행(이주) 경험을 소환하여 그 의미를 기술한 까닭이 없잖다. 함께 읽어볼 『서西으로 가는 달처럼…』과 『산시山詩』 도 '관광객의 시선', 곧 '개인의 욕망≦시스템'의 요청이라는 원리와 문법 을 거의 벗어나지 않는다는 사실을 미리 강조해 두고 싶었기 때문이다.

## 2. 서정주의 뒤늦은 호명과 세계 기행시의 탄생

서정주는 첫 세계 여행을 앞뒀던 스스로를 "남만주의 간도성에서 살아본 외엔 / 아무 데도 외국에 나가본 일이 없던 사람"[13]이라 일렀다. 이것은 미당을 넘어 해방 이후부터 1970년대 전반까지 정치·경제·문화적 후진성 을 좀처럼 벗어날 수 없었던 한국인 대개의 현실이었다. 하지만 이 와중에서 도 몇몇 지성인과 예술가들, 이를테면 함석헌, 이어령, 김찬삼, 천경자 등은 문화민족주의의 기치 아래 세계를 여행하고 탐방하는 일에 앞장섰다. 그럼으로써 해외와 대비되는 '한국인'의 정체성을 새로 발견하고 구성하는 한편 '한국적인 것'의 수준과 발전 가능성을 엿보고자 하였다.

이들의 세계 여행은 경험 이전의 새로운 지식과 예술에 대한 호기심과 욕망을 충족하기 위한 모험가적 행동이었다. 그런 만큼 이들의 발걸음은 전통적 가치나 관습에서 벗어난 '여행을 위한 여행'에 가까웠다.[14] 그러나 예외적 지성과 예술의 한 축을 형성했던 이들의 시선과 촉각은 필연적으로 타국 및 타문화와의 비교 속에서 '한국인'과 '한국 문화'의 한계를 발견하고 새로운 가능성을 묻는 '국가 단위의 자의식'에 더욱 민감해질 수밖에 없었다.[15] 그 결과 이들의 세계 여행은 이를테면 사회 교육과 생활 개선,

● ● ●

13. 서정주, 「제1차 세계 일주 여행」, 『팔할이 바람』(혜원출판사, 1988), 206쪽.
14. 아카이 쇼지, 『여행의 모더니즘 ─ 다이쇼부터 쇼와 전기 일본의 사회문화 변동』, 11쪽.
15. 김미영, 「1960~70년대에 간행된 한국 지식인들의 기행산문」, 『외국문학연구』 50호(한국외

일상의 합리화와 같은 다양한 관점에서 해외 경험에 대한 가치와 의미를 부여하는 원동력으로 작동하기에 이른다. 이것은 '세계 여행'이 개인의 능력을 뛰어넘는 사치품이 아니라 언젠가는 실행되어야 할 '바람직한 생활'로 인정받게 되었음을 뜻한다.[16]

물론 이때의 '바람직한'이라는 말은 여전히 세계 여행자가 소수인 현실에서, 또 지식인과 예술인 등 더욱 각성된 존재들의 행위라는 점에서 자국의 우월성과 가능성을 표현하고 예찬하는 '국가주의'[17]와 결합될 때 당위성과 윤리성을 더 높이 보유할 수 있었다. 그런 점에서 일견 개인의 여행 같지만, 이들이 국가 공공 기관과 신문사, 출판사로부터 경제적 후원과 여행의 편의, 보도 기사 제공과 여행기 출간 등의 협조를 제공받았다는 사실도 기억해 둠 직하다.

미당 서정주의 세계 여행도 개인의 지적·예술적 호기심을 충족하기 위한 소소한 자기만족 행위만은 아니었다. 그것의 최후 목적은 여러 부류의 세계 문화와 대비되는 '한국적인 것'의 우수성과 미래성을 엿보고 탐문하기 위한 국가주의적 문화 충동 및 수행에 가까웠다. 이 사실은 미당의 세계 여행이 기획된 경위와 목적을 가장 적극적으로 보도한 후원사 〈경향신문〉의 보도에서 어렵잖게 확인된다. "기간: 9개월 14일(1977년 11월 26일~1978년 9월 8일), 여행 거리: 약 10만km, 방문국 및 도시: 남북 미주, 유럽, 호주, 아프리카, 아시아 등 39국 2백여 개 도시".[18] 그 규모가 몹시 방대한 미당의 세계 기행은 "동서 문화 교류의 새로운 장"을 여는 것에, 그 경험을 기록한 기행시와 여행기는 매우 뛰어난 "동서 문명 비평기記",[19]로

• • •

국어대 외국문학연구소, 2013), 9쪽.

16. 아카이 쇼지, 『여행의 모더니즘 — 다이쇼부터 쇼와 전기 일본의 사회문화 변동』, 11쪽.
17. 국가와 인종에 대한 위계화된 인식, 민족 전통문화에 대한 지나친 자의식, 서양과 동양의 정치·경제·문화적 강대국을 향한 옥시덴탈리즘과 오리엔탈리즘의 발현 등이 이를 대표한다.
18. 서정주·강승모 대담, 「280일간의 세계 나들이 마친 미당은 말한다」, 〈경향신문〉, 1978년 9월 29일자.
19. 편집부, 「사고(社告): 원로 문인의 야심작 동서 문명의 현장에」, 〈경향신문〉, 1977년 11월 28일자.

읽히는 것에 목표점이 설정되었다.

　이 여행이 서정주에게 사적·공적 양면에서 어떤 의미와 가치를 지녔던 가는 그 결과물을 일별해 보는 것으로 충분하다. 시인은 세계 여행을 마친 뒤 "서정주 세계 여행기"와 "미당세계기행시집"이라는 팻말을 내건 산문집『떠돌며 머흘며 무엇을 보려느뇨』상권·하권(1980)과 시집『서으로 가는 달처럼…』(1980)을 잇달아 출간했다. 세 권의 책은 철저한 사전 기획 아래 집필되고 출간된 일종의 '잘 만들어진 기획 상품'이었다. 그 까닭을 차분히 정리해 보면 다음과 같다.

　먼저 시집이다. 개별 시편은 이어령 주간의『문학사상』에「서으로 가는 달처럼 (1~8)」(1979년 5월호~12월호)으로 나뉘어 총 117편이 연재되었다. 폭력과 저항의 시국이 정점으로 치닫던 1980년 5월, 같은 제목의 시집으로 문학사상사에서 출간되었다. 다만 미국 편인「내 손자 거인ㅌㄷ이의 또 하나의 조부祖父」1편이 제외되어 총 116편이 독자의 손에 주어졌다. 다음은 산문집이다. 개별 산문은 여행의 기획자이자 후원자였던〈경향신문〉(1978년 1월 16일~1979년 8월 1일자)에「미당 세계 방랑기」라는 제목 아래 268회에 걸쳐 연재되었다. 여행 출발 당시 미리 출판권을 확보했던 '동화출판공사'에서『떠돌며 머흘며 무엇을 보려느뇨』라는 제목 아래 상권과 하권 196꼭지로 재구성되어 출판되었다.[20]

　연재와 출간 모두 산문집이 시집을 앞선다. 미당이 사실적인 지식과 정보 위주의 산문을 토대로 낯선 여정에서 겪게 되는 다양한 서정과 감격, 여수旅愁가 담뿍 배인 시들을 썼음을 짐작하게 하는 대목이다. 또한 산문집이 시집보다 2달 먼저 출간됨으로써 독자들도 미당의 선─산문, 후─시집의 구도와 경로를 되밟게 된다. 그로부터 8년 뒤 서정주는 "담시로 엮은 자서전"『팔할이 바람』(1988)에 세계 기행의 감격과 효과를「제1차 세계 일주 여행」1과 2로 나누어 실었다. 자서전의 한 항목이 되었다는

・・・

20. 시집과 산문집 연재의 정보는 박연희,「1970년대 서정주의 세계 여행론」,『상허학보』43집(상허학회, 2015), 501쪽 및 박옥순,「1970년대 서정주의 세계 여행과 시적 도정」,『한국문예창작』39호(한국문예창작학회, 2017), 7쪽이 자세하다.

사실은 이때의 세계 기행이 미당의 시와 삶에서 가장 뜻깊고 잊기 힘든 원체험으로 자리 잡았음을 뜻한다.

미당은 세계 기행의 개인적 성과로 자아의 재발견과 '영원성'의 재확신을 들었다. 앞의 것은 누군가가 "배운 게 무어냐?" "얻은 게 무어냐?"라고 묻는다면, ""나는 / 그건 자신自信이다"라고 대답했을 것"[21]이라는 말에 뚜렷하다. 뒤의 것은 다소 복잡한데 다음과 같은 과정을 통해 '정신 영생', 곧 시공간의 무한 확장과 인생의 불 밝힌 길이 되어줄 세계적 차원의 '영원성'의 탐구와 성취에 이르렀다고 밝혔다. 감각과 지각의 분산 사용 정지, 이것들의 종합적 수렴 및 통일된 통각화로 전환, 이를 통한 직관과 오달悟達의 달성, 그 결과로서 묘리妙理의 성취와 인식의 길로의 나아감이 그것이다.[22] 이 고백은 미당에게 어떤 사건과 예술적 행위가 무엇이든, 그것들이 펼쳐지는 시공간이 언제 어디든, 필생의 과제인 '영원성'의 추구와 성취가 새로운 자아의 발견 및 재구성에 결정적인 영향을 미쳤음을 의미한다.

이런 성과는 그러나 미당을 '개인 여행자'의 지평, 곧 "관광객의 시선으로 허용된 특정한 대상"(『관광의 시선』, 26쪽)이나 사건에만 머물게 한다는 점에서 자아 충족의 '사적 체험'을 넘어서지 못한다. 그럴 경우, 미당의 세계 여행은 특정한 이익을 도모하는 후원자나 또 다른 시적 쾌감을 열망하는 독자 대중을 만족시키기 어렵다. 이 때문이라도 새로운 변화와 의미의 창출 없는 일상생활과는 동떨어진 예외적 시간과 장소의 탐방 속에서 그곳만의 독특한 매력이나 가치를 찾아내고 기록하는 여행(『관광의 시선』, 28쪽)이 중요해질 수밖에 없다.

미당은 이 과제를 당대 보수 문단의 요구 및 급속한 경제적 성장을 '한국적인 것'의 우수함으로 치환하기를 바랐던 국가의 문화 정책에 부응

21. 서정주, 「제1차 세계 일주 여행 2」, 『미당 서정주 전집 4 시 —『노래』, 『팔할이 바람』』 (은행나무, 2015), 338~341쪽. 이 시는 최초의 『팔할이 바람』(1988)과 『미당 서정주 시전집 2』(민음사, 1991) 소재 『팔할이 바람』에서 누락되었다. 그 잘못에 대해서는 윤재웅, 「서정주 시 정본 확정의 원칙과 과정」, 『한국 시학연구』 43호(한국 시학회, 2015), 82~88쪽 참조.
22. 서정주, 『떠돌며 머흘며 무엇을 보려느뇨 (하)』(동화출판공사, 1980), 259~260쪽.

하는 방식으로 추구했던 것으로 보인다. 먼저 1970년대 후반 한국 문단은 서정주 자신이 이사장으로 있던 '문협 정통파', 민족 민중 문학 중심의 '창비', 비판적 지성과 자율성 추구의 '문지'가 치열한 각축전을 벌이던 상황이었다. 미당은 김동리 등과 더불어 민족의 보편적인 전통과 고전적 정신의 계승을 통해 민족 주체성을 강화하는 글쓰기에 매진했다.[23] 『질마재 신화』(1975)에서도 그랬지만, 과연 미당은 어떤 강연에서 "삼국인이 찾았던 주체의 정신문학",[24] 곧 한국 시의 핵심적 기원과 전통을 '샤머니즘'과 '신라 정신'에서 찾기도 했다. 그가 세계 기행을 타국의 고유한 전통과 정신을 넘어 세계에 편재된 '영원성'의 확인과 표현에 집중했던 것도 '한국적인 것'의 보편성과 우수성을 획정하기 위한 '문협 정통파'의 지속적 노력과 긴밀히 연관된다.

1970년대 후반 군사 정권은 정치권력의 장악과 독점적인 경제적 이윤을 앞세워 북한과의 냉전 체제 유지 및 우월한 이념 경쟁에 주력했다. 또한 '한강의 기적'으로 불리는 경제적 성장을 우수한 문화의 발현으로 치환하기 위해 서양 문명의 몰락과 동양 문화의 부상이라는 어딘가 낯익은 '동양 담론'을 끊임없이 호명했다. 미당이 '영원성'에 못지않은 절대적 이념으로 '동양 담론'에 천착했었음은 다음의 주장에서 뚜렷이 확인된다. 세계 여행의 성과로 "동양이 '병든 서구'를 구한다", "정신없는 물질은 허망뿐"이므로 "우리의 전통사상 꽃피워 방황하는 인류의 빛 되게"[25] 해야 한다는 발언이 그것이다.

그렇지만 그가 동의했던 1970년대 후반의 '동양 담론'은 오로지 '한국적인 것'의 뛰어남과 가능성을 지나치게 앞세웠다는 점에서 쇼비니즘적 국가주의의 혐의를 쉽게 벗어나지 못한다. 이를테면 미당은 『떠돌며 머흘며 무엇을 보려느뇨』의 결론부에서 공산권 '중공'에 대해서는 아예 괄호

23. 박연희, 「서정주와 1970년대 영원주의─『西으로 가는 달처럼…』을 중심으로」, 『한국학연구』 38집(인하대 한국학연구소, 2015), 267~268쪽.
24. 서정주, 「문학은 인간 무지와의 싸움에서 출발」, 『한국문학』(1978년 8월호), 162쪽.
25. 서정주·강승모 대담, 「280일간의 세계 나들이 마친 미당은 말한다」, 〈경향신문〉, 1978년 9월 29일자.

친 채 일본의 '주격主格' 없음을 힐난하는 방법으로 한국의 우수성을 역설한다. 물론 미당은 인도와 네팔의 종교 행위에서, 또 대만의 박물관에서 발견한 중국 상대 문화에서 "정신영생의 구체적 진행" 및 "대인大人의 기틀"을 새로이 깨우쳤음을 감격스럽게 고백하기도 했다.[26] 하지만 이것은 어디까지나 한국 고유의 '샤머니즘'과 신라 이래의 '영원성'에 비춰본 각성이자 통찰에 불과한 것이다. 이럴 경우, 두 개념의 외부에서 발견되는 어떤 진리와 가치는 새로 체험되기 어려운 바깥의 존재나 사건으로 영원히 떠돌게 된다.

이와 같은 한계는 미당이 종교와 역사에 대한 이전 배경 지식을 이용하고는 있지만 그것의 능동적 갱신에 적극 참여하지 못했음을 알려주는 주요한 증거가 아닐 수 없다. 과거로 흐르는 '샤머니즘'과 '영원성'의 반복적 재현은 새로운 내러티브의 완성과 구현을 수행하는 미학적·역사적 행위와 거리가 멀 수밖에 없다. 그럴 경우 그것들의 새로운 가치화와 신화적 갱신에 필요한 '공연적 전환'도 불가능한 것이 되고 만다. 왜냐하면 '샤머니즘'과 '영원성'이 세계 각지의 이질적 문화들과 '협상'하고 '대화'함으로써 스스로의 어떤 '공백'을 메꾸고 새로운 지평을 '상상'하는 모험적 행위로 나아갈 수 없기 때문이다.[27]

한편 미당의 세계 기행이 국가주의와 친화한다는 사실은 그간의 연구들이 크게 주목하지 않은 다음 사항에서도 얼마간 확인된다. 미당의 여행에는 여행지(국)에 체류 중인 오랜 친우, 직장인 동국대 후배와 제자, 동료 예술가와 후배 시인들이 안내자와 협조자로 예외 없이 등장한다. 이들은 미당 개인과 친밀성을 나누는 존재들이니만큼 '국가주의'와 큰 연관성이 없어 보이기도 한다.

그렇지만 이들의 개인적 협력을 능가하는 국가적·제도적 인적 자원들이 따로 존재했음에 유의해야 한다. 국적기(대한항공) 직원들과 각국에 주재

• • •

26. 서정주, 『떠돌며 머흘며 무엇을 보려느뇨 (하)』, 256~260쪽.
27. 관광에서 '공연적 전환'의 부재, 곧 "끊임없는 다시 만들기"(재해석, 재구성, 재실행)의 실패가 갖는 한계에 대해서는 존 어리·요나스 라슨, 『관광의 시선』, 360~364쪽 참조.

중인 대사관(영사관)의 고위급 공무원들이 그들이다. 만약 이들이 부재했다면 미당이 수행한 세계 여행의 공적 성격은 상당히 희석될 수밖에 없었을 것이다. 또한 세계 기행의 기획과 일정의 편성, 경비의 제공, 나아가 여행의 기사화 및 산문 연재를 도맡았던 친체제적 성향의 보도지 〈경향신문〉의 역할과 성과도 기대에 미치지 못했을 것이다. 이 때문에 미당의 세계 기행이 '글쓰기'뿐만 아니라 그것의 기획과 실행 과정에서도 강렬한 문화민족주의적 담론 또는 '내셔널미디어'적인 속성에 얽매여 있었다는 평가가 가능해진다.

아무려나 서정주의 세계 기행 시와 산문은 단순한 이국 취향의 충족물이거나 낯선 세계로 새롭게 진입하기 위한 문턱 넘기 행위가 아니었다. 두 텍스트는 국가적 차원의 문화주의와 시인적 차원의 '영원성'이 서로 경합하는 동시에 결속되는 언어와 사유, 상상력의 명랑한 전선이었다. 그런 만큼 개인과 국가를 감싸들고 맴도는 "서으로 가는 달"의 상징적 의미와 내포적 자질, 또 그것에 담긴 어떤 관념과 정신의 한계를 동시에 꿰뚫어 보는 일이 중요하다.


## 3. '서西'의 신화성, '동東'의 영원성: 영웅·예술가·여성

서정주가 1978년 9월 귀국 직후 〈동아일보〉와 가진 인터뷰는 세계 기행 당시 그의 진정한 관심사를 제법 투명하게 비춰준다. 시인의 발언을 정리하면 다음 정도가 될 것이다. 첫째, 서양이나 이집트의 문화는 웅대하고 다채롭긴 하나 정신적인 차원도 꼭 그런 것은 아니다. 둘째, 남북 아메리카와 아프리카 기행을 거쳐 런던의 대영박물관을 방문해서야 비로소 숨통이 트였다. 왜냐하면 그곳에서 조선백자와 고려청자를 만난 뒤 한국 문화의 우수성에 대한 자신감이 생겼기 때문이다. 셋째, 자신은 희유한 '혼魂'에 대한 존경과 앙망 때문에 링컨, 장개석, 간디, 보들레르의 유택幽宅을 찾는 일에 관심을 기울였다. 넷째, 이러한 경험상 '한국의 시(동양의 시)'가 문학 정신에 있어서만은 서양인들을 가르칠 수 있다고 생각한다. 다섯째, 자신에게 값싼 여관을 구해주기 위해 일곱 군데나 빙빙 돈 스코틀랜드의 택시 운전사의 순박함에 감탄했다.

그러면서 미당이 내린 결론은 "서양 신통찮아요"라는, 서양이란 타자에 대한 비판과 자국(자민족)의 우월함에 대한 자신감의 공공연한 토로였다.[28] 서양과 동양의 역전과 그것의 문화적 구조화를 위해서는 여러 장치가 요구되었다. 미당이 가장 아낀 것은 『질마재 신화』(1975)상의 이야기 구조와 언술 체계를 활용하여 세계 곳곳의 장소와 인물들을 심미화하는 방법이었다. 이를테면 몽블랑 등정 과정에서 죽은 연인을 기다리는 신부의 안타까움과 슬픔을 "파뿌리빛 머리털의 할마씨"의 감정을 넘어 "몽블랑의 산신녀山神女의 짓"(「몽블랑의 신화」)으로 숭고화하는 장면을 보라. 이 시편이 『질마재 신화』를 여는 「신부新婦」의 이야기 구조와 어투, 표현법을 그대로 차용한 의도된 쌍둥이 기호의 장이었음이 분명해지는 지점이다.

### (1) 국가의 위기와 발전에 동원된 영웅의 창출

미당은 『질마재 신화』의 서사적 충동을 본받을 만한 위인들을 영웅화하는 방법으로 주의 깊게 활용했다. 뛰어난 위인의 창조는 시공간을 초월하는 이상적 모델의 구축 및 당대 현실의 모순점 해결에 없어서는 안 될 서사적 장치였다. 이 예외적 존재들은 제국과 식민지의 우승열패를 획정 짓는 가치물로 종종 동원되었다는 점에서 부정적 의혹을 벗어나지 못했다. 그러나 이후 진행된 탈식민주의적 사유의 확장 속에서 국가 간, 인종 간에 위계화된 서열 체계들을 완화하거나 해체하는 긍정적 역할도 맡게 되었다.

1)

다리에 쇠사슬을 차고

• • •

28. 편집부, 「세계 일주한 원로시인 서정주씨 "서양 신통찮아요"」, 〈동아일보〉, 1978년 9월 13일자.

경매대 위에서 싼 거리로 매매되던 전초미국의 깜둥이 노예들의 해방자.

그 가장 서러웁던 자들의 애인.

그 까닭으로 암살당한 성<sup>聖</sup> 에이브러햄 링컨 선생님.

─「링컨 선생님 묘지에서」 부분

2)

다 말라붙은 잉크병이 하나,

다 닳은 펜이 한 자루,

그러고는

배고플 때 손수 빵 구워 자시던

쬐그만 철鐵남비 하나와 접시 몇개,

(…)

그리고 끝으로 남기신 것은

흉탄에 피 묻은

무명「싸리」옷 한벌 뿐이더군요.

─「간디선생 기념박물관 유감有感」 부분

링컨과 간디는 한국의 근현대사와 관련하여 가장 이상적인 모델이었다. 이들은 식민지 해방과 민주주의 달성, 하위자의 주체화를 앞장서 이끈 이상적 지도자로 각광받았다. 둘의 국가와 국민에 관련된 여러 활동은 위기에 처한 민족─국가를 앞에 둔 지도자의 진정한 윤리와 책무가 무엇인가를 표상하기에 충분했다. 두 인물이 한국의 국정 교과서에서 어느 시기든 거의 빠짐없이 등장했던 진정한 까닭이 이곳에서 비롯된 것이다.

그렇지만『서으로 가는 달처럼…』의 시대에 한국은 군사 정권과 독점 자본의 지나친 득세 속에서 현실의 모순이 더욱 가중되었다. 이에 따른 민주적 제 권리의 제약과 이익(부)의 차별적 분배, 분단 모순에 따른 체제 경쟁의 심화는 민중의 육체적 고통과 정신적 궁핍을 일상적인 것으로 만들었다. 그 결과 민족 민중 운동이 심각하게 격화되며, 그럴수록 군부와 재벌 권력의 위기가 가중되어 체제의 안정성과 가능성은 현저히 약화되는 비상사태를 맞게 되었다.

이에 맞서 박정희 유신정권은 세종과 신사임당, 이순신을 국민의 영웅이자 모델로 호명하고 창출함으로써 그 위기를 돌파하고자 했다. 이런 상황이라면 간디와 링컨의 숭고화는 보편적인 위인(영웅)의 단순한 소개로 받아들여지지 않는다. 국가 발전을 빌미로 '체제의 정당화'와 '국민의 동원'[29]에 활용하기 위한 이상적인 역할 모델로 차출되었다는 것이 당시의 저항적 상황 및 그에 맞선 국가주의적 시책의 실행 모두에 더욱 부합한다. 이런 점에서 간디와 링컨은 보수 지향의 '문협' 이사장이었던 서정주의 입장에도 전혀 어긋나지 않는 국가주의적 영웅 상像으로 볼 여지가 충분하다.

그런데 매우 뜻밖인 것은 서정주가 『질마재 신화』에서 변두리 사람들이 환호할 영웅으로 탁월한 능력의 제왕과 용맹한 장수를 선호하지 않았다는 사실이다. 오히려 누구에게나 지탄받을 만한 일탈과 비윤리적 행위를 수시로 벌일지라도 예술적 재능과 심미적 취향에 한껏 경사된 하위자들을 영웅시했다. 사실 이런 태도는 미당이 생가나 묘지를 방문했던 위인들의 면면과도 꽤나 상통한다는 생각이다. 미당은 케네디, 보들레르, 나폴레옹, 이준李儁, 장개석의 묘지와 괴테의 생가를 일부러 찾아가 그들의 영웅성과 예술성에 깊이 머리 숙였다.

미당의 경의는 그러나 그들의 성공과 업적에 바쳐진 것이 아니었다. 미당은 그들이 자신들의 뼈아픈 약점과 서러운 좌절을 딛고 삶과 예술에서 새로운 영역을 개척하거나 아니면 혀를 잃은 타자들의 고통과 슬픔을 제거하는 데 큰 공을 세운 것에 주목했다. 이 지점은 서정주가 지나친 권력을 탐하거나 자신들의 잇속에만 밝았던 지배 계층에 대해 날카로운 비판을 감추지 않았던 태도를 설명하는 데 매우 유효하고 적절하다.

•••

29. 권오현, 「유신체제의 신사임당 기념과 현모양처 만들기」, *Journal of Korean Culture (JKC)*, 35호(한국어문학국제학술포럼, 2016), 61쪽.

하늘 밑에선 아직도 제일 큰 기와집인 동대사.

하늘로 금시 날아갈 날개쭉지의 곡선曲線을 지닌

우리나라의 버선코 같은

우리나라 기와지붕의 구배勾配 그대로의 동대사 기와지붕.


그런데 이 무슨 우자인가?

일본인들의 마음은 무슨놈의 금상첨화錦上添花기에

그 우아한 지붕 꼭대기에

황금의 뿔따귀를 두개씩이나

얼렁뚱땅 만들어서 달아놓았는가?

　　　　　　　　　—「나라奈良의 동대사東大寺 대불전 지붕을 보며」 부분


　서정주에게 일본은 친근한 '이웃 나라'였기는커녕 그의 삶과 예술에 지울 수 없는 오점과 상처를 남긴 악덕의 나라에 가까웠다. 그런데 미당의 제1차 세계 여행은 공교롭게도 도쿄에서 출발하여 다시 도쿄로 귀환한 뒤 오사카大阪를 둘러보는 것으로 종결되었다. 산문의 최초 출발점이 하네다공항[30]이었던 것도, 시집의 마지막 여정이 오사카역 화장실에서 끝난 것도 이와 관련된다.

　미당은 패전을 딛고 경제 대국으로 성장한 일본에 대한 칭찬에 매우 인색했다. 과연 그는 일본에 대한 첫인상을 이렇게 적었다. "도쿄의 하네다 공항은 우리의 김포공항보다 무엇이나 두루 다 엄청나게 크고 깨끗한 줄 알았더니 그 대합실과 구내 음식점을 보고 나는 환멸을 느끼지 않을 수 없었다." 이와 같은 세계의 경제 수도에 근접하던 도쿄에 대한 부정적 시선은 한국으로 귀국하기 전에 들른 오사카에 대해 세속적 물질주의의 딱지를 서슴없이 붙이는 토대가 된다. 아무려나 미당은 지구 최대의 "황금

· · ·
30. 서정주, 『떠돌며 머흘며 무엇을 보려느뇨 (상)』, 24쪽.

뿔따귀"로 대표되는 경제적 풍요와 안하무인의 "디스코 춤"(「대판역大阪驛 화장실에서 보니」)에 대한 몰취미를 우습다는 듯이 비판했던 것이다.

이런 태도는 보편적 시각으로 말하건대, 그게 어디든 유명 관광지는 "그들의 개별적인 역사와 문화유산"을 수호하겠다는 국가주의적 욕망과 긴밀한 관계를 갖게 된다. 하지만 그곳이 이국異國의 멸시나 타자의 훼손과 관련되는 곳이라면 다정한 "추억을 만드는 기법들의 장소"에서 타자의 상실과 소외, 억압의 장소로 돌변할 수밖에 없다(『관광의 시선』, 266~267쪽). 이것을 전형적으로 보여주는 장소가 식민지의 유물을 대거 수집하여 그것들을 우아한 문화 보호 조치의 대상물로 자랑하는 제국의 박물관이다. 이 힘센 권력 기관은 전시물에 대한 식민주의적 가치의 조정을 동반하기 마련이다. 이 때문에 자신들이 의도한 '보기/보여주기'는 제국의 우승과 식민지의 열패를 보여주는 문화정치학적 이데올로기를 쉽게 벗어나지 못한다.[31]

어느 나라든 자신들의 고유한 풍속과 생활을 대표하는 문화유산이 집적되어 있는 장소는 타자를 매혹하는 박물관이 되어준다. 어느 나라 하면 어디를 떠올리게 하는 상징성, 다시 말해 전시와 표상의 기능 덕에 그곳은 '의사疑似−박물관'을 자임하게 되는 것이다. 일본의 고도古都 나라에 위치한 '동대사'는 연약한 인간에게 위안과 치유를 제공하는 종교적 시설에 그치지 않았다. 그곳은 일본의 고대 국가 형성과 발전 과정을 낱낱이 품고 있는 역사의 현장이었다.

이처럼 '일본 정신'을 대표하는 그곳에서 미당은 한·일 문화 교류의 한 장면을 날카롭게 포착해 낸다. 그러니까 '동대사'는 '일본적인 것' 내에서 꿈틀대는 '조선적인 것'의 전시장이자 재현의 공간이었던 것이다. 미당은 그것을 확인하는 즉시 과거의 우수한 한국 문화와 금력에 치장된 현재의 일본 문화를 대비시키며 전자의 손을 들어주는 문화민족주의적 판정관의 소임을 다했다. 엄밀히 말해 '동대사'는 문화 교류의 현장이라는

· · ·

31. 가네코 아쓰시(金子淳), 『박물관의 정치학』, 박광현 외 옮김(논형, 2009), 12~14쪽.

점에서 식민주의적 약탈과 점유가 아닌 근린近隣 상호의 문화적 전수와
이입의 장으로 파악하는 것이 합리적이다. 그렇지만 진구神功 황후 이래의
정한론征韓論으로 무장한 일본의 입장과 뛰어난 선진 문화의 전수자로
자임하는 한국의 입장이 부딪치며 '동대사'의 의미는 확연히 달라진다.
서로의 우수성을 자랑하고 확인하는 '투쟁의 박물관'으로 문화적 제복을
바꿔 입게 된다는 사실이 그것이다.

한편 미당은 동양의 왜곡과 멸시로 세련되게 구축된 '오리엔탈리즘'으
로 무장하게 될 서양 문명의 폭력성과 그 파탄을 영국의 '에든버러성城'에서
착잡하게 조우한다. 이 고성古城은 정치권력의 상실과 종교의 차이, 그리고
성적 윤리의 파탄 등을 이유로 런던탑에 유폐되었다가 끝내 참수형에
처해진 "스코틀랜드의 여왕 메리"의 처소로 이름 높은 곳이다. 그런 점에서
이곳도 강자와 약자의 목숨을 건 싸움을 시간을 거슬러 상연하고 기억케
하는 권력 투쟁의 박물관이었던 것이다.

물론 미당이 앞으로 삶과 죽음이 갈리게 될 '메리 여왕의 방' 자체만을
노래한 것은 아니다. 그 특유의 현실 대긍정, 아니 현실 순응의 태도를
발휘하여, "천주교 같은 참한 종교나 믿으며 / 잘 타고난 성性도 유력하게
지니며 /「원수를 사랑하라」는 인자함으로 / 남편을 죽였던 자와도 정情쯤
통하"며 살았으면 어땠을까라며 혀를 끌끌 차 마지않았다. "민가에서는
욕辱서리는 될진 몰라도 / 사형으로 다스릴 죄까지는 아닌 건데"(「에든버
러성城에서」) 하면서 말이다. 이 지점에 대영제국 '메리 여왕'이 궁벽한
'질마재' 여성들의 성과 생활에 걸친 통속성과 심미성에 가까이 있었더라
면 비극적 죽음에까지는 이르지 않았을 것이라는 삶의 근기, 곧 '영원성'
찬양의 목소리가 짙게 녹아 있음을 우리는 새삼 발견한다.

이 지점에서 한 가지 덧붙여 둘 것은 서정주가 각국의 문화적 집합소이자
전시장인 '박물관'에 대한 시를 한 편도 쓰지 않았다는 점이다. 그 대신
산문에서 언급하는 정도로 그쳤다는 사실이다. 고려청자와 조선백자의
아름다움을 다시 확인하는 계기가 되었던 '대영박물관'도 그중의 하나였
다. "여기에는 그리이스, 로마, 이집트를 비롯하여, 앗시리아, 인도, 중국,

일본, 한국 등의 미술품과, 고고학적 발굴물, 민속 자료 등이 모아져 있고"라고 적음으로써 '대영박물관'의 식민주의적·약탈적 성격에 대해서는 말을 적잖이 아꼈다.[32]

## (2) '시의 이슬'에 미친 영향과 초극의 밑자리

1940년대 초반 서정주가 동양적 서정과 영원성으로 전화하기까지 그의 '영향에 대한 불안'을 계속 직조하고 고백하게 한 선배 시인은 두 부류였다. 일본 시인과 그리스적 육체성을 노래한 시인을 제외하면, 하나는 보들레르와 랭보로 대표되는 상징주의파였고 다른 하나는 허무주의의 극점을 서사화했던 도스토옙스키였다. 후자는 금단의 땅 소련에 묻혀 있던 관계로 뒤늦은 상봉은 애초에 불발이었다. 따라서 프랑스 도착 후 시인이 가장 먼저 방문할 곳은 이미 정해져 있었으니 보들레르의 무덤이 그곳이었다. 번듯하기는커녕 옹벽한 구석에, 그것도 의붓아버지와 친어머니와 함께 묻혀 있던 보들레르와의 극적인 만남을 서정주는 이렇게 적었다.

> 어머니의 후살이가 보기 싫어서
> 의붓아비 오삐끄의 목도 졸라 보았던
> 불쌍한 불쌍한 샬르 보들레에르.
> 그는 죽어서도 친아버지 곁엔 못 가고
> 보기 싫은 의붓애비 옆에 얼마 데불고
> 셋이서 한무덤에 묻혀있는 걸 보자니
> 쩨, 쩨, 쩨, 쩨, 헛바닥이 제절로 차지더군.
>
> (…)
>
> 말씀도 이미 완전히 못하게 된

---

32. 서정주, 『떠돌며 머흘며 무엇을 보려느뇨 (하)』, 54쪽.

그 전신불수全身不隨의 몸으로

　　보기싫은 오뻬끄와 같이 살자면

　　지팽이가 필요하기도 필요할 텐데,

　　선배先輩로서 내 앞길을 더 걱정한 것이겠지,

　　덩그란히 본모양대로 돌려 보내 주었더군.

―「보들레에르 묘墓에서」 부분

　　미당은 "죄인"과 "천치"의 시에 미친 "병든 숫캐"(「자화상」)'의 길로 자신을 이끈 보들레르 앞에서 시에 대해 단 한 마디도 발설하지 않았다. 그의 기구한 가족 환경에 혀를 차고 "전신불수"로 서서히 죽어간 육체를 향해 애도를 잠시 보냈을 뿐이다. 그런데 시인은 정말 보들레르가 끼친 시에 대한 영향과 불안을 애써 무시하며 자신의 동양적 영원성에 관련된 시적 성취를 슬쩍 내비치고 돌아섰던 것일까. 묘소 앞에 두고 온 지팡이를 다시 찾아왔다는 일화를 "선배로서 내 앞길을 더 걱정한 것"으로 시화한 장면은 그렇지 않았음을 암암리에 시사한다. "선배로서 내 앞길을 더 걱정" 했다는 표현은 보들레르의 시와 삶이 자신의 그것들에 대한 개입과 추인을 여전히 멈추지 않고 있음을 넌지시 알려주는 상징적 기호에 해당된다.

　　보들레르 외에 미당이 찾아간 서양 예술가로는 괴테와 로댕, 세르반테스가 대표적이다. 미당은 괴테 생가에서 어린 시절 자신의 거울과 피난처가 되어주던 '외할머니댁 툇마루'(「외할머니의 뒤안 툇마루」)와 유사한 "널판자의 청마루"를 발견하고 감동에 빠진다. 이 예외적 감각은 시인이 괴테의 문학적 업적과 성가聲價가 괴테 자신의 천재성으로 발현된 것만은 아님을 무언가에서 찾았음을 알려준다. 과연 미당은 "마음 고운 사람들의 여러 대代의 손때"와 "두두룩한 여러 대代의 맑은 거울"과 "간절하디간절한 맑은 하눌"이 "한데 얼려"(「괴테 생가의 청마루를 보고」) 닦아온 결과 얻어진 것이라는 깨달음을 매우 투명하게 드러내었다.

　　이 '툇마루' = '청마루'의 감각은 로댕의 조각 「손」에서도 발견된다. 일체의 꾸밈도 없는 "로댕의 그 옛날의 손", 좁혀 말해 "단단한 산에

340

금시 초생달 떠오르기 비롯는 듯한 그 손톱의 제대로의 초생달 모양"(「로뎅의 「손」」)은 미당이 한국 여성의 정갈함과 아름다움을 예찬할 때 흔히 동원되던 객관적 상관물의 하나였다. 이 '한국적인 것'을 대표하는 초생달 모양의 '눈썹'이나 '손톱'은 여행 과정에서 향수를 자극하는 그리움을 넘어 "아슬아슬한 서양사람들의 아슬아슬한 운명"을 구원할 수 있는 "한국 신선의 날개옷"(이상 「로뎅의 「손」」)과 같은 것으로 가치화되고 있어 눈길을 끈다.

이를 더 정확히 이해하기 위해서는 밀레스의 조각 〈신神의 손〉에 대한 미당의 태도가 도움이 된다. 시인은 "4/5쯤 잘리운 / 신神의 손목"에 달린 "무지拇指와 식지食指 끝에" 발 딛고 있는 사람을 보며 그 균형 감각과 생동성에 감탄하지 않는다. 오히려 그 사람의 아슬아슬한 운명, 곧 "그 신이 돌보아준다고는 하지만 / 바다의 갈매기들도 벌써 안심치 않는"(「밀레스의 조각 〈신의 손〉을 보고」) 위태한 모습에 주목한다. 이 대목은 미당이 세계 기행의 성과로 꼽았던 "동양이 '병든 서구'를 구"할 것이라는 문화민족주의적 신념이 어떻게 배태되었고 강고한 이상으로 자리 잡게 되었는가를 충실히 암시한다.

미당의 서양 예술(가)에 대한 시선과 태도는 그들의 왜곡된 동양 담론, 곧 '오리엔탈리즘'에 맞선 동양의 굴절된 서양 담론, 곧 '옥시덴탈리즘'의 내용과 형식에 지나치게 충실했던 듯하다. 물론 미당은 스스로의 삶과 예술에서 터득한 '동양적 영원성'을 지나치게 물질화된 서양 문명에 대한 대안 체제와 가치로 일찍부터 신념화해 왔다. 그런데 이 개인적 확신은 국가주의적 문화론의 팽창과 더불어 신념을 넘어 이데올로기 차원으로 고착되기에 이른다는 점에서 문제적이다.

동양적 지식과 감수성에 의해 자의적으로 구성되는 서양이라는 타자를 담론의 동력으로 삼는 '옥시덴탈리즘'은 특히 관변 정책과 결합될 경우 다음과 같은 폭력성과 퇴폐성에 급속히 물들게 된다. 첫째, 서양에 대한 동양의 우위를 확보하기 위한 위계적·차별적 사유와 상상력의 폭증, 둘째, 국민을 국가주의 원리에 따라 교화하고 지배하기 위한 문화적 담론의 생산과 강요가 그것이다.[33] 앞서 보았듯이, 미당과 〈경향신문〉은 두 항목을 "우리의 전통사상 꽃피워 방황하는 인류의 빛 되게" 해야 한다는 국수주의적·팽창주의적 문화 감각으로 선전하고 전유하는 데 전혀 개의치 않았다.

### (3) '성聖'과 '속俗'을 오가는 여성들의 생명력

『서으로 가는 달처럼…』에서 그 형상과 이미지가 양 극단화된 존재로는 여러 시대와 각국 여성들이 단연 손꼽힌다. 그녀들은 성과 속, 계급과 국가의 차이에 따라 성녀와 창녀, 귀부인과 직업인 사이를 수시로 오간다. 시집에 등장하는 순서대로 짚어보면 미국의 백인 노처녀(68살)와 벌써 아이가 둘인 깜둥이 계집애(18살), 붉은 심장을 태양신에 바친 멕시코 처녀, 어린 나이에 결혼해서 고된 노동에 시달리는 싼부라스 섬 여자들, 호박琥珀 파는 암보셀리의 검은 비너스, 독일 함부르크 공창公娼가의 미인들, 베드로성당 내 〈피에타〉 상像의 성모 마리아, 파르테논 신전의 슬기롭고 용맹한 여신 아테나, 이집트의 가난한 무희와 하녀, 네팔 카트만두의 살아 있는 여신 등이 우선 눈에 띈다.

여신과 신격화된 여성, 상위 계급의 여성을 제외하면, 그녀들은 목숨을 부지하기 위해 고된 노동의 강권과 슬픈 섹슈얼리티의 강매에 시달리는 불우한 '서발턴'을 벗어나지 못한다. 이들은 노동과 성의 상품화 속에서 크나큰 권력과 부를 소유한 남성 사이에서 교환의 대상이자 유혹적이며 소모적인 육체의 분비 대상으로 낙인찍혀 왔다.[34] 그런 의미에서 그녀들은 사르트르의 말을 빌려 그 본질을 표현하면 타자에 소유된 존재이자 타자의 시선에 의해 내 몸이 주형되는 피조물에 불과한 변두리 인생들이다. 바꿔 말해, 타자의 의지대로 자신의 몸이 태어나고 현재의 모습으로 조각되는 소외된 피식민자, 그러니까 "나는 결코 보지 못할 방식으로" 내 몸을

• • •

33. 샤오메이 천, 『옥시덴탈리즘』, 정진배 외 옮김(강, 2001), 12~13쪽.
34. 리타 펠스키, 『근대성과 페미니즘 — 페미니즘으로 다시 읽는 근대』, 김영찬·심진경 옮김(거름, 1998), 109쪽.

관찰당하고 **빼앗기는** 패배와 좌절의 노예들인 것이다.[35]

그렇다면 미당은 그녀들의 탈취된 육체와 함부로 소비된 성애性愛를 어떻게 바라보았을까. 보들레르가 파리의 창부娼婦들을 보며 그랬던 것처럼 여행에서 만난 그녀들을 혐오스럽고 비속한 모습으로 묘사했을까. 이런 태도와 방법은 당연히도 남녀의 성차를 위계적 관계의 형식 속에 더욱 깊이 새겨 넣는 행위라는 점에서 폭력적인 팔루스(남근) 숭배의 동일성을 벗어나기 어렵다.[36] 겉모습만 본다면 미당은 보들레르와 반대되는 관점을 취한 듯이 보인다. 고갱이 타히티의 붉은 땅과 여성들을 '이상적 원시' 또는 '고귀한 야만'이라는 관점에서 바라보고 점묘했듯이, 미당도 그와 방불한 태도로 소외된 그녀들의 매혹적인 아름다움과 강렬한 생명력에 초점을 맞췄다.


1)
> 그 서러운 뻐꾹새도 이제는 날려 보내고,
>
> 그 두 눈에 수심도 다 풀어버리고,
>
> 사랑의 뚜쟁이 노릇도 몽땅 다 작파하고,
>
> 오직 이제는 제 사랑만의 포로가 되어
>
> 잉글잉글 숯불 이룬 두 눈깔을 한
>
> 암표범의 눈빛으로 앙금살짝 서있구나!
>
> ─「호박琥珀을 파는 암보셀리의 검어진 비너스」 부분


2)
> 「주정뱅이나무」는
>
> 배고픈 거지가 많은 이 부에노스아이레스에서도
>
> 저이만 배부른듯 불룩한 배를 내밀고

• • •

35. 사르트르의 『존재와 무』에 담긴 이 말은 릴라 간디, 『포스트식민주의란 무엇인가』, 이영욱 옮김(현실문화연구, 2000), 31쪽에서 재인용.
36. 리타 펠스키, 『근대성과 페미니즘 ─ 페미니즘으로 다시 읽는 근대』, 179~182쪽 참조.

허술한 집시 채림새로 서 있는 나무.

그러나 피운 꽃더미만은 참 눈부시어서

도장圖章밥 빛, 그 녀린 황혼 노을빛으로

삼삼히는 홍근해져 섰나니,

이건 주정이라도 아마 색씨 주정이어서

그 부른 배 속엔 어느 사인지

우리 디오니소스의 옥동자라도 하나 넌지시 배어싣고 있는 듯도 해.

　　　　　　　—「부에노스아이레스의 주정뱅이 꽃나무」 부분


　두 시를 관통하는 핵심적 심미성과 생명력은 단연 "잉글잉글" 불타오로
는 건강한 여성미와 "도장밥 빛"으로 상징되는 풍요로운 다산성의 이미지
들이다. 물론 한쪽은 여성, 다른 한쪽은 꽃을 묘사했다는 차이점은 있다.
그렇지만 둘은 여성적 생산력의 본질인 '어머니인 대지'와 '보편적 출산자'
라는 우주적 모델을 공유한다.[37] 생명의 재생과 대지의 생산력에 대한
굳건한 믿음이 있는 한 그녀들의 일시적인 성적 광분이나 소모 행위는
'신성한 손'에 의해 구원되도록 예정된다.

　이런 전제가 있어 성적 일탈과 방종에 빠진 타락한 여성의 상징물로
보아도 좋은 "암표범"의 그녀와 "주정뱅이나무"(색씨)는 "비너스"로 몸
바꿀뿐더러 "디오니소스의 옥동자"를 잉태한 신성한 모성으로 거듭나는
것이다. 『서으로 가는 달처럼…』에서 대지적 모성에 기대어 '창녀'가
'성녀'로 존재 전환되는 여성의 사례는 유색 인종에만 해당되지 않는다.

　미당은 독일 함부르크 시내의 말뚝에 기대어 손님, 아니 "어떤 잡놈"들의
손을 잡아끄는 공창가의 미인을 이렇게 표현했다. "그래서 눈물이 글썽글
썽한 미녀 / 술에 취해 비척비척 헤매는 미녀 / 이빨 악물고 버티는 미녀"라
고 말이다. 미당은 이 가장 낮은 여성들의 생명을 "회한이오, 마춰요"라면
서도 "종교이기도"(「도이체 이데올로기」) 하다고 문득 역설함으로써 그녀

・・・

37. 멀치아 엘리아데, 『성과 속: 종교의 본질』, 이동하 옮김(학민사, 1983), 111쪽.

들의 제의적인 죽음과 부활을 동시에 선포했던 것이다. 한 가지 덧붙인다면, 「인도의 여인」도 유사한 구조를 지닌다. '인도 창녀'들은 "어느 외국의 잡팽이 사내"가 "얼마 주랴" 물어보아도 액수 자체를 깡그리 알지 못함으로써, 사내를 품어 되레 성난 팔루스를 꺾어버리는 승리자이자 구원자의 위치로 올라서고 있다.

그렇다면 창녀들을 향해 가해지는 영원한 저주를 풀고 그녀들을 고통을 견디고 삶을 희망하는 존재로 바꾼 원동력은 무엇이었을까. 분명한 것은 시인이 낮은 여성들의 고유한 아름다움과 생명력만을 성화聖化의 기반으로 삼지는 않았다는 사실이다. 예리한 독자들은 벌써 눈치챘겠지만, 그녀들은 '비너스', '디오니소스', '마르스', '아테나' 같은 그리스 신화 속의 신들과 '동양의 영생', '영생자의 마음'으로 대표되는 무한한 '영원성'에 의해 생의 가치와 존재의 의미를 부여받는다. 물론 그리스적 육체성과 영원성은 미당의 시와 삶의 밑자리이자 원동력이었다는 점에서 하위자인 그녀들의 신성화는 미당의 오랜 예술혼과 생명관이 반영된 결과로 얼마든지 읽힐 수 있다.

그러나 그녀들을 위한 고대적 신성의 호명과 영원성의 지속적 각인은 미당의 예술혼만으로 설명할 수 없는 무언가를 감추고 있다. 미당의 환갑에 제출된 『질마재 신화』는 엄밀히 말해 과거의 시간에 속하는 시집이 아니다. 미당이 경험한 사건은 분명히 과거에 속한다. 하지만 그것들을 불러낸 현재의 서정적 시간은 국가 주도의 산업화 과정에서 상실되고 파괴된 공동체의 유기적 관계와 자연의 순환적 리듬에 대한 그리움에서 발현된 것이다. 요컨대 미당의 '충만한 과거'는 급속한 사회 변화로 위협받고 있다고 판단되는 삶의 연속성과 문화적 전통을 되찾고자 하는 '지금 여기'의 '향수'에 의해 창안된 발명품인 것이다.

그런 의미에서 미당의 '질마재'와 그곳의 '영원성'은 직선적인 역사적 발전의 바깥에 존재하는 근원적이며 순환적인 절대적 대상으로 원래부터 존재했던 것이 아니다. 오히려 이상적 전통과 생명의 모성을 구원의 영역으로 구성하도록 이끈 '끔찍한 모더니티'가 생산한 '잘 만들어진 과거'의 다른 양태들에 해당된다.[38]

이상의 정황을 종합하면, 세계 각국의 여성들을 생명력 강렬한 신화적 존재로 밀어 올린 미당의 '질마재'와 '영원성'은 다음과 같은 양가적 성격과 한계에서 자유롭지 못한 듯하다. 덜 발전된 제3세계를 계몽하겠다는 '전도된 오리엔탈리즘'과 '한국적인 것'의 우수성을 인정받기 위해 재차 조직된 '옥시덴탈리즘'이 함께 만든 이상적이지만 허구적인 신화라는 모순적인 이중성 말이다. 이처럼 서양의 고대 신화와 한국 '질마재'의 영원성에 의해 조율되고 심미화된 하위자 여성들의 식민성을 생각하면 다음 시는 그 내용과 이념에서 가히 놀랄 만한 심미적 기호가 아닐 수 없다.

> 우리는 살빛이 검다는 이유 하나만으로
> 백인들의 총에 수없이 죽었고,
> 또 그들의 시장의 매매물이 돼
> 세계의 구석구석에서 종노릇을 했지만
> 그래도 그 백인들을 유능하다고만 믿었었다.
> 그렇지만 이제는 우리 생각이 달라졌다.
> 그깟것들이 유능이면 몇푼어치나 유능이냐!
> 우리 깜둥이들의 시인 생고르의 말처럼
> 그들은 우리보다 총을 잘 쏘고
> 또 해면海綿같이 잘은 빨아먹었다.
> 허지만 그들의 무력이니 금력이니 정치력이니 하는 것,
> 또 그들의 문명사의 전통이니 뭐니 하는 것,
> 그것들은 그 얼마나 우스꽝스러운 싱거운 것이냐!
> ─「아프리카 흑인들의 근일近日의 자신만만」 부분

세네갈의 유명한 시인이자 정치가이며 탈식민주의자인 생고르의 '네그리튀드négritude' 사상에 대한 공명이 넘치는 시이다. '네그리튀드'는 프랑스

• • •
38. 이곳의 순환적 시간과 리듬의 발명과 호출, 근대의 산물로서 '향수'의 창출에 대해서는 리타 펠스키, 『근대성과 페미니즘 ─ 페미니즘으로 다시 읽는 근대』, 74~75쪽.

에서 흑인에 대한 경멸적 표현으로 통용되던 '네그르$^{nègre}$'를 아프리카 문화에 대한 찬양을 뜻하는 말로 바꾸기 위해 창안된 용어이다. 생고르의 탈식민주의 운동이 위대한 까닭 가운데 하나는 다음과 같은 성격 때문이다. 그는 세네갈의 지배와 통치에 핵심적 자산이 될 수 있었던 프랑스의 세련된 지식과 폭넓은 정보, 선진 교육과 다양한 인간관계를 제 나라의 가장 낮은 흑인들의 저항과 해방의 기제로 역전시켰다. 그럼으로써 자신과 흑인들을 감금하고 있는 타자성의 공간을 단단히 둘러싼 경계선을 넘어[39] 자신들의 영토로 극적인 귀환을 감행할 수 있게 되었다.

물론 서정주는 생고르의 '네그리튀드' 운동과 낙오자이자 패배자로 조롱되던 흑인들의 매서운 각성을 사회과학적인 판단과 개념으로 그리지 않았다. 오히려 육체성, 아니 통속성이 물씬 풍기는 말들, 곧 "요즈음 나날이 값어치가 오르는 건 / 우리의 그 무진장한 마력을 가진 / 그 새카만 힘을 가진 성기들인 것이다!"로 형상화했다. 이것이 현실 속 건강한 생명력의 표현이기보다 과거와 미래로 동시에 굽이치는 영원한 삶에 대한 욕망의 발현임은 "살아서 씨앗을 퍼트려 가고 가고 갈 것이다"라는 시구에 뚜렷하다. 미당 궁극의 담론이자 이념인 '영원성'의 개입과 작동이 깊게 느껴지는 발언임에 틀림없다.

그렇지만 저 표현에는 백인–부르주아지–남성 이외의 타자에 대한 폐기나 죽음, 파괴를 목표해 온[40] 근현대 제국주의의 식민주의적 권력에 대한 경계와 비판이 얼마간 꿈틀대고 있다. 이른바 '서양의 몰락'과 동양, 특히 '한국의 부흥'을 암암리에 상정한 발언일지라도, 그것이 뜻밖에도 탈식민의 상념과 욕망을 자극하고 있음을 부인하기란 그렇게 쉽지 않다. 이런 정황을 고려하면, 「아프리카 흑인들의 근일의 자신만만」은 『서으로 가는 달처럼…』이, 아니 영원성에 깊디깊게 침잠해 가던 미당의 후기 시가 거둬들인 가장 뜻밖의 소득이라 할 만하다.

• • •

39. 호미 바바, 『문화의 위치 — 탈식민주의 문화이론』, 나병철 옮김(소명출판, 2002), 147쪽.
40. 릴라 간디, 『포스트식민주의란 무엇인가』, 31쪽.

## 4. 산시山詩, '부조화 속의 조화'라는 신화 만들기

엄밀한 의미에서『산시山詩』(민음사, 1991)는 실제 이뤄진 기행시 모음집이라고 말하기 어렵다. 미당이 매일 아침 외우던 세계의 산 1,625개를 토대로 그것들이 속한 나라의 "신화와 전설과 민화"(「서문」)를 버무려 창작한 시를 모은 창작집이기 때문이다. 요컨대 특정한 '산', 곧 '사실'과, 그것과 관련된 '이야기', 곧 '허구'가 동서하고 있는 반半진실, 반半상상의 집적체라는 말이다. 미당은 이 방법을 '부조화하는 것들 사이의 새 조화'를 발견하고 추구하는 것으로 일렀다. 그런 점에서『산시』는 주어진 '산'에 대한 단순한 모상模像이 아니라 그곳에 감춰진 어떤 세계나 가치를 가시화하고 기술하려는[41] 언어적·심미적 건축물에 해당한다.

방점이 '부조화'보다는 '조화', 곧 친밀한 결속과 통합에 놓인다는 사실은『산시』를 다음과 같은 이념과 구조의 기록과 전달을 전면화하는 것으로 보인다. 첫째, 산을 인간에 방불한 신체 구조로 입체화며, 그에 따라 산, 곧 자연과 그곳 주재의 '신'의 목소리도 인간화되어 소소한 사람들과의 대화의 장이 활짝 열린다.[42] 둘째, 산의 내부에 인간 역사의 흥망성쇠를 배치함으로써 신과 자연과 인간이 공생하는 "더 큰 우리",[43] 곧 '우주적 공동체'를『산시』의 궁극적 시공간으로 현현시킨다는 것이다. 서정주는 연구자들의 이런 해석에 앞서 '신라 정신'을 말하며 이상적 세계를 벌써 이렇게 규정했었다. "천지 전체를 불치不齒의 등급 따로 없는 한 유기적 연관체의 현실로서 자각해 살던 우주관"에 기초하여 충만하며 종교적인 삶을 사는 "우주인, 영원인"의 세상이 그것이다.[44]

이것은『산시』가 제왕의 국가 '신라'를 거치고 이른바 '잡것'들의 통속적

•••

41. 와카바야시 미키오(若林幹夫),『지도의 상상력』, 정선태 옮김(산처럼, 2002), 31쪽.
42. 정유화,「『山詩』의 구조와 의미작용: 서정주론」,『우리문학연구』21집(우리문학회, 2007), 421~422쪽.
43. 박옥순,「서정주 시의 아상블라주적 상상력과 '무등의 시학' —『산시』를 중심으로」,『한국문학연구』53집(동국대 한국문학연구소, 2017), 324쪽.
44. 서정주,「신라문화의 근본정신」,『서정주문학전집 2』(일지사, 1972), 303쪽.

삶이 신화로 비약하는 '질마재'를 통과한 뒤 서로 '부조화'하던 것들이 '조화'를 이루는 성과 속이 하나 된 성산聖山의 신민이자 기록으로 등재되었음을 뜻한다. 미당은 이 세계의 토대들이 된 신화와 전설, 민화들을 인류 역사의 각 시대를 통과해 온 것들이라는 점에서 "역사 속의 삶의 실질實質"[45]이 잘 표현되어 있는 서사로 파악했다.

이런 사항들을 감안하면, 인간에게 불을 선사한 '프로메테우스'의 형제로 하늘을 떠받치고 있는 신 '아틀라스'에 대한 미당의 말 건넴은 『산시』를 구조화하고 관통하는 가장 중요로운 사유이자 상상력이라 할 만하다. ('한국적인 것'으로 대표되는) '동양 사상'을 새로 배워 "자각한 사람에게는 하늘이 무거운 짐이 아니라"(「모로코의 아틀라스산맥의 주봉主峯 투브칼에게」)는 것을 깨달으라는 조언(?)이 그것이다.

1)
    시칠리섬의 에트나양孃과
    또 한 명의 위인偉人과
    어떤 무명씨無名氏는
    〈아마로! 아마로!〉 하며
    이게 제일 서럽다고 울기도 했지.


    그러고 또 기사騎士 몬탈로씨氏와
    피렌체 쪽에 사는 아미아타양孃은
    끌어안고서
    언제 폭발爆發할는지 모르는 화산火山 베이비우스처럼
    정염情炎의 연기만을 뿜고 있었지.
                    ―「이탈리아의 산山들이 하시는 말씀」 부분

• • •
45. 서정주, 「내 인생공부와 문학표현의 공부」, 『서정주문학앨범』(웅진출판, 1993), 183쪽.

2)

〈가보니 이렇습니다〉하고

그자가 그 사실을 여왕女王에게 알려드리어

여왕에게도 그 전생前生의 기억이 되살아나자

그 자리에서 그만 여왕은 죽고,

하늘의 그 춤의 선녀仙女가 다시 살아났지요.

——「인도의 명산名山 난다데비에서 어느 선녀仙女님이 속삭이신 이야기」부분

　　미당이 유사 이래의 '삶의 실질'로 파악했던 신화와 전설은 다음과
같은 이유로 허구가 아니라 진리였을지도 모른다. 역사 시대의 전개와
함께 계속 강화되던 특정 계급과 국가의 권력 및 이윤 독점에 맞서 '삶의
종교적 체험'을 제시하고 기억하게 했다는 구원과 해방의 가능성이 그것이
다. 그 체험은 삶의 성현聖顯에 대한 관심과 대지의 제의적 풍요성에 대한
발견을 잃지 않게 함으로써 이른바 '거룩한 것의 질서'에 대한 믿음을
더욱 견고히 쌓는 원동력이 되었던 것이다.[46]

　　인용한 두 시의 상황은 죽음과 갈등의 환경과 서사가 어떻게 신과의
만남 또는 접촉, 곧 성현의 현실화를 통해 삶의 통합과 갱생의 지평으로
떠오르게 되었는지를 명랑하게 보여준다. 이때 주의할 것은 '지금 여기'에
서 벌어지는 성현의 사건은 '충만한 과거'의 현재적 재반복이 아니라는
사실이다. 그것은 차라리 미당이 "혼란하고 저가低價한 과도기"라고 불렀던
'끔찍한 모더니티'에 맞서기 위한 대안 체계의 일환으로 제출된 것에
가깝다. 요컨대 "한 시대의 성인成人된 인류가 경향傾向되어 하는 짓 전부"를
거부하며 젖먹이의 시절로 돌아가거나 옛 '사범師範'을 본보기로 삼아
이상적 "미래를 가설정하"[47]기 위한 그리움과 바람의 행위이다.

　　그러므로『산시』는『신라초』나『질마재 신화』가 그랬듯이, 멀치아 엘리
아데의 말을 빌린다면, 신성한 것의 질서 가운데서도 더욱 탁월한 위치를

46. 멀치아 엘리아데,『성과 속: 종교의 본질』, 96~97쪽.
47. 서정주,「시인의 책무」,『서정주문학전집 2』, 282~283쪽.

차지하는 것들의 모델을 창출하기 위한 '종교적 글쓰기'의 일환으로까지 파악될 수 있겠다. 그렇다면 아래의 시들은 어떻게 이해하고 평가해야 할까.

1)
콜럼버스에게 발견된 뒤로
이 나라 사람들은 / 눈 속에 박힌 것처럼
사지四肢를 못 쓰게 됐어요.
추장酋長 토리마도 그랬구요. 추장 쿰발도 그랬구요.
　　　　　―「콜롬비아의 주봉主峯 크리스토발 콜론의 회고록」 부분

2)
쿠크선장船長의 일파一派가
처음 여기를 노리어 왔을 때는
여기 토종土種 폴리네시안들은
그들의 안간힘으로
우리 타푸아에누쿠산山과
루아페후산山을 우러러
울고 불고 춤추며
꽤나 야단법석이었지만,
　　　　　　　　　―「뉴질랜드 산山들의 말씀」 부분

15년을 빼고 20세기를 오롯이 관통했던 미당이 증오토록 경험한 "인류가 (가장 편벽되게 ― 인용자) 경향되어" 했던 짓은 정신문화를 배제한 물질문명 추구와 냉전 체제의 격화에 수반된 이념적·육체적 살육 전쟁의 폭증이었다. 이러한 정황은 『산시』에 제시된 신과 인간, 혹은 제諸 집단의 갈등과 균열의 사례가 예의 두 현실에서 적잖이 채집, 반영되었을 법한 인상을 준다. 특히 미당은 한국전쟁 당시의 자살 시도 등에 보이듯이 미·소 냉전과

남북 체제 경쟁의 후유증에 상당히 시달렸던 것으로 알려진다.

그렇지만 시집에 거의 등장하지 않는 냉전 서사의 중심지 동남·동북아시아는 차치하고라도 구舊소련과 동구권에서 벌어진 최초의 사회주의 혁명 및 전파 과정에서 벌어진 폭력과 부패 과정에 대한 고발이나 서술은 뜻밖에도 거의 보이지 않는다. 기껏해야 "그러다가 세월이 지나 / 인민대중人民大衆의 이름으로 / 공산주의가 유행하자 / 레닌의 이름으로 / 한동안은 승리했는데"(「러시아 까즈베크봉峯이 어느 날 하신 이야기」)라는 구절 정도가 진술될 따름이다. 그렇지만 미당은 1990년대 들어 급속히 진행된 사회주의 진영의 패배와 해체를 "자 요즈막의 / 고르바초프 이후以後에는 / 또 / 무엇을 어떻게 하며 나타날 것인지 / 두구두구 잘 지켜봐야만 되겠는데."라고 적었다. 그럼으로써 이전과는 달리 세계의 절반을 지배하던 소련을 필두로 한 사회주의 체제의 좌절과 붕괴에 대해 지대한 관심을 표했다.

이와 같은 사정에 비춰본다면, 중남미와 뉴질랜드의 식민화 과정에서 벌어진 그곳 선주민에 대한 끔찍한 살육과 폭력적 지배를 역사적 사실에 기대어 기술한 두 편의 인용 시는 꽤나 인상적이다. 이 부분 자체로만 본다면, 식민지 침략의 참상은 제국주의의 가장 '경향된 짓', 곧 "수많은 인명을 학살하고, 수많은 예산을 낭비하며, 수많은 양심에 고통을 주었던 추악한"[48] 점령 행위의 폭력성을 가감 없이 보여준다. 이 모습을 통해 특정 계급–민족–국가의 번영에 미친 제국주의(식민주의)의 모순성과 폭력성이 여지없이 환기된다. 그들만의 '만국공법'에서 통용되는 '우승열패'의 합리성이 온갖 비합리성, 이를테면 왜곡된 편견과 공격성, 집단 이기주의와 패권의 욕망 등에 지극히 오염된 그릇된 사유이자 상상력임이 뚜렷이 확인되기 때문이다.

그래서일까. 미당은 맨 앞에 실린 한국(「한국의 산시山詩」)과 일본의 산(「일본 산山들의 의미」)에 대해서도 다음과 같이 대조했다. 백두산을

· · ·

48. 프랑스 보르다스(Bordas) 출판사에서 펴낸 역사 교과서에 실린 말. 여기서는 이재원, 「프랑스 역사 교과서의 1, 2차 대전과 식민지 전쟁의 기억과 전수」, 전진성·이재원 편, 『기억과 전쟁 — 미화와 추모 사이에서』(휴머니스트, 2009), 118쪽.

비롯한 한국의 여러 산은 미와 통합과 가능성의 지평에 올려 둔 반면 일본의 산들은 날카로운 '일본도日本刀'를 낳고 무사들이 그 칼을 한 자루씩 허리에 차고 다니는 행동의 원천으로 기록했다.

이상의 상황들 때문에 두 시편을 누군가는 식민주의의 폭력성에 대한 보편적 인식의 산물로, 다른 누군가는 서양 문명의 타 문명에 대한 침략적 본질에 대한 통찰의 결과로 이해할 것이다. 이 사실을 아예 부인한다면, 그것은 모순된 역사 현실을 통과하며 삶의 지혜와 역사의 순리에 더욱 목말라했던 미당의 삶과 시를 모두 부정하는 처사를 벗어나기 어렵다.

그렇지만 분명한 사실 하나는 저 두 편의 시도 "무명씨"가 표상 및 표방하는 '무갈등'과 '비균열'의 세계에 굳건히 밑받침되어 있다는 사실이다. 그곳은 '현실 대긍정'의 태도를 낳는 '석가모니'의 "자비의 영생사상", (「어느 맑은 날에 에베레스트산山이 하신 말씀」) 곧 '동양적 영원성'으로 착실히 물들어 있다. 가령 "〈레바〉라는 계집애 하나"가 "사타구니 걸머쥐고 / 어디에론가 / 뺑소니를 치고 말았"(앞의 시)다는 결구나, 빼앗긴 자들인 폴리네시아인들이 그 뒤에 도래한 서양 백인들과는 "곧잘 어깨동무도 하고 다니더니, / 인제는 벌써 두루 옛날마냥으로 / 웃으면서 춤도 잘 추게 되었"(뒤의 시)다는 현실 역전의 장면을 보라.

> 존 F. 케네디씨氏가 아닌
> 인디언 케네디씨가
> 인생은 무명씨無名氏로 한결 맛이 좋다고
> 무명씨로 고쳐서 새로 사시니
> 이걸 본 구식 나루 사공 하나도
> 본떠서 그렇게 하고,
> 스팀보트 사공도 둘이나 또 그렇게 하고,
> 진흙밭 속의 생일꾼 하나도 또 그렇게 했네.
> ─「와이오밍 산중山中 ─ 미국 산시·7」 부분

이 시로 나아가기 전에 다른 시를 찾아보자니 「오스트리아의 산山들에는」에도 유사한 내용이 보인다. 가령 "날아가는 새들의 날개소리며 / 달아나는 사슴들의 울음소리며 목동牧童의 뿔피리 소리며 그런 음악도 두루 다 있"으며, "노자老子류로 / 성명도 필요없다는 / 무명씨까지 다 있어요"라는 구절을 보라. 이 시와는 생각이 다르지만, '콜롬비아'와 '뉴질랜드'의 "무명씨"들이 제국주의자들에게 획득한 해방과 자유의 상황을 인디언과 흑인 노예의 그것에 비긴 것이 인용한 「와이오밍 산중」인 것이다. 이 시가 두 시에 비해 한 걸음 더 나아갔다면, "인디언" 말고도 "구식 나루 사공"과 "스팀보트 사공", "진흙밭 속의 생일꾼" 같은 또 다른 타자들도 "무명씨"의 삶을 자처하게 됨으로써 호혜 평등의 상황이 한결 확장되고 있다는 사실이다.

그렇지만 새로 개진된 평등과 자유의 세계에서도 여전히 해결되지 않은 채 남아 있는 문제가 도사리고 있다. 아메리카 침략자이자 새 주인임을 강변하는 "존 F. 케네디"로 상징되는 정치, 경제, 문화, 외교, 군사 권력을 한 손에 거머쥔 성난 팔루스들의 지침 없는 팽창과 정복 욕구가 그것이다. 미당은 그러나 저 거대 권력의 폭력적 역사와 게걸스런 착취의 현장을 서로의 화해와 평화의 유지라는 관점에서 서서 아예 괄호 안에 넣어버렸다.

이 장면은, 호미 바바의 말을 빌린다면, "감춰져야 하는 결핍 위에 은유적인 '가면'이 연쇄적으로 씌워"짐으로써 그 "정형화에 고착성과, 주마등같이 변하는 환상의 성격"이 동시에 부여되고 있다는 느낌을 주기에 충분하다.[49] 과연 실제 현실에서 인디언을 비롯한 하위자들은 "인생은 무명씨로 한결 맛이 좋"은 삶을 구가하고 있을까. 대답은 대체로 '그렇지 않다'로 모아질 것이다. 인종과 계급적 차별의 화인火印에 목마른 "케네디씨"들의 거대 권력이 존재하는 한 그들에게 낙인烙印 찍힌 자들의 자유와 평등, 생명과 성애는 '구별 짓기'의 장을 벗어나기 힘들다는 사실을 그 누구라서 부인할 수 있을까. 여기 어딘가에 미당의 『산시』를 두고 "인간과 자연이 완전히 하나가 된, 어떤 정신적 등가물", "설화에 대한 새로운

• • •
49. 호미 바바, 『문화의 위치 — 탈식민주의 문화이론』, 나병철 옮김(소명출판, 2002), 166쪽.

발굴과 그 해석에서 빚어지는 정신세계"[50]라는 이전 시들에 대한 평가를
그대로 적용해도 어색하지 않은 이유가 숨어 있다.


## 5. '붉었던 나라'에서 본 것들

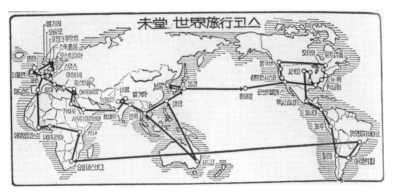

미당 세계 여행 코스(〈경향신문〉 및 『떠돌며 머흘며 무엇을 보려느뇨』)


　여기 미당의 제1차 세계 여행 코스를 담은 지도가 있다. 극지를 제외하고
노선이 텅 빈 곳들이 눈에 띤다. 백지상태인 그곳은 냉전과 분단으로
인해 한국인들의 출입이 금지되었던 중국('중공')과 동남아시아, 소련,
동유럽 일대의 공산권 국가들의 영토였다. 1990년대 들어 미당은 소련과
동구권 사회주의 몰락, 중국을 비롯한 아시아 공산 국가들과의 수교를
계기로 드디어 반세기 가까이 '금단의 땅'이었던 '붉었던 나라'들에 발을
딛게 된다. 북한과 쿠바를 제외한 전소 세계 기행의 행운을 누린 끝에
그 어렵고 기나긴 장정에 마침표를 찍게 된 것이다.
　이때의 기행을 담은 시들은 총 17편으로 확인되는바, '1990년의 구舊

• • •
50. 차례로 김우창, 「한국 시와 형이상 — 하나의 관점」, 『궁핍한 시대의 시인』(민음사,
　　1977), 63쪽; 김윤식, 「서정주의 질마재 신화 고(攷) — 거울화의 두 양상」, 『현대문학』(1976
　　년 3월호), 249쪽.

공산권 기행시'(9편), '해방된 러시아에서의 시'(8편)로 나뉘어 『늙은 떠돌이의 시詩』(1993)에 실렸다. 물론 미당은 이보다 5년 앞선 1984년 프랑스 정부의 후원으로 프랑스 여행을 마친 뒤 유럽 명승지, 미국 동부, 캐나다, 카리브해 6개의 섬나라, 사모아와 피지 등을 여행했다. 미당은 이 경험을 「제2차 세계 일주 여행」(『팔할이 바람』, 209~212쪽)이라는 시로 남김으로써 세계 여행에 대한 감격과 그것의 의미를 살뜰하게 마음 깊이 새겨두었다.

미당이 방문했던 소련과 중국, 유고슬라비아와 헝가리는 철과 대나무 장막이 굳건했기에 호기심의 땅이기도 했지만, 아직까지는 이른바 '철천徹天'의 원수 북한과 동맹 관계를 유지 중인 가상의 적국敵國이기도 했다. 그랬기에 미당의 여행은 더 넓은 세상에서 단절되어 "폐쇄적이고 공식적으로 관리되는 (사회주의적 — 인용자) 삶의 과정"(『관광의 시선』, 354쪽)을 엿보는 작업이 될 수밖에 없었다.

이때 미당의 눈에 먼저 띈 것은 사회주의 권력의 일방통행을 가능케 하는 '규율적 시선'이었다. 그에 따른 통제 기능은 사회주의 이념 아래 결속된 이른바 '혁명적 군사주의'와 그것에 의해 통제되는 '집단적 생활'에서 극명하게 드러난다는 것이 미당의 깨달음이자 각성이었다. 미당은 두 원칙을 벗어난 억압과 처벌의 비극적 장면을 소련과 중국에서 어김없이 떠올리며 그 참담함에 몸을 떨었던 듯하다.

이를테면 그 장면은 "스탈린의 독재의 흉탄"에 피격되어 죽어간 "5백만 명의 가엾은 소지주小地主들과 그 가족들의 / 응어리진 아우성"(「마스끄바 서쪽 하늘의 선지핏빛 덩어리 구름」)과 "1990년 6월 3일" 벌어진 "북경의 천안문대광장대학살"이 불러일으킨 "극단의 / 슬픔과 / 분노와 절망"(「1989년 6월 3일의 북경 천안문광장 대학살 1주년 기념일에, 그곳에서」)에서 뚜렷이 확인된다.

그런데 정말 아이러니한 것은 미당이 언젠가 사회주의 인민들을 향해 총칼을 들이대기 시작하거나 아직은 그렇지 않았던 소련과 중국의 '붉은 병사'를 풍문으로나마 조우한 적이 있었다는 사실이다. 간신히 취직한

'만주양곡주식회사'에서 일본 소장의 멸시를 받으면서 그 치욕과 고통을 견디지 못해 "'에잇 빌어먹을 놈의 것! / 나도 백두산에 마적馬賊이나 되어갈까 보다!」"[51]라고 마음속으로 외쳐대던 1941년 1월이 그즈음이다.

이 당시 일본은 '왕도낙토'로 선전되던 만주국의 안녕과 치안을 위해 관동군을 동원하여 사회주의 지향의 동북항일연군과 팔로군을 대대적으로 토벌했다. 또한 천황 군국주의 체제를 보호하기 위해 '아무르강', 곧 '흑룡강'을 경계로 사회주의 체제의 소련과 국경 경비에 관련된 살벌한 긴장과 전투를 치러내던 차였다. 인용한 "백두산 마적"이 '보천보전투'로 대표되는 항일 유격 투쟁을 벌였던 '김일성부대'였음은 공공연한 비밀 가운데 하나이다. 어쨌든 만주 일대의 조·중·소 '붉은 병사'들은 그들을 통칭하던 '비적(마적)'에 걸맞지 않게 내선일체 및 일만일여日滿一如를 주창하던 식민 제국 일본에 맞서 인민들의 노동 해방과 또 다른 '복지만리'를 주장하던 진보적 군상들이었다.

그러나 반세기 후 그들은 전 지구적 자본의 포위 아래 "인민모人民帽 인민복人民服 차림"으로 혁명적 "유지有志들의 대열"을 이루다가 "풀죽은 실의失意만의 얼굴들"을 한 채 사회주의 체제의 몰락에 경악을 금치 못하는 패배자로 쭈뼛거리게 된 것이다. 미당은 이 장면을 향해 "아무리 이해하재도 이해할 수가 없네"(「중공 인민복 대열의 그 유지有志들의 얼굴들」)라면서 안쓰러운 탄식과 비아냥거리는 조소를 피하지 않았다. 아직 북한 독재 체제는 여전했지만, 미당은 그럼으로써 한국전쟁 이후 자신의 삶과 시를 옥죄던 사회주의 체제와 권력에 대한 공포와 불안을 어지간히 벗어나는 기대치 않았던 성취를 거머쥐게 된 것이다. 이것은 궁극적으로 미당의 보수적인 정치의식과 우파적 이념을 더욱 강화했다. 또한 시인이 지금 살고 있는 조국에 대한 '사랑'과 '충성'의 감정, 곧 '국민 의식'을 더욱 깊이 하는 데에도 큰 힘이 되었다.[52]

• • •

51. 서정주, 「간도(間島) 용정촌(龍井村)의 1941년 1월의 어느 날」, 『늙은 떠돌이의 시』(민음사, 1993), 31쪽.
52. 와카바야시 미키오, 『지도의 상상력』, 242~243쪽.

〈야! 이건 도스토옙스키의 찌린내구나!

그의 죄罪와 벌罰 속의

쏘냐의 찌린내구나!

마음에도 없는 괴로운 매음賣淫을 당하고

뒷간에 갔을 때의 바로 그 쏘냐의 찌린내구나!

레오 톨스토이의 부활復活 속의 카추샤 마슬로바의

시베리아 유형流刑 중中의 그 찌린내구나!

안타까운 뉘우침의 눈물 뒤의

그 쩌릿턴 찌린내구나!〉

—「부다페스트에서 모스크바로 날아가는
러시아 여객기 화장실 속의 그 찐한 찌린내」 부분

　감히 말하건대, 미당의 세계 기행은 '도스토옙스키'와 '톨스토이'를 그것도 지저분한 소련행 여객기 화장실에서 먼저 만나는 것으로 완결되었다. 미당은 '시의 이슬'이 가야 할 심미적이거나 윤리적인 궤적과 과녁을 제일 먼저 알려준 시적 영향도, 그것을 넘어설 수 있는가라는 시적 불안도 두 선배 문인에게 거의 처음 배웠다. 더군다나 그들은 세계 문학의 성좌에 높이 오른 모습이 아니라, 그저 그런 일상생활에서조차 추방된 가장 비참하며 굴욕적인 모습으로 문득 나타났다. 하지만 그들 소설의 주인공 이름에 새겨진 '죄'와 '벌', '매음'과 '유형'이야말로 미당 자신에게는 인간의 본원적 비극성을 아프게 알려주는 한편 그것을 초월할 '동양적 영원성'을 계속하여 추구하게 만든 사상과 감정의 원점이었다.

　사실 서정주는 미국 몇 곳과 러시아 몇 곳을 여행한 시편을 『늙은 떠돌이의 시집』의 또 다른 지면과 마지막 시집 『80소년 떠돌이의 시詩』(시와시학사, 1997)에도 올려 두었다. 이것들은 주도면밀한 기획 아래 이뤄진 『서으로 가는 달처럼…』이나 『늙은 떠돌이의 시집』의 소련, 동유럽, 중국 기행 시편에 비해 질과 양에서 여러모로 뒤처진다.

그러므로 미당이 세계 기행을 마치면서 해야 할 마지막 시적 임무는 단 한 가지일 수밖에 없었다. 도스토옙스키와 톨스토이를 "늑대떼에게 찢기어 피흘리고 죽"은 시베리아 외딴집의 '처녀'가 나아간 자리로 이끌어 성화聖化하는 것이었다. 그 자리는 다른 어느 곳도 아닌 "하늘의 곰자리별", 곧 "우리 단군할아버지의 어머니 지망자 같은 / 어여쁜 처녀가 다시 되어 가지고는"(「시베리아 항공권」) 올라선 '영원성'의 지평이었다. 이곳은 모든 재산을 농민들에게 나누어 준 뒤 "손바닥만한 비석碑石 하나도 없이 / 풀들과 새, 나비들과 바람과 하늘하고만 짝해서 누"운 "톨스토이의 무덤"과 등가의 관계를 형성하고 있다는 점에서 주목을 요한다. 왜냐하면 톨스토이가 텅 비어 누운 그곳을 향해 "〈참 잘했다 영감아!〉 하는 소리가 하늘에서 그래도 울려"(「레오 톨스토이의 무덤 앞에서」)오고 있었기 때문이다.

미당은 「부다페스트에서 모스크바로 날아가는 러시아 여객기 화장실 속의 그 찐한 찌린내」의 마지막 구절을 소련의 개혁·개방정책에 대한 감사로 끝맺었다. "〈이런 찌린내도 감추지 않고 / 다 냄새 맡게 해주어서 고맙구나 / 다 개방해 주어서 정말로 고맙구나〉 이런 생각도 하고 있었다"라고 말이다. 연구자는 이 부분이 서정주의 세계 기행이 성취한 영혼 최고의 높이이자 또 시혼이 가장 안이하게 움직인 자리라고 감히 평가하고 싶다.

먼저 최고 영혼의 성취는 '죄'와 '벌'로 얼룩진 "유형의 삶"이 있어 그게 누구고 무슨 장르든 "붉은 피가 섞여 있"는 "시의 이슬"을 맺을 수 있게 된다는 예술의 보편적 원리를 생의 거의 마지막 순간에서 확증했다는 사실과 관련된다. 다음으로 안이한 시혼의 움직임은 모든 예술가들을 '동양적 영원성'의 자리로 초대하되, 모순된 현실을 겅중겅중 뛰어넘는 방식으로 그들의 성화를 수행했다는 것이다.

후자에 대한 아쉬움이 더욱 큰 것은 그가 마지막에 호명한 위대한 시혼들이 "유형의 삶"을 피하기는커녕 정면으로 맞섬으로써 세계 문학사적 성좌의 가장 빛나는 별들이 되었다는 사실이다. 미당이 세계를 떠돌며 다시 발견하고 재차 확신한 '영원성'은 이 부분을 놓침으로써 현실 순응과 자족적 내면의 한계를 끝내 벗어나지 못했던 것이다. 따로 결론을 작성하지 않고 "'붉었던 나라'에서 본 것들"로 그 자리를 메꾼 결정적 이유가 여기 있다.

# 제13장

## 서정주와 시적 자서전의 문제

『안 잊히는 일들』과 『팔할이 바람』의 경우

### 1. 서정주와 몇 겹의 자서전

서정적 자아 또는 일인칭 화자의 주관적인 내면 고백. 서정시의 이런 장르적 속성은 그것이 어떤 장르보다 자전自傳의 성격과 효과를 내장하고 있음을 뚜렷하게 드러낸다. 시인이 소설가나 희곡 작가보다 도덕과 윤리에 엄정할 것을 요구받거나 시 속의 정서와 사건이 시인의 것으로 쉽사리 인정되는 것도 시는 곧 시인이라는 암묵적 명제가 작용한 결과일 것이다. 그러나 모든 시는 드러내면서도 숨기는 담화의 형식이다. 특정 사실이든 정서든 미학적 표현과 효과를 높이기 위해 얼마만큼의 변형과 수정이 개입된다는 것은 공공연한 비밀이다. 시의 독해와 연구에서 시인과는 구별되는 가면persona적 존재로 시적 자아나 시적 화자가 상정되는 것도 텍스트의 자율성 이외에도 그것의 허구적 개연성을 존중하기 때문이다. 만약 시인과 시 텍스트가 거리낌 없이 일치한다면, 시란 사실의 토로와 확인에 불과할 것이며 시인들의 여러 형태에 걸친 자전적 글쓰기의 필요성과 효용가치 역시 거의 무의미할 것이다.

미당이 시 여기저기에 자전적 요소들을 울울하게 구조화했음은 주지의 사실이다. 미당은 이에 그치지 않고 「내 마음의 편력」과 「천지유정」으로 대변되는 자서전을 작성했다. 이 둘을 합본한 것이 『서정주문학전집 3 − 자전』(일지사, 1972)이다. 이후 미당은 「천지유정」을 따로 떼어내 『나의 문학적 자서전』(민음사, 1975)으로 출간했으며, 그로부터 2년 뒤 「속 천지 유정」 등을 수록한 '서정주 자전 에세이' 『나의 문학, 나의 인생』(세종출판 사, 1977)을 펴내었다. 그리고 드디어는 '담시로 엮은 자서전'이란 명목 아래 『안 잊히는 일들』(현대문학사, 1984)과 『팔할이 바람』(혜원출판사, 1988)을 연거푸 상자했다. 두 시집은 낱낱의 기존의 시를 집성한 것이 아니라 전자는 『현대문학』에, 후자는 〈일간스포츠〉에 전작을 연재한 후 출판한 것이다.

두 시집이 자서전의 규범과 형식을 준수했음은 먼저 『팔할이 바람』의 서문에서 분명하게 확인된다. "자유시형 담시ballade의 문장 형식으로 시험 적으로 표현된 내 요약된 자서전으로서" "이 장시에서 나는 내 어렸을 때부터 70의 고희古稀에 이르기까지의 내 생애에서 잊혀지지 않는 사건들만 을 다루었다"는 고백이 그것이다. 자전적 텍스트들이 다룬 미당의 연령 범위만을 놓고 본다면, 시적 자서전이 산문적 자서전을 압도하는 형국이다. 한편 미당은 『안 잊히는 일들』의 '시인의 말'에서도 "세월이 제아무리 지나가도 영 잊혀지지 않는 일들은 스스로가 시가 될 자격을 갖는 것이라는 생각으로 이 시집을 만들"었음을 힘주어 강조했다. 이 고백에 적극 호응이 라도 하듯이, 김재홍은 해설에서 이 시집을 "서정주가 자신의 생애사를 시로써 형상화한 문학적 초상화literary portrait에 속한다"고 주장했다. '담시로 엮은 자서전'으로 명명한 『팔할이 바람』과의 유사성 및 연관성을 생각하면 『안 잊히는 일들』도 '시적 자서전'이라는 동일한 형식 명칭을 부여해도 전혀 문제시될 것 없겠다.

물론 미당이 스스로 자서전으로 명명했다 해서 두 권의 시집이 자서전의 지위를 저절로 획득하지는 않는다. 필립 르죈은 자서전을 다음과 같이 정의한 바 있는데, 이것은 자서전의 장르 규정에서 거의 '사전적' 권위를 갖는 것으로 평가된다. "한 실제 인물이 자기 자신의 존재를 소재로 하여 개인적인 삶, 특히 자신의 인성人性의 역사를 중점적으로 이야기한, 산문으로 쓰인 과거 회상형의 이야기". 그러면서 그는 이 정의를 네 가지 상이한 범주에 속한 다음의 요소들과 관계된 것으로 파악한다. "1. 언어적 형태: a)이야기 b) 산문으로 되어 있을 것. 2. 다루어진 주제: 한 개인의 삶, 인성의 역사. 3. 작가의 상황: 저자(그 이름이 실제 인물을 지칭함)와 화자의 동일성. 4. a) 화자와 주인공의 동일성 b) 이야기가 과거 회상형으로 쓰였을 것".[1] 미당의 산문적 자서전은 각 범주의 조건들을 모두 만족시키지만, 시적 자서전은 시인 까닭에 '1b'를 만족시키지 못한다. 그러나 르죈에 따르면 '조건 3'과 '4a'를 충족한다면 장르의 이질성은 크게 문제 되지 않는다. 왜냐하면 시적 자서전 혹은 자전적 시 역시 '자서전의 규약', 다시 말해 결국 표지에 기록되는 작가의 이름으로 직결되는 동일성의 문제(저자―화자―주인공의 동일성)를 확실하게 드러내는 경우가 허다하기 때문이다. 실제로 미당의 시적 자서전은, 자기 시의 해설과 사건 및 경험의 자세한 서사를 제외하면, 산문적 자서전의 일부를 옮겨 시화詩化한 것이란 주장이 가능할 정도로 유사한 면이 많다.

단일 주체의 삶과 인성을 몇 겹의 자서전을 통해 재차 서술하다 보면 동어반복, 그에 따른 문학적 긴장과 효과의 이완 문제 따위가 필연적으로 발생할 수밖에 없다. 그럼에도 미당은 왜 노년에 시적 자서전 쓰기에 집중했던 것일까?

'자전적 공간'은 무엇보다 자기표현의 장, 그러니까 "자신을 투기하고 고백하기, 꿈을 꾸고 스스로를 정화하기, 그리고 허구의 이야기들을 통해 자신을 표현하기"(『자서전의 규약』, 279쪽)가 수행되는 공간이다. 그러나 이 공간은 이런 자아의 표현만으로 완결, 완성되지 못한다. 왜냐하면 "자서전이 무언가 텍스트 외적인 것에 의해 정의 내려진다면, 그것은 실제 인물과의 (검증할 수 없는) 유사성에 의해서가 아니라 자서전이 만들어내는 책 읽기의 유형과 그것이 유포하는 믿음을 통해서일 것"(『자서전의 규약』, 69쪽)이기 때문이다. 이 '믿음'은 무엇보다 '실제로 보여지는 효과'보다는 '진실에의 유사성'을 목표로 하며, 독자 역시 이야기들의

• • •

1. 필립 르죈, 『자서전의 규약』, 윤진 옮김(문학과지성사, 1998), 17~19쪽. 이후 같은 책을 인용할 때 본문에 '(『자서전의 규약』, 쪽수)'로 표시함.

'정확성'과 '성실성'을 근거로 자서전의 진정성을 판단하게 된다. 여기서 '정확성'이 정보의 사실 여부와 관계된다면, '성실성'은 의미와 관계되는 기준임을 기억할 필요가 있다.

이를 참조하여 각각의 비중을 산정해 본다면, 산문적 자서전은 정보의 정확성에, 시적 자서전은 의미/정서의 성실성에 가중치가 놓일 것이다. 미당이 '시적 자서전들'에서 '안 잊히는 일들'의 고백을 무엇보다 강조하는 까닭은 특정 경험과 사실 자체보다는 그것에 의해 가해진 정서적 충격과 강렬한 표현 충동 및 의미화 욕망에 사로잡혀 있기 때문일 것이다. 그러니까 미당은 생애의 반복적 서술이 가져올 약점을 무릅쓰면서라도, 물리적 시간과 간교한 현실에 의해 변치 않는 '나'와 그것의 영원함을 주장하고 싶었던 것이다. 독자들은 이 자서전과 대화의 규약을 일단 허락한 후에야 비로소 미당의 '정확성'과 '성실성'을 판별할 권리를 갖게 되는 것이다.

사실 미당의 자서전은 시고 산문이고 할 것 없이 사실과 정보의 정확성에 이런저런 문제를 노정하고 있다. 이를테면 미당은 시의 창작과 시집의 출간 시점, '5·16 문학상'의 수상 시점 등 사실의 영역을 잘못 기억하고 기록하는 오류를 심심치 않게 범하고 있다. 문제는 이를 연구자든 출판사든 확인과 수정 없이 관행적으로 사용하여 문학사의 좌표와 가치를 잘못 설정하는 오류를 여전히 산출하고 있다는 것이다.[2] 물론 몇몇 정보의 부정확성은 시집과 시의 의미 해석에 결정적 영향을 미치지는 않는다. 그것은 수정과 재고의 영역에 속한다는 점에서 차라리 후학들의 과제로 남겨진 것으로 보아야 한다.

그러나 미당의 자서전들이 갖는 '성실성'의 문제는 '정확성'보다 그 문제가 간단치 않다. 자기의 고백과 서술에는 저자의 욕망과 이데올로기가 투사되어 있는 만큼 그에 반응하는 독자의 해석과 공감 역시 다양하게 분기, 분열될 가능성이 농후하다. 이를테면 미당은 시로 번 자긍심과 명예를 현실 순응주의와 정치적 감각의 미숙으로 가장 크게 까먹은 시인의

· · ·

2. 더욱 자세한 내용은 졸고, 「서정주 시 텍스트의 몇 가지 문제」, 『서정주 시의 근대와 반근대』(소명출판, 2003), 312~326쪽 참조.

하나로 회자된다. 이후 보겠지만, 어떤 면에서는 미당은 자서전을 통해 이런 의혹과 질시를 스스로 생산하고 부풀린 면도 없잖다. 고백의 '성실성'이 오히려 '진정성'을 퇴락시킨 경우인데, 이것은 특히 친일 문제에서 두드러진다. 시적 자서전에서 자기 존재의 정당성 확보와 인정 투쟁 욕망이 더욱 강하게 느껴지는 것은 낭만주의가 시에 부여한 권한, 곧 '시는 시인의 감정과 정신 상태에 대한 꾸밈없는 순수한 표현'이어야 한다는 '성실성'을 미당이 적극 활용했기 때문인지도 모른다.

이런 측면들은 미당의 시적 자서전이 "자신의 인생을 모두 감싸안기 위해서는 어떤 식으로든 종합이 필요하며, 과거의 자신을 설명하기 위해서는 바로 지금의 자신을 설명해야만 한다"(『자서전의 규약』, 262쪽)는 의욕과 책무의 소산인 것처럼 읽힌다. 실제로 그가 선택한 '안 잊히는 일'들은 단순한 회상의 대상들이 아니다. 이것은 "형용수식의 미가 아니라 행동들의 조화의 패턴이라는 것을 내 나름대로 여러모로 시험적으로 추구하여 이것들을 현대의 욕구불만자들에게 참고로 제시해볼 목적"[3] 아래 선택된 의미소들이다. 자기 성찰인 동시에 독자를 향한 계몽적 담론을 의욕하고 있는바, 그 배면에 타락한 현실의 초월과 영원한 삶에의 귀소가 자리 잡고 있음은 물론이다. 시적 자서전은 이 '시의 이슬'을 맺기까지의 시와 삶, 미와 정치, 언어와 이념의 불일치 및 그것의 극복 과정을 특히 정서적 감각의 밀도를 높이는 방법으로 담론화한 것으로 이해된다.

이처럼 자기 시의 본류와 맥락을 일관되게 서술, 전달하는 회상, 곧 되돌아보는 자의 시선과 목소리는 독자로 하여금 그것들에 대한 연역적 추리와 성찰적 참여의 가능성을 보다 활성화한다. 독자 참여의 확장과 증대는 독자 일반의 미당 시 이해는 물론 특히 중고등학교 과정에서의 미당 시에 대한 교육에도 여러모로 유용하다. 가령 2000년대 국어과 교육을 안내하고 지도하는 7차 교육 과정은 국어 교육에 '문학과 삶'이라는 항목을 새롭게 설정하여 작품 이해와 수용에 일대 전환을 모색하고 있다. 시(문학)

* * *

3. 서정주, 「자서(自序)」, 『팔할이 바람』(혜원출판사, 1988).

교육은 단순히 시의 이해에 그치지 않고 인간과 세계 이해의 기초, 자아의 성찰과 삶의 의미에 대한 질문으로까지 나아가야 한다는 것도 그중 하나이다. 이 과정은 거창하게는 전인적 교양의 습득과 공정한 시민의 육성을 목표하겠지만, 시 텍스트의 의미와 효과를 학습자의 삶의 맥락에서 발견하고 체험토록 유도한다는 점에 무엇보다 깊은 의미가 존재한다.[4]

이런 사실을 고려하면 미당의 자서전들은 미당의 시 작품에 대한 파편적 이해에서 벗어나 미당의 사유와 표현, 그것에 얽힌 이념과 문화 등을 종합적으로 고려할 수 있는 기초 자료로 적극 활용될 수 있다. 왜라는 질문을 은폐, 억제한 채 미당을 한편으로는 언어의 부족장으로 다른 한편으로는 친일과 순응주의의 정점으로 대립, 분열시키는 태도는 서로 반쪽의 진실과 허위만을 생산할 가능성이 크다. 오히려 그것의 내적 연관과 논리를 물음으로써 미당 시 전체를 통찰할 수 있는 종합의 노력이 필요한 시점이다.

이 글은 그 가능성을 미당의 시적 자서전에 대한 독해로부터 출발시켜 보고자 한다. 그리고 보다 논점을 명료화하기 위해 관심의 대상을 『안 잊히는 일들』과 『팔할이 바람』의 유소년기와 청년기에 대한 회상과 술회에 제한하기로 한다. 물론 이는 논의의 편의성 고려와는 비교적 무관하다. 대략 일제 말까지 해당되는 이 시기에 미당이 '방랑'으로부터의 '귀향', 다시 말해 '존재의 운명에 합당한 무엇'(= '영원성')에 투기하는 자아의 서사를 거의 완성했기 때문이다.

이는 자서전의 핵심 서사 가운데 하나인 '타락의 연쇄'와 '갱생의 연쇄'에 관련된 시퀀스가 유년기와 청년기에 벌써 거의 완수되었음을 의미한다. 미당은 이 시퀀스를 조직하면서 다양한 측면의 성 충동 혹은 경험을 발설하는 한편 친일의 발단이 된 일제 말기의 행적에 대한 소회 역시 빼놓지 않고 있다. 이 글은 미당의 입사식initiation과 긴밀히 연관된 이것들의

• • •

4. 『7차 국어과 교육과정』(교육인적자원부, 2000)의 문학 교육 부분에 대한 소개와 비판적 성찰은 김명인, 「문학교육의 악순환과 선순환」, 윤영천 외, 『문학의 교육, 문학을 통한 교육』(문학과지성사, 2009), 222~225쪽 및 하정일, 「'문학'교육과 문학'교육'」, 윤영천 외, 『문학의 교육, 문학을 통한 교육』, 235~253쪽 참조.

해석과 의미화에 특히 집중한다.

참고로 시 교육의 일차적인 대상자들인 중고교생과 대학생들이 입사식의 직접적인 주체이자 대상임은 주지의 사실이다. 이런 점에서 미당의 자서전들은 이들에게는 '입사'의 고통과 쾌락을 미리 엿보게 하는 공용 텍스트일 수 있다. 거기서 주어질 공통 감각의 체험과 습득은 시 자체는 물론 윤리의 본질에 대한 새로운 사유와 고민의 가능성을 상당히 제고할지도 모른다.

## 2. 자기 회상의 시선과 목소리, 그리고 기억

저자와 화자, 주인공의 동일성은 자서전의 기본적인 성립 요건에 해당한다. 정보의 '정확성'과 의미의 '성실성'은 주체에 대한 신뢰에 거의 의존할 수밖에 없다. 만약 두 조건이 거짓에 가깝다면 자기 삶에 대한 가치 충동은 일종의 사기극에 해당된다. 자서전 텍스트가 주로 '이야기récit'여야 하지만, 자서전 서술이 독자를 향해 던지는 메시지를 내포한 하나의 '담론discours'이어야 하는 것도 자아의 진실성 때문이다. '자아의 글쓰기'는 '이야기', 곧 나-화자가 나-주인공으로부터 거리를 유지하며 자신의 삶을 서술하는 것과 '담론', 곧 나-주인공을 바라보는 나-화자의 주관성을 드러내는 장치의 관계 맺음(『자서전의 규약』, 17~19쪽)을 통해 글쓰기(저자)와 책 읽기(독자)의 신뢰를 공고히 한다.

이런 의미에서 자서전이 회상의 형식을 띠는 것은 당연하다. '회상'이란 경험과 사건의 단순한 되돌아봄이 아니라 저것들에 어떤 일관성을 바라는 욕망에서 기록자의 노력이 가해진 기억에 해당한다. 이것은 자서전이 자기 삶에 대한 인식적 욕구보다는 가치적 권위와 정당성을 확보하기 위한 욕구, 다시 말해 가치 충동에서 비롯된 것임을 암암리에 시사한다.[5]

. . .

5. 루이스 밍크, 「모든 사람은 자신의 연보 기록자」, 제라르 주네트 외, 『현대 서술 이론의 흐름』(솔, 1997), 224~225쪽.

『안 잊히는 일들』과 『팔할이 바람』은 자기 삶의 권위와 정당성을 확보하려는 가치 충동의 산물이라는 점은 동일하지만, '이야기'와 '담론'화의 방식에는 일정한 차이가 존재한다. 동일한 사건과 경험을 서술하더라도, 『안 잊히는 일들』이 사실의 제시에 보다 집중한다면, 『팔할이 바람』은 나-화자의 감각적 주관성 묘사에 더욱 주력한다. 이를테면 『안 잊히는 일들』에는 사실 또는 정황을 밝히기 위한 주석이 첨가된 시가 수 편 존재한다. 서시에 해당하는 「마당」에는 "이 시詩 속의 〈아버지가 해다 말리는 산山엣나무 향내음〉에는 내 아버지가 손수 땔나무를 한 것으로 되어 있으나 이건 사실이 아니고 다만 시詩로 하자니 〈머슴이 어쩌고……〉 하는 건 시詩맛이 달아날 것만 같아 이리 해놓은 것뿐이다"라는 주석이 붙어 있다. 하지만 『팔할이 바람』에는 주석의 제시가 전혀 없다. '사실' 자체보다는 '정서'와 '감각'의 표현에 강조점을 두고 있음을 시사하는 대목이다.

이를 근거로 구성의 차이를 먼저 살펴보자. 전자는 '1. 유년 시절'에서 '13. 육십 대 시편'까지 총 13장 92편의 구성을 취하면서 어느 연령대고 일정 편수를 배당하는 공정성을 일관되게 유지한다. 이에 반해 후자는 장의 구분 없이 52편의 시를 나열하는 방식으로 생애를 다시 구성하고 있다. 그러니까 『안 잊히는 일들』을 거의 절반 정도 축약한 형식인데, 특히 한국전쟁 이후의 삶에 대한 압축과 삭제가 두드러진다. 이 차이는 결국 '이야기'와 '담론'의 관계 맺음의 차이로 보아 무방하겠다.

그러나 '이야기'는 사실의 서술이란 점에서 크게 다를 것 없다. 따라서 두 시적 자서전의 차이는 나-화자의 주관성, 그러니까 삶에 대한 이미지의 일관성과 충만감, 완성과 종결 등을 드러내는 '담론'의 차이에서 빚어지는 것일 가능성이 크다. 두 시집에서 나-화자의 태도와 발화 방식의 차이가 주목되는 이유인데, 유사한 경험도 다음처럼 서로 다르게 회상된다.

일고여덟 살또래의 우리 서당書堂 패거리들이
여름달밤 그 마당의 모깃불가를 돌며

요렇게 병아리 소리로 당음唐音을 합창合唱해 읊조리는 것은

고것은 전연 고 의미意味 쪽이 아니라

순전히 고 뜻모를 소리들의 매력 때문이었읍니다.

　　　　　　　—「당음唐音, 唐詩」 부분(『안 잊히는 일들』, 18쪽)


　　미당의 '당음' 경험은 시로의 진입이 의미의 인지보다는 리듬과 소리의 유희 혹은 충동으로부터 시작된다는 범상한 진실을 명쾌하게 보여준다. 미당이 평어체의 다른 시들과 달리 「당음」에서만 드물게 경어체를 취한 까닭도 그런 정서적 충격을 보편화하기 위한 전략으로 이해된다. 가령 평론가 유종호는 "모든 교육 중에서 가장 중요하고 견고하며 창조적이고 생산적인 교육은 자기 교육"이라고 말한 적이 있다.[6] 이 예리한 명제처럼 미당의 '당음' 체험은 "제자리에 놓인 적정한 말의 묘미를 음미하는 일"[7]의 즐거움을 통해 시에 대한 자기 교육은 물론 시의 창작으로 나아가는 창조적 진화의 모델로 모자람이 없어 보인다.

　　여기에 더해 '당음' 체험에 대한 오랜 기억과 황홀한 내면의 표출은 생애 최대의 풍경을 이루는 유년기의 심미적 경험에 대한 윤색 없는 고백의 의지도 작용했을 것이다. 시의 말미에 "〈여자女子의 이쁜 눈썹〉 같은 거니 뭐니 / 고런 생각일랑은 전혀 아니었읍니다"라고 적은 것도 이 때문일 것이다. '〈여자의 이쁜 눈썹〉' 따위는 1950년대 후반 이후 평정심을 획득한 미당이 '영원성'의 세계를 심미화하기 채용한 대표적인 이미지이다. 따라서 「당음(당시)」의 미적 체험은 그것이 창작될 당시의 시점(현재)에서 가치화된 것으로 보기 어렵다. 차라리 무의지적 기억의 지평, 그러니까 그 어떤 다른 날들과 관련 맺지 않은 채 오히려 시간으로부터 부각되어 돌출하는 절대 경험의 현현으로 보는 것이 더욱 타당할 것이다.


　　물론 그 술과 안주를 자신 것은

. . .

6. 유종호, 「왕도는 없다」, 윤영천 외, 『문학의 교육, 문학을 통한 교육』, 42쪽.
7. 유종호, 「왕도는 없다」, 47쪽.

내 아버지와 홍명술 선생님과

그 남의 소실색씨 뿐이었지만서두,

내 나이 일혼세 살의 지금까지

이 때 이 일을 나는 잊지 못하네.

천자 한 권 배운 것과

이 때 이 각씨가 보이고 들려준 것들을

저울에 견주어 달아 보자면

아무래도 이 각씨의 천자 뒤풀이쪽이

그게 무게가 많이 더 나갈 것 같군.

묵직하게 무거운 무게가 아니라

쌍긋하게 향내나는 그 무게가 말이야.

　　　　　　　―「사내자식 길들이기 3」 부분(『팔할이 바람』, 25쪽)


　서당에서 천자문을 뗀 후 치른 '책갈이' 장면과 거기서 체험한 감격의
사태를 묘사하고 있다. 단연 대비되는 것은 "천자 한 권 배운 것"과 "각씨가
보이고 들려준 것들"이다. '각씨'의 소리와 아름다움이 천자문의 의미를
압도한다는 점에서 「당음(당시)」과 가족 관계를 형성한다. 그러나 두
시의 제목은 그것들이 지향하는 바를 뚜렷하게 차이 짓고 있다. '사내자식
길들이기'가 암시하듯이, '각씨'는 '당음'처럼 시적 경험의 기원이기도
하지만 성적 충동의 발단이기도 하다. 말하자면 그녀는 '여자의 이쁜
눈썹'의 의미를 노래와 육체의 아름다움을 통해 몸소 현시한 존재인 것이
다. 일회적 미적 체험의 즐거움과 충격을 다룬 「당음(당시)」과 확연히
대비되는 지점인 것이다.

　물론 '각씨'의 가치화는 "내 나이 일혼세 살의 지금까지"가 암시하듯이
영원성을 내면화한 노년의 화자에 의해 창출된 것이다. 어린 나이의 성적
충동이 짓궂지 않은 것도 이 때문이다. 과연 미당은 시의 후반부에서
'책갈이' 장면을 남녀노소가 함께 어울려 "산수자연과도 함께"한 것으로
가치화하면서, 그때의 심정을 "이 마음은 / 하늘 끝 아스라한 / 영원에 닿"

은 것으로 숭고화하고 있다. 그러므로 화자의 이런 태도는 저자(미당)의 삶이 처음부터 '영원성'에 귀속되어 있었음을, 따라서 자신의 모든 행위, 특히 시는 "내 체내의 광맥을 통해"(「한국성사략」) '별'(영원성)이 완미하게 관류토록 유인하는 치료 행위였음을 일찌감치 선언하는 것으로 이해될 수 있다.

문제는 '갱생의 연쇄'에 관한 시퀀스를 전면화함으로써 정보의 축을 담당하는 '이야기'가 주관적 의지에 따라 상당히 변형되거나 왜곡될 소지가 생겨난다는 것이다. 벤야민에 따르면, 정보나 보고가 아닌 다음에야 모든 '얘기'들은 사물의 순수한 실체만을 전달하지 않는다. '얘기'는 보고하는 사람의 삶 속에 일단 사물을 침잠시키고 나서는, 나중에 가서 그 사물을 그 사람으로부터 끌어내는데, 그래서 '얘기'에는 '얘기'하는 사람의 흔적이 남아 있게 마련이다.[8] 그러므로 '얘기'의 형식을 공유하는 자서전도 이런 원리와 규칙을 준수하며, 저자는 자기 나름의 가치와 교훈을 여러 방식을 통해 남기고 전달하고자 각고의 노력을 기울이게 된다.

『팔할이 바람』에 보이는 능청맞은 '이야기꾼' 화자의 설정은, 벤야민의 말처럼, 자기 경험의 원료를 튼튼하고 유용하며 독특한 방법으로 가공함으로써 그것의 권위와 효과를 승압시키려는 의욕의 소산일 것이다. 그러나 미당의 '이야기꾼' 화자는 '영원성'을 절대 가치로 설정함으로써 그 배경과 의미가 다른 개성적 경험을 영원성 실현의 부속물로 단일화·단순화해버리곤 한다.

이런 의미에서 「사내자식 길들이기 3」은 유년기의 "객관적으로 커온 사실적 세계"[9]를 초과하는 일종의 상상적·상징적 세계에 해당한다. 유년기에 적확히 각성되거나 성찰되기 어려운 미와 영원성, 성적 충동 따위를 성인의 눈으로 가치화하고 재구성한, 자기 완결성에 대한 욕망의 산물인 것이다. 현재를 치유하고 보상하려는 성인의 욕망에 의해 과거, 그리고 거기에 연동된 의미의 성실성이 결정적으로 약화되는 지점이라 하겠다.

• • •

8. 발터 벤야민, 『발터 벤야민의 문예이론』, 반성완 옮김(민음사, 1983), 175쪽.
9. 변학수, 『문학적 기억의 탄생』(열린책들, 2008), 185쪽.

『팔할이 바람』이 "회상록은 아무리 진실하고자 열망한다 해도 절반밖에는 성실할 수 없다. 모든 것은 언제나 말하는 것보다 더 복잡하다"라는 앙드레 지드의 비판적 발언[10]에 직접 연루되는 것도 이 때문이다.

> 떡갈나무 노가주 산초 냄새에
> 어무니 아부지 마포 적삼 냄새에
> 어린 동생 사타구니 꼬치 냄새에
> 더 또렷한 하눌의 별 왼몸으로 보았네.
>
> ─「마당」 부분(『안 잊히는 일들』, 13쪽)

> 방안에는 성탄절날 수녀같은 색시들이
> 대여섯 명, 그중에 한 색시가 말씀을 하네.
> 내 꼬치 모양이 특히 좋다고 굽어다보며
> "아흐 고 꼬치에 땀 방울이 이뻐"하고
> 음력 초사흘날 달눈썹 아래
> 초롱같은 두 눈에 불을 밝혀 속삭이네.
> 아아 나로 말하면, 이 나로 말하면
> 그 말씀과 그 눈 그 눈썹을
> 아조 잊어버릴 수는 영원히 없을거야.
>
> ─「사내자식 길들이기 1」 부분(『팔할이 바람』, 16쪽)

두 시집의 서시序詩에 해당하는 시들이다. 유년기의 이야기는 인간의 총체적 계획을 그려내는 소우주이며, 따라서 자서전의 제1권은 드라마의 제1막이면서 동시에 드라마 전체인 것이란 규정(『자서전의 규약』, 141쪽) 은 두 시에 모두 적용될 만하다. 인간의 삶과 죽음은 대개 가족과 공동체의 범위에서 시작되고 끝나게 마련이다. 이 친밀성의 관계를 통해 인간은

• • •

10. 앙드레 지드, 『한 알의 밀알이 죽지 않으면 ─ 앙드레 지드 젊은 날의 자서전』, 권은미 옮김(나남, 2010), 315~316쪽.

삶의 의미와 가치를 배우고 또 전수하며, 그 과정에서 자아의 정체성을 확립 또는 수정해 간다. 친밀성의 핵심을 「마당」은 가족에서, 「사내자식 길들이기 1」은 그것의 확장된 형태인 마을 공동체에서 찾고 있다.

또한 세계 및 존재와의 관계 맺음이 변화, 확장되는 만큼, 더 구체적으로는 회상의 범주가 변형되는 만큼 회상과 접점을 형성하는 '은폐 기억'의 양상 역시 달라지고 있다. '덮개–기억Deckerinnerun (screen memory)'으로 번역되기도 하는 '은폐 기억'이란 "기억 속에 나중의 느낌이나 생각이 들어가고 그 내용은 상징이나 은유적 관계로 만들어진 독특한 기억"을 말한다. 이 말을 참조하면 원래의 기억의 흔적은 다양한 심리적 정황에 영향을 입어 변형되었을 가능성이 더욱 크다.

두 시를 비교하면 유년기 생활의 정황상 정보 혹은 기억의 정확성은 「마당」이 우세할 듯싶다. 분위기의 조작을 어느 정도 감안해도 가족의 저런 친밀성은 쉽게 체험하거나 상상하는 것이 가능한 대상에 속한다. 사실 「사내자식 길들이기 1」의 "수녀같은 색시들"과 "그중에 한 색시"는 산문적 자서전에 따르면 동네의 부인들과 "라파엘의 후광을 쓴 성모의 눈썹 같은 그 부인"[11]이다. 모성성의 심미성과 영원성을 예찬한 대목인 셈인데, 그 기원을 아예 '색시' 곧 젊은 처녀나 갓 결혼한 여성들로까지 소급함으로써 그 기원과 범주를 대폭 확장하고 있다.

국어사전에서 '색시'는 1. 새색시, 2. 아직 결혼하지 아니한 젊은 여자, 3. 술집 따위의 접대부를 이르는 말, 4. 예전에 젊은 아내를 부르거나 이르던 말로 설명된다. '각시'는 1. 아내를 달리 이르는 말, 2. 새색시로 풀이된다. 특히 '색시'의 경우는 '부인'과 교집합을 형성하지 않는 범위가 넓다. 이처럼 섹슈얼리티의 느낌은 부인보다는 색시와 각시 쪽이 훨씬 높다.

물론 '각시' 대신 '색시'를 취한 미당의 의도는 산문적 자서전에서와 마찬가지로 자신의 시적 이념이자 결과물인 '영원' 체험의 기원을 생애

• • •

11. 서정주, 「내 마음의 편력」, 『서정주문학전집 3』(일지사, 1972), 10쪽.

최초의 기억으로까지 송환하기 위한 것일 터이다. 제1막(유년기)과 폐막(노년기)을 일관하는 삶의 서사로서의 영원성, 그렇게 구성되고 진행된 드라마 전체를 「사내자식 길들이기 1」이 요약적으로 제시하고 있는 것이다.

여기서 정작 중요한 것은 유년기 '영원성'의 기억이 구체적인 사실의 망각 혹은 조작을 불러들이고 있다는 사실이다. 요컨대 위의 두 시는 과거에 대한 '이야기'와 '담론'의 관계 맺음이 현재의 욕망과 보상 심리에 의해 전혀 달라질 수 있다는 것, 다시 말해 미당의 '현실 과거'가 현재의 욕망에 따라 차츰 경험이 배제된 '순수 과거'로 옮겨가고 있음을 잘 알려주고 있다. 라인하르트 코젤렉의 시간성 개념에 따르면, '현실 과거'에서 '순수 과거'로 전환하는 것은 기억과 망각이라는 두 가지 과정을 동시에 수행하는 것이다.[12] '순수 과거'로의 전환은 결국 경험 내용이 축소되는 것이므로, 그 과정이 진행될수록 '현실 과거'에 대한 증언은 누락되고 그 책임 소재가 모호해지며 모든 존재론적 맥락을 상실하고, 작가는 용서되고 그의 과거는 묻히게 된다.

코젤렉의 시간성 개념에 기댄다면, 미당이 산문과 시를 오가면서 작성한 몇 겹의 자서전의 핵심은 어쩌면 '현실 과거'가 '순수 과거'로 이행 혹은 변형되어 가는 양상, 그리고 그것을 가능케 한 영원성의 심화 과정, 그것의 기원에 해당하는 과거를 향한 태도와 시선의 문제일지도 모른다. 왜냐하면 '현실 과거'는 자서전과 각종 기록, 주위의 회고와 구술을 통해 어느 정도 복원이 가능하며 잘못된 오류 역시 수정 가능하기 때문이다. 그러나 시의 자율성과 상상력의 자유, 그리고 예외적 개인 특유의 시적 이념을 들어 '순수 과거'로 거침없이 회귀하는 태도는 역사 현실의 망각과 삭제를 자동화한다는 점에서 누구나 공유 가능한 인간성의 보편화라기보다는 그것을 무중력의 공간에 띄워버리는 추상화에 보다 가까울 것이다.

그런 점에서 미당의 시적 자서전은 너무나 인간적이기보다는 차라리 종교적인 성격마저 엿보인다. '영원성'의 절대화는 궁극적으로 '신적인

• • •
12. 코젤렉의 '시간성' 개념은 변학수, 『문학적 기억의 탄생』, 227쪽 참조.

세계'로 존재를 투기하려는 시도이며, 유년기를 영원성의 성소聖所로 특화하는 태도 역시 '거룩한 시간' 혹은 코스모스cosmos의 경험을 현실화하려는 욕망과 다르지 않기 때문이다. 예컨대『팔할이 바람』에서는 '하눌의 별'이니 '성탄절날 수녀같은 색시' 하는 말들의 종교적 아우라는 "영원이 내는 소리"로 가득 찬 '자연'과 긴밀히 연관되어 있다. '영원성'의 세계에서 성聖과 속俗이 하나로 통합되어 있거나 상호 교류 혹은 대체가 가능한 세계들임이 여기서도 드러난다.[13] 종교적 영원성과 같은 거룩한 시간은 일상의 세속적 시간과의 충실한 교섭 및 그에 대한 충분한 성찰 속에서야 비로소 그것의 절실함과 위대함을 획득한다.

미당의 시적 자서전은 이 세속적 시간의 역할을 쉽게 지나치거나 그 가치 인정에 인색한 것처럼 느껴진다. 그런 만큼 그를 둘러싼 세계를 향한 자의적 판단은 강화될 수밖에 없으며, 영원성에 몰입할수록 현실 순응의 계기가 더욱 확장될 수밖에 없다. 서정주의 세 권의 자서전에 게재된 차이들이 그에 대한 유의미한 증거를 제공하고 있다는 사실을 우리는 지금까지 얼핏 엿보아온 셈이다.


## 3. 상실과 치유의 이야기

동서고금을 막론하고 성장의 서사에는, 탕자의 귀환이라는 말이 시사하듯이, ① 타락과 상실, 위기의 국면, ② 갱생과 구원, 성취의 국면이 복잡하게 직조되어 있다. 자서전은 자기 완결성의 구축을 목표로 한다는 점에서 '보다 만족스러운 상태'로의 이동을 전제하기 마련이다. 말하자면 자신의 삶에 대한 질문보다는 그것의 긍정적 가치화에 경도되는 글쓰기가 자서전의 암묵적 규약 가운데 하나인 것이다. 미당의 '자아 서사' 역시 '타락의 연쇄'와 '갱생의 연쇄'가 얽히고설키는 가운데 점차 후자의 안정적 구조화

• • •

13. 멀치아 엘리아데,『성과 속: 종교의 본질』, 이동하 옮김(학민사, 1983), 52쪽.

가 전면화되는 방향으로 전개된다. 이 흐름은 당연히도 훈육과 계몽, 저항과 일탈의 체험으로 점철되는 소년기~청년기에 완연하며, 이 지점들의 통과를 완료함으로써 미당의 심미성과 영원성을 향한 지향 역시 새로운 전기를 맞게 되는 것이다.

우리는 이 시기를 일러 현실의 원리에 적응하는 한편 그것을 초극할 새로운 기획이 처음 입안되는 '입사식'의 연대라 부를 수 있을 것이다. 입사식의 관점에서 본다면, 미당의 시적 자서전에서는 '성'과 '친일'의 문제가 특히 주목된다. 두 요소는 첫째, 육체와 영혼의 성장 혹은 변곡의 마디로 위치하며, 둘째, 시인되기와 그것의 재정립에서 결정적 역할을 수행한다는 점에서 진지한 검토를 요구한다. 특히 '친일' 문제에 대한 소회와 시간에 따른 관점의 변화는, 비유컨대 알랭 바디우가 말한바 사건에 대한 충실성을 지키는 것, 즉 진리 과정에 대한 충실성 여부를 새삼 질문하게 한다.[14] 바디우는 이것을 '진리의 윤리학'이라 명명했다. 비유라는 전제를 달았듯이, 이 글의 관심은 미당의 친일에 대한 고백의 변화에 제기되는 충실성의 이탈 혹은 파기 문제에 가 있음을 미리 알려둔다.

### (1) 상실과 치유의 이야기 ― 성性의 문제

최근의 성폭력 사태를 보면, 청소년들이 어른 못지않은 주인공으로 등장하곤 한다. 성적 욕망의 통제 능력 미비와 사회적 관습 등을 이유로 청소년들의 성에 대한 미결정성을 강조하지만, 그들의 육체가 이미 내뿜기 시작한 성적 능력을 마냥 도외시할 수는 없다. 사실 이들의 관심이 성의 제일 원리인 생식 능력의 확인에만 있다고 볼 수는 없다. 이들의 성 역시 "욕망하는 존재로서의 인간의 자아 의식을 형성하는 의식적·무의식적 욕망과 금지의 복합물을 모두 의미"[15]하기는 마찬가지이다. 성적 욕망과 금지의 충돌 및 타협의 정도에 따라 성은 사회에 활기를 불어넣기도 하며 또 사회 질서를 교란하기도 하는 이중적 속성을 지니고 있다. 성의

---

14. 알랭 바디우, 『윤리학』, 이종영 옮김(동문선, 2001), 84~88쪽.
15. 피터 브룩스, 『육체와 예술』, 이봉지·한애경 옮김(문학과지성사, 2000), 30쪽.

이중성에 관한 극단적 대비 혹은 대립은 카니발과 성폭력 사태를 견줘보면 어렵지 않게 확인된다.

청소년기 미당의 성적 체험 혹은 충동은 타자나 공동체와의 충돌보다는 자아의 성장 및 사회화 과정으로 제시되고 있다. 그런 까닭에 성적 체험의 충격과 금지의 일탈에 따른 불안과 고통은 상당히 감쇄되어 있다. 물론 이것도 성인의 관점에서 성적 충동과 체험을 생물학적 필연성으로 또 영혼의 성숙과 완성에 필요한 통과 제의의 일종으로 가치화한 결과임에는 변함이 없다.

이를테면 유년기를 다룬 「사내자식 길들이기 2」(『팔할이 바람』)에는 마을 공동체를 분란에 빠뜨리는 성적 사건, 곧 '간통'에 관련된 처벌과 해결 문제가 서술되고 있다. '간통' 사건이 발생하면 마을 사람들은 간음자들을 직접 단죄하기보다 풍물을 쳐대며 마을의 공동 우물을 메우는 간접적인 처벌을 수행한다. 마을 사람들의 각성과 범죄 예방을 위해 공동책임을 묻는 방식인데, 이 처벌은 곧 갈등과 분열의 원만한 해결 방식이기도 한 것이다. 미당은 이 간통 사건을 직접 경험한 것이 아니라 어른들에게서 전해 들은 이야기로 산문적 자서전에 기록하고 있다. 요컨대 삶의 전통과 지혜에 관련된 사항인 것이다. 마뜩잖은 성적 치부恥部가 유년기의 기억으로 선뜻 제시될 수 있는 이유가 여기 어디 존재할 것이다.

이러한 사실은 내밀한 형식을 띠는 경우가 훨씬 많은 성적 충동과 체험을 자연스럽게 시제詩題로 채택하여 그 양상과 결과를 서슴없이 고백하는 태도에 잘 드러나 있다. 구체적인 예를 들어보면, 『안 잊히는 일들』의 경우, 일본인 여선생에 대한 열 살 적 동경과 순정을 그린 「첫 질투」, 「첫 이별공부」, 청소년기 친구들과 어울리던 술집에서의 성적 경험을 그린 「중국인 우동집 갈보 금순이」, 「동정상실」이 여기에 속한다. 『팔할이 바람』의 경우, 이 경험들이 「줄포 2」, 「줄포 3」, 「고창고보, 기타」에 실려 있다. 여선생에 대한 순정을 제외하면 일탈과 충동 행위로서의 성적 체험이 두드러지는 편이다. 정상적 의미에서 미당의 첫사랑은 20대 초반에 처음 경험되는데 '임유라任幽羅'에 대한 구애, 아니 짝사랑은 결국 실패로 귀결된다. 이즈음의 감정을 담은 시가 「엽서 — 동리에게」(『화사집』)와 「ㅎ양」(『안 잊히는 일들』)이다.

이 가운데 남성적 성 정체성의 자각 또는 성적 일탈에 관련된 충격적 정서와 불안한 내면의 고백이 매우 인상적인 「동정상실」을 함께 읽어보기로 한다.

> 들어가보니, 양철화로에는 짚화로불도
> 그래도 두 손은 잘 녹이여주는지라,
> 붓거니 권커니 두어 되는 마시다가
> 그 여자가 그만 나를 잡아당겨서
> 나도 그만 그 여자를 보듬고 딩굴어서
> 눈감짝새 ××를 벼락치듯 했는데,
> 뒤에 알고보니 이 여편네 남편은
> 이 근방서도 무서운 그 털보 소장순지라,
> 그 뒤로는 이 집 앞을 지날 일이 생기면
> 마음써서 멀리멀리 논둑길 밭둑길로
> 돌아서 돌아서만 다녔었지.
> 그래서 그 두두룩한 함박눈만 내리면
> 수염 좋은 소장수가 나는 제일 겁이 났었지.
>
> ─「동정상실」 부분(『안 잊히는 일들』, 38~39쪽)

'동정 상실' 이야기는 여러모로 의미심장하다. 미당의 회고에 따르면 열여섯 살 적 그의 '동정'은 **빼앗긴** 것에 가깝다. 쉰이 넘어도 자식이 없던 털보 소 장수 부부가 미당을 꾀어 자식을 생산하고자 한 결과였기 때문이다. 이전까지의 미당의 성적 체험은 술집에서의 엉덩이에 뿔 난 식의 유희와 충동의 결과, 그러니까 또 다른 방식의 '사내 길들이기'에 지나지 않았다. 그를 통한 또래 집단의 결속은 성적 만족뿐만 아니라 남성 우위의 사회 질서, 곧 가부장제적 권위를 획득해 가는 과정이기도 했다.

그러나 미당의 삶에서 결정적인 성적 체험은 타자를 '빼앗는' 성이 아니라 타자에게 '빼앗긴' 성이었다. 왜냐하면 결과적으로 '빼앗긴 성'은 가정의 파탄이 아니라 가정의 연속과 보전을 향한 구원 행위였기 때문이다. 이것은 어린 남근의 권력 속에 침전된 그간의 죄의식은 물론 명백한 성적 야합에 대한 지탄을 상쇄하고도 남을 치유와 보상에 해당한다. 여기에는 미당 자신이 타자로부터 '생명의 지평에서 창조자'의 일부로 인정받고 있다는 것, 다시 말해 '입사식'의 문턱을 넘어서기 시작했다는 자아에 대한 담담한 인정 역시 숨어 있다.

이런 뜻밖의 전환은 '타락의 연쇄'가 '갱생의 연쇄'로 전환되는 길목에 위치하고 있다는 점에 또 다른 의미가 존재한다. 이 당시 미당은 가족과의 불화를 잇달아 겪는 처지를 벗어나지 못했다. 미당 자신이 고백했듯이, 그의 부모는 "아들의 지식知識이라는것은 고등관도 면소사面小使도 돈버리 도"(「풀밭에 누어서」, 『비판』, 1939년 6월호) 되는 그런 것이기를 바랐다. 하지만 이 당시 미당은 '광주학생사건'과 '사회주의병'에 휘말려 "만세만 큼은 빠지지 않고 따라 부르고 있었"(『팔할이 바람』)다. '동정 상실'은 이 일들로 인해 경성에서 고창으로 쫓겨 내려와 가출과 방황을 일삼던 시절의 불안과 울분의 와중에서 겪은 일이다.

그런데 문제는 동정의 상실이 뜻밖의 갱생을 성취했듯이, 이즈음의 이념의 상실과 폐기가 인간 본연의 생명력에 대한 고민과 발견, 그것을 열렬히 추구하는 시의 발견과 창조로 전이되어 갔다는 것이다. 이 과정에서 첫사랑의 실패와 방옥숙 여사와의 결혼이 성취된다는 것도 의미심장하다. 입사식 혹은 성장의 서사의 일부로서 성적 체험은 이미 완료된 것이나 마찬가지이기 때문이다. 실제로 이후 미당의 시에서는 삶의 의미 변수가 되는 성적 체험은 더 이상 등장하지 않는다. 이는 자서전에서도 마찬가지이다.

한편 '사회주의병'이라는 가치 하락의 명명이 지시하듯이, 미당은 청소년기 특유의 열정과 조급증의 발로로 사회주의를 수용한 측면이 크다. 1990년대 현실 경험이 시사하듯이, 이념적 열정은 세계에 대한 원근법적 이해와 전망을 예각화하지 않는 한 문화적 감수성에 쉽사리 떠밀려가기 십상이다. 1930년대의 미당 역시 '성'과 '이념'으로 대변되는 자신의 '타락의 연쇄'를 문학과 불교 등의 문화적 지평에 의지한 '갱생의 연쇄'를 통해 치유하고 넘어서고 있다.

이를테면 「노초산방」(『팔할이 바람』)에는 이즈음 고창에서의 독서 체험이 서술되고 있는데, 톨스토이, 위고, 투르게네프, 도스토옙스키, 보들레르, 니체, 호리구치 다이가쿠堀口大學 번역의 프랑스 시선 「월하月下의 일군一群」, 기타하라 하쿠슈北原白秋, 이시가와 다쿠보쿠石川啄木, 주요한, 정지용, 김영랑, 신석정의 이름이 한꺼번에 등장한다. 청년기의 독서 체험을 뭉뚱그린 것일 가능성이 크지만 그 사실 여부가 필자의 가정에 크게 문제되지는 않을 듯싶다. 다만 미당 스스로가 정지용과 더불어 극복의 대상으로 천명했던 임화류의 카프KAPF시나 일본 쪽 나프NAPF시에 대한 언급은 따로 보이지 않는다. 이는 미당의 보수주의적 이념 및 이 책이 출간된 무렵의 시대 상황과 밀접한 관련이 있을 것이다.

'갱생의 연쇄'에 대한 최초의 시적 결실이 '시인부락' 시기 창작된 「화사」, 「문둥이」 등임은 주지의 사실이다. 미와 추, 죄와 벌, 죽음과 생명 등 대립적이고 이질적인 것들의 통합과 미학화를 통해 미당은 시라는 '생명의 창조자'로 거듭난 것이다. 이른바 질풍노도 시기의 성장의 서사는 이로써 완결된 것인데, 실제 삶에서든 시에서든 성적 욕망과 서사가 주요한 계기와 역할을 담당했음을 새삼 확인하게 된다.

그런 점에서 미당의 성년 이전의 '성'에 대한 이야기는 경험의 회상과 재현보다는 삶의 의미가 새롭게 각인되는 장소로서의 젊은 육체를 기리고 표현하기 위한 것이다. 미당은 사실 이것을 「화사」 등을 통해 벌써 수행했지만, 그때와는 비교가 안 되는 숱한 독자들을 대상으로, 노년의 완숙한 시선을 통해 그 가치와 의미를 다시금 밀어 올리고 있는 셈이다.

### (2) 상실과 치유의 이야기 ― 체제 협력(친일)의 문제

미당의 삶에서 '친일'은 천형이었다. 시와 문단 권력의 정점에 올랐지만,

그는 제국의 찬양과 승리를 위한 주술을 잘못 읊음으로써 부족 방언의 마술사란 권위에 큰 오점을 남겼던 것이다. 무책임과 현실 순응주의로 대변되는 미당의 정치적 무감각증(아니 때로는 그래서 더 정치적으로도 보이는)은 이미 친일의 시점에서 적극 발휘되었다는 후대의 연구와 보고는 미당 시를 국정 교과서에서 추방하는 한편 그를 '민족의 죄인'의 대표격으로 끌어올렸다.

그런 까닭에 미당의 일제 말기 친일과 그 주변의 기타 행적에 대한 자기 변론은 변명과 책임 회피로 각하되었다. 그럴수록 미당의 언술 역시 더욱 치밀한 논리를 갖추어 갔는데, 이를테면 기껏 몇 달의 만주 경험을 일제에 대한 나름의 저항으로 가치화하는 태도가 그렇다. 특히 자신을 고용했던 일본인 상급자에 대한 분노와 복수뿐만 아니라 만주국 관동군의 토벌 대상이던 사회주의 계열의 항일유격대(김일성으로 대표되는 이른바 '비적' 또는 '마적')에 대한 충동적이면서도 일시적인 낭만적 동경에 대한 회고담이 전경화되고 있어 주목된다.

하지만 미당의 자서전에서의 '친일' 고백은 스스로를 사건에 대한 충실성 문제, 다시 말해 '진리의 윤리학'을 의심케 하는 변수를 생산하고 있다. 자기 완결성을 구축하기 위한 고백과 사죄가 오히려 그것을 무너뜨리는 자충수로 되돌려지는 사태가 그것이다. 문학 교육의 관점에 선다면, 우리는 사실로서의 친일 못지않게 그것의 변론들에 게재된 윤리의 실종 과정을 더욱 세심하게 따져야 할지도 모른다.

미당의 '친일'에 대한 최초의 공식적 고백과 사죄는 1960년대 말 「천지유정」의 한 항목으로 집필된 '창피한 이야기들'에서 이뤄졌다. 친일의 시점과 경과를 1944년 후반 이후로 잡음으로써 친일적 글쓰기의 행태를 축소시키는 장면 등 사실에 어긋나는 곳도 몇 군데 있지만, 그래도 비교적 정직하고 진술한 사과가 수행된다. 하지만 그로부터 20여 년 후 작성된 「종천순일파?」에서는 '진리의 윤리학'이 여지없이 파탄 나고 있다. '친일'의 주인공은 동일하되, 그것을 이야기하는 화자의 태도와 언술이 천양지차에 가까운 다음 장면들을 보라.

1)

　그 페이퍼 나이프에는 우리나라 병정兵丁의 뼈로 된 것도 더러 있겠다는 생각 — 그런 생각은 내 적대감정을 일으키기에는 충분한 것이었다. 그러나, 정치政治와 전쟁세계戰爭世界에 대한 내 무지無知와 부족한 인식이 빚어낸 이것, 해방解放되어 돌이켜보니 참 너무나 미안하게 되었다. 여기 깊이 사과해 둔다.

　나는 위에 말한 두 개의 일문시日文詩와 한 편의 일문日文 종군기從軍記 외에 또 한 편의 친일적親日的인 우리말 시詩를 매일신보每日申報에 썼다.

　그것은 우리나라에서 뽑혀 간 학병學兵들의 모습이 더러운 개죽음이 아니라 의젓하다고 한 것이다. 이것도 그때 내 생각으론 이밖엔 달리 말할 길이 없어 그렇게 한 것이지만, 그것도 틀린 것이었던 건 물론이다.

　　　　　　　　　—「천지유정」 부분(『서정주문학전집 3』, 243쪽)


2)

　　몽고침략을 당하며 살던
　　우리 고려인들의 이상이 어땠었는지는
　　딱은 모르지만,
　　나는 이조 사람들이 그들의 백자에다 하늘을 담아 배우듯이
　　하늘의 그 무한포용을 배우고 살려 했을 뿐이다.
　　지상이 풍겨 올리는 온갖 미추美醜를
　　하늘이 '괜찮다'고 다 받아들이듯
　　그렇게 체념하고 살기로 작정하고
　　일본총독부 지시대로의 글도 좀 썼고,
　　일본군 사령부의 군사훈련 때엔
　　일본 군복으로 싸악 갈아입고
　　종군기자로 끼어 따라다니기도 했던 것이다.

　　　　　　　　　—「종천순일파?」 부분(『팔할이 바람』, 124쪽)


382

정보의 정확성이 앞서는 산문과 정서의 충일성에 집중하는 시의 차이로 미당의 '친일' 담론의 변질을 이해할 수는 없다. 1)에 표명된 '친일'이라는 사건에 대한 충실성을 전복하는 2)에서의 득의의 방법은 "'이것은 하늘이 이 겨레에게 주는 팔자다'"로 표현된 운명론, 곧 종천순일從天順日의 논리이다. 미당의 무책임성과 현실 회피를 지목할 때마다 거론되는 대표적 언설이다.

그러나 더욱 중요한 것은 운명론으로서 '종천순일'의 논리가 구성되고 주장되는 방법이다. 민족과 역사의 참칭이 그것인데, "겨레에게 주는 팔자"와 '고려'와 '조선' 사람들에 대한 상상적 동일시는 그래서 주목된다. 개인을 공동체의 지평에 위치시킴으로써 친일의 책임 소재가 불분명해진 다면, 역사를 자기의 처지에 맞게끔 호출함으로써 현재의 책임이 회피되는 것이다. 이것들을 감싸는 "하늘의 그 무한포용"이란 말은, 비록 '체념'이란 어사를 거느리고 있다 해도, 어떤 측면에서는 현실의 삶에 절실한 지혜와 더 나은 미래를 투시하는 예지로까지 추앙된다는 느낌마저 없잖다. '경험 기억'을 죽여 '순수 기억'으로 옮겨가는 기억과 망각의 동시성이 여기에도 충만한 것이다.

그러나 미당이 스스로를 구원하기 위해 떠올린 '순수 기억'은 '사건에 대한 충실성'을 배반하고 탈내는 문화文禍로서의 망각에 가깝다. 이런 까닭에 '종천순일'의 논리는 자기 단독의 보상과 치유에는 유효할지 몰라 도, 원과거와 근과거에서 소환한 하위 주체들을 또다시 식민화하는 의사 pseudo 식민 담론의 성격을 내포한다고 보아 거의 무방하다. 이 사태에 못지않게 자서전의 또 다른 규약 "그들(자서전의 저자─인용자)은 자기의 이데올로기로 이야기를 만들고 동시에 그 이데올로기를 말한다.'"(『자서전 의 규약』, 133쪽)는 명제를 불행하게 수행한 예는 미당의 다른 글쓰기에 거의 존재하지 않는다. 자서전이 목표하는바 '진실에의 유사성'이 '의미의 불성실성'에 의해 좌초되는 불행한 형국을 미당은 끝내 초극하지 못한 셈이다.

이것 역시 미당의 말을 빌린다면, 예외적 개성을 쉬 허락하지 않으려는 "하늘이 이 겨레에게 내린 팔자"인 것인가? 그렇다고 하기에는 미당의 자기 삶에 대한 가치 충동이 지나치게 사적이었으며, 역사의 진실성에 대한 의지가 안쓰러울 만큼 희박했다. 교양 혹은 성장 서사의 한 범례로서 「종천순일파?」류의 미당의 청년기를 선뜻 내세우기 어렵다면, 그것이 일반적 의미의 '사회 내적으로 통합된 인간형'[16]의 창출과 제시에 실패하고 있기 때문이다.

아무려나 2010년에 두루 쓰인 '미당 사후 10년'이란 말에는 이런저런 애愛/哀와 증憎의 염念은 차치하고라도, 이제 미당의 독해와 이해, 그리고 미당을 둘러싼 담화談話가 문학 교육의 현장으로 거의 이월되었다는 사실이 내포되어 있다. 이 어리거나 젊은 '자기 형성적 주체'들은 '진리의 윤리학'을 스스로 내팽개친 미당에게서 발견과 성장의 면모보다는 완결성에의 허무한 집착과 자기 배반의 틈새를 먼저 읽을지도 모른다. 시적 자서전의 몇몇 국면에서 미당 자신의 '이야기'는 행복할지 몰라도 타자와 관계하는 시인의 노회한 '담론'이 불행한 까닭이 여기에 존재한다.

## 4. 성장과 발견을 향한 서정주 시 읽기와 교육

자서전이 글쓰기의 한 유형인 동시에 책 읽기의 한 양태라면, 그리고 이를 통해 저자와 독자 간 계약의 효과가 발생한다면, 자서전이 만들어내는 책 읽기의 유형과 그것이 유포하는 믿음이 무엇보다 중요하다. 이를 위해서는 정보의 정확성과 의미의 성실성이 전제되어야 한다. 나는 지금까지 미당의 두 권의 시적 자서전을 통해 두 요소의 충실한 이행을 검토하는 한편 그것을 통해 미당이 성취하고자 한, 삶과 시에 대한 가치 충동의 면면을 분석해 왔다. 특히 미당의 성장사와 입사식의 문제, 그것과 미 혹은 시적 창조 및 시적 이념의 상관성에 주목함으로써 성장과 발견, 윤리의 문제가 개진되고 해결되는 방식을 입체화하고자 했다.

• • •

16. 유성호, 「발견으로서의 문학 ─ 성장 개념을 중심으로」, 한국문학교육학회 편, 『문학교육학』 31호(2010), 12쪽.

비평가가 성장과 발견, 윤리의 문제에 주목했던 주요한 이유는 다음과 같다. 첫째, 회상과 기억에 의해 자아의 삶과 시가 가치화되는 방법과 양상을 통해 독자들의 미당 시에 대한 이해와 수용이 보다 확대될 수 있다는 것이다. 물론 이것은 '의도의 오류'와 관련된 비평적 해석과는 거리가 멀다. 그것이 창조될 무렵의 시공간을 내장하고 있는 시 텍스트와 노년의 시선으로 재가치화된 텍스트의 차이들을 탐구함으로써 미당의 시와 삶이 (재)구성되고 수정되는, 생애의 서사화 과정과 방법을 비교적 일목요연하게 드러낼 수 있다.

가령 우리는 미당의 시적 자서전을 통해 서정주가 '영원성'의 미학을 자기 삶의 이전과 이후로까지 확장하고 있으며, 자기 시의 전개 과정을 영원성의 실현 과정으로 세밀하게 구조화하고 있음을 보았다. 또한 미당은 이것의 객관성과 독자의 수용 가능성을 높이기 위해 이야기꾼 화자를 설정하는 한편 성性과 미의 유사성과 생명력 같은 본원적 문제를 서사의 핵심으로 취하였다. 물론 그 과정에서 정보와 감각이 윤색되거나 허구화되는 허점도 엿보인다.

그러나 시와 미를 향한 투기 과정의 집약적 제시와 표현은 독자들에게 미당의 삶과 시에 대한 정보의 획득 외에도, 긍정적이든 부정적이든 자기의 삶을 비춰볼 수 있는 거울로 작용하고 있다. 이것은 '친일'의 팻말을 목에 건 채 교육 현장에서 비판받거나 추방되고 있는 미당 시가 그 이유만으로 배제되어서는 안 된다는 것을 증명하는 유효한 입점 가운데 하나이다.

미당의 어리고 젊은 시절의 '타락'의 연쇄와 '갱생'의 연쇄, 그것을 가치화하고자 하는 노년기의 노회한 언술은 독자 대중 혹은 문학 교육 대상자들에게 자기 삶을 성찰하는 한편 선善순환적 삶의 논리를 계발하는 데 여러모로 시사적이다. 이런 점에서 미당의 시적 자서전은 시 텍스트의 보조물이거나 산문 자서전의 시적 버전이 아니다. 오히려 자신의 삶을 설득, 이해시키는 동시에, 독자로 하여금 그것을 의심하고 비판케 하는 양면성의 독물讀物에 해당한다. 미당은 그러니까 시적 자서전을 통해 자아의 구원과 타자의 비판을 동시에 불러들인 것이다.

둘째, 미당은 벌써 경험된 사실이나 사건의 반전을 위해 자의적인 개입과 수정을 가함으로써 오히려 윤리성의 확보에 실패하게 된다. 이런 사태는 자기의 성찰과 재구성의 진정성과 성실성의 중요성을 다시 한번 일깨우기에 충분한 것이다. 미당의 타락과 갱생 행위에서 결정적인 지점은 '친일'을 둘러싼 고백과 사과(산문), 이후 그에 반하는 자의적 해석과 집단 차원으로의 책임 전가 혹은 공동 책임 부과(시)라 할 수 있다.

책임 전가의 논리를 역사와 하위 주체의 삶에서 발견, 현재화하는 태도는 사건에 대한 충실성을 근본적으로 호도하는 행위라는 점에서 대단히 비윤리적이다. 미당은 친일 행위는 일시적이었지만, 「종천순일파?」를 작성함으로써 오히려 식민성에 오랫동안 포획되어 있었음을 스스로 입증하는 꼴이 되고 말았다. 과도한 자기방어와 자아에 대한 가치 충동이 대중적 저항과 비난을 불러오는 자책골을 쏘아버렸다는 말은 그래서 가능하다.

최근 학교 제도 내 문학 교육의 지향점 가운데 하나는 미래 지향의 민족의식과 건전한 국민 정서의 함양에 두어진다. 미래란 이미 완결·완성된 것이 아니라 구성되어 가는 것임을 고려하면, 우리의 사회 현실과 개인 의식 곳곳에 스며 있는 식민성, 나아가 소수자들을 향한 식민주의적 의식의 반성과 철폐의 노력은 더할 나위 없이 소중하다. 미당의 아름다운 언어는 이런 미래 지향에 대한 뼈 아프고도 깨진 거울로도 여전히 유효하다.

미와 현실은 일치하기보다 어긋나는 경우가 훨씬 많다는 것, 그러나 인간적 삶의 의미와 가치는 그럼에도 불구하고 미와 현실의 일치와 그것이 실현되는 '더 나은 삶'의 추구에 있다는 것을 계몽하고 또 표현하도록 이끄는 일은 '건전한 국민 정서 함양'의 중요한 국면일 것이다. 미당의 시적 자서전이 문학 교육에 있어 대화와 성찰적 비판의 장에 호출되어도 좋을 또 하나의 이유인 것이다.

| 발표지 알림 |

1. 「떠돌이·시의 이슬·천심天心 — "난타하여 떨어지는" 서정주의 "종소리"」, 『시와시학』, 2023년 봄·여름호.
2. 「탕아의 편력과 귀환 — 독자와 함께 읽는 『화사집』」, '문학이 있는 저녁 — 한국 근대 문학의 명작을 다시 읽다'(대중 강연), 인천문화재단 한국근대문학관, 2014.
3. 「서정주 초기 시의 미적 특성에 대하여」, 『민족문학사연구』 9호, 민족문학사연구소, 1996.
4. 「'사실의 세기'를 건너는 방법 — 1940년 전후 서정주 산문과 릴케에의 대화」, 『한국문학연구』 46집, 동국대 한국문학연구소, 2014.
5. 「서정주와 만주」, 『미네르바』, 2010년 여름호.
6. 「서정주의 「만주일기滿洲日記」를 읽는 한 방법」, 『민족문학사연구』 54호, 민족문학사학회, 2014.
7. 「내선일체·총력전·『국민시인』」, 『서정시학』, 2020년 겨울호.
8. 「민족과 전통, 그리고 미 — 서정주 중기 문학을 중심으로」, 『실천문학』, 2001년 여름호.
9. 「'춘향'의 미학과 그 계보 — 서정주 시학의 경우」, 『시작』, 2015년 봄호.
10. 「'하눌의 살', '신라의 이애깃꾼' — 서정주 『자유공론』 소재 '한국의 탑·불상' 시」, 『문학의오늘』, 2015년 여름호.
11. 「'질마재'의 역사성과 장소성 — 산문과 자전自傳의 낙차」, 『한국 시학연구』 43호, 한국시학회, 2015.
12. 「서정주·관광의 시선·타자의 점유 —『서西으로 가는 달처럼…』과 『산시山詩』의 경우」, 『한국문학연구』 70집, 동국대 한국문학연구소, 2022.
13. 「시적 자서전과 서정주 시 교육의 문제 —『안 잊히는 일들』과『팔할이 바람』의 경우」, 『국어교육연구』 48집, 국어교육학회, 2011.

서정주라는 문학적 사건

초판 1쇄 발행 2024년 11월 18일

지은이 최현식
펴낸이 조기조

펴낸곳 도서출판 b
등  록 2003년 2월 24일 (제2023-000100호)
주  소 08504 서울시 금천구 가산디지털2로 169-23 가산모비우스타워 1501-2호
전  화 02-6293-7070(대) 팩시밀리 02-6293-8080
이메일 bbooks@naver.com 홈페이지 www.b-book.co.kr

ISBN 979-11-92986-30-2 93810
책  값 24,000원